文学とセクシュアリティ——現代に読む『源氏物語』

小原眞紀子

金魚屋プレス日本版

目次

第1回　ガイダンス講義　5
第2回　『桐壺《きりつぼ》』そして谷崎潤一郎　19
第3回　『帚木《ははきぎ》』そして『空蟬《うつせみ》』　35
第4回　『夕顔《ゆうがお》』あるいは「女」　51
第5回　『若紫《わかむらさき》』と『末摘花《すえつむはな》』異形の女たち　67
第6回　『紅葉賀《もみじのが》』あるいはプレからポスト・モダンへ　83
第7回　『花宴《はなのえん》』から『葵《あおい》』不吉な影が射すとき　99
第8回　『賢木《さかき》』から『花散里《はなちるさと》』花が散るまで　113
第9回　『須磨《すま》』天上から海へ　127
第10回　『明石《あかし》』海から天上へ　143
第11回　『澪標《みおつくし》』海＝生と欲動のエネルギーによって　157
第12回　『蓬生《よもぎふ》』と『関屋《せきや》』媒介変数としての光源氏　177
第13回　『絵合《えあわせ》』あるいはジャンルの掟について　195
第14回　『松風《まつかぜ》』と『薄雲《うすぐも》』あるいは麗しき母系支配　213
第15回　『槿《あさがお》』から『乙女《おとめ》』世代交代の二重構造について　225

第16回　『玉　鬘《たまかずら》』物語と小説について　241
第17回　『初音《はつね》』あるいはテキストを生きること　255
第18回　『胡蝶《こちょう》』と『螢《ほたる》』すなわち宙を飛ぶ物語　271
第19回　『常夏《とこなつ》』と『篝火《かがりび》』そして中上健次　287
第20回　『野分《のわき》』小説構造と枚数　303
第21回　『行幸《みゆき》』と『藤　袴《ふじばかま》』ダブルバインドの魔境　317
第22回　『真木柱《まきばしら》』あるいは近代的自我の柱　333
第23回　香る『梅枝《うめがえ》』　349
第24回　『藤裏葉《ふじのうらは》』偏愛と格調について　365
第25回　『若菜 上《わかな》』因果とデジャビュ1　381
第26回　『若菜 下《わかな》』因果とデジャビュ2　〜浅い証し〜　397
第27回　『柏木《かしわぎ》』あるいはイカルスの墜落　415
第28回　『横笛《よこぶえ》』あるいは念の力　429
第29回　『鈴虫《すずむし》』と『夕霧《ゆうぎり》』あるいは虫どもの世　445
第30回　『御法《みのり》』と『幻《まぼろし》』すなわち現世での終焉　463

第31回 『匂宮《におうみや》』あるいは同じ香のする 479
第32回 『紅梅《こうばい》』と『竹河《たけかわ》』物語の始末 495
第33回 『橋姫《はしひめ》』あるいはクライマックスの再来 513
第34回 『椎本《しいがもと》』鏡像の顕在化について 531
第35回 『総角《あげまき》』あるいは恋愛という観念 549
第36回 『早蕨《さわらび》』そして三角と四角 567
第37回 『寄生《やどりぎ》』ふたたびの主人公論 585
第38回 『東屋《あずまや》』より「宇治物語」のテーマへ 601
第39回 『浮舟《うきふね》』まさしく女主人公の誕生 619
第40回 『蜻蛉《かげろう》』男女あるいは生死の影と光 635
第41回 『手習《てならい》』そして文学者の姿 655
第42回 『夢浮橋《ゆめのうきはし》』古代から現代への 675
後記 693

＊本文中の現代語訳引用は谷崎潤一郎訳を使用しました。

第1回　ガイダンス講義

こんにちは。今日の第1回は、講義の概要を説明しましょう。「文学とセクシュアリティ」。なんだか長くて舌を噛みそうですね。もっと簡単に「女性文学論」とか「フェミニズム文学論」とか、できなかったんでしょうか。

できなかったんです。「「フェミニズム文学論」なんて嫌だ」と、わたし自身が却下したんですね。そんならしょうがないとあきらめてください。名前はともかく、内容は決してややこしくありません。

この講義は、東海大学文学部に文芸創作学科が開設された二〇〇一年に始まりました。わたしに依頼があったのは、詩の読解の講座と実作の講座、ほかにもう一つ「フェミニズム講座」のようなものを、というお話でした。一種の流行といいますか、当時は各大学に、そんな名前の講座が乱立していたと思います。

一九九〇年代、出版不況は今ほどではないにせよ、文学の世界はすでに方向性を見失っていました。ジャーナリズムの力で盛り上げようにも、作品への透徹した視線を持つ批評家も徐々にいなくなっていった。今日まで続くそれはどういう状態かというと「文学者たちの視野から他者が消えていった」ということです。

ここで「文学」の捉え方について大まかに説明します。一般に文学者はマイナーとメジャーに分類されます。詩の世界でのマイナー・ポエット、メジャー・ポエットというのがそれに当たります。これは「売れている」「売れていない」、あるいは「有名」「無名」といった区別ではありません。社会的な上下関係や作品の善し悪しとも無関係です。あくまで文学者個々の資質に沿った流儀の話です。

マイナー文学は社会から距離を置き、自身の内面に深く沈み込むことで紡ぎ出される。日本特有の「純文学」「私小説」というのはこれと思ってもらってよい。詩の世界なら瀧口修造や吉岡実など、絵画的な言語感覚に徹して作品を磨き上げていった「高踏派」と捉えられている詩人たちをマイナー・ポエットとして想起してください。

対してメジャー文学というのは社会を前提とした作品です。社会のあり方を問い、社会に暮らす人々の欲望や関心に沿って書かれます。小説のいわゆる大衆文学、社会派小説といったものが典型です。詩はマイナー文学のイメージが強いのですが、本質的な社会性や批評性といったものは、実は詩人の方が鋭く有しています。一九五〇年代の同人誌「荒地」には田村隆一、鮎川信夫、吉本隆明といった「戦後詩」の詩人たちが集い、その戦後思想は世を席巻しました。彼らはメジャー・ポエットです。

ここで気づいた人もいるかもしれませんが、このマイナーとメジャーという区別、文学者の一生を通じて不変ではありません。文学者の最終的な目的は、自分の世界を確立することです。世界とは「すべて」であり、欠けたものがあれば補完しようとする。自分の世界が崩壊してしまわないかぎり、そうするのが文学者というものですから。

つまり豊かな社会的センスを持ち、メジャーな作品を書き続ける作家も、弁護士でもサラリーマンでもなく文学者である以上は、すべては言語によって形づくられる自身の内面から発しているのだ、という感覚を失うことはありません。社会問題に対峙するような作家たちが文学青年であった若い頃、たとえば吉岡実の詩を耽読したのだ、と言うのを幾度となく耳にしました。彼らも最後には、あるいは折々の作品では、そういった自我の出発点、内面へと立ち返ってゆく。

マイナー・ポエットの凄み、というものが語られることがあります。自身の内面に耽溺し、深く深く沈み込み、それが本当に徹底したとき、言葉にしがたいような、すごい光景が立ち現れることがある。自我が拡大し、膨張して爆発したような感じですね。日本の最良の「私小説」とはそういったものだった。詩ではまれな例ですが、吉岡実は自身の書法について試行を重ね、メジャー・ポエットのごとく、その書法で世界全体を捉えることに成功しました。内面が世界そのものになったんですね。吉岡さんの晩年、私もほんの少しですが面識があり、その追い詰められ方を垣間見た、という幸運を得ました。まさに凄み、というよりほかありませんでした。

補足ですが、俳句や短歌はその短さゆえにマイナー文学として捉えるしかないように思われます。しかし短いがゆえに、それ単独で味わうものとはかぎらない。人口に膾炙する有名な句や歌は、一作家に一つぐらいしかなくとも、作家は一生に渡って句や歌を詠み続け、句集や歌集で世界全体を捉えようとするのです。

またいわゆる抒情詩については、別の講義なり稿なりで、きちんと述べなくてはなりません。自身の感情を表現するマイナー・ポエムだ、と単純に考えられるものではなく、万人に共通の感情であればこそ社会現象になり得る。抒情といっても社会的な価値観を下敷きにしたものであり、谷川俊太郎氏の作品などは、むしろ抒情性を相対化した汎社会的な詩作品と捉えるのが正しいと思います。

一九九〇年代、文学者たちの視線から「他者」が消えた、という話でしたね。簡単な言い方をすれば「文学者たちがマイナー化した」ということです。無論、大衆小説や社会派小説が減ったのではありません。純文学からそういったジャンルへの移行はむしろ盛んになった。が、それは社会全体を大づかみに捉えようとするメジャー指向からではなく、不況となった出版界で何とか生き残りたい、そのために大きな市場を目指したいという文学者の自我＝エゴ＝マイナーな事情からのものに過ぎなかった。したがって、そのような方向性を探った作家たちが必ずしも社会的知性、コモンセンスが豊かだったわけではありません。

一方でこんな状況でもマイナーな文学世界に残ろうとする文学者たちは「自足」の道を選んで

います。多くは詩人であり、また小説家であってもマイナーな現代詩人と変わらなくなりつつありますが、ようは居心地のよい場所で、文学者としての最低限の身分保障があればよしとする。どこか他の世界へ突き抜ける可能性を持つ「マイナー・ポエットの凄み」とはまったく無縁の、いわゆる「僕ちゃん主義」を生きているわけですね。

こういった流れで、作品として社会全体に影響力を与えるものがなくなってきて、文芸ジャーナリズムとしては何を中心に盛り上がっていけばよいのか迷うところとなった。批評家たちも「他人の作品の価値を発見してあげる」という批評家本来の仕事を、多くはやめてしまった。彼らも「自分たちだって僕ちゃん主義に走らなければ損」とでもいうように、論理の筋道が立っていないエッセイを綴りはじめ、自らも作家、創作者と変わらないのだというエゴイスティックな立場を取りはじめました。

「フェミニズム文学論」という方法論が文芸ジャーナリズムにおいて取り上げられたのは、このような状況下でのことだったのです。

さて、これから本題に戻ります。この講義は「文学とセクシュアリティ」で、ここまでは「文学」の近況、ここからが「セクシュアリティ」に関わる話です。

「フェミニズム文学論」とよばれるものが一九九〇年代当時の文芸ジャーナリズムでもてはやさ

れたのは、「女性たち」が「既成の文学」に向ける眼差しだけが、唯一残った「他者」のものに思えたからだったでしょう。この女性たちは多く社会学者であり、文学の門外漢とまではいわないまでも、少なくとも文学プロパーの人々ではありませんでした。「フェミニズム文学論」は、社会学における「フェミニズム」の概念を、文学作品の批評にあえてそのまま持ち込んだものでした。「フェミニズム」と聞いて皆さんは何を思うでしょうか。社会的に不利な立場にある女性の権利を擁護する運動。その通りですね。大昔には「ウーマン・リブ運動」とよばれ、「ウーマン・リブの闘士」というとアマゾネスみたいな猛女を連想したものです。「フェミニズム」は、それをもうちょっとソフィスティケートした感じです。「フェミニスト」というのは、昔でいう「ウーマン・リブ運動家の女性」という意味のほか、従来的には「女性に優しい男性」のことを指していました。つまり「女性」という性に対して、敬意を持って接するという「主義」が「フェミニズム」というイズムだ、と考えればよいでしょう。具体的な権利を要求する「ウーマン・リブ」と微妙に異なるのは、社会運動を超えて「女性」という性の価値そのものを論ずるという点で観念的・抽象的なところです。だからこそ文学に持ち込むことが可能に思えた。

今、就活中の皆さんは、この社会はいまだに女性に不利だと思うこともあるでしょう。けれども女の子には、まっとうな就職以外にも道が用意されている、というアドバンテッジもありますよね。ずっと不景気だった世の中で、いったいに女の子たちの方が元気で、男の子たちの方が押しつぶされている感が否めません。男の子って、なんだかカワイソウ…と、心から同情できるようになったのも、婦人参政権など最低限の平等権を勝ち取ってくれた先輩たちのおかげだということを、ガールズたちは忘れてはなりませんよ。

ではしかし、わたしたちが「ウーマン・リブ」と聞いたとき、こそばゆいような、古色蒼然とした感覚をおぼえるのはなぜでしょうか。女性と男性の間の溝や格差の問題そのものは、いまだに続く永遠のテーマのはずなのに、ベルボトムにノーブラのファッションを見たときのようなこそばゆさ。そのスタイルも、リバイバルでまた流行っても不思議ではなくて、今の十代、二十代の人たちには新鮮なんでしょう。が、それがかつての「流行り」だった記憶がある人々には、やはりどうにもこそばゆい。

つまり日本における「ウーマン・リブ」とは六〇年代のアメリカン・カルチャーの移入の一部であったので、日本の地の底から沸き上がるような革命、必然的に起きたマイノリティ運動ではないのです。それは本来的にアメリカの運動であり、アメリカのマイノリティであった女性たちが生存権をかけて立ち上がったものでした。彼らにとっては誇りある歴史であり、こそばゆかったりするはずもない。

六〇年代にはアメリカは一番かっこいい進んだ国で、日本ではそのアメリカン・カルチャーを移入することはすなわち流行になり得た。グローバリズムなんて提唱する必要すらなかった。しかしアメリカという国は新しい。その新しさがかっこよさや先進性に見える瞬間もあれば、文化果つる野蛮な国となる瞬間もある。新しく、しかも多人種国家のアメリカは建前の国でもあります。表層的な統一性を重んじ、その陰で踏みにじられるものも多い。そんなアメリカは、マイノリティにとって過酷な国です。黒人、女性、その他さまざまなマイノリティが生き延びてゆくにあたり、声を上げざるを得ない。自らの生存を賭けたその叫びが、すなわちアメリカの人権運動です。

わたしがこの講義の名前について「フェミニズム文学論」という命名を拒否したのは、このようなアメリカと日本の彼我の違いを意識せず、日本の大学でアメリカ直輸入のフェミニズムを論ずることは空回りとなるだろう、と思ったからです。そういった論議は、とりわけ若い皆さんに実情からずれている感を与えるか、あるいは最悪の場合、実情に合わない被害者意識を植え付けかねません。

もちろん日本においてもアイヌや部落といった、生存権をかけて声を上げているマイノリティは存在します。しかしそれは、ほぼ純粋に社会問題としての提起です。文化的な側面もあるにせよ、「〇〇文学論」などと仕立て直され、既成の文芸ジャーナリズムで持ち上げられるものではない。そんな呑気で優雅な一派はマイノリティではなく、十分にメジャーな存在です。

そしてそもそも性差別の問題は、他のマイノリティの問題とは違う。性については誰もが無関係ではなく、本質的には無関心ではいられない。人間の約半分が女性である以上、女性はその個々の立場と、立ち回り方によってはあっさりとメジャーな存在になり得てしまうからです。

この講義が始まった二〇〇一年当時も、そして現在も、日本の女性の社会進出は欧米先進国に比べて遅れていて、女性管理職は文字通りマイノリティだと思われます。ではそれをもって一般に、日本の女性は欧米の女性に比べて激しく差別され、虐げられているといえるのでしょうか。

こういう話があります。日本の人権問題について調査にきた、ある欧米人が企業での日本女性の立場や地位を見て「やはり日本はたいへん遅れている。女性の人権への配慮について問題がある」という報告書をまとめた。で、夜になって日本人の家庭に招待され、ある場面に遭遇した。そこの主人（とよばれている男性）が、なんと妻から小遣いをもらっているではないか。

その欧米人の彼は「世界広しといえども、このように女性が強い権利を行使している国は見たことがない」と言ったそうです。日本の男性は、男性社会といわれる職場で働き、同僚の女性の二〜三倍もの報酬を得て、そしてそれを全部、奥さんに取られるのです。鵜飼いの鵜ですな。貯蓄も含めた生活費は奥さんがすべて管理し、夫や子供は欲しいものがあるときには「お母さんにお願いする」。妻の別名を「ウチの大蔵大臣」というのは、財務省が昔、大蔵省とよばれていた頃、しばしば耳にしました。

どうですか。皆さんのご実家でも、こんなふうではありませんか。わたしたちはそれを当たり前と思っており、円満な家庭を築くためには、このように妻に家計を任せる方がいい、とも俗に考えられています。けれどもこれは、世界的にはめずらしいことみたいですね。

さらに怖ろしい（？）ことに、この日本の奥さんという存在、自身が決定権を握っていることを決して認めようとしない。セールスの電話や、友人からの借金の申込みには必ずといっていいほど「あのう、主人に相談しませんと」と答える。なーに、相談なんかするもんですか。買う買わない、出す出さないは、たいていお母さんの専権事項です。

このような権力の二重構造は、日本の文化に本質的なものでもあります。天皇と将軍がそうですね。日本の国会と内閣総理大臣。大統領制と違って権力の中枢、責任の所在がどこにあるのか曖昧です。そのことは現在のように政治・経済が難しい時代、また地震や大事故などの緊急時には、判断の遅れに繋がり、将来に禍根を残す事態を招きかねない。しかし平時には、日本の権力二重構造は、まれにみる平和な安定した世の中をもたらす。

聖徳太子は言いました。「和をもって尊しとせよ」。結局、日本という国にとっての「倫理」とはそれなのです。神との契約をもとにした社会契約論が倫理規範である欧米とは、明らかに違います。権力構造を二重化し、複雑化することは、日本の長い歴史が生んだもので、世の中を「和」として構成するための方途です。そして、それがいったん成功すれば、その平和と安定を維持するにも優れた機能を発揮します。

権力を分割して統治するやり方はもとより、江戸期においてすら、ほとんど民主的なありようをみせていたようです。日本には封建制度はあっても、本当の意味での専制君主がいたためしがない。明治期・戦後の日本の民主化がスムーズに進んだのは、もともとそういった「総意」による「和」を重んじる国風があったからだ、と考えられます。

一方では前述のように、危機的状況においては、このような体制は問題を露呈します。江戸期や戦後高度成長期のような安定的な時期には、日本独自の政治・経済の体制は、まさにジャパン・アズ・ナンバーワンとよばれるような発展の礎となりました。しかし何かと難しく危機的な時代である現在、こういった体制は馬鹿馬鹿しく、理不尽に思える。

「和」をもって事に当たることをよしとする日本の体制は、危機や対立にはめっぽう弱いわけです。家庭においても平時なら、夫を立てながら妻が実権を握っている、というあり方によって円満が保たれます。かかあ天下で微笑ましい、というわけです。しかし、いったん不和が発生し、離婚の危機に直面した場合、女性の権利も立場も、やはり欧米に比べて非常に弱い。日本の家庭は日本国と同じで、平時にはたいへんソフィスティケートされた、すなわち洗練されたパワー・オブ・バランスを示します。だが離婚といった対立的・近代的事態には対応しきれない。これは進んでるんでしょうか、遅れてるんでしょうか。わかりませんね。ようは文化的・社会的な「遅れ」とか「進み」とかは、そんなに単純な話ではないんです。

世の中には男と女しかいない。とすれば性差について論じることはそのまま、人間そのもの、我が国の文化の本質そのものに触れることです。それはまさしく「文学」の仕事です。他国の歴史から生じた運動、他国の思想からもたらされた輸入概念に当てはめるだけでは、我が国の実情からずれた話になるのは当たり前です。ましてや我が国の文学作品の評価について、それをアメリカ直輸入の社会概念である「フェミニズム」に丸投げして、何か得るものがあるとは、わたしにはとうてい信じられません。

わたしは皆さんとともに、性差によって文学を捉えようと試みるのはやぶさかでない。いや文学の本質に関わることであるがゆえに、ぜひとも情熱をもって試みたい。そのような講義が「フェミニズム文学論」と命名されるのを拒否した理由も、おわかりいただけたかと思います。九〇年代に開設された、そういった名称の講座の多くは今、消えてなくなっていると聞いています。小原先生、先見の明があったと誉めてくれるなら、まあ「いいね！」とでも（笑）。

シラバスにある通り、この講義は毎回『源氏物語』を一、二巻ずつ読んでいきます。読むといっても原典講読したり、国文学的な研究に入り込んだりするのが目的ではありません。まずは各巻のあらすじを追い、物語の構造、登場人物の特徴を把握します。いっしょに読み進めてゆくうちに、『源氏物語』が我が国の宝であり、日本文化の本質であること、その世界に例のない完成度、しかも近代的ともいえる緊密さでスリリングな構造を有していることが、わかってくると思います。この『源氏物語』をアメリカ直輸入の「フェミニズム批評」で読み解こうとすると、「高い身分の男が社会的な権力をたのんで多くの女たちをもてあそんだ、糾弾されるべき物語」にしかなりません。そんな馬鹿なことがあるでしょうか。『源氏物語』という「国の宝」にとどかない、正しく論ぜられないような論法なら、女性目線を売り物するフェミニズム批評であれ、他の現代的な批評手法であれ、日本人であるわたしたちにとっては無意味な代物に過ぎません。

わたしたちは『源氏物語』を、いわば「現代文学」として読んでゆきます。その読解の手法が正しく、かつ現代的であるならば、その論法は現在までのあらゆる文学作品にとって有効なはずですから。

毎回の講義半分は、近・現代のさまざまな作家や創作のエッセンスについて取り上げます。それらを論ずることで、私たちの読解の手法が正しいことを確認しましょう。特に注目したいのは、その作品が性差（のエネルギー）によって構造化されている作家です。「性差のエネルギー」とは何か、について学ぶことが、この講義の大きな目的でもあります。ここで取り上げる作家たちがいかに文学の本質に触れ、重要な存在になり得ているかも確認できるでしょう。彼らはもちろん女性とはかぎりません。「性差のエネルギー」に対して意識的になることは、その作家の文学的資質と知性の問題であって、生物学的性別や戸籍上の性別とは無関係だからです。

『源氏物語』と近・現代作品の読解を通し、文化・社会的な性差に関する事柄についても再び触れ、より普遍的な問題としても捉えます。

第2回　『桐壺《きりつぼ》』そして谷崎潤一郎

「いづれの御時にか、女御、更衣あまたさぶらひたまひけるなかに、いとやむごとなき際にはあらぬが、すぐれて時めきたまふありけり」で始まる『源氏物語』を、谷崎潤一郎は「何という帝《みかど》の御代《みよ》のことでしたか、女御《にょうご》や更衣《こうい》が大勢伺候《しこう》していました中に、たいして重い身分ではなくて、誰《だれ》よりも時めいている方がありました」と訳しました。

谷崎潤一郎訳は、語尾や副詞などは平仮名がちで、やわらかく読みやすい印象です。それでいて古語は古語らしい語のまま、通りのよい現代語に無理に置き換えようとしていません。また主語がなく、敬語などで関係をわからせようとする「古文的」な書き方も目立ちます。わたしたちは言葉や文章を前後の関係から理解するので、想像力をはたらかせれば意味はわかります。

谷崎の訳は、原文の雰囲気をできるだけ残すことを主眼としています。谷崎の訳した源氏を読んでいると、いつのまにか原文も理解できるようになっている。リズムや書き方の「思想」に慣れるんですね。頭を使って作品世界をイメージしながら読まないといけませんが、谷崎源氏を読むことは『源氏物語』そのものを読むことに近い。マンガやポップな訳本でもストーリーはわかるものの、間違った説明や、その著者の解釈を読まされることにしかなりません。この授業の教科書として、谷崎訳の源氏を指定しましたのは、皆さんに『源氏物語』そのものを読んでいただきたいからです。

読んでいきましょう。

ここでは、その帝を桐壺帝《きりつぼ》とよびます。桐壺帝は、大勢さぶらう女御や更衣の中でも、ある更衣をとりわけ寵愛します。これがこの物語の端緒です。

別にフツーじゃん、と皆さんは思うでしょう。大勢いたって、とりわけ気に入った人はひとりしかいない。当たり前だろうと。しかし、これがこの長大な物語を生むことになる尋常ならざる事態、ゆゆしきことなのです。

後に示す人物関係図に明らかなように、この宮中の世界は帝を中心に右大臣家と左大臣家があり、パワー・オブ・バランスで政治的安定性が保たれています。帝たるもの、自らの愛情を注ぐときにも、バランスを崩さないよう、最低限の規《のり》を超えてはならないのです。帝とは権力者であるという位置づけながら、むしろそうであるがゆえに、自らの感情のままに愛する人だけを慈しんではならない存在なわけです。

桐壺帝だってプロの帝なんですから、それは承知だったでしょうが。帝の心を捉えたのは、ある更衣であり、のちに桐壺というお部屋を与えられ、桐壺更衣とよばれた方でした。桐壺更衣のご実家は特に卑しくはありませんでしたが、早くに父を亡くした方でした。それがために強い後ろ盾のある女御や更衣たちが驚き、妬み、意地悪をしたということです。

数年前の授業のことでしたが、この『桐壺』の巻について発表してくれた男子学生が、「帝が桐壺更衣を愛したのは、まさに後ろ盾がなかったからではなかったか」と言っていました。それはなかなか面白い。女御や更衣、わたしたち女性たちが気づきにくい「男心」であるように思いました。

プロの帝たるもの二十四時間、帝でなくてはならない。ではあるのですが、人間だれしも息を抜く瞬間は欲しいものです。とりわけこの桐壺帝、ちょっと「甘い」ところがある。それが物語的には必須の魅力であって、のちの話になりますが、息子の光源氏にも「甘さ」はきっちり遺伝している。

桐壺帝は、寝所にいるときぐらいは女性と二人だけの世界で安らぎたかったのではないでしょうか。女性の背後に後ろ盾たる男どもの顔がちらちらするようでは、その女性の言葉のひとつひとつも愛情からくる自然の発露とは受け取れなくなる。現代でも、身近な女性が自身の社会的立場や地位を盾にしているとか、親族や友人などの係累を巻き込んで「掘から埋めようとする」と、男性がぶつぶつ言うのをときおり耳にします。

『源氏物語』の作者である紫式部は、そういった「男心」にも、とても共感していたのだと思います。女性は不安であるがゆえに、二人だけの関係に盾だの堀だのを持ち込むのでしょうが、言われてみれば潔くないことです。現代と変わらない、そのような事柄についても敏感でピュアな感受性と美意識を試されることこそが、すなわちこの時代の知性であった。洗練されたものですね。

基礎知識として、この『源氏物語』の端緒である「傾国・傾城＝国や城を傾けるほどの美女への偏愛」というモチーフは、唐の玄宗《げんそう》皇帝と楊貴妃《ようきひ》の話から採られたものです。紫式部の有名な逸話として、父親が兄に漢文の稽古をつけていたら、そばで遊びながら聞いていた式部が先に覚えてしまった。そのくらい紫式部は子供の頃から漢文・漢詩の知識に通じています。紫式部の父親は「式部の方が男の子であったら」と、ひどく嘆いたそうです。当時、オフィシャルな公文書は漢文で書かれていましたから、その知識は男性が出世してゆくための必須の武器であり、教養でした。

一方で、かな文字は女文字ともよばれ、漢文の知識のない女性が使い、また男性も私的な文書、手紙などに用いたものです。高校の歴史で「国風文化」というのを習ったでしょう。それまで中国の文化を引き写すことが日本の文化であったものが、平安期になり、日本独自の「国風文化」が成立した。それは、かな文字の成立とほぼ同一視でき、またその完成は『源氏物語』の完成と同一視できると思います。

漢文を知らない女性たちのための便宜上の書き文字が、日本固有の文化を代表する指標となった。フェミニズム的に言えば「日本文化の本源は女性性である」といえるでしょう。別にフェミニズム的に言わなくとも、そうなのですが。だいたい日本の神様で一番偉いのは天照大神という女性神なんですからね。

谷崎潤一郎が『源氏物語』を訳した、それも何度も手を入れ、心血を注いで訳したというのは、それだからなのです。小説家は結局のところ、自身の創作活動との密接な関係性を直観しなければ、翻訳作業などに手を染めることはない。その直観力こそが創作者たる者の真骨頂ともいえます。


谷崎潤一郎は「マゾヒズムの作家」とよばれます。マゾヒズムというのは、あの女性に踏みつけにされたり、笞で打たれたりすると性的快感を感じるというやつです。谷崎の偉いところは（そう、谷崎にそのような性的嗜好は確かにあったのでしょうが）その欲望のよってきたるところを日本文化の本源にまで遡って追究したことです。それは変態性欲を正当化したとか、無理矢理こじつけたというものではありません。

谷崎作品を通して読めば、まずは日本文化の根底に対する感受性があり、それが性差によって表現され得るがゆえに、性的嗜好の偏りが生まれたに相違ない、と確信できます。変態でありながら大谷崎とよばれるゆえんです。

例として『痴人の愛』という作品を見てみましょう。

二十八歳の電気技師である河合譲治は、浅草のカフェに勤めるナオミという十五歳の美少女を引き取り、洋館で二人暮らしをはじめます。ナオミは混血児のような容貌で、実家が貧しく、親も同棲に異議は唱えません。河合の計画は、下品で知識教養のない少女を貴婦人に仕立て、理想の妻にしようというものだった。『マイ・フェア・レディ』ですね。ところがナオミは金遣いが荒く、したたかに泣いたりすねたりして、何人もの男たちをも手玉にとるようになります。河合は嫉妬にかられ、男たちと会わせないように策を講じますが、その努力はすべて水泡に帰します。河合はナオミを追い出しますが、恋しくなって探し回ります。ダンスホールで知り合った男のところに転がり込んでいたナオミは帰ってくると、河合を奴隷のような存在にしてゆきます。ナオミが嘘つきで、その美しさも下品で蓮っ葉なものとわかっているのに、彼はやはりその肉体的魅力に抗しきれない。

皆さんは、この作品についてどう思いますか。ナオミへの好き嫌いとか、主人公河合への批判とか、そういうことを問うているのではありませんよ。

この授業で、小説作品を読むときの基本的なルールを簡単に説明しておきます。それは、「登場人物ひとりひとりを毛嫌いしたり、やたら肩入れしたり、行動を批判したりしないこと」。読書の楽しみは人それぞれですが、この授業は「作品の構造と性差との関係性を探る」のが目的です。ひとつの構造物の一部分を取り上げて「この登場人物が大好き」とか「嫌いだからいない方がいい」とか言い合うのは無益です。

ここでは河合とナオミという二つのベクトルが作る力学、その変化のダイナミズムを見てゆきます。というと難しく響きますが、そんなことはありません。まず最初、河合はナオミを自分の思い通りにしようとした。プチブルの河合が、貧しく無教養なナオミを拾い上げて支配しようとしたわけです。しかし、やがてその力関係が逆転する。

谷崎が描こうとしたのは、この支配関係の逆転です。ナオミの蓮っ葉な肉体を描こうとしたのでも、河合が見い出すマゾヒズム的な性的快感を礼賛しようとしたのでもない。小説というのは総体としては、小説を成り立たせている構造の中での力学変化、ダイナミズムそのものです。つまりその逆転自体が小説にとっての「よいもの」であり、「快楽」なのです。

では、このような作品を書いた谷崎潤一郎が、『源氏物語』に何を見たのか。今のわたしたちの関心はそこにありますね。

男が女のハイヒールなどで踏みつけにされる。そこに性的喜びを感じるかどうかは個人の嗜好ですが、わたしたちは皆、そこにちょっとした衝撃やら、おかしみやら、一種の爽快感は覚えるのではないでしょうか。

それは「男」に象徴される支配者、社会の堅牢な構造物が破壊されるときの快感でしょう。その支配者が歯牙にもかけなかった「女」という非構造物が足をすくうかたちで、思わぬ崩壊をもたらす。積み木の城をガシャンと壊すときの子供じみた快感に近い、と言った方がむしろ変態性欲といった特殊な嗜好に還元するよりも的を射ていると思います。

『源氏物語』の冒頭で起きていることも、実は同じなのです。この場合の堅牢な構造とは宮中、すなわち内裏《だいり》です。帝を中心とした権力構造のバランス。堅牢であるべきそれが、たった一人の、しかも取るに足りないと思われている女性の存在によって狂わされてゆく。それが物語の始まりなのです。

おおざっぱな言い方をすると、あらゆる物語はこのようにしか始まらない。社会的・心理的に安定的であった何かが動きはじめる。動かそうとするものは、安定を形作ってきたものへのアンチテーゼ、もしくは対照物であるものです。男に対しては女、内裏という公＝社会に対しては桐壺更衣という私性。

その桐壺更衣の私性を際だたせるために、彼女に後ろ盾をなくしたのだとすれば、先の学生さんが言っていた「後ろ盾がないからこそ、帝に愛された」というのは正しいですね。「男心」は、社会に取り込まれた自身を解放するプライベート空間、つまり寝所では、社会を破壊・無化してくれる私性としての女性を求めている。ある種の女性のタイプへの嗜好でなく、社会と私性という対立構造から生まれてくる普遍的な欲望なんですね。

そしてこの私性というものこそ、日本文学の本質です。谷崎潤一郎は、先の『痴人の愛』を「私小説である」と言っています。まったくカンのよい人です。ええ、いまさら文豪・大谷崎に誉め言葉もないもんですが。この「私小説」には二つの意味が含まれている。

ひとつはスキャンダラスな話題性を狙い、「これは自分に実際に起こったこととして読んでいいですよ」という目配せです。もう一つとして、「ナオミという〝私性〟」が「河合という〝社会性〟に裏打ちされた構造体」を叩き壊す小説だ、という意味も感じられます。河合は経済力・社会的立場・知識、どの点においても自分の方がナオミより上で、支配が脅かされるとは思ってなかったはずです。考えてみれば鼻持ちならない話ですね。社会的な後ろ盾に寄りかかって帝の愛を勝ち得ようとする女たちと同じです。それに対する私性からの逆襲。これこそが日本文学です。楚々とした桐壺更衣と下品なナオミは、同じく私性の象徴としての女性なんですね。

ところで『源氏物語』の端緒がその下敷きとした玄宗皇帝と楊貴妃では、設定は似ていても本質的な構造が異なります。唐の皇帝・玄宗が愛した楊貴妃は西域の出であった。すなわちヨーロッパ人の血を受け継ぎ、色が白く豊満で、独特の体臭があったという。楊貴妃は唐という国際国家の版図の象徴のような女性で、たくましく社会化され、強い自我のありようを示します。それを偏愛した玄宗皇帝の私性の方が、私性の規《のり》を超えて社会的影響をもたらしたことが悲劇でした。つまりこの中国の傾国の物語は、あくまでも社会的なぶつかり合いです。

孤立無援、たったひとりの私性によって我が国の内裏を揺るがした桐壺更衣は、内裏という社会制度の前に敗北し、あっさり死んでしまいます。桐壺更衣は私性の象徴であっても、楊貴妃と違って強い自我を持ってはいません。しかし桐壺更衣が露と消えても、私性はなくなりません。女たちがいるかぎり、物語において私性は偏在します。いわば女の数だけ、あるのです。

ですから桐壺更衣はもちろん、ただ消えてなくなったのではありません。この物語の主人公を産み落としたわけですね。その人こそ、男性性に象徴される制度構造の頂点に立ち、なおかつ制度構造を揺さぶる女たちの女性性＝私性に通じることを担わされた主人公、光の君です。

「月日が過ぎて、若宮（光の君）が内裏《うち》へお上りになりました。いよいよこの世のものでないように綺麗《きれい》に、大きくおなりになりましたので、薄気味悪くさえお思いになります」。これは、「いとゆゆしう思したり」の谷崎訳ですが、薄気味悪いというか、美しすぎて「やばい感じ」です。その光の君をこよなく愛した桐壺帝ですが、結局、その兄である第一皇子を東宮に立てざるを得ません。もちろん光の君を次の帝にしたかったわけですが、そうなれば世間が承知せず、かえって本人のために悪いだろうと懸念されて、「気振《けぶ》りにもお出しにならずにしまった」。

このあたりが、きわめて日本的にカスタマイズされている。ここで無理矢理に光の君を東宮に押し立て、第一皇子とのバトルが、となれば中国の物語と同じ社会的な対立の構図になる。しかし桐壺帝は正妻である弘徽殿女御《こきでんのにょうご》や第一皇子との対立を避け、光の君を私性の側に留める。

やがて光の君は「七つになられましたので読書始《ふみはじめ》などをなさいましたが、たぐいなく聡《さと》く、賢いので、恐ろしいようにお思いになります」。

来朝した高麗人《こまびと》の人相見に、ごく内密に見せますと、「国の親となって、帝王の上なき位に登るべき相のあられる人ですが、しかしそういう風に取っては、御本人が心配なさることもありましょう。公《おおやけ》の重い職について天下の政を助ける人という方に取って見れば、どうも相が違うようです」。

つまり人相見の意見でも、光の君はあらゆる強力な社会的権力のコードから外れる。「際立《きわだ》って聡明《そうめい》なので、尋常人《ただびと》にするのは非常に惜しいのですけれども、親王《みこ》になられたら世の疑いを受けそうな形勢ですし」というので、帝は「源氏《げんじ》にして上げることに決めておいでになるのでした」。

皇族が一般人として下ると、源氏の姓を名乗るのですね。このように光の君が、社会的頂点に通じる道を残しながら、なお私性の側に留まるのは、物語の作者にとっては都合がよい。ちょうどいい感じの宙ぶらりんな位置にいて、動かしやすい。やはり帝や宮様となると、お忍びであってもあちこち出歩くわけにいきませんから。

さて桐壺更衣を失い、悲しみにくれていた桐壺帝のもとへ、再び「桐壺更衣」が立ち現れます。私性は不滅なのですから。正しくは「桐壺更衣」からある要素を取り去り、ある要素を付け加えた、藤壺《ふじつぼ》という女性です。

桐壺更衣とそっくりといわれる藤壺は、桐壺更衣から源氏の君の生母という要素を取り去り、高い身分という要素を加えた方です。身分が高くなったことで、帝の寵愛を受けても前のようではなく、内裏は安定しています。しかし源氏の君の生母でなくなったため、源氏と関係を結ぶ可能性が生じてきます。この不安定要素が、ここからの物語を先に推し進めます。まあ、安定したままでは、物語は終わっちゃいますからね。

その新たな不安定要素を、さらに決定的にしてくださるのが、またしても桐壺帝の「甘さ」です。「この児をよそよそしゅう扱うて下さるな。どういうわけか、あなたはこの児の母のような心地《ここち》がする」などと言って、源氏の君を藤壺に近づけます。そうでなくても、母君と非常によく似ていらっしゃいますと聞かされている源氏の中では、藤壺への思慕が完全にすり込まれてしまいます。

だいたい男の子って、十歳ぐらいまでには女の趣味が確立しているんじゃないでしょうか。毎年、教室でそう訊ねるんですけど、男子学生の皆さんからは、はかばかしい返事はいただけていません。今期の授業では、「母と似た人を追い求めるなんて、気持ち悪い」という女子学生さんがいました。もろにマザコンですもんね。けれども源氏の場合は、実際の母親を知らない。母親の写真もないわけですから、似ていると聞かされただけ。

それはなかなか、ゆかしいではありませんか。自身の母親に相手を当てはめようとしているのではなく、むしろ彼にとっての理想の母性のイメージが、藤壺の像を中心としてできあがってゆく。実在の母に付きもののやっかいな現実性がないのですから、慕うなという方が無理でしょう。

十二歳で元服されると、もはや子供ではないので、藤壺のそばに寄せてはもらえません。一方で元服の際に冠をかぶせる役であった、加冠の大臣（左大臣）は光の君に入れあげて、たった一人の娘を差し上げます。この方が源氏の正妻、のちの葵の上です。

ここに源氏を擁する左大臣家と、源氏を目の敵とする弘徽殿女御の実家である右大臣家との対立構造が成立します。これから多くの登場人物が出てきますが、帝を中心に、この右派と左派のどちらに属するかで人物相関図を思い描くと、混乱なく読んでいくことができます。たいていの長い物語は、そのようにして読まれるものです。

左大臣は右大臣と比べて品のよい人柄です。帝のお気に入りで、その北の方（妻）は帝と母を同じくします。さらに今、源氏を婿にとったというので、「右大臣《みぎのおとど》の勢いは、ものの数でもなく気壓《けお》されてしまわれました」。右大臣は東宮である第一皇子を生

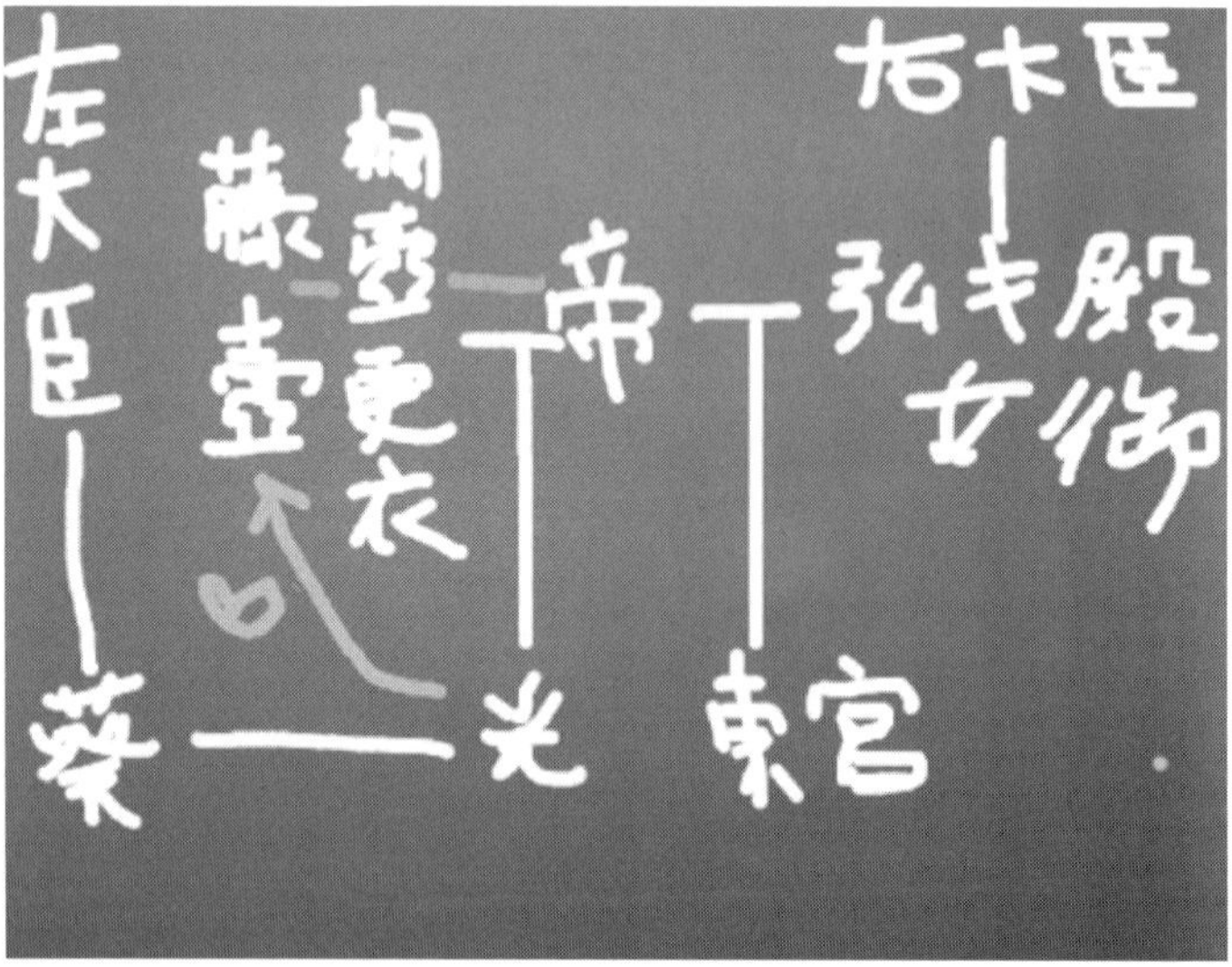

んだ弘徽殿女御の父なのですが、源氏を擁した左大臣に負けている。源氏として臣下に下っても、この勢いです。

それが日本的な権力の光景です。どういう意味においても専制君主国家ではない。第1回のガイダンス授業を思い出してください。「和をもって尊しとせよ」。右大臣家も、左大臣家の息子・蔵人の少将（のちの頭中将）に四番目の姫君を娶せます。「そして、こちらでも源氏の君に劣らずその少将を大切になさる御様子は、そうあって欲しい御両家のおん間柄なのでした」。日本の権力構造において、対立は決定的ではない。

さて社会的構図はこのようですが、源氏をとりまく私性はまた別です。「心のうちには、ただ藤壺のおんありさまを世にたぐいないものと存じ上げて、妻にするならああいうお方でなければならない、さてもさても似る人もなくおわしますことよ、大殿《おおいとの》の君（葵）の方は、可愛らしく大切にされている姫君とは見えるが、性《しょう》が合わないような気がする」。と、「生一本《きいっぽん》な子供心のひたむきに、苦しいまでに考え悩んでいらっしゃいます」。

源氏の君は「あやにくな性格」であることになっています。わざわざ難しい、つまり「やばい」女に惹かれてしまう。まあ、その辺りで人をやきもきさせるのは物語の常套ではあるんですし、「正妻と相性ぴったりで幸せに暮らしましたとさ」ではそもそもお話になりません。ただ『源氏物語』では、その源氏の君の「あやにくき」性格が、物語上の要請であると同時に、彼の人物像の深み、生い立ちを考えた上での必然性、したがってそれへの読者の共感と一体になっているところが、いかにもみごとです。

第3回　『帚木《ははきぎ》』そして『空蝉《うつせみ》』

源氏の君は、すでに十七歳になっています。輝く資質を示した伝説的な少年期から一気に（当時としては）成人の域に達しています。いわゆる思春期という、ややこしい時代ははしょられている。このはしょり方で、また一つの解釈が浮上するわけですが、それはのちほど。

第二巻の『帚木《ははきぎ》』は「雨夜の品定め」という有名な場面から始まります。梅雨の長雨の頃、宮中での宿直《とのい》が続きます。この宿直の晩に男たちが集まって、いろいろと女の噂話、すなわち品定めをするわけです。

源氏の君は日頃から、正妻である葵の上のいる左大臣家から足が遠のきがちです。ただ葵の兄に当たる頭中将《とうのちゅうじょう》は源氏と親しく、互いに遠慮なく言い合う仲です。

この頭中将が源氏に向かって、女からの手紙で面白いものを見せてくれ、などとせがみます。十七歳までの源氏は慎重で賢い男の子らしく、恋愛沙汰で浮名を流すことを極力つつしんでいます。アフェアがない、というわけではありません。後の世に自分の名がいたずらに傷つかないよう、人目につかないように気をつけていた、ということです。

そういうわけで、頭中将に絡まれても源氏はうまくやりすごしています。やがて頭中将は女性に関する持論を展開しはじめます。「女の、難《なん》の打ち所のない、これならばと思われるようなのはめったにいるものでない」といった具合。このあたりからが「雨夜の品定め」の始まりですね。

この頭中将と源氏との会話で、以後の物語のポイントとなるところがすでに二カ所、出てきます。

まずは「いささかの才藝もない人というのがあるだろうか」と源氏が問い、「全く取柄《とりえ》のない駄目な女と、これは素晴らしいと思われるすぐれた女とは、数が同じくらいではないでしょうか」と、頭中将が返す。これは後々、光源氏が末摘花《すえつむはな》という姫をわりあいに大事にする、その理由づけにもなります。末摘花はみごとに、まったく何の芸もない人ですから。

もう一方のポイントは、ここで初めて「上流、中流、下流の女」という三分割が登場する、ということです。この点は非常に重要で、これによって『帚木』の巻は、『源氏物語』の前半部の「目次」、あるいは前半部を見渡す「地図」のような役割を果たすことになる。

ここで左馬頭《さまのかみ》、藤式部丞《とうしきぶのじょう》という身分の低い二人が登場します。彼らが加わって、中流以下の、源氏と頭中将といった貴公子たちが知らない階級の女たちについて語ると、説得力があるわけです。家来たちの話は、中流以下の女たちとの体験談へと移ってゆきます。やたら嫉妬深い女、反対に浮気な女、賢くて畏れ多い女の話。それに混ざって、頭中将が「常夏《とこなつ》の女」の話をします。

源氏は身体を横にして、うつらうつらしている。その様子がまた美しい、ということですが、実は源氏の君はこの品定めをかなり熱心に聞いています。品定めの議論も結局、結論にはたどり着かず、その傍らで源氏は藤壺のことを考えて、この話からしてもやはり比類ない人だ、と胸をいっぱいにしています。

この記述から、十七歳になるまでの間に、源氏は藤壺とおそらくは一度かぎりの契りを交わしているると考えられます。幼い頃に親しんだ面影だけでは女性として評価できないでしょうから。とすると源氏が浮名を流さないようにしているのは、実は後の世の評判を気にしているのではなく、藤壺の耳に入ることを怖れているのだ、と考えるべきでしょう。めったに逢うことのできない人に、「なんだ、やっぱりそんな男か」と見切られるのを怖れる。十七歳の男の子が後世のことを気にかけている、なんてことより、ずっとありそうです。

『源氏物語』は、源氏の側にいた、ある女房が書いた設定になっています。教養高い紫式部が書いたのでも、源氏の視点からすべてを独白したものでもないわけです。だからこの女房が知り得ない、または推測できないことは基本的に書かれない。

源氏がそのとき藤壺のことを思い出して胸をいっぱいにした、というのは源氏本人から聞いてもおかしくはない。もし「源氏が、藤壺の耳を慮って行動を慎んでいる」とまで述べたなら出過ぎたことですが。この女房は、源氏が元服から十七歳になるまでの間は側にいなくて、直接は行動を見聞きしてないのかもしれません。元服までの間のことも人伝えに聞いただけだとすると、源氏の少年期がなにやら伝説めいているのも納得できます。

紫式部が漢文の素養に優れていたことは前回、お話しましたね。しかし『源氏物語』はあくまでも普通の女房が物語っていることになっていて、かな文字で書かれた文学の最高傑作です。内容的にも、普通の女房らしい判断にともなって書かれた形になっています。が、その「語り」の中に、彼女自身が気がついていないことを読者が感知する、ということがしばしばある。

つまり紫式部が意図し、十分に承知していることを、この女房はそれに気づいていないという形で語らせる。敏感な読者はその語りを通して、作者の意図を察する。こういった語りの二重構造、重層化は、現代でもよく見られるテクニックです。

たとえば犯罪の目撃者が、自分の見たことの重要性に気づかないまま、世間話として語る。それを聞いた刑事が「何だって！」みたいな。『源氏物語』はこういうところが、たいへんスリリングで現代的なんですね。

さて、そういうわけで、十七歳の源氏が身を慎んでいた（ふりをした）のは、藤壺の耳を気にしていたからではないか、いや絶対そうに違いないのですが、この女房は後世の評判を気にしていたからだといちおう、思っているということです。

まあ、現代の女性である私たちのロマンチシズムからすると、身を慎むふりをするのでなく、藤壺に本当に恋い焦がれて、他の女なんか目に入らないという、そんなピュアな男の子であらまほし、というところなんですが（笑）。でも、それではまたしても話が終わってしまう。少なくとも長大な物語にするのは無理で、せいぜい四百枚程度の「純愛小説」にしかなりません。一般には物語の長さは登場人物の数に比例しますから、いろんな女が出てきてくれないとね。

ただ作話の都合ばかりでなく、この当時、そこまで観念的な「純愛」というのはリアリティがなかったように思います。もちろん「あるところに男と女がいて…死ぬまで仲良く暮らしました」といった、説話的な意味での貞操観念はあったにせよ、それは死ぬまでの間の細ごまとした出来事を省略し、抽象化したということに過ぎません。

そもそも異性を偶像化し、絶対的に崇拝するといった恋愛観念は、明治期にキリスト教とともに入ってきたように思います。つまり相手を天使のように見なすわけで、そういう世界観に浸って暮らすというのはロマンチックで素敵ですけど…。いまだにキリスト教に憧れ、結婚式だけ教会で挙げたがる女性が多いのは、やはり日本においては明治期以来、キリスト教＝恋愛観念である現れでしょう。

そして崇拝の対象が所詮は現実の存在である以上、いつかはその幻想が破れ、幻滅する瞬間が訪れる。もちろん藤壺もまた例外ではありませんが、それはのちの話です。

『源氏物語』は全篇にわたり、抽象化された説話的な理想と、幻滅をともなう現実性との往還を繰り返しています。作者自身も十分、それに意識的だったことは、『帚木』の巻で頭中将が「されば と言って、吉祥天女《きちじょうてんにょ》に思いをかけるのも、抹香臭《まっこう》くって人間ばなれがしていて変なものでしょうし」と言うところからも見てとれます。

自分の知らない中流以下の女に興味を惹かれた源氏に、さっそく機会が訪れます。雨が上がって、源氏は正妻のいる左大臣家に久しぶりに足を向けます。が、折悪しく方角が悪い。当時としては迷信では済まされないことでしたから、方違えによそに出なくてはなりません。そこで紀伊守《きいのかみ》という者の屋敷へ向かうことになります。

紀伊守というのは紀伊の国の知事さんというか、宮中人から見れば、まあ物質的には恵まれたプチブル、すなわち中流です。余裕があるんで、最近は庭に水を引き込んで、涼しげな感じの屋敷である。それはいいなあ、疲れているから牛車ごと入れるんなら、などと源氏は言います。

方違えを口実に、なじみの女の家に泊まるのが普通でしたから、むしろ源氏は左大臣家に配慮して、あえて知らない家に向かったようです。つまり最初は浮気心はなかった（これは語り手の女房が思っているだけでなく、本当にそうらしい）。

紀伊守には伊豫介《いよのすけ》という父がいて、たまたまこの家族、女房たちが来ている。「人の大勢いるのがい

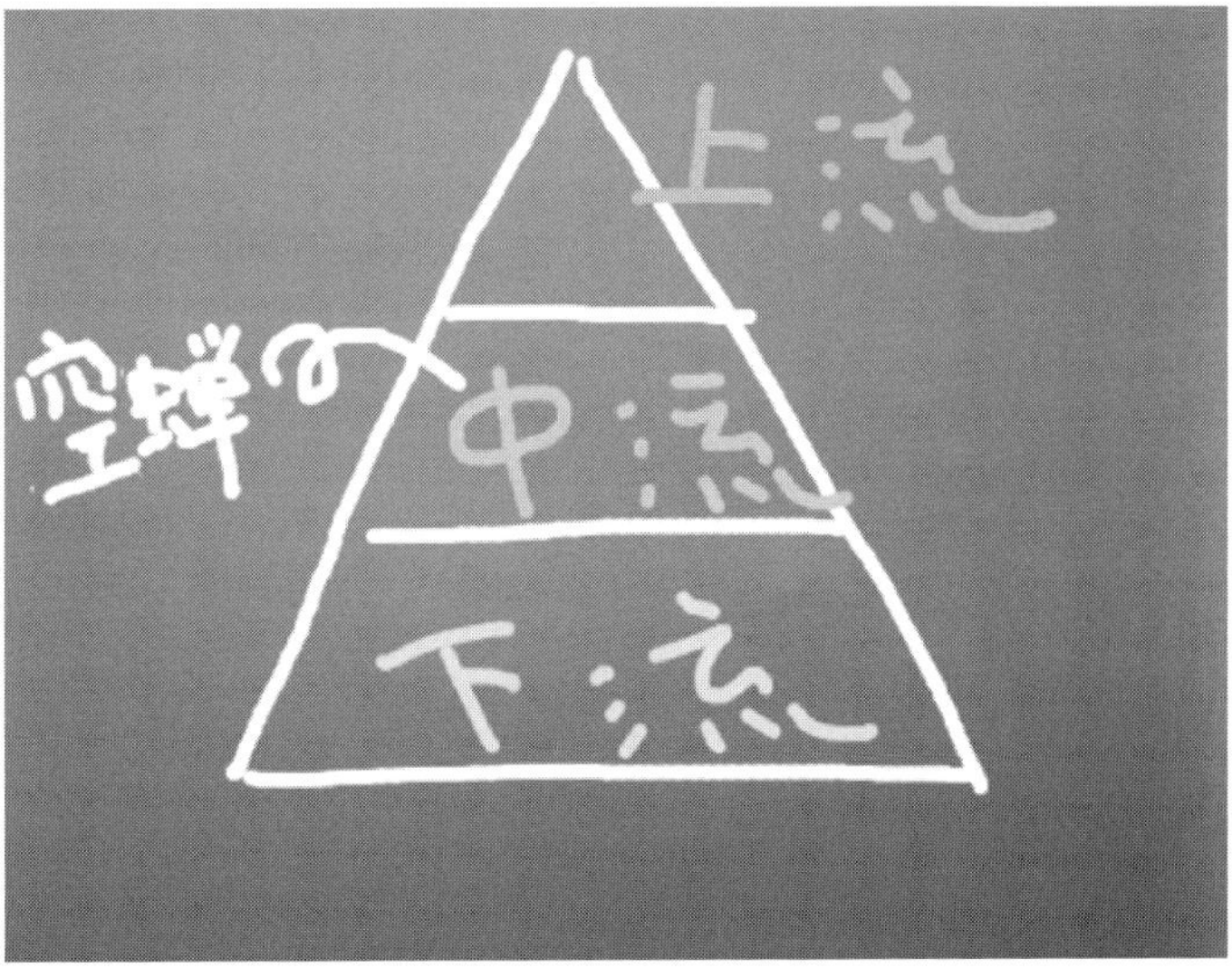

いのだ。女気《おんなけ》のない旅寝などはものおそろしい心地がするから」とか源氏は言います。このあたりから、そろそろ怪しいですね。源氏は、伊豫介の娘、すなわち紀伊守の妹である女の噂を聞いていて、関心がある。

中流の家というのは、普段の源氏の居所に比べれば、やっぱり開放的なんでしょう。ここで源氏はさんざん人々を覗き見したり、盗み聞きをしたりします。41ページの三角形の下に下がってきたことで制度の縛りが緩み、主人公の行動が解放されるわけですね。物語としては、都合がよいことです。

可愛らしい少年が源氏の目に留まり、その姉が伊豫介の若い後妻であるとわかります。源氏の関心がこの後妻に移る。だいたい母性に飢えている系というか、あやにくな性格の源氏は人妻好きなんでしょう。

伊豫介の後妻へと繋がるきっかけを作るのが、その弟である小君《こぎみ》という少年であることも注意すべきことです。夜、少年の声が聞こえてきて、姉と話している様子である。その声に導かれ、源氏は伊豫介の後妻と契ることになる。

伊豫介の後妻は、身分違いを言い立て、抵抗したり嘆いたりします。中流の女であることを強調するのです。このあたりから、源氏は中流の手強さ、面白さを実感しはじめます。

源氏の女の趣味は、大筋では「子供」か「母親」です。あやにくと言われるだけあって、極端な存在が好きなんですね。それについては追々、見ていけばわかりましょう。この中流の女は、老いた伊豫介の妻であり、可愛らしい弟がいるという意味では母親のカテゴリーに入ります。ただ中流という立場にあるため、社会的な制度を強く意識しなくてはならない女です。こういう社会化された女は、本来は好みではないはずです。

しかし源氏が興味を示さない（すなわち作者が面白味を感じない）のは、社会的に安定した立場を確保して満足している、当たり前の女です。こういうところは後ろ盾とか既成事実とかをたのみに、ふんぞり返った女を好きになれなかった父の桐壺帝とよく似ています。

この中流の女は、本当は宮仕えにでも出されるはずだったのが、「人の身の上は分らないもの」で、老いた伊豫介に縁づいた。それに不満を抱えている女だ、と源氏は理解しています。つまり中流であることにおいて安定しきっているのではない。彼女が社会的な立場を強く意識しなくてはならないのは、その安定性をたのんでいるのではなく、むしろ彼女の不幸からです。身分違いを言い立てる彼女に、源氏はその点からも同情し、なお掻き立てられるものがあるのでしょう。

そしてその「制度」への身の処し方によって、「個性」というものが現れてくる。上流の女にはない現象です。上の上の女性である藤壺など、ただ「素晴らしい」ばかりで、個性というものは感じられません。個性を持つ必要がない、いわば「吉祥天女」に近い存在です。

中流の女は契りを結んだ後も、自分はもてあそばれただけだ、といった認識をくつがえそうとせず、強情に心を許しません。このことは貴公子の源氏のプライドをひどく傷つけた。「なんか、レイプしたみたいに言われてるし」みたいな。

けれどもこれはむしろ身分違いを超えて、自身と源氏が対等に近い存在になるための、この女の本能的な、かつ、ぎりぎりの権利の主張だったろうと思います。年老いた夫に不満を持っている女が、突然、天から降りてきたような貴公子にぼーっとならないはずもない。実際、その女の気持ちが覗くところも見られるのですが、中流の女は一貫して強情な態度に終始します。

それはまあ、そんな目にあったことのない源氏には効果を上げ、「あの人にだけは、かなわなかった」と後年まで言わせしめる。それによってこの中流の女は源氏にとって、かけがえのない人の一人になりおおせます。

…というのは、よくある解説ですが。

ここでちょっと、妙なことに気づきませんか。男に無体なことをされたと嘆き、身分違いなのにと訴える場合、どちらかというと「男の方が身分が下なのに」という響きがあります。「あんな男に、もてあそばれるような私ではないのに」と。

源氏は、この女に身分違いと責められるうち、だんだんどちらが上なのか、下なのか、わからなくなっていったのではないでしょうか。プリンスである源氏があわて、愕然としたのは、そういうわけだったとしたら、「あの人にだけは、かなわなかった」と言うのは実感でしょう。「女の宿世は浮かびたるなむあはれにはべる」と、定めなき宿世の女を哀れんでの挨拶ではない。

つまりこの中流の女は制度に囚われているかと思いきや、その制度の上下関係を一瞬、逆転させるダイナミズムを発生させた、怖るべき頭脳の持ち主だ、ということです。そもそも、この若い後妻について「伊予介は大切にかしずいているか。主君《しゅくん》のように思っているであろうな」と源氏は紀伊守に問うています。男女という身分の差をもひっくり返す力を最初から内に持っている女だというわけです。

さて、これからの彼女との逢瀬が期待できず、文もやりとりできないので、源氏はその弟を召します。希望通り、殿上で仕えさせてやるのです。この小君が連絡係となりますが、姉からの色よい返事は得られません。源氏は方違えを口実に、再び紀伊守の屋敷に出向きます。小君を使いにやりますが、女はつれなく、いっそこの子の方が可愛いと共寝します。

帚木《ははきぎ》のこころを知らで薗原《そのはら》の
　　みちにあやなく惑ひぬるかな

源氏が女に贈った歌の中の「帚木」は、近づけば消えるという木で、女をなぞらえたものです。女が消えてしまうので、手近なもので慰めを得ている、ということになります。この時代には、こういった少年愛は別にめずらしくなかったようです。源氏にとっては慣れない中流の女を相手にするより、小君を可愛がる方が本来の趣味に近いかもしれません。そもそも子供か母親が守備範囲ですから。

源氏が上流階級でない、よそへ足を向けるときには、露払いというか導き手となるものが存在します。小君もまた、この場合の導き手で、そもそも源氏が彼女に興味を惹かれたとき、また彼女の寝所がそこと知れたときにも、小君の存在が先行しています。紀伊守が出かけて、女ばかりになったときを見計らい、小君は再び源氏を手引きします。このあたりから『空蟬《うつせみ》』の巻に入りますので、あの中流の女を「空蟬」とよびましょう。そこで源氏は、空蟬が伊豫介の娘、すなわち最初に噂に聞いていた紀伊守の妹と碁を打っているのを隙見します。いつも完璧に取り澄ましている上流の女しか見たことのない貴公子には、気づかずにはしゃいでいる素の女を見るという経験もめずらしい。

若い娘、軒端荻《のきばのおぎ》は華やかで利口そうで、親が自慢にするだけのことはある。が、やや蓮っ葉で下品である、と源氏は見て取ります。それでもなかなか捨て置けない美人です。一方の空蟬は、日の光で見ると美しくはない。が、自分をよく知り、うまく取り繕い、全体の風情がゆかしい人である。まさしくその身の処し方に知性が感じられる。

そして夜になり、その名の通りの『空蟬』の段です。導かれ、空蟬の寝所に入り込んだ源氏ですが、空蟬はその衣の薫香で源氏の訪れを察知し、まんまと逃げてしまいます。きっと上流それも天上の匂いがしたんですね。一度は契った関係ですから、覚えのある香りだったのでしょう。

源氏は、そこに寝ていた軒端荻を空蟬と勘違いします。そうとわかっても「間違えました」では、あまりに間抜けです。それに、ややこしい話になれば、自分が空蟬と通じたことが広まってしまう。彼女にとって、それはどれだけ迷惑でしょうか。

意中の女に逃げられて、頭に来ているはずなのに、その人にかかる迷惑を一番に心配する。こういうところは確かに、理想の貴公子の名に恥じません。若くしてこういう男はなかなかいないと思います。とは思いますが、昼間、碁を打つ姿を隙見した源氏は「あの若い方の女だったら、きれいだったから、ま、いっか」とも考えたそうな。源氏は「たびたびの方違《かたたが》えもあなたに逢いたさの口実であった」と作り話で軒端荻に取り繕います。口さがない人々はきっと、この方違えのことも噂するに違いないと、よくわかってるわけです。

源氏はその場を離れるとき、空蟬が脱ぎ捨てた衣を持ち帰ります。『空蟬』の名の由縁です。前巻では『帚木』、この巻では『空蟬』と、捕まえたと思ったとたんに逃げてしまう女の比喩です。その悔しまぎれに、前巻では小君を、そしてこの巻では軒端荻を慰めとする。

この空蝉の脱ぎ捨てていった衣も、源氏の慰めとなります。下着泥棒などといっしょにするのは何ですが、フェチというものの本質も、ここで明らかになっています。下着、靴や靴下。いずれも対象が「不在」であることで初めて執着される。不在が掻き立てる欲動というものがあるわけです。『帚木』、『空蝉』とは不在そのものです。源氏の最大の執着の対象である母性もまた、彼にとっては最初から不在のものでありました。

源氏の、軒端荻に対する扱いは冷たいもので、後朝の文も贈らずじまいです。もっとも彼女はその本当の意味に気づかない程度の知性しかないので、それに相応しい処遇をしているともいえます。こういった源氏の行動は、いわゆるフェミニズム的な観点から見れば、非難の対象でしょう。高い身分の男が、低い身分の女を弄び、いいようにしている。軒端荻などは騙され、処女を奪われたあげく、侮辱的に見捨てられた女ということにしかなりません。そんなつまらない解釈って、見たこともない。フェミニストの人々は「時代が違う」などと言うことでしょうが、もし自身の主張に忠実ならば、『源氏物語』が国宝中の国宝、すなわち日本の文化そのものである、ということに異議を唱えたらどうでしょう。だってフェミニストは、日本という国家が、軒端荻のような立場の女性の人権を冷たく無視することは認められないんでしょうから。

ここでもう一つ、読解のルールを確認します。それは「物語の登場人物に人権はない」。当たり前ですね。架空の人物なのですから。人権とは、国籍を持つ実在の人物だけに付与される社会的な概念です。が、それがときどき、物語の読者にはわからなくなってしまう。熱心に入れ込んで読んでいると、そうなる傾向があります。

しかし男も女も、物語の登場人物はすべて、作家の観念を表現するための道具であり、何事かのメタファー（比喩）です。モデルがいる場合もありますが、その場合にもその人物を描くことが目的ではない。あくまで作家の抱える観念の表現の手段として存在するのが登場人物です。ですから誰も、軒端荻の人権について、抗議の声など上げる必要はない。大切なのは、軒端荻や空蟬や、光源氏も含めて、これらの登場人物＝メタファーによって、作者がどんな観念を示そうとしているのか捉えること。それこそが文学です。

些末な表現にいちいち縛りをかけたり、架空の人物の人権を問題視したりすることで、むしろ作者の「表現の自由」という憲法に保障された人権を侵す可能性がある。文学的にも社会的にも、そのことの方がずっと問題です。だって作者は、実在の人物なのですから。

では次回以降、さらなる女性たちの登場によって、紫式部が本当に表現したかったことは何なのかを見てゆきたいと思います。

第4回　『夕顔《ゆうがお》』あるいは「女」

こんにちは。今日は『夕顔《ゆうがお》』の巻です。

『夕顔』の巻は、私の「お気に入り」のひとつです。登場人物のうち、どの女性が一番好ましいか、という人気投票なら、おそらく可愛らしい紫の上になるでしょう。では誰が一番気にかかるか、といえば、私はこの夕顔です。

女を上・中・下流の三つに分類するという、例の「雨夜の品定め」では、夕顔は下流の女に属します。というより、下流において見い出された女です。

源氏は、乳母が病いに倒れ、尼となったのを見舞います。普通の民家が建ち並ぶ場所に、お忍びで向かう。その近辺の様子は源氏の目にはめずらしい、いわゆる下流の辺りということになります。

源氏はその場所を、ただ卑しいところと思ったわけではありません。この世は仮の宿に過ぎず、宮も藁屋も同じこと、自分の住まいと変わらないと考える。こういった感受性の柔らかさ、幅の広さが主人公としては大変に好都合であり、この物語の究極的な「思想」の担い手になり得るんですね。

乳母の息子である惟光《これみつ》が正門の鍵を探している間、源氏は車に乗ったまま、通りで待たされます。と、隣りの家の垣根に見慣れぬ花が咲き、そこだけ白く、ひとり微笑んでいるようで心惹かれます。夕顔という人間じみた名を持った花で、こういった卑しい界隈の生け垣などに咲くと聞き、その運命を哀れんだ源氏は花を所望します。家の女童が、香を焚きしめた扇に花を載せ、随身から惟光の手へ、そして源氏へと渡ります。

見舞いを終えた源氏が扇を見ると、「心あてにそれかとぞ見る白つゆの　ひかりそへたる夕がほの花」と、美しく書きちらしてあります。「源氏さまではありませんか」とお声をかけているのです。身分差を考えると大胆な、挑戦的なものにも思われたでしょう。源氏は例によって俄然、好奇心をそそられます。

どうやらその家には、この界隈に似合わない女性が、女房たちを連れてひそみ暮らしているらしい、と惟光に調べさせた源氏は、姿をやつして女のもとに通います。そして自分でも理由がわからぬほど、彼女にのめり込んでゆくのです。

この夕顔を「遊女の系譜の女」などとよぶのを学術書で見かけました。藤壺《ふじつぼ》や紫の上を「紫の系譜の女」として、それに対比させるわけです。前者が遊び女、すなわち水商売系、後者が理想の女性系、というわけですね。

この分類自体は有益なものだと思います。しかし本質ではない。水商売系、といえば何かわかったつもりになってしまいます。実際のところ現在、私たちが遭遇する九九・九パーセントの水商売の女性については、「水商売系だね」と一言いえば、それで終わりです。けれども本質として語るに足るものは、常に例外の中にある。夕顔を「水商売系」のように分類するのは確かに、ある重要なことに気づかせてくれます。が、それは同時に本末転倒というか、本質を取り違える危険性をはらんでいる。

文学作品の解釈は基本的には自由です。しかし解釈は時間が経つにつれ、「正しいもの」と「そうでないもの」に自ずから分かれてきます。正しい解釈とは「その作品をより興味深く読ませるもの」です。ある作品について、九九・九パーセントの人がつまらない、価値のないものと見なし、残りの〇・一パーセント、たった一人が評価したとします。その一人がもし、その作品の解釈について「なるほど、そう読むとたいへんに面白い」と人々を納得させる「発見」をしたのならば、その一人の解釈は「正しい」のです。批評や解釈は、本来的に優れた作品に寄与するためのものです。そして最大限に寄与できるものが、最大限に正しい。

夕顔が水商売的な手管を使って、源氏をたらし込んだという解釈は可能ではあっても、『源氏物語』を最大級に興味深く読ませるものではありません。夕顔を遊女的と見なすことで気づかされるのは、現代の遊女＝水商売の女性の手本、理想の原型がむしろ夕顔なのだ、ということです。かつての遊女たちが『源氏物語』を下敷きに「教育」されたかどうかはわかりませんが、いわゆる「商売女の手管」として形骸化されていったのかもしれません。

源氏はこの、どことい って取り柄のない女性に激しく溺れます。その理由は源氏にもわからず、また最後まで分析されません。他の女性たちについては、たとえば紫の上は藤壺の姪であったといった関係性の構造から、あるいは源氏自身の内省や言葉から、惹かれる理由が明確にされているのに対し、夕顔という女性の魅力の本質はずっと謎のままなのです。

わからない箇所、得体の知れない部分を排除し、隅に追いやろうとするのは人の常です。空蟬《うつせみ》と夕顔は中流と下流に好奇心を示した源氏のアバンチュールに過ぎない、といった解釈は一見、安定的なものに見えます。しかしそれで面白いでしょうか。物語はまだ始まったばかりなのに、主人公のドンファンぶりだけを見せつけられて、当時の読者であった女性たちは彼に共感できたでしょうか。アバンチュールの相手にすぎない夕顔を、源氏は次に述べる六条御息所《ろくじょうのみやすどころ》と比較し、その貴女の欠点を認識したというなら、あまりに畏れ多いことです。また中流・下流の女たちが物語に挿入されたエピソードでしかないのなら、夕顔や空蟬の名がこれほど知れ渡っているのはなぜでしょう。

下の下の品だろうと思われる女の住まいに、お忍びで通えるようにした算段は、惟光がその家の別の女に言い寄りながら画策したのですが、その手続きについて詳しくは述べられません。扇に載せられた夕顔の花が、随身から惟光に、そして源氏の手に渡った、ということで十分なのです。ただ源氏がそこへ通いはじめる真のいきさつ、状況的な流れ、源氏の心の動きについては、きわめて巧みに描かれています。そこは現代作家も舌を巻くような出来映えで、紫式部もそれを自覚していたに違いありません。源氏は最初、乳母を見舞い、隣家の女たちの様子と夕顔の花が目に留まった。見舞いを終えて、扇に書かれた歌に気が惹かれる。しかし、その下々の住む界隈は源氏にとって、六条御息所のもとへ通う道すがらでもありました。

源氏は六条御息所の住まいに向かうと、その上品さ、素晴らしさに、すぐに例の扇のことなど打ち忘れてしまいます。御息所は源氏の父、桐壺《きりつぼ》帝の兄の后であった方です。東宮のまま亡くなった兄の跡を受け、桐壺帝は即位された。つまり御息所は皇太子妃のまま未亡人になられた。たいへん身分の高い方です。

貴女であるばかりでなく、美しく、趣味も素晴らしく、若い公達《きんだち》の憧れの的であった。その八歳上の御息所を、源氏が落としたわけですね。ところがそれと同時に、急に興味が薄れはじめた。それは一見、若い男にありがちな気まぐれ、薄情と変わらないように思われます。「あのような大切なお方を」と父の桐壺帝にも叱られるのですが、何となく足が遠のいてゆく。その前兆が、すでにこのあたりから始まります。それに拍車をかけるのが、夕顔について惟光からもたらされる情報です。

あるとき源氏は、六条御息所のところから朝早く発つことになりました。そのときに見送りに出た中将《ちゅうじょう》の君が麗しく、艶っぽかったので、源氏はつい手を出します。

さく花に移るてふ名はつつめども
　折らで過ぎうき今朝《けさ》の朝顔

触れずにおられようか、などと戯れに言い寄る。

中将の君はさすがに六条御息所の女房でありますから、たいへん賢くて、

朝霧のはれまも待たぬけしきにて
　花に心をとめぬとぞみる

と、侍女としてさらりとかわします。だがこの様子を、たまたま上げられた御几帳から御息所がご覧になっている。朝霧の中で、源氏も中将の君も絵に描いたように美しい。御息所の心の内には触れず、ただ優美このうえない六条御息所邸の様子である、といった書き方しかされていません。映画の一シーンのようでもあります。

この麗しい「朝顔」の朝と、覆面姿で「夕顔」のもとに通う夜の闇。みごとな対比でしょう。源氏はなぜか夢のように素晴らしい六条御息所邸を向かうべき足を、下々のむさ苦しい家にいる

夕顔のもとへと、ドロップアウトさせるようになります。

いくら「あやにくな」源氏とはいえ、やはりこれは六条御息所でなくとも、あんまりなこと、異常な仕打ちと思われたろうと察せられます。そして源氏がそこまで夕顔に溺れる理由は、先も述べたように物語の中で明確に説明されない。

しかしそれは夕顔があやふやな存在で、その逢瀬が単なるエピソードだからではない。夕顔の魅力が捉えがたい理由はその逆で、それが高度に観念的・抽象的で、物語の本質的なテーマに肉薄しているからにほかなりません。

源氏は、夕顔こそが「雨夜の品定め」で頭中将《とうのちゅうじょう》が語っていた常夏《とこなつ》の女であろうと察しています。頭中将の子まで宿しながら、正妻の家から脅され、何も言わずに姿を消してしまったという女です。このように夕顔はものに怯えやすく、ひどく子供っぽい性格として描かれています。が、同時に、子供の母親でもある。両極端に引き裂かれた、矛盾した存在にも思えます。そしてひたすら弱々しく、男に従順である。が、とある院へと連れ出され、覆面をとった源氏の顔を初めて見た夕顔は、「露の光はどんなものです」と問われて

光ありと見し夕顔のうは露は
たそがれ時のそらめなりけり

「光輝いていると見えましたのは、夕暮れどきの見間違いで、たいしたことはありませんわね」と応える。天下の光源氏を、こんなふうにからかった女は、物語中で夕顔だけです。

この矛盾に満ちているかのような性格について、『源氏物語』の最高権威とよばれるある先生は「紫式部が夕顔の性格設定を間違えた」とその著書の中で宣っています。申し訳ない言い方ですが、学者さんってほんとに女を知りませんね。

『源氏物語』の中で、紫式部はたしかに紫の上の年齢を間違っている可能性があります。他の大作家でも、日付や曜日、時間などを間違えていることはしばしばあります。それがミステリーの謎解きにでも関わるなら致命傷になりますが、たいていは些末なミスです。そのときどきの紫の上の年齢については、紫式部がこうあらまほし、と思った筆の勢いに近い。

作家はしかし、そういう細かいミスを犯すことはあったとしても、登場人物、それもごく重要な人物の性格設定を間違える、などということは絶対にありません。それは作品のテーマと表現構造の根幹に関わるものだからです。

夕顔の性格が矛盾に満ちているのは、些末な人物だからではなく、彼女が極めて重要な、しかも捉えがたい観念を示す存在だからです。夕顔とは「女」そのものなのです。

乳母の家の門の前で待たされていた源氏に、そもそも最初に声をかけたのは夕顔の側です。夕顔の女房たちのひとりかもしれませんが、この時代、主人と従者たちとの性格は一体のものとして捉えられます。これは実は現代でも同じです。トップの性格で社風は決まる、とか。その集団的な性格に染められ、その中での「個性」があると見えているだけです。

『源氏物語』のお姫さまたちの中で、ほかに自分から源氏に声をかけた女がいたでしょうか。身分をわきまえない大胆不敵なことです。現に、源氏の返事を運んできた従者は、ぷんぷん怒りながら帰ってゆきます。

大胆で挑戦的ともとれる、これらのわざはつまり「無邪気さ」のあらわれです。子供っぽさ、従順さ、そしてどこまでも男の意に沿い、柔らかく、水のように心も身体も溺れさせる。それらもすべて「邪気のなさ」からもたらされる。矛盾など何もありません。ただそこに「女」がいるだけです。

男が溺れるほど女に求めるもの、少なくとも男にとっての女そのものがすなわち「邪気のなさ」だとするなら、「邪気」とはすなわち男性性である、といえるでしょう。生まれてから死ぬまで男たちが捉えられ、逃れられない制度性です。男が女に求めるものは、この制度性の脱却でしょう。たとえ一瞬のことであろうとも。

第1回で、桐壺帝と光源氏の親子共通する女性の好みとして、制度的な後ろ盾を恃みにしない、そこへ組み込まれてはいない女である、といったことを述べました。それは煎じ詰めればすべての男の理想でもあるはずです。だからこそ、そのような女そのもの、女性性を体現したかのごときイメージが「水商売のあるべき原型」に近くもなる。

しかし、ではそのような女そのものとは、男にとって都合のよい理想型に過ぎないのでしょうか。女そのもの＝女性性は観念であり、観念であるからには人間としては存在し得ません。源氏が夕顔に溺れるように逢った、その短い間を経て、彼女があまりにあっけなく亡くなってしまうのは、このことから必然ともいえます。

下図は、私が考案いたしました「テキスト曲線」といいます。これで創作のジャンル性、思想の傾向性などを読み解けるたいへん便利なもので、特許出願したいと思っているぐらいです。そして図にある通り、テキストに示される性差もまた、この曲線で表すことができます。テキスト曲線はこの講義で今

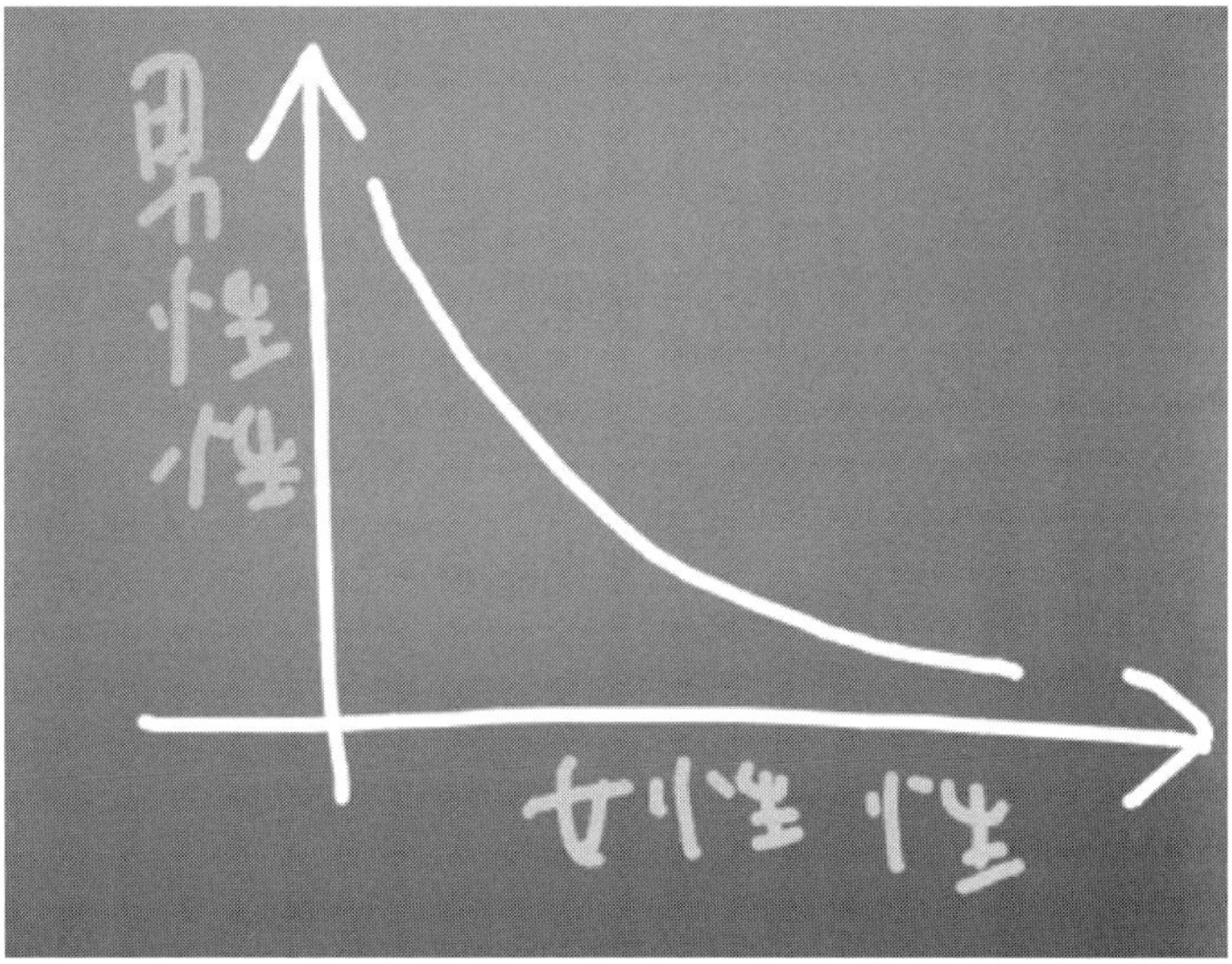

後、しばしば登場してくることになります。

気づいた人もいると思いますが、この図は何かに似ていますね。そうです。第2回、例の「雨夜の品定め」における女の品の上・中・下を示すヒエラルキーの図が、テキスト曲線の特に左側の「山」の部分、男性性に相当しています。

つまりは上流・中流・下流を定めるヒエラルキー、制度そのものが「男性性」のものなのです。男たちは女たちの「格付け」をしますが、その制度と格に死ぬまで囚われているのは、実は男たちの方です。中流の男たちは上の上の品である女に対して、指をくわえて見ているほかはなく、また下の下の品の女に逸物を探し出そうとしつつ、その階級への優越感と侮蔑からなかなか抜けることはできません。

理想のプリンス・光源氏とは女たちの心に添い、女に対する真の価値観と審美眼を磨きながら、この哀れな「男の限界」をなんとか越えようとする存在であるといえます。

そしてテキスト曲線の「山」＝制度の頂点＝権力の中枢に近く立つ源氏が、心も身体も溶けるように溺れるのは、この右側の「海」＝女性性そのものです。

人の身では、神のごとき権力＝究極の男性性を維持しつづけるのが困難であるように、やはり人である女性たちもまた、このような純粋な女性性そのものとして存在しつづけることは困難です。ようするに私たち女性も人間である以上、多かれ少なかれ制度と俗な価値観に挟まれ、社会に生きている。

テキスト曲線において、中心のなだらかなところが俗世である「社会」に当たります。私たちは究極の「男」や「女」そのものとしてでなく、男も女性的な面を持ち、女も適当に男性化されつつ、社会生活を営んでいる。地球上で、ヒマラヤの頂や太平洋上に住む人がいないのと同じことで、住みやすい社会の一員として弛緩しながら生きている。

この弛緩した社会生活に、しかし人は満足し切って生きてゆくこともできないのです。ヒマラヤの山嶺を目指したり、太平洋ひとりぼっちの冒険をしたり、宗教に帰依したり、文学を極めようとしたりするのはすべて、この俗世を相対化し、そこから抜けようとする切実な願望からくるものです。

そして源氏の理想もまた、その俗世を抜けた女性であった。吉祥天女のごとき貴女として制度の山側を抜けても、幼女性と母性のアマルガムの無邪気な女性性そのものとして海側に抜けても、どちらでもかまわない。とにかくこの俗世の空しさと哀しさを忘れさせてくれる女性なら。それは『源氏物語』の本来的なテーマである、仏教的な救いを求める心でもあります。

理想の女性観念を体現する夕顔は、そもそもこの俗世にいられない。だからこそ物語の要請としてすぐに亡くなります。しかしここでも『源氏物語』の巧みなところは、夕顔に六条御息所の生霊がとりついたから、という別のプロットを絡ませてくる。

六条御息所に憧れた源氏は、関係ができると飽きてしまう。先に、それを若い男の子らしい気まぐれと薄情に見える、と言いました。けれども源氏は他の女性に対してはそういった移り気の少ない、だからこその理想のプリンスとして描かれています。

源氏が六条御息所に「飽きた」のは、吉祥天女のごとき貴女であった彼女が、付き合ってみれば社会的・制度的なところがあると感じたからではないでしょうか。貴女とはいえ、人として仕方のないことではありますが、俗なしがらみから思ったほど抜けていなかった。

「山」と「海」、「男」と「女」のテキスト曲線は、同時に「意識」と「無意識」にも当てはめることができます。六条御息所の強い社会性の「意識」が、源氏にとっては閨ですら緊張感を与え、これなら夕顔の方が、という、けしからぬ比較になっていったと思われます。

社会的な強い自意識を持つ六条御息所は、意識と無意識に引き裂かれた存在です。その無意識の部分がある種、素直な女性性として生霊化し、夕顔の前に現れてしまった。身も心も無意識＝無邪気そのものである夕顔に、六条御息所の無意識はすんなりと取り憑いて、さらなる無意識の淵＝死へと引きずり込む。夕顔の死の原因は本当のところ謎ですが、少なくともそういった解釈が可能である、ということ自体、すでに問題なわけです。

『夕顔』の巻は、この六条御息所、そして夫の任地へ下るという空蟬の姿も差し挟まれて上流・中流・下流を往還します。かつ『源氏物語』の思想を総括的に示唆して、出色の出来映えとなっています。

それは夕顔という究極の女性性観念を体現する登場人物を得て、初めて可能となった。

夕顔が亡くなった後、その身の上を語る右近《うこん》によると、夕顔はやはりあの頭中将の子を生んだ女であった。その父は三位中将《さんみのちゅうじょう》で、ならばその品は上流に属する。頭中将との縁があったが、夕顔の柔弱なる性はそもそも俗世での争いに触れることすらできず、下流の居所へと自ら逃げ出したわけです。そしてその柔弱なる性＝究極の女性性によって源氏の君に見い出され、再び上流へと連れて行かれるはずであった。

このことは下に落ちたから悪い、上に昇るから幸せ、といった制度的な価値とは無関係です。重要なのは、夕顔はテキスト曲線の上から下まで運動し続けるエネルギーを持っている、ということです。制度の中を自在に運動し、ときに制度を壊し、無化するエネルギーを有するもの、それが「女」です。それが持つものは性差の位置エネルギーに転化し得る生命のエネルギーであり、か弱い夕顔は生命のエネルギーのすべてをこの上下運動に費やします。のちの話ですが、その運動は彼女の死後、娘である玉鬘《たまかずら》に引き継がれて行く。

上流〜中流〜下流という制度における往還と接触は、物語として、当時の読者にはさぞスリリングかつスキャンダラスに映ったでしょう。

なお、このテキスト曲線は視覚―聴覚をそれぞれ縦軸―横軸とする解釈もできます。権力とはすなわち「視線による支配」です。六条御息所邸での有様は、源氏の浮気心のあらわれですら、まるで絵のように美しい。一方、夕顔の住まいで源氏はいろいろな聞き慣れぬ音を耳にします。早朝から労働者階級の人々が生活のために立てる物音は、源氏には「意味なき音」そのものです。テキスト曲線における視覚と聴覚の対立については、のちの『須磨《すま》・明石《あかし》』の巻で、より詳しく考察します。

第5回　『若紫《わかむらさき》』と『末摘花《すえつむはな》』異形の女たち

前回は「女そのもの」である存在としての『夕《ゆう》顔《がお》』の巻でした。今回は「異形の女たち」。穏やかでないですね。

前回、ご紹介したテキスト曲線を覚えていますか。復習です。

下図では、左の「山」に抜けるのが男性性、右の「海」へと流れてゆくのが女性性という軸になっています。申した通り、これはたいへん便利なものです。二つの軸は対照的な観念であれば何にでも置換できる。

左ページのようにすると、源氏における女性性の観念の全体像を示すことができます。母性を原点として、左側が吉祥天女《きちじょうてんにょ》のごとき聖性と母性を備えた憧れの女性像であり、右側が母性と幼児性のアマルガムのごとき矛盾に満ちた「女」そのものです。左側の頂点には、なかなか手の届かない藤壺《ふじつぼ》が象徴

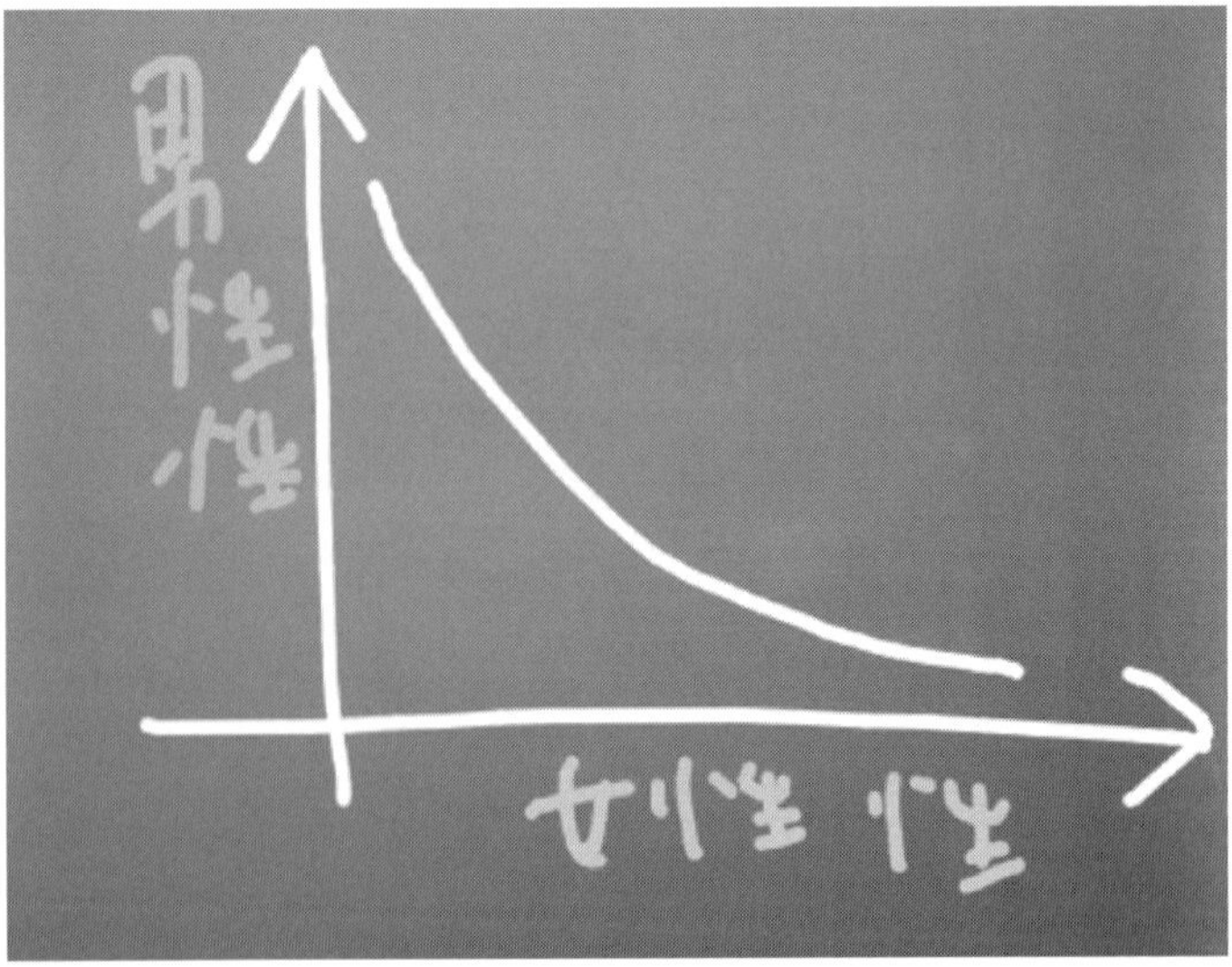

としてあり、右側の無限の先には、すぐに亡くなってしまった夕顔がいる。

ただし、これは「源氏の女性の趣味が二系統ある」といった話ではありません。バスの路線じゃないんだから。一貫した本質的価値観があるはずです。

すなわちポイントは、源氏の執着が右か左の、この無限の〝漸近線の果てにしかない〟、というところです。真ん中のなだらかな曲線部分には、たいして興味を示さない。

もう一度おさらいです。この曲線のなだらかな中央部分とは、住みやすい丘のようなところでした。つまり「俗」ということです。左右それぞれの漸近線は、高い高い山の頂や、海の果てのような「不可能の極地」を示していました。

吉祥天女のような聖なる女性も、ただその存在で包み込むアマルガムのような女も、共通の観念でく

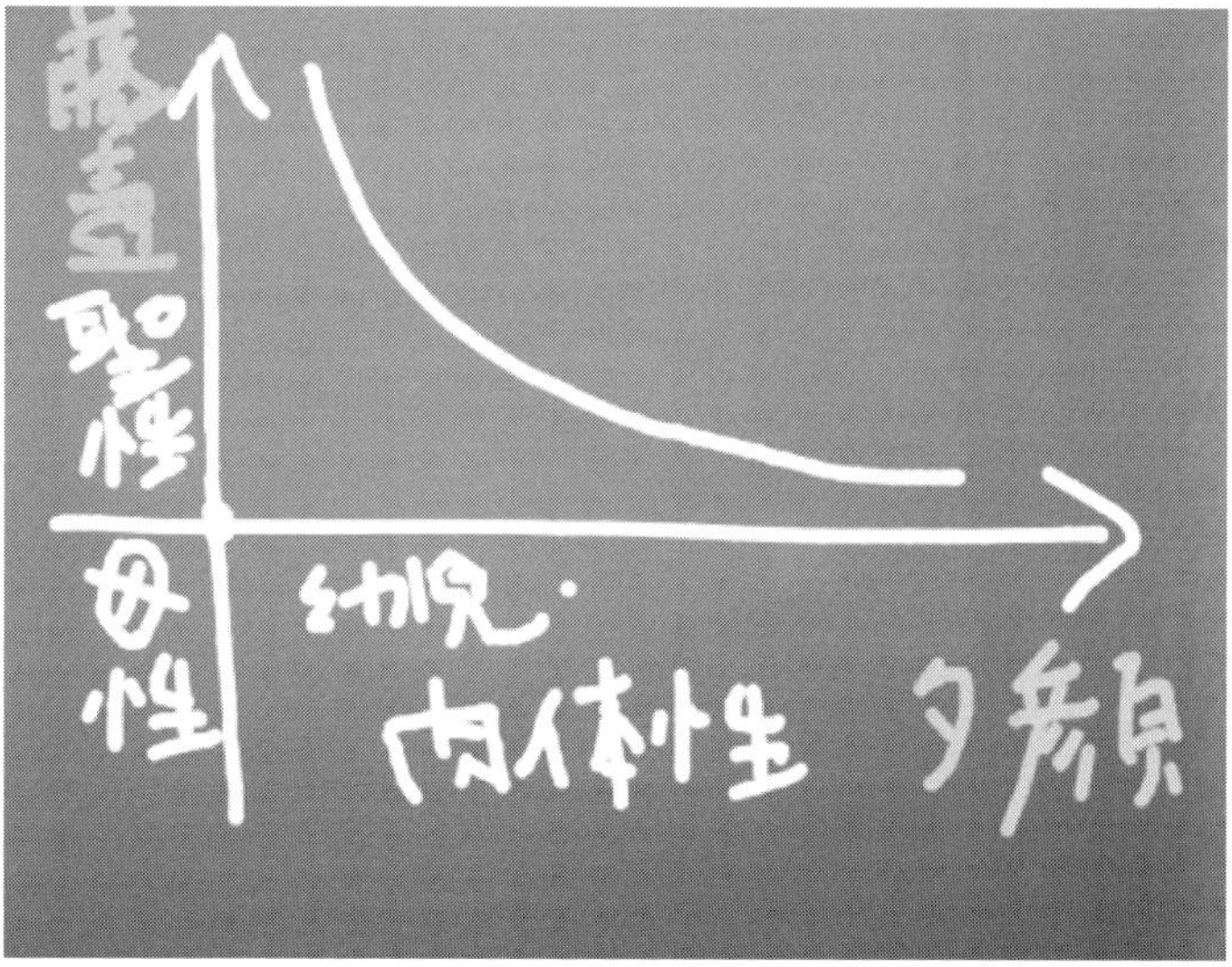

くることができて、それは俗気のない無償のもの、すなわち「邪気のなさ」でした。「邪気」とはすなわち「制度」です。男は所詮、一生それに囚われる。しかし本来、そんな必要のない女性が好んで制度意識に囚われると、邪気があると見える。身分なり、また知性なり世間体なり、社会的にはあればよいことであっても、女性の意識がそれに囚われるのは美しくありません。紫式部がその日記の中で、才媛ぶりをひけらかす女性を嫌ったことも、よく知られています。「邪気がない」とはすなわち、人が望むようなものをすべて兼ね備えて、しかもそれに頓着しないほどの素晴らしい女性か、さもなければまったく何の取り柄もなく、しかもやはり頓着しない子供じみた女性、ということになります。そんな無邪気さが、ときに母性として、ときに幼女性として姿を変えて現れても、そしてそれがほんの片鱗であったとしても、光源氏は決してそれを見逃しはしません。

なぜなら彼は、いつもそれを心にかけ、激しく追い求めているからです。今回、『若紫《わかむらさき》』と『末摘花《すえつむはな》』の巻を見ていきますが、ここでの源氏の行動は一口にいえば「酔狂」です。そのちょっと非常識な、たがの外れたような行為がどこから来るのか。

優れた文学には、不必要な韜晦、つまり無用の隠し事はないものです。謎なんかありません。本文に繰り返し書かれているように、源氏はいつも手の届かない藤壺に恋い焦がれ、また失った夕顔を惜しんで暮らしています。若紫と末摘花とは、この源氏の激しい執着から、たまたま見い出された異形の女たちです。

もっとも若紫がたまたま見い出された異形、といえば反発があるかもしれません。若紫はのちの紫の上、『源氏物語』中でも一番人気のお姫さまに成長します。

瘧病《わらわやみ》（マラリア）にかかった源氏は、北山のある寺に優れた行者がいると聞き、加持祈祷《かじきとう》を受けに出向きます。その寺にいた可愛らしい少女に心を惹かれる。聞けば、藤壺の姪にあたり、確かにその面影がある。源氏の執心は燃え上がるわけです。

この少女、若紫は藤壺の兄である兵部卿宮《ひょうぶきょうのみや》の娘ですが、実母を亡くし、祖母である尼君とともに暮らしています。源氏は、若紫を引き取って後見したいと、尼君に申し出ますが、相手にされません。若紫はまだ十歳、いくらなんでも幼すぎると、いわば変態扱いされたわけです。まあ昔も今と変わらない常識がはたらいていた、ということですね。源氏はもちろん、尼君にしつこく手紙を送り続けます。一方では、もっと深刻というか、きわめて重々しい事態が進行しているのですが。

この若紫の段では、私たちは何となく気も頬も緩んでしまいます。若紫は可愛らしいし、少女誘拐とかロリコンとか現代風に、簡単に解釈できますからね。それでつい見落とすと言いますか、その上調子を外されたくない感じもするのですが、このとき源氏と藤壺の間にはなんと、のちの冷泉帝《れいぜい》が生まれようとしている。

そのしばらく前、藤壺の宮が体調を崩され、里帰りされました。ガードの堅い宮中を出て実家におられると聞き、源氏はいてもたってもいられなくなります。源氏と藤壺の間には、かつて（『帚木《ははきぎ》』の巻の「雨夜の品定め」の前に）一度だけ（たぶん）過ちがあったようです。藤壺は、あのようなことはもう二度と、と思っていたものの、この里帰りの間に再びの逢瀬があった。源氏がよほど強引だったとみえます。藤壺は以来、手紙も読もうとしない。源氏は泣き暮らしますが、そのとき藤壺は懐妊していたのでした。

わずかな機会に、何というヒット率でしょうか。周囲の女房たちも「逃れがたかりける御宿世《おんすくせ》をぞ」と呆れ、驚きあわてるものの、桐壺帝《きりつぼ》をごまかし、秘密を守り通します。まあ、口の堅い女たちです。藤壺の麗しい人柄が、集団的無意識として女たちにも浸透している、と文学的にとることもできます。が、実情に照らせば、藤壺が排斥されるようなことになれば、女房たちの生活も危うくなるんでしょう。桐壺帝は懐妊された藤壺の宮をなお大事にされ、管弦の遊びにしばしば源氏をお召しになります。藤壺は美しく面やつれした姿で、罪の意識に煩悶しておられました。

こういったバックグラウンドがあって若紫との遭遇があった、ということは考えなくてはなりません。

源氏には、赤ん坊自体に執着するといった様子は見られません。「藤壺の腹にいるのが本当は自分の子なのに、父の桐壺帝の子とされることが悔しい」という気持ちはない。ただ、それがゆえに藤壺への執心がさらに増した。源氏は若く、自分自身がまだ子供に近い。だからこそ継母である藤壺の母性に執着しているわけですから。

懐妊がわかってから、藤壺は源氏の手紙にただの一行の返事もよこさなくなります。それは罪の意識におののいて、と、ここでは捉えられています。しかし後々わかることですが、藤壺がその先もずっと源氏を遠ざけようとする理由は、それだけではありません。何より我が子の身の安全を図ってのことです。藤壺が生涯、最大限に怖れ続けることは、赤ん坊が桐壺帝の種ではなく、（いまや民間人でもある）源氏の子だと知れてしまうことです。それは宮として生まれるべき我が子の立場を根底から揺るがします。

源氏がいまだに自身と藤壺の二人の関係だけにとらわれているのに対して、藤壺はすでに自身と赤ん坊の二人の世界に生きています。藤壺が真におののいているのは、源氏と二人で犯した罪にではなく、自身と我が子の立場に、です。すなわち源氏が奪われたのは赤ん坊ではなく、藤壺の方でしょう。藤壺はすでに「母親」であり、源氏の憧れる「母性」の象徴、「母性性」ではありません。母親と母性性とは、まったく違うものなのです。

余談ですが、テレビドラマや映画の世界でよく言われることで、理想のお母さん像を演じる女優さんには子供がいない。池内淳子さんとか、最近では吉永小百合さんとかですね。彼女たちに象徴される「理想の母性性」といったものは、現実の母親たちのありようとはマッチしない。ま、普通に考えたって、あんなキレイなお母さんがいるわきゃない、か。一歩踏み込んで、ではなぜ彼女たちを「キレイ」と感じるのか。それは姿形もさることながら、「醜いエゴを感じさせない」=源氏の希求する「邪気のなさ」に通じるところからくる。

実際の母親というのはエゴの塊です。「子供のため」といえば何でも通る世の中ですが、一皮剥けば、たいていは親のエゴの延長としての子供であるに過ぎない。

吉祥天女のようであった藤壺は現実の母親になったことで、すでに理想的に美しい母性性を失いつつあります。源氏は、自らの行為によって生じた赤ん坊に、観念的にも現実的にも藤壺を奪われた。

このような背景があって、源氏が若紫を欲するのは、この藤壺（と赤ん坊）の仕打ちに対するものでもある、と捉えられます。つまり若紫は、源氏の手から失われつつある藤壺の身代わりであると同時に、藤壺―赤ん坊という繋がりに対抗する存在でもあり得る。

源氏は若紫を手元に置き、思い通りに育てたいと考えています。ここでも謎は何一つなく、本文に明記されている通りです。この「思い通りに」とは、まさしく源氏のエゴそのものです。それは藤壺が示しはじめた母親としての肉体性、親のエゴをなぞるものに違いありません。このことは藤壺に激しく執着しながら、その態度に対抗しなくてはならない源氏の、なかば無意識的な選択でありました。

ところでこの時代、赤ん坊が生まれてくるまで性別はわかりませんね。もし男の子なら、より政治的―制度的に重大な事態となります。女の子なら、と源氏も考えたかもしれません。藤壺によく似た女の子なら、と心惹かれるものもあったでしょう。

けれどもいずれ親子の名乗りも、手元に置くこともできない。とすれば、若紫の方が源氏にとってずっと使い勝手がよいのです。いかにもエゴイスティックな言い方ですが、子供に対する大人の態度など、所詮はそういったものです。

そして物語では結局、当然のように男の子が生まれます。若紫がいる以上、重なったキャラは不要ですし、それによってより重大な局面が現出することになるんですね。

やがて若紫の祖母が病いで亡くなり、見舞いに出かけた源氏は、六条京極のその家で一夜を過ごします。とはいえ、ただ子供をあやすようにしていただけですが。夜が明けて外に出ると、霧が立ちこめて霜は真白く、そんな趣きのある朝に物足りなく、別の通いどころへ足を向けますが、女とは折悪しく会えません。源氏は邸に戻ると、可愛らしい若紫を思い出して独り笑みしたり、また手紙を書いてやったりします。後朝《きぬぎぬ》の文《ふみ》というわけですが、子供向けに考えて書き、きれいな絵も添えてやります。

幼い子を相手にした奇妙な逢瀬、まことに酔狂なことです。ただ、若紫はフツーに子供であるだけです。「異形」なのは、子供の彼女に藤壺への執着を振り向け、ままごとのように男女のことの形式だけを踏もうとする、源氏のあり方です。

さて若紫は、実父の兵部卿宮に引き取られることになっています。兵部卿宮には後妻とその子らがおり、若紫の居場所はなく、辛い立場になることは目に見えています。源氏はみすみすそんなことはさせません。父親が引き取りに来るというその朝、かすめ取るようにして若紫をさらってきます。ハリウッドのサスペンスもかくや、とは言い過ぎですが、そこはたいへんスピーディで現代的な展開です。

『若紫』の巻の最後では「全く、実の娘でも、もうこのくらいの年になれば、そう心やすく振舞ったり、一緒に起き臥《ふ》ししたりなどはできにくいものですのに、これは非常に風変わりな秘蔵娘であると、思っていらっしゃるらしいのです」。

一方で、これも心安らぐ相手であった夕顔をしのぶ心も失わないまま、源氏はある姫の噂を聞きつけます。『末摘花』の巻です。

故・常陸《ひたち》親王が晩年にもうけて、大切に育てられた姫が両親を亡くされ、今は心細く遺されて暮らしているとのこと。もとより内気で、後ろ盾もない。身分は高い姫宮ですが、下々の家に住み、頼りなげであった夕顔を彷彿とさせたのでしょう。源氏はがぜん興味を示します。

姫の弾く琴の音を聞かせよと、姫に逢うべく迫ります。と、十六夜の月夜にばったり会ったのが、源氏の跡を尾けてきた頭中将《とうのちゅうじょう》でした。

この辺りはもちろん、『夕顔』の巻を踏まえています。夕顔はもともと頭中将の子まで宿した想い人で、それを知りつつ源氏が我がものとしました。新たな姫宮を挟んで、再び頭中将との三角関係を結ぶことで、この姫が夕顔の似姿かという期待が高まるわけですね。

二人で競って手紙を書くけれど、姫からは何の返事もありません。じらされるのも度を過ぎると、興ざめするものですが、頭中将への対抗意識もあり、捨て置くこともできないでいます。かくべつ内気ということで、子供じみた人とのイメージを膨らませ、さらに夕顔と重ね合わせようともします。

しかしもちろん、それは源氏のちょっとしたファンタジーに過ぎず、「深うしも思はぬこと」です。若紫と出会ったり、藤壺の懐妊に思いをはせたり、それどころでなく春夏が過ぎた。

ところで源氏は、繰り返し申しますが、単に花から花へ移り歩く色好みではありません。深く想った女性でなくとも、一度でも関わった女を忘れ果てることはない、とされています。それはなぜでしょうか。

『源氏物語』が紫式部の創作物である以上、突き詰めればすべては彼女の思想表現上の都合からきている。作者として無意味な女性を登場させてはいないので、源氏のすべての情人は作者によって、つまりは源氏によって、折々にその存在意義を思い出されなくてはならない。ただ思い出されるだけではありません。想い人から色よい返事が来ないという手持ちぶさたの期間、物語の進行が停滞しているような折りですね、源氏はしばしば今までの女性たちを思い、そこで作者による女性論が展開されます。

夕顔をしのびつつ、源氏は空蟬《うつせみ》とのことや、軒端荻《のきばのおぎ》のことさえもあれこれと追憶します。また若紫や夕顔といった無邪気な女性たちとの対比で、六条御息所《ろくじょうのみやすどころ》や正妻である左大臣の娘（葵の上）がやはり打ち解けない、気の張る相手だと、あらためて思いもします。

物語の合間には、先ほどのような、誰とも知れぬ通いどころがちらほらあることが窺われます。その中には結局、つまらない男の妻として収まってしまう女もいたようです。源氏はそれら女たちそれぞれの価値に応じて心を配ってやった。彼女たちはすべて作者、紫式部による「女性総論」の一角を形作っている。

なかには、さらに些細なエピソードもあります。あの十六夜の月夜、常陸の姫君のところで出会った源氏と頭中将は照れくさがりながら、そのまま左大臣家に足を向けます。そこで源氏が手を出した中務《なかつかさ》という女房について触れられていますが、この女房は、頭中将を袖にして源氏の誘いに乗ったとのこと。大宮（頭中将と葵の母）にすれば、息子を振って娘の婿と関係した女なわけで、その大宮様の不興を買い、隅っこでしょんぼりしています。源氏と頭中将がいつもじゃれ合うように争っていることを示していて、これはずっと先の予告ですが、男―女の関係に、こういった男―男の関係性が密接に関わり合うというのは、薫の君と匂宮《におうみや》が登場する巻で深く論じられます。

秋になり、寂しくもの思わしく、あの夕顔の住まいで聞いた砧の音までが恋しく思い出されて、源氏は再び常陸の姫を想いはじめます。頭中将を出し抜いて一夜を過ごした源氏ですが、どうも様子がおかしい。どれほど内気な姫だとしても、手応えがなさすぎる。

後朝の文も遅れて晩に贈りましたが、その返事も古めかしくて、がっかりします。最後までお世話しようとは思っていますが、常陸の姫君と逢ったことを源氏は後悔しています。

あらぬ夢を見たと反省したのか、左大臣家に向かい、行幸《みゆき》の準備に関心を向けます。左大臣の子息たちが舞を稽古しています。「ものの音ども、常よりも耳かしかましくて、かたがたいどみつつ、例の御遊びならず、大篳篥《おおひちりき》、尺八の笛などの大声を吹き上げつつ、太鼓をさへ高欄のもとにまろばし寄せて、手づからうち鳴らし、遊びおはさうず」。

ここで、ちょっと「音」に注目してください。視覚と聴覚の対立については『須磨《すま》』と『明石《あかし》』

の巻で、と申しました。ただ、この『末摘花』の巻でも、源氏と常陸の姫を最初に結んだのは琴の音であり、また夕顔の住まいで聞いた砧の音を恋しく思い出した源氏が、常陸の姫に逢おうと決めたことを気に留めておいてください。夕顔と、その系譜に連なる常陸の姫が、下の図の横軸（聴覚）の側にいる、ということだけ。ちなみに藤壺や、成長した紫の上は縦軸（視覚）の側にいます。

左大臣家で、反省して正気に返った源氏の耳には、公務の一部というべき御幸のリハーサルの音楽が、あらぬ夢（夕顔の住まいでの砧の音や、常陸の姫の拙い琴の音）を打ち消すように大音響で鳴っています。

源氏は常陸の姫から足が遠のきますが、行幸が終わってからは少し通ってあげます。寒い冬、常陸の

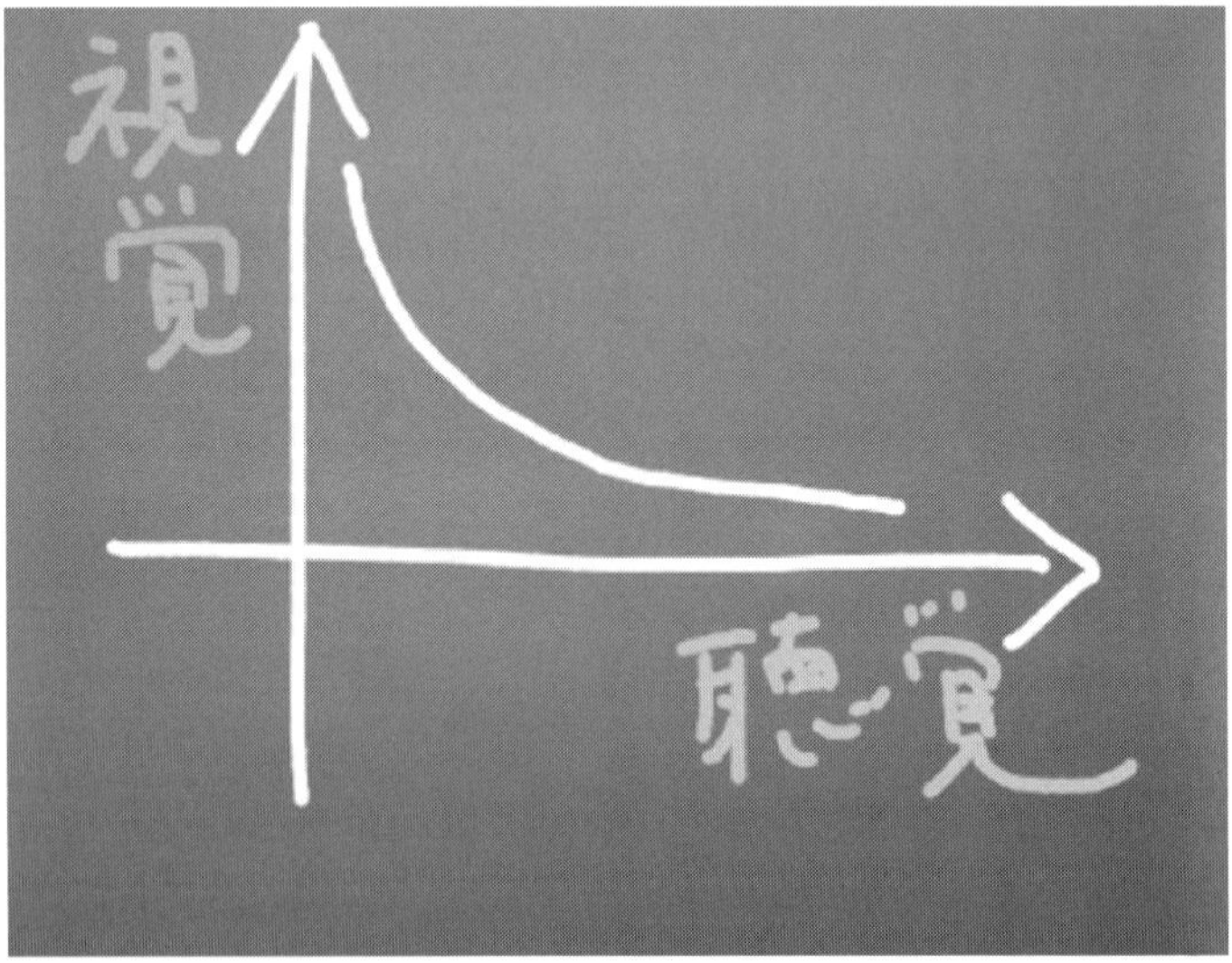

姫邸はみすぼらしく、荒れ果てた様がさらに際だっています。そこへ源氏は、あの夕顔の住まい、また物怪《もののけ》に襲われたときの院の様子を重ねて思い出します。けれども常陸の姫邸には、あのときに夕顔をより愛しく感じた、胸せまる哀れな風情はない。

そしてある朝、窓の雪明かりで、源氏は姫の姿を初めてしかと見るのです。頭の格好、髪の垂れ具合だけが妙にすばらしいものの、胴が長くて痩せ細り、真っ白な顔は額がひどく広く、驚くほど面長、何よりも普賢菩薩の乗物のような高く長い鼻の先が垂れ下がって赤く色づいている。着ているものも仰々しい皮衣など万事が古めかしく、滑稽なほどみっともない。すべてが夕顔とは似ても似つかぬ、と明らかになったのです。

源氏は呆れますが、そのあまりに醜く情けない有様がかえって忘れがたく、経済的援助だけは欠かさなくなります。それを恥と思う感覚すら欠落している常陸の姫邸です。あの空蝉が、容貌の醜さを身のもてなしと知性でカバーしていたのを、身分によらず優れた人だった、と思い起こします。

正月を迎えるに、また古めかしい形式だけを踏んで、源氏に衣箱と和歌が贈られてきます。そのセンスのなさに「末摘花（＝鼻）」とよばれることになった常陸の姫君です。

なつかしき色ともなしに何にこの
　　すゑつむ花を袖にふれけん

源氏は、醜い異形の末摘花を嘲笑いながら、可愛らしく「早く摘んでみたい」紫の君とともに絵を描いたり、鼻に紅を塗ったりして戯れます。

手に摘《つ》みていつしかも見ん紫の
　　ねにかよひける野辺の若くさ

思いっ切り馬鹿にされている異形の姫君、末摘花です。しかし、のちの巻『蓬生《よもぎふ》』では、その存在理由を露わにします。もう一人の異形の姫、若紫は最も美しいヒロインへと変貌してゆくのですが、末摘花の異形もまた深い感動を与えるエネルギーを内包しているのです。

第6回『紅葉賀《もみじのが》』あるいはプレからポスト・モダンへ

今日は『紅葉賀《もみじのが》』を読みます。次回の『花宴《はなのえん》』と並び、秋と春の華やかなタイトルですね。『源氏物語』の読解も、だんだんと佳境に入ってきました。

これまでのところは他の作品の話をあまり差し挟まず、『源氏物語』の構造を捉えることを第一に進めてきました。この辺りで、『源氏物語』と現代文学とを直接結ぶための重要な概念について説明したいと思います。ポスト・モダン、って聞いたことがありますか。

「ポスト」というのは「後」という意味です。「プレ」＝前の逆ですね。つまり「モダン以降」ということです。では「モダン」とは何でしょう。そう「近代」です。私たちが「モダンな」と形容詞的に使うときも、その対象がファッションであれ、アートであれ、新しく合理的な雰囲気を指します。「合理的」とは「理にかなっている」の意です。では、それは何の「理」なんでしょうか。

歴史の授業で習ったかと思いますが、「近代」はイギリス産業革命とともに始まった、ということになっています。資本家が労働者の労働力を使って、資本を拡大してゆくという資本主義の確立が「近代」です。モダンな雰囲気の持つ「合理性」とはすなわち、この資本の肥大化にとって有益な、ということにほかなりません。では、何のために資本をさらに肥大化するのでしょうか。

究極のところ、それには目的はない。資本はそれ自体の本性として肥大化を目指すものなのです。でも資本って、ようするに「お金」ですよね。お金は本来的に肥大化を目指す、ってどういうことでしょうか。

お金について、ちょっと考えてみましょう。ここに子供がいるとします。何歳ぐらいの、というのは置いておきましょう。子供、というのは「原初的な人間」の比喩です。で、その子供はある物が欲しくなったとします。クマのぬいぐるみ、としましょうか。それは五千円でした。

子供はお母さんに、五千円ちょうだい、とおねだりします。このとき子供は、五千円札という紙切れが欲しいのではありません。クマのぬいぐるみが欲しくて、五千円あればそれが手に入るから、五千円が欲しいのです。このとき、クマのぬいぐるみと五千円札はまったく等価です。五千円札はクマのぬいぐるみの代替物そのものです。

ところが、お母さんが財布を開けてみると、一万円札しかない。「ぼくが欲しいのは、五千円札だよ。だってそれがクマのぬいぐるみの代わりだって、お店の人が言っていたから」と、最初は子供は言うかもしれません。しかし、すぐに気がつきます。一万円札は五千円札を包含しているのです。五千円札の代わりに一万円札をもらっても何ら問題ありません。

子供は一万円札を持ってお店に行きます。そして気づくのです。一万円あれば、欲しかったクマのぬいぐるみのほかに、ウサギのぬいぐるみか、タヌキのぬいぐるみも買うことができる。そう思うと、そのどちらかが欲しくなります。

ここでわかることは、最初は欲望がお金を必要としましたが、余分なお金が別の欲望を喚起した、ということです。つまり欲望とお金が表裏一体のものになりはじめたんですね。

そして子供は「今、欲しいものは何ですか」と問われます。「今は何も欲しくないよ。もうぬいぐるみも二つ持っているし、お菓子も足りている」と答えたとします。「ではお金は？　お金は欲しくないの？」

欲しい、と子供は答えるでしょう。お金があれば、これから何か欲しくなってもそれを手に入れることができます。「お金＝将来の欲望」なんですね。で、望み通りにお金をもらった。すると、それで何かを買うことを考える。存在しなかった欲望が喚起されるわけです。それで考えているうち、もらったお金では買えないものに気が惹かれるようになる。すると、もっとたくさんのお金が欲しくなる。そのうち子供は「今、欲しいものは？」という問いに、常に「お金」と答えるようになります。

これで、いつも何かが足りない、いつもより多くのお金を必要とする「貧しい」近代人、私たちの出来上がり、というわけです。

このお金は別のものにも置き換えられます。会社での地位とか、偏差値とか。これらに共通するのは、「上には上がある」ということです。百万円もらって満足したら、次に二百万円をいらない、とは思えなくなる。一千万円なら、なおいいと思うでしょう。課長になりたい人が、部長や社長、さらに大きな会社の取締役になりたくないはずがないのと同じです。

つまり私たちは何かの〝ヒエラルキー〟に組み込まれ、自らの欲望によって追い立てられ、もっと上を目指すように仕向けられている。私たちの欲望のエネルギーはヒエラルキーによって吸い上げられ、その吸い上げ装置そのものを維持するために使われることになります。

もちろん産業革命以前に、上を目指す欲望がなかった、というわけではありません。『源氏物語』でも、宮中というヒエラルキーの中で出世しようとするのは、源氏以下、男も女もみな同じです。ただ、そのような「近代的」図式を備えた社会に暮らしていたのはごく上層の一握りの人々だけだった。彼らにしても、もともとの生まれや身分によって、上を目指すといっても、おのずとそれぞれ限界があった。

産業革命がもたらしたのは、そのヒエラルキー構造が一気に拡大し、末端の人々までそれに組み込ま

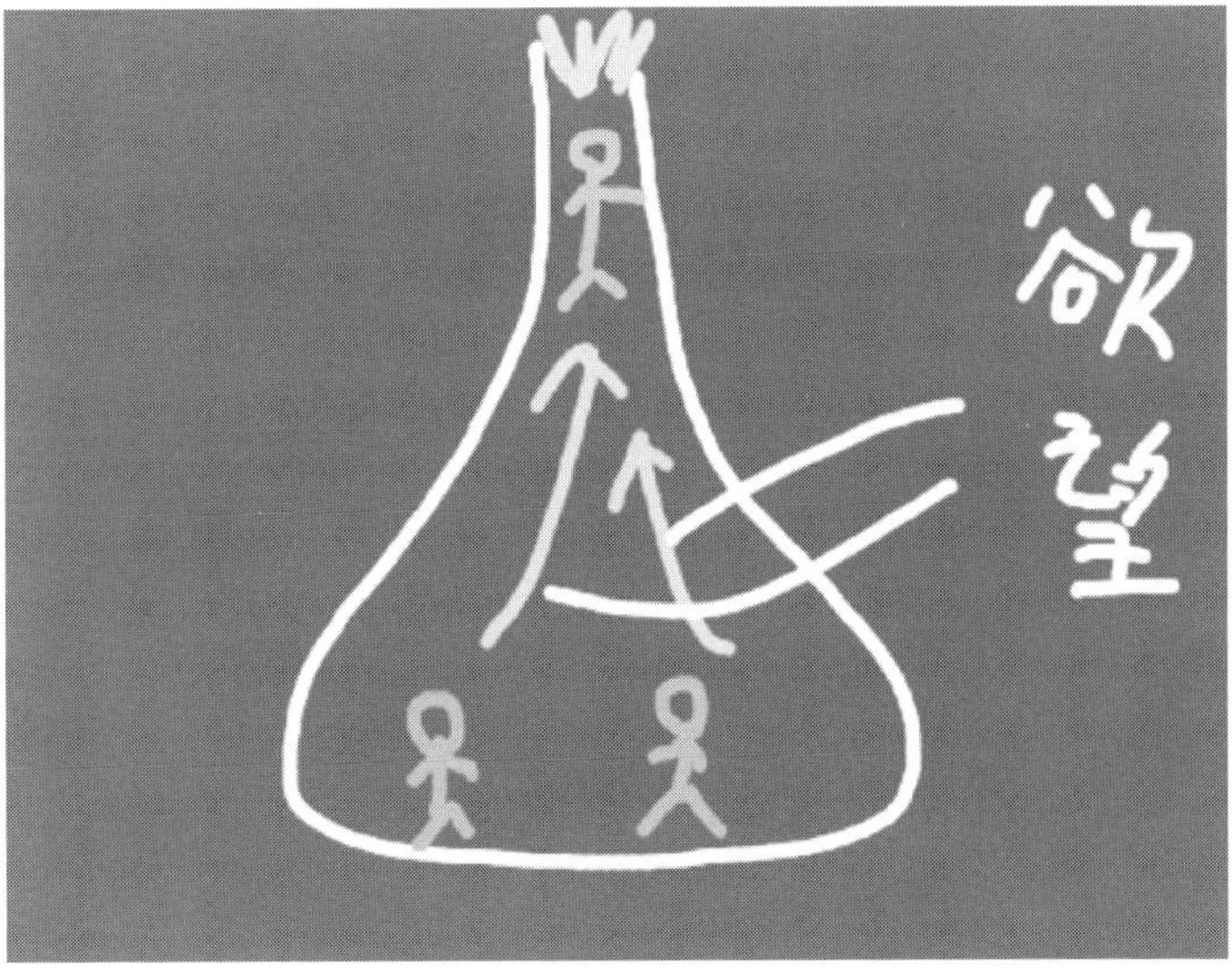

れた、ということです。同時に身分にかかわらず、お金さえつかみ、資本を肥大化させるシステムを構築すれば、ヒエラルキーの頂点を目指すことができるようになった。封建社会にあったそれぞれの「分」が失われた代わりに、人々は自らの欲望の奴隷になった、という言い方もできます。しかし、それは善し悪しの問題ではありません。

「構造」の問題なのです。このような近代資本主義の構造が確立し、そこへ自らの欲望と労働力を吸い上げられながら、一方ではその意味や根拠を問うということを、人は忘れませんでした。それがポスト・モダン、文字通りの「近代以降」です。

社会が近代化されると同時に、人々の人格も近代化されました。すなわち「近代的自我」が確立されたわけです。この人格構造は、87ページの社会構造と相似です。中心的な価値があると信じ、それを守り、さらにそれに向けて前進することを前提に構造化された、確固とした〈人格〉です。価値観は宗教や民族などによって違ってくるわけですが、どこでも共通の究極的な〈中心〉は、「私はだれ」ということです。アイデンティティ、というやつですね。その〈中心〉たる自分が中心的な価値に向けて近づいてゆく。すなわち「目指す何かになる」。それが近代人である我らの日々の心の支え、というわけです。専門学校のテレビCMみたいですね。何になりたいのかはわかっていても、今、何をしたいのかはわからない。そんな人たちも多いようです。

ポスト・モダンは現代哲学の概念ですが、その学者の何人かがフランスの精神科のお医者さんたちだったのは、これを肉体感覚で捉える上で大事なことです。彼らは診療現場で「狂気」の人を相手にしていた。完全な「狂気」とは〈中心〉を失うこと、すなわち「自分はだれか」という命題につまづくことです。「自分は皇帝だ」とか言い出すのが、いわゆる「狂人」なわけです。

お医者さんたちは、患者さんの間違いに気づかせようとします。「もしあなたが皇帝だとすると、いろいろと説明できない矛盾があるでしょう。だからあなたは皇帝ではないんですよ」と。ところが、です。説得できないんですね、これがなかなか。

毎年、皆さんにお訊ねすることですが、「私は小原眞紀子で、今、皆さんの前で講義をしている」ということでいいんでしょうか。「私は講師で、皆さんは学生である」と。しかし本当にそうなんでしょうか。もしかしたら私は実は、そこの東海大学付属病院の精神科の患者なのではないでしょうか。そして自分が講師だと思い込んでいる。あり得ることかもしれません。詩人や物書きなんて、そもそも変な人が多いんですからね。

で、皆さんは全員、東海大学付属病院のスタッフかもしれない。白衣を脱いで、学生のようなふりをして、私の話を聞いてくれているのかもしれない。私は、自分が講師でないと言われると、暴れるのかもしれません。この授業は、私の精神状態を保つための治療の一環、もしくは茶番劇なのではないですか。

そうではない、という証明がどうしてできるでしょう。ここは東海大学です。東海大学病院に協力して当然です。たしかに私は、東海大学から給与をもらっています。しかし、あれが本当に給与なのでしょうか。精神を病んだ私に対する、国家からの補助金なのではないか。給与明細として、東海大学のフォーマットを流用して印刷しているだけではないのか。そもそもあの金額は給与などというものではない。非常勤講師の給与なんて、もとより社会的な難病手当の一種みたいなもので、少なくともそうよんだ方が適切と思われる額でしかなく・・・と、こういうことを言っているうち、毎年だんだん気分が悪くなって、本当に頭がおかしくなりそうになるので、このぐらいにしておきます。

結局、徹底して疑ってゆくと、「私はだれか」は決して証明できない。問答無用で信じるほかはないのです。その思い切りを私たちは「正気」とよぶだけです。徹底して疑う道を選ぶなら、その先にあるのは「狂気」でしかない。いや、むしろ狂気とされる患者さんたちこそが正気なのかもしれない、とポスト・モダンの思想家たちは考えたわけです。

人格構造とは社会構造のひな形でありました。この社会の根底を疑う者たちは不適応者＝狂気の者として排除されてきた。けれどもこの社会の価値観も、私たちが何者かであるという定義と同様、本当はその根拠などない。これを「根底の不在」とよび、数学基礎論におけるゲーデルの不完全性定理などとも響き合って、現代哲学の基本概念を構成している。

そしてもう一つ、これらポスト・モダンの思想家たちが多くフランス人だった、というのも理由がある。先に述べた通り、モダン＝近代はイギリス産業革命から始まりました。欧米諸国と日本などアジアの国々は、その近代化の進歩・発展の程度に応じて、経済・文化のそれぞれについて競争のヒエラルキーに組み込まれていったのです。

経済的にダントツでトップを走ったのがアメリカですね。新しい国でしがらみがなく、これでもかと合理性を追求した結果だった。では文化的にはどうでしょう。これは最初からフランスがトップでした。産業革命が起ころうと起こるまいと、世界の文化の中心はパリで、フランスが文化の最先端だったのです。文化におけるモダニズムとはフランスに追いつくためのもので、イギリス、ドイツ、アメリカとロシア…というヒエラルキーになっています。一九三六年のアメリカ映画、チャップリンの『モダンタイムス』は工場で働き、彼女と二人で家を建てることを目標にする近代人の「狂気」を描いた風刺作品です。

アメリカは、やっきとなって経済的ヒエラルキーのトップに躍り出て、その経済力で文化的洗練を「買おう」としてきました。アメリカには近代以降の絵画の素晴らしいコレクションがありますね。それはそれで見上げたことですが。

このように文化的洗練の頂点に追いつけ追い越せ、それが無理なら、稼いだ金で買ってしまえ、という〈気風〉が文化的モダニズムです。つまりモダニズムとは「現代」そのものではなく、「現代的であろうと努めること」、言い換えれば「最先端からの遅れ」なのです。これは最初から最先端であったフランスには、はなから無縁でした。それでフランスには、「モダン」の文化というものは存在しない、もしくは希薄だったのです。

で、日本はどうでしょう。日本はもちろん近代化のどん尻を走り、何とかして欧米に追いつこうとしていた。で、その日本の背中を、フランスが見つけたのです。

なんでまた、そんなことになったのでしょう。この追いつけ追い越せ競争、一直線のレースではなかったんですね。実は円周のトラックの上で走っていて、周回遅れの日本の背中を、トップのフランスが発見し、あれこそ最先端だと思ったわけです。

たしかに日本の文化は、モダン＝近代化の尺度という色眼鏡を外せば、世界に例を見ない洗練の極み

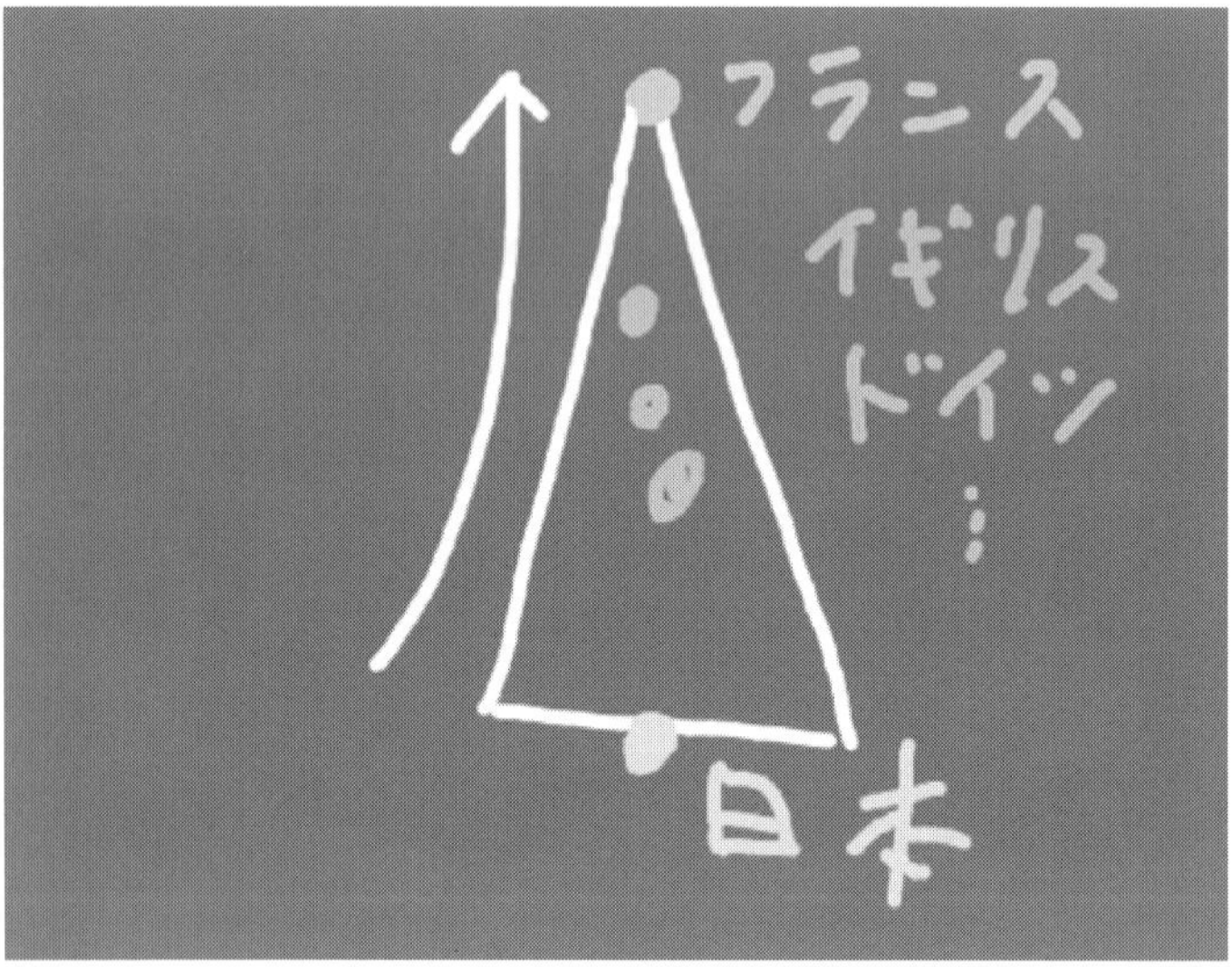

です。あまりに洗練されているため、世界の野蛮な（？）国々には理解されず、ただフランスだけが日本の文化に対して深い敬意を払ってきました。

これは別に、私の愛国的な観点、また日本特殊論的な観点から言うのではありません。ヨーロッパからアジアに至る文化の伝播のどん詰まりに、日本という島があった。この地形的な必然性によって、大陸の端から雪だるまのように転がってきた文化が最大限に膨らんだ、つまり様々なものを含んだかたちで届き、ここ日本で究極の洗練というカスタマイズを受けた。

その最高の成果物こそ、今私たちが読んでいる『源氏物語』です。千年の昔に、すでにこれだけの構造を持ち、洗練された小説というのは世界のどこにも生まれなかった。

ポスト・モダンとは、モダン＝近代構造に疑義を

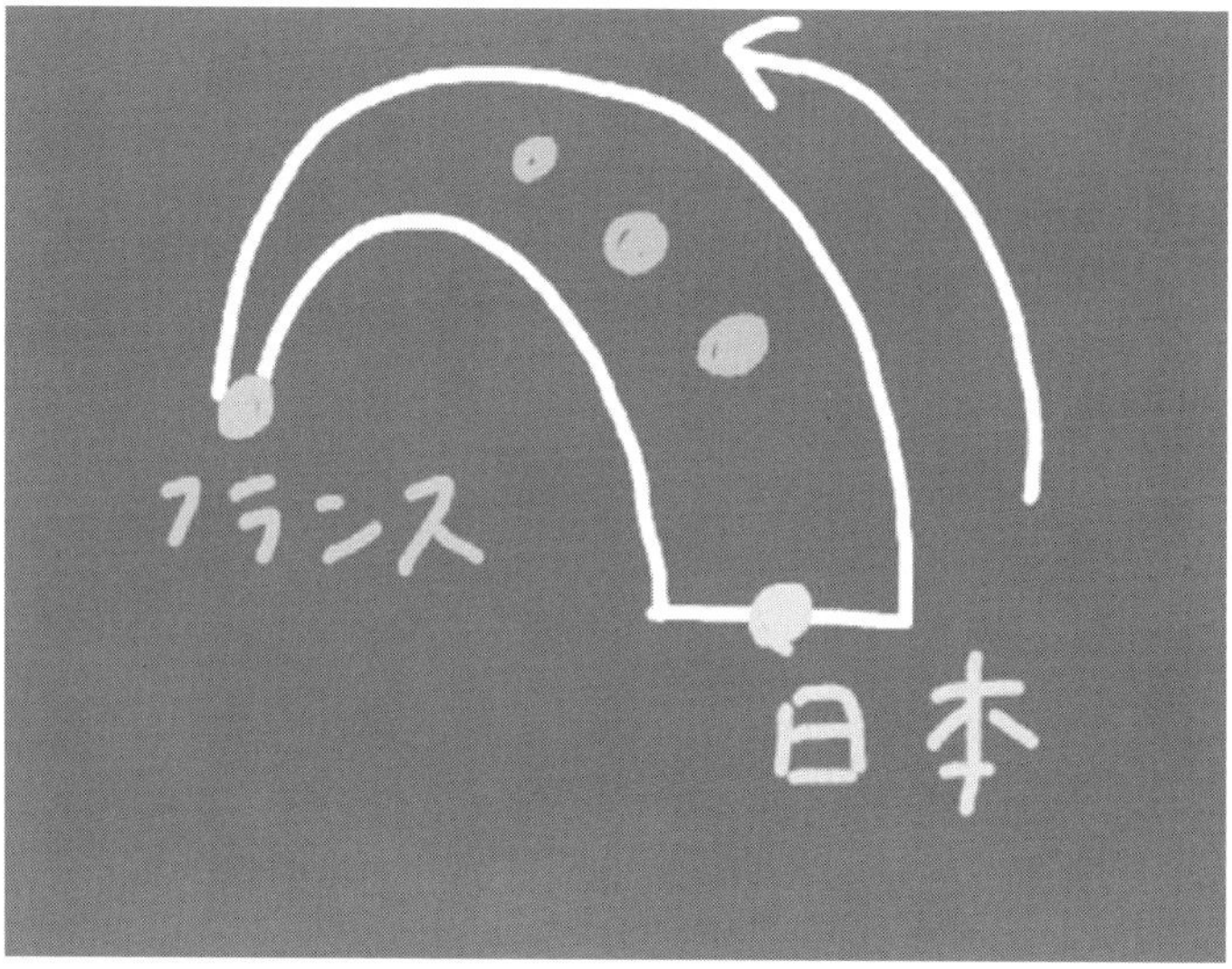

差し挟むものです。だからそれは、プレ・モダン＝近代以前と重なる瞬間がある。近代以前にすでに最高に洗練されていた日本文化は、そのしがらみから容易に近代化されず、高い洗練を保ったままプレ・モダンに留まっていた。その姿は、ポスト・モダンの目指すものと極めて近似していたわけです。

では、『紅葉賀《もみじのが》』です。

神無月十日過ぎの朱雀《すざく》院への行幸では、格別に趣きのある催しが行われますが、藤壺《ふじつぼ》がご覧になれないのを残念に思った帝は、御所でリハーサルをさせます。この試楽で源氏は青海波《せいがいは》を舞い、それはこの世のものとは思われぬほど美しかった。

麗しく成長してきた源氏の、最初の頂点がこの『紅葉賀』の青海波の舞いの場面です。藤壺もさすがに目を奪われ、怖れにおののいている身でなければ、

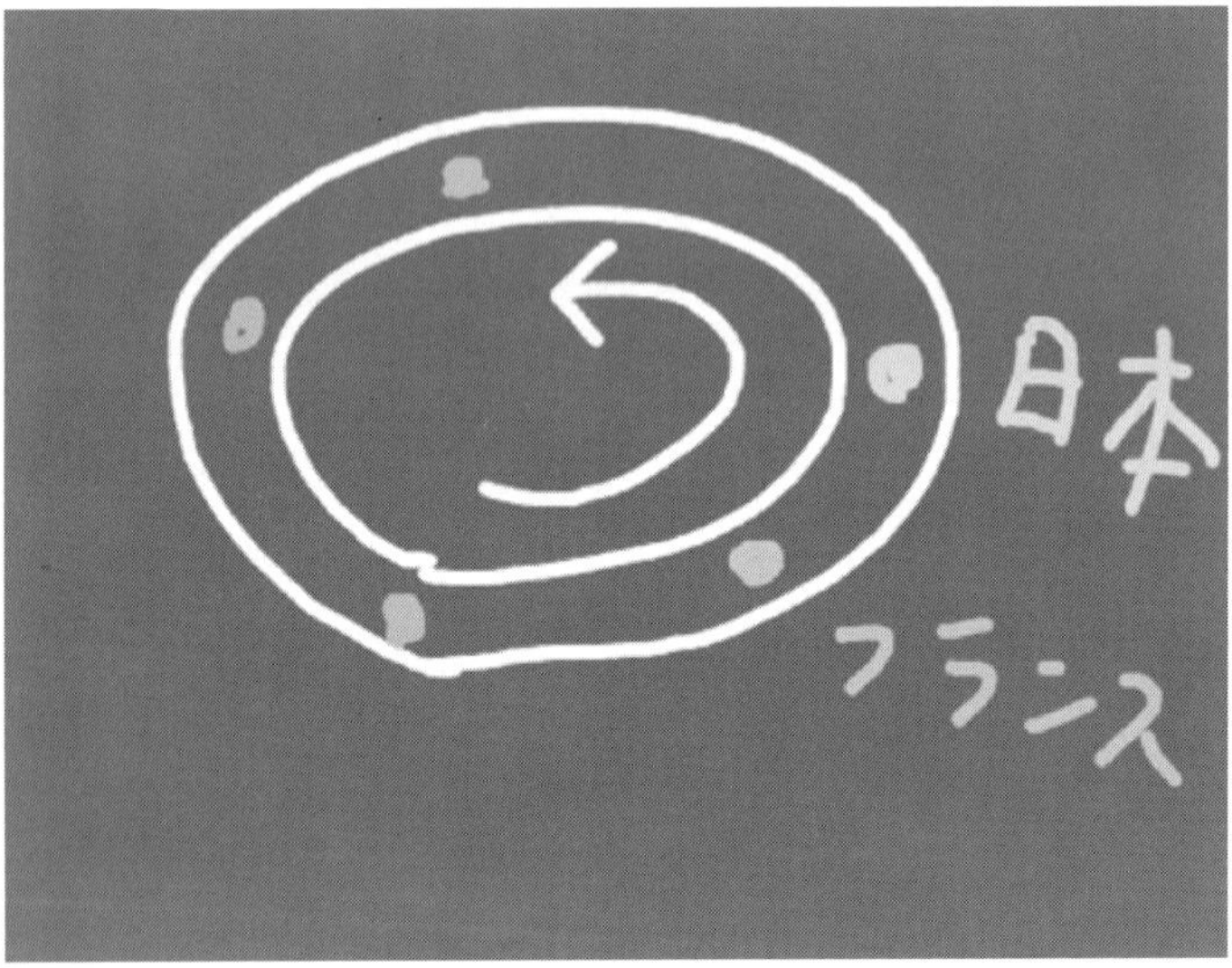

いっそう素晴らしく見られたろうにと思い、めずらしく源氏からの文に歌を返します。源氏を目の敵にする弘徽殿女御《こきでんのにょうご》は、「神などが空から魅入《みい》りそうな様子だこと、何だか気味が悪いような」と嫌味を言います。それを聞いた者は皆、うんざりするのですが、ただこの予言は当たるわけですね。ドラマチックな夕映えの中で舞う源氏の、あまりの美しさに不吉な感じを覚えるのは、読者も同様です。よく言われることですが、頂点を極めることには、すでに凋落の気配が兆している。

これはモダンの頂点にポスト・モダンへの指向が覗く、ともいえましょう。モダンとポスト・モダンとはもちろん、善し悪しでもなければ、本来的には時間的な後・先のものでもありません。ある事実を捉える二つの側面、考え方である。作品とは〈全体性〉そのものですから、栄華を極める発展には、その崩壊の萌芽がしのんでいるのは当然です。

本番の行幸で、なお素晴らしく舞われた源氏の中将は、その夜、正三位になられる。頭中将《とうのちゅうじょう》も正四位下に、また上達部《かんだちめ》なども相応に昇進します。「出世」とは制度の階段を上ってゆくものです。めでたいかぎりの源氏のありようですが、しかし制度的な女の最たるものである正妻の葵の上は冷たい態度です。若紫《わかむらさき》がまだ幼いことを知らず、どこぞの女を引き取ったと思っています。当時は姫君の実家に通うのが普通ですから、簡単に同居するような女には身分も品もないに違いない。ただ引き取るからには愛情が深いのだろう、と嫉妬もしていますが、表に出しません。源氏は、そんな葵の上とも、いつかわかりあえる日がくると仲直りを先延ばしにしています。それも不吉な出来事の前触れですが、読者をじらすように呑気な雰囲気が続きます。

源氏は身重の藤壺を見舞います。もちろん会えませんが、藤壺の兄の兵部卿宮《ひょうぶきょうのみや》が御簾の中に入ってゆくのを羨ましく思います。彼の娘の若紫を手中にしていることは隠していますが、藤壺と若紫の親族である兵部卿宮は、やはり彼女たちに似ています。どことなく親しげな源氏の様子に、この人を女にしてみたい、などと兵部卿宮もあらぬことを思います。

この辺りは同性愛的というより、血の繋がりなどの縁によって、個としての人格が溶け出したり、性差の枠組みが乗り越えられたりするという、ポスト・モダン的なものとして捉える方が本質的です。これこそプレ・モダンたる源氏において、極めて自然に出現していることです。

そして年が明けます。微かに不吉な予兆をはらませつつ、やはりめでたく呑気な雰囲気です。やがて藤壺に男子が産まれます。源氏は赤ん坊を見たくてなりませんが、それを「父性愛の発露」と見なすのは、テキストに忠実な読解とはいえません。源氏が赤ん坊を見たがるのは、自分と藤壺の繋がりの証しを目にしたいからです。藤壺はすでにこの宮の母です。源氏の種だという噂が立つのが怖ろしく、源氏を取り次ごうとする命婦《みょうぶ》を憎むぐらいです。しかし源氏はいまだ藤壺が恋人であり、父親ではありません。

源氏の幼い頃にそっくりな赤ん坊に、「類《たぐい》もなく美しい人同士であるから、いかさま似通っておられるのであろう」と帝は喜んでいます。まったく冷や汗ものですが、なぜか最後まで、この宮が源氏の種だという噂は出てきません。

それは藤壺が源氏の生母、桐壺《きりつぼ》更衣に生き写しであったこと、それがゆえに宮中に迎えられたという経緯があってのことだと思います。母親がそっくりなのだから、源氏と赤ん坊が似ているのは当たり前、と。同時に、あの傾国の美女＝桐壺更衣と、その身代わり＝藤壺という「神話」が、人の目を覆い隠していたのだ、とも考えられます。『源氏物語』はいったいに、神話から現実へ、という流れで進んでゆきます。帝との悲しい愛の「神話」からの人物として藤壺は登場したのです。それが継子である源氏とのアフェアという現実的な事件を覆い隠した。

「神話」といえば、ポスト・モダンの前駆となった思想として、一九七〇年代頃の構造主義が挙げられます。レヴィ＝ストロースという学者さんが有名です。

構造主義は世界各地の神話や民話がよく似た構造をしているところからそれを記号化した、比較文化論として発生したもので、欧米以外の国々の文化を「野蛮」と見なす考え方に転換をもたらしました。欧米化すること＝モダンへの批判という意味で、ポスト・モダン思想が生まれる素地になったのですね。日本でもこの頃から、欧米に対する盲目的な憧れを持つ若者が減ったように思います。「オーベー化⁉」てなもんです。

さて、源氏のめでたくも呑気な日々は続きます。女性たちのところに出かけようとすると、若紫がぐずったりするので、出かけるのをやめたりします。そんな子守のために、正妻のいる左大臣家にも不義理をしているとは誰も知らず、帝から叱責を受けるというのは面白い光景です。

そして源典侍《げんのないしのすけ》という色好みの老女が登場。頭中将とふざけて彼女を取り合う真似をするくだりも面白おかしい。軽い出来事に隠れて深刻な事態が進行する、というのが『源氏物語』です。表面的なことにとらわれがちな、学のない女房の手記という体裁をとっているからでもあります。語り部の女房より、読者の方が先に事の重大性を認識したようにする、というのはとても現代的なテクニックです。

そして源氏は宰相となり、藤壺は中宮として立ちます。制度的には一つの頂点を極めたわけですが、帝が譲位を考えはじめているあたりにも不安な影が射す。

華やかで呑気な『紅葉賀』に、微かに兆していた不吉な予感が具体化してしまうのが、次の『花宴』です。長く様々な出来事が詰まった『紅葉賀』に比べ、『花宴』は短く、ふとした出来事として描かれている。句読点のように、けれども抗いがたく何事かが起きてしまった。その書き方は、今日の小説にとってもまさに手本です。

第7回　『花宴《はなのえん》』から『葵《あおい》』不吉な影が射すとき

『紅葉賀《もみじのが》』を経て、今日は『花宴《はなのえん》』ですね。

旧暦二月の二十日過ぎに、宮廷の南殿で桜の宴が催されます。舞楽では頭中将《とうのちゅうじょう》が、詩では光源氏が、いつものこととはいえ、特に脚光を浴びます。藤壺は美しい源氏に目を奪われ、罪がなければ気兼ねなく眺められたのに、とまたしても思うのですが、同時に、弘徽殿女御《こきでんのにょうご》があれほど源氏を目の敵とする理由がわからないなどと、つい心配しています。この辺りにも不吉な予感が漂っています。

宴が果てても麗しい春の夜に酔い心地もよく、源氏は藤壺の辺りをさまよいます。ガードの堅い藤壺周辺を諦めて、弘徽殿の細殿にさしかかると、戸口も奥の戸も開いています。「こういうことから得て世の中の間違いというものが起こるものなのだ」と思いながら、源氏は覗きます。不用心って、あんたが賊だよ…。

戸口近くで、「朧月夜《おぼろづきよ》に似るものぞなき」と若々しい貴女の声がします。源氏はその袖を捉え、抱きかかえてしまいます。夜が明けると互いに名を明かさぬまま、扇を交換して別れます。弘徽殿女御の妹たちの一人であろう、守りの堅かった藤壺辺りと比べて軽々しい。しかし可愛く美しかった姫が誰なのか、確かめずにはいられません。自分をよく思っていない右大臣家からおおげさに婿扱いされても、とも考えます。

その姫、朧月夜の君とは弘徽殿女御の妹の六の君でしたが、夢のような春の宵のことを思って煩悶しておられました。四月には東宮の後宮へ上がることが決まっているのです。

三月二十日すぎ、右大臣家で弓の勝負と藤花の宴が催されることになり、源氏にもお迎えがあります。酔ったふりをして席を立ち、寝殿の戸口のそばに寄ります。右大臣邸は派手好みで、やはり藤壺辺りの趣味のよさとは比較になりませんが。

「高麗人《こまびと》に、帯を取られてからき悔いする」に引っかけて、「扇を取られて辛《から》き目を見る」などと言いかけて、中の様子を窺います。ただ、ため息ばかりが聞こえてくる方へと寄り、几帳越しに手を捉えて、「梓弓《あづさゆみ》いるさの山にまどふかな　ほのみし月のかげや見ゆると」と言いかけます。「この間の方にお目にかかれもしようかと、はいって行くべき部屋を捜してうろうろしております」と、あの夜に言い交わしたことを踏まえています。「心いる方《かた》ならませば弓張りの　つきなき空に迷はましやは」と応える声は、あのときの姫のもので、源氏は嬉しく思うのでした。

そう、嬉しく思うのでしたが、これが転落のきっかけとなる出来事なのでした。満開の桜のもとでの夢のような出会いは、花の散りゆく事態への予兆です。すでに桜は終わりかかっていますが、藤の宴が張られ、そこにまだ数本の桜が咲き残っている、とわざわざ描写されています。朧月夜の君との再会は、そんな中で果たされました。

そして『葵《あおい》』の巻です。御代が替わり、周りの雰囲気が変わりました。源氏の父、桐壺帝《きりつぼ》が譲位されたのです。朱雀帝《すざく》の時代となって、右大臣家、弘徽殿女御の権勢が強まっています。源氏が何ごとにも億劫になって、引きこもりがちである、というのはこの空気を示しています。

引退した桐壺院は、藤壺とのんびり過ごしています。東宮となった藤壺腹の御子の後見にと、源氏を指名されます。源氏はその実の父ですが、もちろん秘密のことで、桐壺帝もご存じないはず。

代替わりに伴い、斎宮《さいぐう》が選ばれます。斎宮とは伊勢神宮を司る巫女で、高貴な家柄の処女が務めます。この新しい斎宮は、六条御息所《ろくじょうのみやすどころ》の娘、すなわち皇太子のまま亡くなった、桐壺院の兄の忘れ形見である姫に決まりました。

六条御息所は源氏の愛が薄いことから、娘とともに伊勢に下ってしまおうかと考えています。それを耳にした桐壺院は、また源氏にお小言を言います。源氏はかしこまって聞きますが、六条御息所を公然と妻にしようとしません。御息所も歳上なので遠慮されています。けれども、もはや知らぬ人もないのにと、内心たいへん傷ついています。

一方で左大臣家の正妻、葵の上は懐妊しています。不仲な正妻・葵の上でも、身籠もったとあっては、源氏もいくらか愛情を感じはじめています。それでも女性たちとのアフェアについて、源氏はあっけらかんと隠そうともしない。というのも、彼にとってそれらが秘密でも何でもないからだと思います。源氏にとっての秘密とは、藤壺とのことです。他の女性とのことは問題ではなく、むしろ目くらましになるぐらいのものでしょう。

そのころ斎院も新しく、皇太后腹の女三宮《おんなさんのみや》がおなりになりました。斎院というのは、先の伊勢の斎宮と同様な、京都の賀茂神社の巫女のことです。就任を祝う御禊《ぎょけい》の儀式が盛大に行われ、源氏も供奉なさる。一目見ようとたいへんな人出となりました。

身重である葵の上も周囲の者たちに勧められ、見に出ることにします。しかし急に出てきたので、見物しようにも適当な場所がなく、邪魔な車を追い払います。するとそこに質素にやつしながらも優美で品のよい、貴女のものとおぼしき車があった。「これは決して、さように押し除《の》けられるような御車《みくるま》ではない」と、供人たちは手を触れさせない。

それこそが六条御息所の御車で、葵の上の供人《ともびと》たちも承知でしたが、酒の入った若い者たちが小競り合いをはじめてしまいます。六条御息所の御車はとうとう奥へ押しやられ、そればかりか台の足を損傷します。他の車を支えにしてようやく姿勢を保つという、ひどくみっともない格好となった。

六条御息所は、何のために出てきたかと後悔しますが、源氏の大将がお通りだという声に、思わず目で追ってしまいます。源氏は通り過ぎながらも、恋人には目を留めたり、左大臣家の車には敬意を表したりしますが、押し込められた御息所の車はまるで無視された形になりました。

さてもう一人、桟敷から源氏を眺め、その美しさに驚嘆している方がおられます。式部卿宮《しきぶきょうのみや》の槿《あさがお》の君は、源氏から長年たゆまず文が送られてくることを思い、さすがに心が動きます。しかしそれ以上に近づこうとはしません。槿の君は物語中で唯一、源氏の魅力から距離をおき続けている姫であって「客観者」です。その槿の君もまた、このときの源氏のまばゆい美しさに、神に魅入られるような不吉な感じを覚えます。距離があるからこそ直観がはたらいているんですね。

車争いのことを源氏の耳に入れた者があり、源氏は六条御息所をひどく気の毒に、申し訳なく思います。葵の上は情愛に欠けて無愛想なので、その意をくんだ者たちがやったのだろう、と批判めいたことを考えます。

『夕顔』の巻でも述べましたが、この時代には「個」というものの輪郭が今よりも曖昧で、主人と従者たちは性格的に一体のものと捉えられています。従者たちが乱暴なのは主人の人柄を示していて、葵の上の従者たちのしたことは、主人である彼女が思いやりに欠ける性格だからである、ということです。そしてそれは必ずしも昔ふうの考え方と決めつけることはできない。社風や家族、夫婦もそうですね。子は親の鏡とか、似たもの夫婦とか。

これから起きる怖ろしい出来事も、近代的にきっちり分かれて存在する「個」ではなく、無意識で人々が繋がっていて、そこにぽつぽつと突出する形で「個」があるに過ぎない、ということが前提となっています。

ところで源氏が葵の上に、六条御息所に対する思いやりを求めるというのは、ずいぶん勝手です。

妻妾が仲よくすることを期待するなんて、虫がいいにもほどがある。それなら私たち女性だって、一人の女をめぐる二人の彼氏がいがみ合わないでくれたら、と思っていいんでしょうか。

『源氏物語』の後半にあるように、もともと非常に仲のよい二人の男性が、一人の女性を愛するようになることはあって、むしろ自分の親友が好きな女性だから、自分も好きになるらしい。先だって男同士の強い結びつきがあってのことなんですね。一人の女性を争っているように見せかけて、男同士でじゃれあっている、というのは源氏と頭中将にもありました。しかしながら一人の女性を争う巡り合わせになった、もともと知らない間柄の男同士が仲よくなり、睦み合うなんてあり得ない。

とはいえ何となく、源氏の言い分にも一分の理があるかもしれません。一人の男の愛を求めている女

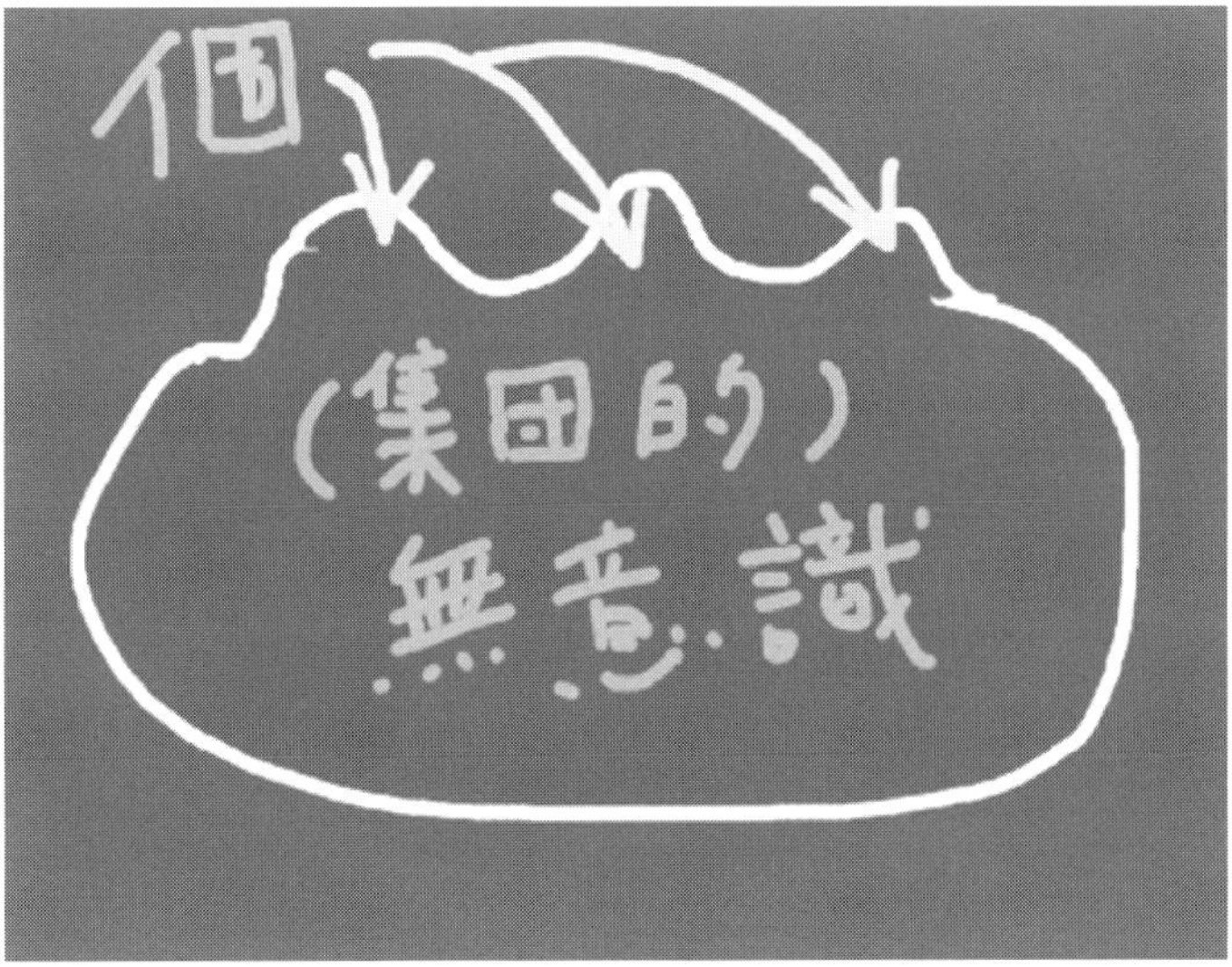

ふたりが、互いによく思うはずはありません。ありませんが、一瞬、共感し、理解し合ってしまうことはないでしょうか。

源氏は理想のプリンスというのが最初の設定ですが、そんなものはいるはずもない。男なんて皆、しょーもない存在なんで、女は結局、ため息をつく。とすれば、向う側で同じようにため息をついている女性に共感し、理解し合うことはある。そういう許容の可能性は、女性ならではのものです。男は本来バカだから（失礼）、そんな芸はない。

女性に対し、他の女性の存在を認めるべきだとするのはもちろん男のエゴであり、女性の心を踏みにじるものです。が、他の女性の存在を認めた女性の心理というのは、必ずしも踏みにじられたものでなく、その男をどこかで「見切っている」。見切るとは、「表からも裏からも見た」ということです。裏から見た姿とは、もう一人の女性の視線を借り、そこへ共感した、ということでもありましょう。女性にしかわかり得ない、そんな共感のあり方が『源氏物語』ではいくつか描かれています。その箇所の重要性は、見切られる側の男には理解し得ず、紫式部から女性の読者だけに向けたメッセージかもしれません。

さて、源氏は六条御息所のところへお見舞いに参上しますが、無論会ってはもらえません。こういうとき、もし意地を張りとおせない女性であったなら、源氏との仲もまた違ってきたでしょう。

しかしそんなことを許さないのは、六条御息所の気質であると同時に、御身分であった。

車争いの後、六条御息所はたいへん煩悶されます。ただ、その苦しみの多くは葵の上に侮られたこと、それをまた人に知られて物笑いになったと思われることのようです。いっそ娘とともに伊勢に下ってしまおうかという考えにも、源氏は引き留めはするものの、そう熱心でもないと感じられ、その情けなさを慰めるために出た先で受けた侮辱です。

その頃、身重の葵の上には物怪《もののけ》が憑いたようで、体調が思わしくなかった。修法や祈祷をいくら施しても、どうにも離れないしつこい物怪が一つあって、源氏との関わりが深いと思しき二条院の姫君か、六条御息所の生霊ではないかと、左大臣家の人々はすでに噂している。二条院の姫君というのは若紫《わかむらさき》で、まだ幼いことが知られていないんですね。

このあたりにずれがある。六条御息所に怨念があるといっても、源氏の子を身籠もった正妻への怨念ではなく、車争いで侮辱され、それを衆目にさらされた恨みです。御息所の御身分とお立場からすれば、当然ではないでしょうか。それなのに若い恋人に執着しての恨みと誤解されている。御自身のプライドにかけて、そんな低次元の嫉妬を押し殺してきた方です。確かに私も、プライドや世間体といった社会的コードに縛られた女たちはつまらない、と言ってきました。けれども恋の相手としてつまらないとしても、女性の誇りにまったく価値がないとはいえません。

葵の上の病状はますます悪くなります。御息所は、自分の運命に物思いはしても、人を恨む気持ちはさらさらないつもりだが、あの禊の日の屈辱感は火のように苦しく、もはや制御できずに自分の身体から飛び立っていってしまっているのか、と思います。何と言われてもしかたのない自分になってしまった、と六条御息所は人の噂によって、自分への認識を決めてしまっている。

やがて葵の上が予定より早く産気づき、ありったけの祈祷をしても例の物怪だけが動こうとしません。葵の上は、ひどい苦しみの中で源氏を呼び寄せます。病いでしどけなく、より美しくみえる葵の上に、深い憐れをもよおしつつ、源氏は近づきます。すると葵の上は、「こうして迷って来ようなどとはさらさら思ってもいないのですが、ものを思う人の魂は、こんな具合に体を抜け出すものだと見えます」となつかしげに、また「嘆《なげ》きわび空にみだるる我が魂《たま》を　むすびとどめよ下《した》がひのつま」と言われる。その声も様子も、六条御息所にそっくりです。ほとんどホラーですね。それまで人の噂を無視してきた源氏でしたが、本当にこんなことがと驚き呆れます。

やや落ち着いた葵の上は男児を出産します。皆が喜び、安堵します。原文は「かの御息所は、かかる御ありさまを聞きたまひても、ただならず。かねては、いと危ふく聞こえしを、たひらかにもはた」。「それを聞いた六条御息所は、葵の上の無事な出産を面白くなく思った」という解釈が多いようです。しかし谷崎訳では「あの御息所は、そういう御様子をお聞きになりましてもお胸が安らかではありません。かねて危篤《きとく》といわれたお人が、さては安産をなすったのかとお思いになります」とだけ書かれています。さて、どちらでしょう。

原文の「ただならず」を「面白くない・不愉快だ」ととるのは間違った意訳です。六条御息所は「自分の運命を嘆くことはあっても、人を恨んだことはない」と自らはっきり考えておられました。それを否定する根拠はテキストには見当たりません。少なくとも意識があるときの御息所は、他の女性の出産を呪うようなお方ではない。ただ今しかし、無事出産されたと皆が安堵しているけれども、御息所だけは「お胸が安らかでない」。それは葵の上のことではなく、自分がどうしていたかがわからないからです。また（＝はた）危篤と言われていたのに急に安産するというのも不自然で、確かに何か超自然的なものがはたらいたり、除かれたりしたようにも思える。

なぜならば、そのすぐ後に、御息所は自分が意識を失っていた間のことを思い出そうとし、衣服に護摩の香りがついていると思います。護摩というのは祈祷の際に僧が焚くもので、つまり自分が葵の上のところに行っていたのではないか、と考えた。この香りは、衣服を変えても、髪を洗っても落ちない。つまりは錯覚であったのでしょう。シェイクスピアの『マクベス』で、「手についた血が洗っても洗っても落ちない」と言うマクベス夫人は、罪の意識から正気を失っていました。

六条御息所も同じですが、マクベス夫人と違い、何も悪いことはしていない。それなのに罪の意識を持つ。自分のことは自分が一番よくわかっているはずなのに、御息所は、「人が噂する自分」が自分だと思い込んでいます。そもそも「生霊となり、葵の上を呪っている」などと噂される自分自身が許せず、そこからすでに罪の意識を持っておられるんですね。むしろ先行する噂をなぞり、その噂通りの自身になってゆく。六条御息所にとって、自身のあり方を決めるのは「他人の目」です。素晴らしく映れば素晴らしい自身であり、あさましく映ればあさましい自身なのです。

そのような他者指向は、自我が完全には独立していない、それをもってよしとする時代に、非の打ちどころなき貴女だからこその美点であったはずです。人々の無意識の共有によって「和」を拡大してゆくことが、日本古来の倫理道徳でした。しかしときに無意識の肥大化によって欲動（＝リビドー、無意識のエネルギー）が溢れ出し、個としての人格構造が崩れる場合がある。「生霊」とは、「それがそこにいる」と思っている人々の共同幻想と噂が作り出したプレ・モダン的な「怖れ」ですが、ポスト・モダン的な人格構造の崩壊でもあります。私たちがそれをホラーだと感じるのは、六条御息所が怖ろしい女性だからではなく、私たち自身の人格構造の危うさを示唆するからです。この現代的テーマは、多重人格障害を扱ったダニエル・キイスのノンフィクション『２４人のビリー・ミリガン』、また最近では映画『ブラック・スワン』で、「白鳥の湖」を踊るバレリーナが白鳥と黒鳥に分裂してゆくサイコスリラーなど、話題作を生んでいます。

回復したかのようにみえた葵の上は、秋の司召《つかさめし》（官吏の昇進が言い渡される）の日の夜、皆が出払っているところに急に苦しみ出して、亡くなります。

六条御息所の生霊を見た（と思っている）源氏は、それからは逢うのをためらって手紙だけを送っていたのですが、いよいよ嫌気がさし、「とまる身も消えしもおなじ露の世に　こころ置くらんほどぞはかなき――どうぞきれいにお忘れになって下さい」とまで言ってやります。

六条御息所のショックはいかほどだったでしょう。やはりそうだったのか、と自身を責められます。けれども源氏が「見た」葵の上の有様は、六条御息所の無意識が現れたものではなく、むしろ葵の上の無意識がさせたものです。あの車争い、六条御息所への仕打ちをどう思っているのか、葵の上の心情は説明されていません。左大臣家ではたいしたことだとは思っていない、という前提は、物語作者のこしらえた「罠」です。意識の上では強気でいても、恨まれてもしかたがないとまず思うのは、葵の上の無意識のはずです。自分の苦しみは、きっとその報いである、と。

夕顔が亡くなったときに、源氏が「見た」霊の影も、今思えば六条御息所だったのだ、ということになっています。しかし六条へと向かう道すがら、夕顔に引っかかって御息所を無視していたこと、それが高貴なお方に対するどれほどの無礼か、一番よくわかっていたのは源氏自身です。ならば源氏が「見た」のは、自身の罪悪感そのものの影であったろう。普段と様子が違っている葵の上が、六条御息所そっくりに「見えた」というのも、すでに噂に影響されていた源氏の無意識のなせるわざです。

人々の無意識は共有され、合わせ鏡のように反響し合う。その中で、自我と他者の区別がなくなってゆく。このプレ＝ポスト・モダン的状況を、作者は十分に認識していたと思われます。

繰り返し、冷たい源氏を思い切ろう、もう思うまい、と御息所は思われるのですが、「思うまいと思うのも、思うことである」と書かれています。まさにその通りですね。このような絶対矛盾（＝ダブルバインド）は、モダン的な論理構築が通用しなくなっている心理状況下で起きることです。

さて、源氏は成長した若紫と新手枕《にいたまくら》を交わします。紫の君にすれば父のように思っていた源氏の心外な仕打ちに、ぷんぷん怒っていますが、まあ以前からの約束事で、契りを結ばれたわけです。

正妻の葵の上が亡くなってからのことで、つまり紫の君は最初から源氏の正妻格ということになります。妻として扱われている中で、最も身分が高い姫が正妻とみなされることが多いのですが、六条御息所も葵の上と相打ちのようにして去るわけですから。この辺りの采配に、物語作者の紫の君に対する愛情、特別扱いが感じられます。

新年を迎え、いまだ悲しみに暮れる左大臣家にも、源氏は挨拶に回ります。亡くなってしまってから、あの人に何の不満があったのだろうか、もっと睦まじくしておけば、と葵の上を惜しみます。ただ、忘れ形見の赤ん坊がいるからには、縁が切れてしまったわけではない、と人々を慰めます。その男児、のちの夕霧《ゆうぎり》は、やはり目もと口もとが藤壺腹の東宮にそっくりです。人が怪しまずにおられようかと、またしても源氏は思います。

第8回　『賢木《さかき》』から『花散里《はなちるさと》』花が散るまで

『源氏物語』前半の最大のヤマ場、『須磨《すま》・明石《あかし》』へ向けて源氏の運命はいよいよ行き詰まってゆきます。

正妻の葵の上が亡くなり、六条御息所《ろくじょうのみやすどころ》が本来ならば正妻になおるはずでしたが、源氏の足はすっかり遠のきます。自分の生霊が取り憑いて葵の上を死なせたと思っているからだろうと、御息所は考えます。それで斎宮として伊勢に下る娘に付いて、都を離れる決意を固めます。

さすがに動揺した源氏は、斎宮の潔斎《けっさい》の場である野宮《ののみや》に、御息所を訪ねます。ここでは怖ろしくも忌まわしい生霊、夕顔《ゆうがお》と葵の上という女性二人を取り殺した御息所の像というのは、すでに源氏の視界から消えています。ですから、やはり生霊うんぬんといった話は幻想でしかないというのが、物語作者の意図である。

もしそれが事実起こったホラーとして読まれるべきなら、ここで主人公の源氏が、殺人モンスターである六条御息所との別れに涙するはずもない。ハリウッドじゃなくとも、そうやって油断したところを、わっと獲って喰われるというのが怪談の常套だけれど、そんなことは起きません。二人はただ悲しい恋の結末を嘆き、運が尽きかけた源氏はまたしても一人、大切な人を失うのです。

生霊の噂に惑わされ、それを「見て」しまったのは源氏自身の「業」というものです。けれども六条御息所も自らの矜持、それと相反する源氏への執着という業を抱え、御息所自身がそれにうんざりしています。それぞれの抱える業の深さの前には、恋愛など、所詮はかない幻に過ぎません。

『源氏物語』に貫かれている「思想」とは、突き詰めれば仏教思想ということになります。それは物語の終盤、「宇治十帖《うじじゅうじょう》」では紛うことなくはっきり表されています。物語前半部で最も仏教的なのは、この六条御息所との別れでありましょう。

賢木《さかき》＝榊とは、神道の神を祀るための聖なる木の枝で、御息所の本来的な穢れのなさ、その業が浄められる約束を示していると思われる。実際、この逢瀬とその後の文のやりとりのどこにも、別れの直接の原因となった「あの出来事」を思わせるものは出てきません。六条御息所の生霊など、ただの幻、気のせいであったというように霧散しています。

源氏は惜しみ、後悔しています。その源氏の姿に、御息所はまた心が激しく揺れます。それでも別れなければならない。もう決まったことだからでしょうか。そうではありません。切れない縁なら、いくらでも繋がるのが男女の仲であり、とりわけ源氏は諦めというものを知らない。しかし生霊の幻は消えても、それを見させた双方の業は残る。それを二人とも承知しているに違いありません。そして互いに捨てられたように思いながら、別れます。

十月に源氏の父の桐壺院《きりつぼ》が重体となり、十一月一日に崩御されます。源氏にとっては最愛の父を、昨年の正妻に引き続いて亡くし、不幸が重なります。この機会に出家をとすら考えますが、紫の上のことを思えば、そういうわけにもいきません。

源氏の異母兄、朱雀帝《すざく》は気持ちの優しい方でしたが、まだ年若く、その母の后と祖父の右大臣の取り仕切る世となります。后はここぞとばかりに、立て続けに嫌がらせをしかけ、そんな仕打ちには慣れていない源氏です。

亡くなった葵の上の父、左大臣も内裏に参内せず、引きこもりがちです。今の朱雀帝に葵の上を、という申し出を退け、源氏に妻合わせたことを后はいまだに根にもっていますから、左大臣にとっても不愉快なことが多いに違いありません。

左大臣家と源氏の身辺が寂しくなる一方で、右大臣家の六の君、朧月夜《おぼろづきよ》の君は尚侍《ないしのかみ》に昇格されます。しかしながら源氏との文のやりとりは途絶えません。むしろ後宮に入ってから、もし露見したらという危険が増すにつれ、源氏の情熱が高まるのは相変わらずです。


外ではあまりちやほやされなくなったからか、源氏は左大臣家にもよく通い、葵の上の忘れ形見である息子を可愛がります。今の方があるべき姿に近い様子です。

葵の上が亡くなり、六条御息所が去られて、結果として正妻格となられた紫の上は、世間から羨まれる幸運の人となります。父の兵部卿宮《ひょうぶきょうのみや》とは隔てなくやりとりがありますが、その正妻、つまり紫の上の継母の腹の子たちには、これといったよい縁もなく、妬まれている。とりわけ源氏が家庭に落ち着いてみえる今現在ですから、継子いじめされた後に幸せをつかむ物語のお姫さまのようなありようです。

宮中で御修法《みずほう》が行われている間に、源氏は朧月夜の君に近づきます。危険な密会です。明け方、「宿直《とのい》申し侍《さぶろ》ふ」と近衛の下士の声が聞こえました。ほかにも、この辺りの女房の局へ忍んで来ている男があって、それを知る同僚がちょっと当てこすりをしているのだろう、と源氏は思います。そういった伏線が張られているところがサスペンスばりで、源氏が帰る際、それと思しき局から出てきた男に姿を見られてしまいます。自身と同類と思った輩ですが、よく考えれば、そこは政敵の巣なのです。このような源氏の行為は確かに、今の政情と自分の立場とをあえて無視する不遜な行為ともとれる。

一方で、源氏はいまだ藤壺《ふじつぼ》を諦めてはいません。藤壺はといえば、桐壺院が何も知らずに亡くなられたことへの罪の意識もさることながら、東宮の立場が危ういという母としての懸念がいや増して、源氏の恋心をご祈祷で封じようとするありよう。ストーカー扱いですね。

しかしそんな警戒体制を掻い潜り、源氏は再び藤壺の寝所に現れます。確かにちょっと怖い。それは心をこめてかき口説きますが、藤壺はついに心臓発作のような胸の痛みを覚えます。ご病気に驚いて女房たちが大勢出入りします。そこまで嫌われたかと茫然自失の源氏は、塗籠（押入れ、納戸）に隠れます。やがて回復した藤壺の裾をつかまえますが、召し物を脱いで逃げようとなさいます。源氏はそのお髪を捕らえます。この「塗籠事件」での源氏と藤壺の「格闘」は、具体的なだけに幻滅的、夢のような逢瀬のパロディのようです。

映画や漫画での濡れ場満載の『源氏物語』はポルノグラフィかと見紛うときもありますが、もちろん原文ではそのときの女性の様子などは、ほぼ省かれています。ただ、あの懐妊をもたらした夏の逢瀬の藤壺は「いと憂くて、いみじき御気色なるものから、なつかしうらうたげに、さりとてうちとけず、心深う恥づかしげなる御もてなしなどの、なほ人に似させたまはぬを」と、美的で抽象的ながらも描かれていました。

もとが夢のようであったぶん、ここでのやりとりはひどい。そうなった原因はしかし、源氏の執着よりは藤壺の激しい拒絶にある。

たとえば源氏に出会った朧月夜の君は、「わびしと思へるものから、情けなくこはごはしうは見えじ、と思へり」と、あります。源氏に襲われて、困ったと思いながら、情け知らずで強情な女とは思われまいとする。

藤壺に対する源氏は確かにストーカーっぽいが、手引きした者がいる以上、必ずしも悪事を犯しているわけではない、という当時の認識でしょう。そこで大騒ぎしたり、身分ある男に恥をかかせたりすまい、というのが女性のたしなみであったと思われます。だからこそ藤壺も最初は、源氏を受け入れざるを得なかった。藤壺がここまでなりふり構わずに拒絶するのは、やはり我が子である東宮が帝の子でないことを隠さなくてはならないからにほかなりません。

としても、塗籠に押し込められた源氏の哀れにも滑稽なさま、二人のどたばたに近い格闘＝肉体接触には、「男女の仲など、所詮はこんなもの」という諦念も覗き、仏教的な教えも感じられます。

こんな冷酷な扱いを受けて、もう顔も会わせられないと、源氏は文も送りません。藤壺の方は、東宮の後見である源氏を慮りつつ、それでもこんなことが繰り返されては東宮の立場がと、どこまでも東宮の御ためなのです。

そしてついに藤壺は自ら出家する決意を固めます。源氏の執着を振り捨てるためと、勢いを増す弘徽殿大后《こきでんのたいこう》の憎しみをかわすという意味合いで、いずれも自身の名誉と東宮の身の保全を期してのことです。

源氏は雲林院《うんりんいん》というところに籠り、槿の斎院に文を送ります。槿《あさがお》の斎院は、それにときどき返事を書いてしまっています。神に仕える斎院なのに困ったもんだ、というような作者のコメントがありますが、槿の斎院という人は何だか現代的なキャリアウーマンみたいです。男性から向けられる好意が色含みなのは承知で、そうでなければつまらないと思っている。が、自分からはその男に、友情のようなものを感じている。彼のいろいろな噂を聞き、まったく女癖の悪いやっちゃ、女の方もご苦労さま、といった案配。だから斎院は、自分が源氏に文を送るのに、何の問題も、穢れもないと思っておられたのではないでしょうか。かっこいいですね。私、この人好きです。

戻った源氏は、異母兄の朱雀帝と対面します。朱雀帝は東宮のことも含めて源氏と楽しく語らいます。尚侍である朧月夜の君にご執心ですが、源氏との仲を責めもせず、伊勢の斎宮として下った六条御息所の娘が美しかったことなど言われます。源氏も、野宮に御息所を訪ねた折のことを語り、まあ、男同士で女性の話をするというのは、打ち解けている証しでしょう。

が、そこを退出するとき、弘徽殿大后の兄の子で、頭の弁という思い上がった若者が、「白虹《はっこう》日《ひ》を貫《つらぬ》けり。太子《たいし》畏《お》じたり」と当てこすりを言います。『史記』『鄒陽《すうよう》伝』の故事からで「謀叛を企てても成功しないぞ」というほどの意味です。

弘徽殿大后だけでなく、右大臣家の者が源氏に面と向かってそんなことを言うようになったのですから、ずいぶんと厄介な状況です。しかも帝本人とは、隔てなく語らった直後なのです。

藤壺中宮は桐壺院の一周忌に引き続き、法華経八講を立派に営みますが、その最終日に出家してしまいます。源氏はもちろん人々は皆、驚き悲しみます。東宮に対する源氏の責任は重くなり、藤壺への想いも断念せざるを得ませんが、そうなると、かえって気楽に会ってくださるようにもなったのです。寂しくなった宮邸に新年の挨拶に訪れた源氏を、藤壺の宮は嬉しく、またありがたく思います。

除目《じもく》（昇級）では、尼となった藤壺付きの人々も、また源氏方の官吏たちも不遇の目を見た。左大臣も職を辞してしまった。左大臣家のお子たちの中でも三位中将《さんみのちゅうじょう》（源氏と親しい、以前の頭中将）は太政大臣家（以前の右大臣家）の四の君の婿ではありましたが、通いが途絶えがちでもあり、やはり昇級は見送られています。

源氏さえも不遇の目を見ているのだからと、三位中将は気にせず、しょっちゅう源氏のところへ来ては、昔のようにあれこれ張り合ったり、詩歌を作って遊んだりします。音楽などに嗜みの深い兵部卿宮もしばしば訪れる、という記述があります。これは紫の上の父のことではなく、源氏の異母弟の帥宮《そちのみや》であるという説があり、後に述べる源氏と紫の上の父との関係から推察して、私もこの説をとります。

尚侍の君、すなわち弘徽殿大后の妹である朧月夜の君を、さすがに源氏は厄介に思った頃もあったのですが、あちらから文が来るなどして、途絶えることがありません。朧月夜の君が瘧病《わらわやみ》のために実家へ退出された機会に、毎夜通われます。あの怖ろしい弘徽殿大后も同じ邸にいるという、スリルに満ちた逢瀬がまた、たまらないのでしょう。

ところがある明け方に大雨となり、女房たちが立ち騒ぐ中で、帰るタイミングを逸した源氏の姿を、朧月夜の父の大臣が見つけてしまいます。娘のそんなところを黙っていればよいものを、もともとの人柄に老いの僻みも加わって、弘徽殿大后にわあわあと言いつけてしまいます。大后の怒りはすさまじく、言わねばよかった、と父大臣も思うほどでした。

そもそも今の朱雀帝が皇太子であった頃、左大臣の一人娘の葵の上をと望んだにもかかわらず、源氏にやってしまった。この朧月夜の君も宮仕えに決まっていたものを、源氏のお手付きとなり、帝の寵愛を受けるも女御にもできずにいる。それがいまだにこんな関係を、という帝の母の怒りは、無理からぬもののある気もします。朱雀帝は確かに、これという女は源氏に取られる運命にあるらしい。

それにしても平安時代の宮中、江戸期の大奥などと比べると、何だかおおらかです。大奥の女が男と密通しただけで死罪、みたいな時代劇ドラマをよくやってますよね。確かに、大奥の女は将軍の女なので、よその男と通じるということは、下手をしたらその男の種が次期将軍ということになりかねない。

源氏が尚侍の君と通じる、また現に藤壺腹の東宮が帝の子でない、というのは、皇室最大のタブーに触れています。が、そこには源氏もまた帝の子である、という安全弁が働いている。

民間に下った源氏は、宮ではありません。けれども帝の子であることを知らぬ人はいません。

藤壺腹の東宮、後の冷泉帝《れいぜい》は桐壺帝の子ではありませんが、桐壺帝の息子である源氏の子です。ですから万世一系を侵すという最悪のタブーは避けられているのです。

万世一系とは、日本の天皇制の根本概念です。それは「皇位は父系をたどる」というものです。昨今、女性天皇や女系天皇の議論が聞こえてきますが、この二つ「女性」と「女系」はまったく違うものですから、混同してはなりません。

日本の歴史上、女性の天皇は何人かおられます。それが禁じられたのはごく最近のことで、再び法改正して女性の天皇を可能にしても、元に戻るだけのことです。

しかし女系、となると話はまったく違います。天皇制は男系というのはルールというより、定義そのものです。男系とは「父方の血筋が天皇である」ということです。つまり「お父さんが天皇、もしくは皇位継承権のある子は皇位継承権を持つ」ということです。したがって、たとえば皇太子の長女である愛子さまが女性天皇となられるのは問題ない。秋篠宮の眞子さまや佳子さま、また民間に降嫁された紀宮さまも、男系の女性天皇になり得ます。

しかし、この女性皇族方のお子たちとなりますと、それが男でも女でも、女系ということになります。それはお父さんでなく「お母さんが天皇だった、もしくは皇位継承権を持つ」に過ぎないからです。

宮家出身の歴史学者の方々は「女性天皇は認めても、女系天皇は認めるべきではない」という立場をとられることが多いようですが、ごく真っ当な意見に思われます。この点について男女平等に反する、などということはナンセンスでしょう。憲法の平等権を言い出せば、国民一般に対する皇室の存在自体を問わなくてはなりません。近代社会＝モダンの基盤を成す民主主義や憲法においては、天皇制はもとより例外規定なのです。

　私は右派でも左派でもありません。ただ、もし天皇制を維持しようとするならば、男系は死守しなくてはなりません。前述したように、それは天皇制のルールではなく「定義」です。女系天皇という言葉はそれ自体が矛盾であり、それを口に上せた途端に天皇制そのものの根底が危うくなる、という呪いの言葉に近い。それを可とする議論をすれば、日本国民は遠からず考えるようになる。「ところで天皇制って、なんであるんだっけ?」。

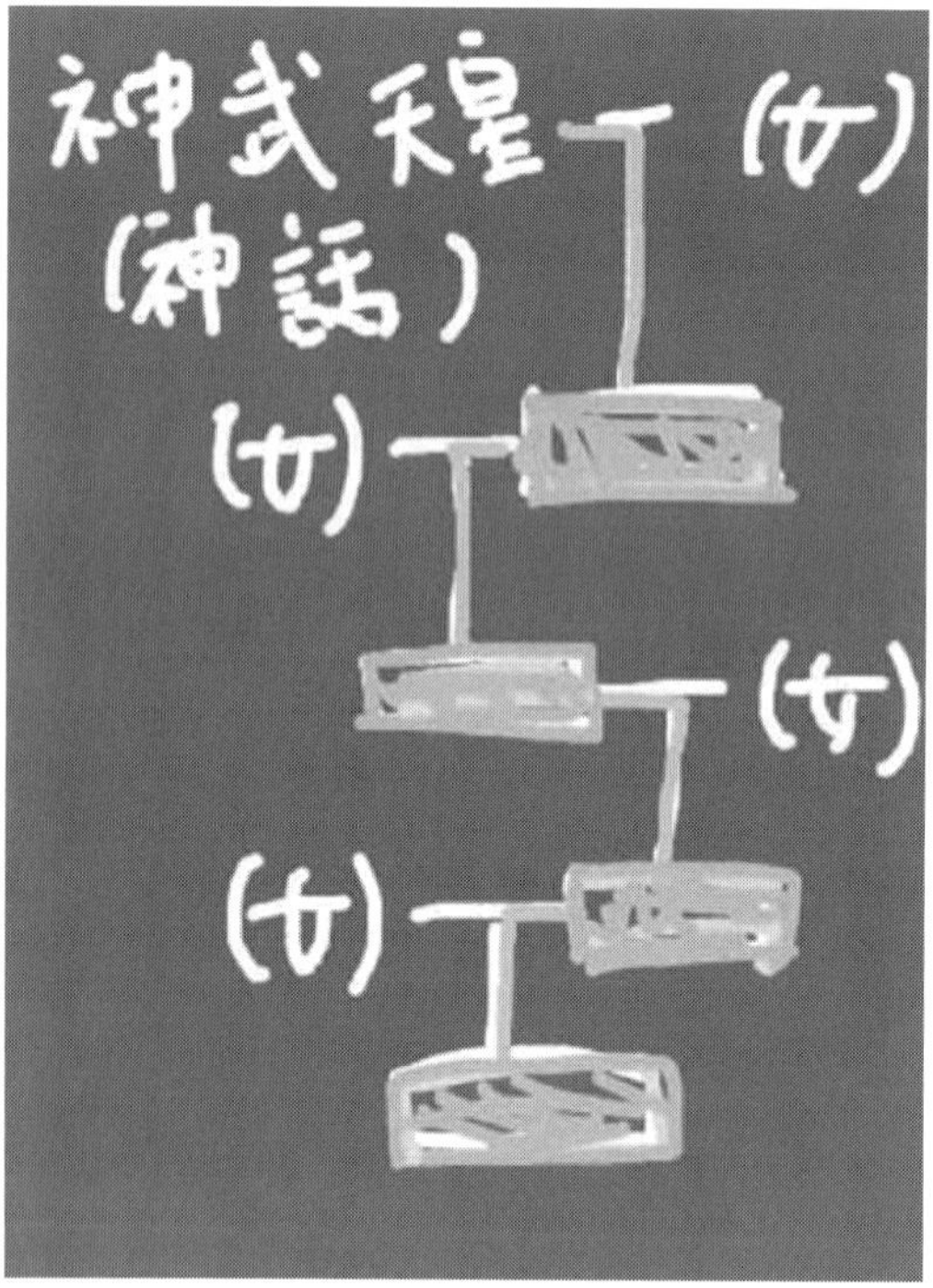

空虚な問いです。「万世一系として、すでにそこにある。どうしようもなくある」と答えるしかないからです。そしてその答えの重みすらない女系天皇を認めることは、実質上、天皇制廃止とほぼ同じ事態となります。逆にいえば、もし天皇制廃止を目指したいなら女系天皇を擁立することです。

宮家出身の方々は少なくとも、このような天皇制のプレ＝ポスト・モダン的な「根底の不在」について、骨身に沁みてよくわかっておられるのだと思います。

さて源氏は、麗景殿女御《れいけいでんのにょうご》という方の妹で、昔からときどき通われていた花散里《はなちるさと》を訪ねようと思い立ちます。

麗景殿女御は桐壺帝の側室の一人であったのですが、宮を生されることもなかったので、桐壺院が崩御された後は心細い暮らしで、源氏が何かと気をくばって差し上げていた。その妹君の花散里とは、ちょっとした関わり合いがあったに過ぎなかったけれども、源氏のいつものことで忘れて捨て去るということもない。

不愉快なことばかり続く中で、源氏がふと、この方を思い出したように書かれていますが、実際には、どこへも足の向けようがないほど追い詰められていたことを示している。

花散里のもとへ向かう途中、中川で見覚えのある屋敷の前に出ます。前に一度だけ契った女の家で、声をかけますが、知らん顔されてしまいます。何か障りがあるのだろう、と源氏は気にもしません。それを、ほかに通ってくる男でもあるのだろう、と捉えるのが一般的なようですが、政敵から睨まれている源氏を避ける風潮が、こんな下々の家にまで影響を与えている、ととるべきです。女は内心、源氏が立ち去るのを惜しみ、寂しく思っているとありますから、何らかの社会的な圧迫があるのは確かでしょう。

目的の場所は思っていた以上に人少なく、ひっそり暮らしておいででした。まず姉の麗景殿のところで昔話、つまりは桐壺帝の時代を懐かしんで話し込みます。昔の忘れられない心の慰めには、ここを訪れるのが一番であるとわかった、と源氏は言います。時流に流されるのが人の常で、昔を語り合える人も少なくなってきた、と。

源氏自らが世話をし、その源氏以外に頼る者もない、社会的しがらみのない麗景殿女御だからこそ、気兼ねなく昔の話ができる。後ろ盾のない、社会性に冒されていない女を懐かしみ、愛する心情は思えば桐壺帝と源氏に共通していました。そこに現れる心情だけが、世情によって変わることのない「純」なものとして信じられる。

『花散里』はごく短い巻ですが、その中でも花散里とのことは最後に触れられているのみで、その人となりはよくわかりません。ここでは花散里は麗景殿と同じく、追い詰められた源氏の最後の寄る辺という「記号」なのです。

第9回　『須磨《すま》』天上から海へ

さて、いよいよ『須磨《すま》』の巻です。

帝を擁する大臣家からの圧迫が極端なまでに強まり、このままでは危害がおよぶと察した源氏は、須磨に隠遁生活を送ることにします。

『須磨』の巻の冒頭にそのようにありますが、これはなかなか微妙で、源氏の体裁を考えた表向きの表現だということが、読み進めてゆくうちにわかります。こういう書き方はいかにも、源氏の側に仕えていた女房らしい感じが出ています。

要するに源氏は、異母兄の朱雀《すざく》帝に対する謀叛の疑いをかけられていたのです。そのままでは、それこそ九州とかのとんでもないところへ流刑になりかねない。で、自ら須磨に定めて蟄居することにした。つまり半分は隠遁、半分は島流しです。

「自分で島流し」っても、須磨というところは京の都から見て、ちょうど東京に対する鎌倉ぐらい。紫の上のことを思うと、やはりあまり遠くへは行きたくない。一方で都落ちしながら人の多い、ごみごみしたところに行くのは嫌だし、だいいち隠遁しているというアピールにならない。で、須磨は都からそんなに遠くなくて、昔は人も多く住んでいたところだが、今はひどく寂れ、漁師の家さえほとんどない。それでそこへ決めたわけです。

入道の宮、すなわち出家した藤壺《ふじつぼ》から、見舞いの便りがしょっちゅう届くようになります。こんな情愛を昔、見せてくれていたらと残念に思います。けれども藤壺にしてみれば、出家したからこそ、そして源氏がこのような状態であるからこそ、いまだ人目をはばかりながらも、ないはずもない源氏への想いを示す気にもなるわけです。

置いていかれる紫の上の哀しみようはひと通りではありませんが、妻を伴っての蟄居というのもまた、敵に口実を与えるようなものです。どうしても戻ってこられぬとあらば、呼び寄せようと考えるものの、この姫君をそんなところに置くのは気の毒に思えます。

紫の上の父、兵部卿宮《ひょうぶきょうのみや》は、源氏が政治的に苦境に立たされると、掌を返したような態度を取ります。無論、見舞いになど訪れません。人づてに聞くところでは、兵部卿宮の妻、紫の上の継母が、「急に仕合せになったと思ったら、すぐまた駄目になってしまう。何とまあ縁起の悪い。やっぱりあのお児は、どなたに可愛がられてもじきに別れるようにおなりなのですね」などと言っていた。

弟の帥宮《そちのみや》、左大臣家の三位中将《さんみのちゅうじょう》（以前の頭中将《とうのちゅうじょう》）は見舞いにやって来ます。源氏は「位のない者は（私は無位の者だから）」と、やわらかな無紋の直衣《のうし》を着て出て、その地味にしているのも、面瘦せられた様子も、かえって艶で品があり、素晴らしいのです。

こういう美意識は、源氏によく見受けられますね。ぶんぶんと勢いがあり、肯定感いっぱいのものは、いわゆる「強い自我」を示して美しくない。むしろ衰えの中に「艶なもの」を見い出す。この価値観が日本的な美意識として洗練されていった。『源氏物語』が国風文化の確立そのものであるというのは、仮名文字の問題だけではないんですね。

出発の準備の合間に、源氏は人目を気にしながらも、朧月夜《おぼろづきよ》の君にも文を送ります。懲りませんね。ま、懲りてしまうようでは、物語の主人公は務まらない。しかし源氏の排斥は、ほかならぬ彼女との仲が原因で、彼女の一族がしたことですから、さすがにもう一度逢うのは憚られます。

藤壺のところでは「このように意外な罪を蒙《こうむ》りますのも、思い合わせますと、あのこと一つがありますゆえに、空恐ろしゅうございます。惜しからぬこの身は亡きものにしましても、春宮《とうぐう》の御代さえ御安泰でありますならば」と、言います。互いにわかっていたことで、藤壺は返事もできません。

ここでは罪と罰が一対一対応でなく、めぐっている。謀叛については濡れ衣だが、まったく罪科のない清らかな自身ではないから、それについて思いめぐらす、ということです。

舟で向かえば、十二時間ほどで須磨に着くようです。寂しい住まいの手入れをし、やっと落ち着いてくると梅雨の時期です。方々と文をやりとりします。伊勢にいる御息所《みやすどころ》からの手紙は、あらためて素晴らしいと感じます。花散里《はなちるさと》が困っている様子なので、人をやって邸を修理させます。自分がどんな状況でもそんなことをしてくれるなんて、経済的に頼れるという意味では、やっぱり理想のプリンスです。

朧月夜の君は、尚侍《ないしのかみ》として宮中に戻ることになりました。朧月夜が涙を流すと「いったい誰のための涙か」とは仰せられるものの、恨んではおられません。朱雀帝は、このたびの源氏の処遇について困惑しています。が、いかんせん治世はこの人の心のままにならない。


須磨の秋は波の音が寂しく、けれども磯のたたずまいは聞いていた以上に素晴らしくて、源氏は自らたくさん絵をお描きになります。そんな優美な姿に、側に仕えている人々は憂さを忘れます。源氏もまた海渡る雁を眺めては、家族から離れて付き従っている者たちの心を思いやり、皆で歌を詠みます。

このように源氏の視線が海の方向へと向かうとき、源氏の意識は下々の者たちへと向かいます。一

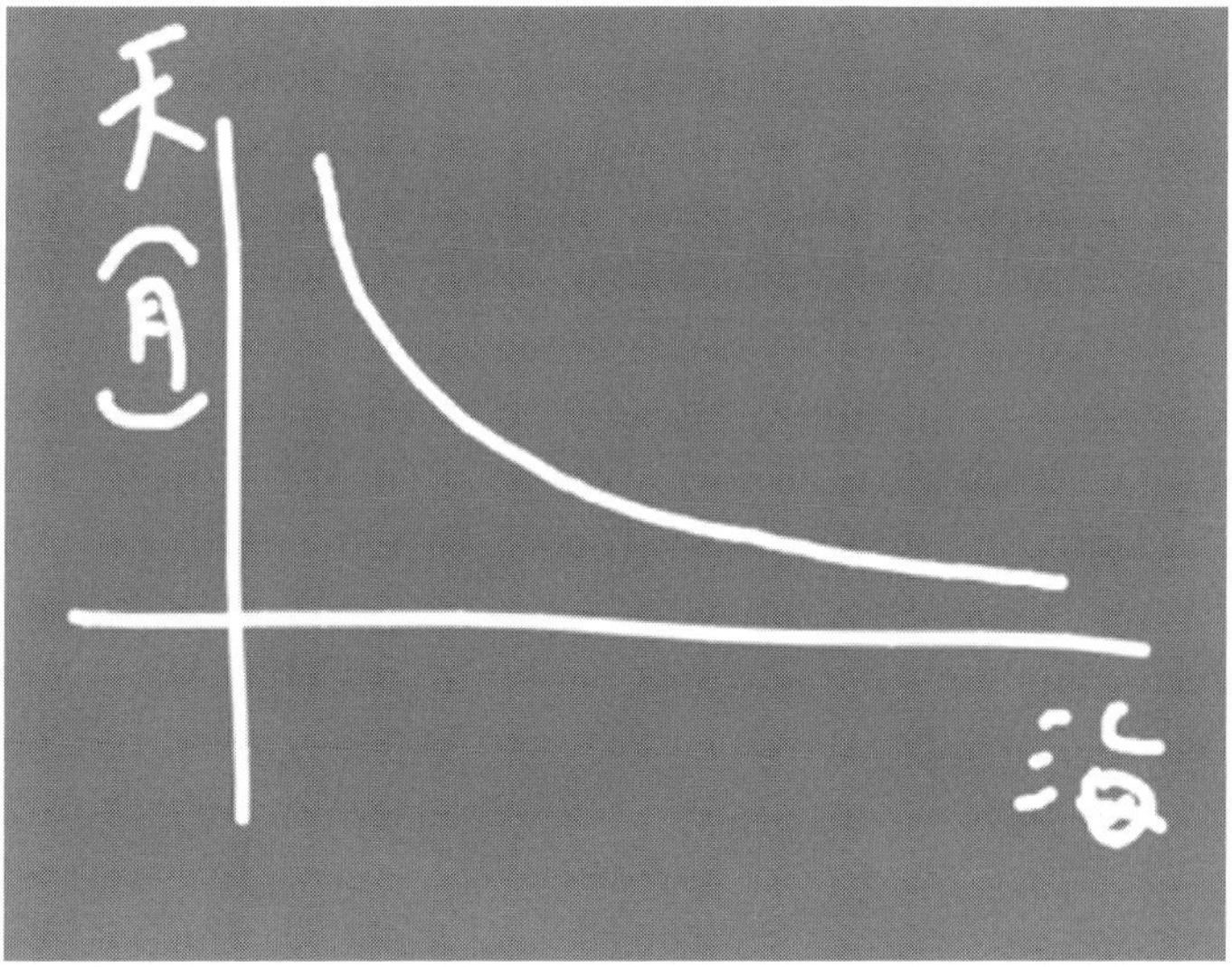

方で次の段で、月を眺める源氏の心は、藤壺や朱雀帝といった最高位の人々のことを思うのです。テキスト曲線ですね。天＝宮中を恋しいと思う気持ちは当然として、この巻で示されるのは、海＝下々との交わりから、源氏が何を得て、どう変化したか、ということです。

九州の長官である大弐《だいに》が上京し、その娘たちが舟で通りかかります。その中には五節の君がいます。前に花散里のところへ行く途中の中川の辺りで、一度契っただけの女にけんもほろろにされたとき、同じような身分なら五節の君が可愛かったと、源氏は思い出したものでした。五節の君は源氏に深く同情し、親きょうだいを振り捨てても、ここに残りたい気すらします。海を隔てて、源氏と五節の君は和歌をやりとりします。

琴の音に引きとめらるる綱手縄《つなでなは》
　たゆたふこころ君知るらめや

源氏の弾く琴の音が、海を渡って聞こえてきたとのこと。海から登場してきた五節の君は、社会の制度にがんじがらめになっている中川の女よりも愛情深く、ウェットで自由な感性を持っています。テキスト曲線において「聴覚」は水平軸に置かれます。つまり「海」の水平軸は、たとえば五線譜と波という類似性のある形態からもイメージできる通り、聴覚や音楽との親和性がある。

この「海」と「音楽」の親和性は、古今東西に普遍的なものです。それについて最も意識的に、かつ端的に述べた作家兼映画監督がフランスのマルグリット・デュラス（一九一四〜九六）です。

デュラスはフランス領インドシナに生まれ、両親は現地で教師をしていました。父は早く亡くなり、母は全財産をはたいて土地を買いましたが、当時の植民地の役人たちは腐敗していて、賄賂を渡さなくてはまともな土地は手に入らなかったのです。それを知らなかったマルグリットの母は、季節ごとに大潮に襲われ、海の下となる耕作不能の土地をつかまされて破産します。『愛人／ラ・マン』は自伝的作品で、「わたし」が大金持ちの中国人（華僑）に身体を与えたという、少女時代の売春行為を流麗なエクリチュールで描いたものとして世界的ベストセラーになりました。

この中国人華僑の男は、美しく利発な白人の少女を愛していましたが、少女の方は「愛さないでほしい。あなたが他の売春婦に対してするのと同じようにしてほしい」と言います。このような残酷な冷たさはしかし、性的に蓮っ葉だからではなく、むしろ「幼さ」からくるものです。

どんなに土嚢を積んでも海に侵される土地のために、母は狂ったようになっています。しかもなぜか暴力的な長兄ばかりを可愛がり、下の兄と少女を無視するという、歪んだ母親でもある。少女はこの不幸な家族関係から逃げ出したいと願っている。「自分のすべきこと」として迷わず男に身体を与えたのは、突破口を求めていたのでしょう。しかし同時に、丁寧に読めばわかりますが、少女の頭の中は母親のことでいっぱいです。まだ子供なのです。

母娘は無意識で繋がれています。少女は男からもらった大きなダイヤの指輪をしています。そういうことを、心の奥底で母が望んでいると知っているのです。意識的には、母親には教師としてのプライド、白人としての人種差別があります。「この、あばずれ」と娘を叩きます。娘は「あんな黄色い男とやるわけないじゃない」と叫びます。何もかも茶番に過ぎません。

母は機嫌のよいとき、ピアノを弾きます。この母親のイメージと重なり、「ピアノというのは母性的な楽器だ」とデュラスは言っています。そして形態としても、グランドピアノは海に似ています。鍵盤は白い波打ち際のようにさざめく音を生み、ボディは黒く広がって海鳴りを響かせます。

デュラスにとって「海」とは欲動（リビドー）そのもの、「陸」にある制度的なるものすべてを破壊する恐怖と、無意識的な愛とのアマルガムです。それは母性、あるいは女性性のメタファーとしての存在格を示しますが、その存在格への全肯定的な思想が「エクリチュール・フェミニン」

というものです。

直訳すると「女の書きもの」。制度を無化し、破壊するように「書かれたもの」それ自体が女性性である、というような観念を示し、音楽的で感覚的な文体を指す場合もあります。「デュラス節」とよばれるのはエクリチュール・フェミニンの典型で、『愛人／ラ・マン』はその傑作です。「母は、流れゆくエクリチュールになってしまった」という素晴らしい一節もあります。

もう一作、デュラスの最高傑作をご紹介しておきましょう。『モデラート・カンタービレ』。ジャンヌ・モローとジャン＝ポール・ベルモンドで『雨のしのび逢い』という邦題の映画もありますが、まあ原作の方がよいです。別に「しのび逢い」が問題なわけでもないし。

ある町の裕福な工場主の妻、アンヌ・デパレードは子供を連れ、海に近いところにあるピアノの先生宅に通っていた。母親のアンヌは、男の子が強情を張るのをどこか喜んでいる様子で、ピアノ教師は苛立っています。と、窓の外から叫び声が聞こえてきます。近所の酒場で殺人事件があったのです。見に行ってみると、死んだ女を激しく抱きしめる男の姿があり、それが殺人犯でした。

次のレッスンの日、ピアノが済むと、アンヌは子供を連れてその酒場にやってきます。ちゃんとした家の奥さまが、そんなところに現れて酒を注文するなど、あり得ないことでした。例の殺人事件のやじ馬と思われますが、集まっていた工員たちは驚き呆れ、店の女主人は侮蔑を露わにします。

一人の若い工員が彼女に話しかけます。二人は殺人事件について、あの男と女の間に何があったのかを語り合い、追体験します。酒場での、そんな幾晩かを過ごすうちに彼女の抱えているものが少しずつ伝わってきます。

若い工員の名はショーヴァン。彼女の夫が経営する工場で働き、彼女の姿も見知っていました。彼女は何の情熱も、激しい愛も感じることなく、豪邸に閉じ込められたような日々を送っていた。その不幸と絶望を、ショーヴァンは感知していました。

ある晩、彼女はしたたかに酔って帰ってゆきます。その夜は屋敷で会食が催されていた。彼女はそれに遅れて加わり、何とか社交の場に溶け込もうとします。が、酔っ払っていることは傍目にも明らかで、鴨のオレンジソースも食べられない。

「坊ちゃんはピアノを習ってるんですって？」「モデラート・カンタービレの意味が、わからなかったんですってね」「ええ、ええ、そうなんですのよ」……。彼女の様子に見て見ぬふりをして、社交辞令を交わす人々。彼女が耐えられないものが何なのか、読者にも徐々にわかってきます。彼女は夫に厳しく叱責され、部屋に閉じ込められます。

数日後の昼下がり、彼女は再び、あの酒場に現れます。唯一愛する子供の監督権を奪い取られ、もはや何の生きる目的も持っていません。そしてここ、ここがこの小説の一番いいところなんですが、酒場の女主人が頼まれもしないのに、黙って彼女にお酒を出します。

酒場にはショーヴァンがいて、二人は最後にキスだけをして別れます。「あなたは死ぬべきだったんだ」ショーヴァンは言います。「もう死んでいるわ」。

この絶望の深さ。読者が共感するのはそこであり、社会的な分別による「理解」ではないのです。話を聞いていたのでもない酒場の女主人にも、彼女の絶望、飲まねばならないわけは感知し得たのでしょう。

マルグリット・デュラスの『モデラート・カンタービレ』は、二〇世紀で最も美しく完成された作品だと思います。このタイトルが音楽用語（「普通の早さで、歌うように」）であること、冒頭が子供のピアノのレッスンであること、そのピアノの先生宅と例の酒場が「海近く」の場所にあるということは、たまたまの設えではありません。

『愛人／ラ・マン』でも、最後に少女の家族がフランスに戻る船の上でのある夜、ショパンの曲が「天

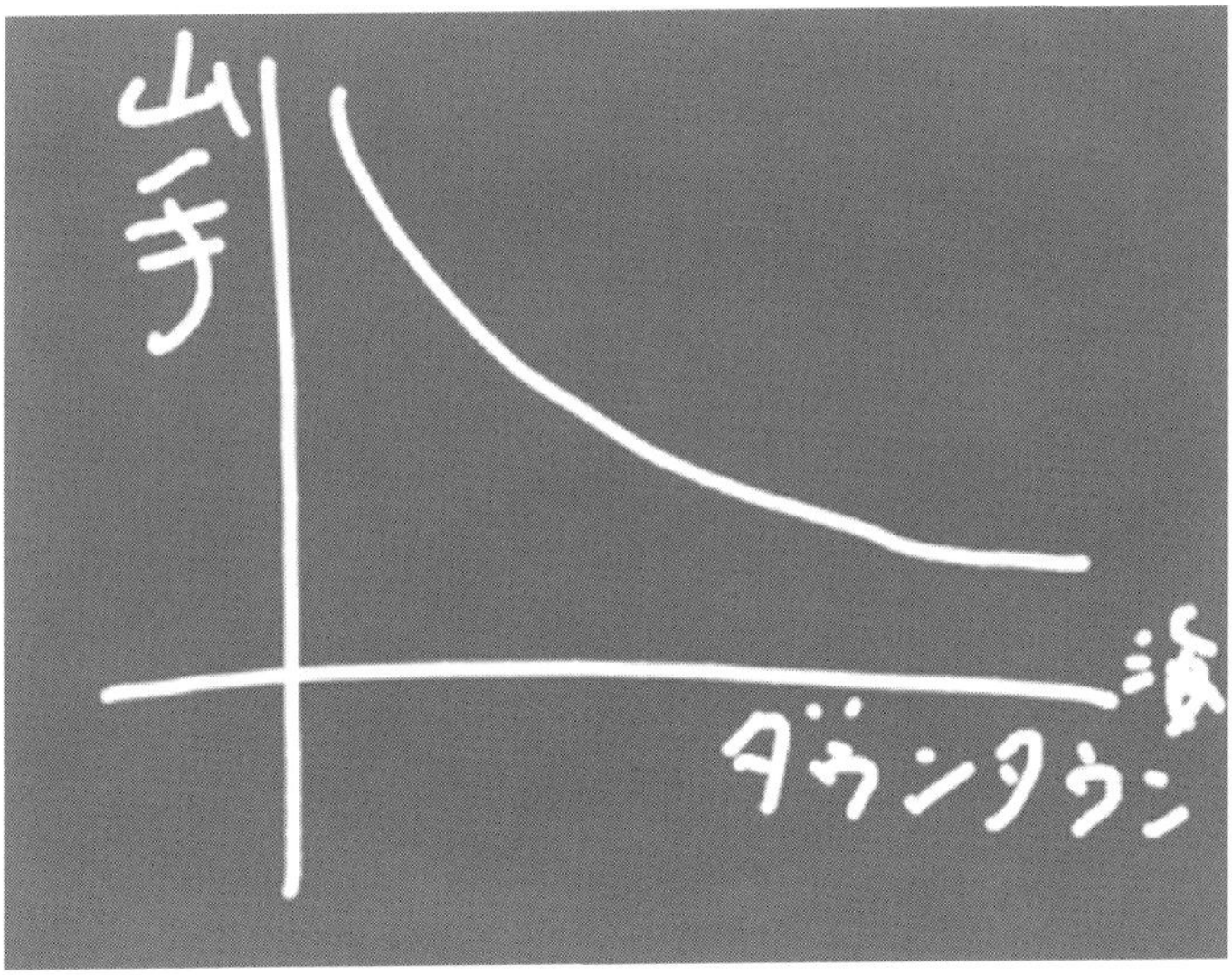

啓のごとく」鳴り響きます。そのとき少女は「自分があの男を愛していないわけではなかった」と気づく。母のことでほとんど盲いていた少女の意識に、無意識下に抑圧されていた「愛」がその姿を垣間見せたということです。デュラスのテーマである愛とは無意識的なもの、無意識のリビドーの解放そのものであり、キリスト教的というよりは、大乗仏教的なものを感じます。

アンヌ・デパレードやアンヌ・マリー・ストレッテルなど、デュラス作品の「絶望した、狂気の女たち」の原型は無論、自身の母親でしょう。母を絶望させたのはインドシナの海です。それは恐怖と憎しみの対象であったはずですが、同時に人智を超えた無意識の、膨大な生のエネルギーであり、もしそれを愛とよぶなら愛そのものである。

無意識＝海と、リビドー（欲動）＝音楽、特に母性の象徴たるピアノとの関わり合いのイメージは普遍的なものらしく、『海の上のピアニスト』（一九九八年、ジュゼッペ・トルナトーレ監督、イタリア）、『ピアノ・レッスン』（一九九三年、ジェーン・カンピオン脚本・監督、フランス・ニュージーランド・オーストラリア合作）といった映画作品もあります。

『須磨《すま》・明石《あかし》』という「海の巻」では、源氏は五節の君や明石の君と、琴の音を介して接近します。琴というのは、考えてみればピアノと似ていますね。ギターや太鼓などと違い、その場にしっかり設えて演奏するものです。同じく弦楽器で、前に座って指で弾いてゆくのが、波打ち際で水と戯れるかのようです。

昔、ピアニストの中村紘子氏が、田舎の和室の公会堂で演奏することになったとき、グランド・ピアノの足が全部取られて、畳にぺたんと置かれていたそうです。「ペダルは?」と訊いたところ、「あ、あれやっぱり、いるのか」と言われたそうで、担当者はお琴のようなものと考えていたのかもしれません。

さて源氏は、都にいる兄弟や親しい高官らと文を交して暮らしますが、そこに書かれた詩歌などがもてはやされると、また后の宮(弘徽殿女御《こきでんのにょうご》)が厳しいことを言うので、源氏に関わろうとする者はいなくなります。

須磨の暮らしは源氏にとっては耐え難く、見慣れぬ卑しい身分の者たちがそば近くにいて、そのありようまで見聞きすることがあるにつけても、通常ならあり得ないことです。源氏は自らの身分の高さから、「我ながら今の境涯が情《なさけ》ないようにももったいないようにもお感じになります」。

一方で、近所で煙が立つのを(歌によく出てくる)海人が塩を焼く煙かと思ったら、後ろの山で柴をいぶしているのでした。卑しい者たちの海山でのなりわいも知って、初めて真の風情というものがわかりもするのです。

年があらたまり、桜が咲く頃になると、いっそう都が恋しく思われてなりません。

左大臣家の宰相(源氏と仲のよい、以前の頭中将)が、危険をかえりみずに訪ねて来てくれました。源氏のいない日々があまりに退屈で、噂が立って罪に問われても構うものかと、思い切ったようです。

涙の再会ののち、宰相の目に映る邸の様子が描かれます。全体は「唐《から》めいて」いて、仮の調度は簡素に、華美な都らしさを避けています。源氏の装いもことさらに田舎ふうで、それがまた笑みがこぼれるほど美しく引き立っています。

こういった細かい描写にも、源氏を須磨に住まわせた作者の意図が現れています。調度品が仮のものなのは、この暮らしが一時のことであると強調しているわけですが、かといって都と同じ趣味を引きずるのも未練がましくてみっともない。田舎の風情を積極的に味わおうとしているわけですが、「唐風」というのもポイントだと思います。

『源氏物語』は国風文化の粋ですが、それはひと口に言って、奈良朝の唐風文化を京の都が洗練させたものです。都から放逐された源氏は、海・山という人間にとっての原初的なものに近づくと同時に、文化的にも国風文化の根源である唐風文化を意識して採り入れている。単に都ふうに追いつかない田舎ふうでは済ませるまい、という意思があるわけです。経済的「最先端」の文化を必ずしも追いつき追い越すべきものと考えてないというところ、モダンではないですね。先端に追いつく方へ向かわないとすると、意識は根源へと向かいます。そしてその唐風文化とは海渡りのもの、すなわち海からやってきたものでした。

源氏は、貝など持ってきた海人たちを連れてきて、宰相と自身の前で話をさせます。日々のいろいろなことを小鳥のようにさえずるのを聞き、世渡りの苦労は同じこと、何の身分の上下があろうか、と思います。

身分の高い自分が、彼らに触れ合うことを「もったいない」とも思っていた源氏が、まさにそれこそを客人に披露している。ということは、読者にとっても須磨の最大の見どころ、最重要な思想は、その下々の者たちの存在にある、ということです。

しかし源氏は、帰ってゆく宰相に、なまじ逢わねばよかったと思うほどの寂しさを覚えます。

三月一日に巳の日がめぐってきて、よい日であるからと厄払いの禊をすることになりました。須磨に蟄居したと言っても、海辺に出たことはまだ、なかったんですね。身分のある源氏の住まいは、海からは少し離れていた。それはそうなんで、海っ縁というところはそこで働く者以外、そもそも人の住むところではないんです。今は「海の見える邸宅」なんてキャッチコピーで売り出しますけど、強風とか塩害とか、いろいろ災害も起きますし。そういったことに、昔の人たちの方が敏感だった。

さて海辺での禊が行われ、舟に人形を乗せて流します。このあたりは『明石』の巻の伏線にもなっています。

海の表面がうららかに凪わたって、空との際限もわからない。過去のこと将来のことが次々と胸に浮かび、

八百万神《やほよろづ》もあはれと思ふらん

をかせる罪のそれとなければ

「八百万の神々もわたしを哀れんでくださるでしょう／これといって犯した罪はないのだから」という意の歌を、源氏は詠みます。すると突然、風が吹いて空が真っ暗になり、大嵐がやってきます。命からがら邸に逃げ帰った源氏は、明け方に夢を見ます。得体の知れない者がやってきて、「宮からお召しになりますのに、どうしてお越しになりません」と言います。ではこの続きは、『明石』の巻で。

第10回　『明石《あかし》』海から天上へ

クライマックスの続き、『明石《あかし》』の巻です。

嵐は何日も何日も続きます。また初日と同じ夢を毎晩見て、怪しい者が誘おうとします。怖ろしく心細く、しかし見舞いにくる者もいようはずがない。そんな中、源氏の身を案じた紫の上の使者がやってきます。ずぶ濡れのみすぼらしい姿の使者を嬉しく感じるとは、よくよく弱っているものだと源氏は思います。京でもこの雨風を天の啓示と怖ろしがり、仁王会《にんのうえ》（護国祈願の勅会）が開かれる。政も滞っていると、使者はたどたどしく話すばかりです。

海の守り神である住吉の御社に願を立てます。海中の竜王や八百万《やおよろづ》の神にも祈ると、雷が落ちてきます。やがて嵐は収まりますが、源氏の居所はひどいありようです。落ち着かぬ思いで、源氏は荒い海を眺めます。来し方ゆく末を分別し、心を落ち着かせてくれるような理知的な者はいないのです。賤しい海人どもが、貴人のいるところにやってきて、聞いても訳のわからない言葉でぺちゃくちゃしゃべっているのを、追い払うこともできない。

というこの記述は、たいへん注目すべきものと捉えられます。まずは海人などが源氏の近く、言葉が聞こえるところまで来るというのが普通あり得ない、と書かれています。身分による制度のピラミッドが壊れている。これは須磨《すま》という田舎であることに加え、嵐とそれによる被害の混乱によって、なおのこともたらされたと考えられます。

嵐、荒ぶる海と「制度」が対峙する物語といえば、比較的最近のもので『タイタニック』（一九九七年製作・脚本・監督ジェームズ・キャメロン）という映画があります。これは巨大予算のハリウッド映画なのに（なのに？）予想に反して傑作だった。演劇や映画の傑作は、脚本の傑作からしか生まれません。で、脚本の傑作も詩や小説同様に、ある「思想」への確信からしか生まれません。

『タイタニック』の思想は明快です。海の上に豪華客船が浮かんでいる。さまざまな旅客がいますが、彼らは一等、二等、船倉に近い三等と客室ごとに明確に区分されている。つまり豪華客船とは、そのまま社会の縮図である、と。

しかし各階層については、社会と同様、すべての構成員が完全に安定してそこに収まっているわけではありません。

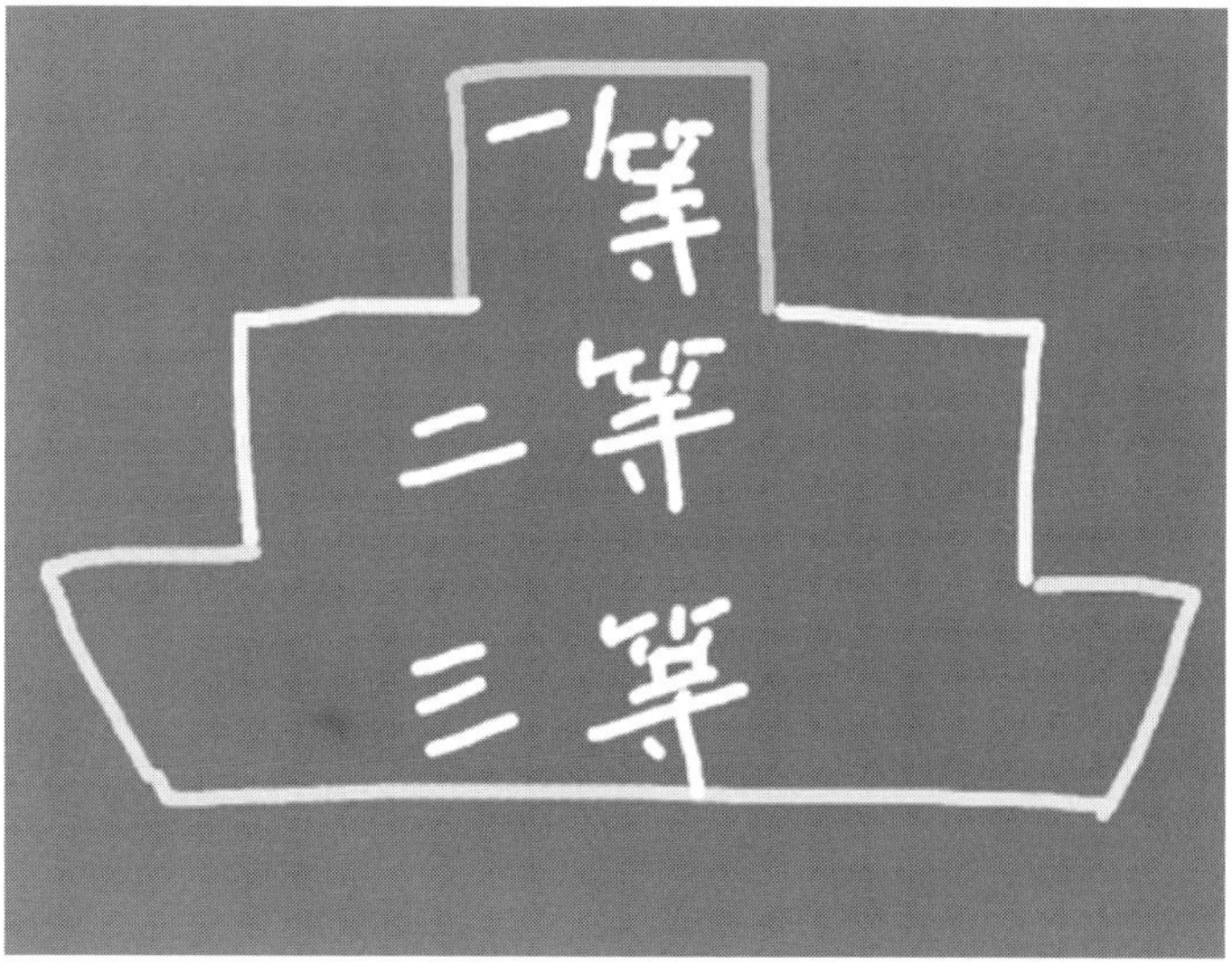

アメリカ人青年のジャック・ドーソン（レオナルド・ディカプリオ）は絵描きであり、自らの才能と才覚で世を渡ってゆこうという覇気に満ちています。一方でイギリスの上流階級の娘、ローズ・デウィット・ブケイター（ケイト・ウィンスレット）は政略結婚に絶望して海に身を投げようとします。

そのローズをジャックが救う、ということが物理的な接点ですが、下層階級から上昇できる資質のあるジャックの可能性と、上流階級に絶望して抜け落ちようとするローズの意思とが出会った。身分違いの恋愛というのも「制度」に揺さぶりをかけるものではある。ローズの周囲の人々にさざ波を起こし、ジャックに対してとる態度の差異によって、一等客室＝上流階級の人々をふるい分けすることにもなるのです。けれどもそれは、さざ波でしかありません。

社会構造をひっくり返すのは文字通り、その縮図である豪華客船を沈没させる北極の「海」です。上を下への騒動の中で一等客室も三等客室もないのですが、それでもその制度にしがみつこうとする愚かしい人々もいれば、階級を超えた人品の卑しさや高貴さが露わにもなる。「革命」とはこういうものではないか。まあ、船がひっくり返る特撮スペクタクルもなかなかですが。

さて、海人たちのおしゃべりを耳にする場面についての続きです。彼ら下層階級の言葉に耳を傾けるということが、以前に『須磨』の巻でも出てきました。

あのときは、彼らの言葉がめずらしくはあっても、「わからない」ということはなかった。階級のヒエラルキーは保たれ、あくまで天上人たちが、それまで目にすることもなかった下々の者たちの言葉に心動かされるという構図です。「とりとめもなく何を囀《さえず》るやら分らないような者どもでも、心の苦労は同じことなのだと、可哀そうにお感じになります」と感慨が述べられていますが、「身分の上下は存在しない」と言っているのではない。プロレタリア文学じゃないのですから当たり前ですが、『源氏物語』の結構としては、身分の上下構造はあってもらわなくてはならない。ただ、それが静的に安定しているのではなく、ダイナミックに入れ替わる。身分の上下差が生む位置エネルギーが運動エネルギーに転換することで初めて物語が動きはじめる。

『源氏物語』も『タイタニック』も、「人間には本来、身分の上下などない」というイデオロギーをテーマとしているわけではありません。身分の上下が存在する現実を前提とし、それをひっくり返すようなエネルギーのありよう、そこからまた立ち上がってくる新たな構造、というダイナミズムそのものを描こうとしています。それこそが文学にしかできないことです。社会的イデオロギーを基盤としてスローガンを練り上げるために詩歌や物語があると捉えるのは、あまりに貧しい光景です。文学における「思想」とは人間存在の本質に関わるものであって、社会のあり方を問うイデオロギーとは別物です。身分という制度を生み出したのもまた人間なのです。

身分の上下差の位置エネルギーは、そのまま男女の性差のエネルギーに置き換えられます。社会的には身分の差異と同様、男女の差異というのは縮めば縮むほどよいわけです。身分差がなくなり、性差が単に個のレベルでの個性とよぶべきところまで縮小して、権利や生活上の負担の差異がゼロになることが、社会的には理想でしょう。しかし文学においては、この差異の存在こそが物語のダイナミズムを生み、テキストの豊かさをもたらす。

上野千鶴子と小倉千加子という両社会学者と、小説家の富岡多惠子による鼎談をまとめた『男流文学論』（一九九二年）は、当時の文壇ジャーナリズムで話題をよんだ書物です。吉行淳之介、島尾敏雄、谷崎潤一郎、小島信夫、村上春樹、三島由紀夫の六人の「男流」作家を取り上げ、特に彼らが描く女性の登場人物について、女性の立場から異議を申し立てるといった内容でした。

ここでの「男流文学」とは、今はもうあまり聞かれなくなった「女流文学」という語への反発であり、パロディでもあります。「一般的な文学」なるものがあり、女性作家の書いたものはそれと異なる視点で描かれた「特殊」なものだと、文壇の男性たちはどこかで思っている。しかし男性作家の書いたものだって、女性の目から見るとずいぶん特殊で、その意味で「男流」とよばれるに値するのではないか。この問題提起はそれ自体、ちょっと面白いものではありました。男性作家が描く女性が現実離れしていたり、男性に都合のいい、単なる理想に過ぎなかったりしているという指摘は、その登場人物にかぎっていえば、その通りでしょう。

しかしながら「物語の登場人物に人権はない」のです。文学とは、個々の登場人物を実在そっくりに描き、それぞれに人権を与えて尊重するためのものではありません。だから彼らへの好き嫌いを述べたり、彼らの人柄を非難したりするのは幼稚な感想でしかなく、文芸批評でもなく、学術論文ですらありません。また各登場人物を生み出した著者の内心を忖度することも印象批評といい、想像力をはたらかせたおしゃべりでしかない。架空の登場人物と、たいていは死者である著者に口はないのですから。

つまるところ、ワイドショーを見るような感覚でも、また政治学や社会学の物差しでも、文学作品の価値を云々することはできない。登場人物はすべて作者の文学的な思想を表現するための道具＝メタファーです。男性の作家が、たとえば男性を主人公として、自身の思想を作品のかたちで現出させようとしたとき、その恋人である女性の言動がどうあれ、重要なのはそれに対する主人公のあり方、そこで明らかになる作家の「思想」でしかない。

『男流文学論』については、もしそれが「文学」を論じていると思っているならば、大きな勘違いです。けれども「文壇」というものを一つの社会システムと捉えて、フェミニストから見て男性支配であるその社会的構造物を脱構築するというなら、わからないことはありません。文学そのものとは必ずしも関係ありませんが、既存の制度が当然のごとく大前提としているらしきこと――女性は文壇において、そして女性性は文壇が認める作品において、刺身のツマに過ぎない――

―を、ほかならぬ刺身のツマがいきなり口をきくという形で裏返してみせるのは、ポスト・モダン批評の一形態ではあります。

しかし残念なことにと言うか、予想に違わずと言うか、『男流文学論』のフェミニストたちは自分たちの議論の射程範囲や拠るべき基盤について、明確に把握してはいませんでした。当時、それを明確に突いたのは、論者の一人である上野千鶴子が「あとがき」で述べた「ここで取り上げた六人は、いずれも一流の作家である」という一言に、「一流の作家、というのがどういうものか、自分にはわからない」と言った蓮實重彦です。

蓮實重彦は「自分には、愛する作家とそうでない作家がいるだけで、どの作家が一流か二流か、三流かといったことは知らない」と述べました。これはみごとなカウンターパンチだった。

上野さんの言葉はもちろん、自分たちがさんざんクサした男性作家たちをフォローする挨拶、という以上のものではなかった。けれども「文壇」制度の中で「女流」などとカテゴライズされ、ヒエラルキーの上位への道から外されている女性作家たちに共感し、女性性によってヒエラルキーそのものを脱構築しようというなら、同じく制度のヒエラルキーを形づくる「一流・二流・三流」という概念を、たとえうっかりでも援用するのは、やっぱりおかしい。

制度の破壊者であるフェミニストとは結局、自分に都合の悪い制度の破壊者たらんとしているだけで、彼女らの内なる制度性はむしろ頑迷にして強固なのではないか、というのは、わたしの常日頃からの抜きがたい「偏見」ですが。

この蓮實さんの言葉が単なる揚げ足取りでなく、カウンターになり得ているのは、「自分には、愛する作家がいる」ということに尽きる。蓮實さんのときどき冗談みたいにスリリングな文芸批評は一九八〇〜九〇年代の文芸ジャーナリズムを代表するものでしたが、その視線が創作物、また個々の創作者へと向かうとき、基本的に「愛」がある。少なくとも愛すべきものがあることが前提です。そこが同時代にやはり一世を風靡した批評家の柄谷行人との大きな違いでした。

蓮實さんの「愛する作家」への愛は、そのポスト・モダン的な批評の手法と矛盾するものではありません。前回、デュラスについて述べた通り、愛とは海のように、音楽のように、ときには流れゆく映画のフィルムのように、無意識の関係性の中で制度を無化し、脱構築し、破壊するエネルギーです。確固たるヒエラルキーを揺さぶり、根底からひっくり返すエネルギーを秘めたものは海のメタファーで語り得て、その欲動だけが愛とよばれ得る。そしてそれは常に無意識＝底辺からやってくる。

さて蓮實先生が唯一、その六人の一流だか何だか知らない作家たちの中で、自分が「愛する」とおっしゃっていたのが誰か、もうわかりますね。もちろん、わたしたちが手にしているテキストの著者、谷崎潤一郎です。

名付けようのない大嵐によって、さらに落ちてきた雷によって、須磨に御座所として辛うじてあった制度は破壊し尽されます。「底辺」から這い上がるようにやってきた賤しい海人どもを、追い払うこともできない。

彼らがぺちゃくちゃしゃべるのは、「お聞きになってもお分りにならぬようなことども」、つまり音楽に近い。御前に召し出したときより、なおいっそう「意味」が剥奪され、つまり制度の外のものとして分別がなくなっています。「欲動」そのもののような意味なき言葉――それをエクリチュール・フェミニンと言います。

発話者が男か女かは問題ではありません。制度の「底辺」であることが、本質的に制度化されない「女性性」とも響き合っている。男の性がどうしようもなく、御息所《みやすどころ》でなく夕顔に向かったのも、そのため

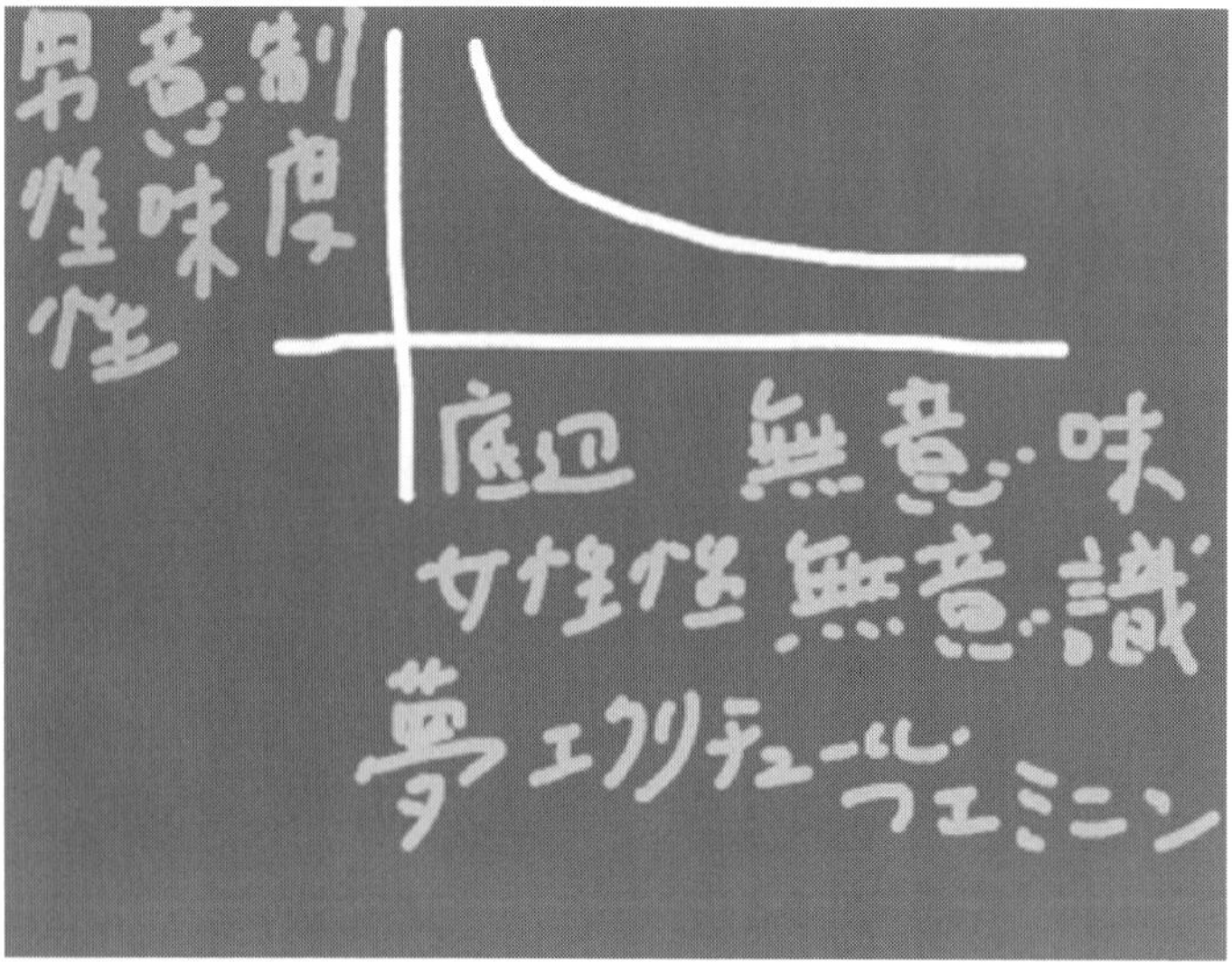

でした。この場面が源氏の陥った苦境の最底辺といえます。

嵐は収まったものの、疲れ果てた源氏は柱に寄りかかってうとうとします。すると父の桐壺院《きりつぼ》が夢に現れ、海の守り神である住吉のお告げにしたがって、この浦を去れ、と言います。「今はこの渚《なぎさ》に身を投げてしまいとうございます」と源氏がこぼすと、「決してそんなことをしてはならぬ。これはただ僅かなものの報いなのだ」と、父の院は応えます。「自分は位にあった時に間違ったことはしなかったが、気がつかずに犯した過失があったものだから、その罪を償《つぐな》う間は暇がなくて、この世のことを顧みなかったのだけれども（中略）かようなついでに内裏《だいり》へも申し上げたいことがあるので、これから急いで参るのだ」と言われて去ってしまった。

この「僅かなものの報い」は源氏と藤壺との密通を指していて、桐壺院からの赦しを得たのだ、という考え方もありましょう。この大嵐自体が「禊ぎ」だったのだ、と。しかし、もし嵐が源氏の禊ぎのためのものなら、なぜ京にまで吹き荒れていたのでしょう。また桐壺院は源氏をもっぱら助けに来たと言い、叱責の言葉はひとつもなく、源氏の方もただ恋しがるばかりで怖れる気配も、赦しを乞う素振りもない。

桐壺院は「気がつかずに犯した過失があった」と言っています。これといった過ちがなくとも、人はどうしようもなく、自然と犯してしまう罪がある、ということです。キリスト教の原罪にも似たものでしょうか。源氏の藤壺との密通も、その他のことどもも、すべてこのような誰もが負う罪の一部なのでしょう。

もう少し話がしたかったと、再び寝入ろうとすらする源氏ですが、何を話したかったのか、定かではありません。筆者が意思をもって定かでなくしている以上は、読者が議論しても始まらない。想像にたよった印象批評をもてあそぶのは時間の無駄です。

その頃、同じく夢＝無意識のお告げを得て、明石の入道が須磨の浦に舟を寄せます。昔は京でそれなりの地位のある人物でしたが、剣呑な性格もあり、世に入れられぬ恨みもあって出家し明石に隠遁していました。ただ娘にだけは望みを託して日々、願をかけていました。もし思うような高い身分の人に見い出されないまま両親が亡くなったら、海に入って死んでしまえ、とまで言い聞かせていたのです。そこへ源氏が隣りの須磨の浦にやってきた。入道は源氏の生母、桐壺更衣の縁戚でもあり、何としても源氏を婿としたいと夢のお告げ通りに嵐の中に舟を出しました。

あの嵐の中を無事に舟が着いたことも不思議なら、自分と入道との夢＝無意識の符牒にも神秘を感じた源氏は、その迎えの舟に乗り、明石に居を移すことにします。すると風が吹いて、あっという間に明石の浦に到着します。

明石は須磨より開けていて、入道の世話した住まいは風光明媚で趣向も明るく、設えは都ふう、いや優美さは勝るほどです。このあたりに源氏の京への復活の兆しがすでに見てとれますね。

源氏は入道と親交を深めますが、入道はなかなか本意を言い出せません。夏四月となり、京からの便りに心寂しくなった源氏は、長らく手を触れなかった琴を取り出して入道と合奏します。入道は、十三弦の古い手をも継承する名手なのでした。

源氏は、「箏（十三弦＝箏の琴）のことというものは、女が情味を籠めて、気楽に弾いたのが面白いのですね」と言います。「箏のことは、どういうものか昔からその奏法を女が会得《えとく》するものになっています」とも。

この十三弦が、私たちが現在イメージする琴、『須磨』の巻で「ピアノに似ている」と述べた楽器になります。これは女性が、決まりきったふうでなくて弾くのがよい、と言っているのです。海の波のようなアレンジを自由にきかせて。「母性的な楽器」であるピアノへの、デュラスや他の映画監督たちのイメージと重なりますね。紫式部、千年前の人なんですが不思議なことです。

その手を伝えたという娘、明石の君もやはり十三弦の名手です。入道は、住吉の神に願をかけたことなどを、問わず語りに話します。なるほど、そうであったかと、深い因縁を感じた源氏は、入道の望み通り、明石の君に文を送ります。

明石の君は、田舎者の自分など、本気では相手にしてくれるまいと、なかなか返事を出しません。父親がやきもきして代筆する始末です。ある十三日の月の吉日に、源氏を迎えます。海辺にある入道の邸宅より、少し山に入ったそこの寂しい様子は、松風と鐘の音、虫の音など、やはり多く「音」で示されています。

しかし源氏は、京に置いてきた紫の上への遠慮から、通うのも途絶えがちで、やはりそんなことと明石の君は嘆きます。その頃、京では帝と皇太后の体調不良が続きます。源氏への仕打ちの天罰のように思われていて、さらに東宮に位を譲ろうにも、後見である源氏がいなくてはお話になりません。帝はついに皇太后の反対を押し切り、源氏の赦免と呼び戻しを決意します。入道は源氏の返り咲きを喜ぶ一方、やはり深く悲しみます。別離を前に、源氏は明石の君のもとに毎晩通い、やがて懐妊します。明石の君の嘆きはさらに深まる。

京に戻った源氏は、長く田舎住まいをしていたとは思われない、なおいっそうの美しさです。帝ともわだかまりなく語らいます。源氏の赦免を果たして気が楽になられたのか、ここ数日、帝の体調はよろしくなっています。

宮柱めぐりあひける時しあれば
　別れし春のうらみ残すな

と、帝は詠まれます。たいへん優美なご様子です。

第11回　『澪標《みおつくし》』海＝生と欲動のエネルギーによって

政界に復帰した源氏を、帝をはじめ皆が喜んで迎えています。例外は帝の母、弘徽殿大后《こきでんのたいこう》で、体調が悪いのに、源氏の返り咲きをくやしがっています。物語にとって貴重ですね、こういうエネルギッシュな敵役というのは…。それが「母」であり「女性」だということがまた、非常に重要です。

デュラスの海は、怖ろしくも愛そのものである。愛＝リビドー＝欲動はそれ自体、善でも悪でもない、生のエネルギーそのものです。木っ端のようにはかない男の運命は、その力を得て上昇もし、破滅もする。男の運気を上昇させる女が、伊丹十三監督の映画で描かれた『あげまん』であり、破滅させる女がフランス映画によく出てくる「運命の女《ファム・ファタール》」というやつでしょう。いずれにしても男にとっては神さまみたいなものなので、言うことを聞くしかない。「運命の女」は絶頂期のカトリーヌ・ドヌーヴとかが演るので、哀れな男はまあ、幸せのうちに破滅するわけで。それもひとつの男の人生でしょう。

つまり、あくまで執念深く源氏を破滅させようとする弘徽殿大后とは、源氏が恋い慕う母性＝桐壺更衣《きりつぼこうい》＝藤壺女御《ふじつぼにょうご》の裏返しの存在なのです。弘徽殿大后が源氏を恨む直接の原因は、息子である朱雀帝《すざく》への母の愛ですが、当の息子が源氏と和解しているのに、その怒りのエネルギーは尽きません。無尽蔵なまでの生のエネルギー＝リビドーが、男たちのつくる社会的な事どもとは独立したシステムで供給されている。そして実際、その怒りのエネルギーによって、源氏の運命はさんざんに翻弄された。

ここで、海＝母性のエネルギーが端的に男たちの運命を左右するという、別の小説の例を挙げておきましょう。

岡本かの子（一八八九年〜一九三九年）は、大正・昭和期の歌人・小説家で仏教研究家としても知られました。社会風刺漫画家の岡本一平の妻であり、渋谷駅の井の頭線に向かうコンコースに飾られている絵を描いた岡本太郎の母です。小説デビューは苦労を重ねて晩年になりましたが、その優れて完成度の高い作品を二つ、紹介します。

まずは『鮨』。鮨屋の看板娘、ともよは女学校に通っていますが、客の男たちを見慣れていて、彼らをどこか子供っぽいところがあると見ている。そんな娘だけれど、心惹かれる客が一人いる。湊という、五十歳過ぎくらいの紳士で、ちょっと陰鬱で素敵である。品がよくて潔癖症なので、この客には父親の主人も気をつかって応対している。あるとき、ともよは外の通りで湊にばったり出会う。二人は空き地で休み、「自分は鮨を食べると慰めになるのだ」と湊は語ります。

旧家に生まれた男は小さいときから偏食で虚弱だった。没落しつつある家の父親は息子を情けながる。子供は心弱く、現実の母ではない、どこか遠いところにある母なるものを恋慕うようなところがあった。宙に向かって「お母さん」と叫ぶと、現実の母親がやってくる。優しい母だが、やはり自分に物を食べさせようとするのが辛かった。母は母で、その子の偏食を父親から責められる。ついには母親に手をついて頼まれ、罪悪感にかられた子供は、無理に食べるが戻してしまう。

翌日、母親は縁側に茣蓙を敷き、まな板や包丁や水桶を並べた。「よくご覧、使う道具は、みんな新しいものだよ。それから拵える人は、おまえさんの母さんだよ。手はこんなにもよくきれいに洗ってあるよ。判ったかい。判ったら、さ、そこで――」と、鮨飯を握った。最初は玉子。あまりの美味しさに、子供は思わずにっと笑った。それから母は「白い玉子焼だと思って喰べればいいんです」と、烏賊《いか》を握った。それから魚。「今のは、たしかに、ほんとうの魚に違いない。自分は、魚が喰べられたのだ――」

この「子供は、はじめて、生きているものを噛み殺したような征服と新鮮を感じ・・・」というくだりは有名です。今の女性作家が多く影響を受けている金井美恵子さんの短篇小説のエピグラフにこの一文が引かれていたのを、私も大学生の頃に見て、深く印象づけられた記憶があります。

社会学的にいえば、「女流」などというのは差別概念でしかない。けれども確かに、文学的に意味のある思想の継承というのはある。たとえば紫式部―岡本かの子―有吉佐和子―金井美恵子といった女流の系譜があるとすれば、それは社会的評価や対男性性でなく、このエピグラフの一文に示されるような「生命感の系譜」として捉えるべきものです。それがたまたま戸籍上女性である作家たちによって受け継がれる場合が特に注目される、というだけのことで、作家を国籍で分類することがあるのと大差はありません。生命感とエクリチュールの関係性、その思想と感性の重要性は、谷崎潤一郎をはじめ、後に取り上げる男性の作家にも十分に認識されています。

さて、子供はそれをきっかけに丈夫になり、美しく逞しい「男」に成長します。家は没落し、父母は亡くなりますが、男はこの頃になってしきりと母親のことを思い出すようになり、鮨屋に足繁く通うようになったということです。

作家の意図は明らかです。男の名前は湊（＝港）というのです。港は、陸と海との境目にある。社会的な制度から転がり落ちそうな没落した家に生まれた、これまた男性性の制度から転がり落ちそうな虚弱な子供であった彼に、必死の母が「鮨」という生命のエネルギーを与えた。思えば鮨桶というのは、

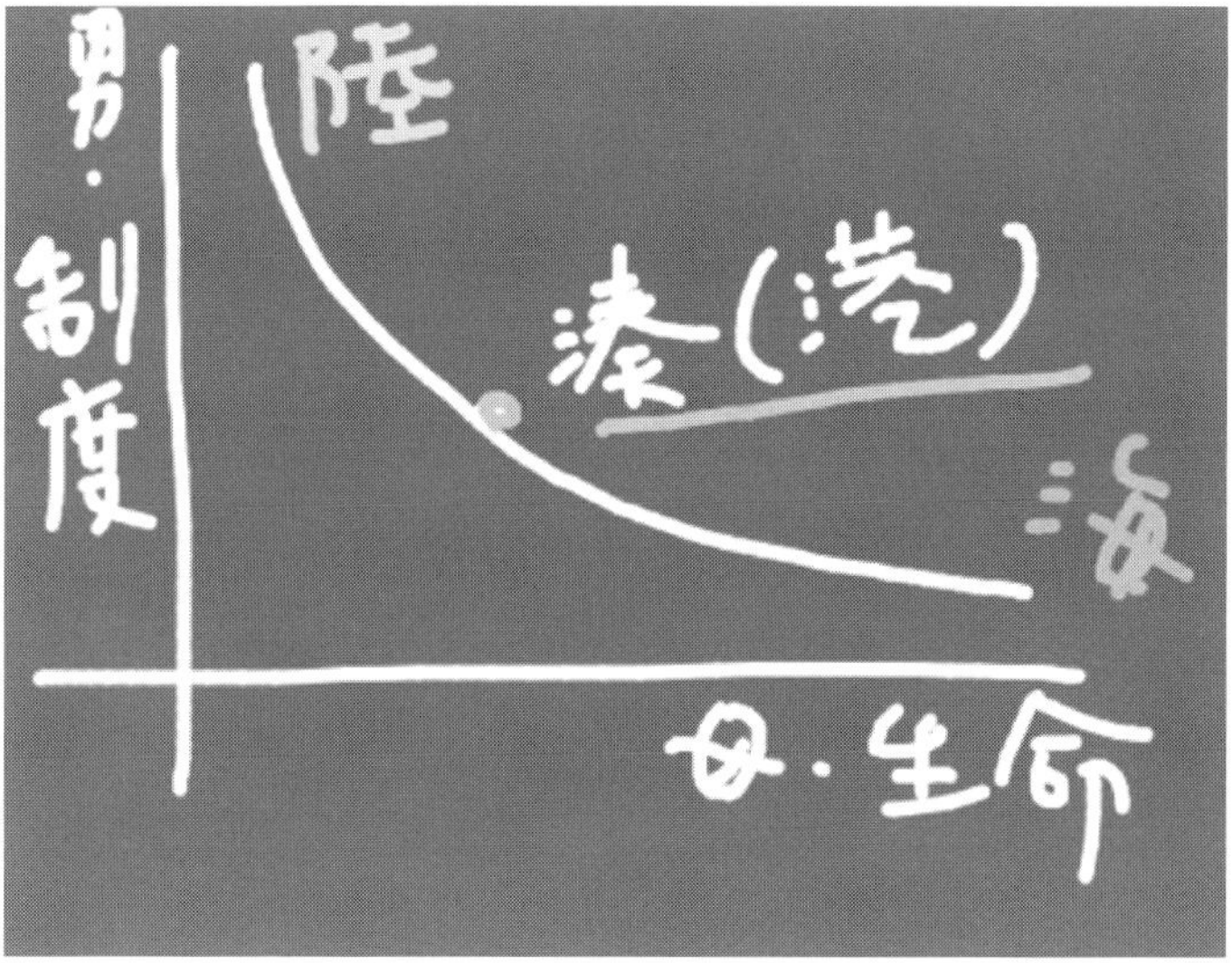

海のエッセンスを集めたようなものですからね。

さてその後、ともよの店に湊は姿を見せなくなります。ともよは悲しみ、探しまわりますが、「先生は、何処かへ越して、また何処かの鮨屋へ行ってらっしゃるのだろう——鮨屋は何処にでもあるんだもの——」と考えるようになります。

この「鮨屋は何処にでもある」という、ともよの悟りは非常に重要です。湊にとって鮨とは、母が与えてくれた生命のエネルギーの象徴であり、食物というよりも言語的な記号でありました。とすれば特定の鮨屋の、特定の鮨である必要はない。むしろ自身の物語を知られてしまったために、その鮨屋の中で自分が「特定の客」としてタグ付けされることを、湊は嫌ったはずです。

幼かった頃も、今も彼が求める理想の母性、どこか遠くにいる本当の母、というのも観念もしくは象

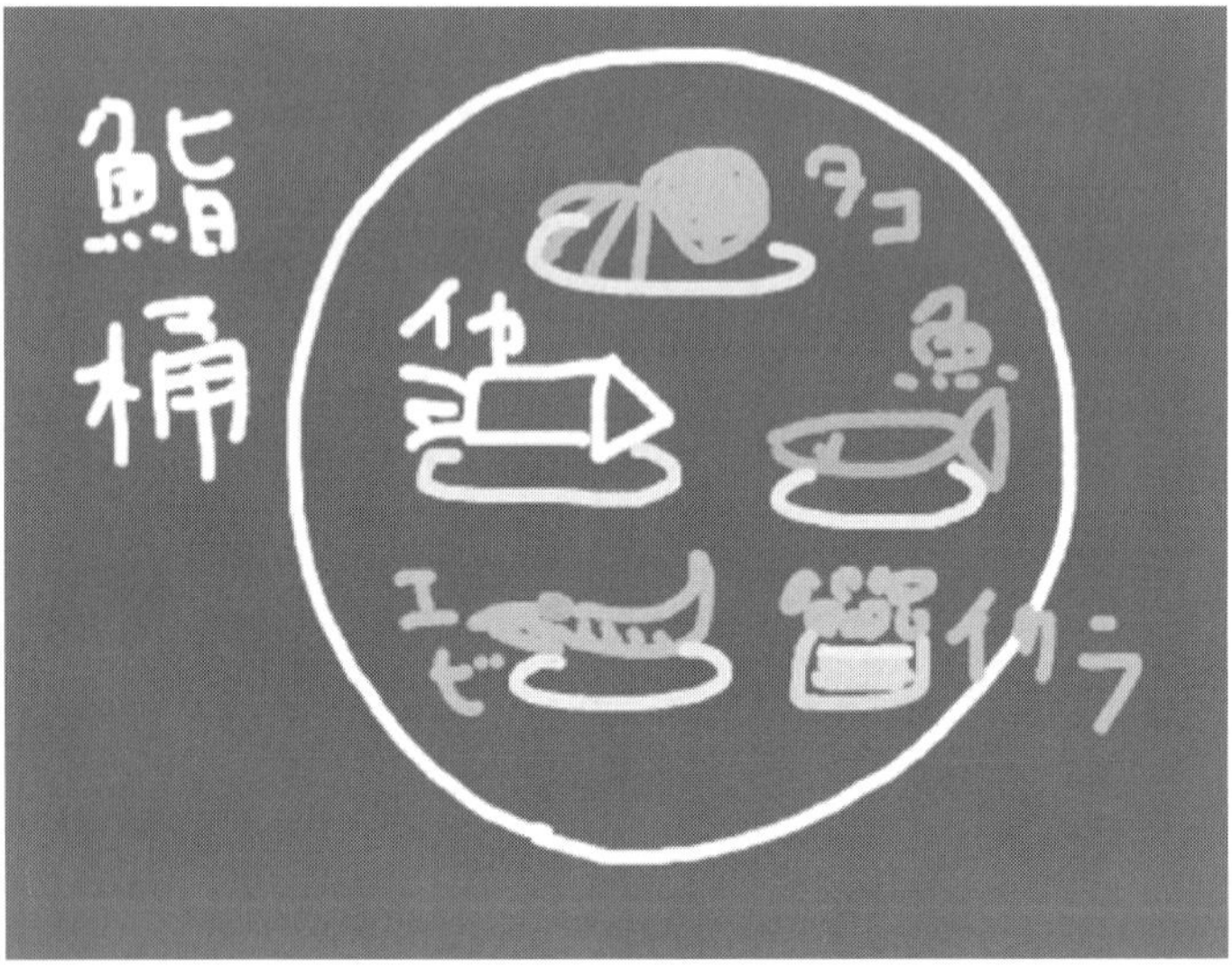

徴であり、現実の、特定の母親とは違うものです。しかし一瞬、それが重なりあったような至福の瞬間というものがあった。湊が鮨屋に通うのは、そこが擬似的な海として、母が与えてくれたその生命の瞬間を追憶させる場としてはたらくからです。年齢を重ね、再びエネルギーを必要としているのかもしれません。擬似的な海の役割を果たすには「何処にでもある」鮨屋でなくてはならず、そこでは自分もまたアノニム（無名）な客の一人として、その海にたゆたうべきである。

もう一つ、岡本かの子の出世作となった短篇『老妓抄《ろうぎしょう》』を紹介しておきます。老妓というのは歳をとった芸妓という意味です。芸者さんもいろいろですが、この人は旦那を頼りにするのではなく、自らの芸でやってきた部類なのでしょう。そんな老妓は、客との会話に必要な教養を磨くため、短歌を習います。「物語の作者」は歌人で、その老妓の歌を添削指導している。老妓は話術の達人でもあり、若い芸妓さんに面白可笑しく昔話をしてやります。

「だがね。おまえさんたち」と小そのは総てを語ったのちにいう、「何人男を代えてもつづまるところ、たった一人の男を求めているに過ぎないのだね。いまこうやって思い出して見て、この男、あの男と部分々々に牽かれるものの残っているところは、その求めている男の一部一部の切れはしなのだよ。だから、どれもこれも一人では永くは続かなかったのさ」

「そして、その求めている男というのは」と若い芸妓たちは訊き返すと
「それがはっきり判れば、苦労なんかしやしないやね」

（『老妓抄』）

この老妓の言う「求めている男」とは、『鮨』の湊が求めていた母と同じく観念的な存在です。さて、すでに食べるに困らないだけの財産をつくった老妓は、養女をもらい、モダンで文化的な生活に親しもうとしています。好奇心旺盛で、電気製品に興味を示す老妓宅に、一人の青年が修繕などで出入りするようになります。彼は「パッション」＝情熱をもって発明・研究に専心しており、そのために日雇いみたいな仕事をしているのだと言う。

老妓は、パッションとやらがなかった自身の人生を思い、青年を援助して発明に打ち込ませることにします。いわゆるパトロンになるわけで、まあ余裕のできた老女の道楽ですね。青年は恵まれた状態の中で、しかしだんだんと覇気を失ってゆきます。

「いいえさ、勉強しろとか、早く成功しろとか、そんなことをいうんじゃないよ。まあ、魚にしたら、いきが悪くなったように思えるんだが、どうかね。自分のことだけだって考え剰《あま》っている筈《はず》の若い年頃の男が、年寄の女に向って年齢のことを気遣うのなども、もう皮肉に気持ち

がこずんで来た証拠だね」
柚木は洞察の鋭さに舌を巻きながら、正直に白状した。
「駄目だな、僕は、何も世の中にいろ気（＝パッション）がなくなったよ。いや、ひょっとしたら始めからない生れつきだったかも知れない」
「そんなこともなかろうが、しかし、もしそうだったら困ったものだね。君は見違えるほど体など肥って来たようだがね」

（同）

養女のみち子は、老妓が若い男を飼っているので、遊ばなければ損とばかりに気を惹こうとします。「小さい時分から情事を商品のように取扱いつけているこの社会に育って、いくら養母が遮断したつもりでも、商品的の情事が心情に染みないわけはなかった。早くからマセて仕舞って、しかも、それを形式だけに覚えてしまった。青春などは素通りしてしまって、心はこどものまま固って、その上皮にほんの一重大人の分別がついてしまった」と、老妓は養女の性質を看破しています。

ある日、老妓は若い芸妓二人と青年、養女のみち子をともない、川遊びに出ます。渡し船の上などで、もの慣れた芸妓たちが青年をちやほやするのに、みち子はへそを曲げて帰ってしまいます。老妓はたいしたことに思わず、ビールを飲んでいますが、みち子を乗せた自動車を見送ると「あの子も、おつな真似をすることを、ちょんぼり覚えたね」と言います。いいですねえ。青年は、老妓の意図を図りかねます。結局は養女となんとなく関係を持ち、それが何か陥穽にはまったようで、このまま妻帯して平凡なちんまりした人生を過ごすことになるのかとも思います。が、老妓の考えは違っていました。

「この頃、うちのみち子がしょっちゅう来るようだが、なに、それについて、とやかく云うんじゃないがね」

若い者同志のことだから、もしやということも彼女は云った。

「そのもしやもだね」

本当に性が合って、心の底から惚れ合うというのなら、それは自分も大賛成なのである。

「けれども、もし、お互いが切れっぱしだけの惚れ合い方で、ただ何かの拍子で出来合うということでもあるなら、そんなことは世間にいくらもあるし、つまらない。必ずしもみち子を相手取るにも当るまい。私自身も永い一生そんなことばかりで苦労して来た。それなら何度やっても同じことなのだ」

仕事であれ、男女の間柄であれ、混り気のない没頭した一途な姿を見たいと思う。

私はそういうものを身近に見て、素直に死にたいと思う。

「何も急いだり、焦ったりすることはいらないから、仕事なり恋なり、無駄をせず、一揆《いっき》で心残りないものを射止めて欲しい」と云った。

（同）

たいへんな老女がいたものだと、無謀な望みに青年は驚きます。それに縛られまいと、しばしば出奔するようになり、そのたびに連れ戻されます。青年の反逆に、老妓は怒りますが、その元気にこそ若さのエネルギーを感じもするのです。一方で、もし帰ってこなくなったらと思うと、不安に苛まれてもいます。

『老妓抄』はこれだけの話です。最後に、老妓が詠んだという歌が「物語の作者」によって引用されています。

年々にわが悲しみは深くして
　いよよ華やぐいのちなりけり

この小説とともに、たいへんよく知られた歌です。過ぎ越してしまった人生に、あるべきだったと思う「情熱」に対し、若い者よりもずっと激しい憧れを抱き、そのために悲しみが深まっている老女。しかしそれによって老女は若々しく、まるで青年を飼ってエネルギーを吸い取っているかのようです。

電気製品を修繕し、発明を志すなどモダン＝近代の側にいた青年は、プレ・モダン＝前近代的な老女の力強い生命に引きずり込まれようとしています。食われる虫が抵抗するごとく、そこから逃れようとじたばたする、か弱い生命である若い男。いいですねえ。もう観念したらいいのに。「運命の（老）女」なんだから。

岡本かの子は歌人であり、仏教研究家ですから、『源氏物語』の素養は十分にあったでしょう。彼女の源氏解釈が、凡百の学者より本質を突いていたであろうことは、これらの作品から明らかです。

さて東宮の元服に続いて、朱雀帝は譲位されます。

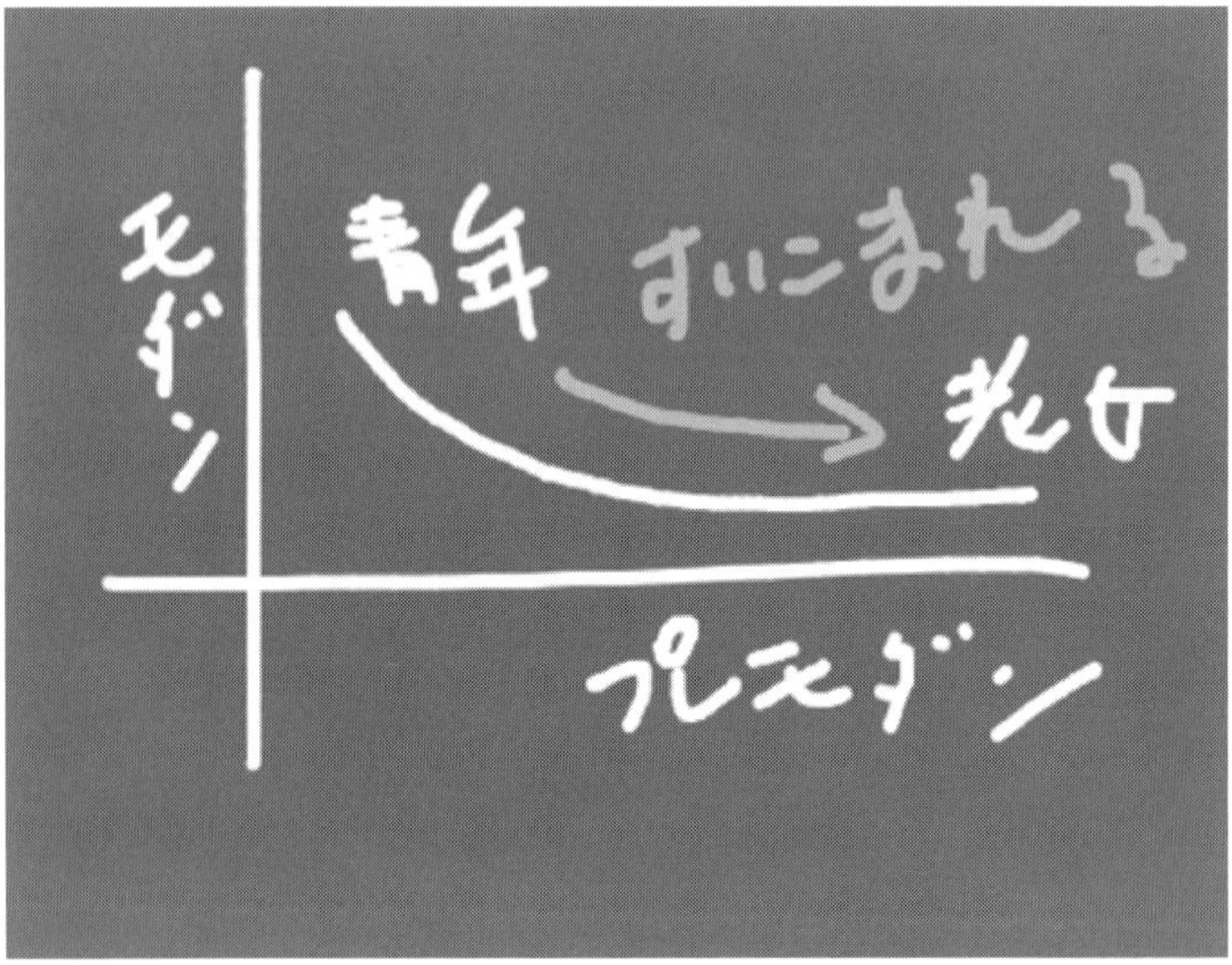

源氏が後見人を務める（本当は実子）冷泉帝《れいぜい》の御代になったのです。いったん引退した致仕の左大臣（亡き葵の上の父、すなわち源氏の舅）が摂政となります。世は、内大臣となった源氏とこの太政大臣（もとの左大臣）家のものとなります。

源氏は、自身の不遇時代にも変わらずに勤め続けていた者たちを厚遇します。二条院の東の邸を改築し、花散里《はなちるさと》など心細く暮らしている人たちを住まわせようとも計画しています。

明石の君が姫を生んだ報せが届きます。昔、宿曜師《すくようじ》の占いで「御子《みこ》は三人お出来になります。帝《みかど》と后《きさき》とが必ず並んでお生まれになりましょう。中で一番劣った方が太政大臣で、人臣の位を極《きわ》めるでしょう」と言われたことを思い合わせると、とても明石に置きっぱなしにはできません。

入道の宮（藤壺）は太上天皇《だいじょうてんのう》に準じて女院にあそばされ、息子の冷泉帝のもとへ自由に参内されます。弘徽殿大后は世の移り変わりを嘆きますが、源氏は彼女にすら敬意を表し、好意的です。

そんな源氏がただ一人だけ、決して許そうとしないのは、紫の上の父である兵部卿宮《ひょうぶきょうのみや》でした。源氏が不遇に陥ったとき、この父は世間体を気にして、紫の上を見捨てたのです。こういうところ、今も昔も変わらないリアリティがありますね。人は、自身に辛く当たられた恨みは忘れても、自身の大切な人を見捨てた実父を許すことなどできません。

源氏は、弘徽殿大后の理不尽な怒りが自身が恋い求めている母なるものと同じであり、怖ろしいまでのリビドー＝愛そのものだと認識していると思われる。弘徽殿大后こそが苦境の原因であったのに、むしろ兵部卿宮の身の処し方を恨むのは、それがごく社会的な小賢しさ、愛の欠落から生じていたことを嫌悪したからに違いありません。愛のないつまらぬ父親より、愛の過多から怒り狂う母の方に共感できるわけです。兵部卿宮と兄妹である入道の宮（藤壺）は、それを気に病んでおられましたが。兵部卿宮の娘を冷泉帝に入内させる話が出ても、もちろん源氏は知らん顔です。

さて源氏は、海の守り神である住吉に願ほどきのお参りに出かけます。素晴らしい奉納品を捧げ持つ供人や楽人たちの盛大な行列です。けれども何という偶然か、ちょうどそのとき明石の君も参詣にやってきたのです。

あまりの騒ぎに「どなたが御参詣なさるのですか」と、明石の君の船の者が訊ねました。すると卑しい男までもが、「内大臣殿《うちのおおいとの》が御願《ごがん》を果しにお参りになるのを、知らぬ人もいると見える」などと馬鹿にするのです。今更ながら身分の違いを思い知らされた明石の君は、華やかな源氏の一行を遠くから眺めて涙をこぼし、お参りもせずに帰ってしまいます。

ここでは源氏のいる「天上」と、明石の君のいる「海」との位置エネルギーの差異があらためて確認されます。

なぜ確認されているかと言いますと、明石の君の生んだ明石の姫君が、ここから一気呵成に駆け上ってゆこうとする遙か雲居《くもい》の位置の高さを示している。華やかな源氏の船を眺めている明石の母娘は、海にぷかぷか浮かぶ、澪標《みをつくし》のような存在に過ぎません。住吉の神の霊験あらたかであったことを思い出していた源氏ですが、明石の君の舟とはち合わせしたと聞きおよび、あらためて深い神徳を感じます。同時にさぞ悲しんでいることであろうと、明石の君に歌を送ります。

みをつくし恋ふるしるしにここまでも
めぐりあひける縁《えに》はふかしな

数ならでなにはのこともかひなきに
などみをつくし思ひそめけん

と、返歌があります。「澪標＝身を尽くし」の掛け詞です。

人目を気にせず、逢いたいと思うものの、思うにまかせません。帰りの船で賑やかに騒いでいても源

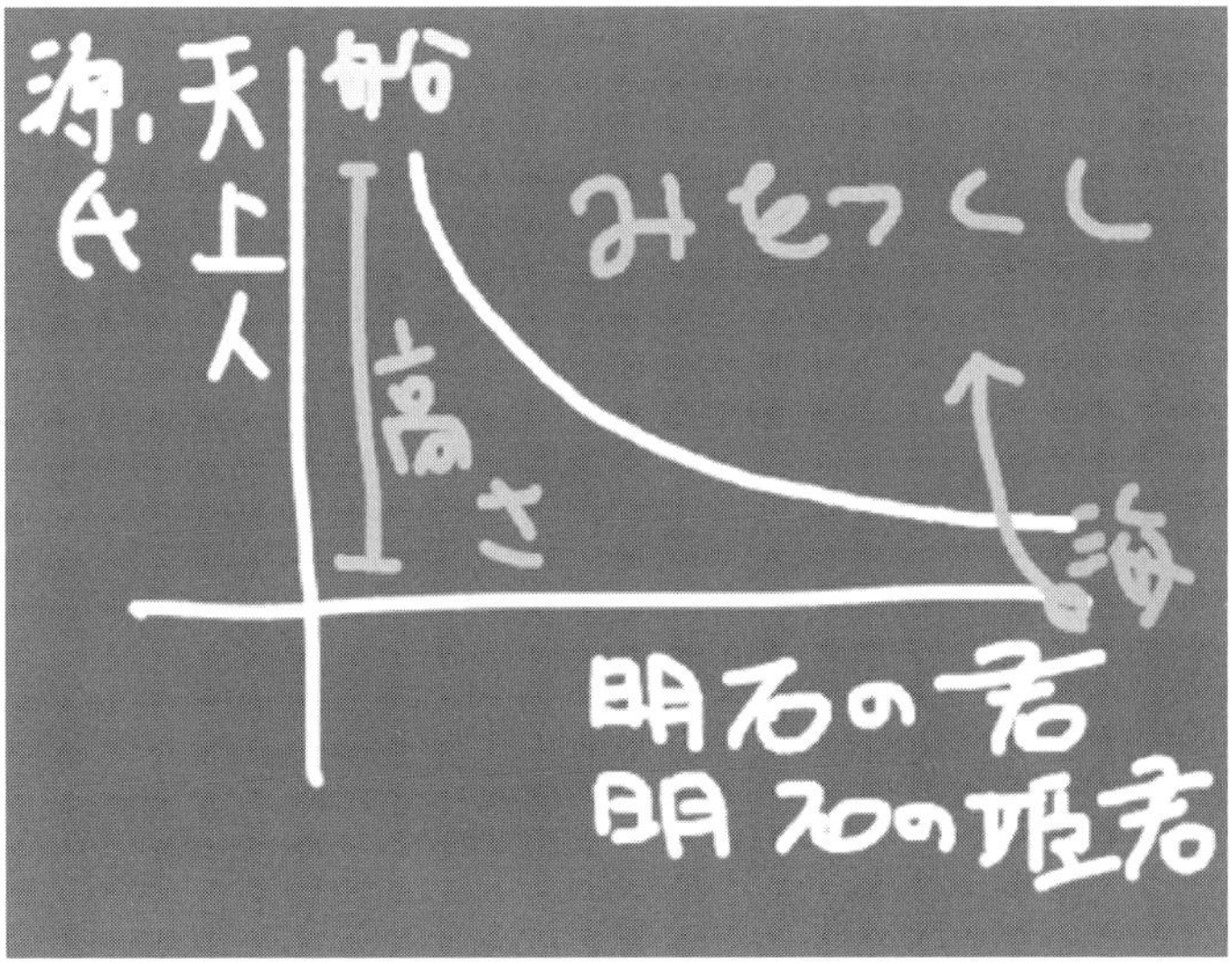

氏の心はそこになく、高官らが遊女をかまいつけようとするのも不愉快です。船上の馬鹿騒ぎに近づくこともできない明石の君を想う源氏は、深い海の底の無意識的なものにこそ神意があり、真の価値があると悟っているはずです。

やがて源氏からの京に迎えたいという手紙が届き、父娘とも嬉しく思いますが、やはり気後れして決心がつかずにいます。明石の母娘は、もちろん最終的に京に上ることになるわけで、『源氏物語』のクライマックスである『須磨《すま》・明石《あかし》』の物語は、この『澪標』の巻で終わります。

講義を聴いている皆さんの中には、ある疑問を持った人もいるかもしれません。繰り返し出てくる山と海のメタファーにおいて、海は「母性」と関連付けられているのに、この明石の海で娘を守り、制度の側へ送り込んだのは「父」ではないか、と。

そうですね。『鮨』は母親が息子に対して、制度を昇ってゆくエネルギーを与えたのに対して、この『須磨・明石』の物語では、娘に力を与えたのは父親に見えます。しかし、この父親の入道は、父性＝制度性をもってそれを行ったのではありません。むしろ彼自身、都の制度から転がり落ち、海辺に居を構えていた。そして娘に力を与えたのは、直接的には父親ではなく、「海の守り神である住吉」です。父親の入道は、その住吉の神力を娘に繋げる「媒介」の役割を果たしているに過ぎません。

世界の識者に対して、「古今東西の十大小説」といったアンケートを採ると、この『源氏物語』は一位か二位となります。首位争いとなるのはシェイクスピアの作品です。まあ、シェイクスピアの「作品群」となると手強いですが、「一作品」ということですと、驚くべき時代の古さから言っても、『源氏物語』に軍配が挙がるのではないかと思います。

とはいえシェイクスピアが『源氏』を読んだはずもないですが、不思議なことにシェイクスピアの最後の（単独）作品である『テンペスト』（＝嵐）は、この『須磨・明石』の巻の構造と酷似しています。

ミラノ大公の地位を追われたプロスペローは、娘ミランダとともに絶海の孤島にいて、魔術を研究しています。復讐のため、魔法の力で大嵐を起こし、現ミラノ大公の弟とナポリ王の乗った船を難破させます。同乗していたナポリ王子は彼らとはぐれ、プロスペローの思惑通りにミランダと恋に落ちます。どうですか。「制度」から追われた海辺に住む男が、超自然的な魔法なり、神意なりによる「嵐」をきっかけに宿願を果たす。制度の側にいるプリンスと娘とを結びつけるところも同じですね。

仏教国である日本は「他力本願」で、キリスト教圏であるシェイクスピアの国は「自助努力」が建前ですから、入道は最初から住吉という他力を念じ、プロスペローは自力で研究した魔法を頼りとします。しかしプロスペローは一人の登場人物であって神ではなく、魔法のエネルギーそのものではない。そのため、この超自然的な魔法の力と、プロスペローとの間に割って入る存在が必要です。

妖精アリエルは劇の舞台上での、いわば「目に見える魔法」ですが、プロスペローの手下でありながら隙を突いては父娘を襲おうとする怪物キャリバンは「怒り」であり、「無意識」の現れです。プロスペローを植民地主義の「キリスト教的教化」という、島におけるむしろ近代的・制度的なものとする考えもあり、だとすれば、もとから島にいたキャリバンは太古的な「原住民」ということになる。

しかし大切なことは、これは植民地主義のメタファーだ、といった低次元の決めつけではありません。意識的な制度性と、なかなか一筋縄ではいかない無意識的なるものの対峙、そのダイナミズムそのものが描かれているのだ、という一段上《メタ》の視点を持つべきです。こういう表現については小説よりも演劇、映画といった、言語以外のヴィジュアル作品の方が、その対峙構造が伝わりやすい面がありますね。


「我々は夢と同じ物で作られており、我々の儚《はかな》い命は眠りと共に終わる」――第四幕第一場プロスペローが、なぜ弟や他の裏切り者たちを謝罪もさせず、あっさり許すのか、というしばしば問われる件も、須磨の嵐における禊ぎと呼応すると読めます。すべての人に原罪があるから、人ではなく超自然的な力が赦すのです。『源氏物語』の須磨の嵐、住吉の力に乗じて現れたもう一人の父である桐壺院が、「気がつかずに犯した過失があったものだから、その罪を償《つぐな》う間は暇がなくて、この世のことを顧みなかったのだけれども」と、ぶつくさ言っていたのを思い出してください。

『テンペスト』の劇の最後には、プロスペローは妖精アリエルを解放して、きっぱりと魔法を手放します。神ならぬ身で、そのような術を使うことが、そもそも原罪なのです。プロスペローは一人の人として公国に戻ること、つまりはその罪から自身を解放する許可を観客に求めます。自分自身も他人の罪を

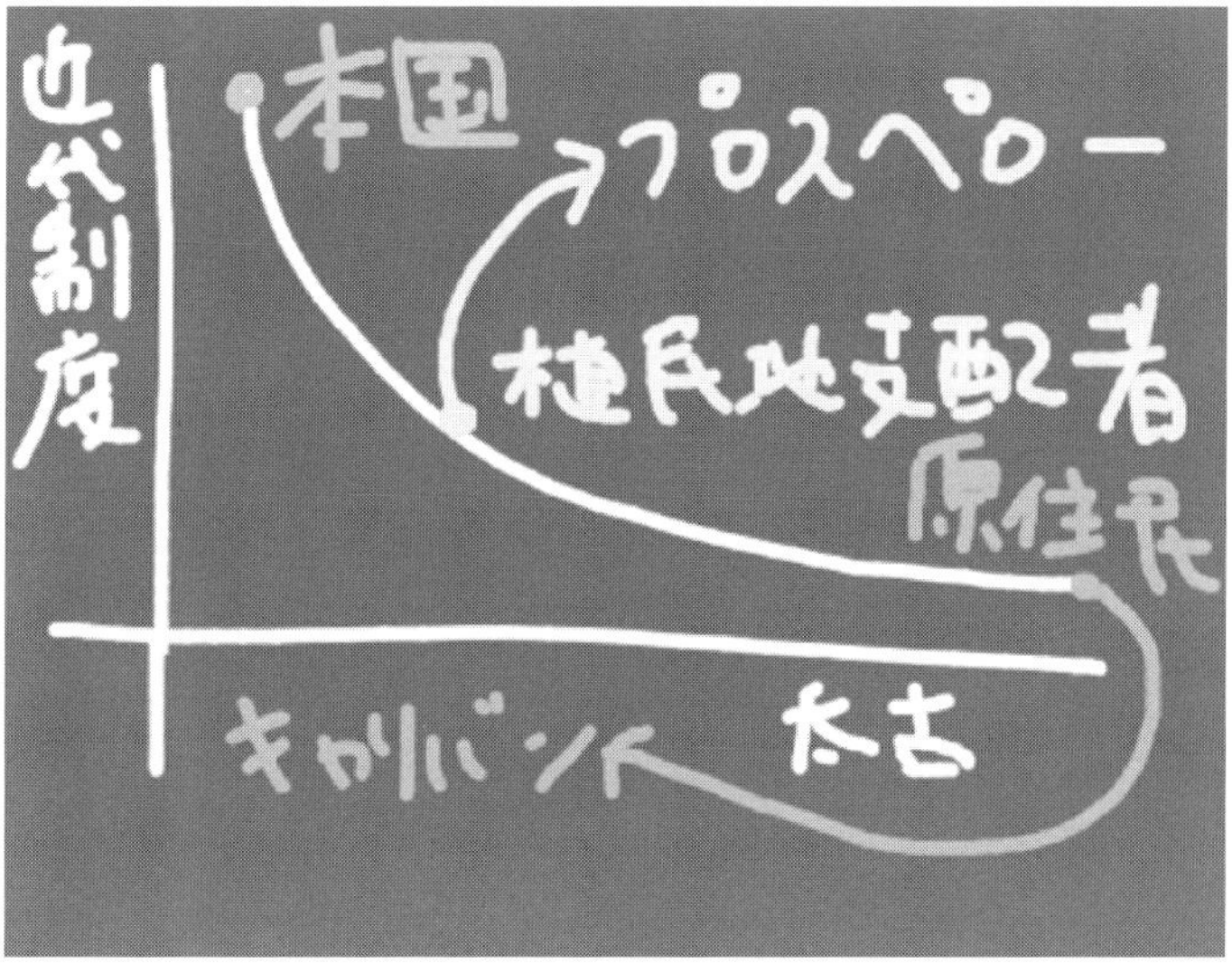

許したのだから、と。このとき観客は神的な存在なのでしょうか。そのことは劇場という「箱」とポスト・モダン的な物語批判、すなわち物語中の物語という「入れ子」構造と相まって興味深いテーマです。

さて、冷泉帝の御代となって伊勢の斎宮も交代となり、六条御息所《ろくじょうのみやすどころ》とともに上京されます。が、六条御息所は病いに倒れられ、娘の元・斎宮の後見を源氏に託して亡くなります。その際に、「いやな取越し苦労でございますが、決してそのような色っぽいことはお考え下さいますな」と釘を刺されます。当然ですね…。

御遺言ですから、さすがに源氏も控えて、養女として迎えたのちに冷泉帝に入内させようと考えます。この元・斎宮である宮には、朱雀院が前々からご執心だったのですが、あまりの可憐さに、今帝の冷泉帝に差し上げなくてはもったいなく思えるのです。源氏の兄の朱雀院は、朧月夜《おぼろづきよ》といい、この斎宮の宮といい、よくよく源氏に女を取られますね。

入道の宮（藤壺）のはからいで冷泉帝に入内することにしてもらいます。入道の宮は身体が弱く、まだ幼い冷泉帝のそばに付いていることができません。先に入内した太政大臣家の（もとの頭中将の）娘も、やっと入内がかなった兵部卿宮の娘も、せいぜい帝の遊び相手ぐらいの年齢なので、少し歳上の斎宮の宮がお入りになるのは望ましいことなのでした。

第12回　『蓬生《よもぎふ》』と『関屋《せきや》』媒介変数としての光源氏

さて今回のタイトル、まず「媒介変数」という語が引っかかりますね。なんでしょう。高校の数学で出てきたはずなんですけど。文科系で受験した人は右から左に抜けたかな。

簡単なところで、$y=5x$という一次関数を考えます。この1つの式で、yとxの関係が端的に示されていますね。

ところがある場合に、yとxの仲が直接には関わりを持てないとします。すなわち、お姫さま同士でやたらと顔を合わせたりしない。が、そのときそれぞれがtという者と関係を持っている。

$x=2t$　①

$y=10t$　②

この2つの連立式で、①はxとtの、②はyとtの関係式ですね。tが男だとすれば、x姫もy姫も、t男を介して互いのことを聞き知っているわけです。このtを「媒介変数」とよびます。文字通り、xとyの間を媒介しているからです。

このtが邪魔になれば、すっ飛ばしたり消去したりすればいい。①を変形して、

$t=1/2x$　③

とします。この③を②のtのところに代入する。それによって、tをなくしてしまうためです。

y＝10×（1／2x）

すなわち

y＝5x　④

この④は、最初の一次関数と同じですね。

これでx姫とy姫は、t男抜きで直接出会うことになった。こういうこと、ときどきありますよね。元妻と元愛人が会って、ものすごく意気投合して男の悪口で盛り上がる、とか。

このt男が、女たちの間を飛び回って結果的に媒介してしまうしか能がない単なる二股男なら、このように消去される運命であっても仕方がない。しかしながら『源氏物語』にあって、光源氏は消去されずに残っています。主人公なんだから当たり前といえばそれまでですが、主人公である以上、最後まで主人公らしい役割を果たしてゆく。それはプリンスであり続けることとか、優しくてかっこいい男であり続けることだけではない。

① x＝2t
② y＝10t

この①、②という、姫たちとの関係が描かれるそれぞれの場面やエピソードにおいて、x姫、y姫の本質的魅力を読者に伝える、すなわち魅力を伝える作者と読者との間を繋ぐ「媒介」の役割をも果たしていることが重要なのです。つまり作者の美意識や価値観を源氏が代弁して、それを読者に伝える。「主人公」という言葉の本当の意味は、そういうことです。小説作法のイロハですが、確認しておきたい。

社会派フェミニズム的な読解に陥れば、『源氏物語』など「イケメンで地位の高い強者の男が、弱者の女たち相手にやりたい放題」のくだらない小説だという結論にしかなり得ません。が、こういう小説作法のイロハを心得ているだけで、そんな読解こそが表層的でくだらないということが簡単にわかるのです。

物語のプロットを社会的な枠に当てはめてしまうと、「強者＝源氏」が「弱者＝女たち」を支配するという構図しか浮かんでこない。しかし小説構造的には「媒介変数」である源氏とは、百花繚乱の姫たちの魅力の本質を読者に伝えるための「下僕」です。『源氏物語』は文学構造的に極めて「フェミニズム的」なものなのです。

さて、『源氏物語』の全巻の中でも「現代文学」として、私が一番面白いと思う『蓬生《よもぎふ》』です。源氏が須磨に流されていた頃、通り一遍の関係で、ただ源氏の情けを受けていただけの姫たちは経済的に苦労を強いられていました。

あの鼻の先が赤い、驚くほど醜くて古臭く、しかも気のきかない常陸宮《ひたちのみや》の姫、末摘花《すえつむはな》を覚えていますか。困窮していたところを源氏に見い出され、なんとか潤っていた矢先のことだっただけに、集まっていた女房たちの落胆ぶりはひどく、またちりぢりによそへ行ってしまっていました。

その住まいは狐の巣のごとくなり、蓬は軒の高さにまで生い茂っています。わずかに残った古くからの女房は、屋敷や道具類を手放すように勧めるのですが、亡くなった両親の遺品と言いつけを守ることだけを念じている姫は、頑として拒み続けます。掃除をしようとする者もなく、塵と埃は積もって盗人すら顧みない。ただ古い物だけは揃った荘厳な屋敷、ともいえますが。

末摘花の慰めといっては、見どころもない紙に書かれた、ありふれた古歌や物語を眺めるぐらい。他の婦人たちがするような読経や勤行もせず、世の人に交わることも怖いと思って避けています。

侍従という乳母《めのと》の娘が、末摘花の叔母という人のもとへ出入りするようになります。この叔母は、末摘花の母の妹にあたり、地方官の妻となっていました。常陸宮へ嫁いだ姉と違い、身分の低いところへ自ら縁づいた。そのことで姉夫婦に侮られたと、コンプレックスを持っています。

しかし当時の知事のような立場である地方官は、その土地の産物の富を独占するなど、貧乏貴族である宮様よりも物質的には恵まれていたのです。だからこそ、自分からそこへ嫁いだのでしょう。この叔母は、「故姉君は私を馬鹿になすって、御自分のお顔にかかわるように思っておいでしたから、姫君のお気の毒な御事情は分っていますが、わざとお見舞いにも伺いません」などと嫌味を言いながら、ときどき手紙を寄越します。

著者はここで、最初から平凡な身分に生まれついた人は、高貴な人々を手本とする人も多いが、この人はもとは高貴な血筋であるのに、こんなにまで落ちぶれたのも、卑しい性質であるためだと説明しています。『更級日記《さらしな》』の著者など、『源氏物語』のファンには中流階級の女性も多かったから、リアリティがあったでしょう。物語の根本的な思想はもともと、身分の上下は厳然としてあるにせよ、本人の心がけや出来不出来、また神意によって、それはダイナミックに入れ替わるものだ、というものでした。

この叔母は、かつて姉に見下されていた腹いせに、姉の娘である末摘花を自身の娘たちの世話係として使ってやりたいと考えています。末摘花は物質的に困窮しているのですから、そうするようにと侍従も勧めます。この失礼な申し出に対して、末摘花は腹を立てたり意地を張ったりするのではなくて、もとより誰とも親しく交われるような性質ではないがために応じないのです。

やがて叔母の夫は九州の大弐《だいに》に任命されます。娘たちはそれぞれ嫁がせて、夫婦だけで下向しようというのですが、「今度遠国へ参りますにつきましては、心細いおん有様が気にかかってなりません」と、なおも執拗に誘います。どうしても承知しない末摘花に、「まあ憎らしい、もったいぶって。（中略）あんな藪原《やぶはら》の中に幾年も住んでいらっしゃるような人を、何で大将殿（光源氏）が大切にお思い申されましょうぞ」と、けちをつけます。

源氏が都に戻ることになり、人々は大騒ぎです。復帰を信じて待っていたことを認めてもらおうと競い合う人々の心を見るにつけ、源氏もまた、いろいろと思うところがあるのです。が、あの末摘花のことを思い出す暇などありません。都に戻ってこられても顧みられず、ご昇進の噂もよそ事として聞かねばならないとは、と末摘花は嘆き暮らします。

例の叔母は、「あんな風に独《ひと》りぼっちで、みすぼらしい御様子をしておられるものを、相手になさる人があるものか」、「田舎などはいやな所だとお思いになるかも知れませんが、決してそんなに不体裁《ふていさい》なおもてなしはいたしません」と、言葉巧みに持ちかけます。乳母子の侍従は、この叔母の親族の情人になっていたので、自分だけは九州に下ることに決めました。

末摘花は、それでも自分のありようが耳に入ることがあれば、と源氏を頼みにしています。その泣き顔はたいへん醜いが、詳しく描写しない、とまで書かれています。

素晴らしい仏事を執りおこなっても自分には哀れを思ってもらえないものとようようおあきら

めになっていたところへ叔母がまた突然、やってきます。どうにか連れ出そうという下心から、進物の装束など用意して、いい車に乗ってきて得意そうです。邸のひどい様子に、心配で泣くふりをしなくてはならないところですが、大弐の夫人として旅立つことを思い、うきうきした嬉しさを隠せません。

「このまま埋《うず》もれて、朽ちてしまった方がと存じます」とばかり言われる末摘花に、「大将殿がこれにお手入れでもなさいましたら、見違えるような玉の台《うてな》にもなりましょうしと、心頼みにしておりますが、ただいまのところは兵部卿宮《ひょうぶきょうのみや》のおんむすめ（紫の上）よりほかに、お心をお分けになるお方はいらっしゃらないようでございます。（中略）一時のお慰みにお通いなされた方々とも、すっかり切れておしまいになりました」と言います。

末摘花は、さめざめと泣きはしますものの、やはり動こうとしません。叔母は結局、あきらめて侍従を連れて行ってしまいました。姫の悲しみはひと通りではなく、残った老女房たちまでもが、自分もこうしてはいられない、と言い合っているのを聞くにつけても辛い。

四月頃になって、花散里《はなちるさと》を訪ねようと思い立った源氏は、あばら屋の周囲に木々が茂って森のようになったところを通りかかります。松の木に掛かった藤の花の香に心を惹かれ、車から覗いてご覧になります。と、なんだか見覚えのある木立ちだとお思いになりますと、それこそが末摘花の屋敷なのでした。

「ここは故常陸宮の御殿であったな」

「さようでございます」

惟光《これみつ》に様子を見に行かせます。末摘花はうたた寝に故父宮の夢を見て、目が覚めても名残惜しく、雨漏りのあるところを拭かせたり、お座所を片付けさせたり、いつになく人並みのことをしている最中でした。

惟光は侍従はいるかと尋ねます。その者はいませんが、と出てきた老女房が、問われるままに窮状をくどくどと訴えそうなのが厄介で、早々に出てきて源氏に報告します。

こんな草深い中で、どんな気持ちで過ごしておいでになったかと、源氏は自らの薄情さを悟ります。昔と変わらず暮らしていると、言われてみれば、そうに違いないお人柄なのです。とはいえ、その中に入ってゆくのもなかなか勇気がいる屋敷です。歌を贈ろうにも、すぐに返歌ができない姫だとわかっています。

源氏はやはり車から下り、馬の鞭で露払いさせ、御指貫《おんさしぬき》の裾をぐっしょり濡らしながら入ってゆきます。末摘花は、あの叔母が持ってきた御衣を、香を収める唐櫃に仕舞い込んでいて、なつかしい薫りがついたものですから、女房たちの勧めにしたがい、それにしぶしぶ着替えます。

源氏は、「年頃御無沙汰をしておりましても、気持だけは変わらぬつもりで、お案じ申し上げておりましたが、一向お便《たよ》りも下さらない恨めしさに、今日まで御様子を見ておりましたところ、杉ならぬ印《しるし》の木立が眼につきましたので、素通りができかねて、我《が》を折ってしまいました」などと、言いつくろいます。そのひどい屋敷にお泊まりになるのは、さすがに避けましたが、今後のことをお約束して差し上げます。

藤浪の打ち過ぎがたく見えつるは
　松こそ宿のしるしなりけれ
（松にかかった藤の花が見過ごしがたかったのは、私を待つあなたの宿だという目じるしだったのですね）

年をへてまつしるしなき我が宿を
　花のたよりに過ぎぬばかりか
（長年待つ甲斐もなかった私の宿を、あなたはただ藤の花を見るついでに立ち寄っただけなのですね）

姫の身じろぎする様子や、袖の薫りも、昔よりちょっとましになったようです。そこを出て向かった花散里も当世風な美しい女性ではないので、さほど見劣りを感じなかったのでしょう。

源氏は約束通り、末摘花への経済的援助を開始します。屋敷に足を向けることはしませんが、丁重な手紙を送るのを欠かしません。すると出て行った女房たちが掌を返したように戻ってきます。人の好い末摘花のところにいる方が、よそよりもどれほど気楽か思い知ったのです。源氏が妻として遇していると知ると、下家司《しもけいし》も勤めたがります。

活気の戻った常陸宮邸に二年ほど置かれたのち、二条東院に移してお上げになります。あの叔母が上京した際に、どれほど驚いたことか。また侍従も嬉しい反面、後悔に苛まれたことでしょう、とあります。

『蓬生』の内容を詳しく紹介しましたのは、物語中に示されている以下の問いかけが大変重要で、それについての答えが巻全体の細部に隠されているからです。

「一時のお戯れなどにしましても、普通にありふれた女には見向きもなさらず、これなら少しはというような、いくらか取柄のあるあたりのを、お捜しになっていらっしゃるものと、誰もが思い込んでいましたのに、これはまた打って変わって、すべてのことが世の並々の人にさえも劣っていらっしゃるようなのを、いっぱしのお方らしくお扱いになりますのは、どういうお心なのでしょうか。これも前《さき》の世の約束事かも知れません。」

「どういうお心なのでしょうか」という問いを真に受けてはいけません。もちろん作者にはわかっている。では「前《さき》の世の約束事かも」というのも、とぼけているだけなのでしょうか。

源氏はさすがに、もはや末摘花と夜をともに過ごすことはなく、女性として惹かれているのでないことは確かです。ですから、この『蓬生』の巻について「男女の再会の物語」であるとか、「自分を待ち続けた末摘花の深い愛に感じ入った」とかいった解釈は明らかに間違っています。

源氏は女の容貌だけをもって恋愛対象から外すわけではない。末摘花に女としての魅力が欠落しているのは、彼女の内面に「恋する能力」が欠けているからです。それが「世の並々の人にさえも劣っていらっしゃる」という意味でしょう。「世」という語は「男女のこと」であり、それを知るとは「おぼこ娘ではない」ということでした。末摘花は、精神的には「永遠の処女」なのです。

末摘花は素直でお人好しで、他人を傷つけることはありませんが、独りよがりで的外れです。つまりは他者に対する想像力が欠落し、閉じた自我の中に暮らしています。流行りの仏道に関心がないのも、宗教とは抽象的な恋愛の一種だからです。末摘花はおそらく一生、それが人でも仏でも「他者に恋する」といった対外的な心情に陥ることはない。源氏を待ち続けた彼女ですが、自分のひどい状態、暮らし向きのことしか念頭にない。保護者に迎えに来てもらうのを待つ迷子と変わるところはありません。

末摘花が心底大切に思い、守ろうとするのは、亡き両親の言葉であり、遺物だけです。すなわち末摘花とは、男に対する女ではなく、親に対する子でしかない存在です。そうであれば、親にすがる子供のようなところがあるのは必然で、源氏は、そこに比類のない〝純真さ〟を見た。

源氏の女の趣味は「子供」か「母」かの系譜に沿っていました。これでいえば末摘花は子供の系譜ですが、何に属するかよりむしろ「世の並々の人」に属さないことが重要だと考えられます。レベルが高すぎるゆえであろうと、レベルが低くてそれにすら届かないのであろうと、大事なことは「世の並々の小賢しさ」に属さない、ということです。

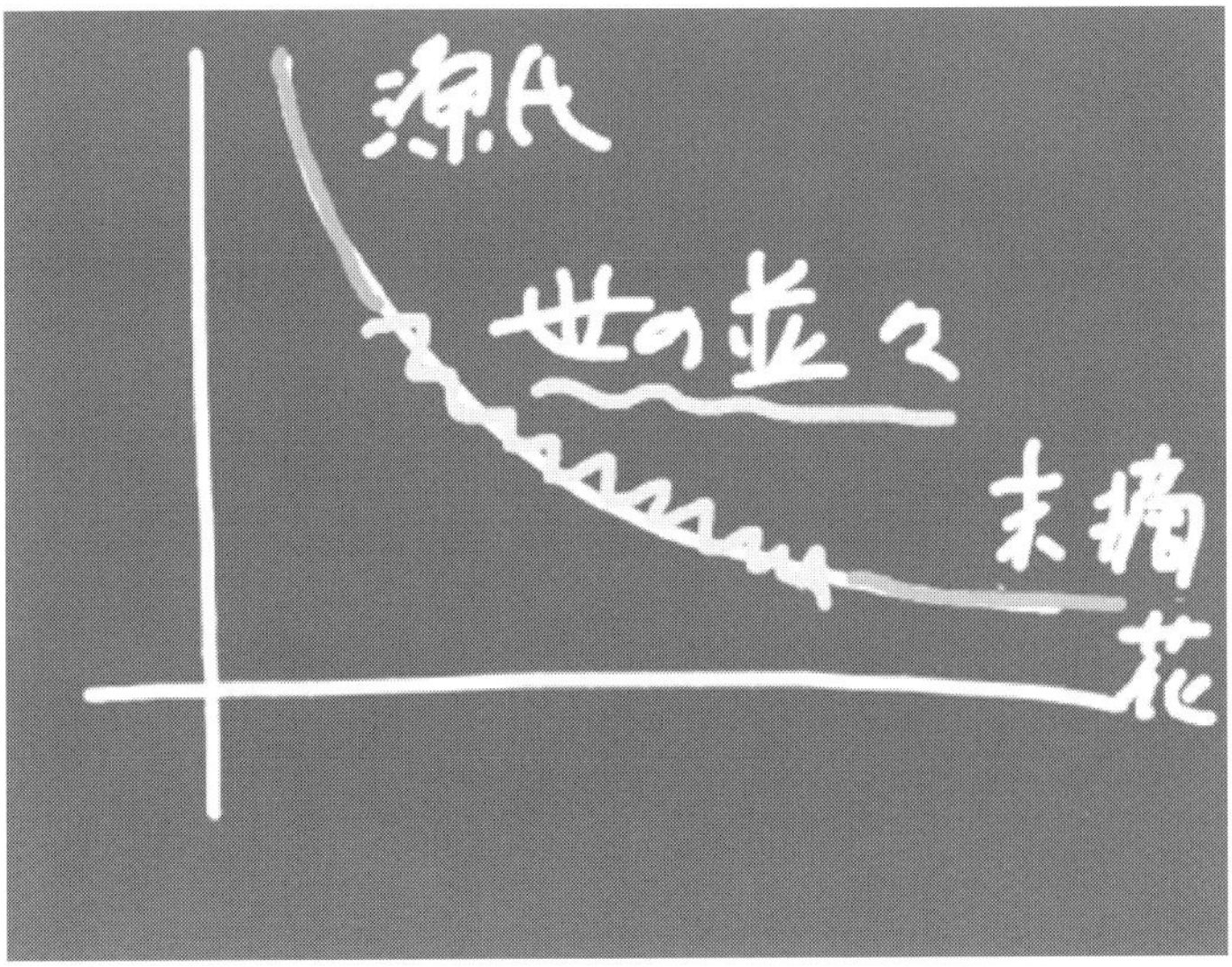

末摘花は、叔母に「あんな藪原《やぶはら》の中に幾年も住んでいらっしゃるような人」などと言われ、その通りだと思って泣きます。もし「そんなことはない、私は立派で美しい」と勘違いしているなら、それはただの馬鹿です。

末摘花は、客観的な状況がわかっていないわけではない。それでも動こうとしない。それに合理的な理由を与えようとすらしない、それが彼女特有の愚かしさです。末摘花は親の言いつけを守る、という一点だけは疑いません。そこに理由はない。

もし世間に通じる理由付けで理論武装しようとする人ならば、よりもっともらしい理由を与えてやりさえすれば、心変わりさせることができる。何の理由もなく、ただひたすら親の言いつけを守る末摘花を説得し、変心させることは誰にも、彼女本人にすらできない。

大愚は大賢に通じると言います。末摘花のこの愚かしさは、源氏の理想とするものと、たぶんちょっぴり通じるものがある。現代の文学用語としても愚かしさは賞賛の言葉として用いられる場合があります。多くそれは「通俗な小賢しさのない美しさがある」という意味合いです。それは人に感動を与える。芸術、文学とは本来、そういうものです。末摘花の愚かしさは、女としての魅力は感じさせないが、少なくとも源氏にある種の感動を与えたはずです。そういう感受性が、源氏には備わっている。

源氏が嫌うものとは、「世の並々の小賢しさ」です。それがどういうものかは、この『蓬生』の巻で、世の人々のありようとして詳細に描写されています。末摘花の叔母の卑しい行為、女房たちの保身、源氏の庇護が戻ったと聞いて、掌を返したようになる人々の様子。末摘花のみごとまでの愚かしさと、世の人々の醜い「小賢しさ」の対比こそ、著者の意図であるという証拠は、『蓬生』の巻で、京に戻った源氏が初めて登場するところにあります。

「何とかして人より先に自分の深い志を見ていただきたいとばかり、競い合う男や女や、身分の高いのや低いのや、さまざまな人の心を御覧になりまして、いろいろと世の中の表裏をお悟りになります。」

源氏は「世の並々の人々」の心根には、うんざりしているのです。もちろんその間も、末摘花のことなど打ち忘れていますし、彼女の並々にすら届かない愚かしさには呆れ、ときに笑い草にもします。蓬生い茂る中を掻き分けて入っていったのは、愛し合う男女の再会劇などではなく、人道的な救援劇に近い。おーい、まだ生きてるかー。惟光もまた、老女房の訴えをろくに聞かずに逃げ帰るなど、ロマンチシズムの欠けらもありません。

しかし、それでも源氏が末摘花に手厚い庇護を与えるのは、単なる同情からではありません。曲がりなりにも自分の妻として遇するのは、福祉とはわけが違うのです。源氏は少なくとも無意識的に（著者自身は意識的に）、「世の並々」を受け入れがたい自身と「世の並々」にすら受け入れられない末摘花とが、どこか似ていると共感を覚えている。

そもそも「世の並々」からかけ離れたものに心惹かれる源氏の「あやにく」な性格とは、理想の母なるものを希求してやまないという、出生のときから定められた「前《さき》の世の約束事」です。それは亡き父宮や母上の面影を生涯慕って生きようとする末摘花の「前世の因縁」と同じものです。

源氏が末摘花の屋敷を発見し、やってきたのは、たまたま藤の花の香りに誘われたからです。香りも無意識を刺激するものですが、そのとき末摘花はうたた寝に「故父宮の夢」を見ていました。それは『須磨《すま》・明石《あかし》』で源氏が父の出てくる夢に導かれたことと呼応します。

不遇な時代から風向きが変わり、再び人々が周囲に集まってきた、という「世」における境遇もまた、源氏と末摘花はよく似ています。源氏もその復活を遂げるには「父」の霊が現れるまでじっと待つしかなかった。保護者である源氏に見つけ出されるまで、なすすべもなかった末摘花と、どれほどの違いがあるでしょうか。

さて、次の巻『関屋《せきや》』では、あの空蟬《うつせみ》が常陸介《ひたちのすけ》となった夫とともに任地に下ります。源氏の窮状を遠くから思いやっていますが、便りを寄越すすべもない。が、源氏が帰京を果たした翌年に、彼らもまた戻ってくることになりました。その空蟬の一行が逢坂の関を越えようとしたとき、ちょうど石山寺へ願ほどきに参詣された源氏と遭遇したのです。

これって、どっかで見たパターンですね。そう、住吉に願ほどきに参詣した源氏と明石の君が遭遇したときと似ています。互いに直接逢いたいと思いつつ、人目があってできずにいることも同じです。ただ、あのときは舞台は海、水の上でした。今度の打出の浜というのは大津のことで、琵琶湖という水辺はあるものの、内陸に入っている。空蟬という中流の女は、どうしても真ん中へん、俗な空間と切り離せないところにいるんですね。もちろん極端に美しく高貴なわけもない。彼女の知恵も、源氏にかなわないと言わせしめるものの、言ってみれば「世の小賢しさ」の域を決定的に抜けるものではありません。末摘花の持つ愚かしさの極端には届かない。

空蟬の弟である、昔の小君《こぎみ》は右衛門佐《えもんのすけ》となってい

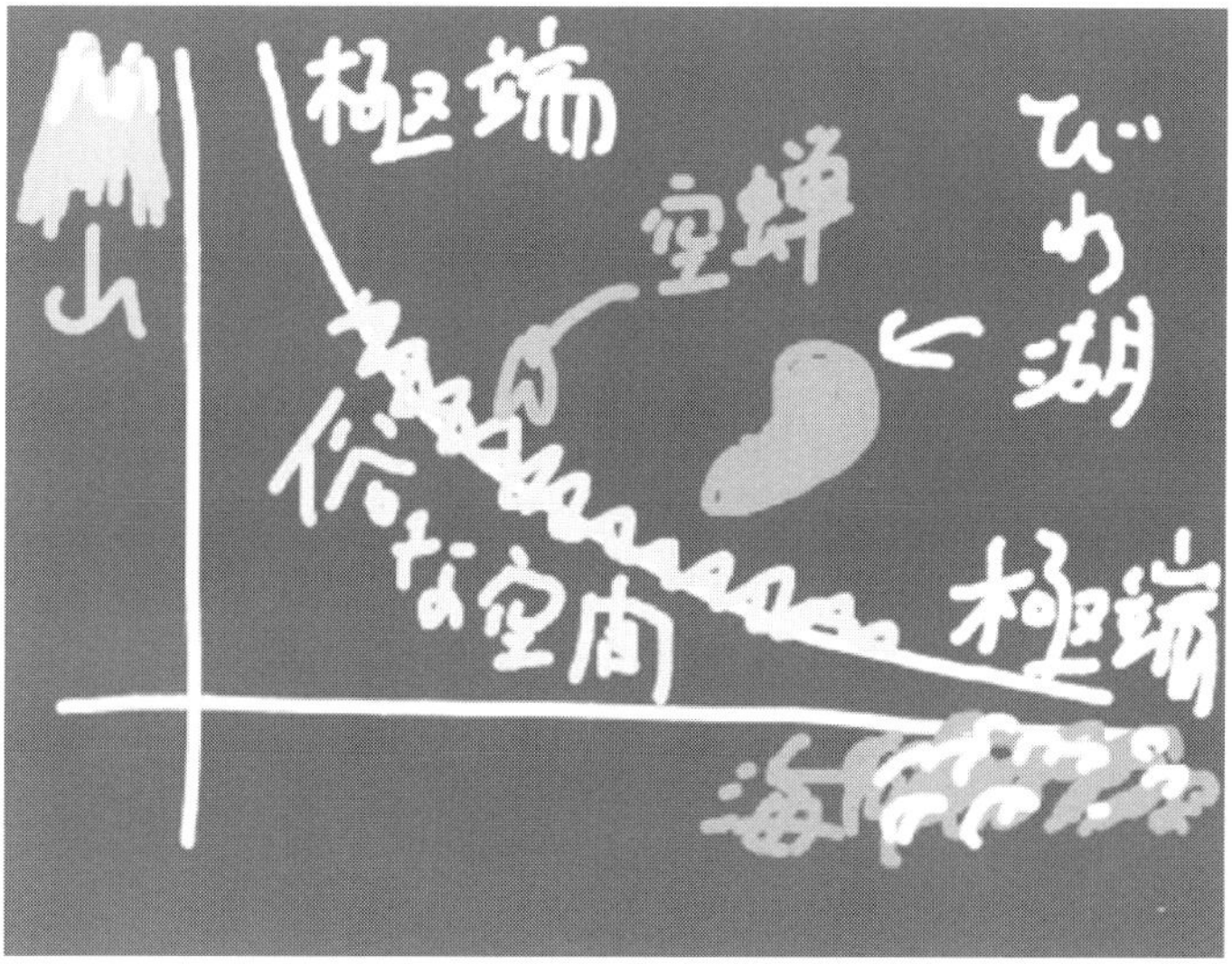

て、これを呼び寄せて空蟬と手紙のやりとりをします。いっときの戯れの恋だったと思われるのに、変わらぬ源氏の態度に右衛門佐は驚きます。この右衛門佐も、また空蟬の義理の息子にあたる昔の紀伊守、今の河内守も、源氏の不遇時代には距離をおいていた模様です。一方、河内守の弟は、当時の地位を解職されたあげくに、源氏のお伴として須磨までついて行きました。当然のことながら、その弟が今、たいそう引き立てられているのを見て、どうして一時の損得にとらわれたのだろうと、二人とも後悔している。このあたりも「世の人々の小賢しさ」話です。小君など源氏にすごく可愛がられていたのに情けない。

やがて老齢であった空蟬の夫が亡くなります。息子の河内守はしばらく父の遺言を守っていたのですが、好色にも空蟬に言い寄りました。まだ若い空蟬でしたが、それから逃れるために出家してしまいました。

そうなんですね。どうしても俗な世から逃れられない境遇の女に残された、ただ一つの逃げ道は、出家です。これによって空蟬は、河内守にも、源氏にも、誰にも手の届かない高みに逃れ得た。空蟬の名に恥じぬ思い切った選択で、彼女は生涯、源氏の大切な存在となりました。

何の取り柄もないと思われる末摘花も、中流階級の俗世間から逃れ得ぬ境遇の空蟬も、ここを先途と思いつめ、大逆転する瞬間がある。我らが主人公、源氏の君はその瞬間をまごうことなく捉え、読者にきっちりと手渡してくれる。まさしく秀れた媒介変数＝女たちの下僕そのものです。

第13回　『絵合《えあわせ》』あるいはジャンルの掟について

源氏と（もとの藤壺《ふじつぼ》）中宮との間の不義の子である冷泉帝《れいぜい》の御代となり、公の後見人である源氏にとっては、世は思うがままとなりつつあります。

亡くなった六条御息所《ろくじょうのみやすどころ》の御娘で伊勢の斎宮であった姫を、冷泉帝に迎える準備が進められます。源氏の腹違いの兄で、先の帝である朱雀院《すざく》がこの姫にご執心でありましたから、源氏はあまり表だって立ち回ることはしません。朱雀院は残念に思っていますが、姫には素晴らしい贈り物をします。ずっと想いを寄せていた姫をまだ幼い冷泉帝に取られ、権力を離れた身の寂しさを感じておられるだろうと、源氏はお気の毒に思います。

その朱雀院が帝の位にあったとき、母である女御とともに源氏を須磨に流したわけですから、こういうところがたいへん日本的です。対立が維持されず、なしくずしになってゆく。これも仏教思想を下敷きとしたポスト＝プレ・モダン性のあらわれでもある。

姫もまた、幼い冷泉帝の女御となるのは不満かもしれない、とまで気をまわしつつ、姫の母である六条御息所が生きていたら、さぞお喜びになったろう、とも思います。六条御息所を懐かしむ源氏の心に、生霊となって葵の上や夕顔《ゆうがお》を取り殺した女性だという影はもはやありません。六条御息所といえば、私たちにはそういう女性として固着的にインプットされていますが、源氏の心に沿って物語を追うと、そんなのは一時の気の迷いだったと読めるのです。生霊《いきりょう》という幻自体、源氏と葵の上それぞれの、六条御息所に対する罪悪感から生まれた共同幻想であると解釈できる。

そうならば、六条御息所の御娘である姫を世話することで源氏の罪の意識が薄れ、生霊の影も薄まるのは自然なことです。

源氏が惜しまれると思う六条御息所は、やはり素晴らしい方だった。「おほかたの世につけては」という言い方で、不幸な仲に終わったことが示唆されていますが、女性に対して「おほかたの世」にないものを求める源氏のあやにくな性格は、彼の事情に過ぎません。葵の上を疎んじたことについても同様で、そこまで考えれば源氏の女性に対する美意識に共感し、それに振り回されるのは馬鹿馬鹿しい。しかし男と女というのは、いや人と人というのは、いつだってそんなものなのでしょう。その諦念がやがて後半、物語を仏教思想の方へと導く。ここでそれを述べるのは勇み足というものですが。

幼い冷泉帝は、歳上の斎宮の女御が来られることに緊張されています。権中納言《ごんのちゅうなごん》（源氏の親友、昔の頭中将《とうのちゅうじょう》）の御娘、弘徽殿女御《こきでんのにょうご》（源氏の仇敵とは別人）とは歳が近いので、昼間のお遊びのときなどは、ついそちらに足が向かいます。

先に娘を入内させた権中納言ですが、斎宮の女御というライバルの出現に心穏やかではありません。斎宮の女御は、いまだに朱雀院が執着されるぐらいの方なのでしょうが、うっかり姿を見せることもない。源氏もその隙のなさに満足しつつ、見てみたいものだと願っているほどです。

この二人の女御が華やかに競い合われていて、紫の上の父、兵部卿宮《ひょうぶきょうのみや》は娘を入内させる機会を長く失っていました。

これについては、源氏が無意識（あるいは意識的）に意地悪というか、通せんぼしていた。逆境のときに紫の上を無視した父親が、彼女をいじめた継母の娘を入内させるなど、やはり厚かましい。なにしろ誰も知らないとはいえ、今の帝は源氏の子なのです。で、意地を押し通そうとすれば、自身の手中の珠である斎宮の姫が必要だった。したがって気の毒ながら朱雀院の気持ちに拘泥してはいられない、と。

ところで冷泉帝は絵をお好みで、すぐれて上手でいらっしゃいました。斎宮の女御もよく絵を描かれるので、冷泉帝のご寵愛がみるみる増したのです。権中納言は黙ってはおられず、名のある画家を幾人も抱えて、よい紙に立派な絵を描かせました。とりわけ物語を題材にして描いた絵は面白いと、帝にお目にかけます。ひどく大事に、また内緒にしていて、帝が斎宮の女御にも見せたいというのに、さっさと仕舞ってしまう。源氏はそれを聞き、権中納言の相変わらずの大人げなさを笑い、こちらにもよい絵はあるはずだからと、古いのや新しいのを取り出します。源氏自身が須磨《すま》・明石《あかし》で描いた旅日記のようなものを、紫の上に見せます。これは中宮（藤壺）にも、ぜひお目にかけねばならない。明石の家の辺りを描いたものを見れば、明石の君がどうしていることかと恋しく思われます。

世をあげて素晴らしい絵が集められます。古典的な由緒のある絵の多い梅壺（斎宮）女御側、現代ふうで華やかな絵を集めた弘徽殿女御側のそれぞれの作品について、帝の女房たちもあれこれと批評し合うのがブームになりました。

中宮（藤壺）も宮中においでになる頃で、皆が口々に言い合うのを面白く御覧になり、彼女たちを左右に分けて、ディベートを行わせます。ここからがこの巻の見どころです。

梅壺（斎宮）女御の側は左、弘徽殿女御の側は右で、『竹取物語』対『宇津保《うつほ》物語』のどちらが秀れているか、議論を戦わせます。最古の物語である『竹取』は、ここでは絵は巨勢相覧《こせのおうみ》、書は紀貫之のものが出されていて、表装はありふれたものでした。左方は、世の汚れにまみれることのないかぐや姫がどこまでも高く昇ってゆく、神代のことのような理想性を言い、浅はかな女たちには理解できまい、と述べます。

それに対して右方は、かぐや姫の昇る雲居は想像的なもので、誰も知りようはない。竹の中に生まれるような人間は上等ではなく、物語は家の中のことに限定されていて、非貴族的かつ卑近である、と反論します。かぐや姫に求婚する安倍多《あべのおおし》の大金をはたいて買った毛皮が燃えてしまったり、車持の皇子が蓬莱の玉の枝として贋物を持ってきたりするのが劣っている。

この議論が興味深いのは、『源氏物語』の作者が、「物語構造」というものをどう捉えているかがわかるからです。左右のどちらを勝たせたかが作者の価値観を伝える面もありますが、それよりは並べられた議論それぞれは「部分」であり、それら議論の全体が作者の「思想」を伝えていると捉えると間違いが少ない。なぜならば、もし作者が最初から一方に肩入れしているのなら、もう一方の意見を書くモチベーションが下がってしまうからです。作家というのはどんな場面も、できるだけ同じ愛情をもって愉しんで書きたいのです。作品というのは、情熱もなく書かれた単なる説明・補足的な場面が多ければ多いほど、弱くなってしまいます。

ここで論じられている『竹取』の構造は、下の通りです。太古の物語である『竹取』は、そのテーマにおいて抽象的で通俗性がなく、いわば「詩的」な高い理想を仰ぐものとして位置づけられています。しかし詩ではない、「物語」に最低限必要な具体性は備えられていて、それが雲居《くもい》の人であるかぐや姫を求めて得られぬ、俗世の男たちの七転八倒として

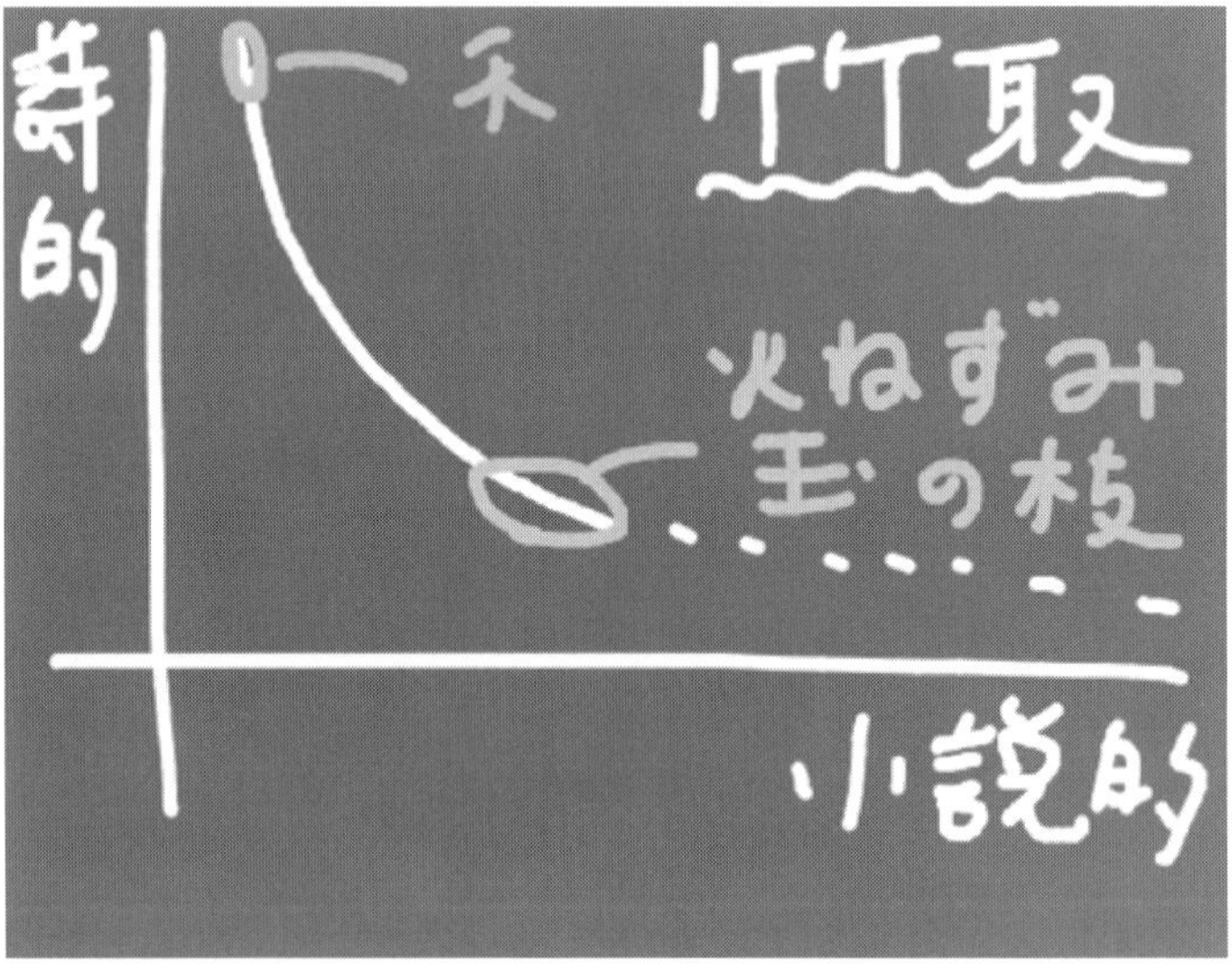

描写されている部分です。そこでは「火鼠」とか「玉の枝」とか、視覚的かつ具体的な「物」のイメージが与えられています。

さて、もう一方の『宇津保物語』の俊蔭《としかげ》は暴風雨に弄ばれて異国へ流され、しかし音楽の道を究めて、ついに日本にも外国にもめったにない音楽者として名を残した、という波瀾万丈のストーリーが秀れ、また絵も日本と唐土とが取り合わされていてたいへん面白い、と右方が主張します。絵は飛鳥部常則《あすかべのつねのり》、書は小野道風で、現代風でまばゆいほどに派手であり、左方は反論できません。

この物語のストーリー、何か見覚えがあるというか、引っかかりませんか。そう、なんとなくですが、『源氏物語』の『須磨・明石』を思い起こさせるものがあります。『宇津保』は日本最古の長編小説です。シェイクスピアの『テンペスト』ほどの構造的同一性はありませんが、しかし「暴風雨」、「(異国へ) 流される」、「音楽 (それも琴)」、「娘への期待、その娘が高い身分の男に娶られる」といった共通のタグに、つい反応してしまう。

シェイクスピアが『源氏物語』を知っていた可能性は少ないが、紫式部は『宇津保』を知っていることをここで明確に示している。『源氏物語』の冒頭は楊貴妃の物語を日本向けにローカライズしたものでしたし、『須磨・明石』の巻についてはこの『宇津保』がプレテクストとしてある、という作者からの挨拶でもあるでしょう。とすれば、プレテクストへの敬意として、まずは『宇津保』に軍配を上げさせなくてはならないですね。逆にいえば、このディベートでの勝敗は作者からの挨拶にすぎないので、大切なのはもちろん、ここでも明らかにされている物語構造への意識です。

私が通常、自身の思考においてテキスト曲線を多用するのは、このように詩と小説のジャンル性を問う場合です。太古の物語は説話的で抽象的、つきつめれば詩的であり、現代的な小説になるにつれてモダン、すなわち俗な世の具体構造に近づいてゆきます。さらにそこを突き抜けると、ポスト・モダン的なエクリチュールと化してゆく。

縦軸は垂直的な「詩的テクスト」、「時間軸」、「視覚性」を示し、究極の制度としての一神教的な「神的なるもの」、それを最高峰としての「山」のメタファーで捉えます。対して横軸は水平的な「小説的エクリチュール」、「空間軸」、「聴覚性」、大乗仏教的な「循環的なるもの」、そのメタファーとしての

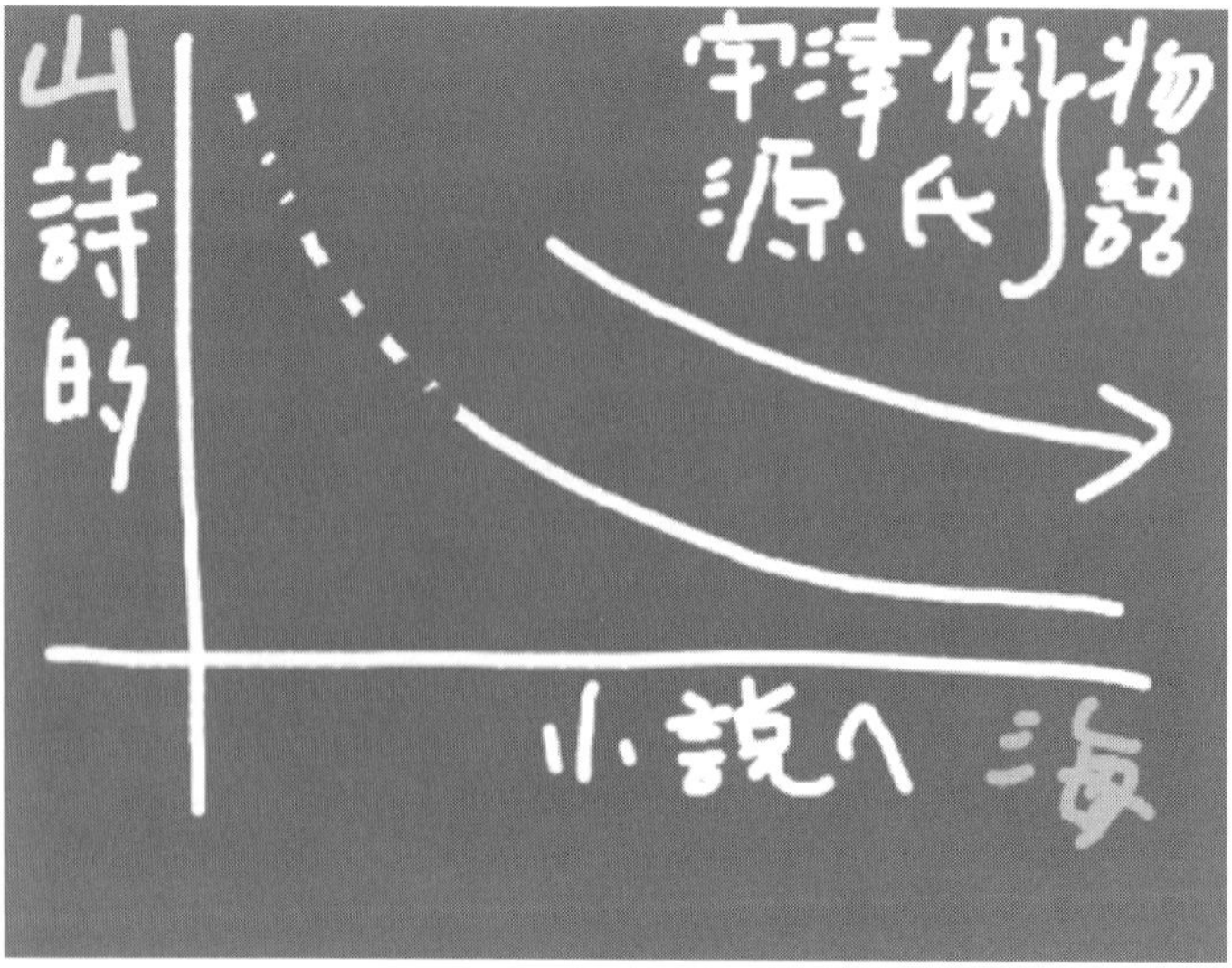

「海」として捉えられるのは、これまでも見てきましたね。太古的な物語はたぶんに詩的に見え、だんだんと時代が下るにつれて、文字通りこの曲線を下り、現実的な物語＝小説に変化してゆく。

なお、右方の女房たちが『宇津保』は日本と唐土の二つの場所の描写を揃えていて面白いと言うのはわりと重要なことで、「場所」の移動によって変化を付けるのは、小説が本来「空間的なもの」というジャンルの本質に関わるテクニックです。小説における時間の流れは穏やかで常識的、詩における時間軸のような飛躍は少ない。一方で「時間軸的なもの」である詩においては、一連の詩篇が展開される土地・場所がむしろ限定された方がまとまって見える。詩集のタイトルとして『イタリア詩篇』とか、『田端事情』とか、収まりがいい。『竹取』が詩的だというのは、女房たちが言うように空間的広がりがないこともひとつです。

『源氏物語』そのものが理想から現実へという流れを辿るのでしたね。つまり全五十四帖の歩みにおいて、太古的な『竹取』という詩的・説話的なものから現実的な『宇津保』という長編小説的なものへと進んでゆく。これが『宇津保』に軍配が上がる、もう一つの理由でしょうか。

引き続き『伊勢物語』と、『正三位《しょうさんみ》』という今は散逸した物語とが比較されます。『正三位』はその頃に近い時代を舞台に、兵衛《ひょうえ》の大君という姫が入内を望んで果たすまでの物語だったらしく、右方がこれを推します。左方が推す『伊勢』は男の一代記で、さまざまな愛や人間関係の形が描かれたものですね。当時としても古い物語だし、宮中のような高い場所へ昇りつめることがない、

と指摘された左方は、

いせの海の深き心をたどらずて
ふりにしあとと浪《なみ》や消《け》つべき
（伊勢物語の深い心をたどらず、古いものだと捨ててしまうべきではない）

と、ぶつぶつ言いますが、

雲の上に思ひのぼれる心には
千尋《ちひろ》のそこもはるかにぞ見る
（雲居に昇る正三位から見れば、伊勢物語の千尋の海もはるか低いものです）

と、押され気味です。しかしながら中宮（藤壺）の鶴の一声で、『伊勢』の勝ちとなります。

みるめこそうらふりぬらめ年へにし
いせをの海人《あま》の名をや沈めん

（古びて見えるからと言って、名高い『伊勢』を沈めてしまってよいものか）

場面としてたとえ高貴な「中央」が描かれていなくとも、物語の「古格」が自ずからそれを雲居に匹敵するところへと引き上げることがあるわけです。

現在、散逸しているから言うわけではありませんが、おそらく『正三位』は、皇室の記事を載せる女性週刊誌的で、華やかさと刺激に富んだ物語ではあっても、ごく通俗で文学的価値はあまり高くはなかったのではあるまいか。ただ当時としては評判の物語であり、それを喜ぶ女たちの口から『正三位』の長所を述べさせたわけですが、中宮の問答無用の最終判断については、そのまま作者の考えを示したものでしょう。ようするに『伊勢』と比べたら、とうていお話にならなかったわけです。

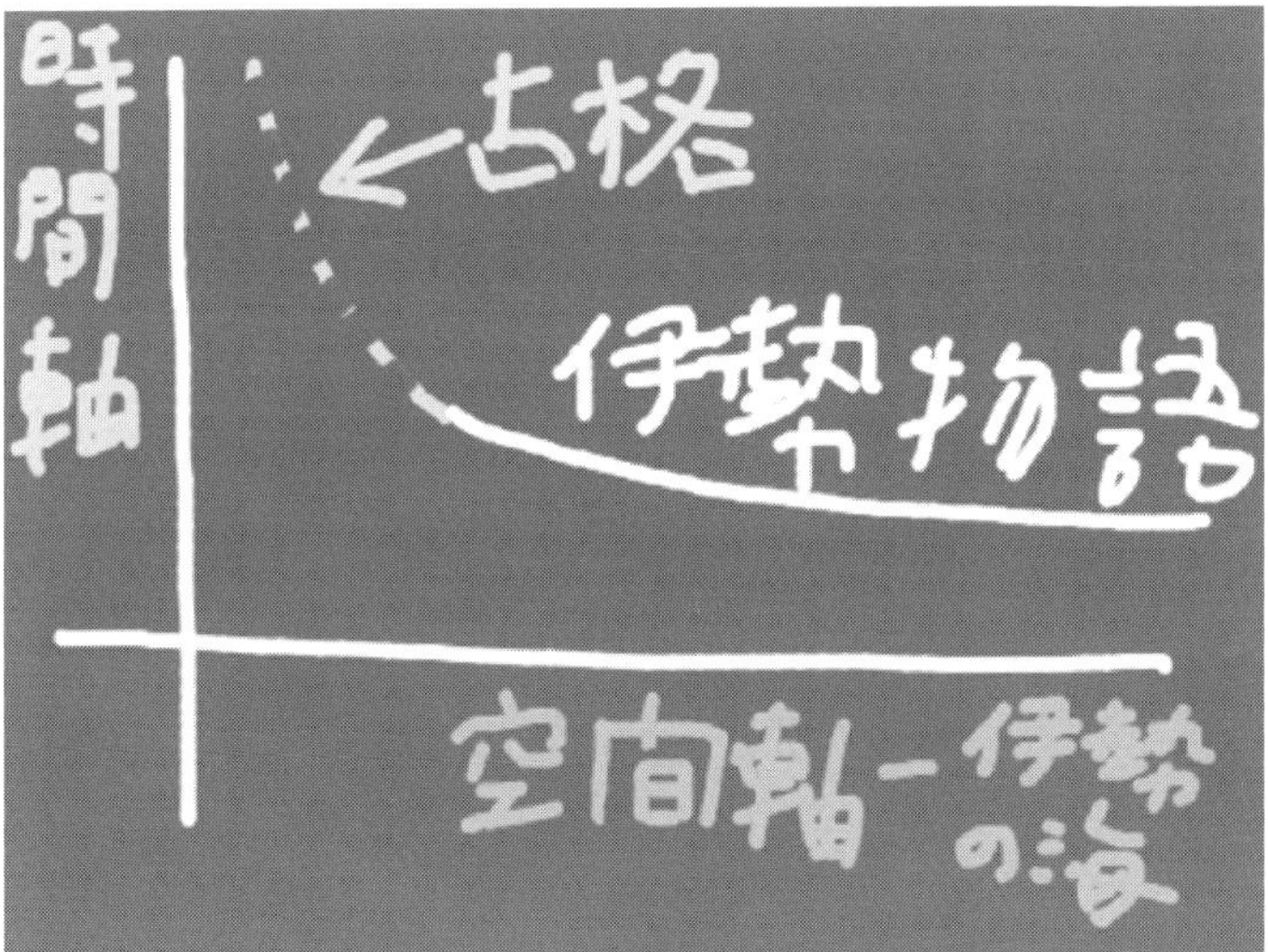

ちなみに『伊勢物語』の「伊勢」とは、伊勢の斎宮と通じるという最大の禁忌を犯す物語から採られたと言われています。こちらも古いながらスキャンダラスなテキストではあるわけですね。この『伊勢』を推す左方が、伊勢の斎宮であった梅壺女御の女房たちであったことを思うと、それも面白い。また『伊勢』の構造は、『源氏物語』にも通じる。

こういうのを「物語批判」とよびます。物語の中で物語が論じられるという構造で、ポスト・モダン的であるとか、現代文学的であるとか言われます。けれども一番重要なことは、それによって物語という「ジャンルの掟」が姿を現してくる、ということです。ジャンルとは、自らが何ものであるか、どんな掟によって成立しているのか、常に自身に問い続けるものであり、その問いそのものがジャンルを成立させている、といえます。

特に純文学とか前衛とかいうものは、そういった問いを含んでいるがゆえに純文学であり、前衛である。作品存在そのものが、ジャンルの輪郭を曖昧にさせたり、境界線を引き直させたりという、「ジャンルのアイデンティティの危機」を呼び覚ますことで、そのジャンルの掟、すなわち自己定義が先鋭化するわけです。すでに成立しているジャンルにどっぷりと浸かり、その中で人気を博することだけを考えていればよいのは後衛であり、エンタテイメントとよばれます。

『源氏物語』は当時、大人気のエンタテイメントではあったのですが、音楽や絵画などあらゆる芸術への議論のみならず、この『絵合《えあわせ》』、また後の『螢《ほたる》』の巻でも、自己言及である物語批判に挑んでいます。それがちょっと目眩がするような、不思議な感覚をも呼び起こすことは、作者も意識して楽しんでいたでしょう。

この自己言及については、以前にポスト・モダンの基本概念のところで、人が自身のことに言及したときに陥るパラドクス、そこから狂気、そして「アイデンティティすなわち根底の不在」という概念を説明しました。少し難しかったかもしれませんが、今回は物語の自己言及なので、わかりやすい例が挙げられます。（人権も持たない）物語の登場人物たちが、（生意気にも）物語そのものについてあれこれ言い出す。まるで自分たちが閉じ込められた物語の枠をはみ出て、こっちの現実世界に飛び出して来ようとしているかのようです。「とびだす絵本」って昔、ありましたよね。その感覚を意識的に作品化したものは、映画によく見られます。映画は感覚的な映像であると同時に、演劇と違い、テキストのように自在に編集できますからね。

『カイロの紫のバラ』（一九八五年、アメリカ　ウッディ・アレン監督）は、『カイロの紫のバラ』という映画を観ている主婦の話です。乱暴な亭主との貧しい暮らしで、彼女は唯一の息抜きとして映画館に通い、同じ映画を繰り返し見ています。すると突然、映画の中の探検隊の格好をした登場人物が「昨日も来ていたね」と彼女を指さし、スクリーンから飛び出してきます。主婦と彼との恋物語はしかし、その役を演じた俳優の登場で幕を閉じます。画面には登場人物と俳優の一人二役が同時に映るわけです。俳優は、作品の登場人物が抜けて困った映画会社の差し金でやってきた。「一緒にハリウッドへ行こう」と主婦を誘います。幻影にすぎない登場人物は、結局のところは現実の存在に敵わない、そう考えた主婦は、探検隊の格好をした登場人物の彼に別れを告げます。

　登場人物は所詮、フィルムの上の表層的な存在ですから、言われた言葉をそのまま受け取るしかなく、悲しそうに映画の中へ戻ります。しかし現実の人間は嘘をつくもので、俳優は一人で逃げ帰ってしまいます。主婦は映画を慰めとする、いつもの日常生活に戻ってゆく。

　この映画の話をしたとき、ある学生が「そ、それで主婦が観ていた『カイロの紫のバラ』っていうのは、どんな映画だったんですか」と、訊ねたのが面白かった。大時代で滑稽な格好の探検隊がホテルに

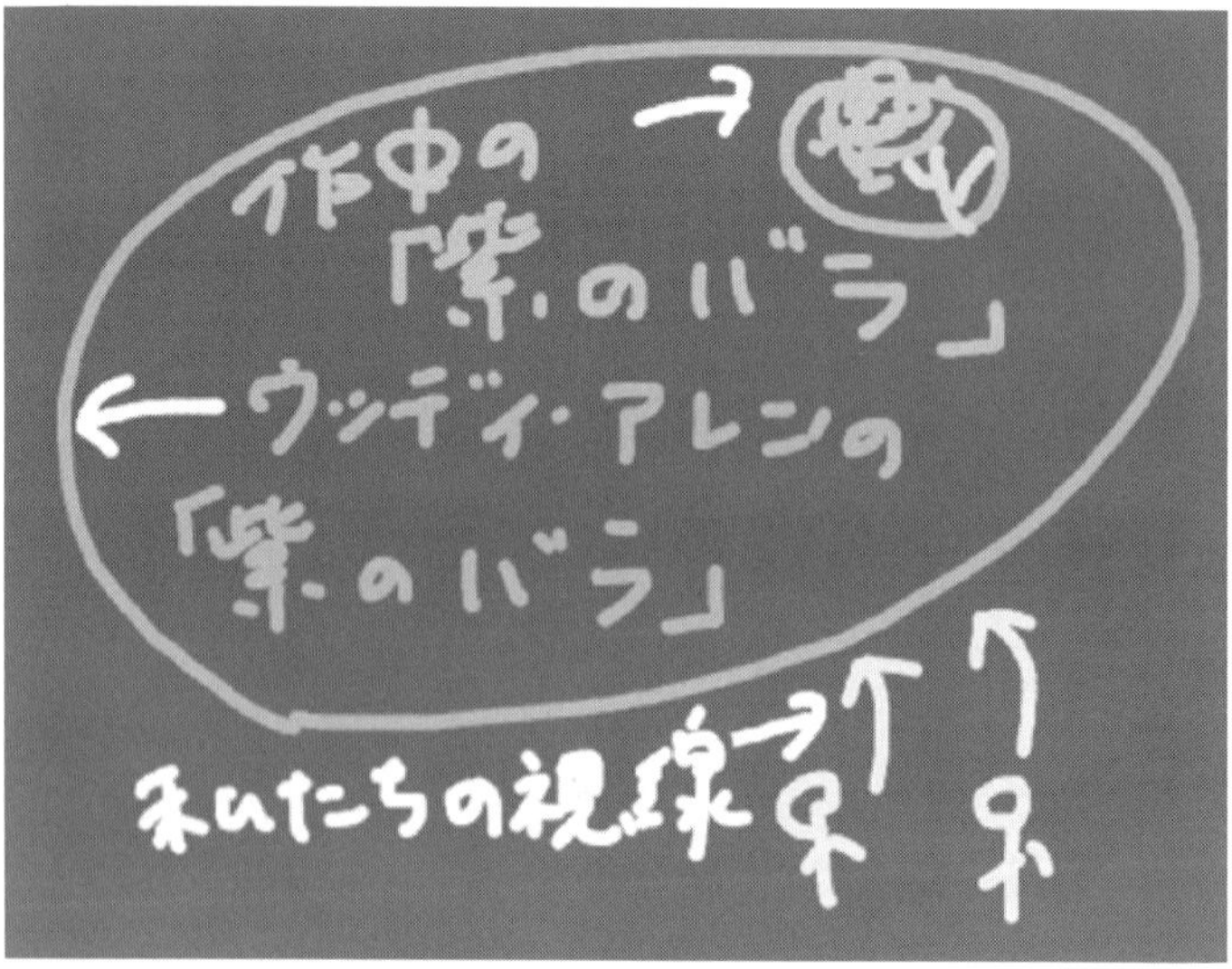

詰めていたり、紳士淑女もいたりするシーンがあるのみで、どういう映画なのかよくわからない。私たちが観られる劇中の『カイロの紫のバラ』とは、このウッデイ・アレン監督の『カイロの紫のバラ』という「外側の殻」でしかないのです。

さて源氏もやってきて、女房たちのディベートに興味を惹かれ、どうせなら帝の前で決着をつけよう、と言い出します。梅壺（斎宮）女御方である源氏は、新たに描かせることは意味がないと、持っている絵だけで勝負しようとします。一方で、弘徽殿女御の父である権中納言は内々でたくさん新画を描かせています。ですので朱雀院は、梅壺女御に数々の絵を贈ってくださいます。それらの絵は宮中行事を描いたもので、物語絵と違ってストーリーからくる雰囲気に助けられることもない、屹立した「制度の頂点からの視線」としての絵です。

朱雀院から梅壺女御に贈られた絵の中には、かつて女御が斎宮として伊勢に下ったとき、すなわち今の朱雀院に見初められたときの絵が含まれていました。写真のように過去のある瞬間が切り取られているわけですが、その恋の瞬間を今、院と女御が眺めているという、ここでも内と外の入れ子構造になっています。

ストーリーの醸し出す雰囲気のない、物語から隔絶した絵について、物語の中で面白く論じるのは難しいですね。『絵合』の巻では、各絵を収めてある箱やお付きの童の様子について、「左は紫檀《したん》の箱に蘇芳《すおう》の華足《けそく》、敷物には紫地の唐《から》の錦《にしき》、打敷《うちしき》は葡萄染《えびぞめ》の唐の綺《あや》」「童《わらわ》が六人、赤色の上衣に桜重ねの汗衫《かざみ》、衵《あこめ》は紅《くれない》に藤重ねの織物」「右は沈《じん》の箱に浅香《せんこう》の下机《したづくえ》、打敷は青地の高麗《こま》の錦、机の脚に華足の心持で組糸《くみいと》を絡《から》んだ趣向など、たいそう花やかです。童は青色の上衣に柳の汗衫、山吹重ねの衵」と、視覚的かつ写実的に描写し、絵そのものについては素晴らしい、立派と、想像力に訴える。

ところで一方の弘徽殿女御ですが、その母親は、朱雀院の母である大后の妹に当たります。昔、弘徽殿女御とよばれていた激しい気性の弘徽殿大后は、つまり今の弘徽殿女御の伯母です。弘徽殿というのは、常に源氏にとっては敵方となる名前のようで。まあ朱雀院としては、母の姪である弘徽殿女御側にも、絵を贈るなどしなくてはならなかったようで、

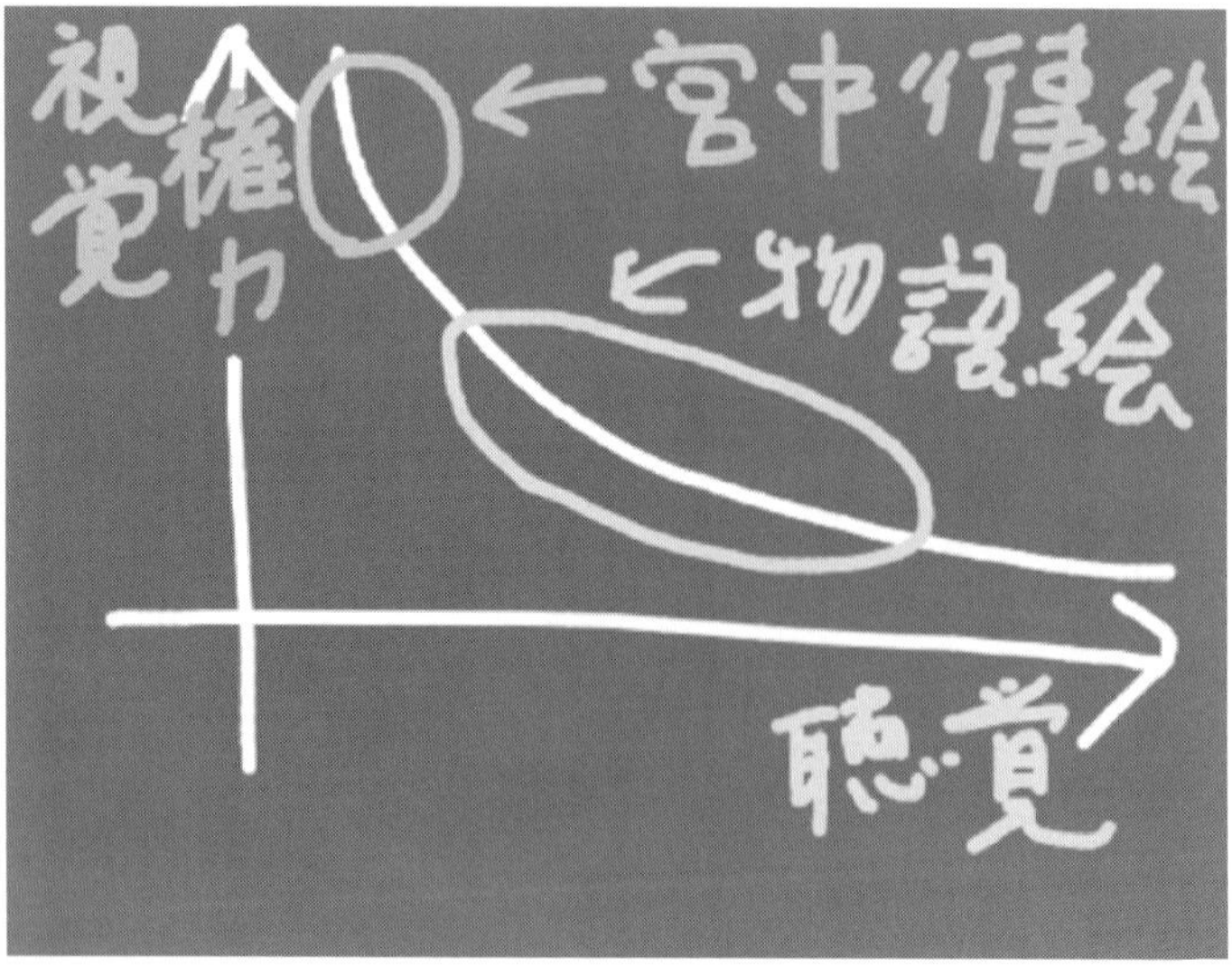

いろいろたいへんですね。きっちり対立したままでいれば、まだいいのですが、いつの間にかくるっと巡って輪になってしまう。

こういう事態になるのも、左大臣家の息子である頭中将（今の権中納言）の正室に、右大臣家の四の君を入れたからなわけで、つまり左右の対立を解消しようという政治的意図、そしてその左大臣家の婿殿を右大臣家で大切にするという日本的美学が前提としてあるわけです。しかしそうすると、あの夕顔を追い出した頭中将の正室というのは、この右大臣家の四の君ということですか。お姉さんに似た激しい性格ということで、矛盾なく作られていますね、あらためて。

さて絵合はなかなか決着がつかないのですが、最後に源氏が須磨・明石で描いた絵を出して、左方が勝利します。絵の素晴らしさに加えて、そこに散らされた草書と仮名交じりの日記などから、その状況を思い起こし、皆が涙せざるを得ない。つまりここでは『源氏物語』の登場人物たちが、物語前半の源氏の危機、すなわちクライマックスを振り返り、感慨にふける、ということです。この勝利は、政治的にはすなわち光源氏の世であることの証しでもあります。源氏は須磨・明石の日記絵を中宮に差し上げます。

判者を務めた弟の帥宮《そちのみや》と稽古事についての談義をしますが、「筆を用いることと碁《ご》を打つことのみは、不思議に天分のほどが現れる」というのはその通りですね。トレーニングしても、どうしようもない。これらは現代の脳科学でいわゆる「右脳」の働きとされているもので、構図とか立体構造を一瞬にして捉える能力が生まれつきであることを指しています。「空間図形把握能力」とよばれる知性の一種で、デザインや写真、建築の仕事に欠かせないのはもちろん、ここで挙げられている碁打ち、それにサッカー選手やパイロットなども、状況変化を瞬時に空間的なマップに置き換える能力を要求されます。そういえば知人の息子さんが世界児童画コンクールで何度も特選になっていますが、お父さんはＪＡＬのパイロットです。ついでに自慢すると、私も中学生のときのＥＱテストでは、千人に一人か二人の空間図形把握能力があったはずなんですが。パイロットにもサッカー選手にもならず、こんなところでテキスト曲線ばっかり描いてるのは…。

ともあれ『源氏物語』はきわめて構造的で、また長大でありながら、先の先まで見通された囲碁のように様々な細部が符合してゆく。作者自身に空間的な図形把握能力が備わり、しかもそれについて自覚的であったと思われます。現代的な知識とされていることが、『源氏物語』の中でとっくの昔から把握されているのに驚くのは、これが初めてではありませんね。

こうして娘の弘徽殿女御が、万事において源氏をバックとする梅壺（斎宮）女御に気圧されるので、権中納言は悔しがり、不安もおぼえます。しかし人は興隆を極めるとき、その先を思うものなのでしょう。源氏は世を無常なものとして出家を考え、嵯峨野に御堂を建立します。子らのこともあり、まだ、なかなかそうはいきませんけれど。

第14回　『松風《まつかぜ》』と『薄雲《うすぐも》』あるいは麗しき母系支配

二条東院《にじょうひがしのいん》が完成し、花散里《はなちるさと》を西の対にお迎えします。北の対は大部屋を仕切った形にして、源氏を頼りにされている方々を集めようということです。東の対に明石の御方をと考えておられますが、やはり気後れされて、なかなか来ようとされません。かといって生まれた姫を田舎に埋もれさせるわけにもいかず、入道夫人の祖父である親王が京都の嵯峨の大井に所有していた別荘を修理させ、そこへ移ることになりました。源氏は聡明なやり方だと感心し、さっそく惟光《これみつ》をやって仕度を手配してあげます。源氏はちょうど大覚寺の近くに御堂を建てているところでした。

明石の御方と幼い姫、母の尼君は、父の入道一人を明石に残して舟でひっそりと上洛されました。風情のある大井の山荘でしたが、松風の吹きすさぶ中、明石の御方は源氏からいただいた琴を掻き鳴らしながら、悲しい気持ちでおられます。源氏は紫の上の機嫌を窺いつつ、人を迎えたことを告げます。建築中の御堂にかこつけて山荘を訪ね、初めて我が子を見ることができました。左大臣家の、亡くなった葵の上が生んだ長男を誉める人はいるが、それは権勢に目が眩んだお世辞であり、これこそ真に美しい子だと思います。すでにして娘に甘い父親の姿です。

明石の御方の母・尼君と、別荘の持ち主であった親王の話などします。遣水の音が高らかに、それに相づちでも打つようです。自分たちの身分を卑下して、姫君の行く末を案じる尼君ですが、もとは血筋よく上品であることが思い出されましょう。実際、人というものは環境や付き合う相手によって変わってくる、というか、本来の資質が露わとなる。明石の御方ときたら今を盛りに、内親王にも劣らないような気品のある麗しい様子です。源氏の家来が、それを見て驚異を感じます。明石では、自分も言い寄ろうかと思った女だったのに、なんというところまで昇りつめたものか、と。このような格差において置いてきぼりになれば、諦めてきっぱり去るしかありません。

源氏は、姫君の将来のため、紫の上の養女とすることを考えています。子供好きの紫の上は、それを聞くと機嫌を直します。子供と引き離される明石の御方は煩悶しますが、母の尼君の勧めに従い、ある雪の日、乳母とともに姫君を手放します。子を奪い、あとは捨て去ったと思われるまいと、源氏は山荘を訪ねます。紫の上もかわいい者を得られたと、もはや明石の御方を恨みに思わないのです。美しい姫君を紫の上が慈しむ姿はすばらしく、同じことなら、なぜこの方の本当のお子にお生まれにならなかったか、と女房たちは惜しみます。

さて、もう一つの母子の話です。

その頃、太政大臣が亡くなられます。もとの左大臣、源氏の舅であった方ですね。日月星に不吉な前兆が多く現れた年で、藤壺《ふじつぼ》入道の宮も病いに倒れます。冷泉《れいぜい》帝の後見のことを源氏と語らううちにも、灯火が消えるように亡くなってしまいます。人目をはばかりながら、念誦堂《ねんじゅどう》で源氏は終日泣き暮らします。

藤壺入道の宮が亡くなった後、宮の母の代からの祈祷の僧都が、言わないでいることは罪深いことであるからと、冷泉帝にその出生の秘密を明かします。冷泉帝は煩悶され、父である源氏が自らの臣下となっていることがあるまじきと思して、源氏への尊敬を口実に譲位を考えられます。しかし源氏は受け入れません。

冷泉帝に秘密を奏上したのは、誰だろうか。源氏は藤壺入道の宮の女房であった王命婦《おうみょうぶ》に訊ねますが、決して漏らしはしないとの返事です。藤壺入道の宮がそれをどれほど怖れ、一方では隠すことで帝が神仏の怒りに触れないかとまで悩んでおられたと知り、あらためて恋しく思う源氏ではありました。

この『松風』と『薄雲』の巻では、二つの母―子の関係が消失したり、組み替えられたりします。また、一つの父―子の関係が転換されもします。

まずは明石の御方が姫君を手放し、紫の上が得る。明石の御方は、無意識の力や神仏の意志があって『須磨《すま》・明石《あかし》』で見い出され、父・入道の宿願を果たしましたが、ここで本質的には役割を終えました。姫を取りあげた後でも源氏は明石の御方のもとへ通いますが、それは源氏という男の心に過ぎず、結局は身分を越えられない悲しみのエピソードに過ぎません。物語の構造としては、神意をもってヒエラルキーの上位に向かって昇りつめてゆく役割は、この先、幼い明石の姫君に託された。

紫の上が姫を抱くのを見て、本当の母子であれば、と惜しまれるという描写がありますね。しかし本当の母子であったら、どうなったでしょう。まず可愛らしい紫の上が母親になる、というのはぞっとしません。紫の上は最後まで、幼女の面影を残していてもらわなくてはならない。まごとのように赤ちゃんを抱っこして喜んでいてもらいたいですね。そしてもし本当に身分に瑕疵のない、出世して当たり前のめでたい子に恵まれたとしたら、そう、物語にならない。

語るに値するのは、男女であれば三角関係であり、親子であれば生さぬ仲であり、それがゆえに生じる愛憎や立場のずれです。その典型で始まるのが、生母に似ているという継母に恋をして父親との三角関係に陥るという、エディプスそのものである『源氏物語』でした。

ですから、この二つ目の母―子の物語において、藤壺入道の宮が亡くなることで母を失うのは冷泉帝だけではなく、源氏もまたそうなのです。源氏は恋人を失ったわけですが、同時に母の面影も失いました。この段階で、語るに値する源氏のラブ・アフェアはすべて終了する。

この先も、源氏は女性の魅力を見い出したり、言い寄ったりはします。が、それらはどこか滑稽で美しくは映りません。読者の同情や共感を得て、言い寄られた女性がうっとりするようなものではなくなる。それは単に源氏が歳をとったせいではありません。源氏は藤壺を失ったことで、女性に恋することとの最終目的を失ったのです。

冷泉帝は母を失うと同時に、父の転換も経験します。父であった故院が祖父に、源氏が父となる。

が、冷泉帝が悩むのは皇位継承における血筋の乱れであり、父を臣下に持つという倫理的問題です。幸いにも父にも皇位継承の資格があり、ならば前後はしたものの、これからでも父・源氏を帝位につける方途を模索しますが、それは社会的な筋論でしかありません。

『源氏物語』において重要なもの、すべてのリビドーを生み出すと考えられているものは、母―子の関係であり、父―子の関係は付け足りに過ぎません。『須磨・明石』の父親・入道の役割は、あくまで娘を源氏に娶せるためのもので、それが済めば明石に打ち捨てられます。彼らは明石の姫君という次代の女性を生み出すための存在であった。姫君はいずれ国母となってヒエラルキーの頂点へと昇りつめる。

しかしシェイクスピアの『テンペスト』では、父・プロスペローが主人公です。娘も、また娘と結婚する王子も、復讐の一環として大団円をもたらす道具です。つまりは復讐の神と化した父―子の関係が絶対的に重要です。物語構造が酷似していても、子を生む母性と子を使う父性へのウェイトの置き方が違う。これは仏教思想とキリスト教思想の差異がそのまま現れているといえるでしょう。

さて斎宮の女御は、源氏のすばらしい後見で、冷泉帝のご寵愛を得ておいでになりました。このたび二条院に里帰りされ、源氏は実の親のようにお世話申し上げます。このところ亡くなる方が多いので、源氏は公の謹慎にかこつけて、ずっと鈍色の直衣《のうし》で精進を続けています。折しも秋の雨が降り、濡れた庭の草木にさまざまなことを思い出し、涙ぐんだ源氏は斎宮の女御のところに向かいます。

このとき、源氏は何を思い出していたのでしょうか。斎宮の女御に語ったところでは、女御の母の六条御息所《ろくじょうのみやすどころ》のことということになりますが、公の謹慎にかこつけた精進とは、藤壺入道の宮の喪に服す気持ちを隠していることを指しますから、それがここに書かれているということは、あらためて藤壺のことを思い出している、ということでしょう。

源氏が斎宮の女御に言いかけることは、少しばかり常軌を逸し、たがが外れています。帝のものである斎宮の女御に対して、言い寄る真似をします。女御は驚き、たいへん嫌がります。源氏の姿はいまだ優美なままですが、少しずつ理想のプリンスの像からはかけ離れてゆく。それもこれも藤壺の死が大きな引き金となっている。

源氏は公に秘密とはいえ、自身の実の息子の妻である斎宮の女御に言い寄ろうとしたのです。それは自身の父の女御であった藤壺と関係したことと正対称を成します。斎宮の女御が呆れたのは、親代わりと思っていた源氏の豹変ですが、その自暴自棄の態度が女御には理不尽なもの、正気の沙汰でないように伝わったのではないか。

源氏はごく冷静に、六条御息所の娘であるあなたをお世話できることが、せめてもの罪滅ぼしではある、などと筋の通ったことを言います。もし表向きの体裁の通り、六条御息所をしのんで斎宮の女御のところへ向かったということなら、その女御に言い寄る真似はできないはずです。なにせ斎宮の女御に手を出すな、というのが六条御息所の遺言だったのですから。

ここでふと、カミュの『異邦人』のことを思い出しました。主人公ムルソーは、母が死んだという報せを受け取りますが、涙も見せません。たまたま出会った女と情事にふけるなど、まるで普段通りに暮らします。そして特に理由もなくアラブ人を射殺します。裁判で、その動機を「太陽がまぶしかったから」と述べ、死刑を宣告されます。

この作品、学生時代の読書会で取りあげられ、まあ、殺人の理由を皆であれこれ言い合っていたんですね。そのとき横合いから、ムロヤさんという先輩が、「悲しかったんじゃないの。ムルソーはお母さんが死んで、悲しかったんじゃないの」と口を挟みました。

ムロヤさんは、変なタイミングで女の子に言い寄ったり、人の嫌がることや、皆は自分の才能を妬んでいるのだ、などとバカなことを言ったりするので、あまり相手にされておらず、そのときも完全無視でありました。しかし後年、私はこのときのムロヤさんの読解が正しいのでは、と思うようになりました。

悲しみの表現は人それぞれであっても、不思議ではない。ムルソーとかムロヤさんのような変人はもとより、たとえ源氏のようなまっとうであるべき人であっても、自身の気持ちが表現できない抑圧された状態においては、思わぬ現れ方をすることもある。斎宮の女御に対する唐突で不遜な言動は、藤壺入道の宮の死に対する、源氏の抑圧された悲しみの表れだと思われます。

源氏の男としての魅力は、次の巻の『槿《あさがお》』で相対化され、その次の『乙女《おとめ》』では次代のストーリーが本格的に展開します。光源氏のラブ・アフェア一代記は、ここでほぼ終わりを告げるわけです。『源氏物語』は代替わりしながら、さまざまな側面から男女の織りなす心理と社会とを描き尽くそうとする長大な作品です。この講義では現代に通じる、そのスリリングな読解を試みていますが、では現代作品は、『源氏物語』から何を得たのか。

再び谷崎潤一郎、その作品のうち最も『源氏物語』を思わせるものを見てゆきましょう。『細雪《ささめゆき》』には四人の美しい姉妹が登場します。美人女優さんの使いでがある作品ですから、何度も映画化や舞台化され、有名な代表作となっています。私が見たのは市川崑監督、岸恵子、佐久間良子、吉永小百合に古手川祐子が出演していたものでした。『源氏物語』はさまざまな女性の魅力を伝えることがテーマの一つです。その現代版とも言うべき『細雪』では、それがこの四人の姉妹に凝縮されている。現代的になる、というのは、コンパクトになるということなんですね。

姉妹の長女が継いだのは、大阪の廻船問屋。大阪の上流階級の当時の気風、船場言葉（大阪弁）をベースに、四人姉妹がそれぞれの特質と魅力を発揮する。三女・雪子の見合いから始まり、それがまとまるまでの間のさまざまな出来事が描かれます。

これはある意味で、『源氏物語』のネガとなっている。理想の女性を追い求めていた源氏に対して、雪子が見合いを繰り返して結婚する男性を求める。三十路を越えてしまった雪子ですが、美しく（先の映画では吉永小百合）、ただ条件が気むずかしいのです。もっとも雪子は理想のプリンスを求めていたのではなく、最後に決まった相手に対してもその限界を最初から見切っているようなことを口にします。ここでは女性たちは男性に縋ったり惚れ込んだりすることなく、自身に自足しています。谷崎の世界では、男が女に振り回されることはあっても、その逆はない。

似た構造の作品に『台所太平記』があります。七十歳を過ぎた老作家が、今まで家で雇ってきていた女中たちのことを思い返し、一人ずつについて書いてゆく。雰囲気は違いますが、これも大勢の女たちの個性を描くという意味では、『源氏』的な構造を持っていますね。『細雪』と違い、構造の中心に男＝老作家がいる、という点でさらに『源氏物語』的です。姫でなく女中ですから、滑稽なことがあったり、奇癖があったりもするわけですが、そこを家族の一員のように見守る。

今は女中という言葉を使うのもはばかられますが、昔の中流以上の家庭にはいるのが当たり前で、しかしそれをこき使って搾取していた、というと少し違う。もちろん子守にも炊事にも万事に手がかかる時代ですから、人手はなければ大変なのです。が、彼女たちにとっても嫁に行くまでの口減らしとしてだけでなく、行儀見習いの場でもあった。支配とか雇用とか、近代的な一方的関係としてのみ捉えるべきものではない。そこは男と女の関係と同様ですね。

　そういえば子供の頃に読んだリンドグレーンの『長靴下のピッピ』にも、ピッピの友人のお母さんがホームパーティを開き、集まった奥様方と女中についての愚痴をこぼしあう、という光景が描かれていました。山出しの娘を仕込むのも一苦労ですから、よるとさわると従業員の悪口になるというのは、人を使っている家では今もよくあります。

「あの子は決して悪い子ではないのよ」などと奥様は言いつつ、料理の本を見ながら初めて豚の丸焼きを作った女中が、「口にリンゴを一切れくわえさせて供する」と本に書かれていたので、テーブルに運んでくるときに自分の口にリンゴをくわえていた、という話がおかしくてたまりませんでした。実話でしょうね、たぶん。

　洋の東西を問わず、今では問題視されるような身分差があり、家庭にも使用人がいたことが、人間関係に宮廷のような奥行きと多彩さを与え、それを描く文学を豊かにしていました。そのような文学的豊かさと「階級」の存在の社会的な善し悪しはまったく別物だ、ということを、ここでまた繰り返しておきましょう。

　もう一つ、谷崎作品ではキーワードとして「盲目」が挙げられるものがあります。山口百恵と三浦友和で映画化された『春琴抄』。盲目の女主人に仕える奉公人の男が、彼女の美貌が傷つけられるや、もとの姿を脳裏に焼き付けるために自らの目を潰してしまう物語です。

貴女に対する男の盲目的な忠誠というのは、なぜこれほど美しいのでしょう。ただし貴女とよばれるべき女にかぎる、その美的な構造を満たすには性差だけでなく、身分差も必要なのです。しかしこの男女が逆だと不愉快で、病的な支配性を嗅ぎつけてしまいます。おそらく原初的な母系に基づいた自然感覚で、キリスト教社会ですらそういった美的価値観は見られる。

『盲目物語』は、谷崎の美意識がさらに結集された傑作です。織田信長の妹、お市の方とその娘の姫君らの運命を盲目の法師が語ります。勝家とともに死を選んだお市の方は、法師に三人の姫を託しました。法師は決死の覚悟で、燃えさかる城から姫たちを連れ出したのでした。

平仮名がちの流麗な文体は、もちろん古語としての『源氏物語』を想起させるものです。面白いのは、三味線での音を譜面にしたものが暗号として使われた、というくだりです。三味線の絵と暗号の表も、ミステリー小説ばりに挿入されています。

『春琴抄』の女主人、春琴も美しい三味線の師匠であり、ここでも音楽がポイントになることに注目してください。盲目であるから、結果的に「音」が重要になるのか。いやむしろ『須磨・明石』で見たような海＝無意識的なエクリチュール・フェミニンと聴覚との結びつきこそが盲目という設えをよび込む。

『源氏物語』を現代ふうに解釈、凝縮しつつ、そのエッセンスをまったく傷つけない。それこそが谷崎文学を日本の美意識そのものとして捉えられる所以です。

第15回 『槿《あさがお》』から『乙女《おとめ》』世代交代の二重構造について

第二十、二十一帖
『槿』『乙女』

さて。藤壺《ふじつぼ》が亡くなり、源氏のラブ・アフェアは本質的に終わりを告げたと前回お話しましたね。『槿《あさがお》』の巻でそれを確認します。

槿とよばれる斎院の姫は、父の式部卿宮《しきぶきょうのみや》が亡くなった喪に服すため、職を辞します。つまり斎院でなくなったわけです。どうしてもなびかなかったこの姫に、源氏の執着は再燃します。姫が戻られた桃園宮《ももぞののみや》邸には、亡父の桐壺《きりつぼ》院の妹、つまり源氏の叔母である女五宮《おんなごのみや》がおられるので、それを口実に足を運びます。すっかり年寄りめいた女五宮は源氏の来訪をことのほか喜び、元斎院の姫と源氏が結ばれることを願うふうです。しかし元斎院の姫は、斎院であった頃よりもむしろ頑なに相手にしません。

不満なままに帰った源氏は眠れず、早朝に咲いた槿に歌を添えて姫に贈ります。何もなかったのに後朝の文、というのも洒落ていますね。この元斎院の姫が「槿」とよばれる由縁となりました。

見し折の露わすられぬあさがほの
　はなのさかりは過ぎやしぬらん

年ごろの積もりも、あはれとばかりは、さりとも、思し知るらむやとなむ、かつはと、品のよい書きようですので、返事をなさいます。

秋はてて霧のまがきにむすぼほれ
あるかなきかにうつるあさがほ

この槿、すなわち元斎院の姫は御身分が高く、もし源氏と結ばれれば正妻の扱いとなる。一方で姫が戻った桃園邸は、式部卿宮が亡くなって間もないというのに、少し荒れています。老いた女五宮が、源氏と槿の姫との縁を願うのは、そういう背景があります。それでも源氏を受けつけない姫には、単なる好悪の感情でない「思想」があるはずです。

それはもちろん、この物語の思想に通じるものでしょう。槿は元斎院で、神道の巫女であったわけですが、仏道に出家した人と同様に俗世のありようを見透かす視点と、そこに巻き込まれるまいとする態度は、やはり神の側近くに仕えていて強固となったと思われます。源氏の正妻の地位を得たとて、そんな栄華は槿の花のようにはかなく、いずれ嫉妬に苦しむことになる、という。

槿の姫からの返り文は、何ということも書かれてないが、源氏は大切そうに読み返している。青鈍色の紙、墨つきなどがゆかしく思われるのだろうか、とあります。

どうしてこのような一文が入っているのでしょうか。著者（紫式部）が突然、思い立ってテキストの内容を言い訳したくなった、と思ってはいけません。千年という時に晒されてきた古典は、すべてに合理的かつ十全な意味があり、無駄な部分はない、と考えるべきです。それが解釈者の都合や想像を排する、テキスト・クリティックというものです。そういう態度をとらないと、自身の読解力が及ばない部分は「紫式部の勘違いである」なんて、紫式部より偉そうな学者さんが出てきかねません。

なんということのない歌に、源氏が夢中になる理由はわからない。テキストを書き写すだけでは伝わらない、読者にとっての「不可知＝余白」の領域がある。それは槿の姫が源氏に対してとった距離感を表象し、『源氏物語』の究極的なテーマにも肉薄する。究極的なテーマとは物語の「全体性」、つまり物語が完成したときに「構造」によってのみ読者に伝わる。一言二言で説明されるものではない。だからここで二人のやりとりした歌のテキスト内容で何かわかった気になってはならない。

あやにくな性格の源氏ですから、槿の姫にまめやかに文を送り続けます。源氏のラブ・アフェアは本質的に終わったと言いましたが、表面上はそうでないように見えますね。そしてそれは周囲の噂となり、紫の上は深く傷つきます。明石の君や朧月夜《おぼろづきよ》とのアフェアの方が大きな結果をもたらし、槿の姫とのことはほんのエピソードとして捉えられがちですが、紫の上のショックはこれまでになく大きく、嫉妬を表に出せないほどです。源氏と紫の上との、不幸な断絶が始まります。

しかし、ここで示されているのは人間一般として避けることのできない、普遍的なすれ違いです。紫の上の嘆きは、このところ安心しきっていたのに今さら、とか、また自分も皇族の血筋とはいえ、槿の姫には正夫人の座を明け渡さなくてはならないだろうとか、世俗的に考えても無理からぬものです。けれども何より傷ついたのは、年甲斐もなくそわそわして手紙ばかり書き、腑抜けたようになっている源氏のありようだったでしょう。にもかかわらず、自分にはあくまで隠し通そうとする。そこには、これまでとは違うものがあった。

しかし源氏が紫の上に伝えなかったのは、アフェアとしてはまだ何も起きていなかったから、というように尽きるのではないか。ようするに源氏の一方的な片思いであり、そんなことは源氏の生涯でほとんど初めてに近く、恥ずかしくもあったでしょう。なんでもない、で押し通したくなるのもわからないことはない。

しかし紫の上が傷ついたのは、これまでにも多くあった源氏の女性との肉体交渉にではなく、その気持ちに、でありました。そしてその源氏の気持ちがこれまでとは違っていて、それというのも源氏が恋しているのはすでに生身の女ではない。そのことに源氏自身も気づいてはいない。もし源氏が槿の姫に想いを遂げたのなら、その瞬間に普通のラブ・アフェアと化し、老いらくの小さなエピソードに過ぎなくなったはずです。そうなれば紫の上の煩悶も、わりあい簡単に収束したのではないか。

現代でも妻が一番腹を立てるのは、夫の浮気ではなくて、夫が気を取られている女性が、むしろ夫を相手にしていないときではないか、と。たとえば新郎の元カノを結婚式に招きたくない、というのは焼けぼっくいを心配するからではなく、「もう、ただの友だちから」という態度のその女が、「こんな男と結婚するなんて、ご苦労さま」と鼻で笑っている気がするからではないか。女は付き合った男を卒業することで精神的にステップアップしてゆくので、自分の夫になる男をすでに見切っている昔の女は、自分より風上に立っていることになるんですね。ちょっと脱線してしまいましたが、源氏が槿を陥落させられず、なお彼女に夢中になっている姿を見せつけられるのは、紫の上にはいっそう情けないのです。

雪がちらつく夕方にすら源氏は桃園邸に出かけます。紫の上との仲はますます険悪です。桃園邸で女五宮の相手をするうち、年寄りの彼女は寝入ってしまい、するともう一人の老女が現れます。それはあの色好みであった源典侍《げんのないしのすけ》で、まだ生きていたのでした。尼になっているのに相変わらずで、なまめかしい様子を作るものだから、源氏は悪寒を覚えて立ち去ります。

ここで源典侍が登場してくるのもまた理由があるのであって、作者がたまたま思い出したからではありません。年甲斐もなく好色な老女とは、もちろん今の源氏の似姿です。それに気づかぬほど、源氏も正気を失っているわけではない。ここで源氏はしかし、このムダに若作りの老女と比べて藤壺の短命だったことを悲しみます。ここしばらくの源氏の調子外れな好色は、前に述べたように藤壺の死がきっかけとなっています。奇妙な追悼でもあるのです。

槿の姫には後ろ盾になる男兄弟もおらず、邸の中は寂れてゆく一方です。源氏をほめそやす女房たちは、女主人との間をとりもとうとしかねません。槿は源氏の魅力を理解してはいますが、世間ひとしなみに見られることを嫌がり、かといってきっぱり拒絶するような、人目をそばだてさせることも避け、少しずつ仏道を深めてゆきます。源氏を、というより俗世の価値観にまみれることを拒む槿の姫とは、あの末摘花《すえつむはな》の高スペック版という感じです。

槿に受け入れられずに体裁も悪く、源氏はかえって帰宅しない日が多くなっています。もちろん御所に宿直《とのい》しているのですが、いわば自身の恋煩いとともに夜を過ごしている。実際に浮気をしているときよりもなお夫人の顔を見る気がしないのでしょう。紫の上の寂しさは極まります。が、源氏にしてみれば、別に女のところにいるのでもないのに、子供っぽいなあ、といった次第。

機嫌の悪い紫の上をなだめる源氏、その二人の姿は絵に描いたように美しい、とあります。しかし心はすでに乖離している。『源氏物語』中の最高の夫婦がそうなのです。浮気する男と嫉妬する女の図というより、人と人は結局は理解し合えないという断念の思想、絶望感がひしひしと伝わってきます。そういった断念は女が抱えるもので、男はいつまでも脳天気ですね。それこそまさしく『源氏物語』が女性の手になる、女性たちの物語である所以《ゆえん》です。

源氏は御簾《みす》を巻き上げさせ、凍てついた冬の月が雪にさしかかる、透きとおった光景こそが自分の心に沁みる、と言います。この世のほかの世のことすら思わせる、と。そして昔、藤壺が雪山を作らせた思い出を語ります。春を好む紫の上と秋好中宮《あきこのむちゅうぐう》（元斎宮の姫）との対比は知られていますが、これら現世の美しい姫たちに対して、今は遠い彼岸の人となった藤壺を冬の月になぞらえている。それを自分は一番だと思うと、述べるわけです。槿、朧月夜、明石の君、花散里《はなちるさと》についいて寸評を聞かせるのですが、それは紫の上を安心させるための話に過ぎません。藤壺ほどの人があろうか、あなたも紫のゆかりで変わりはないけれど、嫉妬するのが少しよくない、などと言います。

氷とぢ石間《いしま》の水はゆきなやみ
　そらすむ月の影ぞ流るる

紫の上の歌です。閉じ込められ、生き（行き）悩む自身に対して、遠い月を仰いでいる源氏の心。紫の上の孤独が感じられますね。一方で源氏は、月明かりの中の紫の上がやはり藤壺に似ていると思い、嬉しくなります。

かきつめて昔こひしき雪もよに

あはれを添ふるをしの浮寝《うきね》か

「をし＝鴛鴦」とは、おしどり夫婦、という言葉のあるように、仲の良い夫婦を指します。藤壺との昔が恋しい雪景色に、紫の上との夫婦仲に感慨をおぼえる、といった源氏の歌です。

その晩、源氏の夢枕に藤壺が立ち、あの秘密が漏れてしまった、死後の苦患に責められて辛い、と言います。「御返事申し上げようとなさいますと、ものにおそわれる心地がして、女君（紫の上）の、「まあどう遊ばして」とおっしゃる声に、はっと眼が覚めました」。うなされていたんですね。ただ紫の上は何も気づいた様子はありません。雪の月影に藤壺を懐かしみ、そしてあの歌ですから、ついしゃべりすぎたかもしれない、と危惧の念を抱いたのは源氏自身だったのでしょう。

ここで読者は、あの最大の秘密についても、紫の上は知らされていないことを認識します。そして何も知らないままに、彼女は一生を終える運命です。源氏にも忸怩たる思いがあるからこそ、藤壺への気持ちをつい漏らしかけたり、こんな夢を見たりもするのでしょうが。そんな重大なことも共有できない、それでもこの世では「鴛鴦」夫婦というものなんでしょうか。

源氏は藤壺のために供養をします。やはり疑われないよう、おおっぴらにはできないのです。一人で阿弥陀仏を念じながら（夫婦として）同じ蓮の上に生まれ変わりたいものだと願っている。藤壺の罪は源氏自身が作ったものであり、そのために藤壺の魂が迷っていると思うことは、彼女と源氏を繋ぐたった一つの縁です。藤壺を供養するのはむしろ源氏の鎮魂でしょう。源氏はまだ生きていますが、その時代は本質的に終わり、紫の上の前で露わになりかけた執着の中心は、藤壺の供養とともに鎮められている。

槿の君はいまだ心を動かそうとしませんが、源氏はあえて無理強いしません。源氏は、彼岸にあって手の届かなくなった藤壺と、この世にあってもやはり手の届かない槿とを、手が届かないがゆえの落ち着いた心で想うことができている。

そして次代の物語が始まります。源氏と亡くなった葵の上との息子、夕霧《ゆうぎり》が元服です。四位につけると思われたのですが、源氏は夕霧をあえて六位という低い地位に留め置きます。娘に甘い源氏ですが、息子にはスパルタで、大学で学問を修めさせます。貴族の子弟は大学なんかで勉強しなくても、若い頃から官位爵位が得られるのですが、それが教育上よろしくないと考えている。おそらく自らが官位を剥奪された『須磨《すま》・明石《あかし》』のときの経験からでしょう。ちやほやされないでいる期間が、いかに貴重なものであるか、ということです。源氏ってのはやっぱりバカじゃない。

大学にいるのは高い身分の貴族の子弟ではなく、学問一筋で身を立てようとしている貧乏人たちです。大学入寮においては、雅びな人々から見ればしかつめらしく、異様で滑稽な儀式が執り行われます。ここでは学者たちの生態がリアルに描かれています。夕霧は父を恨みますが、元来真面目で頭がよく、非常に勉学ができるのです。

さて冷泉帝《れいぜい》の立后を、という時期になり、元斎宮の女御に決まりました（秋好中宮《あきこのむちゅうぐう》）。源氏は太政大臣となり、右大将（昔の頭中将《とうのちゅうじょう》）が内大臣となったので、源氏は政治の実務を内大臣にお譲りします。

内大臣はたくさんのお子がおられて、それぞれ立派に出世されています。が、女の子は弘徽殿《こきでんの》女御《にょうご》のほかにもう一人おられるだけです。そのもう一人の姫の母も皇族の出でしたが、母がよその方と再婚されたので、その姫を内大臣宅で引き取った。そういった経緯で弘徽殿女御ほど大切にされていなかったわけですが、人柄も容貌も可愛らしい姫でした。

夕霧の亡くなった母、葵の上はこの内大臣の妹でしたから、夕霧は母の実家つまり内大臣家の大宮の手で育てられ、この姫と同じ家に暮らしていた。内大臣の言いつけで十歳を過ぎてからは互いに近づけないようにしていましたが、お祖母さまの大宮としては、可愛らしく遊んでいるのを引き離しがたかった。その二人が恋仲になっているという噂話を内大臣がたまたま立ち聞きしてしまいます。長女の弘徽殿女御が、立后で元斎宮の女御に負けてしまった後のことです。内大臣としてはこの二番目の姫に期待をかけ、今の東宮妃にどうだろう、と画策しはじめていました。それを源氏の息子の夕霧に「傷もの」にされた。

普通に考えれば、夕霧との縁は決して悪いものではない。ましてや東宮妃には明石の姫君が有力と見られていて、入内させても望みが薄い。しかし内大臣は、源氏が親代わりである元斎宮の女御に弘徽殿が負け、ここでまた東宮妃の座は源氏の娘である明石の姫君に奪われる。対抗しようにも、その自分の姫が源氏の息子のお手つきになったというのでは、わだかまりもできましょう。

雲井《くもい》の雁《かり》とよばれるその姫を、内大臣はたいして可愛がってなかったくせに、勝手といえばそうなのですが。けれども政治家である父親にとって、女の子というのは大事な「タマ」です。男の子の出来の善し悪しも重要ですが、学問より血筋がものをいう貴族では、いずれ身分ごとに出世には限界があります。しかし女はその心がけ次第で、どのようにも重んじられるようになる。それなのに内大臣の数少ない掌中の珠である雲井の雁を、従兄弟である夕霧にぽんとくれてやるのは面白くない。父親の政治力をおよぼす間もなく、ただ近くで顔を見て育った男と女が出来てしまっただけではないか、と。

内大臣は、彼らの祖母である大宮を恨んだり、乳母たちを非難したりしますが、雲井の雁に言い聞かせても無邪気なばかりです。一方の夕霧は、雲井の雁に会えなくなったことに煩悶しています。まだ少年なので、監視の隙をつくことなど、思いもよらないのです。

内大臣は、立后に敗れて気落ちされている弘徽殿女御を里におき、雲井の雁をやって行儀見習いをさせることにします。可愛い孫を奪われる大宮は悲しみますが、言い出したら聞かない内大臣です。

大宮と夕霧の乳母の手引きで二人のわずかな逢瀬が果たされますが、雲井の雁の乳母がそれを見つけると、夕霧の身分がまだ六位であることを蔑みます。夕霧はたいへん傷つき、恋心も冷める気すらします。このあたりはまだ自信のない若い男です。相手を想う気持ちも自尊心からの発露なんでしょうか。誇りや幻想を傷つけられるぐらいなら、愛する気持ちをも失いかねない。

久しぶりに五節という華やかな催し物が行われ、舞姫が選ばれます。少し身分の低いところから美しい姫たちが差し出され、その中の惟光の娘の舞姫に、夕霧は心を奪われます。雲井の雁に会えない辛さもありましょうが、身分が低いところの女に、というのが、六位を蔑まれてプライドを傷つけられた男の子らしい。実際、五節の舞姫にやった文が夕霧からのものと知って惟光は喜び、宮仕えなどやめさせようかと考えます。内大臣とは対照的な反応ですから、夕霧も慰められたでしょう。『源氏物語』はこういうところが現実的というか、男というものを見切っています。説話的でロマンチックな筒井筒《つつぃづつ》、『小さな恋のメロディ』みたいなおとぎ話を信じていません。可愛らしい恋をする、ごく少年の時分から男は男。

それでも夕霧の心の多くは雲井の雁が占めていて、引きこもってばかりいます。源氏は花散里に夕霧の世話を頼みます。美しい紫の上には絶対に近づけようとしないのに、花散里ならいいということですか。夕霧は、自分もこの母代のような気立てのいい人を大事にしたいものだと反省します。しかしこういう人とは男女の仲としては隔てを置き、ただ妻として厚遇している父親のやり方はもっともだ、とも思うのです。ここが源氏の女性関係、つまり第一世代の『源氏物語』に対して、夕霧という外からの批評眼が向けられる最初です。

　こうして夕霧の物語が始まったわけですが、その恋のエピソードは単純で深まりに欠けています。ただ、源氏と夕霧の二重構造、たとえば源氏も昔、五節の舞姫とよばれる女性と関係した、といった重なり合いが、物語を重層化して見せています。

　新年の衣装を用意しながら、夕霧を慰める大宮に向かい、「遠慮のいらぬ実の父上ではいらっしゃいましても、堅苦しく分け隔てをなさいますので、おいでになるあたりへ伺って親しくしていただくこともできません。（中略）対のおん方（花散里）は優しくして下さいますけれども、母上がいらっしゃいましたら何の苦労もございますまいに」と彼はこぼします。「母に先立たれた子」としての、源氏との

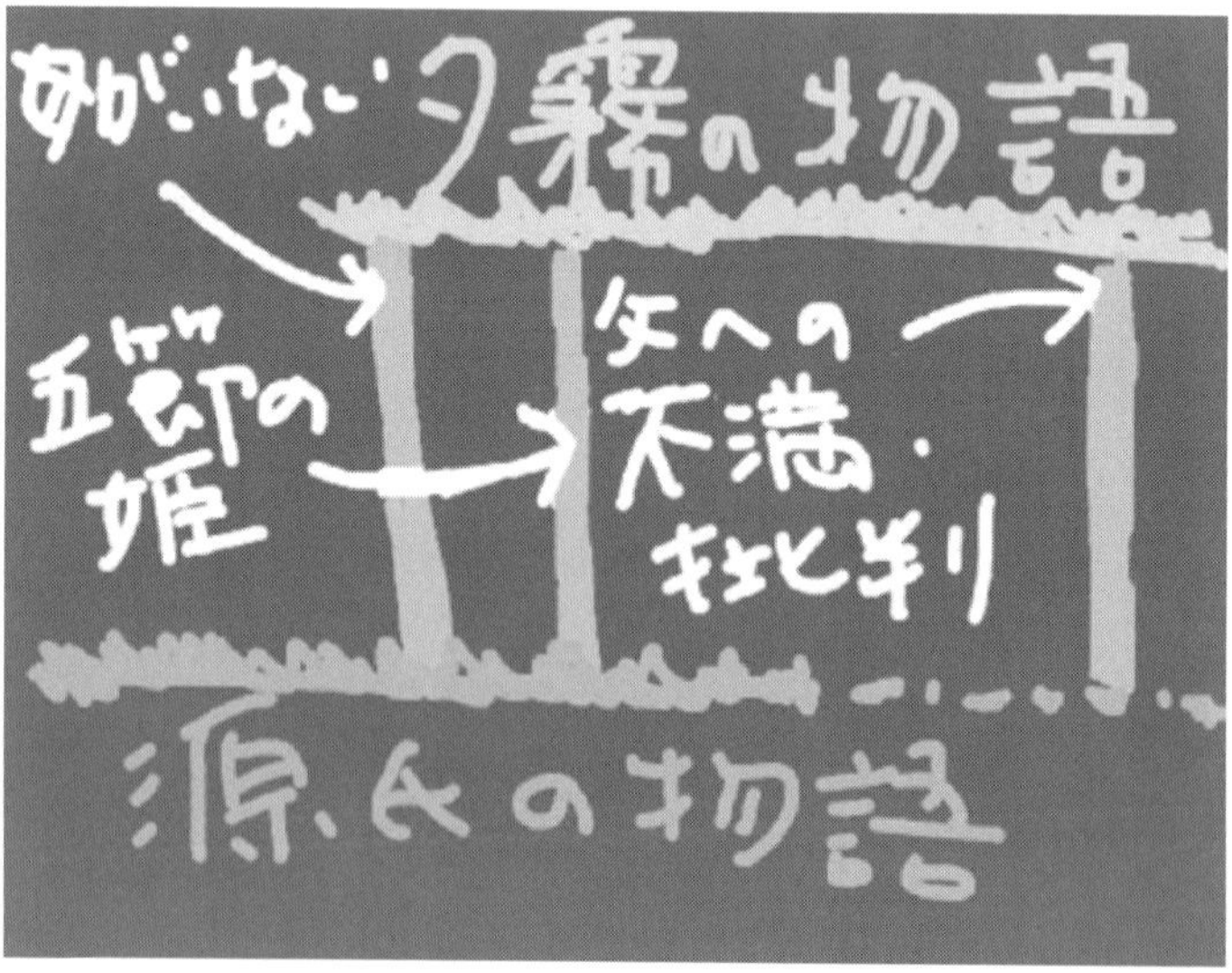

重なり合いが意識して示されている。

　しかし物語が繰り返されるわけではありません。亡くなった母の面影に一生を突き動かされたのが源氏ですが、夕霧が求めているのは、生きているのにどこか冷たいと思われる、父・源氏からの配慮と愛情です。それが自分に社会的利益をもたらしてくれるはずのものだからで、夕霧の悩みは源氏よりもずっと現世的です。

　源氏は六条院という、夢の御殿を造築します。こう言っては悲しいですが、六条院とは源氏の、あるいは源氏の世代にとっての「墓」です。恋や学問に懊悩している夕霧に対し、源氏は幸福で麗しい朱雀《すざく》院行幸、またかつての宿敵・弘徽殿大后《こきでんのたいこう》との和解と、いわば現世における「大往生」を果たします。もちろんこの先もいくつか出来事はあるのですが、源氏にすでに現役の感はありません。

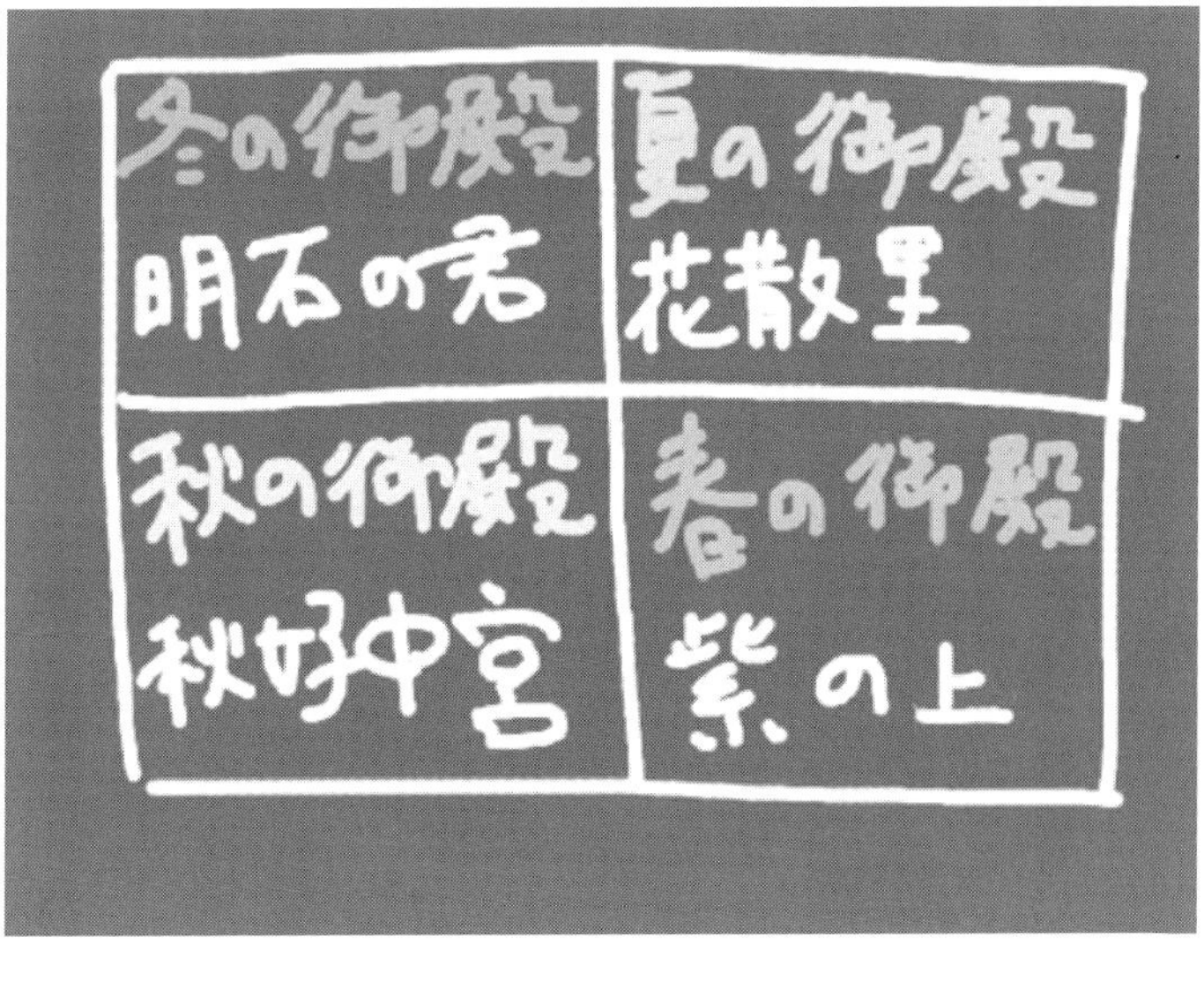

六条院造営に際しては、紫の上の父、式部卿宮《しきぶきょうのみや》の五十の賀に間に合わせるため急がせています。かつて逆境のとき、紫の上に冷たく当たった父を源氏は許していなかったのですが、ここへきて思わぬ光栄に、式部卿宮は喜びます。紫の上の継母である北の方がおもしろくなく思っているだけで、ここにも一つの和解が成立します。

四季それぞれの風情を配した夢の御殿、六条院が完成し、お姫さまたちが引っ越してきます。后となられた元斎宮の姫がお里帰りに戻られます。秋好中宮とよばれ、秋のお庭に面しておられます。春のお庭にいる紫の上と互いの季節の美を競い、楽しく歌を交わされます。

第16回　『玉鬘《たまかずら》』物語と小説について

源氏の現役時代が終了し、次代の活躍が始まりましたが、ここから「玉鬘十帖《たまかずらじゅうじょう》」とよばれる部分になります。これについては、『源氏物語』が進行してから、後で書き加えられたものではないかという説があるそうです。

『源氏物語』はありとあらゆる議論にさらされていて、複数で書いたのではないかとか、本当は男が書いたのではないかとかまで言われている。一度でも小説を書いたことのある人なら、その類いのことは問題にならないとわかるでしょう。前者は思想が一貫しているからあり得ない。後者はこの講義でしばしば申し上げている通り、全巻通した真のテーマが女たち個々の魅力と仏道に通じるその悲しみの深さにあるので、男が書いたと考える理由はないからです。その真のテーマは、「宇治十帖《うじじゅうじょう》」とよばれる最終部でさらに明らかになります。

しかし「玉鬘十帖」が後から加筆された、という説には、ある程度納得できる理由があるように思われます。『源氏物語』は長大ですが、前の巻に出てきた人物が、後の巻でも以前の役割を担い、存在理由の決着をつけるべく再登場します。けれども「玉鬘十帖」で初めて登場する人物は、それ以外の巻に出てこないという。もちろん後の世での加筆・削除も考えられて議論は尽きないですが、もしそうなら確かに『玉鬘』が書き上がったとき、他の巻がすでに完成していたという証左にはなるでしょう。

源氏は夕顔《ゆうがお》を失ったことを惜しみ続け、女房だった右近《うこん》を形見としてそばに置いていました。気立てがよくて控えめな女房ですが、もし元の主人の夕顔が生きていたら、明石の御方ぐらいには扱われていたろうと思い、悲しんでいます。夕顔にはかつての頭中将《とうのちゅうじょう》との間に子がありましたが、その姫君が今どこにいるのか、右近は知らずにいました。

姫をあずかっていた乳母の一家も夕顔の行方を求めて泣き暮らしていましたが、何もわかりませんでした。そうこうするうち、その乳母の夫が太宰少弐《だざいのしょうに》になりました。一家は悩んだ末、九州に姫を連れて行くことにしました。実の父親である頭中将は馴染みのない父であり、渡すのが心配だった。それに姫の母親である夕顔が行方知れずとは、とても言えなかったのです。このあたりの慮りは説得力がありますね。舟で行くときの姫君の様子、夕顔を想う会話、観光気分の風景描写などもリアルです。

乳母の夫の少弐は、九州での任が明けたら京に帰ろうと思っていたのですが、特に財力もない者にとっては、地方での暮らしの方が楽である。ぐずぐずしているうちに病いに倒れ、そこで生涯を終えることになった。少弐は、もう十歳にもなって尋常ならざる美しさの姫君をこんな田舎に埋もれさせるのは申し訳なく思います。三人の息子を呼び寄せ、この姫を都に連れて行くことだけを考えよ、と遺言します。自分の仏事などしなくてもいいから、と。このへんから『玉鬘』はちょっと不思議な、面白い様相を呈してきます。

少弐が亡くなりますが、その地方で一家に恨みを持っていた者が多く、気後れして出立できなかった、とあります。そこでの権勢を手放してでも京に返り咲きたがっていると思われ、ケチがつくような邪魔だてをされるとか、そういった危惧でしょうか。いずれにせよ京から下ったときには幼児だった玉鬘は、妙齢の麗しい姫と変貌しています。民話によく見られるメタモルフォーゼです。高貴な血筋もあってか夕顔よりも美しく成長されました。噂を聞きつけて、多くの男たちが求婚していました。が、もちろんそんな田舎者を寄せつけるわけにはいきません。

つまりここで「むかしむかし、あるところに」という民話物語が始まっている。都でなく、鄙のあるところ＝九州に、可愛らしい赤ん坊が流れつき、年月が過ぎて素晴らしく美しい姫となりました。多くの男たちが結婚を申し込みましたが……といった「物語」です。

そして私たちは、この姫の前身を知っています。たいへん身分の高い貴族を父とする、本当ならこんなところにいるはずのないお姫さまでした、と。貴種流離譚《きしゅりゅうりたん》というやつで、高貴な血筋の王子さまがさらわれるなどして下々に混じり、そこから自力や神仏の力でもとの居場所に戻ってくる、という伝承や民話によく見られるパターンです。海外のお話にも見られますね。たくさんの求婚者をはね除ける姫というのも『竹取物語』をはじめとして、やはり世界中にあります。

ところで私たちが知った姫の前身は、ひどくリアルで詳しい記述によってもたらされたものです。何しろその母親のラブ・アフェアや死に際の様子まで知ってるんですから。つまりこの姫は小説の中から生まれている。けれども姫の置かれた境遇は民話・伝承の物語の様相を帯びていたわけです。これは今までに説明した『源氏物語』の傾向とは、逆のものです。『源氏物語』は抽象的な物語の形式から現実的な方向へと進む。物語から小説へ、というのが『源氏物語』の大きな流れでした。その方向性がここでちょっと揺り戻している。リアルで具体的な細かい描写から突然、抽象的な物語のパターンが抽出される。それがいったん物語を書き終えてから、外伝として始まったものでは、と推察される理由の一つです。

　田舎の好色な男どもを蹴散らすため、姫は身体が悪く、不具であると言い逃れます。すると惜しいことだ、可愛そうになどと噂され、乳母はそれがまた腹が立ち、神仏に祈念します。姫はすでに二十歳にもなり、まばゆいばかりの美しさです。乳母の娘た

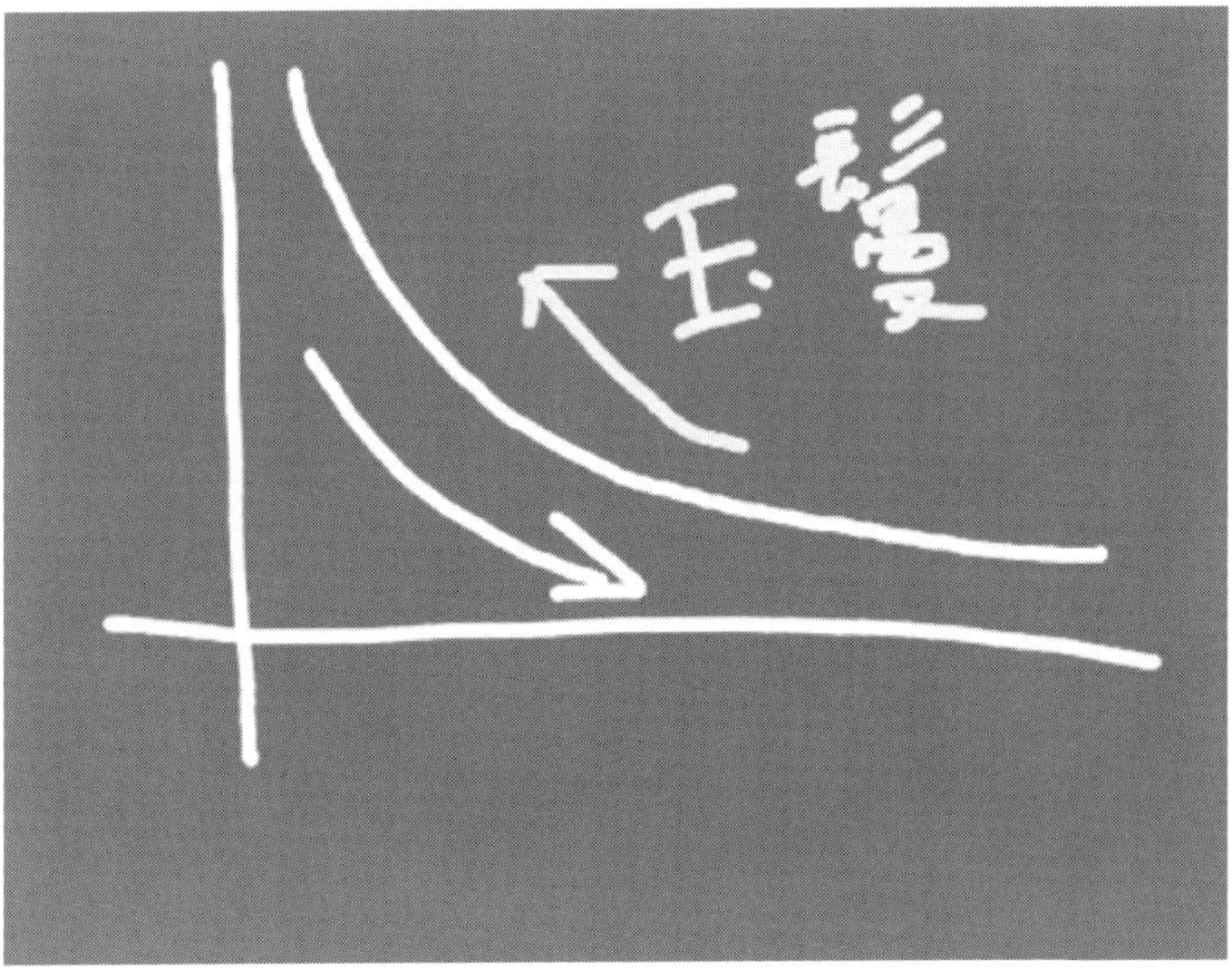

ち、息子たちは長く住む肥前の国に馴染み、やはり土地の者に縁づこうとしています。このあたりからまた小説的に、登場人物の心理が現実的に描かれています。

大夫監《たいふのげん》という豪族は、美女を集めて妻にしようとしており、とりわけしつこく乳母の息子たちをよんで言いくるめます。金銭などに目が眩み、三人の息子のうちの二人の弟は大夫の味方になって家族を脅します。大夫が洒落たつもりで田舎者丸出しの懸想文や歌をよこし、乳母方は相手に通じない嫌味の返歌をするなど小説的な細部を加えつつ、伝承のパターン的なプロットに沿って物語は前に進みます。

ついに結婚の日取りまで決めてしまった大夫監から逃れるため、長兄と乳母、それに妹たちは舟に乗り、筑紫を脱出します。このあたりは典型的な貴種流離譚と違い、たくさんのお伴がいて、彼らが主体

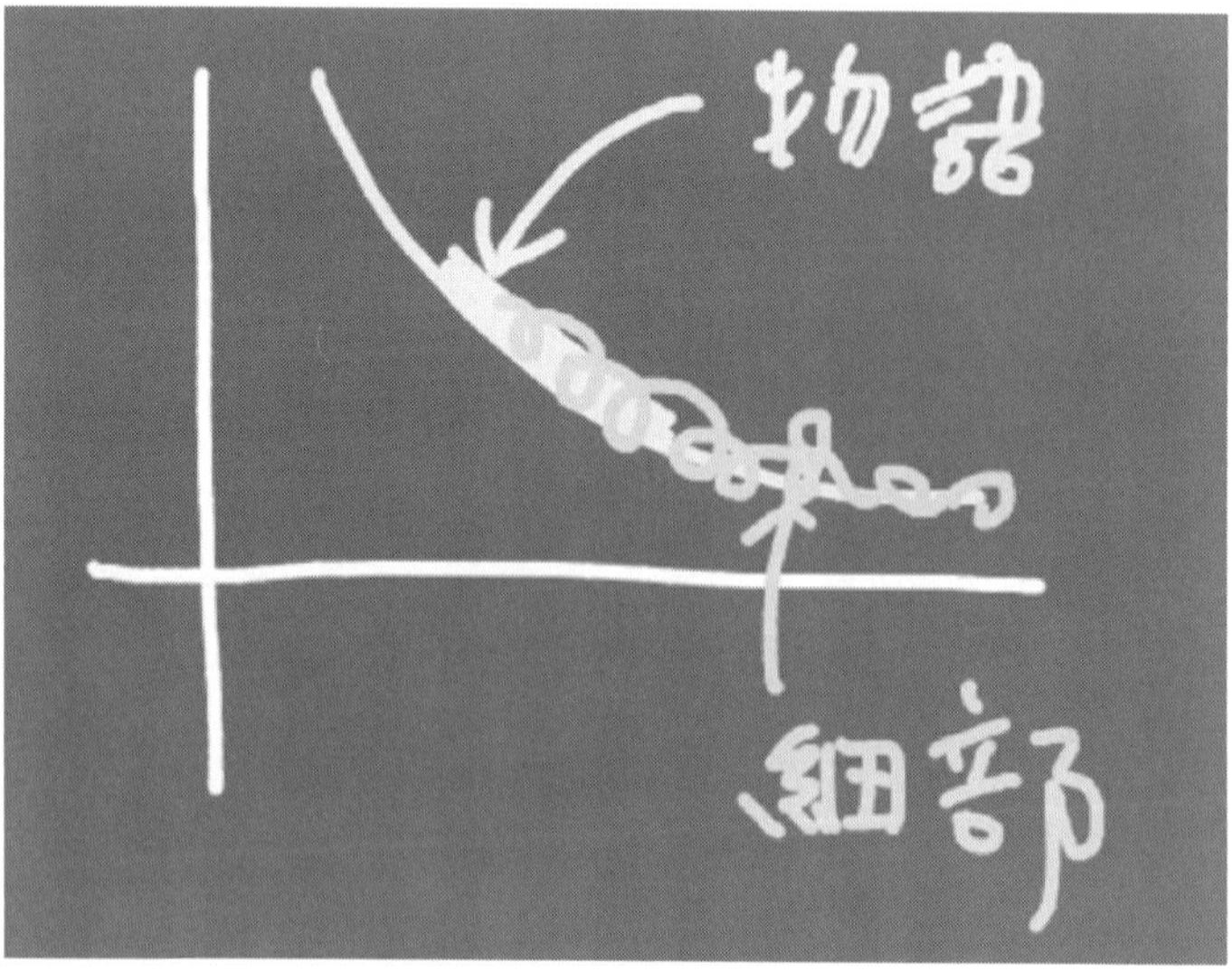

的に判断します。伝承のプロットは、そのぶん小説に近づいている。大夫が追ってくる恐怖が鎮まると、何も考えずに残してきた夫や妻子が大夫に迫害されているのではないか、と心配になるところなどはリアルで現実的です。

父の遺言を守り、また貴種たるお姫さまのために取った行為は、伝承物語的な価値観に基づいたものです。小説的な内面で自省すれば、ようは現実離れした、考えなしの行動をした。「思えば前後の弁《わきま》えもなしに、無分別に飛び出したものよ」と舟の上で後悔する兄妹の言葉は、彼ら登場人物たちが自らを振り返り、「物語批判」をしている。

伝承物語のお約束からすると、長兄や乳母が絶対的に正しく、寝返った弟たちは悪に染まった者たちです。が、どうやら小説的な現実からすると弟たちの方が正しく、大夫監のもとに嫁がせるのが常識的

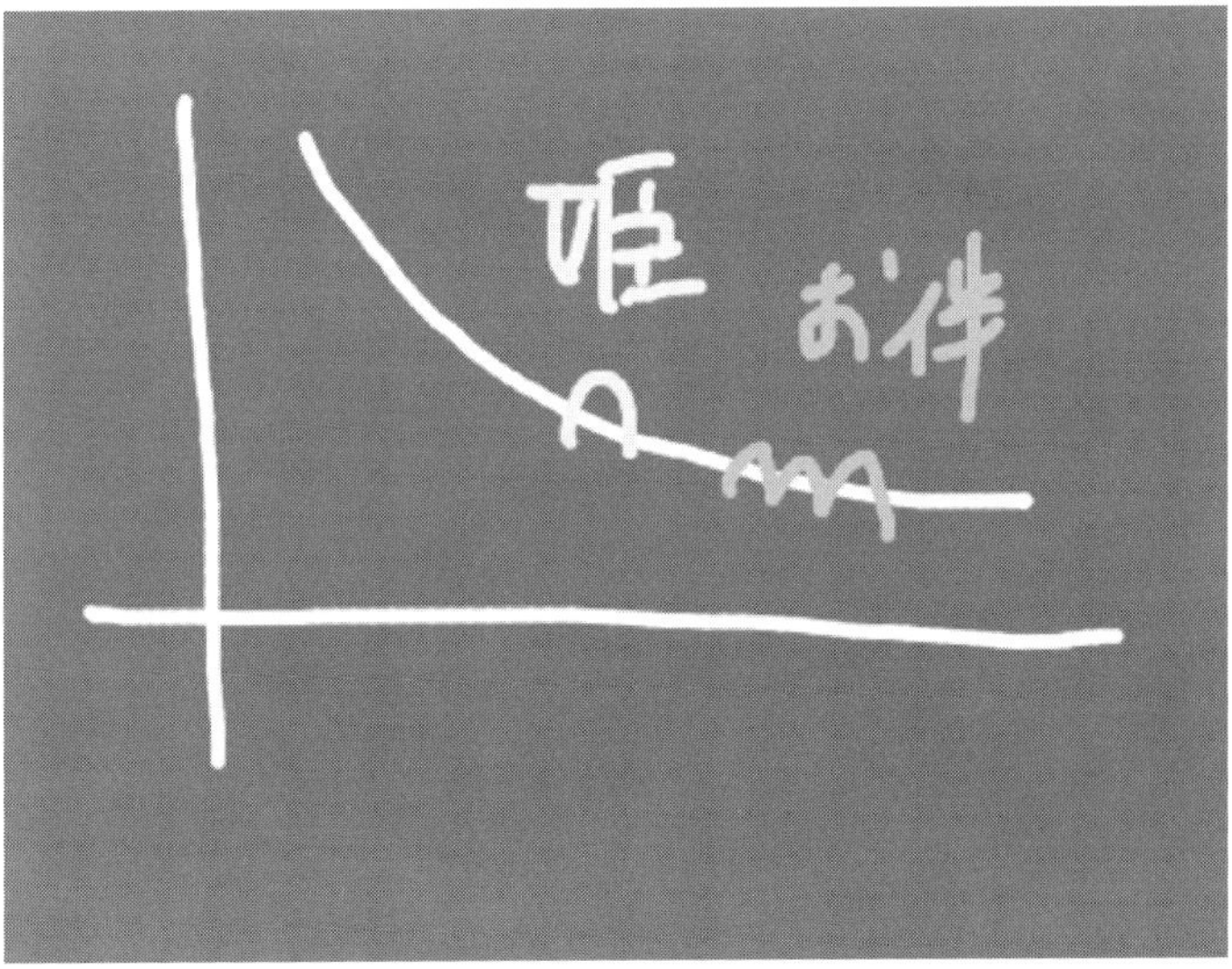

な判断らしい。この価値観の転換は、登場人物たちの心の中で、また読者の意識の中でも、あたかも騙し舟のように一瞬で入れ替わります。

京都に辿り着いたが、何のつてもなくて心細いかぎりである。神仏の力にすがろうと霊験あらたかで知られる初瀬（長谷）の観音に参詣します。姫もあえて辛い徒歩で行きます。足が腫れて一歩も動けなくなり、椿市というところで休もうとします。「今日はお客様をお泊め申すことにしてあるのに」と、宿の主人が怒っていました。その他の人たちというのも徒歩で、慎ましやかに相客となってくれました。それが実は源氏の屋敷の女房である、あの右近なのでした。

右近は、姫の食事の座を気づかう声を聞き、どんな身分の方たちだろうと覗きます。すると見覚えのある人々なのです。声をかけますが、食事に夢中でなかなか出てきません。が、ついに「人違いではございませんか」と言いながらやってきます。夢のような再会に、手を取り合って泣きます。夕顔がとうに亡くなっていることも、姫の乳母の家族は初めて知らされるのでした。

九州からのお付きの者は「どうか内の姫君が、大弐殿《だいにどの》の北の方でなければ、当国《とうごく》の受領《ずりょう》の北の方になられますように」などと観音に祈ります。姫の父親（昔の頭中将）はいまや天下の政治をとる内大臣だというのに、と右近がとがめますが、田舎者になり下がった者には地方官の権勢以上のものは想像できない。彼らとともに三日間参籠して、源氏の庇護を受けるように説得します。ただ女らしくたおやかであった夕顔と違い、姫は気品にあふれた美しさで、六条院の女性たちに少しもひけをとりません。他の者たちが太ってすっかり田舎者じみてしまっているというのに、不思議なことです。

大和の初瀬山《はつせやま》、長谷観音《はせかんのん》というのは、『源氏物語』以外にもよく登場するお寺です。『わらしべ長者』は、貧しい若者が長谷のお告げにしたがい、寺を出て最初に手にしたものを持って西へ向かいます。それは一本のわらでした。飛んできたあぶを捕まえ、わらの先に結びます。それを見た男の子が欲しがったのでやりますと、母親が蜜柑をくれます。道ばたで喉の渇きに苦しんでいた者に蜜柑をやると、絹布をくれます。それを病気の馬と交換すると、馬は翌朝には元気になり、その馬を気に入った長者の縁を得て…という民話です。

つまり長谷観音の御利益とは「繋がる」ことによって発展してゆく。思わぬ「縁」が結ばれ、よい方向に転んでゆくというものです。この姫の一行も、長谷にお参りしたその足で右近と遭遇し、源氏との縁を得た。伝説から抜け出たような物語のプロットに、小説的な下世話でもある細部が絡まって、不思議な魅力を醸し出しています。ちなみに刻苦努力によって地位や財産を作るという労働者的な上昇志向は、近代的美徳すなわちモダンの思想ですね。それに対してリゾーム状に横へ拡がり、縁を結ぶというのはポスト＝プレ・モダン的です。

この『わらしべ長者』は、商取引の原点を示しているように思います。何の価値もないわらしべにも、たまたま煩く飛び回るあぶを捕まえて結びつけたことで付加価値が生まれた。それを喜ぶ者がいれば、その者にとっては蜜柑三つ分ぐらいの価値にはなる。蜜柑もまた喉の渇きに苦しんでいる者にとっては、反物ぐらいの価値はある。そしてもう役に立たないと思い込んでいる馬を抱えた者にとっては、その馬を厄介払いできるなら、反物をもらうのは喜ばしいと思える…。

すべてはニーズとタイミングなわけです。商人とは、ある物をその価値が低い場所から、高い場所に移動する者です。そういった商行為、また貨幣による欲望の吸い上げをシステム化して、資本家に集約したのが近代化ですが、その原点はプレ・モダンにあり、そこへ立ち返ろうとするのがポスト・モダンということです。

そしてここでの姫もまた「商品」です。女性の商品化、ではありませんが、そう捉えたところで構いはしません。男だろうと女だろうと世に出て、経済的にも満たされるのは、自身の何らかの「商品化」が成功することにほかなりません。人間の尊厳のへったくれのと言ったところで、衣食足りなければお話にならない。鄙にはもったいない「上玉」であった姫は、長谷観音のお導きで、より商品価値の高まる場へと転がってゆく。

右近は六条院に戻り、源氏にお話申し上げます。源氏はもちろん引き取ろうと思いますが、まず文を送ります。あの末摘花に夕顔の面影を求めて痛い目にあったので、恵まれない境遇の麗人の娘、と聞いても飛びつかない。学習する源氏…。

知らずとも尋ねて知らんみしま江に
　おふる三稜《みくり》のすぢはたえじを

今は知らないでしょうが、聞けばわかるでしょう。私とあなたとは、三島江に生える三稜のように縁があるのです、と。素晴らしい衣装の数々も贈られます。これが長年恋い慕ってきた、実の父の気持ちであったならと、姫は残念に思います。

数ならぬみくりや何のすぢなれば
　うきにしもかくねをとどめけん

ものの数でないこの身はどうして三稜のようにこの世に生まれ、ながらえているのでしょう、と返します。かぼそげですが、上品な筆跡でまず安心します。そして姫は表向き、源氏の娘として六条院に入ります。

恋ひわたる身はそれなれど玉鬘《たまかづら》
　いかなるすぢを尋ね来つらん

（恋い慕う我が身は昔のままであるが、その娘はどのような縁でここへきたものだろう）

玉鬘は毛髪、もしくは玉を連ねた髪飾りを指す言葉ですが、どこまでも連なってゆく運命、すなわち「縁」のメタファーです。この歌から姫を「玉鬘」とよびます。これによって紫の上も、よほど深く想った人の縁者なのだと知ります。

玉鬘の六条院での暮らしが始まり、九州からやってきた人々には、その素晴らしさ、まばゆい洗練が誇らしく感じられます。立派な心がけであったと認められた乳母の長男の豊後介は、源氏の配慮で家司《けいし》に取り立てられます。この辺りは再び、信賞必罰の伝承物語的ではありります。

暮れになり、源氏は紫の上とともに正月の衣装を用意します。六条院の女性たちは互いに顔を合わせることはなく、紫の上は源氏の選ぶ衣装で、それぞれの容貌を想像しているようです。「いづれも、劣りまさるけぢめも見えぬものどもなめるを」というところに、『源氏物語』の女性たちに対する思想が表れています。それぞれの個性が花開いているのが素晴らしい。

女性たちからお返事がありますが、なかでも末摘花《すえつむはな》はあいかわらずで、やることなすこと的外れ、なのに形式だけは踏んで堅苦しい。使いの者にやった纏頭《てんとう》（ご褒美の衣装）もまずく、さすがの源氏も機嫌が悪くなり、使いの者は仲間と笑い話にします。

きてみればうらみられけり唐衣《からころも》
かへしやりてん袖をぬらして

源氏は古風な手で書かれたこの末摘花の返歌に、「唐衣」「袖をぬらす」というのが、いかにも古風なパターンである。今風の言葉にも表現にも、まったく影響されないというのは、えらいものだ、と嫌味を言います。そこから発展して和歌論が展開されます。

御前の歌会などでは「まとゐ」という言葉が欠かせないし、昔の恋のやりとりは、「あだびとの」という言葉を休めどころの三句において、続き具合を調整したものだ、と。こんな突き放したように技法を取り出して批判するというのは、この時代の日常会話ではあったかもしれませんが、物語に取り込まれるのは斬新だったろうと思われます。

「いろいろの草子や歌枕などを詳しく知り、読み尽くして、そのうちの言葉を取り出したところで、それらをつなぎ合わした詠みくちには大した変りがないものです」と源氏は言います。末摘花の父、常陸宮が書かれた「紙屋紙《こうやがみ》」という和歌の手引書を読め、と言って貸してくれたのだったが、規則や禁止事項が数多くあって、そういうものは苦手で、わずらわしいから返してしまったとのこと。その手引書に通じている末摘花の詠みぶりは、ありきたりではないか、と。

「なぜその草子をお返しになりました。書きとめておいて、姫君（明石の姫君）にもお見せ申したらようございましたのに」と紫の上は言います。また「やはり髄脳（和歌の手引き書、秘伝書）を見ない人（紫の上自身のこと）は、歌の道には取り分けて親しみにくうございます」とも。末摘花が相手では嫉妬心も起きないようです。しかし源氏は、そんなものは必要ないと切って捨てます。女性が何かに専門的に凝ってしまうのは、見苦しい。胸のうちに何かしっかりしたものを秘めていて、うわべは優しい一方なのがいいのだ、と。和歌論から女性論への移行です。

現代の専門職の女性からは異論があるかもしれません。けれども、そもそも「女性専門職」とは、女性が社会の中で労働者として生きてゆく術であり、労働者に男も女もない。ここで展開されているのは労働力としての人のことではありません。和歌論から女性論に移行したのは「文は人なり」であり、また和歌というものが特に女性の全体性を捉える芸事だからだと思われます。

女性の専門性を否定することは女性を低く見ているのとは違います。女性はその全体性、バランスが最も重要であるという美意識はそのまま日本文化への美意識に通じているのです。自我を分割し、社会の中で労働者として消費されるのは男だけでたくさん、というわけです。女性として成熟しない末摘花はいまだに父親を絶対視し、その真似をし続けて滑稽なことになっている。

この『玉鬘』の巻の最後に、末摘花への批判が展開されるのは、夕顔の面影を求めてつかんでしまった末摘花と、真に夕顔の面影を宿し、さらにバージョンアップして帰ってきた美しい玉鬘とを対照させるためであります。

第17回　『初音《はつね》』あるいはテキストを生きること

新春の六条院。紫の上のおられる春の御殿はとりわけすばらしく、梅の香りと御簾の中の薫物が混ざりあい、極楽のよう。歳若くて優れた女房は明石の姫君のところにやったので、歳かさの女房たちが風情のある様子で、歯固めの儀式などをしています。そこへ源氏も顔を出し、まことにめでたくも麗しいご夫婦のありようです。

源氏が明石の姫君の座敷へ行ってみますと、童女や若い女たちが遊んでいます。北の御殿から、きれいに作られた菓子の髭籠《ひげこ》と檜破子《ひわりご》（檜で作った重箱）などが贈られてきています。よい形の五葉《ごよう》の枝に作り物の鶯がとまり、生母の明石の御方からの文が添えられています。同じ六条院にいながら長いこと会わないでいる、その心中を思うと、正月から涙を禁じえません。自分で返事を書くようにと、姫君に言いふくめます。

花散里《はなちるさと》の夏の御殿は、時節が合わないせいか、ごく静かにお暮らしです。もう取り繕うところは少しもなく、源氏と花散里との間には理想的な睦まじさがあるのです。自分以外の男だったら、とうに見切ってしまったろうと思うような外見ですが、源氏は情け深い自分が誇らしく、花散里が寄せる信頼も嬉しく思います。

玉鬘《たまかずら》は、暮れに贈った山吹色の細長が似合い、苦労のためなのか髪が肩の下でやや細くなり、さらさらとかかっているのも清く感じられる。今思えば危ないところで、ようやく手中に収めた珠であるよと考えるにつけ、親子のように振舞うものの、やはり執着の湧く源氏なのでした。

暮方、明石の御方が住まう北の御殿にお越しになります。御方は見えず、硯のまわりに冊子類などが取り散らかしてあります。唐《から》の東京錦《とうきょうき》の縁を縫いつけた敷物に琴を置き、風流な火桶に侍《じじ》従《ゆう》を燻《くゆ》らせ、衣被香《えびこう》の香が混ざってたいそう優美です。姫君からの返事をご覧になったのでしょう、手習いの反故も教養のある書きぶりで、大仰に草仮名を多く使ってはいません。源氏も筆を濡らし、いたずら書きをしていますと、明石の御方がいざり出てきます。気位高い女性ですが、源氏に対する態度は謙遜で、とても聡明です。白い小袿《こうちき》に映える黒髪の裾が少し薄くなっているのもなまめかしく、心が惹かれた源氏は一泊してしまいます。正月早々ですから騒がれるのは覚悟の上でしたが、やはり暁には戻ります。

「ついうたた寝をしておりましたが、よい歳をして若者のように眠たがるのを、起こしても下さらないものですから」などと紫の上の機嫌をとるのが面白くみえます。お返事もないので、また寝入って誤魔化します。

　正月二日は臨時の宴が催され、源氏は忙しいふりで夕べのことを紛らわします。音楽や贈り物は六条院ならではの華やぎとセンスが見えます。集まった親王方も高官も、源氏の前では光彩を失ってしまうのが気の毒なくらいです。花の香を誘う夕風がのどかに吹き、前の庭の梅がほころびはじめた黄昏どきに、楽音はなやかに「この殿」が最初に歌われます。源氏も声を添えた「福草」の末尾はことに素晴らしい。

紫の上より他の女君たちは、こんな宴のざわめきをよそ事に聞き、極楽浄土に生まれたものの、まだ開かない蓮の花の中にいるような心持ちでした。まして二条東の院におられる方々は、隔離された山里にいる気分でしょう。新年の騒ぎが落ち着いた頃、源氏は二条東の院にも足を運びます。似合わぬ柳襲を着て、あいかわらず鼻の頭を赤くして寒そうな末摘花《すえつむはな》に衣装の世話をしてやったり、空蟬《うつせみ》が趣味よく暮らしているところで、あらためて縁の深さを思ったりします。どの女性にも、源氏はそれに相応しく愛情をかけていました。

さて『初音《はつね》』をここまで読んできて、気づいたことはありませんか。そうです。この巻、何も起きていませんね。「何も起きてない」と言うと異論もありそうです。源氏が明石の御方のところに泊まっちゃって、紫の上に怒られそうになるとか、いろいろ起こってるじゃないか。それは私たちの日常と同じで、日々、何か起こってるっちゃ起こってるし、でも「世はなべてこともなし」。

つまり「何も起きてない」のは、「事件が」であり、サスペンスやミステリーの編集者なんかがよく言うところの「何も起きてない」です。サスペンス、ミステリー、そして『源氏物語』といった長編小説では、必ず「事件が起きる」必要がある。このへんは創作イロハのイですが、言われないと意外と気づかないかもしれない。

そんなことはないだろう、長大なものでも波瀾万丈の事件がないものだってある、と言われればその通りです。けれども長大＝枚数が多い＝長編でしょうか。禅問答のようですが、むしろ事件が起きるのが長編の定義、としてもよい。では事件のあるなしで、なぜ区別が必要になるのか。それは小説も人間の為すことですから、人生の時間に対する視点の差異でもって長編と短編とに分かれる、ということです。

人が生まれてから死ぬまで、そこには始まりと終わりがある。始原と終末なら世界創世の神話でもあります。それを記した書物を象徴とする書物概念も、最初の一ページと最後の一ページがあることが重要です。対してネットは始まりも終わりもない、無時間的な広がりそのものです。

「生まれる」のも事件であり、そこからもう一つの事件「死」に向けて推し進めてゆくために、さまざまな事件が重なってゆく。長編小説の基本的な視点

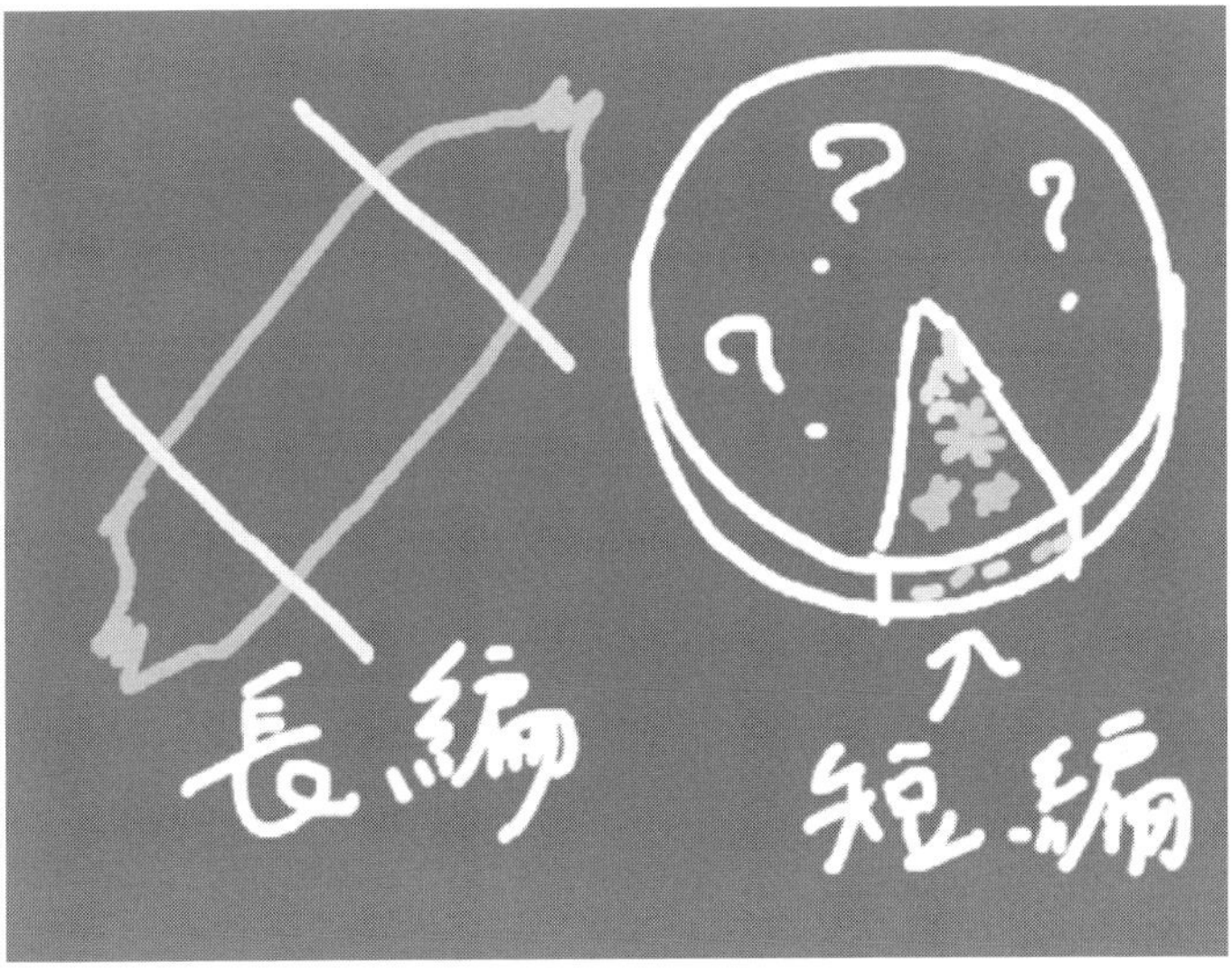

は、このように人生を俯瞰するものです。必ずしも主人公が生まれた瞬間から死ぬ瞬間まで描くわけではないですが、いずれ長編小説の視点は人生全体を俯瞰する位置にあります。

もうおわかりだと思いますが、短編とは、この人生全体に対する視点や意識を欠落させたもので、瞬間を捉えている。テキストからはみ出た前後の、主人公の来し方行く末については空白なわけです。さまざまな飾り付けが施されたデコレーションケーキの一切れをいきなり渡されたみたいなものでしょうか。太巻寿司なら、両端の形態はおおよそ想像がつくわけですけれども。

つまり短編作家の関心は、登場人物の人生にあるのではなく、その瞬間にある。文学が表現するものは究極的には「永遠」と言っても間違いでないでしょうが、長編が永遠に向かう人間の生の総体を描くの

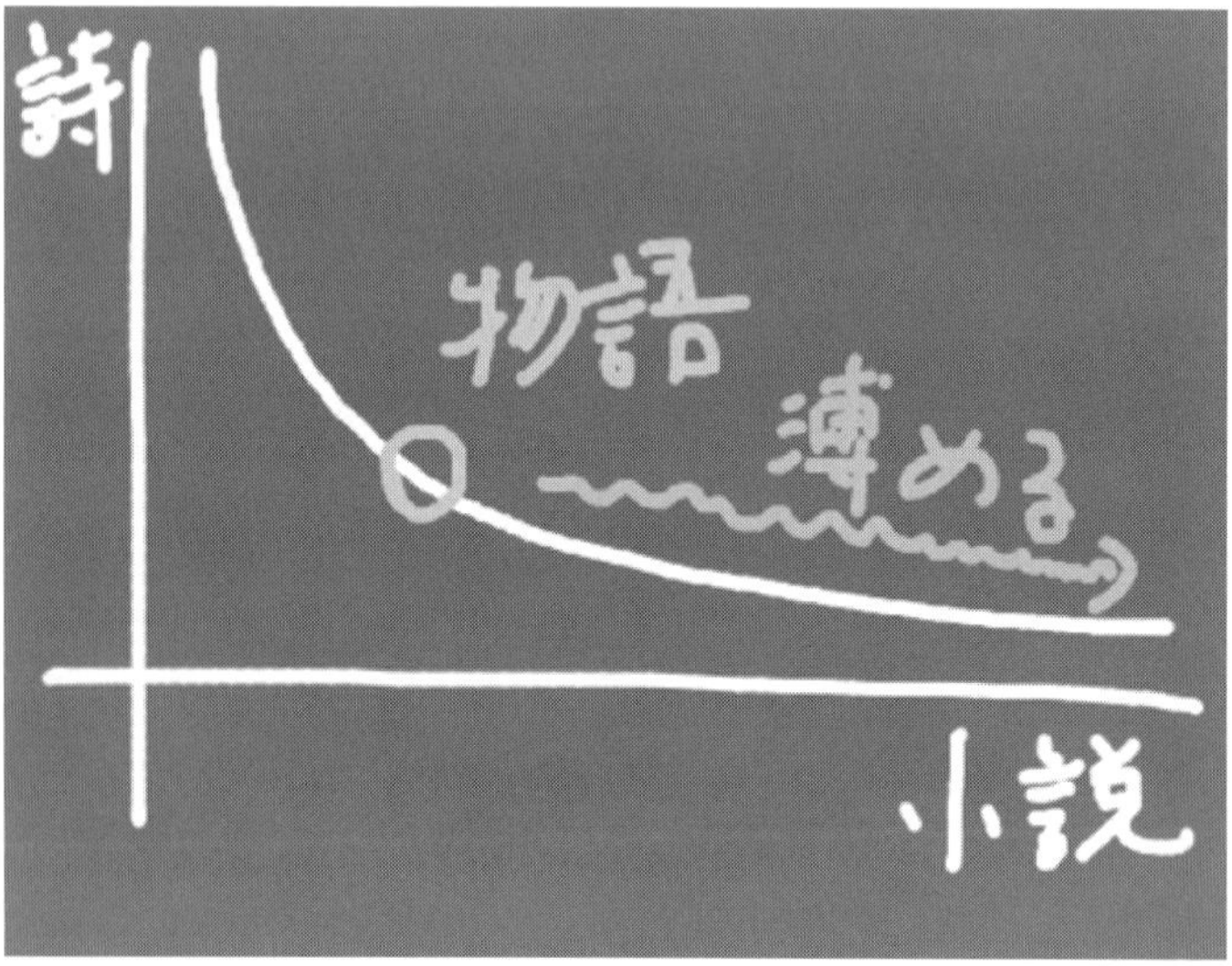

に対し、短編はその瞬間に永遠を見ようとする。その意識が短編と長編を分けるので、「超長ーい短篇小説」というのもありですね。

では超短い長編小説はというと、事件がぎゅっと凝縮してほとんどプロットだけになっている、という意味でいわゆる物語がそうです。昔々あるところに男の子が生まれ、鬼退治するわ、お姫さまゲットするわで、死ぬまで幸せに暮らしましたとさ、と。この超短い長編小説である物語が、水で薄められるように現実に接近して、小説に近づいてゆく。

長編小説なのか短篇小説なのか、判断がつきかねる著名な作品を一つ挙げておきましょう。アイルランドの作家、ジェイムズ・ジョイスの『ユリシーズ』は、レオポルド・ブルームという中年男のある一日を描いたものです。ダブリンに住むしがない広告マンの彼の凡庸な一日、という意味では短編です。しかしながらこの一日を描く十八章はホメロスの『オデュッセイア』と構造的に対応していて、またそれぞれオデュッセウスはレオポルド・ブルーム、テレマコスはスティーヴン青年、ペネロペイアは浮気な妻のモリーに置き換わっています。そして英雄オデュッセウスの二十年に渡る苦難の旅は、さまざまな文体、パロディや引用で描かれた、たった一日の細々した出来事に凝縮されている。

すなわち、凡庸なレオポルド・ブルームに視点を合わせれば短編、彼がそれと知らずに重なり合っている英雄オデュッセウスに視点を合わせれば長編、という小説がジョイスの『ユリシーズ』で、二〇世紀を代表する作品の一つです。毎年ではないですが、「今日は六月十六日か」と、ふと気づくと、私はその凡庸なような、世界そのものであるような「レオポルド・ブルームの日」に、ちょっと陶然とすることがあります。

さて『初音』では、「何も起こらない」という話でしたね。あたかもレオポルド・ブルームの六月十六日のようです。もちろん凡庸な広告マンの一日と違って、六条院では最高の洗練された美が、源氏の尋常ならざる輝かしさとともに披露されているわけですが。『初音』の描き出すお正月の素晴らしさは、お道具などの具体的な「物」、女性たちの具体的な「魅力」を列挙することで示されています。そして言うまでもなく、それらは名詞を中心とした「言葉」です。そして『ユリシーズ』のレオポルド・ブルームの一日も、テキストの上では絢爛たる文体の数々、パロディや引用など豪華極まりない。『初音』をうっとりと読んだり、『ユリシーズ』を二〇世紀最高の文学としてエキサイティングに感じたりするのは、これら最高の言葉の豊かさがそのままもたらしている。

『源氏物語』ではどんどん事件が起こり、それが現代のエンタテイメントに負けないスピード感を与えていいます。が、この何も起きない『初音』という巻では、六条院の素晴らしいありようを描くことで、目や耳を通すのに似た感覚的な喜びを読者に与えています。それはちょうどミュージカル映画で物語の進行を中断し、歌や踊りが展開されたり、恋愛映画でベッドシーンが延々と流れたり、アクション映画でずーっと立ち回りが披露されたりするのと同じです。歌や踊り、ベッドシーン、アクションを見たい人にとっては、そこは楽しみな場面です。が、そうでもない人は「いいから話を進めてよ」と言いたくなるわけで。

幸いなことに当時の読者にとって、いや私たちにも、六条院の素晴らしいお正月の様子はなかなか興味深い。気合いの入った「家庭画報」の正月号グラビア、なんてもんじゃないし。けれども、そうすると『初音』の巻というのは、作者のサービス精神の表れにすぎないのでしょうか。

ミュージカル映画を撮ろうという人にとって、歌と踊りは世界の中心です。アクション映画を撮る人にとって、また恋愛映画を撮る人にとっても、物語の進行を止めてまで長々と流す映像は、究極的な美を示すものと認識されている。『初音』で示されているのもまた、究極的な美であり、一つの完成された世界観です。『源氏物語』のそれであれば日本文化の究極的な美でもある。

『初音』では、源氏は六条院と二条東の院の女性たちのところを順にまわります。紫の上のところでは素晴らしい薫りが、明石の姫君のところでは幼女にふさわしい小物が、花散里のところではその容貌の衰えに対比して源氏との信頼関係が描写されています。玉鬘のところでは、やはり執着を禁じ得ない輝かしい美しさが、明石の御方のところでは出自にそぐわない気高さと教養の深さがそれぞれ語られ、また末摘花はあいかわらずそのお人好しと愚かしさを示す衣装を纏い、空蟬とはただ縁の深さに涙があるばかり。ここではそれぞれの女性の本質が短い場面となり、曼荼羅の図のごとく並べられています。

特に注目すべきは六条院の女性たちが春、夏、秋、冬という四季になぞらえて配置されている、ということです。『初音』が一つの完成された世界観ならば、それを構成するものは美しいにつけても醜いにつけても女性たちであり、四季のめぐりがその世界をまとめあげている。『源氏物語』が明確に示し、日本文化の特徴的本質として認められるものは、何度も述べているように女性性と、それに四季というわけです。

女性、というのは人間の単なる生物学的な属性です。対して女性性とはそれを抽象化し、文化的な傾向を示す指標であり、ある種の「言葉」です。だからたとえば男性作家における女性性も論じられる。女性性とは「言葉」であり、リアルに描写されているとしても、『源氏物語』の女性たちも言葉でできている。登場人物に人権がないのは、彼らが言葉でできているからです。

そして日本の世界観を形成するもう一つの本質である四季もまた言葉です。私たちは春や夏に対して、テキスト上ではその気温差を問題にしているのではない。その気温差から生じるさまざまな物、その名前に付加される情緒という意味性を問題にしている。すなわち日本の文化において季節とは物の名前そのものであり、それを「季語」と言います。

明治以降に翻訳で入ってきて近代詩・戦後詩といった呼び名がある自由詩より以前から、日本に本来的にある詩歌は五七のリズムを持ち、現在は短歌・俳句と呼び慣わされている定型詩です。『源氏物語』の中にも各巻を象徴し、女性たちにイメージを与えるものとして数多くの歌が存在しますね。そのような日本の詩歌にとっての季語とは、単なる思いつきのルールではありません。日本的な世界観にとって季節のめぐりが極めて本質的だからこそ要請されるものです。

季節のめぐりによる循環的世界観とは、仏教思想によって世界を認識する方法です。それは一神教の神との一対一の契約によって、後の近代的ピラミッド構造をもたらす直線的な世界観との決定的な差異になっています。

日本文化の循環的世界観にとって四季は特別なものです。時間の流れと世界の均衡そのものを象徴する「観念」です。キリスト教文化にとって書物概念＝『聖書』が特別なもので、神との契約書であるのと同じです。つまり私たちは四季のある日常生活を普通に過ごしながら、別の位相ではそれぞれの四季が作り出す観念を生きている。それが御仏や八百万《やおよろず》の神たちの心にかなう優雅な暮らしだと感じているのです。お花見、お正月、お盆の風情を感じることは、最低限の文化的生活ですね。四季は物理的な気温変化であり、同時に日本文化の観念＝言葉であるという二重構造である。

このことで日本人の日常生活そのものが、日本文化を映す鏡となります。『初音』に著された宮中や貴族、今なら旧家は必ずしも贅沢をするのでなく、ただそのような洗練を示す義務があるのですから、なかなか大変です。

そんな洗練の本質を理解している他文化は、世界広しといえどもフランスだけではないか、と思います。以前に、モダン＝近代化の競争において、西洋文化のトップを走っていたフランスが一番にポスト・モダンの意識を持ち、周回遅れで走っていた日本のプレ・モダンを「前方」に発見した、という話をしましたね。デリダやロラン・バルト、シラク大統領を思い起こしますが、フランスのインテリジェンスが尊敬する日本文化の洗練は想像を絶するものです。

たとえば座敷で花見の宴を催すとて招ばれていっ

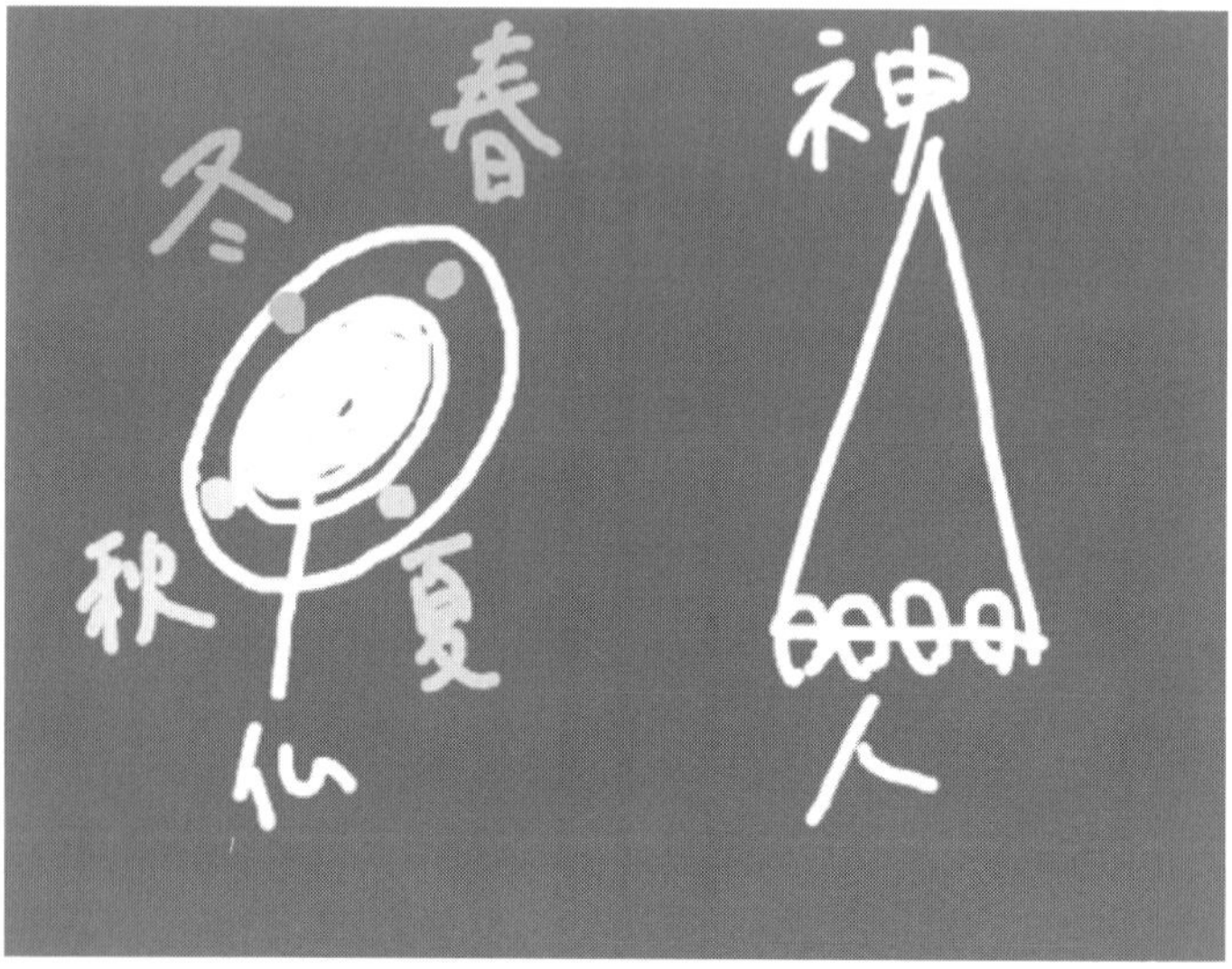

たが、どこにも花がない。おかしいなと思ったら、盃の中の酒の面に桜の影が映り込んでいる。見上げると天井に木彫りの桜花が設えられていて、お客はその桜の影を呑むのだ、と。こんな接待を受けて、ため息が出るほどの贅沢だと理解できる外国人がどれだけいるでしょう。

桜の名所に足を向け、満開の桜花にぼうっとなるほどの感慨を覚えるのも花見なら、折りとられた一枝を肴に、座敷の中で盃を傾けるのも花見です。ここで桜花はすでにバラ科のある植物というより、「桜という記号」となっている。日本人に共有される記憶の層を前提とし、私たちの前にその記号があれば、それは花見なのです。莫大な費用をかけて天井に桜を彫らせるのは、その記号としての日本文化を現前させようという意図ですね。

そこまで優雅なことは、私たちの日常生活では見

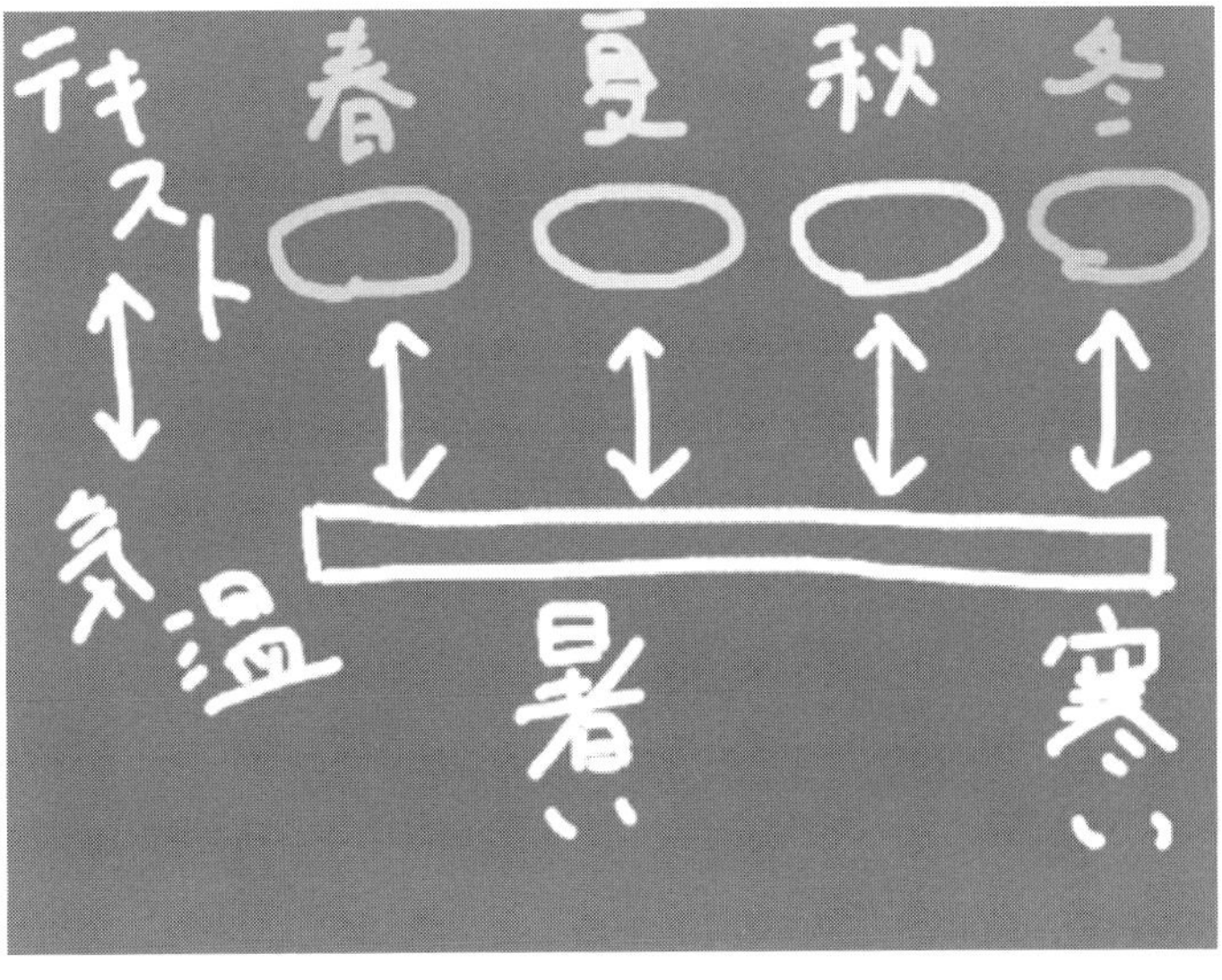

られないけれど、お正月に出されるお料理に、長々としたお品書きが添えられているというのはよく見受けられます。「チョロギ＝千代呂木」とか「子持ち昆布」とか、めでたい意味を含んだ記号としての食材が、和紙に筆でめいっぱい書き込まれている。物々しく書かれたその名称に当たるものがどれなのかと、お皿なり八寸なりの上を探すと、千代呂木がひとつ、ちょこんと載っている。また一センチ四方の子持ち昆布が一枚、添えられている。「金箔造り」うんぬんとあるのは、小さな二切ればかりの薄い白身のお造りに、よく見ると0・5ミリ幅くらいの金の粒がキラキラしている。お造りはもちろん鯛です。

これらをすべて一品として書き上げていきますと、盛りだくさんの言葉のおご馳走が現前する。食材が新鮮で美味であれば結構ですが、まあ目的としては、新春の縁起に満ちた意味を並べることにあります。私たちはお正月に、お料理ではなく、テキストを食べている。

ということまでは、なかなか理解もされないので、日本料理はいわゆる美味しいものではないかもしれません。二十歳ぐらいのアメリカン・ギャルが遊びに来たら、懐石料理なんかに連れて行っても無駄です。「とても風変わり」とか「奇妙ね」とかブツブツ言われるだけ。小僧寿司でも食わせてればいいんで、食べざかりは言葉では腹いっぱいになりませんからね。

さて『初音』の最後には、男踏歌《おとことうか》という行事が描かれます。男踏歌は、紫式部の時代にはすでに行われなくなっていた。つまり物語は著者の生きた時代より、少し過去という設定と考えられます。これは現在でも長編小説を書く場合、最も書きやすい時代設定です。

短編小説は、ある瞬間に永遠を見る。その瞬間の切迫感を高めるため、作者と（読者である必要はないですが）同時代に設定することがしばしばあります。しかし長編小説は、基本的には完結した人生に永遠を見るものですから、過去の出来事として決着していることを語るほうが落ち着きます。長編小説における少し過去という設定は、リアリティと安定性の両方を満たすものです。

男踏歌とは正月十四日か十五日の宮中行事で、貴族や高官の男性たちが楽曲や舞いを披露するものです。院や東宮、中宮へも巡って行きます。途中、水駅《みずうまや》とされた邸でさまざまな饗応を受けます。六条院もその一つに指定され、女君たちをみな呼び寄せて、華やかに盛り上がります。一人息子の中将（夕霧）の声が他の者に負けずに美しいと、源氏はご満悦です。女君たちが集まったのを機に、六条院だけで踏歌の後宴を催します。普段は賑やかなのをよそ事に聞き、寂しく思われている女君らのお気持ちを汲んでのことでしょう。

読者を飽きさせない長編小説には、誤解やすれ違い、三角関係といった満たされないドライブ要素で物語を前へ前へと進めることが必要です。しかし欠けるものなき『初音』の巻は、豪奢な言葉でできた極楽、もしくは曼荼羅の図です。ここでは六条院の完成された世界観が永遠として示され、私たちは現世ならぬ後世の暮らしを夢見るよう、登場人物とともにそのテキストを呼吸し、食べ、着て、生きることができるのです。

第18回　『胡蝶《こちょう》』と『螢《ほたる》』すなわち宙を飛ぶ物語

三月、紫の上の春の御殿は、花の色、鳥の声もきわめて美しい。源氏はその池に唐風の舟を浮かべ、管弦の遊びを催します。その頃、中宮も六条院に里帰りされていました。ぜひこの季節に春の御殿をお目にかけたいと思いつつ、軽々しくお出かけになれない御身分ですから、若い女房たちを舟に乗せ、池を伝ってお寄越しになります。それは素晴らしい舟楽の遊びで、さらに今の六条院には玉鬘《たまかずら》という姫がいて、若い公達の気持ちをそそります。なかでも兵部卿宮《ひょうぶきょうのみや》は三年前に奥様を亡くされ、熱心な求婚者でした。

翌朝は中宮の読経の日で、紫の上から仏前に花が届けられます。

はなぞのの胡蝶をさへや下草《したくさ》に
　秋まつむしはうとく見るらん

あの春秋のいずれがいっそう素晴らしいかという、やりとりを踏まえた歌です。中宮は微笑んでご覧になり、「昨日は羨ましくて、泣きたいほどに思いました」とお返事なさいます。優雅ですね。

源氏は玉鬘への恋文を検分します。兵部卿宮が恋い焦がれて恨み言のようなことまで述べ立てています。異腹の兄弟である兵部卿宮のこの様子が、源氏には愉快でなりません。高官の典型のような右大将が、熱い恋文を寄越しているのも面白い。

なかに一つ、結んだままの文があり、開けてみると見事な筆跡で書き方も当世風です。それは玉鬘と実の兄妹だとは知るよしもない、内大臣家の柏木《かしわぎ》からでした。つてを辿って頼み込み、やっと受け取られたものです。かわいらしいことだ、と源氏はその文を下へ置かずに眺めています。

源氏は女房の右近《うこん》をよび、文の返事の仕方を指導します。相手をよく選び、あまり冷淡と思われてもよくないが、いいかげんな便りにいちいち素早く返信する必要もない。兵部卿宮と右大将には、自尊心の高すぎる女と思われないように、それより下の者は熱心の度合いに応じて相手をしなさい、と細やかです。このあたりは源氏による、すなわち紫式部による「女のための交際論」として読めます。文のやりとりは交際術の一環という以上に文化の一環で、やはり美意識が試される。

源氏は、兵部卿宮を薦めながらも女好きだと評したり、右大将は長年連れ添った歳上の妻と別れたがっていて、それも面倒だと言ったりします。玉鬘を手放したくない気持ちから、結婚させたいのかさせたくないのか、複雑です。玉鬘は実の父である内大臣に娘として名乗りを挙げたいと思いつつ、源氏の厚意を無視はできないと、その気持ちをおくびにも出しません。

そんな玉鬘が源氏はますます可愛く、紫の上にその一端を語ります。単に親らしい気持ちだけでは済むまいと、紫の上は察知して、玉鬘を気の毒がります。源氏は紫の上の敏感さに舌を巻くと同時に、その通りになってゆく自身の気持ちをもてあましています。源氏は玉鬘に言い寄ったり、添い寝をしたりしつつ、結局は手を出しかねています。そんなこととは知らぬ兵部卿宮と右大将は、源氏が自分を認めているらしいと聞き、なお熱心に求婚します。

源氏は自らも言い寄りながら兵部卿宮の執心を喜んで、返り文を書くように勧めます。玉鬘は幾重にも不快に感じ、そんな源氏から逃れるため兵部卿宮に惹かれているかのように見せかけることもします。無邪気な乙女が手管らしきことを身につけてゆくのです。

めったにない返事に、兵部卿宮はいそいそと出かけてこられます。玉鬘のもとでは源氏が手ずから、かいがいしく世話を焼いています。その源氏の衣の香も混ざった薫物が奥から漂い、想像以上に高貴な趣きの女性だと、兵部卿宮は感じます。宮のご様子や口にする言葉も、優美で素晴らしいと源氏は思い、もっと宮の側近くに寄るように、と玉鬘に忠告します。うかうかしていると、それにかこつけて源氏も入って来かねません。玉鬘は押し出されるようににじり出ます。すると几帳《きちょう》の端を持ち上げ、源氏はたくさんの螢を放ちます。螢の光がぱっと辺りに輝き、驚いた玉鬘が扇で隠した横顔がほのかに照らし出されます。その美しさを源氏は兵部卿宮にかいま見せて、ますます夢中にさせようというのでした。

この源氏の振るまいは、何でしょう。親代わりとして自制しつつ、玉鬘に惹かれる自身の身代わりに兵部卿宮をけしかけている。玉鬘の恋愛に関わるには、たしかに非難を浴びないひとつのやり方です。しかし源氏の本心は、本当に玉鬘をくれてやる気になれない。彼女を掌中に収めたまま、見せびらかすことしかしません。螢の演出で、ほのかに横顔を見せてやる、というのはまさにそうです。

玉鬘の煩悶は、この源氏のはっきりしない態度からもたらされている。実の父である内大臣に娘として対面した上で源氏が恋人として言い寄るのなら、不似合いでもないと思う。そう思うということは、玉鬘とて源氏の気持ちがまんざらでもない、ということでしょうか。なのに妻として遇しようとはせず、曖昧な親子関係のまま、とても人に聞かせられないかたちで言い寄ろうとする。玉鬘が我が身を嘆くのはそこですが、源氏自身、親となるべきか、夫となるべきか揺れているのです。早々に釘を刺された紫の上の手前もあり、自分の身分の重さもあり、娘として触れまわってある玉鬘を今さら表だって妻にもできない。

玉鬘がときおり兵部卿宮に対して、自ら返り文を書く気を起こすようなことがあるのは、この源氏の自分への態度、そして何も知らない兵部卿宮を利用している態度への反発のように思えます。

五月五日の端午の節句に、六条院で騎射があります。源氏は花散里《はなちるさと》のもとを訪れます。兵部卿宮が一番立派であった、帥宮《そちのみや》はいまひとつ品がない、という花散里の批評を当たっている、と思います。こういったことを遠慮なく言う信頼感のある関係なのですね。源氏は右大将などが世間で誉められていることに、たいした男ではない、玉鬘の婿としてはとても不満があるだろう、と思いますが、口には出しません。

梅雨の季節に入り、長雨で退屈している御方らは物語に夢中になっています。『住吉物語』の評判の姫が、卑しい主計頭《かずえのかみ》の妻にされてしまいそうになるくだりなど、玉鬘は大夫監《たいふのげん》から逃れてきた自身と重ね合わせます。

源氏は、あちこちに物語の類いが散らかしてあるのを見て「女というものはうるさがりもしないで、人に欺《だま》されるように生まれついているのですね」と嘆息します。「近頃幼い姫君が女房などにときどき読ますのを聞いていますと、随分世の中には話上手がいるものですね。大方こんな物語は、譃《うそ》を巧《うま》くつき馴れている人の口から出るのだと思いますが」と。

玉鬘は「ほんに、譃をつき馴れていらっしゃるお方は、いろいろとそういう風にお取りになるでございましょう。わたくしなどは一途に本当のことと思うばかりでございます」と応えます。玉鬘自身が物語から抜け出たような玉鬘の「譃をつき馴れ」た源氏への嫌味も感じられます。玉鬘という女性は高貴で優雅ですが、反発心も持ち合わせている。お母さんの夕顔も源氏に対して「あら、光のなかで見ると、たいしたことないわね」などと冗談口をたたいた唯一の女性でした。

源氏は「これは無風流な悪口を言ってしまいました。いや、ほんとうは、神代からあった出来事を記《しる》しておいたものなのでしょう。日本紀などはただ片端を述べているので、実はこれらの物語にこそ、詳しいことが道理正しく書いてあるのでしょうね」と笑います。

物語の権化たる玉鬘にシメられ、いきなり日和った源氏は、物語というものを単に事実に反したものと捉えるのは見立て違いだと言い出す。「神代からあった出来事」が持ち出されれば、それらをもただの作り話としてしまったのでは、国の思想的な礎が危うくなります。事実そのままとは違っていたとしても、原理としての「道理＝真実」を含み、メタファーとしてのフィクションであるテキストは、嘘や作り話とは区別されなくてはなりません。すなわち「道理」は〝神代からの真実〟という意味です。「神代からのすべてのこと」とは、「起こった事実のすべて」より広く、「道理からすれば起こり得べきことのすべて」です。

物語の味方になってしまった源氏は、人の伝記もありのままを書くということはなく、「よいように言おうとする時はよいことの限りを選び出して書き

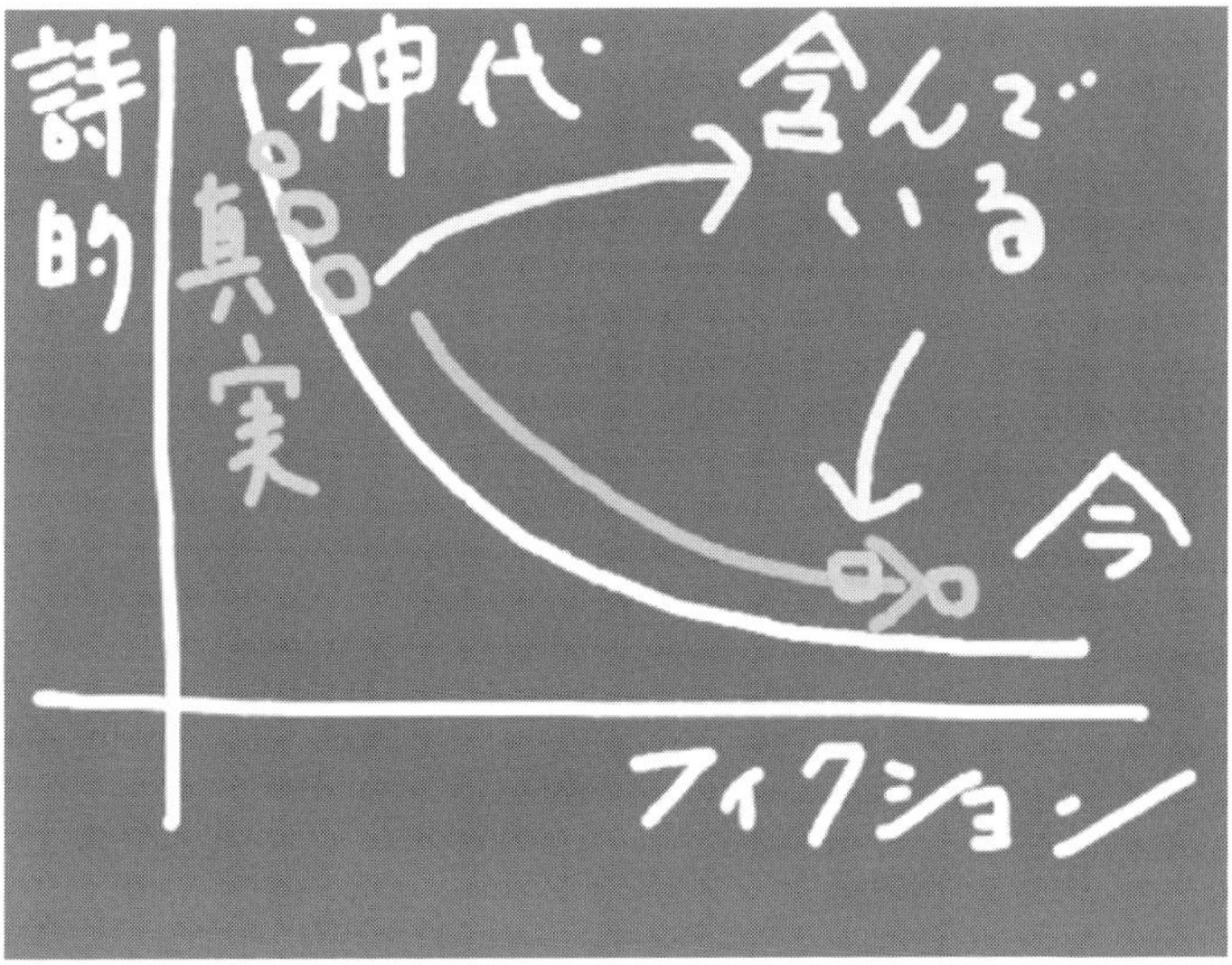

ますし、読者に阿《おもね》ろうとする場合には、また珍しい悪いことなども取り集めて書きます」と述べます。海外のもの、同じ日本のものでも時代が違うもの、深いものと浅いものとさまざまだが、いずれすべてを作り話としてしまうことはできない。仏典にも方便ということがあるが、菩提と煩悩とはすなわち人物のよい面と悪い面ほどの違いである。よく言えば、何も無駄なものはないようである、と。

ここは言うまでもなく、源氏の口を借りた紫式部の物語論です。やや都合がよすぎるぐらいに物語の肩を持ちはじめた源氏ですが、「ところでそういう昔物語の中に、私のような馬鹿正直な痴《しれ》者《もの》のことを書いたものがあるでしょうか。ひどく餘所々々《よそよそ》しくしていらっしゃる話の中の姫君でも、そこなお方のようにそっけなく、空惚《そらとぼ》けておいでなのはありますまいに」と玉鬘ににじり寄ります。マジでオヤジっぽいですね。「不孝ということは、佛の道でも固く戒めていますのに」とか。玉鬘は「ふるきあとを尋ぬれどげになかりけり　この世にかかる親の心は――確かにこんな親心のことは読んだことはない」と逃げます。物語作者が意図した物語論の展開ですが、登場人物たちは途中からそれどころでなくなり、痴れた話にしてしまう。

源氏は紫の上のところでも物語について語りますが、すでに関心はテキストを離れ、物語のお姫さまを引き合いに、明石の姫君をいかに育てるかということです。その明石の姫君のところには、異腹の兄である夕霧《ゆうぎり》が頻繁に出入りしています。夕霧は雲井《くもい》の雁《かり》をいまだに想っていますが、仲を許そうとしない内大臣を恨み、表に出しません。内大臣家の柏木《かしわぎ》は実の兄妹と知らずに玉鬘に想いを寄せていますが、夕霧に仲介を頼んでもそっけないのです。

その内大臣（源氏の旧友、昔の頭中将《とうのちゅうじょう》）の娘は冷泉帝に入内した女御と雲井の雁だけです。女御は源氏が後見である秋好中宮《あきこのむちゅうぐう》に負けておいでになり、雲井の雁は夕霧とあんなことになって、思い通りの姫がいません。そんなことから昔あの夕顔に生ませた女の子がどうしているやらと、よく気をつけて探させるのですが、手がかりは見つかりません。

以上が、源氏と玉鬘との歪んだ親子＝恋愛関係を軸とした『胡蝶《こちょう》』と『螢《ほたる》』の巻です。抑えていた源氏の執着が高まり、玉鬘の姿を螢の光に浮かび上がらせ、兵部卿宮の欲望を介して満足を得ようとする。そしてそんな自分たち二人が物語の登場人物であるかのごとき（実際そうなのですが）戯れを言いかけつつ、源氏が述べる物語批判です。

『胡蝶』と『螢』、どちらも宙を飛ぶものであることは象徴的です。実体として結ばれることを禁じられているがために親子というメタ的な愛情にすり替え、また他者の欲望を自らの欲望の代替物とする源氏の試み、また物語の登場人物という軛を断ち切り、高いところから物語を見下ろして批判する試み、いずれも地上を離れて飛翔し、自在な立場を得ようとする意識です。

この自在さは、源氏の玉鬘に対する態度についてはは都合がいいものですが、闊達でスリリングな物語を作ってもいます。時間の流れとともに水平的に進んでゆくだけではなく、ときに飛翔し、高い視点を得て物語自体を相対化し、また降りてきて物語の進行に着地する。

アニメの『宇宙戦艦ヤマト』でワープ航法というのがあって、光の速度を超えることで時空を超越する。敵に追い詰められると、それで逃げちゃうので、都合がいいっちゃ都合がいいんですけど、それを思わせるものがあります。

時空を超えて飛翔するというSF的な発想と、この都合のよさが究極的にスリリングな物語批判を生み出した代表作は、何と言ってもハリウッド映画『バック・トゥ・ザ・フューチャー』でしょう。今となってはずいぶん昔の映画ですが、何回見ても面白さは少しも衰えて感じません。

マイケル・J・フォックス演じるマーティ少年は、

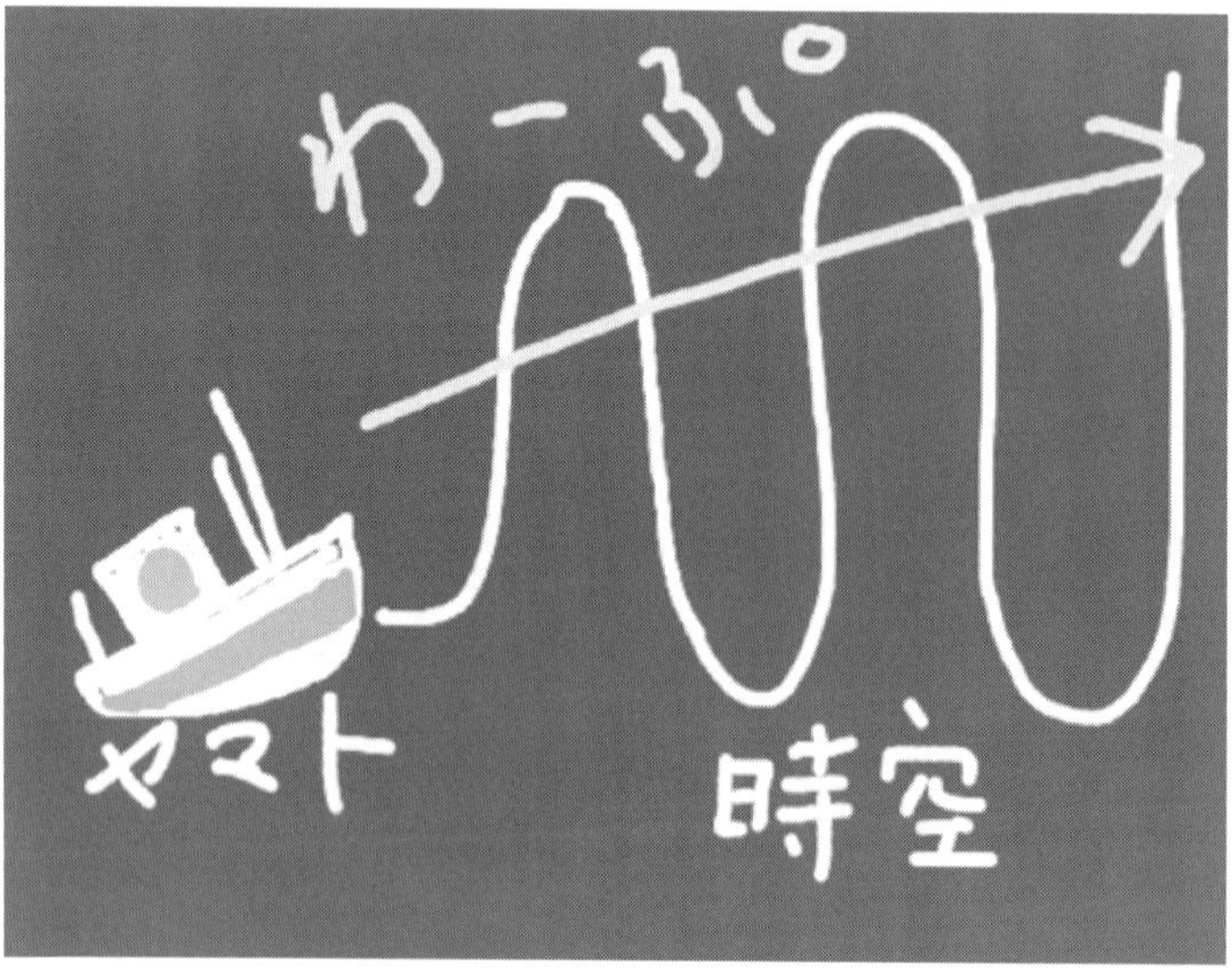

ドクとよばれる孤独な発明家のところに出入りしています。このドクが畢生の大発明、自動車型のタイムマシンを作り出す。ところがドクはリビアの過激派を騙し、タイムマシンを動かすための核燃料を得ていました。二人はテロリストに追われ、ドクは撃たれて、捕まりかけたたマーティが乗り込んだタイムマシンは一九五五年へと飛んでいきます。

五〇年代の街並みが再現された映像の中で、マーティは自分のママ（になるはずのロレイン）と出会います。それによって自分の母と父の出会いを邪魔してしまう。ロレインは未来から来た少年、マーティに恋をし、父親になるはずのジョージには見向きもしません。こうなるとマーティとその兄妹は生まれないので、存在の危機に瀕する。

『バック・トゥ・ザ・フューチャー　パート1』は、マーティが自分のパパとママが結ばれるように奮闘

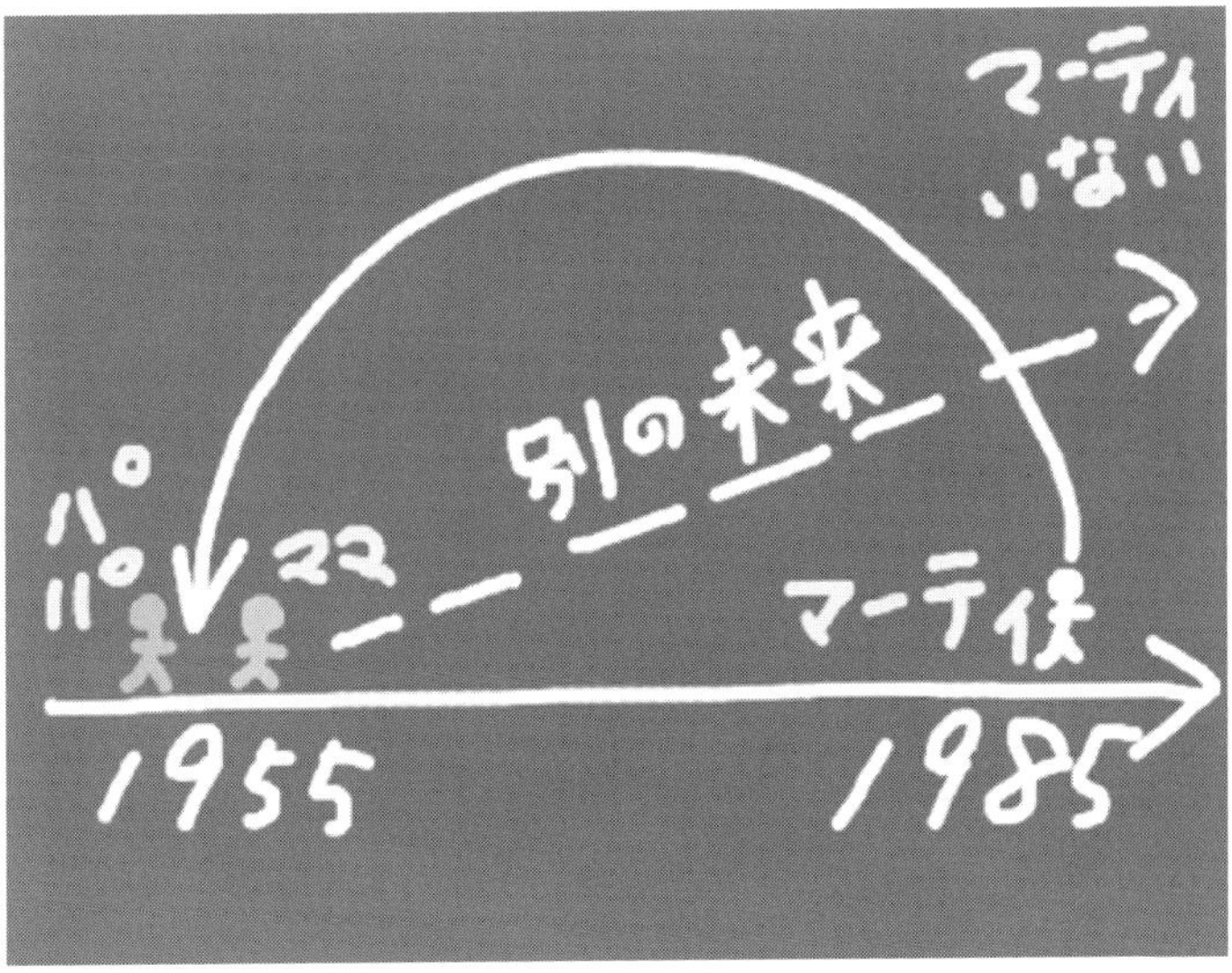

するという、コメディタッチのＳＦです。注目すべきは、それが「自分自身が生まれ出るため」という極めて自己言及的な構造を持っていることです。

パパとママが高校のパーティでキスをする、それをもってマーティの存在の危機は回避されますが、同時に元の時代にいかにして戻るか、という難題もある。マーティは五〇年代に生活しているドクに会いますが、この時代に核燃料を手に入れることはできず、同等のエネルギーを得られるのは、「雷ぐらいしかない」。

たまたまマーティが一九八五年から持ってきたチラシによって、五五年に街の時計台に雷が落ちた日付と時刻を特定することができた。まさにその時にエネルギーを得るための装置をセットして、マーティを八五年に帰そう（「バック・トゥ・ザ・フューチャー」）という試みが為されます。マーティは一九五五年を去る前に、ドクに手紙を渡し、ドクがテロリストに撃たれる直前の八五年に戻ります。観客の前には、リビアの過激派に追われる二人の姿が冒頭と同じように（しかし五五年から戻ってきたばかりで、物陰に隠れているマーティの視線で）映し出されます。ドクは撃たれますが、五五年にマーティから受け取った手紙のおかげで防弾チョッキを着用していて助かります。

物語は通常、時間の一方向的な流れという制約の中で作られます。このように一九五五年と八五年との間で自在に情報がやりとりされるという状態で、弛緩した都合のいい物語にしないいためには、さまざまな事件によって主人公たちを追い詰めていかなくてはなりません。テロリスト、やたらと優柔不断な未来のパパ、ロレインを狙う嫌われ者のビフといった仕掛けを密に張りめぐらせ、一瞬も息のつけないジェットコースター・ムービーに仕上がった。『バック・トゥ・ザ・フューチャー』は、時空を超える自在感が少年の躍動感と相まった超傑作です。

続編の『バック・トゥ・ザ・フューチャー　パート2』は少し複雑です。一九八五年に戻るや否や、マーティとドクは二〇一五年へ行くことになります。未来のマーティの一家に思わしくない出来事が起き、それを回避するためでした。ここまでは単純です。

二〇一五年の未来で、マーティは二〇〇〇年までのスポーツの勝敗が載ったスポーツ年鑑を買いますが、ドクに見咎められて捨てます。その時代にはすでに老人となっているビフが年鑑を拾い、タイムマシンを盗み出して一九五五年のあの高校のパーティの夜に出掛け、若い日のビフ自身にそれを手渡します。

マーティたちが一九八五年に戻ると、大富豪となったビフが周囲を支配し、父ジョージは殺され、母ロレインはビフと再婚しています。すべては五五年に、未来のスポーツ年鑑を手にいれた若いビフが、勝敗の賭博で勝ち続けた結果でした。

マーティたちは、再び一九五五年のあの高校のパーティにやってきます。ビフからスポーツ年鑑を奪い返し、焼き捨てることで未来を修復するのです。ここで、あのパート1と同じ場面、同時に撮影されたと思われる画像が映し出されます。パート1での、マーティがパーティで父親ジョージをけしかけたり、ギターを演奏したりする様子が、パート2のマーティの視線から映し直されるのです。

パート1で言及される「自己」とは、主人公マーティの出生だったのですが、パート2で言及される「自己」＝アイデンティティとはすなわち、映画『バック トゥ ザ フューチャー パート1』そのものなのです。それは過去のちょっとしたことが常に未来に大きな影響を与え続けるという、パート2のテーマとも響き合います。

さて、一九五五年で未来の修復を終えたマーティたちは、八五年に帰ろうとします。そのときあのパート1のときの同じ雷が落ち、ドクはタイムマシンごと消えてしまいます。嘆くマーティのもとに一

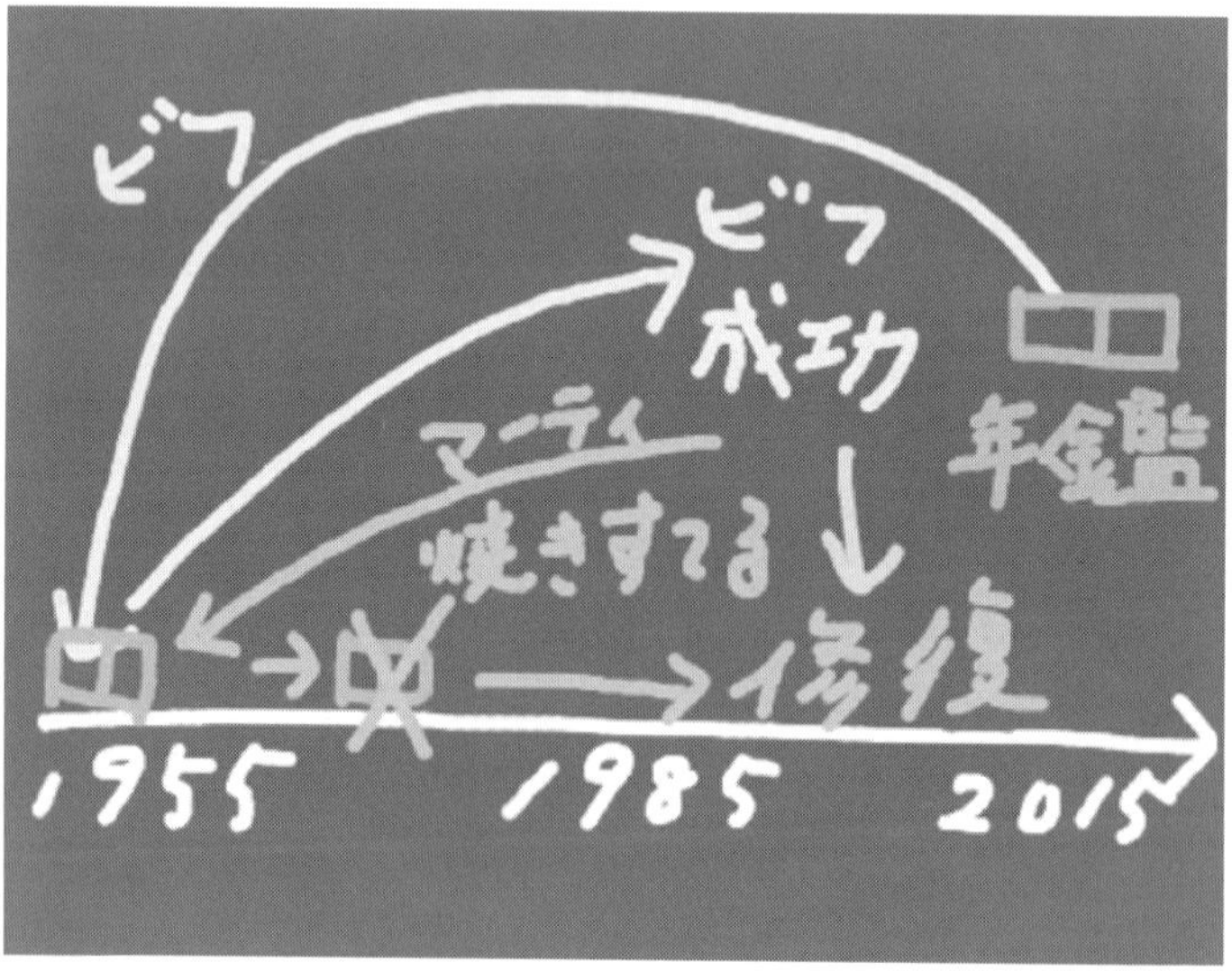

人の男が近づき、七十年間預かっていたという手紙を渡します。それはドクからのもので、彼は一八八五年に飛ばされていたのでした。『バック・トゥ・ザ・フューチャー　パート3』は一八八五年、すなわち西部劇の時代が舞台です。このパート3はユニバーサル映画七十五周年記念作品でもあるそうで、すなわちアメリカ映画のルーツとしての西部劇に、映画として自己言及しているわけですね。

スリリングな自己言及とは、自我を離れ、自己を相対化する外部の視線から形作られます。源氏と玉鬘の関係は血縁関係のない親子であり、恋愛関係に移行しようとする源氏の姿がある。これは物語前半の源氏と藤壺の関係を、源氏を中心として裏返したものであり、歳をとった源氏によるそのパロディともとれる。

「玉鬘十帖《たまかずらじゅうじょう》」が、外伝として後から書き加えられたという説が正しいなら、作者自身の視線で源氏と藤壺の関係を外部から相対化した、物語作者による自身の物語への自己言及である、とも捉えられますね。

第19回　『常夏《とこなつ》』と『篝火《かがりび》』そして中上健次

ある暑い日、六条院の釣殿で、源氏は夕霧《ゆうぎり》や内大臣家の若い君たちと涼んでいます。目の前で魚を調理させ、酒を酌み交わして納涼大会です。「せめてここでは自由にくつろいで、何か近頃の世間のことで、少し珍しいこと、眠気のさめるような話でも聞かして下さい」と源氏は、最近、内大臣（旧友、昔の頭中将《とうのちゅうじょう》）が見つけ出した近江《おうみ》の君という外腹の姫のことを訊ねます。なんのかんの言いながら情報収集というわけでしょう。

この春、内大臣が夢占いをさせたという噂を聞きつけた者が、自分は縁故があると名乗り出てきた。内大臣の息子の柏木《かしわぎ》が調査にあたって、どうやら娘だということになり、引き取られた。が、これが内大臣の面目を傷つける結果となりました。

やはり本当だったのか、と源氏は思いつつ、「大勢お子たちがおありなのに、列におくれた雁《かり》までも強《し》いてお尋ね出しになるとは、欲張っておいでだ」と笑っています。内大臣はいつも源氏と張りあうようなことになりますが、今回もそれが裏目に出てしまった。名乗り出てきた姫はどうやら、ひどく出来が悪いらしい。

若い頃の内大臣は、ずいぶんあちこち忍び歩きをしていたのだから、娘には違いあるまい。と、源氏は息子の夕霧に向かい、「あなたもいっそそういう落葉《おちば》でも拾ったらどうだ。その娘ならあのおん方（雲井《くもい》の雁《かり》）の妹君になるのだから、外聞の悪い名を後の世に残すより、『同じ挿頭《かざし》』で満足する方が無事ではないか」とからかいます。夕霧と雲井の雁との結婚を許そうとしない内大臣に対する嫌味です。

源氏と内大臣とは仲がよいのですが、昔からそりが合わないところもある。男女の間でも徐々に幻想が失われていく『源氏物語』ですから、まして男同士の友情をや。しかも今は息子の夕霧を辱められている状態ですので、そこにいる内大臣家の君たちから大臣の耳に入ることは承知で言っているのです。

そんな話を聞くにつけ、もし玉鬘《たまかずら》を内大臣の娘と知らせたら、さぞ大喜びして迎えるだろうと推測されます。その玉鬘のところへ、内大臣家の君たちを連れてゆきます。どなたも立派な方々ですが、実際には玉鬘の兄弟なのです。熱心に手紙をよこす柏木は、今日はいませんが、彼らにまさっておられます。けれども誰よりも優美なのは、やはり夕霧なのです。夕霧を嫌うとは内大臣の見識が疑われると、源氏は玉鬘の前でも嘆息します。自身のお子たちが繁栄する中に、皇孫の血である夕霧が王風の雰囲気を醸しているのが目障りなのか、と。自身の実の父である内大臣と源氏との間にこのような隔てがあるのでは、いったいいつ親子の名乗りができるのであろうと、玉鬘は暗澹とした気持ちになります。

源氏は、玉鬘に和琴の手ほどきをします。内大臣は和琴の名手ですから、玉鬘は熱心に習いたがります。が、源氏にとっては玉鬘との距離を縮めるための口実に過ぎません。そのすれ違いは、それ自体が音楽における旋律の二重構造を思わせます。

源氏は、

撫子のとこなつかしき色を見ば
もとのかきねを人やたづねん

あなたの母のことを尋ねられると思うと、内大臣に伝えるのを躊躇してしまうのです、などと言います。それに対して玉鬘は、

山がつの垣ほに生ひし撫子の
もとの根ざしを誰かたづねん

私の母のことなんて誰が尋ねるでしょう、と応えます。そんな玉鬘に源氏はますます心惹かれます。あまりしょっちゅう訪ねるので、人目も気になります。かといって妻にしてしまっても、紫の上より以上の存在にすることはできません。二番目の妻になることは、玉鬘にとって不幸だということぐらいは、源氏にもわかるのです。いっそ兵部卿宮《ひょうぶきょうのみや》か右大将に許してしまおうか、とも思います。また思い返して、結婚させた上で手元に置き、自分の恋人にしてしまおうと、け

しからんことまで考えます。

内大臣は、源氏が近江の君のことを尋ねたと聞き、「めったに人の上などを非難なさらない大臣だけれども、ここのことになるといつも聞き耳を立ててお貶《けな》しになる。お蔭でかえって面目のある気がします」と笑います。

しかし、その玉鬘というのは素晴らしい姫という噂です、と息子が告げますと、「いやいや、それはあの大臣のおん娘だというところから、たいそうらしく思うのだ」と、論評します。さらに「しかし今度の姫君というのは、ひょっとすると実のお子ではないかも知れない。どうも一癖ある方のなさることだから、何ぞお考えがあるのではないか」と貶めるのですが、図星です。さすがに幼なじみだけのことはあります。その掌中の珠を源氏はどこへやるつもりなのかと内大臣は気を揉みます。

それにつけても我が娘、雲井の雁のことが残念でなりません。玉鬘のように、どこへやるのかと人に気を揉ませたかったものです。少なくとも夕霧がよほど高い位に昇るまで、またどうしてもと懇願してくるまでは許すまじと思うのですが、あちらは涼しい顔をしているのがまた癪なのです。

雲井の雁の様子を見に行きますと、無邪気にお昼寝の最中です。親の目から見ても、たいへん可愛らしいと思いつつ、ひとしきりお説教します。

そして期待外れであった近江《おうみ》の君ですが、このまま家に置くのも不愉快だし、送り返すのもみっともない。処遇に困った内大臣は、女御である娘のいる宮中に出仕させることに決めました。それが相当だ、と突き放しています。近江の君の器量は人が言うほど悪くなく、愛嬌があって可愛らしく、髪もきれいです。ただ、額がひどく狭いのと、声がうわっ調子で早口なのです。

双六遊びをしている彼女に「何か落ち着かない、窮屈な気持はしませんか」と、内大臣は尋ねてお上げになります。すると「年頃会いたい見たいと存じ上げていましたお顔を、終始拝むことができませんだけが、双六にいい目が出ないような心持で」と、例の早口で答えます。双六に引っ掛けて、気の利いた返答をしているつもりなのでしょう。この娘の顔に自身と似通ったところを認め、内大臣は運命を呪います。

宮仕えに出るというのも、「あれは某《なにがし》の娘だとか、あの人の子だとか言われるほどの者になると、親兄弟の不面目になることが多いのです、まして」と言いかけ、内大臣は口をつぐみます。そのお気持ちもわからない近江の君は「それは、人中《ひとなか》に出て偉そうに振舞おうと思えばこそ、面倒が起るのでございますが、御《おお》糞《み》壺《おおつぼ》取りなどでもいたしますよ」と言うので、内大臣もつい笑ってしまいます。

しかしこんな娘をいきなり人前に出せば、ますます悪評が立つだろうと思い返されて、「女御がお里においでの時は、おりおり伺って、女房たちの風儀などもお見習いなさい」と勧めます。近江の君は喜んで「何としてでも皆様方に人並みに思っていただけるようにと、寝ても覚めてもそればかり。（中略）お許しさえ願えましたら、水を汲《く》んだり頭にのせて運んだりしましてでも、御奉公をいたしましょう」などと一段と早口で言い、女御にお手紙を書きます。

草わかみ常陸《ひたち》の海のいかがさき
　いかで相見ん田子のうらなみ

草仮名が多くて角ばった文字です。怪しげな筆法でふらふらした書跡は下に長く伸ばし、気どっています。行が進むほど端が曲がり、倒れそうに書かれたのを近江の君は満足そうに見返し、小さく巻いて撫子の花に添えます。

文を読んだ女御は苦笑され、女房たちもくすくす笑うようにして、相手の程度に合わせて返事を代筆します。

常陸なる駿河の海の須磨の浦に
　波立ちいでよ箱崎のまつ

関係のない地名をやたら盛り込んだ、近江の君の歌への当てこすりです。近江の君は感心し、「『まつ』とおっしゃっていらっしゃるわ」と、出かける支度をします。甘ったるい香を着物に焚き染め、赤々と紅を付け、髪をきれいにすると、それなりに愛嬌がある。さて面会して、どんな出過ぎた真似をしでかしたものやら。詳細は書かれていません。見るに堪えないということでしょう。

近江の君という女性は気の毒にも、『源氏物語』中で最も馬鹿にされています。あの末摘花《すえつむはな》にも彼女ならではの美点がある。老いてなお色好みの源典侍《げんのないしのすけ》は、ある瞬間には源氏の裏返しです。この近江の君はしかし見た目は必ずしも悪くなく、頭の回転は早い。ただ育ちのせいで不躾なしゃべり方をして、深い考えもなく過ぎたことを言う。並外れた愚かしさではないことが逆に品のなさを引き立たせ、馬鹿娘として印象付けられるのです。

近江の君とは、テキスト的には（腹違いの姉妹に当たる）玉鬘のパロディであり、しかし血筋的には（実の父である）内大臣のパロディということです。紫式部の平安期には遺伝子の知識はなかったはずです。が、血筋も一種のテキストであり、不肖の子供は親のパロディとなってしまってその威信への批判となる。血の繋がりはいかんともしがたく、内大臣と近江の君の親子のように、精神的にはまったく繋がっていないこともまた、いかんともしがたい。

近江の君の噂を耳にすると、源氏は「きっぱりしたことがお好きな餘《あま》りに、深い事情も調べずに引き取ってはみたものの、気に入らないので、そんな冷淡なあしらいをなさるのであろう。すべて物事は扱い方で穏かに運ぶものだのに」と陰口をききます。

玉鬘はそれを我がこととし、源氏に引き取られた自身の、むしろ幸運を思います。源氏に言い寄られて迷惑ではあるものの、無理強いはされず、愛情深く扱われるうちにようやく打ち解けてきたのでした。

秋になり、やはり源氏は玉鬘のところへ入り浸りです。思いを遂げられないので、ぐずぐず長居するのでしょうか。琴を枕に二人で仮寝などして、これで何事もないとは不思議な仲である、と源氏は思います。人目を気にして帰ろうとしたときには、もう日は暮れており、篝火《かがりび》が消えかかっているのを灯させます。遣水《やりみず》のほとりに枝を広げた檀《まゆみ》の木の下の篝火は暑苦しくなく、座敷の方に光を投げかけ、玉鬘の姿が美しく浮かび上がる。

篝火にたちそふ恋のけぶりこそ
　よにはたえせぬほのほなりけれ

と、源氏は立ち去りがたいのですが、

行方《ゆくへ》なき空に消ちてよかがり火の

と、玉鬘が困惑するので、いよいよ帰ろうとして出ます。すると見事な笛の音が、笙に合わせて聞こえてきました。頭中将（柏木）の笛に違いなく、源中将（夕霧）が親しい公達と遊んでいるのでした。源中将と頭中将、その弟の弁の少将を呼び寄せ、合奏します。

「御簾《みす》のうちにはものの音を聞き分ける人がおいでであろう。今宵は盃《さかずき》なども過さないようにすることだ。私のような年寄りは、酔い泣きのついでに、お腹の中にあることを口走るかも知れないから」と、源氏が言うのを、玉鬘は感慨をもって聞きます。兄妹だとは知らぬ柏木は、玉鬘への思いのたけを込め過ぎないようにと、緊張して演奏するのでした。

このように周囲をやきもきさせながら、玉鬘には今のところ、誰も手出しができません。兵部《ひょうぶ》卿《きょうのみや》宮に蛍の光で玉鬘を見せたことと重なり、源氏もまた篝火の光で眺めるばかりです。そもそもが兄妹の柏木は、文や琴の音に恋心を託します。物語から抜け出てきた姫である玉鬘を、それぞれが自らの文脈で「読む」しかない。

一方で玉鬘を遠巻きにせざるを得なくなるのは、柏木とは兄妹（実は）という血の軛です。それは玉鬘が物語＝テキストの姫ではなく、肉体を持つ存在であることの証しでもあります。婿候補である兵部卿宮は源氏の異母弟ですから、玉鬘とは（源氏が彼女の父なら）叔父と姪。親子・

兄妹間の結婚は論外ですが、狭い貴族社会では誰もが親戚同士です。貴族たるもの権力に近づくことは帝に近づくことだったのですから、当然でしょう。近親婚とはタブーに近接しつつ、特権階級の「血」の必然的運命であり、一つの原初の神から生じたという神話的象徴でもある。

そのように特権的な神話世界を現代において描いた作家に、中上健次がいます。和歌山県新宮市生まれ、一九九二年に四十六歳の若さで、本当に惜しまれながら亡くなりました。

中上の描いた神話的世界は自身の故郷（＝路地）、自身の血脈から生まれたものです。伝記的事実としては、母が健次を身籠もっているときに父は二人の女性を妊娠させ、両親は離婚、父はその一方の女性と再婚、健次の後に腹違いの妹が生まれ、父はさらにこの女性との間に二人の子をもうけ、健次の母は五人の子を女手ひとつで育てていましたが、連れ子一人を連れた中上七郎氏と再婚、健次の一二歳上の兄が首つり自殺した。末子の健次は中上家に入籍しました。

紀州を舞台に、父への憎悪を胸に肉体労働に明け暮れる青年をめぐる血脈を描いた小説で若くして認められますが、中上の最高傑作である『千年の愉楽』では土地の物語は一種の抽象化を遂げ、輝かしい神話世界へと昇華されています。

「明け方になって急に家の裏口から夏芙蓉の甘いにおいが入り込んで来たので息苦しく、まるで花のにおいに息をとめられるように思ってオリュウノオバは眼をさまし、仏壇の横にしつらえた台に乗せた夫の礼如さんの額に入った写真が微かに白く闇の中に浮きあがっているのをみて、尊い仏さまのような人だった礼如さんと夫婦だった事が有り得ない幻だったたような気がした。」

第一章『半蔵の鳥』の冒頭です。密度が濃く、音楽的な文体です。オリュウノオバは年老いてあまり動けませんが、路地の若者、その親たちを取りあげた産婆です。亡くなった夫の礼如さんは靴つくりでしたが、一人息子が三歳のときに茶粥を頭からかぶって死んでから坊主になった。産婆と坊主の夫婦で、つまり路地の「生」と「死」をみとっている。

「半蔵の姓は中本、オリュウノオバの夫の礼如さんの一統にも当り、西村へ養子に行った勝一郎や弦とはイトコ同士だった。中本彦之助が半蔵の男親で、彦之助の男親がタツ、女親がナミノで、彦之助の弟が勝一郎や弦の親キクドウになる。タツとナミノはその二人の子を産んで別れ、タツは田口マサエの腹に女の子を一人もうけている。彦之助は半蔵一人を女に産ませてそれで町の後家と駆け落ちして田辺に行き、三人ほど子をつくったと風の噂が路地に届いた。」

この複雑な血脈である中本の血は「よどみ腐っている」。が、同時に「貴種」でもある。路地の人々皆を親代わりとして育った半蔵は輝くように美しい男振りで、二十歳前に土方の親方となる。昏いかげりなど毛ほどもなかったが、女に孕ませた子が「弦みたいなの生まれへんかいね」と、オリュウノオバに囁いた。イトコの弦は「左手に指がなくただ獣のひづめのように二つに裂け」ているのだ。オリュウノオバは「弦は仏様やのに。仏様がそうそう生まれてくるもんか」と応じます。

関西出身の学生さんなら気がつくかもしれませんが、この「路地」という場所はいわゆる被差別部落です。しかし中上の作品中、「被差別部落」という言葉は出てきません。一般の社会に対して、差別を受けている事実を告発し、人は平等であるべきだというイデオロギーを主張する小説はいくつかありますが、中上の作品はそれらとは違います。その特別な輝かしさ、貴種であり、それゆえに澱み腐ってゆくという憧れに満ちた場所。その一統の「血」を素晴らしい文体で描き、作家の誰もがうらやむ神話的世界を現出しました。

「路地」の中でも、たいへんな美形か、もしくは奇形が生まれるかもしれない「中本の血」とは、狭く囲い込まれた中で近親婚が繰り返されてきた結果と考えられ、平安期の貴族社会と同じです。「路地」の者たちを貴種、貴族になぞらえるのは単なるこじつけ、文学的メタファーではありません。歴史的事実として、天皇制が生み出したヒエラルキーにおいて、どちらも天皇との距離の近さによって特殊な階級となったものです。

被差別というからには最下層で天皇から遠いのでは、と思うかもしれませんが、その逆です。もちろん被差別の歴史も複雑で、それぞれの部落が成立した年代も異なりましょう。朝鮮からの渡来人を囲い込んだ場所もあるし、中上健次の故郷など、古来は天皇陵を守っていた人々の集落もあり、また芸能を生業とする者たちを被差別としたこともあります。いずれもその特殊な立場や能力により、権力の中枢たる天皇に接近する可能性のあった人々です。明治天皇が亡くなったときにその柩を担いでいたのは京都の八瀬童子で、元々は伝教大師最澄が使役した鬼の子孫だと言われます。であれば、もとより「平等」を要求する必要もなく貴種とよばれてもおかしくない。

このような古来の、確かに貴種である人々を最下層として囲い込んだのは、封建社会が成立した後のことです。それは、本当の最下層でなおかつ国家の礎であった農民たちの不満のはけ口とするためだった、ということは学校で習ったかもしれません。つまりは権力を安定させるための都合だったわけで、

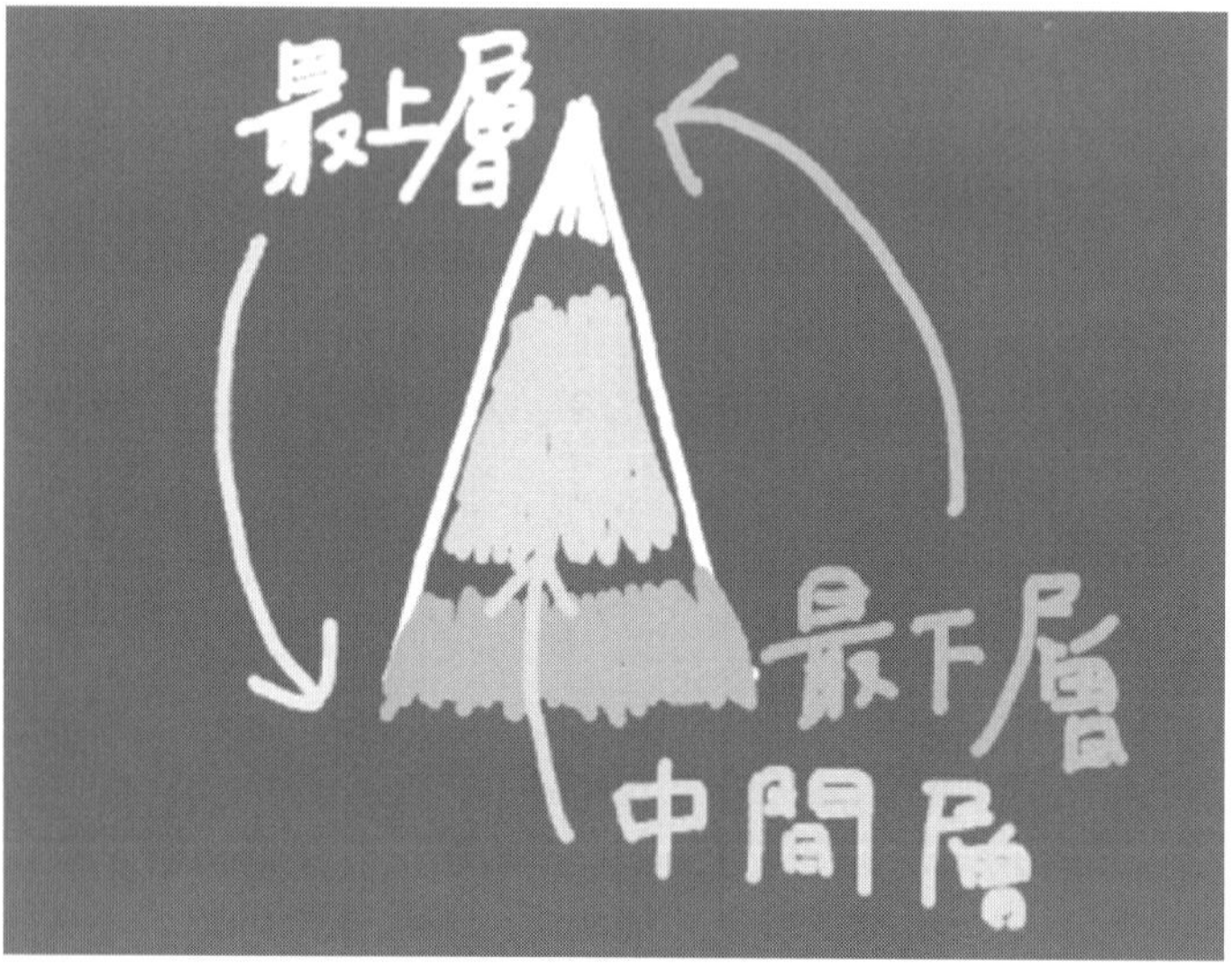

権力が強くおよぶ地域にしか広がらなかった。「関西出身の学生さんなら気づくかも」と言ったのは、そういうことです。そもそも被差別の「概念」が存在しない地域では、今も「エタ」という音の地名が平気で残り、しかも一等地だということがあります。有力者の墓や墓守の土地を、太古からそうよんでいたのでしょう。

このように、ヒエラルキー構造において最上層と最下層が入れ替わるというダイナミズムは、長い歴史の中でときおり見られます。第二次世界大戦後の軍人さんの立場だとか、今のテレビのワイドショーなどでセレブとよぶのは芸能人で、河原乞食なんて言葉はもはや死語です。

そして文学的価値観での最下層とは、このダイナミズムに関わらない凡庸な中間層です。中上健次の姓の読みは、本来は「ナカウエ」なのですが、それを「ナカガミ」と読み替えたのは、音のメリハリのほかに「ウエ」＝上を超える「カミ」＝神という作家の意識がはたらいていたと思います。

さて、路地内外の女たちを端からものにしてゆく半蔵ですが、そのあまりの輝かしい美しさに、オリュウノオバはこの世の者でない気がして、不吉な予感すら覚えます。光源氏と同じですね。山仕事で切ってはならない榊を切り、半蔵ではなく仲間が祟られたのか大怪我をします。半蔵は女の一人である若後家さんにその治療費を借りに行きます。そこに居着いていた別の男が、後家が半蔵にくれた鶯を仕込んだと聞き、後家と三人での情事におよびます。半蔵が路地の者だと知ると、男はおもねるように「男前やのう」と言います。その後、半蔵の頬には刀傷が付きます。山仕事での怪我だと半蔵は言い張るものの、男を相手に陰間に見られかねない自身の美貌に苛立ち、自ら付けた傷だろうと、オリュウノオバは見ています。その傷のために半蔵のいなせな色気はかえって際立ち、女がいくらでも寄ってくる。二十五の歳で半蔵は、「女に手を出してそれを怨んだ男に背後から刺され、炎のように血を吹き出しながら走って路地のとば口まで来て、血のほとんど出てしまったために体が半分ほどに縮み、これが輝くほどの男振りの半蔵かと疑うほど醜く見える姿で」死にます。「九かさなりの九月九日。／流れ出てしまったのは中本の血だった」。『千年の愉楽』は、オリュウノオバが自身の手で取り上げた者たちの生と死を眺め、それが各章ごとの短編となっていて、第一章のこの『半蔵の鳥』はなかでも傑作です。高貴と汚濁、聖と俗世がダイナミックに交錯する輝かしい神話的領域で、被差別がどうのという社会的かつ狭量な価値観は、とるに足りないものとして相対化されてしまいます。それこそ、まさに文学にしかできないわざです。

第20回　『野分《のわき》』小説構造と枚数

秋の草花が美しく咲く庭を愛でて、秋好中宮《あきこのむちゅうぐう》も六条院に留まっておいでです。そこへ野分《のわき》（台風）が襲い、お庭は荒れてしまいます。南の御殿でも庭の草木が折れ、萎れる様子を心配して、紫の上が端近くにおられます。東の渡殿を通りかかった夕霧《ゆうぎり》の中将が、妻戸の隙間から見ると、大勢の女房たちの間にひときわ麗しい方がおられます。初めて見る継母、紫の上その人であることは間違いようがありません。源氏が自分をこちらから遠ざけていたのは、このような継母のただならぬ美貌のゆえだったのだと夕霧は思います。と、そこへ源氏が戻ります。夕霧はたった今来たように咳払いしながら立ち去ります。源氏は、見られていたかもしれないと気づきます。

夕霧は悩ましい心持ちのまま花散里《はなちるさと》や秋好中宮を見舞いにまわったり、源氏のところにも立ち寄って、紫の上との親密そうな夫婦の気配を感じとったりします。

源氏も女君たちのところをまわります。玉鬘《たまかずら》のところでは野分にかこつけて、またしても言い寄ります。その様子を、再び夕霧が隙見しています。源氏と玉鬘が親子であると思い込んでいる夕霧は、嫌らしいことだと驚き呆れます。

妹の明石の姫君のところに見舞いに向かいます。さんざん風を怖がった幼い姫君がやっと起きて来られました。いつもは関心がない夕霧ですが、訪ねてまわった女性たちと比べてみたい気がして、風でほころびた几帳の隙間から覗きます。一昨年くらいまで、まれに顔を見ることもあった姫君は成長され、これからどれほど美しくなることかと思われます。紫の上といい、この明石の姫君といい、継母や異母妹なのだから、もっと近しく顔を見て暮らせればいいのにと、夕霧はぼうっとして考え込んでしまいます。

このように『野分』の巻はほぼ、夕霧の視線から描かれた女性たちの様子です。その発端は、野分の風が吹き荒れることで、それによって源氏を中心とした秩序が乱れ、ちょっとめくれ上がる感じです。そのめくれ上がったところから、夕霧はまず紫の上の姿を垣間見ます。継母ではありますが、源氏は夕霧に決して近づけなかった。それは源氏自身が継母の藤壺をどのようにしたかという経験からくるものに相違ありません。しかし、水も漏らさぬような源氏の警戒も、吹き荒れる野分の風の前には無力と化した。このように天候、嵐が秩序を破るというパターンには、大いに見覚えがありますね。

そう、『須磨』の巻の嵐を思い起こします。シェイクスピアの『テンペスト』（＝嵐）まで引いて詳しく分析しました。あのとき嵐は、善悪をはじめとする秩序を破壊し、源氏が無意識＝夢の域にまで降りてゆくことで、新たな縁とエネルギーを得る結果をもたらしました。

それに比べると、今回の嵐はこじんまりしています。風に吹かれて視点が源氏から夕霧に移り、夕霧の目に隠されていたものが露わとなるだけです。ただ、目にした紫の上の姿に夕霧は動揺します。嵐は、まめ人＝真面目な人、常識人とよばれる夕霧の心を揺さぶり、それによって夕霧は、野分の見舞いに行く先々で覗きをしたり、普段はしない女君たちの比較をしたりします。それは心の動揺をより拡げるものであり、同時に別の秩序、夕霧の価値観に基づく世界観を確立しようという動きでもあります。

源氏の（表向き）唯一の息子である夕霧は、非の打ちどころのない貴公子ですが、いかんせん常識人、まめ人であって、物語のヒーローとなる要件、情熱が欠落しています。（このあたりは、源氏の情熱によって結ばれたわけではない母、葵の上に似ているのだろうと、ちゃんと説明まで可能です。）

情熱がなければヒーローにはなれないが、批評家になることはできます。紫の上の美しさに動揺した夕霧は、その男の子らしい動揺によってかろうじて登場人物としての資格を保持します。ヒーローではない彼は、その動揺を情熱にまで高め、紫の上を奪うまでには到達しません。ただ六条院をめぐったり、あちこち出かけて野分の見舞いを述べたりしながら、源氏周辺の女たちを自身の尺度で批評することで、嵐の混乱から秩序ある世界を取り戻そうとします。そしてこの作業は、夕霧の内面に何ももたらさないわけではありません。夕霧は雲井《くもい》の雁《かり》をいまだ想ってはいるものの、紫の上の姿を見た後で、その恋情は相対化されます。というより、相対化されるに過ぎないものだと自覚したわけです。紫の上が理想の妻なら、雲井の雁は昔馴染みの可愛らしい女、というぐらいでしかない。夕霧は雲井の雁に文を書きますが、別の誰かにも同時に書き送っています。

このように、もとの物語から視点がずれて、ひと回り小さくなった物語が示されることで、『源氏物語』の構造がよりはっきり意識されます。ちなみに、この二つの相似な構造の消失点は二つある。一つは、源氏と夕霧の評価が微妙にずれ、しかしそこにしっかり存在している女性、花散里を見舞う場面。もう一つは源氏と夕霧のどちらもいない、すなわち著者の透明な視点から描かれている、大宮と内大臣の会話の場面。いずれも内容的には何のこともない、些末な箇所です。

近・現代に至るまでの日本文学を考えたとき、『源氏物語』のみごとな構造性は、むしろ特異なようにも思われます。『源氏物語』はなぜこのように構造的なのか。そしてそれを学ぶことは、創作にとってどんな意味があるのか。

『源氏物語』はまさしく小説ですから、ここで小説

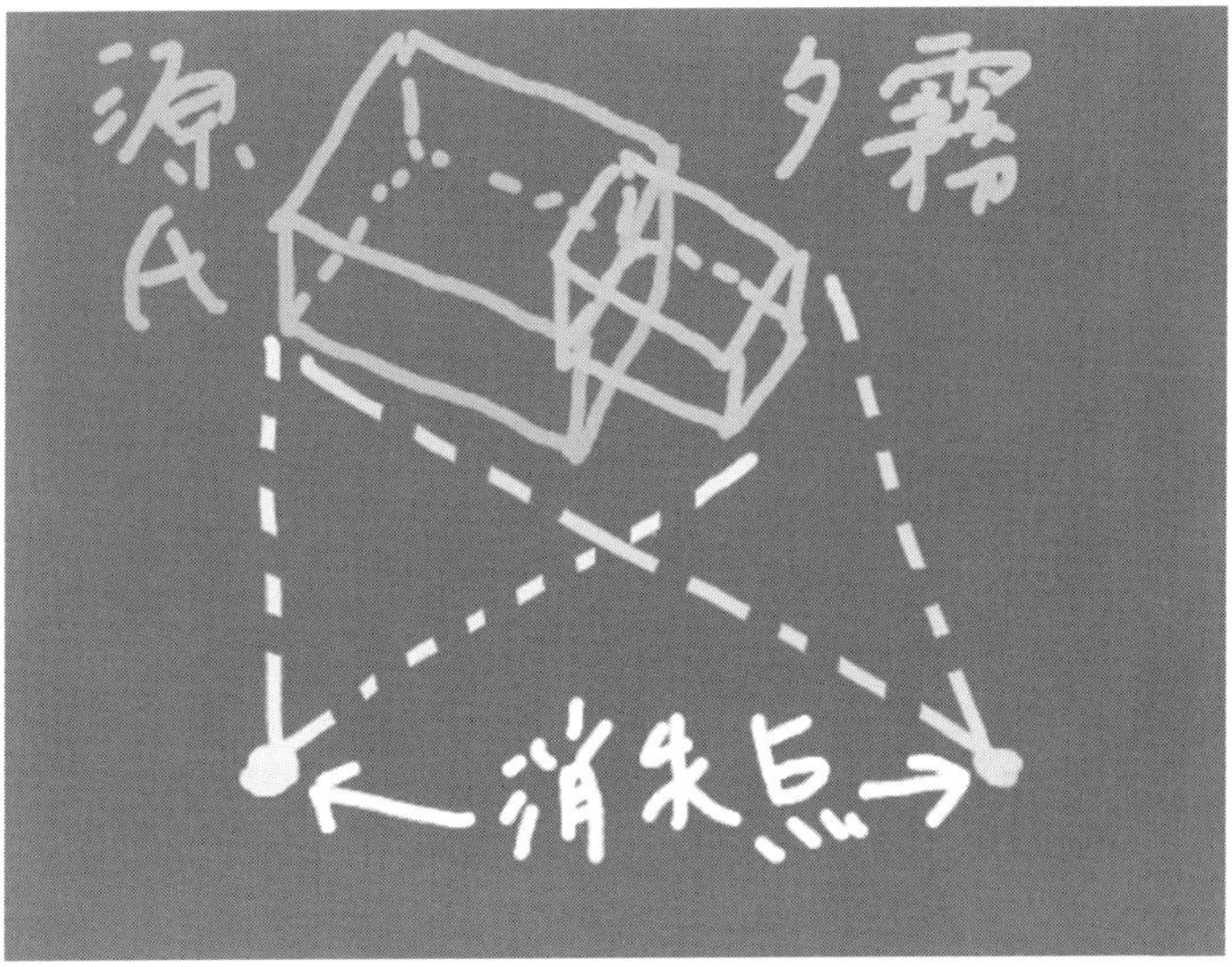

創作のイロハを復習しましょう。復習といっても意外と知らない、言われて初めて気がつくことも含まれているかもしれません。好きで「読む」ことと、ものを「書く」ということでは、それこそ視点のずれが生じる。

現代の小説はだいたい短編、中編、長編に分かれます。短編は一〇〇枚ぐらいまで、中編は一〇〇枚から三〇〇枚ぐらい。純文学ですと三〇〇枚あれば十分に長編ですが、エンタテイメントですと四〇〇枚ぐらいから長編らしくなります。で、五、六〇〇枚が一応、現代のエンタテイメント長編小説の長さの単位ではないか。一〇〇〇枚でも二〇〇〇枚でも、その単位の倍数として構成できる。主人公を複数にして、複数の視点で書くとか。ですから、まず五〇〇枚程度の作品を構成することができれば、プロッターとしてはいちおう一人前ということです

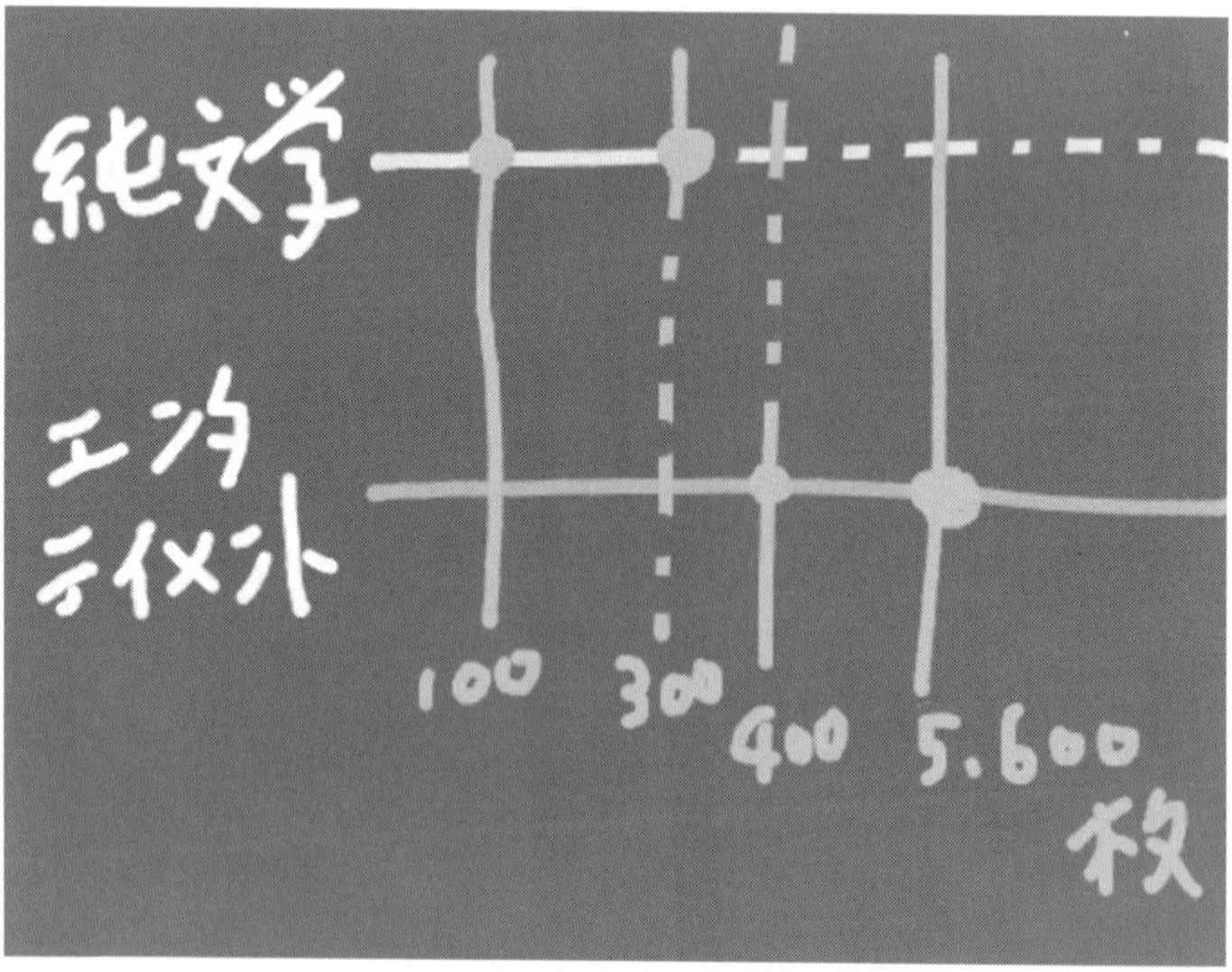

ね。

翻訳のエンタテイメントだと、八〇〇枚ぐらいになっていることが多いのですが、これは構成上の差異ではなくて、翻訳作業との兼ね合いでそうなっているケースが多い。英語の場合、日本語に訳すとずいぶん字数が増える。英語の方がコンパクトな言語なので、書き手の感覚としては、やはり五〇〇枚ぐらいのものを書き上げた感じになっていると思います。

一方で、日本固有の文学形態である純文学は三〇〇枚で長編、というより三〇〇枚のラインを超えると、もう本来的な純文学とは認めづらくなる。このことから逆に、純文学とは何かということを考えることもできるわけです。

皆さんはもしかして、自分たちが卒業制作などで書く数十枚から、一〇〇枚、三〇〇枚、そして一〇〇〇枚と線形に数が増えていくだけだろうと思い、「三〇〇枚」とか「五〇〇枚」とかに特別な区切りを設けることが、ぴんとこないかもしれません。そのような枚数の目安がどうしてあるかというと、それは小説の側よりも読者の、人間の忍耐の限界値からくるわけです。

どんなに小説を読むのが好きな人でも、たとえばまったく同じ文章が繰り返されていれば読むのを止めてしまう。それは極端な実験的小説の類いですが、一般的に、主人公の日常、内面を大きな事件もなく綴っていったものを一〇〇〇枚も読むのは辛いでしょう。もちろん神のような特別な観念に辿り着くまでを描いた観念小説にはそのようなものがありますが、その観念を強く共有する読者でないかぎり、なかなかついてはいけません。事件や出来事の起伏を追う一般読者の眼差しに、どこかの時点で「以下同様」と映ってしまえば、実質的にはそこで終わりです。

そういうわけで、基本的には事件によって読もうという気持ちを後押しできない純文学は、せいぜい三〇〇枚ということになります。それ以上の枚数、四〇〇枚とか五〇〇枚を読ませるための仕掛けがエンタテイメント作品に必要とされる技術ということになります。

その技術を簡単にまとめると、以下になります。

1　いくつかの大きな事件を中心に、章立てを組んだプロット
2　三角関係などを中心とした、登場人物相互の緊張関係
3　物語の落としどころとしての社会的に通用する思想、テーマ

最も重要なものは、1のプロットです。皆さんはエンタテイメント作品で好き嫌いが分かれ、また評価の対象になるのは、登場人物への共感や訴えかけるテーマだと思うかもしれません。しかし好き嫌いを述べたり、評価したりするには、まず最後まで読まなくてはなりません。五、六〇〇枚もの小説を人に（あまり退屈させずに）読ませるということは、それだけでも大変なことです。私たちは、読み終わった小説に対して、主人公の魅力やその訴えかけるテーマを評価し

ますが、そのときにはすでに読んでいる最中のこと、すなわち〝次々にページを繰らせたものは何だったか〟を忘れています。それこそがプロットの力であり、エンタテイメント作品の駆動力、エンジン部分です。

具体的には、ページを繰らせるのは、次に何が起こるだろうという不安と期待による宙吊り、すなわちペンディング状態です。この宙吊り状態を作り出すには構造が必要です。起こった事件の結末が次のページに書かれていては、構造がぺしゃんこに潰れていると言わざるを得ません。不安と期待を最後まで引っ張る、決着を最後までこらえるため、大きな事件に引き続いて小さな出来事を積み重ねる。物語が落ち着いてしまわないよう、構造的に隆起（立ち上げ）させるわけです。

では純文学は何によって読者を引っ張り、最後ま

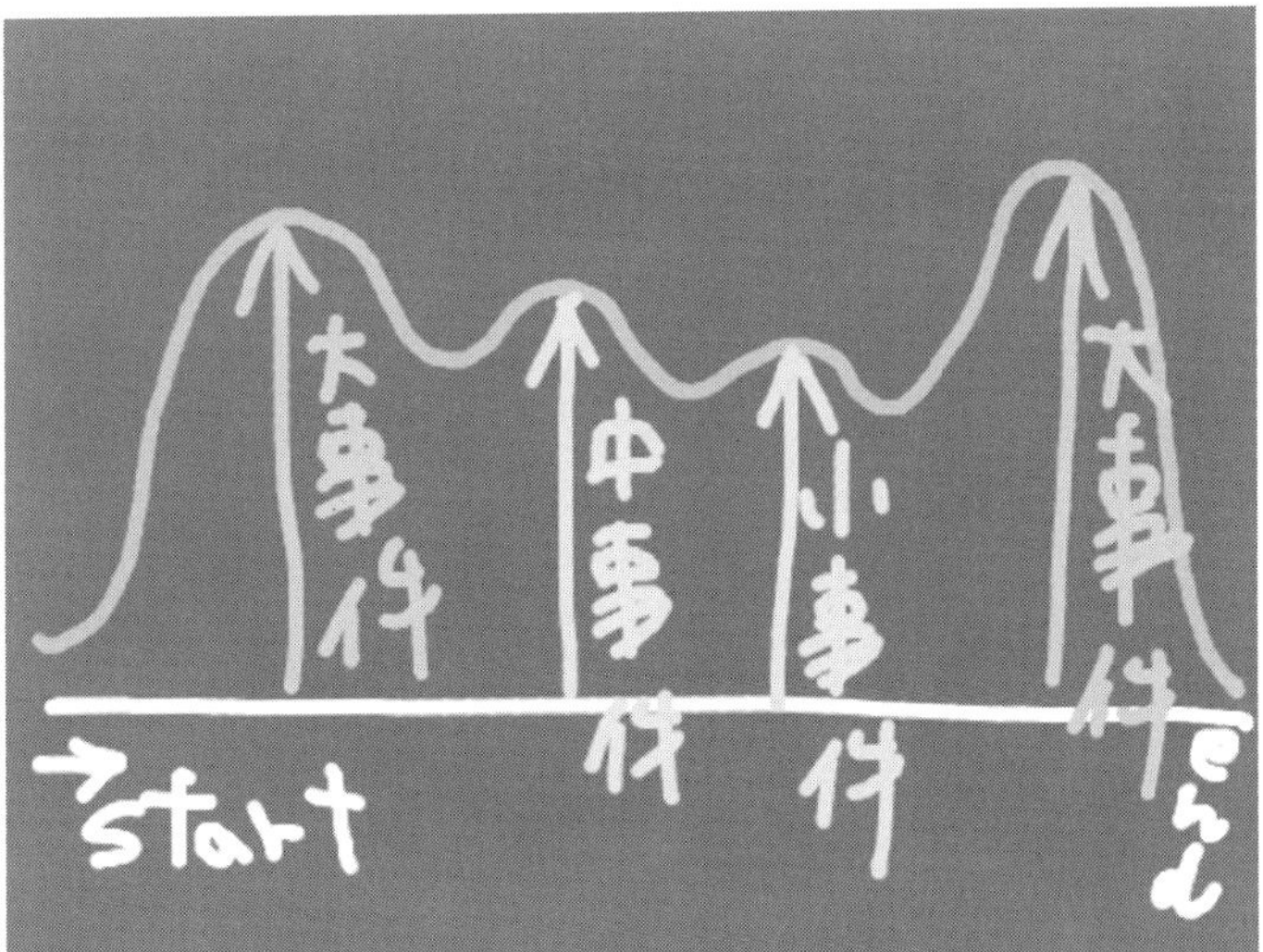

で読ませるのでしょう。しばしば言われてるのは、文体の力、ということです。ではここに、素晴らしい文体の作品があるとします。文体の美しさや味わいを理解するのは、文学の素養がある読者にかぎられるかもしれませんが、その多くが一目でその価値を認める文体であったとして、では彼ら読者はなぜ、それを最後まで読もうと考えるのか。ただ、美しい文体の微細なバリエーションを楽しもうとしているだけなのでしょうか。

文体（詩の場合は書法）を見い出すということは、小手先の書き方を変えるということではなく、〝独特の世界観を確立すること〟です。つまりある文体を読ませることは、すでに出来上がった別世界、彼岸に読者を連れてゆくことです。読者はその世界に身を置き、その世界を見て回ることに楽しみを見い出す。とすれば、必ずしも事件が起きる必要はありません。異界に身を置くことそのものが楽しみである観光旅行で、はらはらするようなトラブルなど、誰も望まない。

旅行先でのトラブルは、楽園に来たつもりになっている旅行者をむしろ現実の世界に引き戻してしまう。楽園に来たつもりになっているのは、もちろん旅行者の幻想であり、ひとときの夢に過ぎません。そのような夢を壊さず、よい思いをさせたまま帰すのが観光立国がめざすものであり、お・も・て・な・しというものでしょう。そこで出逢う他者は誰もが親切、旅行者が傷つくほど不都合な存在であってはならない。

観光旅行は真の旅ではないように言われますが、それは本当の意味での他者に出逢わないからでしょう。盗難とか事故、性的犯罪などの事件が起これば、利害が対立する他者に否応なく直面しますが、それは自身の内面、夢の楽園から他者のいる現実世界へ立ち帰ることでもあります。

純文学は私小説ともよばれます。一人称で、内面を徹底して描くものがその本筋です。また私小説すなわち純文学とは、日本文学固有のジャンルです。この形式で自己の、あるいは自己と読み替えられるべき主人公の内面を徹底して描いてゆくと、何が起きるか。

自己に埋没することにより、他者のいる世界が消滅あるいは後退し、世界が肥大化した自我で覆い尽くされる。このようにして捉えられた世界観が、日本に固有の文学のテーマであるということは押さえておく必要がある。

私小説＝純文学の世界観には構造がない（たいてい一〇〇枚以下なので、技術的にも必要がない）。それが日本の伝統的な文学の手法であるとすると、しかし、世界に誇る日本文化の粋である『源氏物語』は、なぜこれほどまでに構造的になり得たのか。日本文化の本質を表わしているのは純文学と『源氏物語』のどちらなのでしょう。

『源氏物語』は四〇〇字詰めで二四〇〇枚もの大作です。源氏を第一世代として、夕霧・玉鬘などの第二世代、「宇治十帖《うじじゅうじょう》」の第三世代と、大きく三部に分かれるとされています。この三部が響き合って一つの作品になっている以上、三つが平均して同じ長さである必要はないのですが、単純に三で割ると八〇〇枚。『源氏物語』は八〇〇枚の小説三つ分に相当するといえます。

先に、現代のエンタテインメント長編作品は五、六〇〇枚をもって一つの単位と見なせる、と述べました。これはそもそも現代ものミステリーなど、弛緩を許さないプロットでの目安で、ここから八〇〇枚に増えるには、いくつかの要因があります。

1　外国語から翻訳した場合。

2　一般に古い時代の作品は、万事にスピーディでコンパクトであることが好まれる現代のものと比べ、冗長である傾向があります。

3　非常にファンが多くて、物語が少しでも長く引き延ばされることが望まれる場合。現代の人気シリーズなどでもそうですが、昔は特に娯楽が少なかった。『源氏物語』がいかに楽しんで読まれていたかは、『更級日記《さらしな》』にも記述がありますね。

4　一代記や大河とよばれるものなど、ある人物の生涯や、数世代にわたる時代の流れを描くものは空間的な広がりも要し、長さによってスケールを出すことになる。

5　エンタテインメントでありながら、純文学と同様の観念的なテーマや世界観を有し、独特の文体でそれを表現したものは、プロットの起伏だけで読ませる作品に比べ、長くなる。

『源氏物語』はこれら五つの要因をすべて内包している。1の翻訳文学ではないが、『源氏物語』

の冒頭は大陸の楊貴妃の物語からの翻案だった。『テンペスト』との類似性も指摘しました。もちろん『源氏物語』の方がシェイクスピアより古いのですが、アジアからヨーロッパに伝わった古い伝承をもとにしたものが『テンペスト』であった可能性はあります。玉鬘のくだりも民間伝承的です。

いずれにしても『源氏物語』は著者である紫式部の知識・教養からの引用・翻案に満ちている。もちろんあらゆる書き物がそうであると言えるわけですが、『源氏物語』の成立は、大陸文化を十分に咀嚼、吸収した国風文化の確立と関わっている。そのバックグラウンドを読者に伝わるように書くというのも、字数や枚数がかさむ要因になり得ます。

テキスト的にも『源氏物語』はかな文字文化の成熟そのものであって、メタ的な意味で漢文体からかな文体への翻訳が行われているといえましょう。コンパクトで観念的な外国語に近い漢文体から、流麗な女文字であるかな文体へと、まるで乾いた物語が水にほとびらかされたように、やさしく広がって展開したわけですから、長さも延びる。

『源氏物語』が二四〇〇枚という長さを支える構造を持ち得たのは、大陸文化を背景としていたためであることは、間違いありません。また『源氏物語』という構造的小説が、国内の中流以上の女性たちを夢中にさせていたとき、日本には連綿と続くもう一方の文学的伝統がありました。日記文学です。日記はいうまでもなく私性を前提とした日常の記録で、そこに多少の論説傾向が加わると随筆（エッセイ）となります。これが日本固有の文学ジャンル、私小説というものの母体であると考えられる。

以降の講義では機会を捉えて、構造的物語である『源氏物語』を読み解くとともに、この私小説というジャンルの根源についても「文学とセクシュアリティ」という立場から検証していこうと思います。

第21回　『行幸《みゆき》』と『藤袴《ふじばかま》』ダブルバインドの魔境

十二月に大原野の行幸があり、六条院の女性たちも見物に訪れます。ほんのわずか雪が降り、優美な風情です。素晴らしい行列を見ようと、大勢の人が集まります。たいして身分のない者の、貧弱な車は群衆に押しつぶされ、みじめな有様です。このくだりは、あの六条御息所《ろくじょうのみやすどころ》が葵の上の車に押しひしがれたことを思い出させます。源氏が一番美しく、女性たちに焦がれられた頃のことが冷泉帝《れいぜい》の姿に重ね合わせられます。

玉鬘《たまかずら》もこっそり出かけて、帝のお姿と実父の内大臣をかいま見ます。帝は源氏によく似て、さらに高貴な風格が加わり、並ぶもののないご様子です。実父の内大臣は派手で貫禄があるものの、優れた人臣という以上には見えません。あの螢の兵部卿宮《ひょうぶきょうのみや》と右大将もいます。右大将は色黒なところが玉鬘には軽蔑されます。男は化粧をした女のようではないということが、若い玉鬘にはわかりません。

源氏は玉鬘に、尚侍《ないしのかみ》として宮仕えすることを勧めています。美しい帝の姿を見て、その気になったのではないか、などと言います。この源氏の気持ちはいかなるものでしょう。今帝である冷泉帝には、源氏が後見として秋好中宮《あきこのむちゅうぐう》が、また内大臣の御娘が女御として入内しています。そこへまた後宮のひとりとして玉鬘をというのは、あまりに角が立つ。正式な高級女官である尚侍として（本当は）自身の子である冷泉帝に差し出そう、という。

源氏の心は二重に引き裂かれ、また二重に重なり合っている。結局は玉鬘を他人に渡したくはない。しかし自分のものとするわけにもいかない。とすれば、キャリア・ウーマンとして宮中に上げてしまおうというのは理解できます。

尚侍であっても、帝の寵愛を受けるかもしれませんが、そうならなければ、それはそれでよい。そういうことになっても、冷泉帝は（本当は）源氏の息子であり、源氏としても、自身の優れた分身に差し上げるのならば、気持ちも収まるやもと期待するところがある。

一方で尚侍という言葉に、何か思い出しませんか。そう、あの朧月夜《おぼろづきよ》が源氏のお手つきになったため、女御とすることもできずに尚侍として宮中に上がっていました。源氏の異腹の兄、朱雀《すざく》帝の寵愛を受けていましたが、朧月夜は源氏を忘れることがなかった。源氏の中に、その（成功？）体験への重ね合わせ、願望はないでしょうか。

そして私たちが『源氏物語』を読んでいてちょっと困るのは、各人が一貫した名前でなく、そのときどきの役職でよばれることです。一人の人物を追うときにも、たとえば源氏の旧友である頭中将《とうのちゅうじょう》が、今は内大臣であるということを押さえておかねばなりません。それ以上に厄介なのは、同じ呼び名を別人が共有している。たとえば弘徽殿女御《こきでんのにょうご》は、すでにあの源氏を目の敵にした、怖ろしいオバさんではなく、内大臣の娘である冷泉帝の妃です。

ではしかし今の内大臣は、あの頭中将とまったくの同一人物でしょうか。もちろんそうなのですが、やはり少し違っている。一口にいえば「歳をとった」。そしてそのことが人を変えてゆく、あるいは隠されていたところが露わになる。

そして弘徽殿女御という名称は、常に源氏の相手方なのです。程度の差はあれ、対立している。間違っても身内方にはならないところから、弘徽殿女御という名称は読者に一貫したイメージを与えます。逆に敵方である弘徽殿女御を擁するところから、今は内大臣が源氏と対立していることが示される。

弘徽殿女御という同一の名称を介し、源氏と対立している内大臣。かつては源氏の身内であった頭中将から内大臣へと名が変わったことが、それを可能にしたともいえます。

だから尚侍という立場の名称にも、朧月夜の記憶をはじめとして複数の意味が重なり、響き合っています。このような手法は日本古来、馴染み深いものです。そう、和歌における掛け言葉や本歌取りです。

一つの言葉に二重、場合によっては三重の意味を

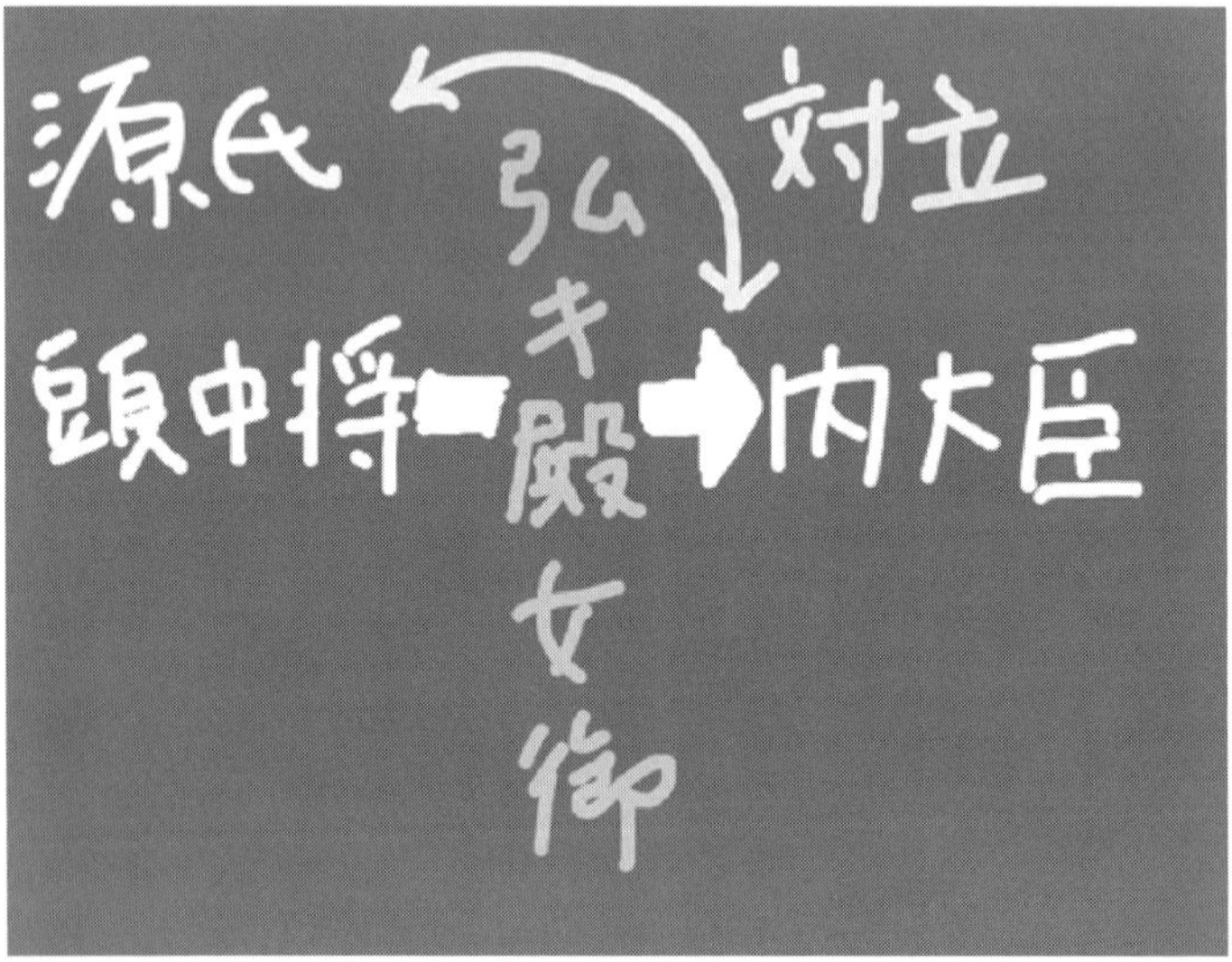

持たせ、それによって重層的な読解が可能な作品とする。風景描写の歌が恋の歌とも読めるといった、和歌では一般的な技法です。『源氏物語』の巻名は、そこに登場する歌から採られており、和歌の技法についてもしばしば論ぜられていて、歌と密接に呼応しながら進んでゆく。登場人物の名、それに象徴される存在が二重、三重の意味をはらんで、複雑かつリアルな人物像となっている。

このような日本古来の手法はプレ・モダン的なものですが、二重の意味＝ダブルバインドとよばれるポスト・モダン哲学の中心的な概念と酷似しています。

近代＝モダンは「欲望の吸い上げシステム」として成立したわけですから、その欲望をコントロールし、社会にとって合理性のある、つまりは都合のいい方向へ向けるための装置が必要です。それが個々人に備わったアイデンティティ＝自己同一性というもので、これが壊れた状態が狂気です。狂気とはしかし、近代国家にとっての都合の悪さにほかならず、近代＝モダンの合理主義に疑義を呈するものとしての狂気という効用を発見したのがポスト・モダンでした。

自分は誰か、何をすべきかという基本的認識を危うくすることは、すなわち近代社会の合理性、その一直線の目的意識を危機に陥れるものです。それを根底の不在とよびました。では、人間の人格構造にとって、その根底、つまりアイデンティティを喪失させるもの、社会的に狂気とよばれるところに導くものは、何なのでしょうか。

現象として具体的によく起こり得るのが、ダブルバインド状態です。一つの言葉、あるいは存在に対する意味の二重性です。

精神科の臨床では、幼児に対して矛盾する二重の意味をはらんだメッセージを送る母親によって、その子供が精神病を発症するケースが多い、と言われているようです。「これをしちゃいけません」と言いながら、内心は子供がそうすることを望んでいるということですね。

子供が親の言いつけに従おうとするのは、親の意を迎えるためです。すなわち親から愛情を得ようとするためです。「これをしたら愛してあげませんよ」、「これをしたら愛情を注いであげますよ」というメッセージが混乱していると子供は不安に陥り、自身が何をすべきなのか、何を望むべきなのかがわからなくなり、ついには親に肯定されるべき自身のアイデンティティを見失う。

このようなことが一般の親子関係として起こるの

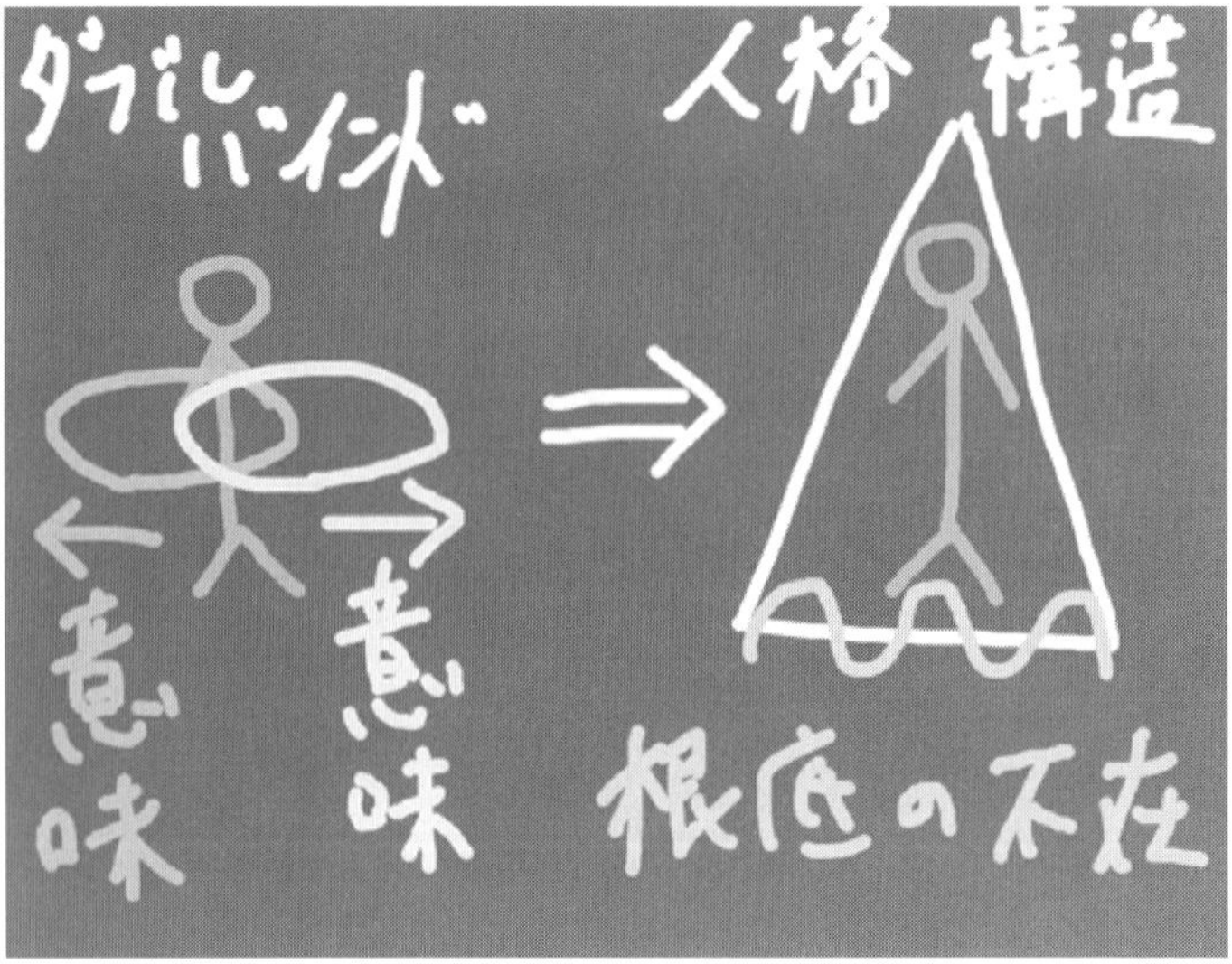

は、やはり悲劇的です。しかし、この親の愛情も条件付きなわけで、つまりは親のエゴや欲望が関わるものに過ぎない。それを見切り、親子関係を相対化することができれば、子供は混乱から救われる。

この親を社会と置き換えると、事態はなおいっそう明確になります。ダブルスタンダードな社会、つまり信賞必罰ではない社会は混乱をもたらし、人々は社会不信に陥ります。そんなふうでない社会に暮らしたいとは思いますが、その価値観にどっぷり浸かり、社会がぶら下げるニンジンに向かって一心不乱に努力を重ねることに対しては、疑義を呈してもよい。それが狂気とよばれるものなら、それもまた必要です。

このダブルバインド状態ですが、際限なく利益を求めようとする心理からもたらされる場合も多い。つまりAにもBにもメリットがあり、どちらか選べと言われても、選べない。この場合、選ぶことは得ることであると同時に、失うことでもあるからです。選んだ瞬間、それは選んだ者のアイデンティティにもなる。同時に人は無限の可能性を失い、自らの有限性を突きつけられる。

その有限性、人としての限界を受けることを成熟とよびます。永遠のダブルバインド状態にあろうとすることは、永遠に未成熟であることであり、無限の可能性を求めることです。あらゆる利益の可能性を諦められない状態は、やはり狂気とよばれるような心性である。

ちょっと難しいですか。けれども、こういった事柄をごくヴィジュアル的に示したポピュラーな作品があります。宮﨑駿監督のアニメ映画『千と千尋の神隠し』は、観た人も多いでしょう。千尋という少女の異界での物語で、彼女はさながら日本版アリスです。異界は日本古来の八百万《やおよろず》の神が出入りする巨大な湯屋（銭湯）という設定で、全体がプレ・モダンの雰囲気に包まれている。この湯屋を支配するユバーバ（湯婆婆）という婆さんには、対立する双子の姉のゼニーバ（銭婆）がいて、モダンで気持ちのいい小さな家に住んでいます。

異界の湯屋で、千尋という名を失った少女は千（せん）とよばれて働きます。このプレ＝ポスト・モダンの異界において、肥大化した妖怪がカオナシです。カオナシは最初はしょんぼりした影の薄い存在で、すっと隙間から入り込みます。そしてそこにいる者たちを観察し、その者が欲しがっているものを与えます。まあ、たいていはお金ですね。そしてその者が手を出した瞬間、カオナシはそいつを食ってしまうのです。

あらゆる者の欲望を食らい、誰にも制御のできない巨大な欲望そのものと化したカオナシは暴れまわり、千にも望みを訊ねます。千はしかし「私の欲しいものは、お前には与えられない」と答える。過ぎた食欲のために豚になってしまった両親を人間に戻すことが千の願いだったからです。カオナシは怒り狂い、千を激しく欲します。

やがて千を諦めた＝不可能なものがあることを受け入れたカオナシは、おとなしく縮みます。千とともにユバーバの双子の姉、ゼニーバの家に向かい、そこに留まることになります。わがまま放題に肥え太ったユバーバの赤ん坊も、そこでよくしつけられ、千とともに湯屋へ帰ります。

これらすべては千尋の夢のようです。しかし私たちの意識に明確に刻まれるのは、モダンとプレ＝ポスト・モダンが〝双子の姉妹〟だという点です。善悪でいえば、この物語の中ではモダンな小さな家が気持ちのよい空間、すなわち良きものであり、湯屋という狂気と混乱の魔境で肥大化した悪鬼の欲望を抑制する。しかしエネルギーに溢れた魅力で、この作品の舞台となっているのはどちらなのかは明らかです。

このようなゼニーバとユバーバの双子の姉妹性とは、つまりは一つの事象の裏表であることを示しています。欲望がコントロールされた状態は穏やかな晴天のようなものですが、いつ嵐を巻き起こすかわかりません。欲望がゼニ（お金）の顔をしているう

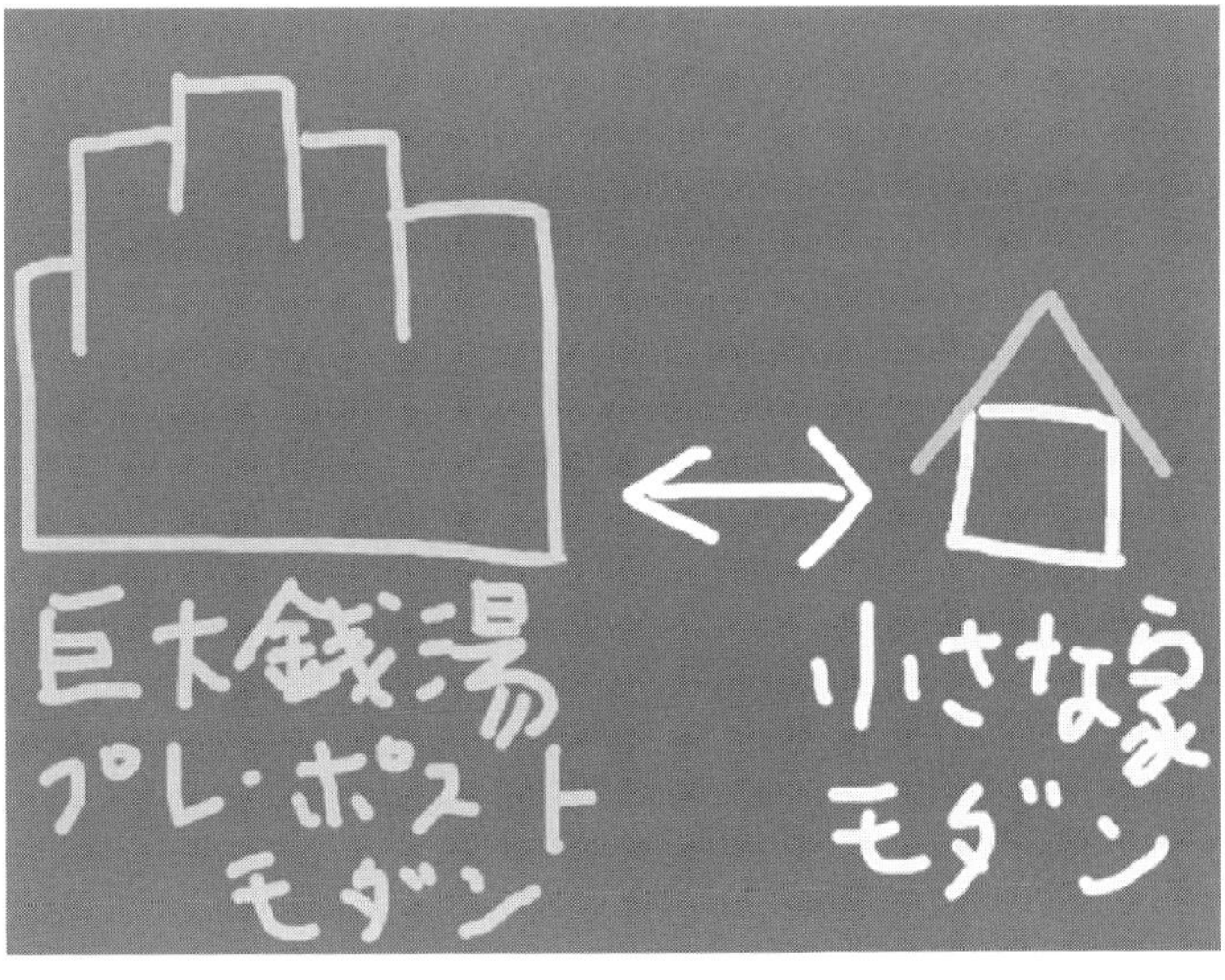

ちはコントロールできるのです。しかし欲望は何かのきっかけでユ（湯）水＝海のごとく溢れ、欲望そのものとして暴走する可能性を常にはらんでいる。それは私たちの欲望のありように対する、私たち自身のダブルバインド状態を表わしています。

一般にダブルバインド状態から生じるものは、ある事象に対する二通りの説明、解釈です。すなわちその事象の内部、もしくは解釈する私たちの内面に留まるものであり、新たな何かの事象を創出するものではありません。

前回、『野分《のわき》』の巻における二重構造性について述べましたね。それは源氏の成してきたことを息子・夕霧の視点から眺め、その認識を再構築することでした。そのかぎりでは、解釈の域を出ていないのですが、夕霧《ゆうぎり》もまた行動力をともなう男の主要登場人物です。父の所業への解釈は、そこからの自らの行動、すなわち新たな物語の創造、プロットへと直接、結び付いてゆく。

このように構造を二重化することは、まさしく創作の手法であります。が、ダブルバインドという「二重の意味性が内面に留まった状態」から生まれるのは、解釈の変化だけです。

ポスト・モダン哲学は精神分析の現場から発生した、と以前に言ったと思います。その精神分析の用語で、人間のある発達の過程を「鏡像段階」とよびます。ラカンという学者が幼児を観察し、実験も行って得た実証的な概念です。

それによると人間は脳が発達し過ぎたために、すべて未熟児の状態で生まれてくる。生後六ヶ月〜十八ヶ月ではまだ無力で運動調節能力もないが、自身の身体の統一性を想像的に先取りする。つまり簡単に言うと、この時期に幼児は鏡を見て、「これは自分だ」と認識するわけですね。

犬が可愛いのは、ちょうど人間の二、三歳児くらいの発達段階に留まっているからだという説があります。生まれたときから何年も家で飼われている犬は、自身を人間と勘違いしていると思える瞬間がありますね。そんな犬は鏡を見て、どう思うのでしょうか。外で出会うよその犬と間違えて攻撃的になることもあまりもないし、どうやらそれが自身の姿だと薄々わかっている。が、見て見ぬふりをしている感じです。人なのか犬なのか、それこそダブルバインド的に引き裂かれた気分なんでしょうか。

さて人の家に暮らす人間の子供は、幸せなことにペット犬のように引き裂かれることなく、鏡に映った自己（と思しき）姿が周囲の人間たちと同じだと確認できます。逆にいえば、周囲にいる人間たちは、鏡に映った自己と同じわけです。

幼児が「自分と他者の区別がつかない」と言われるのは、こういうことです。子供がわがままなのは、自分の欲求を他者も共有しているはずだと思い込んでいるからですが、逆に親の言いなりになるのも、親の欲望を自身の欲望としてしまうからです。

昨今は成熟が遅く、子供っぽい「自己チュー」なやつが増えている、と言われますが、自己チューであることはそれだけ傷つきやすくもあります。両親が不仲だと子供にトラウマが残るというのは常識で、先頃、納得できるその理由を聞きました。「子供は自己チューなので、世の中で起きることはすべて自分が原因だと思ってしまうから」だそうです。親たちのことは親たちの勝手で、自分の知ったことではないと思えれば、トラウマなんか残らない。

ついでに申しますと、私にも身に覚えがある。どこの家にもあることですが、両親が喧嘩をしていたとき、幼かった私は「ママには仕事があり、経済力がある。したがって出ていかないのは彼女の勝手であって、私のせいではない」と考えたことを明確に記憶しています。つまりは、そう思わなければ幼い私を自責の念が苦しめた、ということです。あたし、ちっちゃいときからアタマよかったんだよね。

で、アタマよかったちっちゃい女の子は、世の垂涎の的のブランド大学を出たので（笑）、親御さんたちから、そこの付属校に子供を入れたいという相

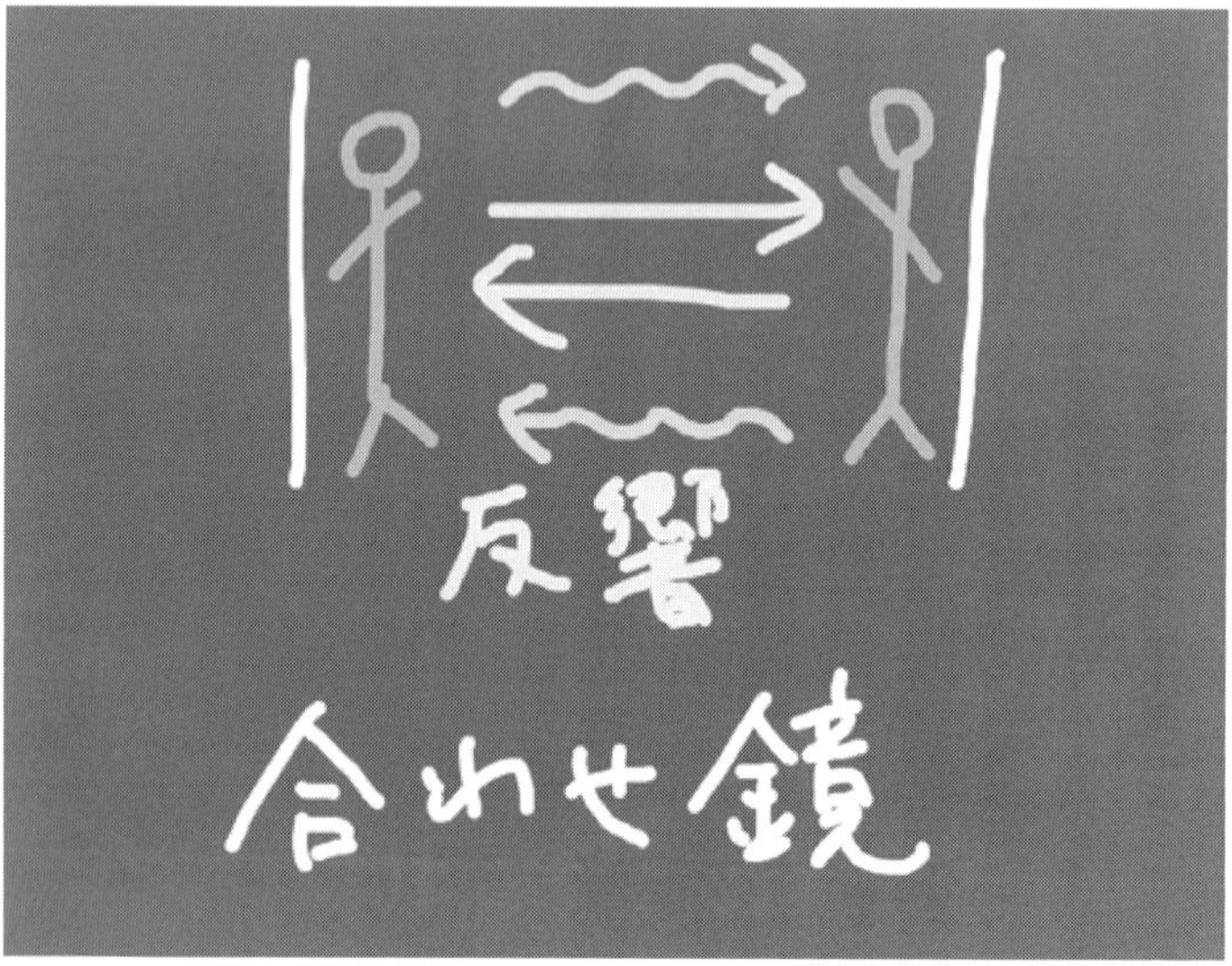

談を受けることがあります。すると必ずおっしゃることが、「子供がどうしても入りたいと言うので」。それなのに今ひとつ頑張ろうとしないんだけど云々。気心の知れた相手ならば「それは思い違いでしょう」と申し上げる。子供は、親の希望を自身の希望としているだけです。そしてその親の希望というのも、それが世間の人々の垂涎の的であるという認識からもたらされているに過ぎません。ラカンの言う通り「欲望とは本質的に、他者の欲望である」。

ですから妖怪カオナシが他者の欲望を食って肥え太るのは、道理なのです。カオナシ自身の欲望はなく、たとえば手に入らない千を、そのぶん激しく求めるだけです。ホラーめいた話ですが、こういう人って実在します。いつも隣りの芝生が青く見え、他人の欲望やコンプレックスの在り処を探り、そこをくすぐることで人に取り入ろうとする。藤子不二雄

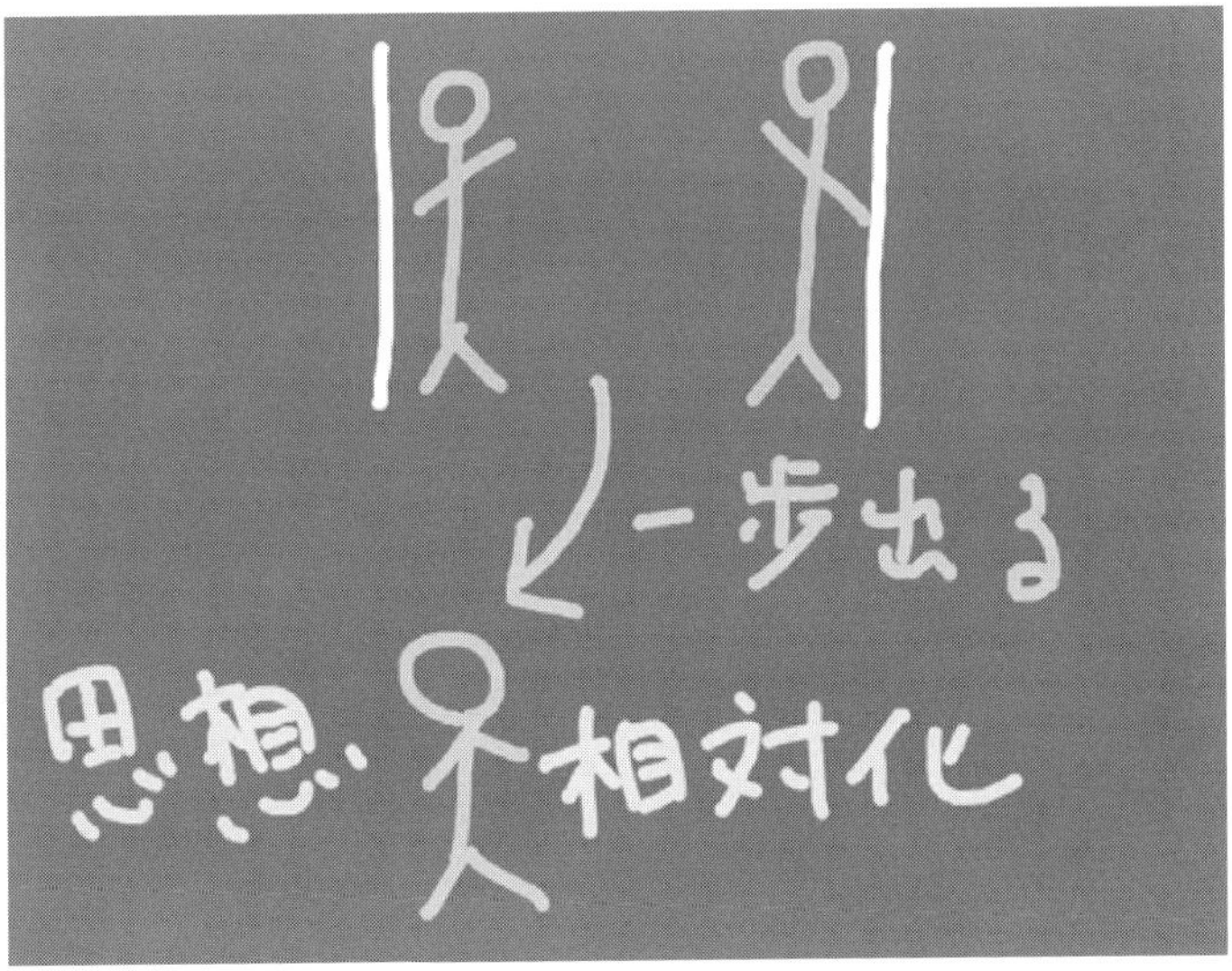

の『笑ゥせぇるすまん』の実写版みたいな存在には、気をつけましょうね。

さて鏡の中に自身を認めはじめた鏡像段階では、このように他者をも鏡の中の存在として自身と同一視するわけですが、このダブルバインド状態が続くかぎり、合わせ鏡を覗いているようなエゴと欲望が反響する関係が続きます。そこから一歩踏み出て、それらの関係を相対化することができれば、創作が可能となり、作品としてそれを構造化することもできます。そこへと踏み出るためには、自身の欲望＝思想という核が、暫定的にであれ必要とされます。『野分』の巻では、著者自身の視点、すなわち為すべきこと＝欲望のありか＝思想が明確にあり、そこを支点として源氏と夕霧の二重構造が外形的に示されていた。この『行幸《みゆき》』の巻では、個々の登場人物の内面に下ることで、その構造性はむしろ曖昧に

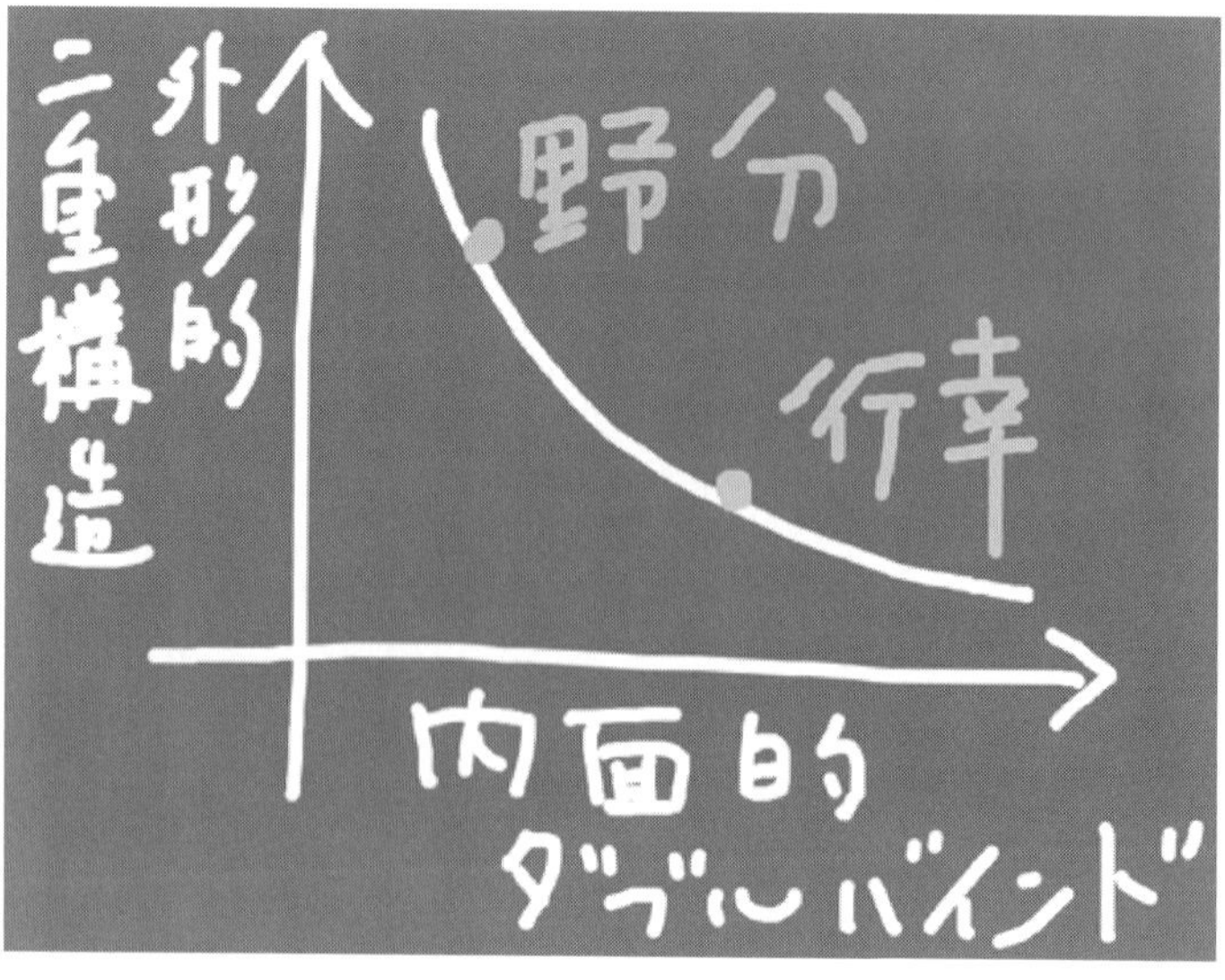

なってゆきます。それは『源氏物語』の流れの中では、テキスト曲線に沿った展開でもある。

源氏がその病いを見舞った大宮から内大臣へ、玉鬘のことを伝えます。年齢から自分の娘ではないとわかった、と。久しぶりの内大臣との対面で、互いに打ち解けます。玉鬘の裳着《もぎ》（成人）の儀式では、実父の内大臣が腰結いの役を務めることになり、多くの祝賀が寄せられます。玉鬘が尚侍となることを羨む近江《おうみ》の君に対し、父の内大臣は「なぜもっと早く私に知らせなかったのです」と、からかいます。

玉鬘と同じ内大臣を父とし、母親の身分も大差ないと、近江の君が言いたいのはそういうことでしょう。ユバーバとゼニーバのごとく表裏一体になるはずが、出来が違いすぎるのでパロディ的存在になってしまった。内大臣が近江の君を愚弄するのは、自身の恥ずかしさを隠すためだと周囲は噂している。率直な内大臣にしては屈折した心境に陥っていますね。彼にとって、この二人の血を分けた娘は、自分自身に対する二通りの（＝ダブルバインド的）解釈でもある。

さて『藤袴《ふじばかま》』の巻です。玉鬘本人にも、ダブルバインドに引き裂かれた煩悶が続いています。源氏からも内大臣からも尚侍としての出仕を勧められていますが、もし帝の寵愛を得るようなことになれば、中宮や女御から快く思われない。一方では出仕することで、源氏の庇護下にいてあれこれ憶測されることを断ち切りたい。こんなに悩むのも、源氏と内大臣の二人の父がいるために、そのどちらとも頼りない縁しか結べないせいだ、と嘆かれるのです。
玉鬘が内大臣の娘であると明らかになると、それまで姉弟だと思っていた夕霧、兄妹であることがわかった柏木との関係も変わってきます。

姉弟として親しく交わっていた夕霧を、今さら遠ざけることもできない玉鬘ですが、夕霧は先に亡くなった大宮の喪を口実に言い寄ります。「あの頭中将（柏木）の様子を御覧になったでしょうか。ほんに昨日までは、何で人の上のことだと思っていましたのやら。わが身の上になってみまして、愚かしくもまた苦しいことが分りました」と。迷惑そうな玉鬘の様子に後悔しますが、諦め切れません。

玉鬘の出仕は、十月と決まります。懸想文を送っていた柏木は、兄妹とわかって沙汰止みとなりましたが、これからは身内として直接言葉を交わしたいものだと、恨み言を述べます。夕霧と柏木は立場が入れ替わったことで、互いの気持ちを共有することになりました。

このように各登場人物たちは、玉鬘という「二重の娘」を介してダブルバインド状態に陥り、その中での心理的な反響が続いています。これにピリオドを打つのが、ある人物のある行為です。

その人物とは髭黒大将《ひげくろのたいしょう》。彼の不仲の妻が紫の上の腹違いの姉妹であるため、面倒を嫌った源氏から、玉鬘の婿としては二の足を踏まれている右大将なのでした。

第22回　『真木柱《まきばしら》』あるいは近代的自我の柱

「内裏《うち》でお聞きになりましても怖れ多いことです。しばらく世間一般には内密にしておくように」

『真木柱《まきばしら》』の巻は源氏のこんな突然の言葉から始まります。いったい何が起きたのでしょう。かぐや姫もかくやと思われるほど求婚者に囲まれていた玉鬘《たまかずら》を、源氏は月に送るかのように冷泉帝に出仕させるつもりでした。しかし熱心に迫っていた鬚黒大将《ひげくろのたいしょう》が、弁《べん》の御許《おもと》という女房に手引きさせ、強引に彼女と結婚してしまうのです。ひどく悔しく残念な結果です。が、実父の内大臣は、この結婚をわりと歓迎している。すでに女御として娘を後宮に入れているので、玉鬘と帝の寵愛を争わせるのは厄介だったのでしょう。源氏は無念ですが、今さら仕方がありません。祝いの儀式を華麗に執り行います。

玉鬘は我が身を嘆き続け、ひとつも打ち解ける様子を見せません。鬚黒を手引きをした女房を嫌って蟄居させています。なぜそんなことになったのか、と読者もまた惜しみ、混乱します。現代に生きる私たちには、鬚黒の行為は許しがたい犯罪に思える。時代を隔てているとはいえ、物語の作者はなぜ、こんな結果にしてしまったのでしょう。

まず注意すべきは、鬚黒大将の政治的な立場です。『源氏物語』は、女房の語りという体裁ですから、政治のことは賢しらに述べさせません。けれども実際、鬚黒大将は役職からして源氏、内大臣に次ぐナンバー3だった。玉鬘を得た後には、この両大臣の後ろ盾もあって太政大臣にまで昇りつめる。

そもそも実父の内大臣が、源氏の決めた玉鬘の出仕を受け入れていたのは、やはり源氏がナンバー1の政治力を持っていたからでしょう。その源氏の養女を強引に自分のものにしておとがめなしとは、鬚黒の力が潜在的に強大なものになりつつあったことを示します。

また前の巻、『藤袴《ふじばかま》』の最後の方では、鬚黒大将がその立場を利用し、玉鬘と兄妹とわかった柏木中将《かしわぎちゅうじょう》と話し込んだり、内大臣に取り次いでもらったりしていた、とあります。つまり内大臣は前もって承知していて、結婚が成った際には鬚黒の肩を持つという約束を取り付けていた可能性が高い。だとすれば鬚黒を手引きした女房も、もちろん独断ではなかった。

そして実は玉鬘にとっても、源氏を後見とする中宮や内大臣の娘が女御として入っている宮廷で、もし軽々しく扱われれば不幸になる。ですから鬚黒との結婚は合理的で、本当は非の打ちどころがない良縁なのです。さもなければその強引な行為は、やはり政治的な軋轢を生み出したに違いない。かつて源氏は、同じく帝にやるはずだった朧月夜《おぼろづきよ》に手出しして須磨に流されたのです。そのときは、彼女との合意の上であったにも関わらず。

鬚黒大将は政治的にはなかなかどうして、源氏以上にソツがなく繊細な気配りのできる、権謀術数の人物ですね。すなわち実父である内大臣の同意を得れば、二対一で源氏を黙らせることができる、とわかっていた。しかもナンバー1である源氏が諦めるという状況、誰にとって一番喜ばしいでしょうか。そうです。内大臣です。政治的には源氏にかなわず、娘たちの処遇についても煮え湯を飲まされてきた。もともと気性の真っ直ぐな人なだけに、そのことで気難しく、屈折した想いを抱えていることは源氏も察知している。源氏があっさり受け入れたのは、血縁的にも玉鬘の実父である内大臣の意地を感じたからではないでしょうか。なお、あの須磨に隠遁するきっかけとなった朧月夜との密会で、出てくるところをある男に見られてしまった、というくだりがありました。この男とは実は髭黒の弟でした。髭黒は弟を通じて、源氏が昔、同じような状況で無茶をしたことを知っていた可能性があります。

語り手は、鬚黒大将をガサツな「心浅き人」と評する。『源氏物語』の国風文化とは、公的な男社会における政治向きの価値観を離れ、女性たちの美意識で世の中を評価し直すことでもあります。それに則れば、鬚黒は「心浅き」人物に過ぎず、玉鬘が嘆くのは当然です。しかし著者の紫式部が単純にそう考えているかどうかは、また別です。

鬚黒大将の当時の政治的立場と力量を思えば、身分の低い男が賊として押し入ったのではなく、国のナンバー3の政治家が、それなりの社会的背景を持って入ってきた、そこで決着はついたのです。身分のある男に寝所に入られた時点で、女を社会的に守っていたものはすでに破られている。そこから大騒ぎするなどという非常識は、玉鬘のような「政治的中枢にいる存在」には許されない。

ですから、藤壺《ふじつぼ》をはじめとする女性たちが源氏に入り込まれたときも、たいていはさほど抵抗されていません。だから源氏は、中流階級のくせに恨み言を言い続け、次にはするりと抜け出してしまった空蟬《うつせみ》に慌てた。また源氏が最後に迫ったとき、藤壺が逃げ回ったのは異常な醜態でありました。源氏が寝込みかねないほどショックを受けたのも当然です。

すなわちこの時代の貴女は玉鬘にかぎらず、周囲の関係性によって身の振り方が決まった。だから関係性の垣根を乗り越えて、自らの寝所の入口に立った男とは「縁」、すなわち「運命」です。玉鬘もその運命を嘆きはしても、鬚黒本人やその行為を直接非難したり攻撃したりはしません。ただ政治力を振りかざした横暴には違いない。女性にとっての「理不尽」の感覚は、この『真木柱』の巻の玉鬘の中に、確かに芽生えています。そこは現代の私たちと変わらない。

そんな近代的自我意識を生じさせたのは、鬚黒大将その人です。この巻で鬚黒大将は、内大臣を除くすべての人に憎まれています。冷泉帝もたいへん残念に思われ、「宮仕えといっても普通の奉公を志すなら、誰に遠慮をすることもないのに」とまでおっしゃる。語り手の女房も憎々しげであり、それに伝染した私たち読者も、鬚黒が大嫌いです。

その鬚黒は、一刻も早く玉鬘を自分の屋敷に引き取りたいのですが、源氏はなかなか許しません。鬚黒の北の方（正妻）との間に波風を立てないよう、ゆっくり進めるべきである、と。北の方は紫の上の腹違いの姉妹で、紫の上を継子いじめした後妻の娘です。北の方にすれば、夫の鬚黒を玉鬘という源氏の養女に奪われたわけで、源氏の差し金と思われかねない。源氏が鬚黒を玉鬘の婿にするのに難色を示していたのは、それも一つの理由でした。まして鬚黒の北の方は、精神的な病いを抱えています。源氏らしい配慮と捉えられているように書かれています。

さてしかし、鬚黒は新しい妻に夢中です。さらに彼を喜ばせたのは、玉鬘が手つかずの乙女であったことで、源氏との仲を怪しんでいたことがわかります。北の方のことを理由に玉鬘を与えようとしないのも、単なる口実ではないかと勘繰っていたことでしょう。そうだとすると鬚黒の強引な行為はなお説明がつく。もし源氏と玉鬘とが男女の関係だとしたら、それを知った鬚黒に源氏は何も言えないはずです。鬚黒大将の行為は隅々まで計算されたものであり、感情にまかせた衝動的なものではなかった。源氏は、そんな鬚黒をどこかで警戒していたのかもしれません。螢を使った見せびらかしという戯れの相手に選ばれたのは、気安い兵部卿宮《ひょうぶきょうのみや》でした。

それまで堅物であっただけに、いそいそと新妻のもとに通いつめる鬚黒大将ですが、玉鬘はふさぎ込み、源氏の優しさや螢の兵部卿宮の風情を思い出しています。源氏もまた玉鬘に無体な真似を仕掛けたことはどこへやら、優しい慰めの言葉をかけて歌を詠み交わすばかりです。

だが玉鬘が源氏を慕う心になるのも、鬚黒大将という存在をテコとしてのことです。彼の政治力と合理性を背景とした決定的な行為がある前には、玉鬘をめぐるすべての登場人物がダブルバインドのたゆたいの中にあった。鬚黒への反発から、まるで強い磁力によって磁化されるように、皆が自身の本心を選択している。

鬚黒大将と対立し、最も激しい態度を選択するのは、彼の正妻である北の方です。

北の方は、おっとりと美しくもあり、尊敬されていたのですが、今ではひどい物怪《もののけ》が憑いていて、正気でないときも多く、夫婦仲が冷めています。住まいを乱雑にしているのを横目に見つつ、鬚黒大将は、気の毒に思って長年、我慢してきた。

「かねがねお約束申しているではありませんか。難儀な御病気がおありになっても、終始を見届けてお上げしようと思えばこそ、長い年月じっと怺《こら》えて過ごして来ましたのに、その我慢ができないで、別れようなどという料簡《りょうけん》をお起しにならないで下さい。幼い者たちもいるのですから、どのみちおろそかにはしません」と、玉鬘を迎えることを伝えて慰めます。北の方の父、式部卿宮《しきぶきょうのみや》が実家に戻そうとしていることについて、「かえって軽々しいことです。（中

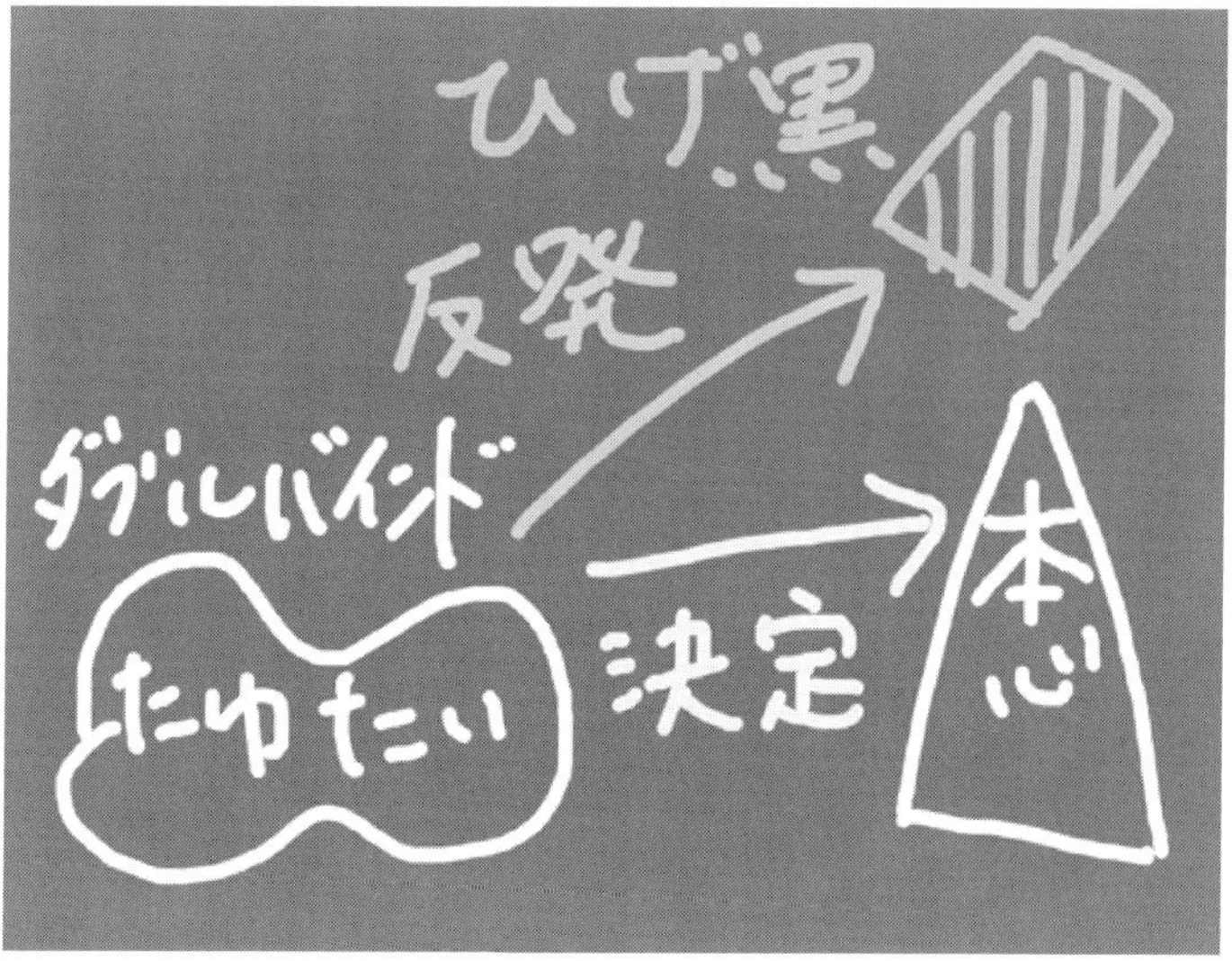

略）しばらく懲《こ》らしめてやろうというおつもりでしょうか」と笑いながら言う鬚黒は、たいそう憎らしい、とあります。

鬚黒は、「あなたのことは少しも愛していないし、愛される資格もないだろう。ただ、自分には社会的な立場があるし、子供もいるし、一生食わせてやるから実家には帰るな」と言っている。現代の私たちだったら、とうてい我慢できない物言いで、当時の女性たちだって不愉快なことに変わりはない。合理的な人なだけに、取るに足りない女の心情を推し量ることに合理性を見い出さない鬚黒大将は結局、彼にとっての合理性を追求するだけです。そんな男に生活を託していれば、不愉快を超えて相当なストレスになるはずです。結局、この北の方の心の病いの原因は、鬚黒大将の本質的な冷たさにあるのではないか。著者もまた、その可能性を念頭に置いて書き進めている。

とはいえ鬚黒大将は、玉鬘を得るまで女癖も悪くなく、堅物で仕事熱心、精神を病む妻を心から気の毒にも思っています。ではなぜ彼は、この『真木柱』の巻であらゆる人から憎まれ、妻を狂わせた疑いまでかけられるのか。物語の先を見ていきましょう。

そのとき北の方は正気でいらしたので、しおらしく泣いておられました。「父宮のおんことをさえ引き合いに出しておっしゃいますのを、お聞き伝えになりましたらどうお思いになりますか、因果な者を娘にお持ちなされたばかりに、軽々しく言われ給うのがお気の毒でございます」などと、まっとうなことを言われます。北の方の様子を初めて知らされる読者は、この女性のいったいどこに狂気が、と思います。

鬚黒は「実は私の通《かよ》っている先のことなのですが、眩《まばゆ》いような立派な御殿だものですから、物馴れない無骨者などが出入りをしましては、何かにつけて人目に立ちやすく、心づかいをしなければなりませんので、いっそ気楽にこちらへお引き取り申そうと思うのです。それにつけても、太政大臣《おおきおとど》（光源氏）は（中略）行き届いたお方ですから、内輪《うちわ》のごたごたなどがお耳にはいることがあっては、まことに相済まなく、怖れ多いことです。（中略）今さら心持の離れることはありますまいけれども、世間に聞えて物笑いになったら、私にしても軽率の誹《そし》りを受けますから、やはり長年の誼《よしみ》を守って、お互いに助け合う気になって下さい」と、とりなします。

北の方は、「あの大殿《おおいとの》の北の方（紫の上）と申し上げるのも、他人ではいらっしゃいません。あのおん方は親を知らずにお育ちになりまして、今では御自分が親のように、そういう姫君（玉鬘）をお世話遊ばされ、かような仕向けをなさいますのを、父宮は恨んでおいでになりますけれども、私は何とも思いはいたしません。ただあなたのなさりようを見ているばかりでございます」と言われます。

「たいそう殊勝なお言葉なのですが、やがてまた例の御病気が起れば、厄介《やっかい》なことが始まるでしょう。大殿の北の方は何も御存じないことです」と鬚黒は一日中なだめすかしています。

どうですか。鬚黒の言うのは筋が通っているし、一応の思いやりある言葉も挟まってはいます。しかし結局は、世間体と自分の立場のことしか頭にない。北の方の言いようにも、奇妙なところがあります。「私は何とも思いはいたしません」と言いながら、わざわざ持ち出すのは、むしろ根に持っているふうです。しかしそれは自分の考えではなく、父の式部卿宮の怒りである、とすり替えてしまう。そしてすべては夫のせいだ、という含みにとれます。

日が暮れて、真っ暗な中を雪が降っています。こんな晩にまで玉鬘のもとへ出掛けてゆくのは外聞が悪く、大人しくされている北の方の手前も、出て行きづらい。

すると北の方が、早く出掛けてはと、そそのかすように勧めます。「とてもこのような天気では」と、大将は躊躇してみせます。が、すぐに「やはり当分の間だけは、私の気持が分らないので人がいろいろに言い触らしますし、大臣たちもああだこうだのとお案じなさるのが気がかりですから、跡絶《とだ》えないようにしなければなりません」と言い直します。さらに「こちらへお引き取り申してしまえば、心配なことはなくなります。こういう風に正気でいらっしゃる御様子を見れば、ほかの人のことを思う気もなくなって、おなつかしく感じます」などと言い繕います。

北の方もそれを受け、「お出かけをお控えになりましても、それが御本心でなかったらかえって苦しゅうございます。餘所《よそ》にいらしっても思い出してさえ下さいますなら」とおっしゃって、香炉を引き寄せると、大将が着ていかれる衣装にさらに香を焚き染めてさしあげます。

その甲斐甲斐しい姿に、さすがの大将も心を動かされ、我が身を恥じるのですが、新妻のもとへと浮き立つ気持ちに変わりはありません。いかにも出るのが億劫そうに溜め息をつきつつ、供人たちに促されていたとき、いきなり後ろから香炉の灰が浴びせかけられました。大将は驚き呆れますが、部屋中に灰がもうもうと立ち込め、目にも鼻にも入ります。皆が大騒ぎでお召し替えさせますが、髪などにも降りかかっていて、あの麗しい六条院へはとても出かけられません。

こんな真似をする北の方にはもはや愛想も尽き、腹立たしいかぎりです。しかし今、事を荒立ててはと大将は落ち着き、夜中にもかかわらず加持祈祷をさせます。夫人のあさましい叫び声を聞けば、大将が疎ましく思われるのも無理はない、と書かれています。

どうでしょう。ここで著者はあたかも大将に同情したかのような書き方です。感受性の強い皆さんなら、北の方がキレて暴れることより、もっと疎ましいのはその直前の良妻ぶった物言いだと思うでしょう。それに対し、鬚黒もまた出掛けて行きたくないふりをしたり、偽の溜め息を漏らしたりします。こんなバカみたいな嘘八百の茶番劇に、私たちだったらキレるのが当たり前で、北の方は意外と正気だと思いませんか。おそらく当時の女性読者たちも、そう感じていたのです。

北の方が唸り叫んでいるのは、鬚黒の見え透いた偽善とともに、そんな茶番劇を自らに強いる世の中全体への激しい怒りからです。当時の女性たちすべてに共通する怒りのはずですが、表向きは誰もが北の方の狂気に眉を顰め、「大将殿も、お気の毒に」と澄ましている。著者の書き方はその一般的な態度を表しているし、北の方の怒りは結局、鬚黒には届きません。思いやり深いように見せかけながら今、事を荒立ててはと、相変わらず保身を考えているだけです。

本来的に計算高く自己中心的、他人に対して鈍く、表層的な感情しか持たない鬚黒大将は、「怒りを掻き立てる装置」として存在します。鬚黒の強い自我への怒りを通して、登場人物たちもまた〝近代的な自我〟に目覚める。

この場面の北の方は怖ろしいですが、何が一番怖ろしいかといえば、突然の豹変ぶりです。まるでハリウッド映画のスリラーばりですよね。ハリウッド映画といえば、『真木柱』の巻の冒頭も、何が起きたのか読者にはわからないまま話が始まるという、きわめて現代的なテクニックが使われていました。このように巻全体を近代化へと引っ張っているのも、鬚黒大将の計算高い合理性とそれへの反発にほかなりません。

近代的自我の現れ方は、来し方や資質によって左右されます。北の方が、玉鬘や紫の上ぐらいには自らの感情を表現するわがままな女性であったら、このような病いを得はしなかったでしょう。その意味で、あの六条御息所《ろくじょうのみやすどころ》と同類です。鬚黒が北の方を「本当は気だてのやさしい女」と考えるのは、「彼にとって都合のいい女」ということに過ぎず、それは長年の鬚黒との暮らしで培われた過剰適応である可能性が高い。

女性たちを取り巻く抑圧がその病いの原因となり得ることを、千年前の著者・紫式部は理解していました。社会的抑圧からもたらされる精神的な病状をも、その概念がない時代には包括的に物怪とよんでいたわけです。それへの洞察の深さという点においては、たとえば同じく狂気の妻を持つ男が登場するシャーロット・ブロンテの『ジェイン・エア』といった作品は足もとにもおよびません。

さて鬚黒大将は、玉鬘へは言い訳めいた文だけ送ります。学問のある大将は、能書でありました。が、玉鬘の方では来ないからといって別に痛痒を感じず、返事もしません。翌日はもちろん、いそいそと出掛けます。その様子を女房の一人がとがめます。そんな女房にかつて情けをかけたことを後悔するばかり、という薄情さ。ここでとがめ立てする女房こそ、私たち読者の気持ちを代弁している。

正妻への侮辱的な扱いに怒った父宮は迎えをよこされ、北の方は子供たちを連れて実家に帰ってしま

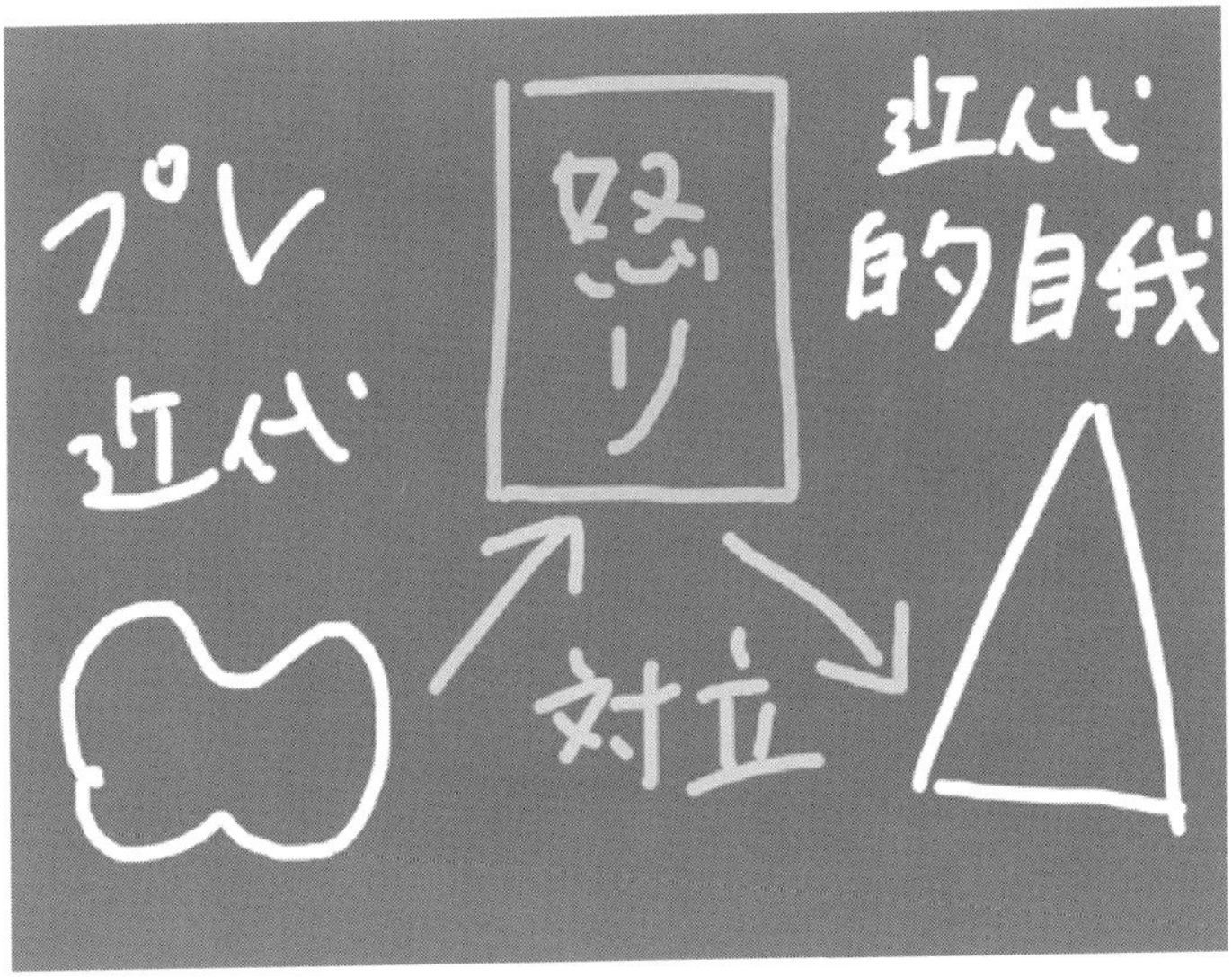

います。大将が可愛がっていた姫は、父親と離れるのを悲しみ、いつも寄りかかっていた柱の割れ目に、歌を書いた紙を挟んで置きます。

今はとて宿離《か》れぬとも馴《な》れ来つる
　真木の柱はわれをわするな

ご実家の式部卿宮では、北の方の母上がとりわけ怒っており、継子である紫の上のことまで罵っています。鬚黒大将は、北の方はともかく真木柱の姫の歌が悲しく、堪えきれずに涙をこぼします。鉄壁のエゴを持つ彼の、唯一の泣きどころというわけです。一度は宮邸に足を運びますが、姫にも北の方にも、宮にも会えずに、男の子二人だけを連れて戻ります。それきり沙汰止みとなったことに、宮家ではまた腹を立てられるのです。

玉鬘はふさぎ込んでいるし、帝の意向もあるので、大将は玉鬘のかたちばかりの出仕を承知します。男踏歌《おとことうか》の儀式にともなってのことで、華美のかぎりが尽くされます。その晩のうちにと退出を促す鬚黒を無視し、玉鬘は宮中に留まる。帝が訪ねて来られて、恨み言をおっしゃる。ろくに出仕してこなかった玉鬘に、三位を賜わるという厚意を示しておられます。源氏に似た美しい帝が、玉鬘を鬚黒に奪われたことを悔しがられ、控えめに恋の言葉を囁かれる。玉鬘は内心ひどく感激し、「われはわれ」と思います。

「わたしは、わたし。鬚黒なんか関係ないじゃない」というわけです。この時代の女性とは思えない、こんなフェミニズム的な独白をさせるのは、鬚黒の合理性に対抗する玉鬘の近代的自我の芽生えです。

退出にかこつけて、鬚黒はそのまま玉鬘を自分の邸に引き取ります。源氏はまたしても、それほどきっぱりと、まんまとしてやられると思っていなかったのでした。無風流な邸にいる玉鬘を思って文をやりますが、それにも嫌味を言う鬚黒を玉鬘は憎みます。玉鬘に代わって返事を書いた鬚黒の、我が物顔の言いようを源氏は笑いながら、やはり内心は憎みます。

しかしどんなに憎まれようと、決定的な行動をとった者が勝ち。結局はそれによって物事は動いていく。それは時代を問わず真理です。仕送りだけは欠かさない鬚黒を、宮邸の北の方は今も経済的には頼っている。鬚黒は（自らの財産でもある）子供たちをないがしろにするような、不合理かつ不体裁なことはしないのです。

「われはわれ」と思い定めた玉鬘は、もう出仕こそしないものの、心のままに、気を紛らわして暮らしている。「私どもにも優しくなすって、可愛がって下さいます。明け暮れ風流なことをして暮らしていらっしゃいます」という息子たちの報告に「自分もそのような心持ちで、自由に生きられる性分だったら」と北の方は羨む。ここの谷崎の解釈は、「羨ましいのは自由な身の男」となっていますが、原文の前後の繋がりから明らかな間違いです。明け暮れ面白いことをして暮らしているのは玉鬘であり、北の方は彼女が羨ましい。女性同士の、ここは注目すべき共感です。玉鬘を憎んではいない、憎んでいるのは鬚黒なのです。

玉鬘はやがて男児を出産、鬚黒大将はもちろん大喜びです。鬚黒とは価値観や性格に共通のものを持つ、玉鬘の実父の内大臣も満足です。ただ、今は兄弟として付き合っている頭中将（柏木）が、「これが皇子であらせられたら、どんなにか名誉なことであろうに」と、文句ありげですが。

自分も尚侍に、と訴えていたあの近江《おうみ》の君は、玉鬘が結婚した今、妙に色気づいています。女御のところで夕霧の中将を掴まえて、言いよる真似さえしかけます。これが例の姫かと、面白く思った夕霧の中将は、このように言い返します。

よるべなみ風のさわがす船人も
　おもはぬかたに磯づたひせず

はしたないことですね。

第23回　香る『梅枝《うめがえ》』

源氏の一人娘、明石の姫君の裳着《もぎ》の準備に大わらわの最中、薫香《くんこう》を合わせることを思いつかれます。古来のものと今の材料を取り混ぜて貴女らに贈り、二種類ずつ選んで調合されるようにと伝えます。源氏も承和の帝の秘法として伝わる二つを作られます。紫の上も厳重に人払いをさせ、八条の式部卿宮《しきぶきょうのみや》の秘伝で調合します。

槿《あさがお》の前斎院から、沈《じん》の木の箱に足付きの瑠璃《るり》の鉢を二つ並べたものが届きました。紺瑠璃には五葉の枝、白い瑠璃には白梅の花を結び、大きく丸めた薫香が入れられています。お返事には紅色の紙に紅梅の枝を添え、お使いの者には紅梅襲《こうばいがさね》の装束を与えます。

しめり気のある夕方で、薫香を試すことにします。兵部卿《ひょうぶきょう》が審判をされます。よく知られた法であっても、それぞれの好みで香りの深い浅いが出るのが、たいへん面白い。いずれとも決められない中で、槿の前斎院の黒方《くろほう》が心憎くく、静かな香りです。侍従香《じじゅうこう》では源氏のものがすぐれて優雅で心惹かれると、宮は評価されます。紫の上が拵えられた三種のうち、梅花香は華やかで今ふうであり、さっと香りが立つ工夫がされて、めずらしい薫香も加わっています。この季節の風にのせるには、これ以上の香はあるまいと、宮はお褒めになります。花散里《はなちるさと》の御方は、その中で競うなど煙ほども思われず、ただ荷葉香《かようこう》を一種だけお作りになりました。少し変わったしめやかな香が、しみじみと心惹かれます。冬の御方である明石の君は、季節ごとに定まった香りではかなわないと、薫衣香《くぬえこう》の調合の中でも前の朱雀《すざく》院の法をもとに公忠《きんただ》の朝臣《あそん》が特に選ばれた百歩《はくぶ》の方を思いつかれましたが、世にないような優美さを集めて素晴らしい。このように、どれをも讃えられるものだから、「気の多い判者でいらっしゃる」と、源氏は言われました。

明石の姫君の裳着の式に備えて、さまざまな仕度が整えられている。この薫物合わせは準備の一貫として計画に入っていたのではなく、ふと思いつかれたように催されています。しかしながら紫の上をはじめとする御方々の競い合いは本気モードで、源氏まで秘法を駆使して拵えていますね。つまりこの薫物こそ、式のための最も重要な祝いの品で、贈り物の粋なのです。

源氏は太宰大弐《だざいのだいに》から贈られた薫物の材料では飽き足らず、倉を開けて古いものを探し出されます。そのときに故院の御代の初めに高麗人が献上した綾、また緋金錦《ひごんき》など当代のものとは比べるべくもない素晴らしい織物が一緒に取り出され、大弐の奉った布類は女房らに下賜してしまいます。しかし薫物の材料は、新しいものと古来のものを取り混ぜてオリジナリティを発揮するよう、御方々に依頼された。薫物というのは、そういうことができるんですね。

ところで源氏が倉から出してきた綾ですが、「故院の御代の初め頃に高麗人《こまびと》が献納した」とわざわざあることとで、何か思い出しませんか。そう、故院とは源氏の父、桐壺院《きりつぼ》のこと。その「御代の初め」というのですから、桐壺帝がまだお若い頃に、高麗人が、という話。ちょうど源氏が生まれた頃、優れた人相見の高麗人が予言したのを覚えていますか。国の親＝帝の地位に就くべき相だが、そうしてしまうと国が乱れる、とのことでした。それを受けて源氏姓を賜り、民間に下りて来られた。源氏は子供の数は（冷泉帝を含めて）三人と少ないが、うち二人（冷泉帝を含めて）が帝あるいは帝の（母）親となります。高麗人の人相見はその通りになったわけです。

源氏の一人娘、明石の姫君の裳着の式は、それに続く入内、国母となる道への始まりです。そして冷泉帝との親子関係が内密である以上、源氏がそれをおおっぴらにできるのは明石の姫君をもってしかありません。その姫君の成人の儀式に、人相見の縁と思われる品が引きずり出されてきたというのは、なかなかの結構です。もちろん源氏はただ、「やはり古い時代のものが懐《なつ》かしみもあれば見事でもある」と、娘のために夢中になっているだけのようですが。

話を戻すと、このような儀式や行事のたびに洗練された宮廷文化について論じられる『源氏物語』ですが、とりわけこの薫物合わせは優雅の極みで、また薫物そのものも特別に大切な祝いの品です。今回は現代においてはやや馴染みの薄くなった、香りの伝統文化について見ておきましょう。

『源氏物語』は、その成立においても受容においても香りとは深い関わりがあります。これから読んでゆく最後の「宇治十帖《うじじゅうじょう》」に登場する二人の主人公は薫の君と匂宮《におうみや》とよばれる。そして並大抵の創作者ではなかった紫式部の手に成る以上、「深い関わりがある」ということは「テーマと深く関わる」ということと同義なはずです。

香は奈良時代、仏教とともに受け入れられてきました。仏壇にあげるお線香、あれは線状に細くした「香」です。抹香臭いとなんか辛気臭いみたいに言われますが、本来はこの世のものならぬ極楽浄土に繋がる、素晴らしい香りを仏様に差し上げるものです。この世の食べ物を口にされない仏様は、香を喜ばれると。

仏様が喜ばれる素晴らしい香りは、私たちをも癒しますね。鼻だけでなく全身をリラックスさせ、精神を安定させる効果は最近でも注目され、アロマテラピーなどとよばれます。こうして宗教儀式のひとつの要素であった香は平安時代以降、その効能や快楽の部分を貴族の日常生活に移して楽しまれるようになりました。

宗教は極楽や天国を実感させることで信者を獲得してゆくものですから、キリスト教にも伽藍やステンドグラスの空間と光の効果、響きわたる音楽など、さまざまな快楽、エンタテイメントの要素があります。ロック音楽のステージが、たとえ反体制のアンチキリスト的なノリを売りにしても、それは一種の逆説で、本来的に宗教的なミサに似たところがあるのも聴衆に受け入れられていますね。

ですから香が貴族の生活を豊かに彩るようになっても、本来は仏教的であったことは忘れられはしなかった。宗教的なものとしてあり得るからこそ人を深く癒し、慰めることもできる。それゆえに薫物は祝いの品のうちでも格の高いものとなりました。どれほど豪華な綾、錦も所詮、庶民が日常で使う布の高級バージョンに過ぎません。しかし香は衣食住に欠かせない実用品ではなく、したがって庶民には縁のない、より観念的なものです。すなわち重要なのは薫物という物体ではなく、それが生み出す香の空間＝極楽浄土のメタファーという抽象的なもの、観念そのものです。つまり薫物とは、貴族の優雅なお道具の中でも「メタお道具」です。メタレベルで指し示される観念とは当然、仏教的な価値観に基づいた美意識です。

さまざまに秘法を伝えながら、薫香は大きく六つに集約されます（六種薫物《むくさのたきもの》）。季節により、空《そら》薫物《だきもの》（ルームアロマ）としては、梅花（春）、荷葉《かよう》（夏）、侍従（秋）、菊花（秋）、落葉《らくよう》（冬）、黒《くろ》方《ほう》（冬）。春の御方、紫の上の拵えられた梅花香は二月という時節に合っていた。花散里は夏の御方として荷葉を一つ作られた。夏といえば今でこそ華やかなイベントなどを連想しますが、当時は暑いばかりで暮らしづらく、花も咲かない夏枯れの季節として認識されていたのではないでしょうか。エアコンも、プールも海水浴もないのですから。源氏が侍従を拵えたのは秋好中宮《あきこのむちゅうぐう》の代理ということでしょうか。空薫物のほか、衣装に薫きしめるための衣香があります。明石の君は、その中でも素晴らしい百歩香《はくぶこう》にされます。冬の空薫物でもある黒方を槿の前斎院がお作りになってしまったからでしょう。控えめだけれど賢くて、人には負けない明石の君らしい。

第17回で、日本文化における世界観とは四季のめぐりである、と述べました。世界観とは、世界全体がどのような姿をしているか、どのような原理で成り立っているか、という認識のことですから、その文化の根底を支える宗教と密接に関わっている。一神教の西欧と異なる日本文化の世界観とは、仏教を根底とする循環的世界観です。仏教とともに根付いた薫香が、世界の循環そのものの四季のめぐりによって分類・制度化されるのは当然です。

一方で、衣香は今日の香水と同じ効果を持ちます。ただ西欧における香水は体臭を消し、あるいは体臭と混ざることでその人固有の香りを持たせることを理想としますが、日本人には体臭は少ない。むしろ理想は沐浴などで体を清め、そこに香を薫きしめた衣を纏う。香水もまた香油を用いた宗教儀式から発生したものと思いますが、日本のそれは神道的に身を清め、仏教的な理想を身に纏っているように感じられます。まさしく快楽（けらく）ですね。そのようなことはもちろん貴族しかできない。中流階級の女である空蟬《うつせみ》も、漂う香りによって源氏がやってきたことを察知し、逃げたのでした。

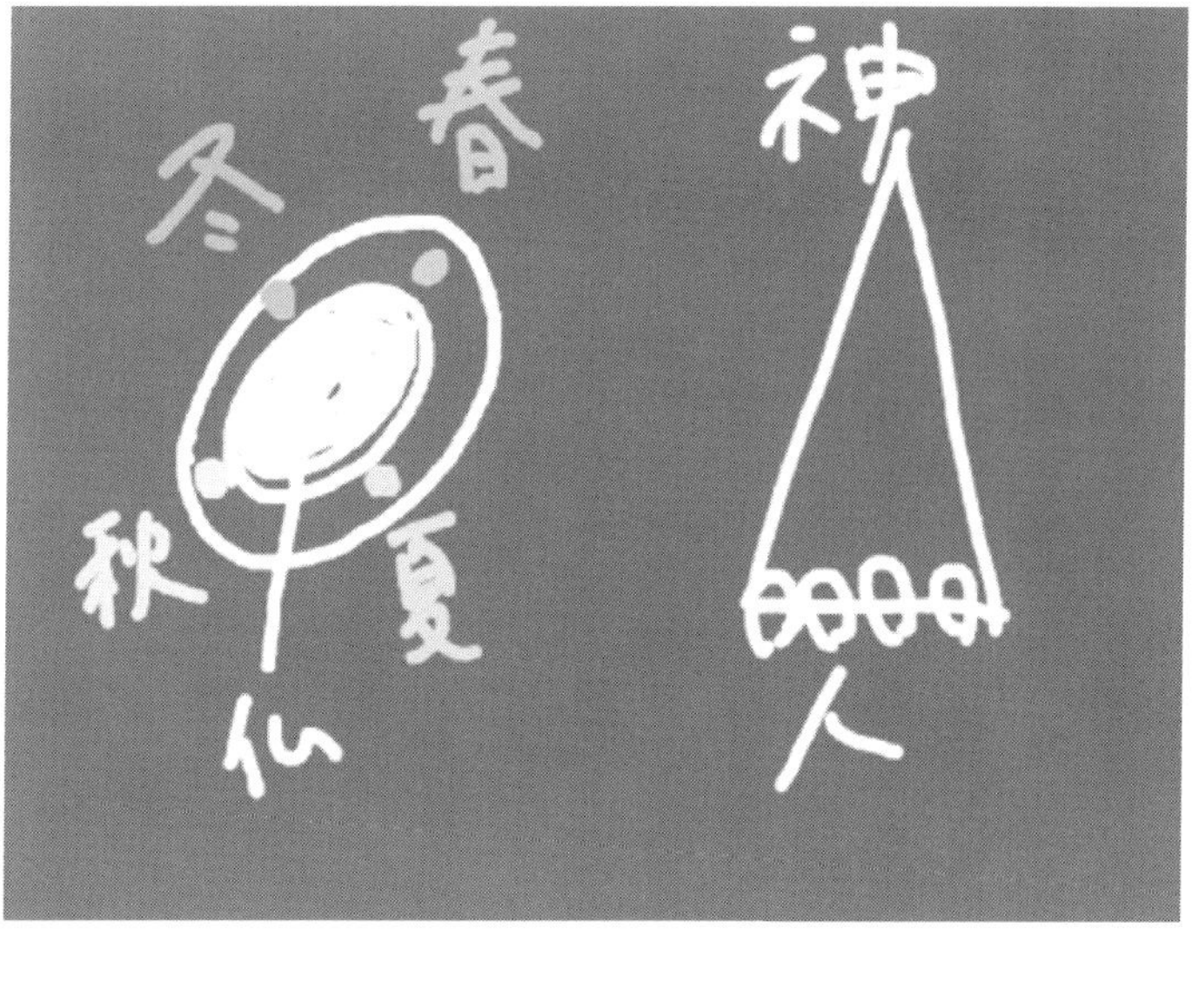

薫香の材料といえば、まず沈香《じんこう》、それに安息香《あんそくこう》、白檀《びゃくだん》、丁子《ちょうじ》、麝香《じゃこう》などを主なものとして、さらに没薬《もつやく》や桂皮《けいひ》、大茴香《だいういきょう》、竜涎香《りゅうぜんこう》などを加えます。由緒あるレシピで練られた高価な香を居室に薫き、身に纏うことはまさに貴族の特権です。そしてその香りの趣味や薫き方によって人品もうかがわれる。成り上がり者でも高価な品を所有することはできますが、趣味のよい、素晴らしい香りを品よく漂わせることができるのは、人としての格が上でなければならない。仏教で言うところの上の品です。すなわち薫香は単に階級を示すものではなく、その人間の本性に深く関わっている。人の本性とは香るものなのです。

さて時代が下りますと「源氏香」というものが登場します。『源氏物語』に出てくる香りは、さまざまな材料を混ぜ合わせた練香ですが、この源氏香というのはそれとは異なります。室町時代の東山文化において、茶道や華道とほぼ同時期に成立した香道で行われる組香という遊びの一つです。

香道ではもっぱら伽羅《きゃら》、沈香、白檀が用いられます。それら香木の小さな欠片を熱し、その香りを鑑賞したり（聞香《ぶんこう》）、香りの差異を判別するゲームをしたり（組香《くみこう》）します。つまり練香《ねりこう》、薫物合わせのようにオリジナリティを発揮する余地はなく、よい香木を手に入れて披露することが基本です。武士の世の中に広まった芸事として、茶の湯と似たところが多いものですね。

源氏香では、香を五回聞き（香道では「嗅ぐ」と言わず、「聞く」と言います）、どの香とどの香が同じかを当てます。五本の縦棒を香と見なし、同じと思われるものを横棒で繋ぐと、五十二種の組合せの図ができます。源氏物語五十四帖の最初と最後を除いた五十二帖に、このそれぞれの図を与えたものを「源氏香之図」とよびます。

　ここまでの説明で、どうもぴんとこない、という人もいるでしょうね。そうです。香道における源氏香の遊びは、『源氏物語』の内容と本質的になんら関連がありません。それもそのはず、時代が下って成立した香道は武家社会や禅宗をバックグラウンドに持つので、『源氏物語』に登場する薫物とも、薫香が象徴する密教（法華経）としての仏教とも、直接は結びつかないのです。

　ただ面白いのはこの「源氏香之図」が「源氏香」ともよばれ、文様として定着していったことです。香りという取りとめのないものを把握するには、この記号化は欠かせません。以前、私も一度だけ香道のお席についたことがあり、たまたま三種の香を当てることができました。気をつけていたのは香の味わい（六国五味《りっこくごみ》＝伽羅、羅国《らこく》、真那伽《まなか》、真南蛮《まなばん》、佐曾羅《さそら》、寸聞多羅《すもたら》からもたらされる辛・甘・酸・鹹・苦）を自分のイメージでできるだけ言語化することです。さもないと、香を聞いた瞬間の鼻の記憶はすぐに消え去り、次の香と区別はつきません。

「源氏香之図」が「源氏香」とよばれるとは「記号が香りそのもの」ということでしょうか。いずれこのように香りはテキスト化を求める。一方で文学（テキスト）の価値の本体は香気であるとも言われます。文体とか思想とか、ようするに文学という人の為すことのエッセンスという意味で、人の本性が香るものなら価値のある文学もまた香るはずです。

薫物合わせの後に、源氏と宮は昔話をはじめます。明日は侍所で管弦の御遊びがあり、その準備であちこちから面白い音が聞こえてきます。夕霧《ゆうぎり》が横笛を、頭中将《とうのちゅうじょう》（柏木）に和琴をさせると、弁少将《べんのしょうしょう》が拍子をとって「梅が枝」を謡います。宮も源氏も謡い、趣のある夜の管弦のお遊びになりました。

形のない、抽象的な芸道ということで、香はもちろん音楽との関連が深い。この自然発生的に始まった、さりげない音楽の宴は、香りの余韻として申し分のないものです。

明石の姫君の裳着は立派に執り行われます。中宮を腰結いとされたのも、入内の予定を踏まえてのことです。東宮の御元服もほぼ同時になされましたが、他の貴族たちは源氏に遠慮して娘を宮仕えさせようとしません。「宮仕えというものは大勢が御奉公に上って、少しの長所をも競い合うというようにするのが本意なのです」と、源氏は明石の姫君の入内を延ばします。余裕ですね。

左大臣の三女に続き、四月に参ることになり、そのお道具のデザインは源氏が自ら指示して整えます。草紙の箱に入れるべきもので、手習いの見本も用意します。書の大家が書かれたようなものも、たくさんあります。「何事につけても、昔より浅はかに、劣るようになって行く末世の今ですが、仮名《かな》だけは当節の方がこの上もなく巧《うま》くなりました」と、源氏は紫の上に言われます。現代がネット文化の発展期なら、当時は仮名文字＝国風文化の発展期だったのですね。源氏は、優れた仮名文字を書く女性たちを論じはじめます。源氏自身が仮名を習っていた頃、六条御息所《ろくじょうのみやすどころ》の一、二行さらりと書かれたものを入手して、素晴らしいと心酔してしまった。そんなところから浮名を流すことになったが、娘の中宮を後見しているので、彼岸では誠意をわかっていただいたろう、などと。仮名文字の手から始まった恋、とはなんと優雅でしょう。

「故入道宮（藤壺）のおん手は、たいそう深みがあって、優美な趣がありましたが、弱いところがあって、餘韻《よいん》が乏しくていらっしゃいました。院の尚侍《ないしのかみ》（朧月夜《おぼろづきよ》）こそ、今の世の上手でいらっしゃいますが、あまり洒落過《しゃれ》ぎていて、癖がありますす」と続きます。ともあれ朧月夜と槿の前斎院と、あなた（紫の上）は当代の上手だろうと誉めます。「そう謙遜《けんそん》なさいますな。柔和な筆づかいに懐かしみのあるところは、格別でいらっしゃいます。漢字が上達していればいるほど、仮名には整わない文字が交るものですが」と。

これらのコメントは、やはりどこかその人の本質を突いている。書き文字に性格を読み取ることは現代でも、占い師からFBIまでやっています。手（文字）が人のエッセンスとして本性がうかがわれるなら、これもまた香りと共通しています。

源氏は無地の草紙も綴じさせて、兵部卿宮、左衛門督《さえもんのかみ》などに頼み、自らも書くつもりです。彼らも腕に覚えがあるだろうが、私だって、と自慢しています。物語の主人公である源氏が、自ら白紙を用意し、他の登場人物とともにエッセンス＝本質を残そうとしているのは自己言及的です。寝殿に籠もって熱心に書きます。薫香を拵えていたときの姿と重なり合いますね。

兵部卿宮のものは予想以上の素晴らしい出来映えです。左衛門督のものはあまりよくありません。夕霧のものは難波の浦に通じるように水を豊かに描き、歌を散らした澄んだ調子のものから、奇岩のたたずまいと見合った文字を並べた紙もあります。源氏と宮のお二人は書のことばかり語り合います。宮は邸から所蔵の手本を取り寄せます。嵯峨の帝が『古万葉集』から選んで書かせられた四巻、延喜の帝が『古今和歌集』を巻ごとに書風を変えてお書きになった華美なものなどで、宮は明石の姫君に贈ります。

この頃の源氏は仮名文字の評価に熱中し、上中下の階級にわたる名手にそれぞれ相応しいものを書くよう依頼されます。箱の中には特別に人柄のすぐれた者や品格の高い手を選んでお入れになります。若い人々は、宝物のような姫のお嫁入り道具よりも、この箱の墨跡を見たいと願っています。源氏はしかし、あの須磨での絵日記は、まだ姫には早い、と加えずにおくのでした。須磨の絵日記といえば、明石の姫君が生まれることになった経緯そのものですものね。それはあまり早々に目に晒さない方がよい、ということでしょう。

ところで世の若い人々は、なぜこの箱の書をそれほど見たがったのか。つまり源氏が愛娘に贈った最高のものは、目に見えるお道具、どのような宝物よりも、まず薫香と仮名手本だった、ということです。いずれも先ほどから述べているように、人の本性＝エッセンスであるところのものです。それを源氏は、何よりも娘に贈りたかったのですね。

その箱に特別に選ばれて入った墨跡は「人のほど、品分かせたまひつつ」とあり、「身分や家柄の高い者だけを選んで」という解釈が多いようですが、疑問です。もしそうなら、その前に「上中下の人びとにも」と、身分を問わず書かせた意味がなくなる。もちろん、あまりに下賤な者は、その育ちから「人のほど」（＝人柄）もへったくれもなかったでしょうが、少なくとも文字を書き、名手とよばれるぐらいの身分ではある人々です。ここでの「品」は社会的階級よりも仏教的な「品」、人品にウェイトが置かれたのではないでしょうか。

つまりその箱には源氏の選で、人の本性＝エッセンスであるところの墨跡が収められている。それは最大の権力者、源氏の本音の評価である。だからこそ若い人たちが、どんな宝をおいてでも見たがった。そういうことだと思います。

そういうものを箱に集めるのは、突飛なことではない。ここにも出てくる『万葉集』も、天皇から防人・遊女など庶民まで、身分にとらわれず名歌を選んだものですから。優秀な創作者は、学者先生や一般読者が想像する以上に、自己の作品について隅々まで把握し、計算しているものです。兵部卿宮から姫君へプレゼントされた『古今和歌集』については、それに相応しい華麗な装丁が詳しく描かれています。が、それとともに何の描写もなく、『古万葉集』が贈られたのは、万人が見たがった源氏の箱の選への伏線と考えるべきでしょう。そしてここで現れた上中下という言葉は、『源氏物語』の第二巻で、前半の目次の役割を果たす『帚木《ははきぎ》』における重要な概念でもありました。上中下の身分制度を越え、女は自身の本性によって運命が変転し、切り開かれてゆく。明石の姫君の母、明石の君はまさにそういう女性でした。

そもそもですね、上中下などというスタティックな制度を示す概念が出てきたら、それが「無化される」とか「ひっくり返る」とか、「乗り越えられる」とか、そういうダイナミズムを生む力学を作り出さないかぎり、文学は成立しないのであります。それは平安の昔だろうと、現代文学と何ら変わらない。だって、そうでなかったら面白くないし、読者がついてこない、と紫式部も考えていたはず。

さて源氏の娘、明石の姫君がこのように華やかな

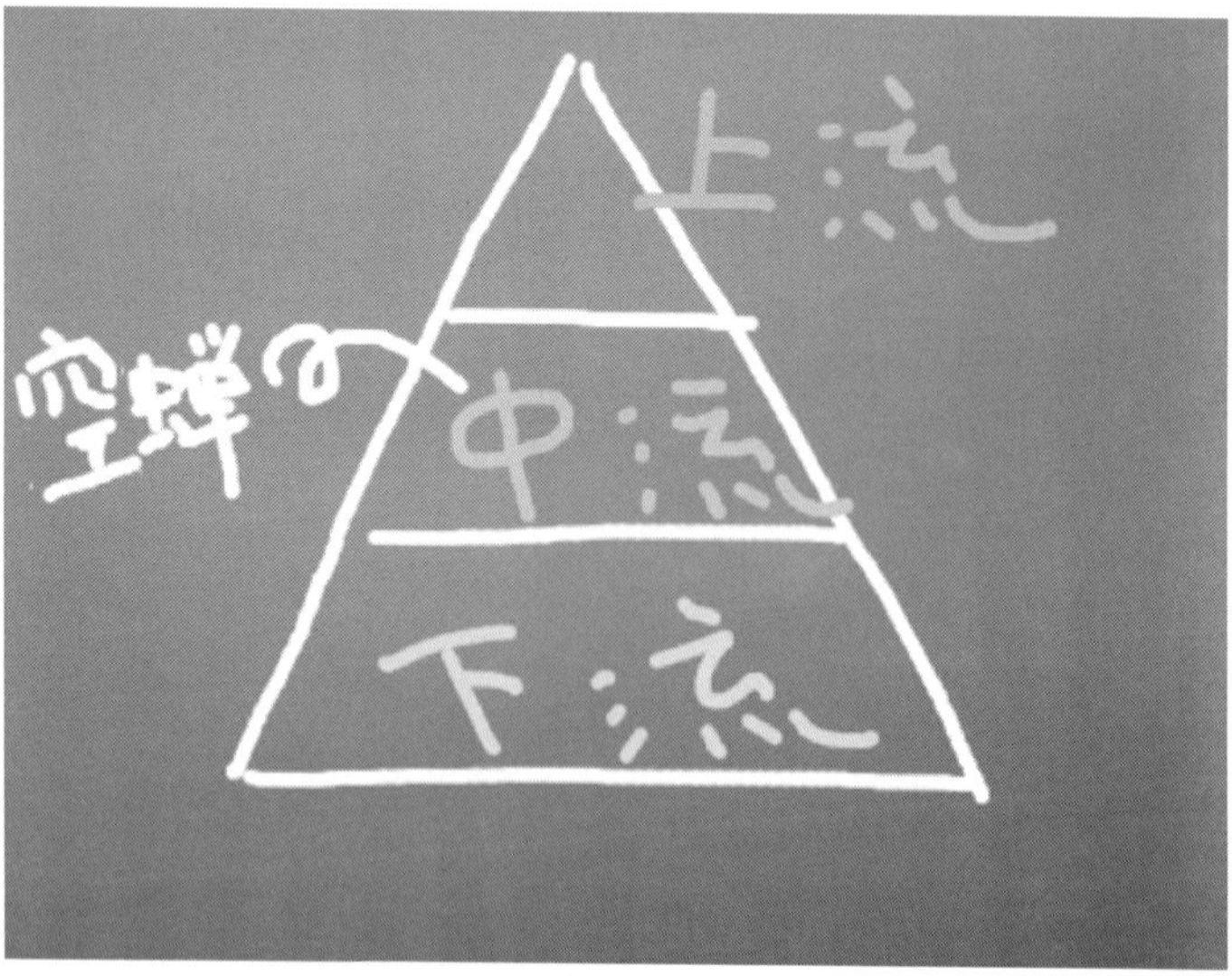

お仕度をされていることに、内大臣は心穏やかでない。雲井《くもい》の雁《かり》はいまだ結婚が決まらず、夕霧の方は焦る様子も見せません。あのとき許してやればよかった、と後悔しておられますが、思い切ってこちらから切り出す踏ん切りもつかないのです。

夕霧の方は初恋の人を忘れることなく、ときに情のある文を送っています。ただ内大臣家の女房に地位が低いのを侮られたことが忘れられず、まずは出世しなくては、と考えているのです。源氏はそんな夕霧をよびつけ、いつまでも見込みのない女を引きずっていても、結局つまらない女に引っかかるとか、賢い人も女のことで失敗することはよくあるのだとか、こまごま説教します。そのうちに夕霧に縁談があるという噂を耳にして、雲井の雁はひどく悲しみます。そんな噂のことなど知らない夕霧は、雲井の雁からの返り文を読んで首を傾げます。韓流ドラマも真っ青の典型的なすれ違いですね。

香り高い『梅枝《うめがえ》』の巻は終わり、この通俗で現実的な恋と結婚の話が次巻に続きます。

第24回　『藤裏葉《ふじのうらは》』偏愛と格調について

夕霧《ゆうぎり》はいまだに雲井《くもい》の雁《かり》を思って、ぼんやりすることが多いのです。我ながら執念深いことだと不思議に思うほどです。雲井の雁の父、内大臣も気弱になっていると聞いているものの、それでもかつてのことを思えば、やはり自分から言い出すのは憚られる。雲井の雁もまた夕霧の縁談話を聞き、そうなったら自分のことは忘れられてしまうだろう、と嘆いています。互いに背を向けるはめになっていながら、内心ではこのように想い合っている御仲なのです。

内大臣はあれほど強がっておられましたが、夕霧の縁談が進んでしまう前に何とかしたい、ここは自分から折れて出ようと決められます。そうは言っても、なかなかよい機会もないのでしたが、三月の二十日は彼らの祖母である大宮の御忌日で、極楽寺に参詣されます。親族や高官たちの間でも夕霧はとりわけ気品があり、風采も素晴らしくおなりです。

夕方、雨が降りそうだと参会者たちが浮き足だった折りをとらえ、内大臣は夕霧の袖を引くようにして「生《お》い先《さき》の短くなって行く年寄りをお見限りになるとは」と声をかけます。夕霧はかしこまり、「御隔心《ごきゃくしん》の御様子でいらっしゃいましたので、御遠慮申しましまして」などと応えます。雨風が強くなり、皆ちりぢりに帰ります。夕霧は、そんな言葉をかけられた内大臣のお気持ちを、あれこれと思い明かします。

四月の初めに、内大臣から夕霧のもとへ藤花の宴の招待が届きます。源氏に話しますと、ご自身の素晴らしいお召し物を与えられます。内大臣は、ただ優美な源氏より、男らしくてむしろ立派ではないかと、夕霧に満足して対面されます。春の花々のなかでも少し遅れ、夏にまでまたがって長く咲く藤の花の奥ゆかしさになぞらえられて二人は結婚を許され、夕霧は雲井の雁の部屋を訪れます。よほど安心されたのか、酔いのためか、夜が明けるのも知らずに長寝をされます。「手柄顔の朝寝だね」などと内大臣は言われますが、その寝乱れのお顔は、さぞ見る甲斐があったことでしょう。夕霧の後朝の文を見て、筆跡を誉める内大臣は、以前には考えられない変わりようです。自分がいるので恥ずかしがっているともなかなか察せず、返事を書け、と雲井の雁に催促します。こういうお父さんって、いますよね。決して悪い人ではないのですが、ちょっと独善的で身びいきが激しい。

源氏は、二人の結婚が成ったことを聞き、夕霧を誉めます。「賢い人も女のことでは取り乱す例《ためし》があるのに、見っともなく係《かかずら》わったり、焦《あせ》ったりしないで過されたのは、少しく人に抽《ぬき》んでたところがあられるのだ」。内大臣の人柄についても注意を与えます。「あっけなく、すっかり折れておしまいになったのを、世間では何とか言うこともあるでしょう。それでもこちらはえらそうな顔をしたり、自慢したりして、浮気ごころなどをお見せになりますな。あの大臣はさも鷹揚《おうよう》な、寛大な性質らしく見えるけれども、本心は男らしくなく、癖があって、附き合いにくいところのある方《かた》です」と。たいへん的を射ていると思われます。

　さて長男の身が固まったところで、源氏の愛娘である明石の姫君が、いよいよ東宮に入内されます。ここで振り返りますと、明石の姫君の入内に先立ち、その成人式である裳着の式で腰結い役をお願いした秋好中宮《あきこのむちゅうぐう》は六条御息所《ろくじょうのみやすどころ》の娘であり、源氏が後見をしています。その中宮に冷泉帝《れいぜい》の寵愛を奪われたのが、内大臣の正妻の娘である女御、というわけです。この女御より、今や源氏の長男の夕霧と結ばれた雲井の雁の方が幸せそうだ、という現状です。まあ、なんと難しい親戚付き合いでしょう。源氏が夕霧に注意を垂れたくなるのも、当然です。

　明石の姫君の継母として、紫の上は賀茂の御阿礼《みあれ》に参詣されます。六条院の他の女君たちをいつもの

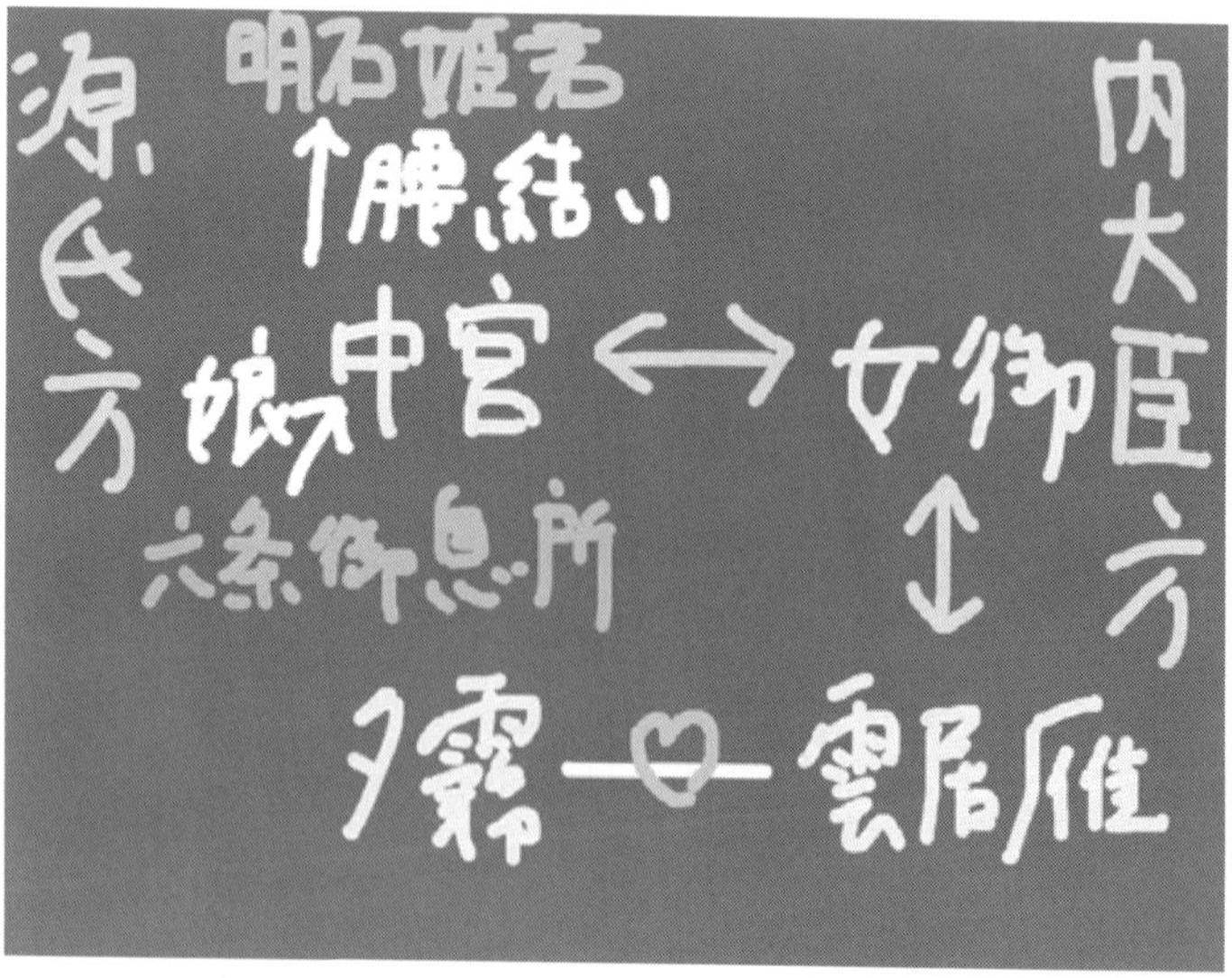

ようにお誘いしますが、紫の上の引き立て役にしかならないことから、どなたもご一緒しません。ここでも鞘当てがあるといえば、あるわけです。それで仰々しくならずに車が二十台ほどで、それがまたいっそう素敵です。帰りには賀茂祭（葵祭）をご見物すべく、桟敷に入られます。六条院の他の夫人もそれぞれに場所を占めているのが、あれは誰の、と遠目にも見分けられます。

鞘当てといえば、あの六条御息所の御車が、葵の上の家来たちに壊されたときのことが思い出されます。「一時の権力を鼻にかけて、そんなことをなさるというのは情《なさけ》ないことでした。さしも人を蔑《ないがし》ろにしたお人も、怨《うら》みを負うようになって、亡くなってしまいました」と言ったその後は、源氏も言葉を濁しましたが、「(その葵の上を母とする）中将（夕霧）はかような尋常人《ただびと》で、この頃ようよう出世しかかったばかりですのに、御息所の姫君（秋好中宮）は中宮として並びないおん方でいらっしゃいますのも、思えば因縁というものでしょうか」などと言い、男子席の方へ移られます。

紫の上とともにいた源氏の口から、このように全体のテーマに通じる考えが語られ、その後男子席に移るというのは象徴的です。身分や不遇をものともせず、持ち合わせた資質や運命のエネルギーで天上にまで駆け上がってゆくのは、女性なのです。男は生まれた身分に最後まで縛られ、せいぜい一生懸命に努力して、じりじりと出世してゆくほかはない。源氏は主人公として、このような女性性の持つポテンシャルを深く理解している立場です。が、男として公務を果たす際には、男子席に移る。

源氏に比べ、夕霧は男らしさや実直さを備えている。婿に迎えた内大臣のひいき目には、それが源氏を超える美点に見える。それは内大臣自身にも通じる性質だからでもありましょう。この二人は、源氏が認識している女性性の無限のポテンシャル、その価値を真に理解することはない。源氏は夕霧を突き放しており、やはり冷淡に見えます。娘に甘くて、やに下がっている父親、という普通の解釈をしてもいいのですが、長男の人生そのものを見切ったような言い方をするその理由は、結局、「葵の上が遺した」という一点に尽きる。最後まで気があわなかった正妻の死を、いまだに源氏は自業自得だと評する。これも冷たい態度です。どうしても気があわないというのは、根本的な価値観が違う、ということです。

夕霧はわが息子であっても、内大臣と兄妹であった故・葵の上を母とします。（昔の）左大臣家はまだ幼かった源氏を婿にとり、右大臣家と対立して守ってくれたのでしたが、本来民間人の血筋です。派手さのない上品な家風ですが、その実直に過ぎる価値観に、源氏は距離感をおぼえている。

以前、内大臣が夕霧を婿として認めようとしなかったときには、「王族の血が交じり込んでは見苦しいというのだろうか」と源氏はめずらしく、ひがんでいました。今度は婿として認められれば、夕霧は内大臣の甥として、あちら側の血筋でもあることが意識される。

源氏が移った男子席は、上達部《かんだちめ》などの高官が集まっている桟敷です。この祭りの勅使として近衛府から出ているのは、内大臣家の頭中将《とうのちゅうじょう》（柏木《かしわぎ》）です。内大臣家にまず人々は参集します。大きな勢力を示すように、内裏からも春宮《とうぐう》からも、六条院からも数多くの贈り物があります。男子席の華なのですね。

慌ただしいなか夕霧は、藤典侍《とうのないしのすけ》に文を送ります。源氏の腹心の家来であった惟光の娘で、かつての五節の舞姫。雲井の雁と隔てられた頃からの夕霧の愛人です。雲井の雁のことだけを想っていたといっても、当時のことですから何人かの女性はいて、ただ公に認められた情人ではない。この藤典侍とだけはこれからも密やかに関係が続くのだ、とありま

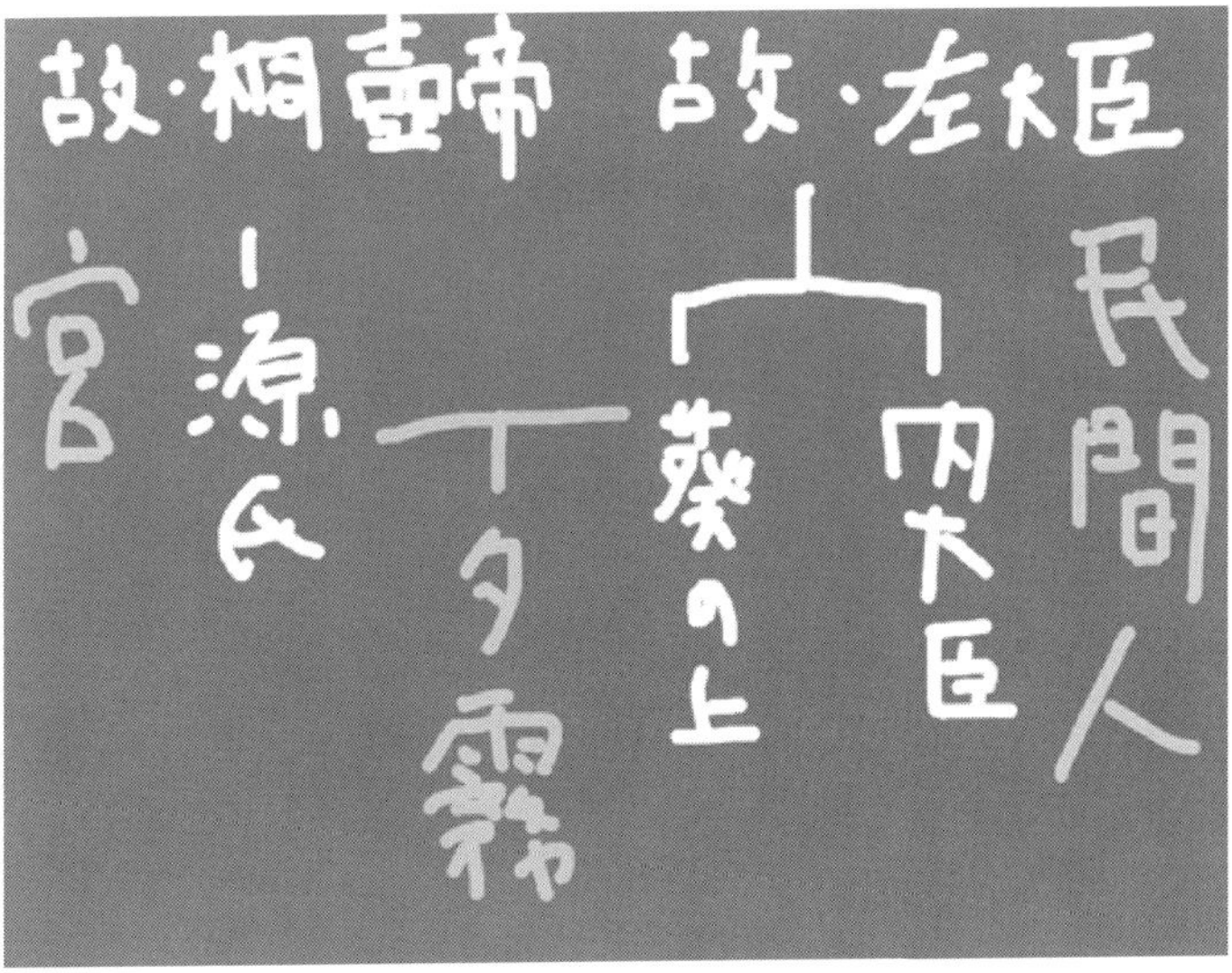

す。

ただ、時代は確かに違うのですが、女性の気持ちはさほど変わらない。とりわけ読者である女性の心証は、今と同じと考えてよい。自分の男が、ものの数ではないような程度の低い女と遊んでいたところで、さほど問題にしないというのは、今日でも理解できます。その女が一人前にあつかわれたり、恋人づらで姿を見せたりさえしなければ、貴女は我慢できる。しかし、こんなところにわざわざ夕霧の愛人の記述がある、ということは、その賤しい女が姿を現したことと同じでしょう。雲井の雁の目には隠されていても、読者の女性たちの目には入る。

人前に出せない女を表に出さなければ、ほどよくそれと遊んでいたところで男自身の価値を下げることには直結しません。だが、ここでの女の登場のさせ方、とりわけ雲井の雁との長年にわたる筒井筒《つついづつ》の恋が実った直後に、こんなエピソードを差し挟むことは、明らかに夕霧の価値を下げている。そこに女性としての時代を超えた批判意識、作者による冷徹な相対化を感じます。

同様の批判意識はもちろん源氏自身にも向けられ、それを息子の夕霧の目が暴露し、批判する場面もありました。源氏も男であり、それゆえの愚かしさをさんざん露呈する。しかし源氏は女性性への感受性があり、それへの執着は本源的なものです。つい昨日は実直な純愛を貫きましたけど、という夕霧のありきたりな今日の浮気と違い、女性読者の理解と同情をベースとした共感がはたらく。それこそが源氏が男の身でなお、この物語の主人公たり得ている理由です。

まあ、許せる浮気と許せない浮気がある、なんて下世話なワイドショーの暇ネタコーナーのようですが。もちろん日本最高の知性である作家が、そんなことを主張していると言っているのではありません。ただ、嫉妬は女の特権なのか、ということです。むしろ強い嫉妬心は、男のものではないでしょうか。妻が浮気をしても、相手の男がしゃしゃり出てこなければ許す、なんて男にはあり得ない。相手に対する、いわゆる嫉妬というのは男と子供の概念で、女性、とりわけ貴女が怖れているのは「くだらぬ女に引っかかることで男自身が価値を下げることと、そんな男にかかわっている自分自身の価値も傷つくこと」。もちろん殿方たちは、自分という素晴らしい男を盗られることにやきもきしている、と思いたいでしょうが。男も理解できる嫉妬の仕方をする女がいれば、たいてい程度が低い方です。

そのへんの機微にも、多少は通じている源氏が、「さも鷹揚《おうよう》な、寛大な性質」であるはずの内大臣が「本心は男らしくなく、癖があって、附き合いにくいところのある方《かた》」だと評するのも、ようするに嫉妬深いと言いたいわけです。その嫉妬心をずっと向けられてきたのは、源氏自身だった。六条院でともあれ仲よく暮らしている自分の妻たちの方が、よほど雄々しくてさっぱりしていると感じるでしょう。

さて、明石の姫君の東宮への御入内にあたっては、紫の上が母として付き添わなくてはなりませんが、あまり長々とそれが続いても、と源氏は考えて、この機会に生母である明石の君を付けることにします。明石の君の喜びはこの上ないものです。御所に御車で乗り入れることを許される紫の上に対して、明石の君は歩いて参上しなくてはなりませんが、そんな不体裁よりも、自分のような母がいることで姫君の傷になりはしないかと気に病まれます。

入内から三日間の儀式が済み、御所から退出されることになった紫の上と入れ替わる際、初めて対面されます。紫の上は、なるほど源氏が愛しただけの女性であると、目を見張られます。明石の君もまた紫の上の気高い美しさに感嘆し、こんな御方と肩を並べられることになった自分の運命に、あらためて自信を得ます。自分の男が低レベルの女に引っかかっているのを嘆くのとは正反対ですね。自身の格も上げてくれるような素晴らしい女性と付き合うのなら、話は別なのです。

紫の上の御退出の儀式は華麗なもので、明石の君はあらためて立場の違いを思い知らされます。しかしその後も、折りがあれば参内される紫の上と打ち解けられ、それでも決して出過ぎることのない聡明な明石の君であり、お二人は固い友情で結ばれます。

お若い東宮ではありますが、申し分なく教育され、生まれながらの麗質も備わった明石の姫君を誰よりも寵愛されます。競争相手となる御息所の女房たちは、身分の低い生母が付き添っていることを傷のように言い立てますが、まったく問題になりません。

源氏は翌年、四十歳になります。明石の姫君の入内も果たし、夕霧も身を固めたところで、もう出家してもよい頃だと考えます。しかし源氏は准太上天皇《じゅんだいじょうてんのう》に任ぜられます。こうやたらと出世してしまうのは、ひとつには冷泉帝が父を臣下に持つことを気に病んでおられるからなのですが、そのことは秘密です。冷泉帝はそれでもまだ足りない、父に譲位したいものだと思っておられます。源氏の出世につれ、他の方々も一段ずつ昇進します。内大臣は太政大臣に、夕霧は中納言となります。

雲井の雁の乳母が昔、「六位の人と結婚だなんて」とぶつくさ言ったのも、今は笑い話です。夕霧が出世し、家が手狭になったので、二人の亡くなった祖母のいた三条殿に移ります。そこへ太政大臣となった内大臣が訪ねてみえます。立派になった夕霧が、ますます素晴らしい姿と映り、なまじ入内させて競争に負けてしまうより、こういう婿をとった方がよいと、たいへん満足されています。

この太政大臣という人は競争心もコンプレックスも強く、独善的で身びいきも激しい。しかし、いったん納得すれば負けを認め、それについては（あの近江《おうみ》の君に対してのように）冷徹で客観的なところもあります。この場面で、雲井の雁の美貌は十人並みだが、夕霧はあくまで美しかった、とあるのは、大臣の目にもそう映ったと考えてよい。幸せな新婚夫婦に、すでに不釣り合いの影が兆しています。

十月二十日過ぎに六条院へ行幸があり、冷泉帝と、朱雀《すざく》院もお運びになられます。冷泉帝は、源氏の座が一段低いところにあるのを直させられます。非常な光栄と見られますが、帝のお気持ちは、本当はそれでもまだ収まらないのです。

めずらしい料理が並ぶ饗宴の席で、太政大臣の子が舞い、帝から衣を賜ります。その御礼に太政大臣が拝舞され、源氏が菊を折って差し上げます。若い頃、ともに青海波を舞ったことを思い出されます。太政大臣は、自分も人よりは勝った身ではあるが、源氏の出世はこの上もなかった、と思われます。帝と同じ高さにまで座が引き上げられるところを目の当たりにすれば、太政大臣としてもそう思わざるを得ないでしょう。そしてこれが、この人なりの納得の仕方です。

紫の雲にまがへる菊の花
　にごりなき世の星かとぞ見る

太政大臣は源氏にそう申し上げ、権勢を讃えます。とき知り顔に時雨が降りはじめます。競争心が強い太政大臣は、結局は俗世の人です。ここでのキーワードは「青海波」です。源氏と太政大臣は若い頃、帝の御前でともに青海波を舞ったことを思い出す。太政大臣の脳裏に浮かぶのは、当時からともに競ってきた自分たちの姿でしょう。では、読者はどうでしょう。「青海波」と言われて思い出すのは藤壺《ふじつぼ》の存在です。「もしお互いに大それた思いを抱くようなことがなかったら、ひとしお美しく見えたであろう」と、嘆いた貴女をまず思い出す。それは源氏も同じであり、作者の意図もそこにある。

本日この日、帝から下にも置かぬように扱われる源氏のありようとは、言ってしまえばそのときの不義密通の結果です。決して誉められたことではなくとも、自身でもどうしようもなかった「あやにく」な源氏の執着が生んだことです。太政大臣には、出世をはじめとする冷泉帝の御覚え、帝の後宮での中宮と女御との競争、また東宮に入内された明石の姫君の先行きを思っても、とても敵わないと思われることばかりでしょう。しかしそれらは現世の勝負の結果ではありません。

源氏の運命は、藤壺への尋常ではなかった執着、六条御息所との不幸ではあったものの深い関わり合い、あやにくにも朧月夜《おぼろづきよ》に手を出し、須磨に流されて出会った入道とその娘、明石の君によってもたらされた。が、しかし女性たちが彼の運命を決めたのではありません。あやにくとよばれる源氏の執着、単なる男女の、ひと通りのことではない深い縁、すなわち説明のつかない偏愛が彼を導いたのです。それは天に属するものであり、源氏自身にも制御できることではない。まして俗世の人である太政大臣にとっては理解の外にある。

秋をへて時雨ふりぬる里人も

かかるもみぢの折りをこそ見ね

朱雀院と冷泉帝が和歌を詠まれます。朱雀院は、この盛会を羨んでいるように寂しそうです。時雨は太政大臣のほか、この源氏の異母兄である、かつての帝にも降りそそいでいるかのようです。

世の常の紅葉とや見る古《いにしへ》の
　ためしに引ける庭のにしきを

昔の倣いに過ぎませんよ、と冷泉帝がとりなし、お慰めします。源氏が青海波を舞い、藤壺が観た、あの『紅葉賀《もみじのが》』の時代を、まるでご存じのようです。

この巻では、作者自身の偏愛、ひいきの方向性が伝わってきます。まず源氏に対して太政大臣は結局、足もとにも及ばない。源氏と藤壺の子である冷泉帝は、この上なく美しく聡明です。同じ源氏の子であっても、今の太政大臣と兄妹であった葵の上を母とする夕霧ははっきりと格下であり、源氏―冷泉帝の親子とは本来、並ぶことができない。

これだけを見ると、作者はあたかも帝を頂点とする身分や血筋のヒエラルキーを絶対とする差別主義者のようです。しかし正妻の子である夕霧が格下とされるのは、母が民間人だったからでしょうか。冷泉帝が尊いのは今帝だからでなく、母が随一の貴女だからでもなく、源氏の藤壺への深い執着から生まれた子であるからです。

　源氏は葵の上を愛せなかった。作者もまた、そのぶん葵の上を愛してないわけですが、愛せないのはもちろん民間人だからではない。その理由を夕霧が母から受け継いだならば物語において格下とされるのは当然です。源氏が考える通り、出世してもたかが知れている。しかし万能の作者にとっては、「母からそれを受け継がなかった」と設定することも可能だった。「宇治十帖《うじじゅうじょう》」に進めばそのことも、通俗な社会的価値観を中心としているのではないこともよくわかりましょう。

　すべてをコントロールするのは作者です。作者の理念、思想を負わされた人物が主人公であるなら、それは必然的に作者自身の偏愛を受けます。すなわ

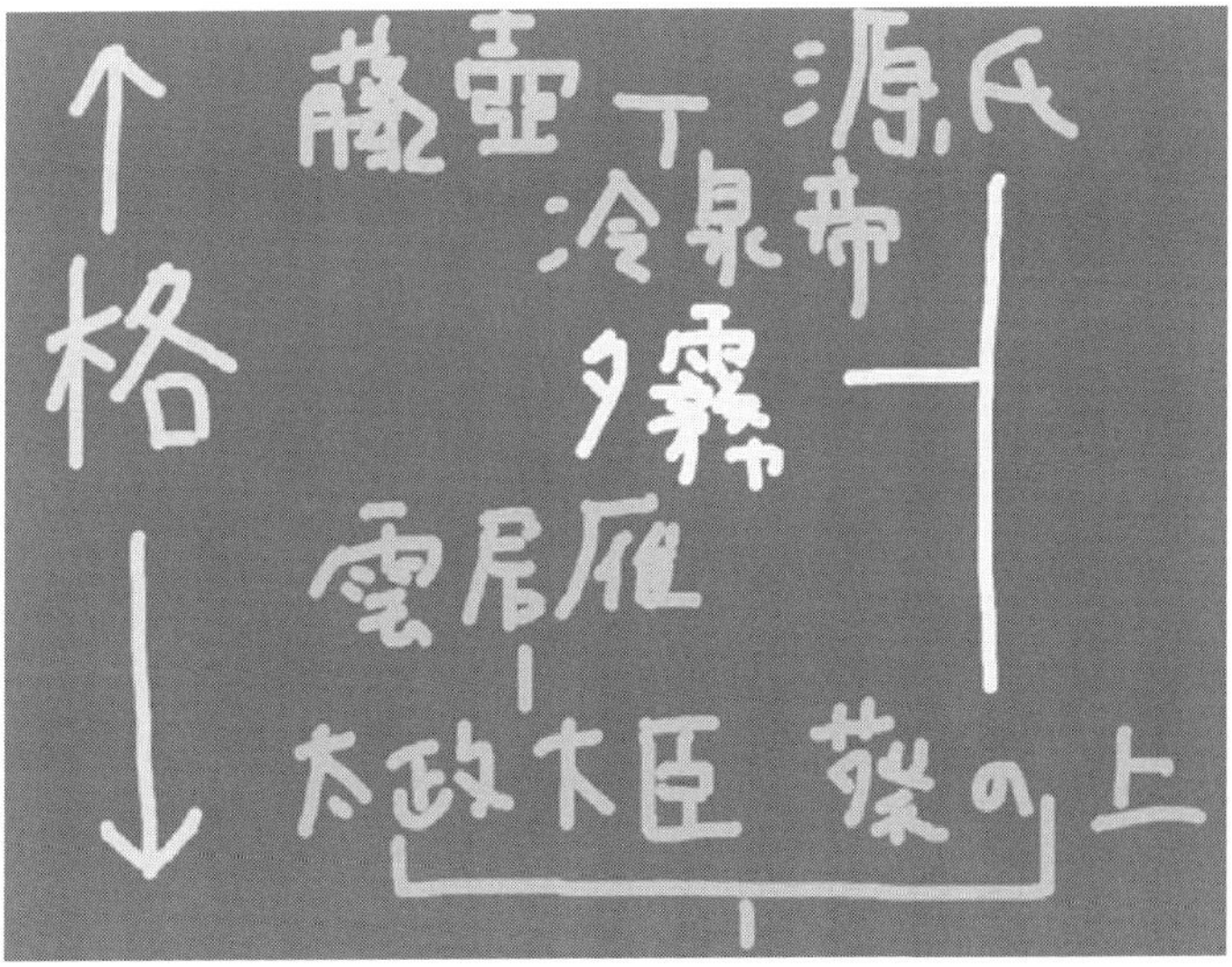

ち偏愛がない作品とは、思想のない作品です。作者の偏愛が作り出すヒエラルキーによって、通常の登場人物はあらかじめ格付けされ、その規《のり》を超えることはできない。身分や血筋は、それを表現するための方途です。作者は読者を教育しつつも、混乱させてはならないのです。

それが方途に過ぎないことは、生まれながらに与えられた格、身分や血筋を例外的に乗り越え、ヒエラルキーを無化するエネルギーを与えられた者こそが『源氏物語』の重要な登場人物であることからも明らかです。天—作者からの確信的な偏愛を、その運命として受ける者とは源氏の愛した女性たちであり、それらの女性たちへの偏愛を自らの運命に転化する唯一の男性、光源氏自身です。

身分や血筋といった格を乗り越え、無化してしまった存在は、独自の格調を得ます。それぞれ音楽的であり、匂うようでもあるように、文体にも現れる人物の格調を表すものこそが文学です。

第25回　『若菜《わかな》上』因果とデジャビュ1

さて、長い長い『若菜上《わかな》』の巻です。『若菜下』の巻の最後には、ある大きな出来事が起こりますが、それにしても『若菜』としてまとめられているこの上下巻は、なぜこんなに長いのか。それには理由があるはずです。

源氏の異母兄である朱雀院《すざく》は病いが進み、出家の意志を固められます。今の東宮である男の子のほか、四人の女宮のお子がおられます。ただ、そのうちのお一人、女三宮《おんなさんのみや》の母の更衣は源氏を賜った方で、東宮の時代から入内されていたにもかかわらず、高い地位にも昇らずに亡くなりました。朱雀院はその腹の女三宮を誰よりも愛し、自身の出家後の身の振り方をご心配しておられます。

こういった女の宮さまは独身で過ごすのが通常のことらしかったのですが、まだ十三、四というお歳で後見もない女三宮には、やはり心強い配偶者を得るべきだろう、とお考えです。何人もが名乗りを挙げます。玉鬘《たまかずら》を髭黒《ひげくろ》に取られた兵部卿宮《ひょうぶきょうのみや》、太政大臣（源氏の旧友、昔の頭中将《とうのちゅうじょう》）の長男である柏木《かしわぎ》、また夕霧《ゆうぎり》も内心、気になっている様子です。朱雀院は悩みますが、やはり頼りになる源氏に託そう、と決められます。幼かった紫の上を引き取ったのと同様に、慈しみ育ててもらえれば、という願いです。

もう四十歳になろうという源氏は、自分とて、いつどうなるか知れない身であるから、というものの、女三宮の母である藤壺更衣《ふじつぼこうい》が、あの藤壺中宮の異母妹であったことに心惹かれます。紫の上と同じく藤壺の姪、すなわち紫のゆかりの姫なのです。

源氏は女三宮を妻とすることを承諾します。悩める朱雀院をお助けしたい、という気持ちに偽りはないでしょうが、本当は嫌なのに押しつけられた、ともいえません。六条院で女性たちを世話している源氏ですが、そのなかに内親王（帝や院の直系の娘）はいない。今の源氏の身分に釣り合う妻がいないといえば、いないのです。

もちろん最も慮るべきは、紫の上の気持ちです。長年連れ添い、今は源氏の正妻格と誰もが認めている紫の上ですが、内親王である女三宮が降嫁すれば、そちらが正妻と見なされることになります。この時代、最も身分の高い妻が正妻であり、それ以外の女性たちは、つまるところ今でいう愛人なのです。

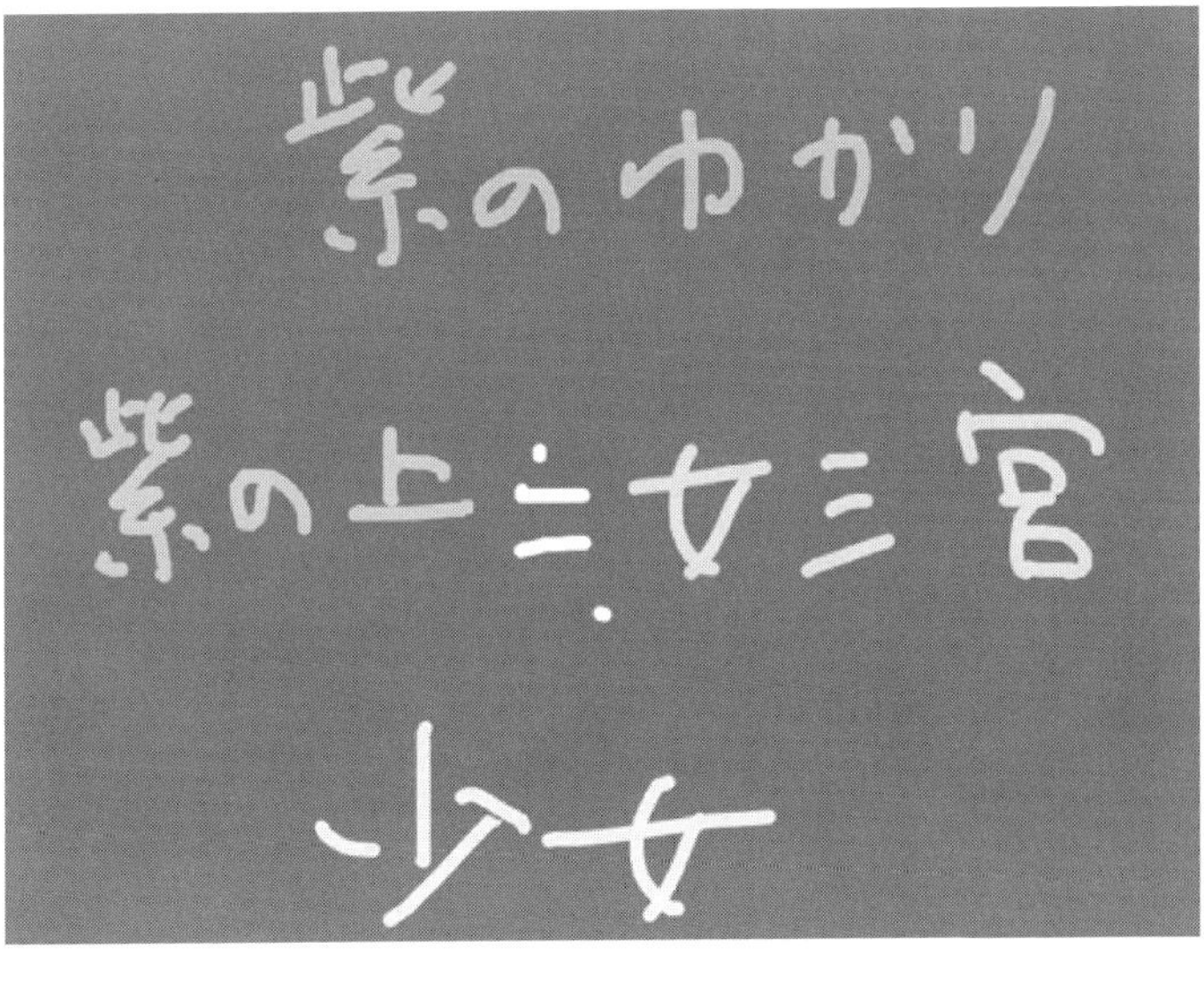

『若菜上』巻は実にゆったりと、かつ精緻な筆の運びで、源氏が婿に決まるまでの細かな経緯、人々のやりとりから、紫の上の心理描写に至るまで多くの紙幅を裂いています。

源氏の、そして著者である紫式部の最愛の人といわれる紫の上は、気高くかつ他人には思いやり深い女性として描かれていますが、いつまでも子供のように無邪気で、やきもち焼きでもある。嫉妬深さは現世への執着であり、それを断つとする仏教思想が『源氏物語』の終着点ですけれども、紫の上のやきもち焼きは可愛らしい。いかんせん、私たちは死ぬまでは生きているわけでして、可愛い人のやきもちなら現世の一つの花です。悟りきってしまわれたら、つまらない。

そんな紫の上にどう告げたものかと、源氏は思案しますが、紫の上は存外にあっさり納得されます。「私などが何で隔てをお持ち申し上げましょう」とか、「母女御との御縁を考えて下さいまして、お親しゅうしていただけないものでございましょうか」とか、言うことが殊勝すぎて気味が悪いくらいだ、と源氏は思い、「胸一つに収めておいて、成行きにしたがうのがいいのです。早まった騒ぎをして、つまらぬ物怨《ものえん》じをなさいますな」と慰めます。

紫の上が大人しく承諾したのは、この事態を予想していたからではありません。降嫁の噂は聞いていたものの、槿《あさがお》の宮にもずいぶん言い寄っていたのに、あえて結婚しようとはしなかったのだから、よもや今さら、と思っておられた。その予想は裏切られたわけですが、騒ぎもしないのは、長年の経験から、どこかで諦念をおぼえていたからにほかならない。

ちょっとした浮気でも文句を言う人が、と源氏は考えますが、ちょっとした浮気とは異なる状況に、紫の上は早々に覚悟を決めてしまわれた。それだけこれまでの煩悶が長かった、ということです。どれだけ無邪気で可愛らしくとも、三歩あるけば記憶を失う鳥とは違います。紫の上はこれまでの経験と、そういった際に嘗めた苦しみを経て、現状に対して距離を取っていたはずです。

それでも紫の上は、思い上がって呑気に暮らしていたものよと、自らを責めるのです。その一方で源氏を責めようとは思いません。紫の上の諦念は源氏という一人の男の誠実に対するものよりもむしろ、この世のありようそのものへ向けられている。

『源氏物語』の女性たちは、源氏という一人の男性を争い、その結果によって気持ちを左右されているわけではありません。女性たちは源氏との関わりを通して世界と対峙している。彼女たちの物思いは源氏の気持ちを忖度するよりむしろ、この世における自身をめぐっている。「女たちは嫉妬しない。ただ、男がその価値を下げることを怖れているだけだ」と述べているのは、そのことです。源氏が紫の上のことを「ほんの一時のお戯れのようなことをさえ、心外にお感じなされて気に病む御性分」と評するのは正確であり、また当然のことです。紫の上は最高の貴女なのですから、どんな女が肩を並べようとするのも「めざまし」い（生意気な）侮辱です。だからこそ皇女の降嫁という事態に、すべてを諦めてしまった。

紫の上の心中について続く描写は、世間の笑われ者となることへの怖れです。実父の式部卿宮《しきぶきょうのみや》の後妻は彼女の天敵ともいえる存在で、それが聞いたら六条院における紫の上の失脚をさぞ喜ぶだろう、などと考えずにはいられないのです。

それゆえに、なおいっそう物思わしい様子を見せまいと、紫の上は自らの手で降嫁の仕度を整えます。女三宮との結婚の儀があってから三日間は、婿の源氏がそのもとへ通う決まりです。その三晩にも、紫の上は女房たちの衆目にさらされなくてはなりません。籠もって泣くこともできなければ、夜更けまで起きておしゃべりしているのも妙に映るでしょう。こんなに辛いことがあるでしょうか。

似たような光景が、どこかにありました。そうですね、六条御息所《ろくじょうのみやすどころ》のかつてのありようと同じです。六条御息所が苦悩したのは、若く美しい源氏への執着以上に、満たされない執着を世間が嗤い、恨みを抱えた女だと指差されたことでした。むしろその世

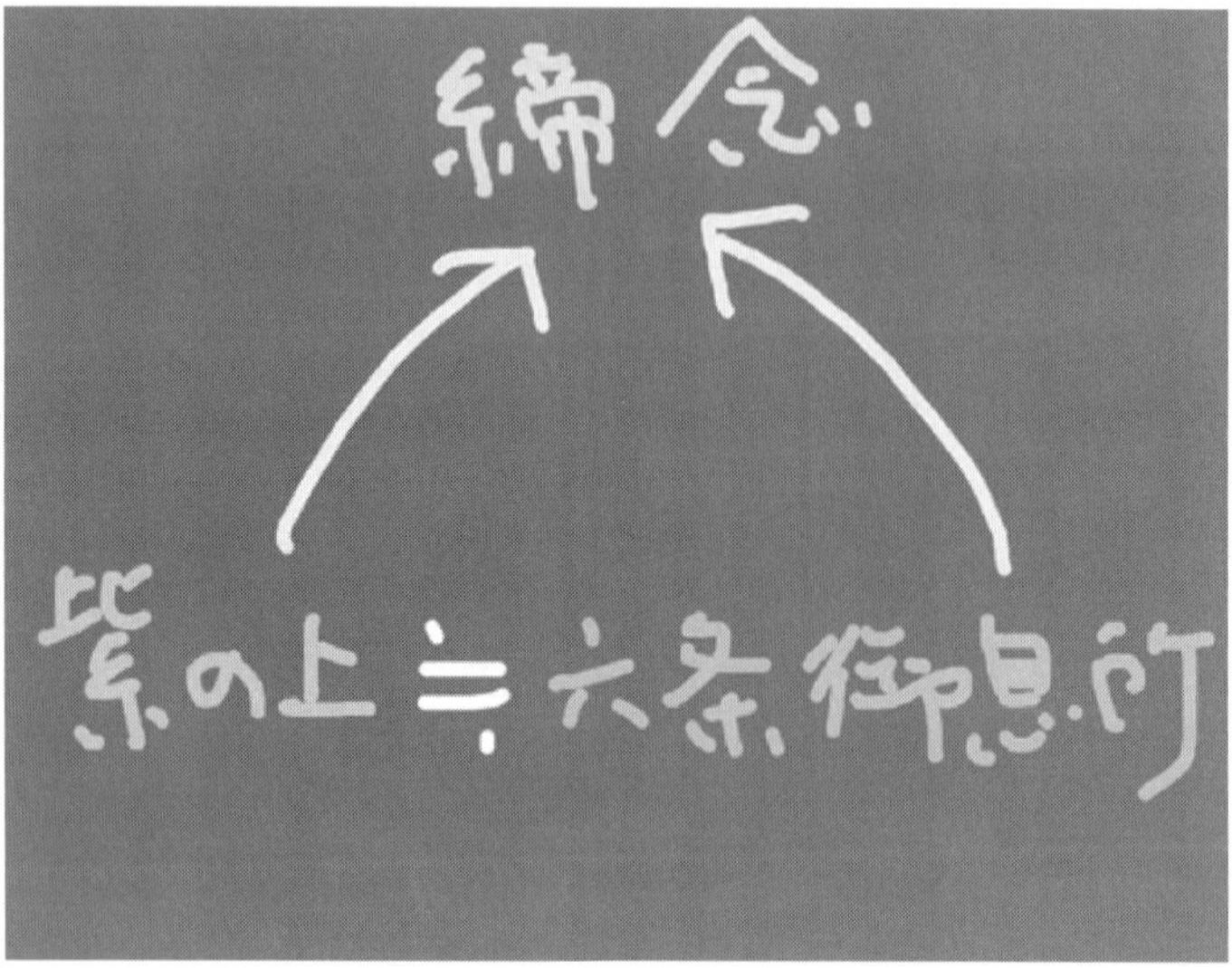

間の認識にしたがって、六条御息所は自らを貶め、自身を生霊の姿にまで形作ってしまった。紫の上がここで嘗めている苦しみも現れかたの差はあれ、本質的にそれと変わりません。

さて、どんな苦悩にも終わりと慰撫があります。激しく苦しんだ六条御息所は、娘と伊勢に下りましたね。それは源氏を見切ったのでも、源氏に見切られたからでもなく、源氏に執着する自らの心を見切り、自己認識をどこまでも醜く変化させる世間の眼差しから逃れたのでした。なんと気高い思い切りだったでしょう。しかし悩んでもどこか可愛らしく、著者に愛された紫の上には幸い、もう少し穏やかな慰めが用意されています。

降嫁された女三宮はあまりに子供じみていて、源氏はがっかりします。朱雀院がひどく心配し、紫の上のように慈しんでほしい、と望んだ理由がわかったというものです。それに比べ、苦悩を押し隠して穏やかに振る舞う紫の上の素晴らしさを、源氏はあらためて認めます。三晩のうちにも紫の上の夢を見て、その後はもう足が向かわず、女三宮はかたちばかりの正妻、お飾りのような立場であるとやがて世間にも伝わるのです。

ではこれで、めでたしめでたしなのでしょうか。三日目の晩、すでに源氏は後悔し、「今宵《こよい》だけは餘儀《よぎ》ないことと許して下さいますでしょうね。この後お側を離れるようなことがあったら、それこそ自分ながらわが身に愛想が尽きるでしょう。そうかといって、あの院（朱雀院）への聞こえもあることなので」と紫の上に言います。と、紫の上は「御自分でさえお心のうちが、おきまりにならないでいらっしゃいますものを、まして私が、道理も何もどう分別をいたしましょうぞ」とすげなく応えます。何もかも見透かしていて、相手にしていないふうですね。

女三宮の出現によって夫婦仲が裂かれたように感じたのか、源氏は今までになく紫の上が恋しく一晩会わなくともいてもたってもいられないぐらいです。なぜここまでと自らの心が訝しく、不吉な予感すらします。妻恋しでいいようなものですが、気持ちが傾きすぎて不安で、バランスを取る意味もあるのか、源氏の心は再び朧月夜《おぼろづきよ》へ向かいます。朱雀院が出家されたので、尚侍《ないしのかみ》であった朧月夜もお役御免となった、というのがきっかけであり口実です。

今さら何をと、もちろん朧月夜は思われるのですが、もともと柔弱で軽いところのある質ですから、言い寄られれば一夜をともに過ごします。帰ってきた源氏は、昔からの経緯を知っている妻に隠し立てはできないと思ったのか、朧月夜と逢ったことを紫の上に話すのです。まるで母親にいちいち報告しないではいられない男の子みたいです。

源氏がここへきてわざわざ朧月夜と逢うのは、出家する朱雀院からどうせ受け取るなら、あの朧月夜を返してもらいたい、という気持ちもあるでしょう。女三宮は子供のように慈しむしかないわけですから。そして、かつて少女であった紫の上は心的な苦労を重ねて成熟しており、源氏とはむしろ幼長が逆転している。源氏は紫の上を母親のように絶対視しはじめ、男の子が母親の見守っている範囲で冒険すべく飛び出してゆく様子と似ています。

紫の上は、「また若返りをなすったような御様子ですね」と、辛がります。これらの出来事の背景として、四十を迎えた源氏は、玉鬘と髭黒の夫婦にサプライズでお祝いされ、若菜を献じられています。若い正妻を迎え、若菜を献じられた源氏は、文字通り若返っている。

玉鬘夫婦の子供たちを見せられた源氏は、「だんだん年を取りますことを、自分ではそれほど気にも止めず、昔そのままの若々しい心持を、改めることもしないでいますが、こういう小さい人たちを見ると、自分の歳《よわい》が思い知られて、何だか気恥かしい折もあるのです」と言います。確かに人の気持ちや気分は、実年齢や見た目ほどには老いていかないものです。ただ、多少は傍目を気にして年齢相応であろうとしているだけで。まあ、私自身もそうですね。

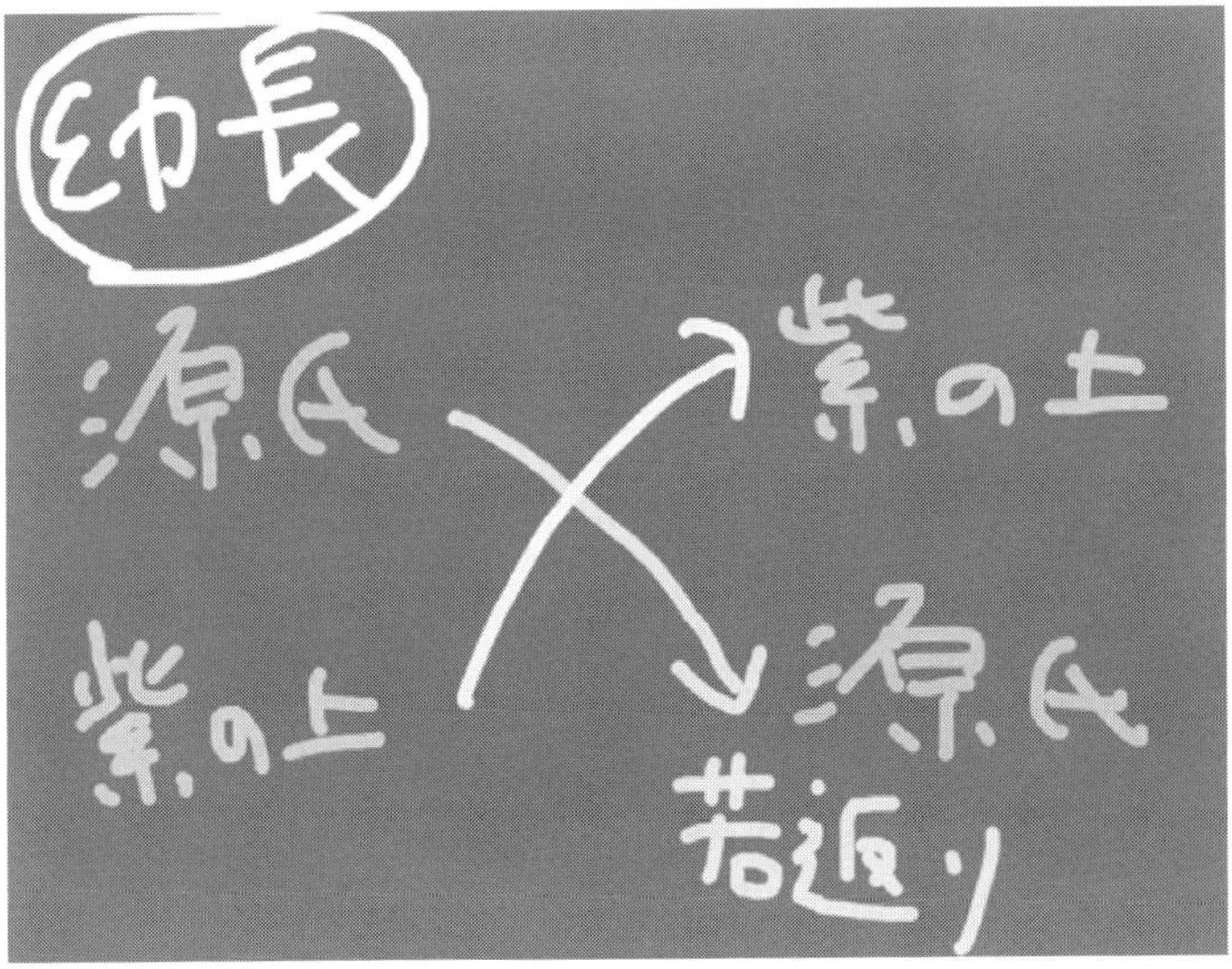

夕霧にも子供ができているはずだが、まだ見ていないと源氏は言います。孫ができる歳になった源氏は、紫の上を自身の母親のような立場に追いやり、自身は若返った気分でいようとする。では源氏を若返らせ、かつての様々な出来事を振り返り、それらと似て非なることどもを起こす作者の意図はどこにあるのでしょう。

『若菜上』巻では過去を振り返りがちなぶん、物語は停滞しています。堰き止められた川の水のように膨れ上がり、肥大化したものがこの巻と、そして次巻『若菜下』ではないでしょうか。そのダム湖の中で、登場人物たちは自身の来し方や関わった事柄、人々との関係を懲りずに再生したり、その結果を背負わされたりしています。

『若菜上』巻では儀式や宴といった、人々の集う場面が数多く描かれます。因果によって結ばれた人々

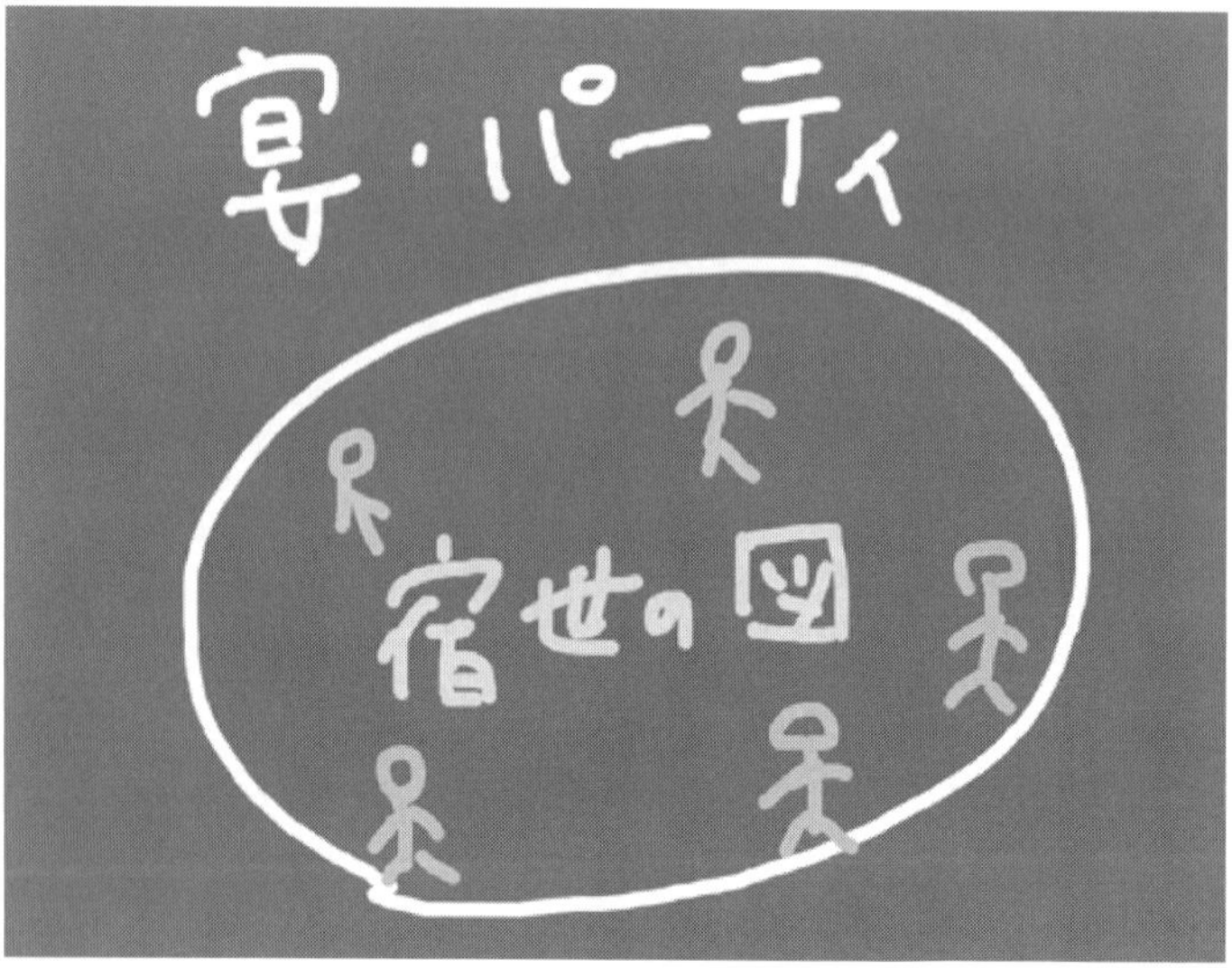

もまた、そこに溜め込まれて、この宿世の図を成しています。それはあたかも仏のいない曼荼羅のようです。『若菜上』巻では、これまでの物語が一巡したことが示唆されています。

最初の儀式は、女三宮の裳着の式です。朱雀院の肝入りで豪勢を極めますが、印象に残るのは秋好中宮《あきこのむちゅうぐう》の櫛を贈られることです。中宮はかつてお若い頃、母の六条御息所とともに、斎宮として伊勢に下られた。当時、帝であられた朱雀院は思し召しがあったのですが、果たせずに櫛を贈られた。今回、秋好中宮から女三宮に贈られた櫛はそのときのものを美しく作り直し、なおかつ昔の姿を留めたものでした。

朱雀院はしみじみとした思いをされたはずですが、それには触れず、お祝いにふさわしい御返りごとをなさいます。病いをおして儀式を済まされると、三日後に出家されました。お見舞いに向かわれた源氏に女三宮を託し、婚約が成って安心されると、仏式の精進料理の宴で饗応されます。

玉鬘夫妻による源氏の四十の賀では、管弦の遊びが催されます。太政大臣（源氏の旧友、昔の頭中将《とうのちゅうじょう》）の長男、柏木が和琴の素晴らしい腕前を披露します。名手である父の太政大臣から伝えられたとしても、まさかここまで、と皆は驚きを隠せません。柏木の華やかな音色に、父の太政大臣はもう一つの和琴の弦を緩く張り、低く響かせます。この太政大臣―柏木―源氏のトライアングルは、後の伏線としてもはたらいています。

玉鬘を鬚黒に取られた兵部卿宮《ひょうぶきょうのみや》は、夫妻主催の賀には顔を出しにくそうでしたが、遅れていらして管弦に加わります。故・桐壺院がご姉妹に下賜されたゆかりの琴を弾かれ、涙されます。朱雀院がご病気ですから、プロの楽人らを集めて派手派手しくすることは避けたのですが、かえって素晴らしい音楽の夕べです。それは奏する人々の縁が調べとなり、現在を過去の変奏として聞かせたからにほかならない。

さらに紫の上が、源氏の四十の賀のために薬師仏供養をします。その精進落としの宴は、他の女性たちもひしめき合う六条院でなく、紫の上の私的な邸である二条院で行なわれます。使われたお道具や飾り物の描写がたいへん詳しく、また細かく続きます。彼岸の仏事から我に返り、現世へ戻ってきたことを確認するかのようです。そしてかつての住まいである二条院での催しで、紫の上は少しずつ自身だけの別世界へと移り住んでいる気もします。夕霧と柏木が短く舞楽を舞い、人々の記憶は再び源氏と今の太政大臣が青海波を舞った、あの時代へと誘われます。

紫の上による四十の賀宴の後、源氏は藤壺のことを思います。生きておられたら、その四十の賀は自分の手で執り行ったろうに、と。やや唐突にも読めるこのくだりによって、紫の上と藤壺との重ね合わせが起きています。源氏の母と化し、また仏道に接近してゆく予兆のある紫の上です。引き続き、秋好中宮によるお祝いが催され、こちらは古い時代からの美術品が皆集まったような賀宴となりました。

また冷泉帝も実父である源氏を祝うために六条院への行幸を考えられますが、源氏が固辞しますので、仕方なくいきなり夕霧を右大将に据え、勅命としての祝賀の宴を、花散里《はなちるさと》の住まいで開かせます。源氏の意向から簡素にしたものの、やはり素晴らしいものとなり、花散里には思わぬ栄誉でありました。この祝賀を主宰した夕霧の母、葵の上が、先の宴を開かれた秋好中宮の母であった六条御息所にかつて挑んだという因果、因縁を思うと、感慨深いのです。

さて、紫の上と子供たちによって催された四十の賀のすべてが終わりました。祖父とよばれる世代となった源氏に、最上位の孫が生まれます。女御となられた明石の姫君が男児を出産されたのです。

出産の準備を手伝っていた明石の御方の母、女御にとっては祖母となる大尼が、年寄りであるために、つい昔語りをされます。明石の御方は大尼をたしなめますが、女御は自分のために犠牲となった祖父のことを知り、深く感動されます。

その入道から大尼に手紙が届き、娘である明石の御方を授かったときに見た夢のことが語られています。「自分は須弥《すみ》の山を右の手に捧げておりました、山の左右から、月と日の光が鮮かにさし出てでて世を照らしています、自分は山の下の方の蔭に隠れておりまして、その光には当りません、山を廣《ひろ》い海の上に浮かべておいて、小さい舟に乗りまして、西の方をさして漕いで行く、と見たのでございます」と。そして、これから深山に入る、極楽浄土でまた会おう、と。

長年連れ添った大尼の嘆きは、いかばかりであったことでしょうか。その様子に、娘の明石の御方も手紙を読み、父の心を初めて理解するのです。明石の御方は手紙を女御に見せ、女御の部屋を訪れた源氏もそれを読みます。涙ぐんで言われるのは、「あの老人は悟りが深く、さすがにどこか趣のある人柄でした。さも聖《ひじり》ぶって、世離れたような顔つきはしないながら、下《した》の心は皆来世に通《かよ》って、澄み渡っていると見えました」と。

注目すべき源氏のコメントです。「聖《ひじり》ぶって、世離れたような顔つきはしないながら、下《した》の心は皆来世に通《かよ》って、澄み渡っている」とは、説教ではない小説、それも『源氏物語』そのものといえるのではないでしょうか。源氏はまた「あの方《かた》の先祖の大臣は、たいそう賢く、誠を尽くして朝廷に仕えておられましたのに、ちょっとした間違いがあって、その報《むく》いでこんな具合に子孫が滅びたのだなどと、言う者もいるようですが、女の子の方の血筋とはいいな

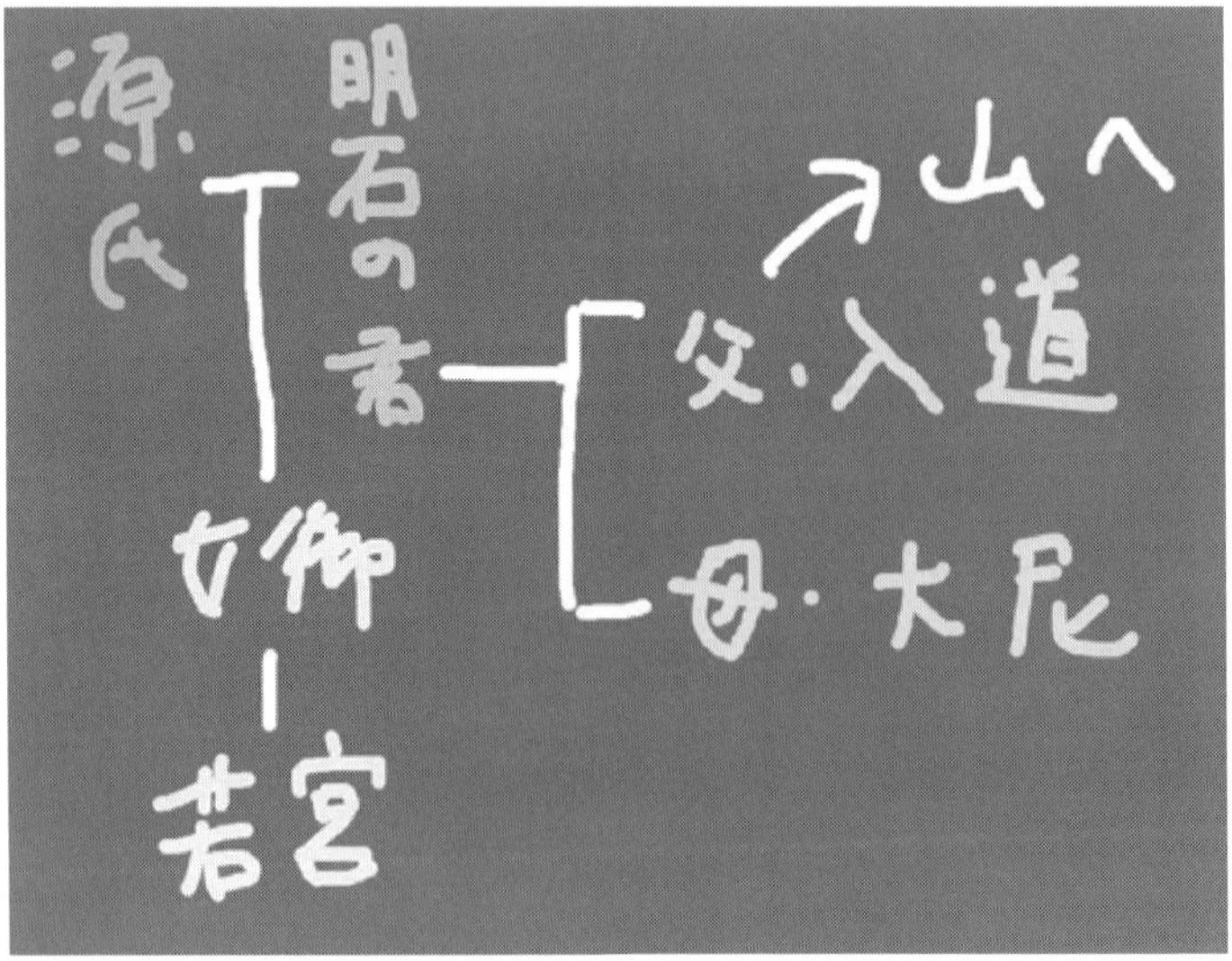

がら、こうして跡が絶えずに続いていますのは、やっぱり長年の勤行の験《しるし》なのですね」と言います。

時代が下って『平家物語』が書かれ、これも何度も映像化されていますが、私が小さい頃に観たテレビドラマの最終回で、「平家は女系にて、滅びることなし」とナレーションが流れていたのを覚えています。壇ノ浦で滅びた平家ですが、生き残った女系の子孫と言われる人々が各地に多数（うちも）いることは知られています。天皇家をはじめとして、公的（オフィシャル）には男系をもって跡継ぎとするわけですが、女系のエネルギーをもって、連綿と生命の因果が続いてゆく。それがここで、仏道における因果に重ね合わせられています。

さて、事件となるべき因果を含めて、『若菜』は下巻へと続きます。右大将となった夕霧は、もしかしたら自身が得られたかもしれなかった女三宮について、関心をもって観察しています。大切にされるべき宮ですが、源氏の態度からしても、それほどの価値のある姫なのか、と思いはじめます。やはりかつて垣間見た、紫の上より素晴らしい方はいないものなのだな、と。そんな夕霧は、十人並みでしかない妻の雲井の雁にそろそろ飽きがきている。

太政大臣（源氏の旧友、昔の頭中将）の長男、柏木は、源氏にあまり大事にされていないという噂を聞くにつけ、自分が得ていれば、といまだに思っています。六条院で、若い人たちの蹴鞠が催されます。源氏などには乱暴な遊びと映るのですが、世代の相違もあるでしょう。戦後の情緒ある野球世代に対する、サッカーボーイズといったところでしょうか。柏木はたいへん上手で、少し乱れたその姿も艶なものです。

六条院の女性たちも見物しています。と、唐猫がにわかに走り回ります。心がけのよい女房もおらず、ちょっとだらしがない女三宮のところの御簾が上がり、宮の姿が露わになってしまいます。夕霧は見て見ぬふりをしますが、柏木も見たに違いありません。

後の酒宴で、「あなたの鞠の腕前なども、家の記録にお書き入れになったら」と、からかう源氏は若々しく美しい。自分などとても、と柏木には思われますが、それでも帰りの車に同乗した夕霧に、女三宮の扱いが軽すぎると愚痴ります。夕霧は柏木をたしなめ、事態を憂慮します。

柏木は太政大臣の息子らしく、上昇志向が強い。高い身分の女性を求め、いまだに独り住まいでいます。物思いが重なり、宮への手紙を書きます。その手紙を読んだ女三宮は、姿を見られたことを察知しますが、見られたことそのものより、源氏に叱られるのではないか、ということばかり気にしておられる。ひどく子供っぽい宮なのです。

第26回 『若菜《わかな》 下』因果とデジャビュ2 ～浅い証し～

六条院で弓の遊びが行われることになりました。そんなときの柏木《かしわぎ》の様子にも、親友の夕霧《ゆうぎり》はそのさらなる煩悶を察します。女三宮《おんなさんのみや》へ送った文に小侍従《こじじゅう》から返された返事を見ても腹立たしく、思いあまった柏木は、宮の姿を見かけるきっかけとなった猫でも手に入れたいと考えます。東宮にお目にかかると、女三宮のところにいる猫がひどく可愛らしいとお耳に入れて、それをご所望されるように仕向けます。後から訪ねて行き、「自分にはなつかないし、そう珍しいほどのかわいらしさではない」とおっしゃったのを機に、自分が連れて帰るのです。あとはただ猫を愛撫して暮らし、返せと東宮が仰せになられても無視するありようです。

その柏木の結婚相手として、髭黒《ひげくろ》の先妻との間の娘、真木柱《まきばしら》を、という話があります。髭黒の政治力を慕い、数多くの求婚者がいますが、まだこれといって決まっていません。しかし柏木は真木柱の姫に対して、猫ほどにも関心を示さない。

「衛門督《えもんのかみ》（柏木）にそんな気持ちがあってくれたら」と考えたのは誰かについて、現在の解釈では真木柱の祖父である式部卿宮《しきぶきょうのみや》ということになっています。しかし続けて読んでゆくと、式部卿宮は「尋常人《ただびと》などの、真面目《まじめ》なばかりで別に気高いところのないのを、当節の人が有難がるのは、品のないことだ」と言い、兵部卿宮《ひょうぶきょうのみや》からの求婚をあっさり受け入れています。それはもちろん娘を離縁した民間人・髭黒への当てつけの言葉でもありましょう。兵部卿宮本人が拍子抜けするほどの即断で、だが結局は不幸に終わったその結婚については、髭黒は「だから言わんこっちゃない」と最初から反対していた模様です。

つまり真木柱の祖父の式部卿宮と、父の髭黒との間に価値観の相違があったのは確かで、それに沿って考えると、柏木を婿に望んでいたのは髭黒ではないか。それは実娘・玉鬘《たまかずら》に髭黒を望んだのであろう大臣の息子だから、と呼応がつきます。いずれとにかく、柏木はまるっきり、それどころじゃないわけですが。

冷泉《れいぜい》帝が退位され、かねてからのお望み通り、気楽な生活を楽しまれます。お子がおられないのは残念ですけれど、新しい東宮は明石の女御を母としていますから、やはり母系で源氏の血筋です。その明石の女御の出生と縁の深い、住吉に願ほどきの参詣をすることを源氏は思い立ちます。あの入道の老妻である尼、明石の御方、明石の女御と紫の上も連れ、この上なく華やかな一行です。尼は感涙にむせび、

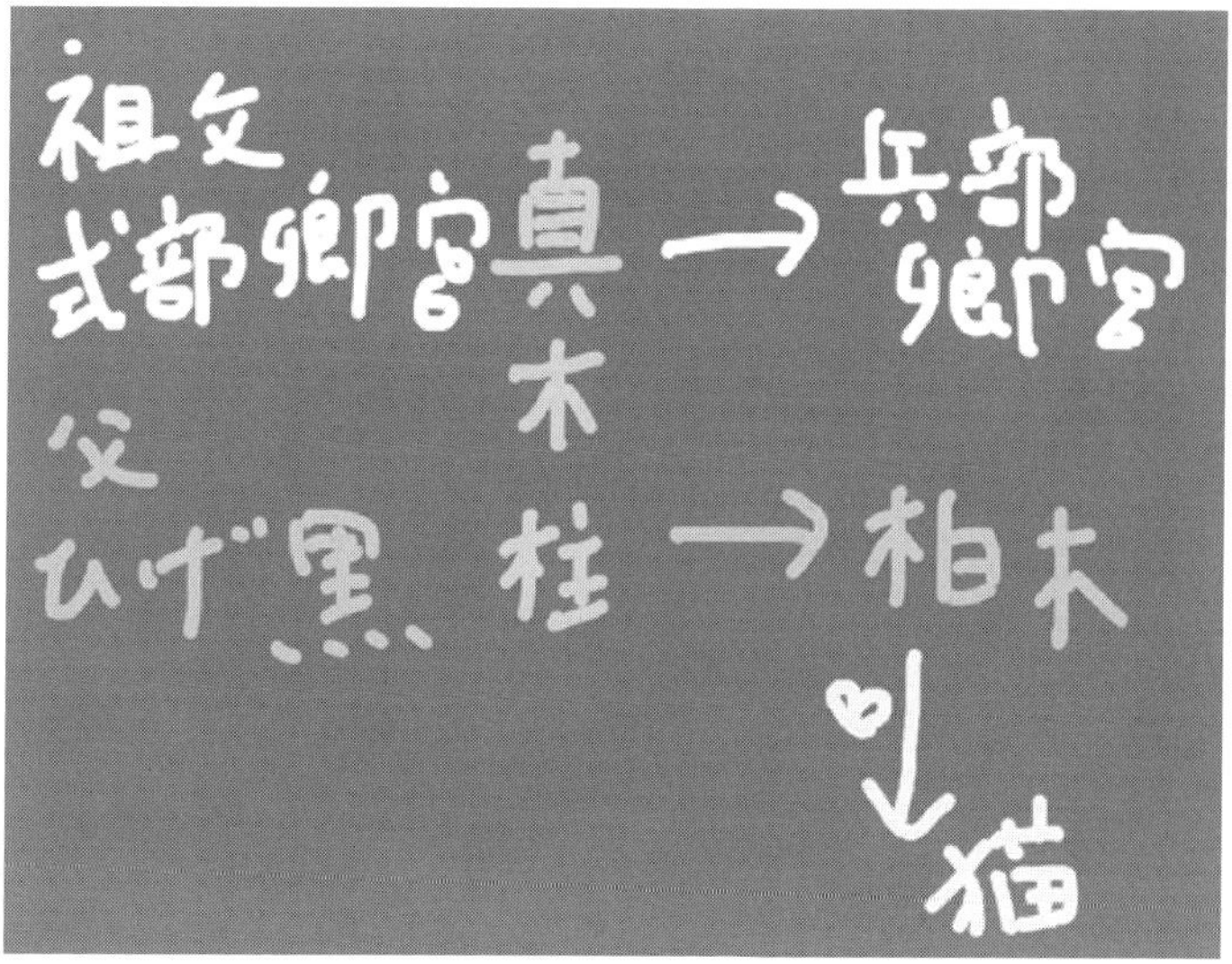

入道がここにいないことだけが残念に思われます。明石一族の幸い、とりわけこの尼の幸運は世間話の種となり、あの近江《おうみ》の君など、サイコロの目を振るときに「明石の尼君明石の尼君」と呪文を唱えるぐらいです。

さて出家された朱雀院《すざくいん》は、いまだに女三宮を心配されています。新帝は女三宮の兄ですから、帝にも彼女の後見を内々に託されます。そうなると源氏は、女三宮を粗略に扱うことがますます難しくなり、紫の上のところと女三宮のところと半々で過ごすことになります。紫の上にとっては懸念していた通りの寂しい生活になりましたが、明石の女御が生んだ姫君の一人を引き取り、その養育に気を紛らわして暮らしています。

朱雀院の五十の賀に向けて、源氏は女三宮に琴を伝授します。「あなたほどに技《わざ》を伝えている人は、めったにいないかも知れません」と誉められるまで、宮は上達します。

楽人たちも毎日出入りし、合奏の楽の音が鳴り響く六条院に、帝の寵愛が深く、再び懐妊された明石の女御が里帰りされています。明石の御方、明石の女御、紫の上、女三宮の四人の女性たちによる女楽も催され、夕霧が琴の調律によばれます。女性たちの気配を感じながら、紫の上に好意だけでも伝えられたら、と夕霧は考えます。春の季節や、紫の上の弾く和琴をことさらに誉めます。源氏は自らの手柄のように得意です。帰途についた夕霧は、紫の上の調べを思い返しながら、自分の妻である雲井《くもい》の雁《かり》と比較してしまう。あんなに大恋愛で結ばれた妻のはずなのに、ね。

女楽が終わった後、源氏は紫の上といろいろおしゃべりをします。紫の上は三十七歳の厄年です。出家を願っていますが、もちろん源氏は許しません。源氏は自身のこれまでの半生を振り返るとともに、今まで関わった女性たちのことも論評します。

夕方には、琴がよく弾けたお祝いを言おうと、源氏は女三宮のところへ渡ります。が、その晩、紫の上が突然、胸の痛みに苦しみ出します。長引く病いに、朱雀院の五十の賀も延期となります。療養のため、紫の上を二条院に移しますと、六条院はまるで灯の消えたようなありようです。源氏はつきっきりで、明石の女御までも看病に来られます。

ところで柏木は中納言となり、女三宮の姉である女二宮《おんなにのみや》と結婚します。宮の降嫁をいただいたことには違いありませんが、身分の低い更衣腹だから気楽に、最低限の義務を果たせばよい気でいるのです。柏木は女三宮の様子を聞き出すのに、小侍従という女を使っています。これは女三宮の侍従の乳母の娘ですが、その乳母の姉が柏木の乳母であった。つまり柏木は小さいときからこの人を通じ、女三宮が美しいとか、父の帝が溺愛しているとかを聞かされていた。その刷り込みが恋の始まりであったと、ここで明かされています。この小侍従に、女三宮に逢わせてくれるよう、柏木は頼み込みます。

小侍従というのは、ずけずけ言う女で、以前、柏木が女三宮に送った文に「何言ってんのさ」ばりの返事を書いたのも彼女です。ここでも「こちらの院とのおん間柄は、世間の普通の御夫婦とは違っておいでになるのです。ただおん後見をなさるお方がいらっしゃらないで、どっちつかずでおいでになるよりは、親のようにしてお世話願いたいというお話で、お譲りになったのでございますから（中略）つまらぬ悪口はおっしゃらないでいただきます」と腹を立てます。

柏木はその機嫌をとりなし、顔色を窺いながら、「たった一言、物越しに申し上げるだけ」と懇願します。小侍従はついに折れて、もし機会があったら、と応じます。

四月の十日過ぎ、賀茂の斎院の御禊《みそぎ》の準備に追われて、女房たちが出払った折りに、小侍従は柏木を手引きします。ほんの着物の端でも見ることができれば、というつもりだったにもかかわらず、柏木は無心に眠る女三宮をかき抱き、我を忘れてしまいます。うとうとして猫の夢を見て、目覚めて初めて自

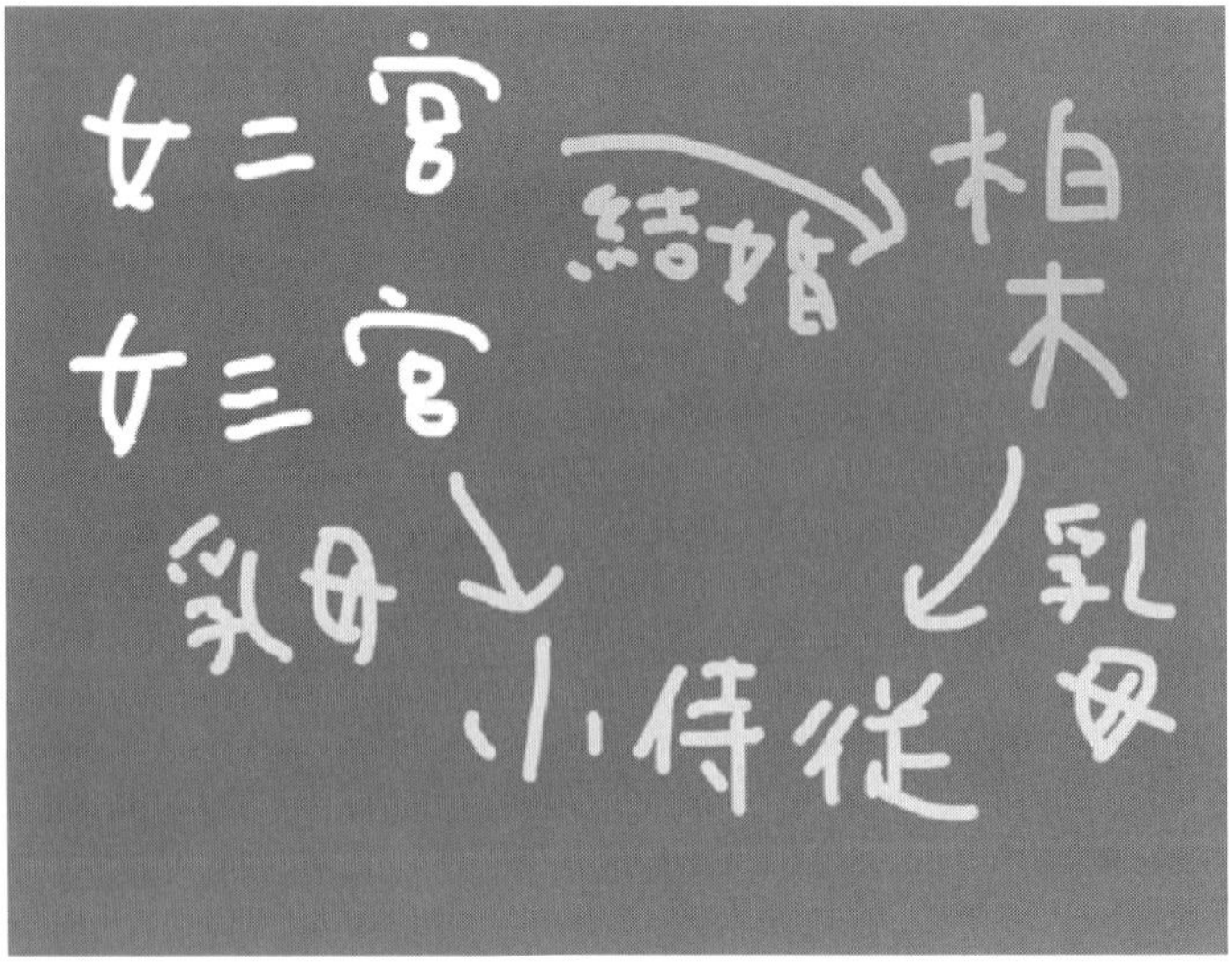

分のしたことを知るのです。

　女三宮が病いに伏せっていると聞いた源氏は、紫の上のところから急ぎ戻ります。が、どこといって具合が悪い様子もありません。ただ目も合わせようとせずに俯いているのを見て、自分が二条院に行ったきりになっているのが恨めしいのだろう、と思います。何も気づいた様子のない源氏に、女三宮はますます罪の意識を募らせます。

　一方で柏木は、妻の女二宮のところにいても、心ここにあらずです。女二宮もその誠意のなさを感じています。柏木は、同じ皇女をもらうにしても今一歩およばなかった、などと考えます。女二宮を落葉にたとえ、失礼な歌を走り書きします。このことから女二宮は落葉の宮とよばれます。

　すぐに帰ることもできずに一泊した源氏でしたが、紫の上が息を引き取った、という知らせが届き

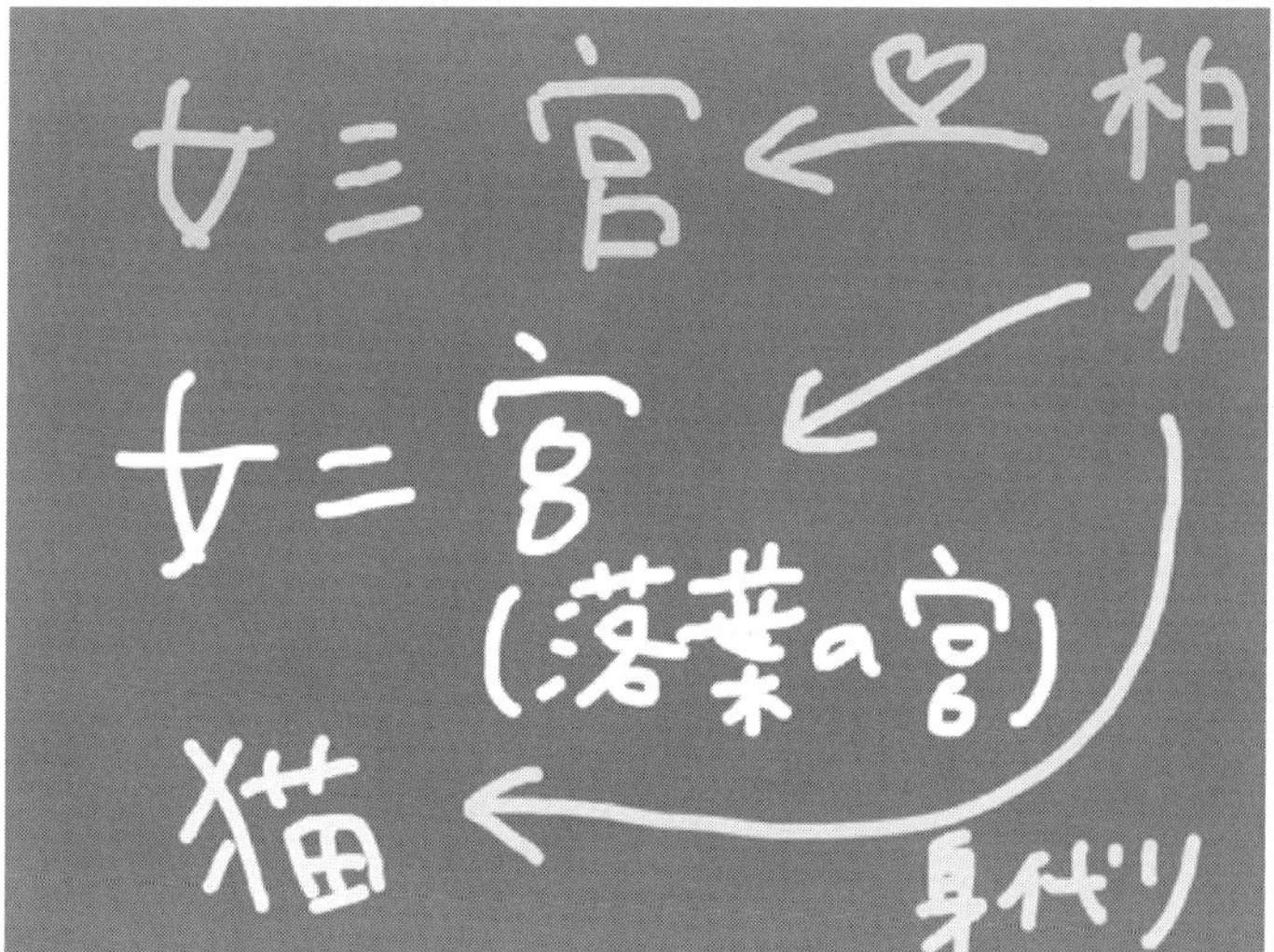

ます。目の前が真っ暗になった思いで二条院に戻ると、すでに人々が嘆き悲しんでいます。しかしこれは物怪《もののけ》のしわざに違いない、と祈祷をさせますと、これまで出てきたことのなかった物怪が童に憑りうつり、同時に紫の上は息を吹き返します。その物怪の様子に源氏は驚きます。あの六条御息所《ろくじょうのみやすどころ》の生霊とそっくりでした。

しかし源氏は疑い、六条御息所の評判を貶めようとする狐ではないか、何か人の知らないことを言え、と言います。「秘密の暴露」を求めたのですね。秘密の暴露とは、犯人しか知り得ないことを知っていたことをもって、真犯人である証しとするという捜査関係の用語です。源氏もまた、ひどく近代的なことを言い出したものです。

すると六条御息所の死霊（が憑いたとされる童）は、「存生中に人より軽くお見下げなされて、捨てておしまいになりましたことよりも、思うお方とのお物語の折などに、私のことを憎らしい厭《いや》な人間であったように、仰せ出されました恨めしさ、今はこの世にいない者だからと御勘弁なすって、他人が悪口《わるくち》を言うような時でも、それを打ち消し、庇《かば》うようになすってこそと、思いましたばかりに、かような忌まわしい身になりまして、こんな祟《たた》りを働くのでございます」と言います。ちょうど紫の上が体調を崩す前日、二人でいろいろと話していたときに、六条御息所のことを、プライドが高すぎて気詰まりな女性であった、男として背伸びをし続けていることに疲れてしまったのだ、といったことをしゃべったのです。

しかし例によって、それは本当に六条御息所だったのでしょうか。当時のセレブであった彼らは、その性格、生活、一挙手一投足が、周囲の人々の噂や想像の種となっています。童といえば幼い子供ですが、子供だからこそ人々の想像を集団的無意識として受け入れ、再現するという芸当を容易にやってのけることがある。ヒステリートとは奇矯な行動で周囲の注目を集めたり、他人を振り回したりする資質ですが、いわゆる狐憑きといった現象はそのような症状の現れであることが多い。彼らは驚くべき敏感な察知能力もあり、人の心を読み取ったり、誤魔化してコントロールしたりしますが、それは霊的な超能力ではありません。

男女の仲で起こることなど、いずれ知れています。源氏の女性の好みが本当はどんなで、六条御息所がどんな方だったか、その貴女に対して、かつて若かった男がどう反応し、その恋がどういう経緯を辿ったか、誰にだって見当がつく。

源氏は死霊に六条御息所であることの明確な証しを求めましたが、示されたのは、よくよく読むと一般論に過ぎません。「思ふどちの御物語のついでに」私を悪く言った、と言われれば、その直前の源氏と紫の上のおしゃべりを読まされた読者、そして源氏自身には、まさにそれが思い当たります。しかし「思ふどち」は「親しい仲間同士」という意味ですから、男同士のおしゃべりで昔の女を批判する、というよくあるシチュエーションにも当てはまります。

もしその死霊とやらが「思ふどち」をはっきり紫の上だと把握しているなら、その後に出てくる「この人を、深く憎しと思ひきこゆることはなけれど」の「この人」こそがその悪口を聞いた張本人だ、だから襲ったのだと、どこかで告げてよいはず。しかし「源氏の守りが堅いから、この人を襲った」と極めて曖昧な動機しか示されていません。

このような曖昧な言説で人を惑わすテクニックは、占い師や自称超能力者の常套手段です。超自然的な力が一般に信じられていた当時でも、そんな手管は知られていて、だからこそ源氏は明確な証しを求めた。しかし「物怪《もののけ》を相手にお話しになりますのも笑止ですから、封じ籠めて、上をそうっと別のお部屋へお移し申されます」という熱のない表現は、やはり半信半疑のようである。少なくとも、六条御息所が葵の上に取り憑いたと思われたときのような、ぞーっとする緊迫感はありません。

源氏のうんざりは、六条御息所がしつこく化けて出た、ということではなく、六条御息所と自分とのスキャンダルをいつまでも反芻し、その現象をいまだに再現しようとする世の中の漠然とした悪意に対してではないか。だいたい紫の上の病いの原因が、本当に死霊の言う通り、源氏のこぼした悪口の祟りに限定されるのなら、かえって安心というものです。

しかしながら、世間に対していつまでも悪いイメージを残していることそのものが六条御息所の宿業で、生前の人柄から来るものであり、それこそが死霊である、ともいえる。そんな世間が含んだ悪いイメージが気となり、取り憑いたことにうんざりするというなら、よくわかります。

紫の上死去の噂が一人歩きして、大勢の人がやってきます。「息を吹き返されたと伺いまして、やっと今しがた皆が安心したところですが、まだ心もとないおん有様です。お傷わしいことで」と夕霧が説明しながら、泣きはらしています。柏木も人々に混ざって聞いていますが、継母である紫の上とは疎遠にしているはずの夕霧の悲しみようを不審に思うのは、さすがに敏感です。

柏木は、こんなことでもなければ源氏の顔を見ることもできない。後ろめたさに胸がつぶれながら、しかし同じく源氏のものである女性、紫の上に対する夕霧の気持ちを一瞬で見抜く。そんな敏感さも、超能力的といえばそうです。狐憑きなどのヒステリートは、他人の注意を惹きたい、注目されたいという欲望（リビドー）が極端に強く、それが超人的な鋭敏さ、推察力をもたらすと考えられています。

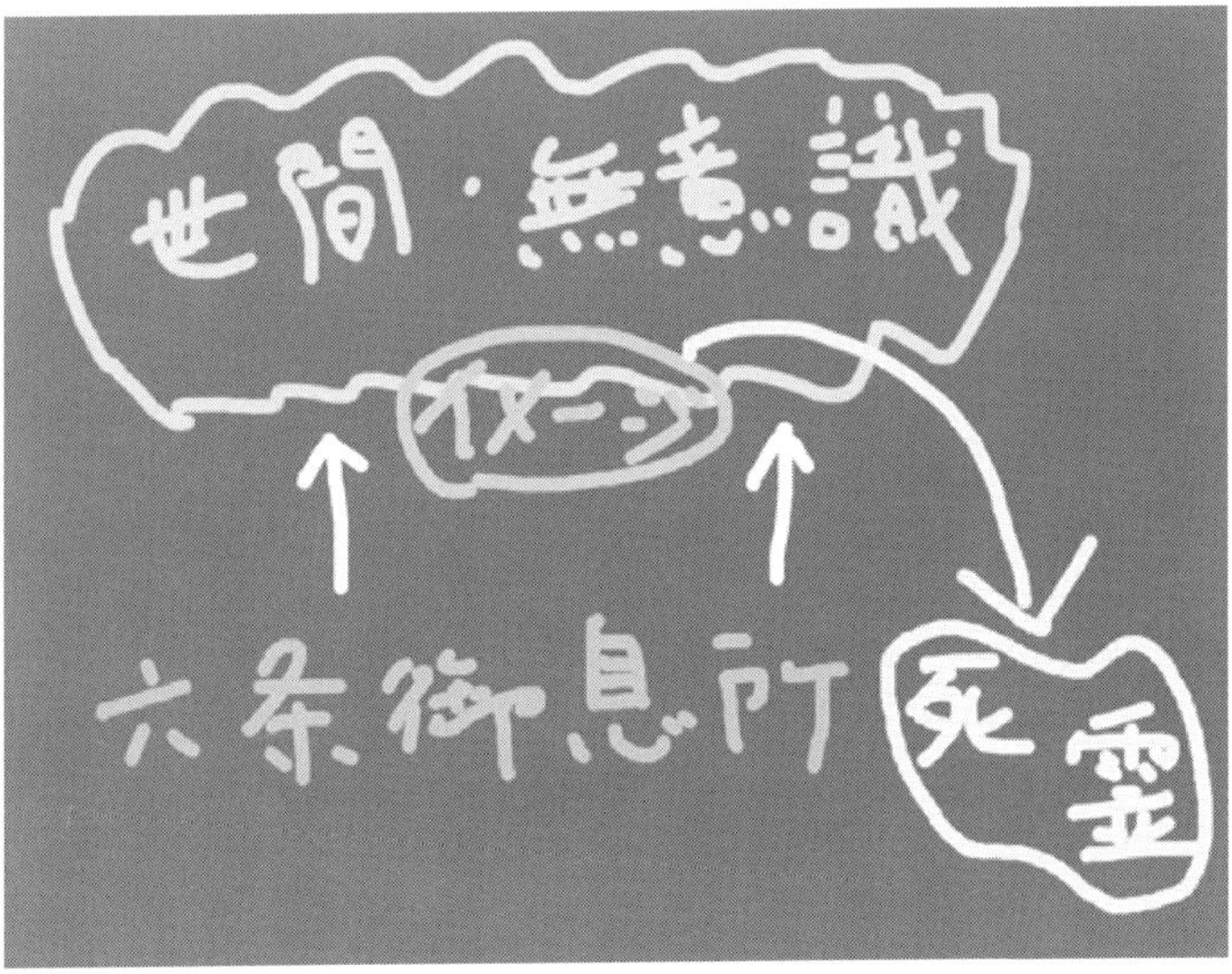

自身の内なる激しいリビドーによって犯した罪の意識におののく柏木にも、そのリビドーを正当化するため、同様の敏感さが備わった、ということです。

少しでも回復の助けになればと、紫の上をかたちばかり受戒（出家）させてあげます。なんとか小康を得た紫の上ですが、なお心配で、源氏は二条院に留まります。六条院では女三宮が煩悶でやつれています。柏木はまだ、想いがあまるときには通ってくる。それでも女三宮の気持ちが柏木に傾くことはなく、ただ源氏が怖ろしいと思っているばかりです。

どうしてそんな関係を続けるのか。現代人には考えにくい。男性につきまとわれた経験のある女性なら、ちょっとわかるかもしれません。強く思い込んだ男、一度でも関係を持ったがゆえになお所有欲を高めた男を拒絶するには実際のところ、周囲に知らせて警察力を借りるなどの大騒ぎをしなくてはなりません。それでもなかなか難しいのは、昨今のストーカー事件に見る通りです。どんな法の概念、社会の理屈を振りかざしたところで、そうなってしまった男と女の間は欲望だけが支配する。昔も今も無法地帯です。

ただ因果として、この密通に重ね合わせられるのは藤壺《ふじつぼ》と源氏とのそれですが、藤壺は関係ができてからも、めったに源氏を近づけなかった。それに比べると軽々しいのは結局、手引きをする小侍従という女の性質に拠っている。もちろん、そんな小侍従を側近くで使い、いわんや言いなりになっているのは女三宮の自身の落ち度であり、その頼りなさも含めて本人の人柄とされる時代です。いえ、その時代でなくても実際、その通りです。

そして不幸なことに、女三宮は懐妊します。気がついた乳母たちは「院（源氏）はめったにお出でになっても下さらない」とぶつぶつ言います。「たまにしか来ないのに」、です。やってきた源氏は不審に思いますが、あえて問いただすこともできません。帝や朱雀院の手前、二、三日は逗留します。その間も、紫の上にひっきりなしに文を送ります。

源氏が六条院にいると聞き、柏木は大それた嫉妬心を掻き立てられ、女三宮に文を送ります。ほら、男はこういうものなのです。自身の欲望のために人から盗んだ女なのに、もう自分のものだと思っている。小侍従はさすがに不安で落ち着かなかったが、その文を女三宮に届けます。

「厄介《やっかい》なものを持って来られては困ります。えらく気分が悪いのに」と、女三宮は言われますが、「でもまあ、この端書《はしが》きにこんないとおしいことが書いてあるのでございますよ」と小侍従は文をひろげ、そこへ人が来たので出て行きます。源氏まで戻ってきたので、女三宮はその文を隠す暇がなく、敷物の下に押し込みます。

源氏は早く二条院に戻りたいのですが、その日までは留まります。翌朝、まだ涼しいうちに急いで帰ろうとしますが、見当たらない扇を探すうち、柏木からの文を見つけてしまいます。文の内容もさることながら、そんなものを放置しておく無防備さ、浅はかさに女三宮を軽蔑します。

源氏が読んでいた文がそれと気づいた小侍従は、女三宮を問いただします。敷物の下に入れたまま忘れてしまっていた文は、やはりどこにもありません。小侍従は女三宮を責めます。「万事が子供のようでおいでなされて、うかとお姿を見られるようなことをなさいましたので、あれからこっちあのようにお慕いになって、せがみつづけていらしったのでございましたが、まさかこうまで深入りなさろうとは存じませなんだ。ほんとうにどなたのおんためにも困ったことでございます」と。

若い主人を軽く見て、ずけずけ言うのだろう、と書かれていますが、それにしてもこの女、何でこんなことが言えるのでしょうか。私は、この小侍従という女こそが非常なくせ者で、この一件を作り出した張本人ではないか、と感じています。

小侍従がずけずけ言うのは柏木に対してもそうで、対等の幼なじみぐらいの意識がある。そもそも柏木の前で女三宮をやたらと誉め称え、彼の欲望に火をつけた。女三宮が姿を見られたのは、まず、側に仕えていた自分たちの落ち度です。女三宮に逢いたがる柏木に迷惑そうな顔をしながら結局は取り次いだばかりでなく、その場に柏木の座所まで作った。

この小侍従という女は、自分にとっては幼なじみ感覚の柏木や、内心は馬鹿にしている女三宮の運命を狂わせ、源氏も含めた身分の高い方々の誰にとっても不幸なこととなることを、未必の故意として意図していたのではなかったか。未必の故意とは警察や検察の用語で、「はっきりした故意（わざと）ではないが、そうなっても構わないという故意」のことです。さらに小侍従の場合、

「そうなったら、ちょっと面白いのに」という悪戯心、無責任な悪意のようなものもありそうです。嫌がる女三宮に柏木からの文を押しつけ、人が来たからといって自分だけさっさと逃げてしまった。昔気質の女房なら、自分の懐に入れてでも隠してやったでしょう。

いつの世にも、こういう人っていますよね。わざとじゃないふりをしつつ自分より恵まれている人を陥れ、彼らを非難して喜んでいる。ちょっとだけ危ない橋を渡りながら、そうせずにはいられないという性質で、しかし自分は無責任な立場に留まろうとするのです。そして無論、こんな質の悪い女を側に置き、これにしてやられるのは、柏木と女三宮を含む第二世代の程度の低さを示している。藤壺と周りの女房たちが秘密を守り通したのと比べ、ひどく見劣りがします。

文を持って帰った源氏は、それを子細に読み返し、テキスト・クリティックで分析します。そして不用心にもこんな証しを残してしまう柏木の思慮の浅さをも軽蔑します。このへん近代的で、なおかつ大人ですね。密通について腹立たしく思うのは、その後のこと。しかしまあ、自分にも身に覚えのあることだけに、あまり非難もできない、とも。

女三宮はもちろん、やってこない源氏に怖れおののいています。小侍従から事情を聞いた柏木もまた驚き、煩悶します。「そういえば一体、しっとりとした奥床しいところはおありにならなかったではないか」と怖れのあまり恋人に難癖をつけはじめる始末です。源氏と藤壺の密通と比べ、なんという浅い恋でしょう。源氏が藤壺の代わりに紫の上をかわいがったように、身代わりの猫を連れて帰った柏木ですが、しかし女三宮に何を見ていたのか。上昇志向の強い自身の社会的な憧れを重ね合わせていただけで、夕霧ほどにも宮を女性として評価できていなかった。

この『若葉《わかな》下』の巻で目に留まるのは、この「心浅さ」、また「浅い証し」といったものです。上巻で見られた深い因縁、因果と重ね合わせられるような猫を身代わりにする恋ですが、源氏への怖れから冷めてしまうほど浅い。密通の証拠である文が出てきますが、現代的なぶん心に響くわけではない。なんだ、という感じです。読者を納得させ、深く頷かせる因果因縁ほどの力はない。

紫の上は、身重で放って置かれている女三宮を気遣います。帝や朱雀帝への慮りばかり気にしていると指摘された源氏もまた、「ただ国王の思召しを損《そこ》ねることばかりを気にしているのは、思慮の浅いこ

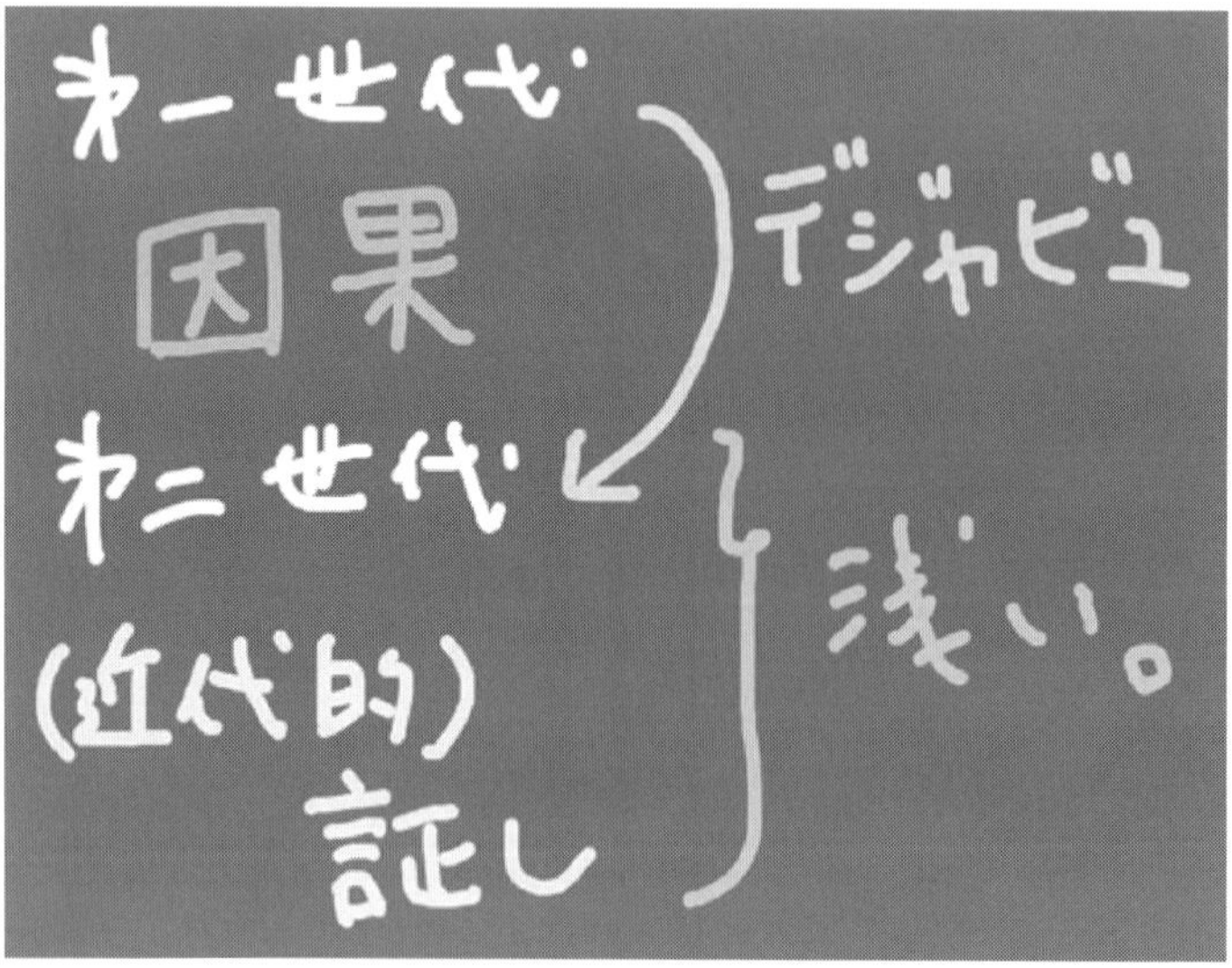

とでした」と苦笑します。もちろん紫の上は、女三宮の腹の子の父が源氏でないなどと、知るよしもないのですが。

やはり人に奪われたと思うと悔しかったり、つわりに苦しむ女三宮を愛しいようにも感じたり、しかし近くに寄るともう妻としての扱いはできないのです。表面上はこれまで以上に大切に処遇しますが、ただしょんぼりとうち沈んでいる宮を、こんなに頼りないから男にも甘く見られるのだ、と内心で批判し、侮蔑します。そうなると朧月夜《おぼろづきよ》の柔弱さもまた嫌に思われてきた矢先、それが察知されたわけではないでしょうが、彼女も出家してしまいます。その寂しさや不満もあったのでしょうか、朱雀院からの文が届いたのを機に、源氏は女三宮を諭します。誰かがあれこれ朱雀院のお耳に入れたのかもしれない、あなたはこの年寄りを見くびらず、他人の言うことに流されてはいけない、と。女三宮は手が震え、文への返事も書けません。

十二月にやっと執り行われた朱雀院の五十の賀の準備で、源氏と柏木は顔を合わせます。さりげなく言葉をかける源氏に、柏木は嬉しくも身の縮む思いで、そつなく受け応えます。しかし女性たちが鑑賞する試楽のとき、源氏は「衛門督《えもんのかみ》（柏木）がこちらを見て、笑っておられるきまり悪さ」などと名指しで絡みます。「年月は逆に流れないものです。誰しも老いを逃れることはできないのです」。

面白いですね。源氏は自身の年齢がコンプレックスで、若者に妻を寝取られたと思っている。

若者にとっては源氏のすべてがまばゆく、自分など足もとにも及ばないと萎縮しているのに、源氏は権力ゆえに怖れられているだけだと思っている。女三宮に琴を手ほどきしたとき、「この頃の若い人々は、昔から見ると、いやに洒落《しゃれ》て気取り過ぎているようですが、これも浅はかになったのでしょう」と源氏自身が言っていた、その通りなんですが。

気分が悪くなった柏木は帰りますが、そのまま寝ついてしまいます。落葉の宮などと貶めた妻を、病いの床から愛しく思います。ほんとにバカな男ですね。身分が低いと見下していた、落葉の宮の母にも嘆かれます。ひどく別れがたいが、柏木の実母が呼び寄せますので大臣宅へ移ります。重病の柏木を欠いたまま、朱雀院の五十の賀は執り行われます。

第27回　『柏木《かしわぎ》』あるいはイカルスの墜落

柏木《かしわぎ》は重く患ったまま、新年を迎えます。悪い噂が立って宮も自分も苦しむより、また源氏に憎まれ続けるよりも、少しは惜しまれつつ死んだ方がよいと、生きる気力を失っています。柏木が瀕死と聞いても、女三宮《おんなさんのみや》は源氏の手前もあり、もはや関わり合いになりたくないと冷たいものです。柏木の父の太政大臣（源氏の旧友、昔の頭中将《とうのちゅうじょう》）は行者や僧をよんで祈祷させます。女の霊がついている、などと陰陽師らが言い立てますが、馬鹿げたことです。柏木は祈祷の大声が嫌で病床を抜け出し、「本当にかのおん方（女三宮）の執念が私に取り憑《つ》いているのでしたら、愛憎の尽きたこの身も、打って変って貴いものになるでしょう」とこりもせず小侍従《こじじゅう》のもとで嘆くのです。

やがて女三宮に男児が生まれます。男は顔が人目に晒されるから、その父が柏木であることが知れてしまうのでは、と源氏は気を揉みます。しかし女はどんな高貴な人の母になるかもしれないのだから、むしろ素性がはっきりしていないと、とも思います。いずれ自分の罪の報いだろう、こんな罰を受けた以上は後世での咎は軽くなるかも、と考えます。昼間にときどき顔を見せるだけの源氏を、冷たいものだと女三宮の女房たちは言い合います。

そんななかで女三宮は、めずらしく毅然として出家を決意されます。女三宮の父・朱雀《すざく》院が突然、夜闇に紛れて六条院を訪ねられます。娘を心配したあまりのことですが、頼りにした源氏が宮を大事にされなかった、と恨めしく表に出すのは、さすがにはばかっておられます。ただ産後に重く病んでいる、こんなとき望み通りに出家させてやれば、夫婦仲を見限ってのことと噂されずに済む、とお考えでした。宮の病いのために祈祷していた僧たちを召し、出家させてお上げになります。誰よりも可愛がっていた女三宮の尼姿に、涙をこぼされます。源氏には、これからもお見捨てにならずに、と後見を頼みつつ、朱雀院が別に宮邸を用意し、そこへ引き取りたいとのことでした。つまりは体のいい離婚ですね。

と、物怪《もののけ》が人に憑ってきて、「私がこうして上げたのですよ。巧くあの人（紫の上）を取り戻した気でいらしったのが癪に触って、今度はそうっとこちらに来て、この間から取り憑《つ》いていたのです」と笑います。さては紫の上に憑いていた物怪がきていたのか、と源氏は女三宮をかわいそうに思われます。あらゆる祈祷をさせ、宮の病いを癒そうとされるのです。

これら物怪の言葉は、西洋の宮廷にいた道化のパフォーマンスにも似ています。権力者たちは、自身のありようを外から眺める視線、人々の抑圧された無意識の判断や評価を欲している。物怪の言うことだからと聞き流されたりと、都合よく解釈を加えられながら、それでもその場に現れる。それは現存の生者である権力者の求めに応えているのであって、無力な過去の死者の言葉ではない。ここでも物怪の出現によって、源氏は女三宮に同情することができる。宮が物怪のためにひどく病み、そのせいで出家に至ったということなら、源氏は直面すべき自責の念からとりあえず逃れることができる。

責められるべきこととはもちろん、自身の定まらない心によって女三宮の降嫁を受け入れ、紫の上と女三宮を二人ながら不幸にしたことです。彼女たちが揃って病んだ、少なくとも間接的な原因はそのストレスにあり、女三宮の不義密通もまた結局は、彼女への愛と配慮の欠落が招いたものです。朱雀院は当てつけがましく出家させてしまわれた。それは源氏にとっては面子が潰れたに等しい。しかし朱雀院は不義のことはもちろん、物怪のこともご存じなかったのだと思えば、自分を捨てて出家した女三宮を大切にあつかえる。重態の柏木の枕元でも女の霊が憑いているとされていますが、こちらは根も葉もないことと、柏木自身が暴いています。

柏木は女三宮の出家を聞き、ますます力を落とします。妻の女二宮《おんなにのみや》（落葉の宮）に、死ぬ前にもう一度会いたいと願いますが、宮邸に帰ることは許されません。柏木は妻の先々のことを、誰彼となく頼みます。

帝におかれましては柏木を惜しみ、権大納言に昇進させてお上げになります。が、危篤状態の柏木はもはや参内することもかないません。昇進のお祝いに、夕霧《ゆうぎり》が駆けつけます。柏木は「どうかおついでがありましたら（中略）よろしいように申し開きをなすって下さい」と遺言します。夕霧は思い当たることがあるものの、源氏は「かような御重態の由を聞かれまして、驚き嘆き給うこと限りなく、残念がっておいでになる様子なのです」と、慰めます。夕霧にも落葉の宮のことを託し、柏木は泡の消えるように亡くなります。

柏木が死ぬ直前まで気に病み、心にかけていたのは、源氏の顔色と後に遺る妻・落葉の宮のことでした。女三宮とは叶わなかった現世の欲望であり、自分でもわけのわからない過ち、とされているようです。女三宮とは、柏木にとって何だったのでしょう。

落葉の宮は、柏木にとっては女三宮の代用品でありますが、真木柱《まきばしら》との縁談は鼻もひっかけなかった柏木も、落葉の宮との結婚はどうやら受け入れた。その気のなさを察してか、落葉の宮の母は結婚に反対されていた。しかし柏木の父・大臣が非常な熱心さで落葉の宮の降嫁を求めた。

つまり柏木と父・大臣という父子は、降嫁を望んでいたわけです。息子・柏木の方が望みが高く、朱雀院の最愛の娘である女三宮を求めたのですが、父・大臣にとっては宮の降嫁であればまず満足で、それゆえ落葉の宮を得るために奔走した。順番からいって、最初に父・大臣の宮家志向があり、父を超えようとする息子によってその志向がさらに肥大化した、と考えるべきでしょう。柏木の女三宮に対する、自分でもわけのわからない欲望は、父の欲望に端を発している。

源氏の旧友である父・大臣の宮家志向は、言うまでもなく源氏に対するコンプレックスからもたらされている。若い頃から対等に張りあってきたつもりの源氏が手の届かないほど出世してしまうのを見て、結局は生まれが違うのだ、と諦念を抱えたあたりからではないでしょうか。雲井《くもい》の雁《かり》を夕霧にやろうとしなかった頃には、宮家何ものぞ、と強気であったはずです。だが負けを認識したとき、その対抗意識が裏返されてコンプレックスとなった。雲井の雁を入内させることもできず、宮中では長女の女御も秋好中宮《あきこのむちゅうぐう》に気圧されて、長男にはなおのこと宮の降嫁を望んだ。柏木はこの父の無念がよくわかっていたはずです。朱雀帝に愛された女三宮に情熱を傾け、それでいて源氏の白眼視に堪えられない、というのは、父・大臣のコンプレックスを先鋭化させた息子の姿といえましょう。

源氏を出し抜くような真似をしておきながら、源氏の顔色ばかりを窺い、ついに死に至る。すなわち彼の抱えていた理想の象徴は源氏であった。源氏と女三宮に共通するものとは宮家の権勢です。この二つが結婚という形で結びつき、彼を排除したことは、父から受け継いだ彼の望みを永遠に絶ったに等しい。柏木の中で燃えさかっていた理想は、父・大臣のコンプレックスを肥大化させた幻影ですが、それについては女三宮はもちろん、源氏もあずかり知らぬことです。

キリストを愛するがゆえに裏切ったユダに似た柏木はまた、ギリシャ神話に出てくるイカルスのようでもあります。職人ダイダロスは息子イカルスとともに、翼を作り、閉じ込められていた塔から脱出します。しかしイカルスは父の諌めを聞かずに太陽に向かって飛び続け、翼を固めていた鑞が溶けて墜落してしまいます。しかしそれはもちろん太陽の知ったことではありません。

ここでの源氏は、まさしくフッーに燃えている太陽のごとく、自身に勝手に憧れ、勝手に燃え上がって、近づいて堕ちてしまった虫のような柏木の内心を知る由もない。太陽には太陽の物思いがあって、柏木の若さを妬んだり、自身の過去の過ちを振り返ったりしているので、柏木が思うほど彼を憎んでいるわけではない。しかし柏木にとって問題なのは自分自身の理想と絶望であり、実際の源氏がどうかは重要ではないのではないか。

一方では、私たち現代の庶民からすれば、柏木や父・大臣の上昇志向に共感し同情することもできる。

上昇志向を宿命とし、失墜する者を主人公とする傑作は、私たちに馴染み深い戦後文学にも見られます。戦後社会派小説の最大の作家、松本清張の『砂の器』や『ゼロの焦点』はまずその代表です。二作品とも社会の最下層に落ち込んでいた者が手段を選ばず這い上がります。しかしその過去を隠すために殺人を犯し、身を滅ぼしてゆく。この戦前や敗戦直後にはあった、差別を受けるような社会的「最下層」という存在が、今は一般にはぴんとこなくなりました。山崎豊子の『白い巨塔』の方がわかりやすいかもしれません。

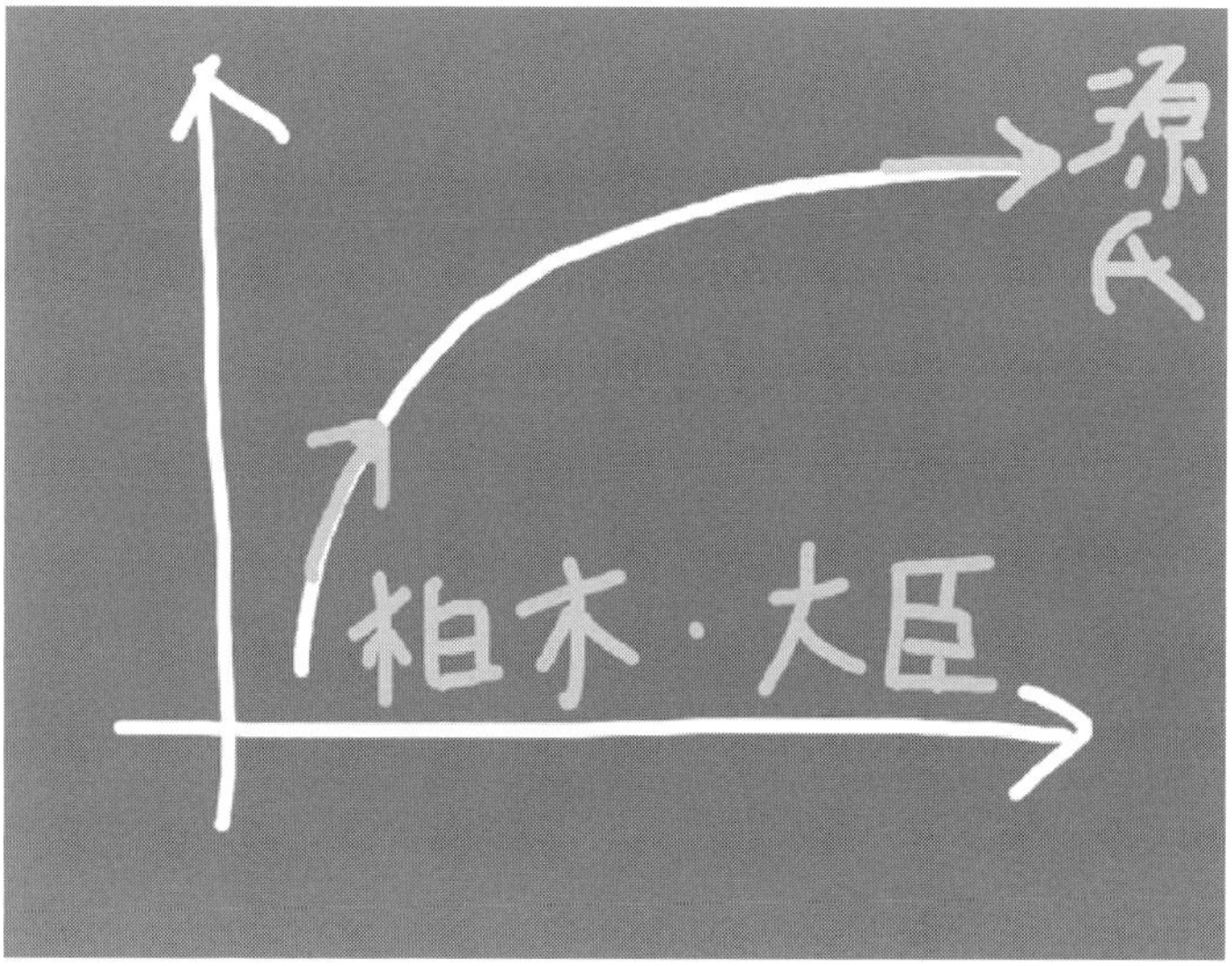

食道癌の権威である外科医の財前五郎は、良心的な医師である同僚・里見の言葉に耳を貸さず、医学部の教授選など政治活動に奔走します。多忙と自らへの過信から、誤診した患者を死なせて裁判になります。若い医師・柳原に偽証させるなどの工作を重ねて第一審は財前が勝ちますが、控訴審では柳原が自らの将来を捨てて証言し、敗訴します。そんな中でも財前は学術会議選を続け、体調不良を疲れのせいだと見過ごします。最高裁へ上告した直後、財前の進行胃癌が見つかります。自分の病状を里見から聞き出した財前は、患者を死なせたことを悔いつつも、最高裁への上告理由書を書き遺して死にます。

一九七八年に田宮二郎主演のテレビドラマでたいへん有名になりましたが、その後も唐沢寿明の主演で連続ドラマ化されたので、観た記憶のある人もいるのではないでしょうか。こちらもなかなかよかったです。権威的で悪賢く、横暴で嫌なやつなのですが、病いに倒れてからメスを持つ練習をしようとする姿は胸を打ちます。この財前五郎がなぜこんなにハングリーなのかというと、やはり貧しい中から身を起こしている。彼を娘婿にとった開業医・財前又一役の西田敏行がさすがの名演技で、「わしが頑張れ、頑張れ言うたからや。五郎ちゃん、ごめんな」というセリフは涙をさそいました。

このドラマがなぜ大ヒットしたかといえば、戦後社会において誰もが多かれ少なかれ、財前五郎であったからにほかならない。敗戦によって物質的にも精神的にも、社会構造もガラガラポンでまっさらの状態からのスタートになりました。そこで闇米を買うなど、後ろ暗いことをしなくては、誰もが生き延びられなかった。なかでも底辺にあえいでいた人々が、その後ろ暗いことを徹底し、確信犯としてやりとげると、社会の上層部に躍り出られると気づいた。倫理も道徳もまっさらとなった戦後社会は弱肉強食の下克上社会でもあった。

その戦後のありようを女性の持つ生命力と重ね合わせて表現し、松本清張と並ぶ社会派の女性作家として知られたのは有吉佐和子です。どれも面白い小説ばかりで迷いますが、戦後のありようをよく捉えたものとして『悪女について』を挙げます。週刊誌の連載とテレビドラマの放映が並行するという、今で言うメディアミックスで展開された話題作でした。最近、沢尻エリカで再ドラマ化されましたが、いただけませんでしたね。ともあれ、あらすじです。

女実業家の富小路公子が謎の死を遂げ、マスコミが「虚飾の女王」と書きたてる中で、ある小説家が彼女の周辺の人物に次々インタビューします。小説は、それら「語り」から構成されています。さる高貴な方の落し胤と吹聴していたが、本名は鈴木君子、単なる貧しい家の娘であった。生まれも昭和二十一年ではなく、昭和十一年。二人の子供の父親もよくわからないが、最初の結婚で得た慰謝料五千万円を元手に土地転がしをして事業資金を作ったらしい。鈴木君子として苦学して簿記を学び、それから宝石の知識を身につけた。彼女に騙されて贋物をつかんだと憤る者もいれば、天使のような公子が詐欺などはたらくはずはない、と言う者もいる。公子はビルの七階から堕ちて死んだが、自殺のようにも事故のようにも見える。そのとき着ていた赤いドレスはハワイで挙げる予定の三度目の結婚式の衣裳だった。

公子は悪女か、天使か。その二項対立によって、読者も視聴者もどんどん惹き込まれてゆきます。それはまんまと作者の意図にハマったということで、作品の中心の思想はそれとは別の審級にある。すなわち公子は善でも悪でもなく、ただ生きようとした、ということです。女性的な魅力、金銭の知識をフルに利用して、より強く、より豊かになろうとした。それは生命あるものが食物や光のある方向へと手を伸ばすのと変わりはしません。生命力にとって善とか悪とかは関係ない。それに枷をはめられないのは、社会の、すなわち男たちの非力に過ぎない。

沢尻エリカの『悪女について』がぴんとこなかったのは、ちょっと栄養がよすぎると言いますか、たくましい肉食系の気配が感じられる「悪女」が、原作のコンセプトからずれていたからでもあります。自らの欲望に意識的で、悪事を為すのも確信犯という女性は、松本清張の『黒革の手帖』のヒロインとしては魅力的ですが、富小路公子ではありません。公子は華奢ではかなげな風情で、声も囁くようだった。男たちは耳を彼女の口元に近づけなくてはならず、それをまた彼女の手管とみなすかも意見が分かれる。かつてのドラマでの影万里江が演じた富小路公子は、まさにそんなふうでした。

彼女の行為が悪事だったかどうかは他人や社会が決めることで、公子には善悪の意識はない。

意識がないからこそのしぶとさ、というのもまた、あるのです。彼女の生命力は動物的なものではなく、光に蔓を伸ばす植物のようです。はかなげで確信なさげで、しかしそれゆえに気を許せば、はびこる。

有吉佐和子の作品をもう一つ、『芝桜』を挙げておきましょう。全盛期の花柳界を舞台に、正子と蔦代という二人の芸者を描きます。雛奴のときからの親友ですが、正子は芸者の通信簿では全甲の成績をとり、意志が強く、潔癖で健気な気性です。若くしてよい旦那にも恵まれ、その真っ直ぐなところを愛されます。

一方の蔦代は、正子に劣らず美しいのですが、嘘つきでずるく、目先の金のために簡単に客と寝てしまう不見転《みずてん》芸者の真似をして周囲を呆れさせます。次々と男を変え、しばしば正子を怒らせることもする蔦代でしたが、しかし時代の波に乗るようにして、

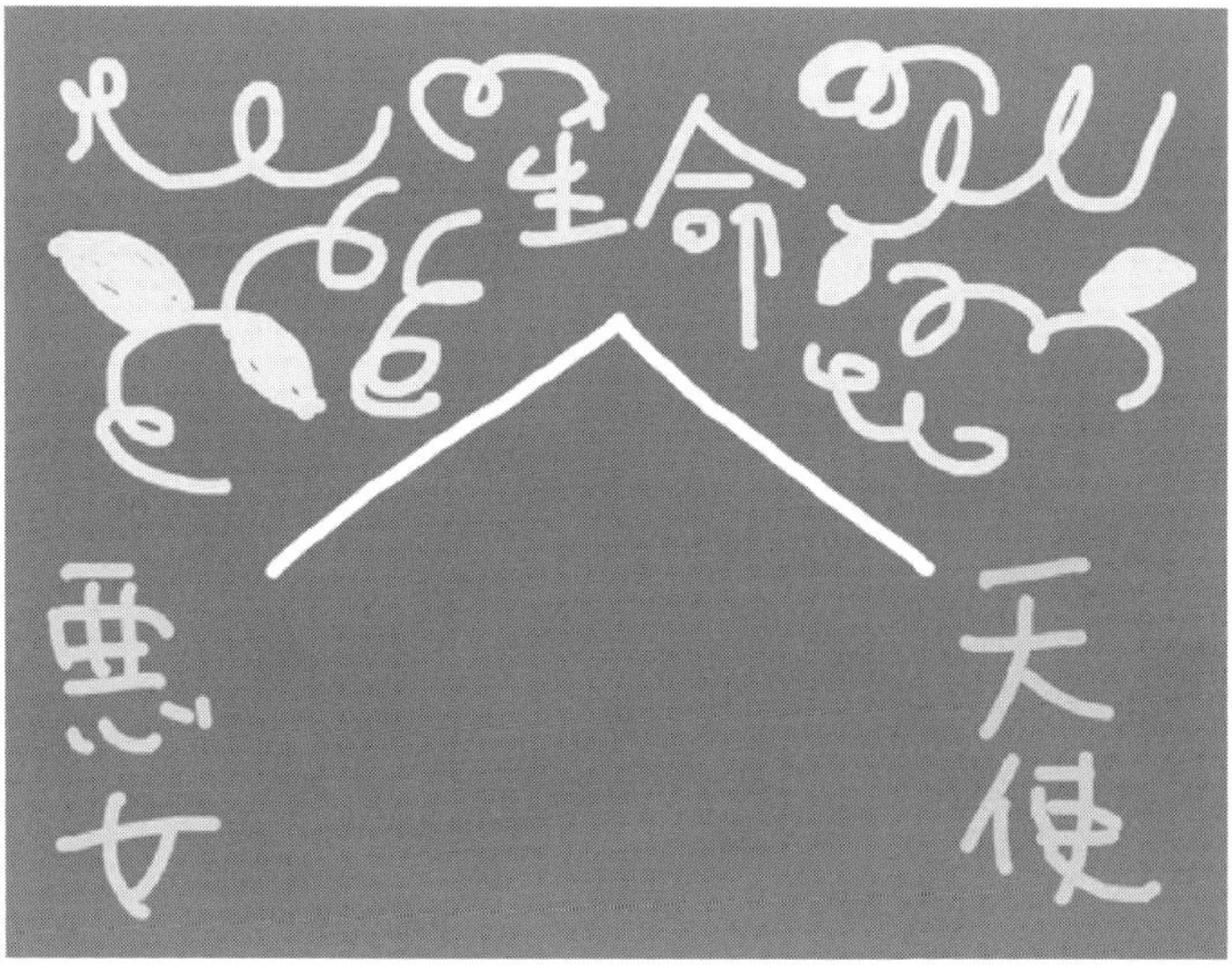

いつしか正子の風上に立ち、数多くのビルのオーナーに変貌してゆくのです。

読者は当然、正子に感情移入します。蔦代が成功してゆくのには苛立ちを禁じ得ませんが、戦後社会に重ね合わせてみると、世の中はそういうものだ、とも感じる。正しくはなく、しかし悪意というほどのものもなく、考え抜いたことをしているわけでもなく、節操なく目先の利益を追い求めていただけで、いつのまにかはびこっている蔦代的なるもの。それもまた力の劣った者がしぶとく生き残ってゆくための戦術であり、一つの生命力の現れに違いない。

有吉佐和子は、その思想を岡本かの子に負っていると述べています。前述したように岡本かの子は歌人であり、また仏教思想をバックグラウンドとして、『源氏物語』から多くを学んだことは間違いない。つまり有吉佐和子は紫式部の孫弟子であるかもしれません。岡本かの子の女性性、「命」が男をとって食うか、または救い出すような力強いものだったのに比して、有吉佐和子の描く女性的な生命力は強いというよりむしろ、したたかなものです。これは『源氏物語』の世界にもしかするとより近く、立ち戻っているようでもあります。

「柳に雪折れなし」という言葉があります。柔弱な柳はしなうので、剛健な木と違って雪の重みで折れることがない。ハングリーで真っ直ぐな上昇志向を持つ者は本来、単純で素直な善きものです。前にも述べたように、モダン＝近代は、善良な人々の欲望をあおり、そのエネルギーを吸い取って発展しました。このシステムに吸い込まれないでいる者とは、最初から頂点にいる者、あるいは善良な上昇志向を持たない者です。

　つまり源氏にコンプレックスを持つ太政大臣─柏木の父子が上昇への欲望に突き動かされているのを、源氏はただそこに存在して眺めているだけ、そしてあの小侍従は結果として柏木の上昇志向を弄び、逸脱に導く。そこに確信犯的な悪意はないので、小侍従が柏木の死を悲しみ、涙するのも嘘ではない。が、その場かぎりの感情に過ぎず、ただ無責任なかたちで自己顕示欲を満たしてゆく。取るに足りない者の無意識的な戦略、というわけです。

　さて女三宮の生んだ若君は源氏の血を引いていませんが、妙に高貴で薫り立つように可愛らしい。（彼が長じて『源氏物語』の最終部の主人公、薫の君となります。）しかし出家されても相変わらず、手応えのない女三宮はどう思っているものやら。源氏も苛立つのか、痛烈な歌を詠みます。

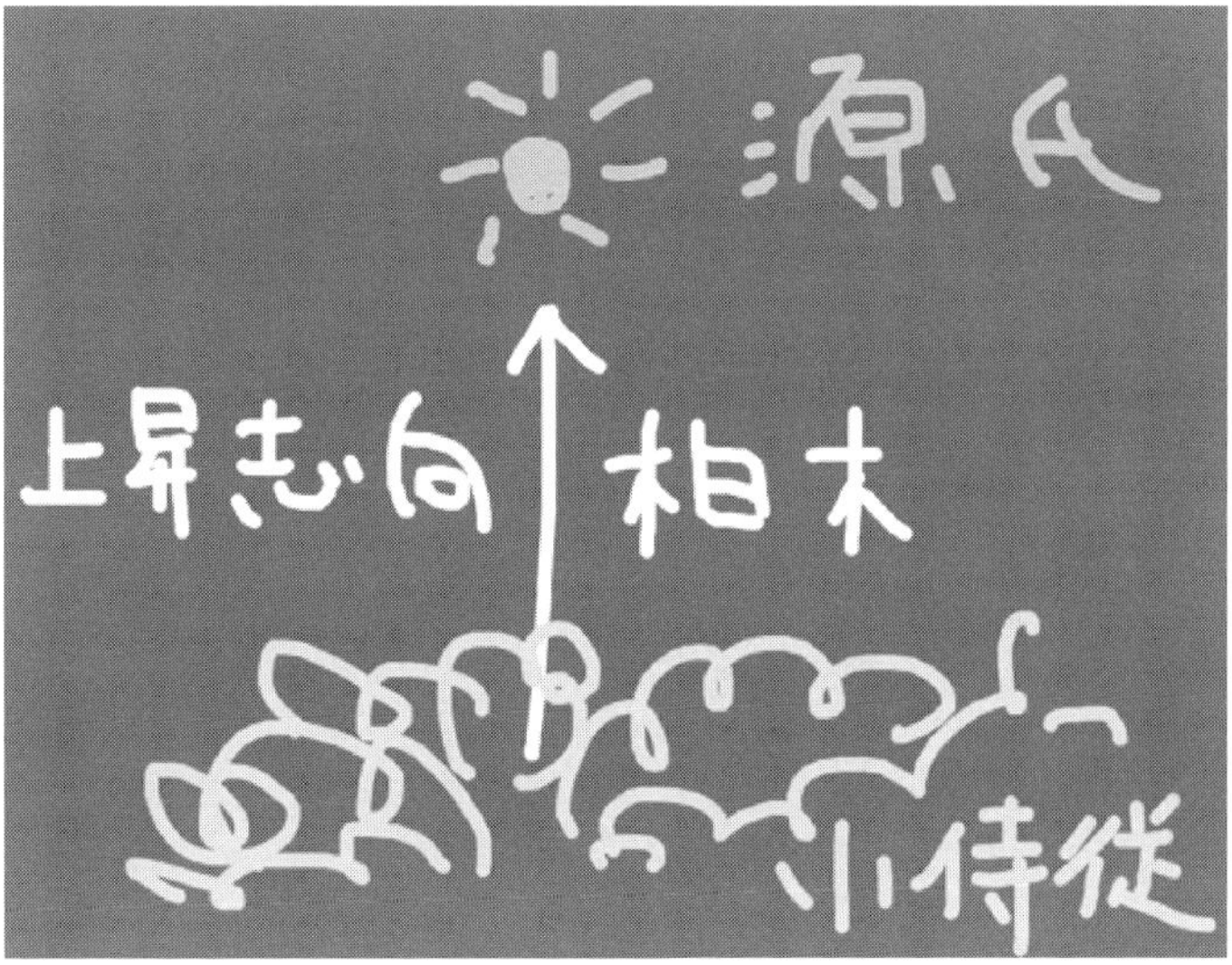

誰《た》が世にか種は蒔《ま》きしと人とはば
　いかがいはねの松は答へん

けれども源氏は柏木を愛惜して涙をこぼし、赤ん坊を手ずから抱いて可愛がるのです。絵巻にも描かれている、美しい名場面です。自分しか知らない柏木のこの忘れ形見を、悲しみに暮れる父の太政大臣に示してやればよいのですが。太政大臣は「どこといって難のなかった、あの生《き》地《じ》のままの人間が、言いようもなく恋しいのです」と泣いておられます。源氏にしても太政大臣にしても、父親としての年齢の男たちは、若い柏木があくなき上昇志向、現世の幻を求めて斃れたことをどこかで察し、その哀れに胸ふたがる思いのようです。私たちが財前五郎の失墜に涙するのに重なりますね。

夕霧は柏木の遺言について、彼の妹である妻にも話さずに胸に秘めており、源氏にもなかなか伝えられません。その際には、やはり事の真相を知りたいものだ、と考えるのです。落葉の宮にはしばしばお見舞いを贈り、また訪ねて母の御息所を慰めます。請われて降嫁し、すぐに未亡人となられた体裁の悪さも同情を禁じ得ません。落葉の宮の内心を思いやるうち、それが恋心に変わってゆくのを自ら認めます。

第28回　『横笛《よこぶえ》』あるいは念の力

柏木《かしわぎ》が亡くなって月日が経っても、いつまでも惜しんでいる者が多いのです。源氏もまた幼い子の顔を見るたびに哀れをもよおし、法要に多額のお布施を贈られます。夕霧《ゆうぎり》も兄弟より深い志で尽くすので、何も知らない父・大臣はたいへん恐縮されます。

朱雀院《すざくいん》は、女三宮《おんなさんのみや》が出家され、落葉の宮が未亡人となられて、お子が二人ながら寂しい境遇となられたことに気を落とされます。女三宮にしばしば文を書かれ、自然薯や竹の子の山菜も贈られます。女三宮はその文を涙ぐんで読まれます。この人はほんとに、パパと自分のことしか眼中にないですね。精神年齢が低いがゆえに他者への関心を欠落させているので、あの末摘花《すえつむはな》にも似ています。まあ、男女のことにも、我が子にも執着がないという意味では、立派な尼かもしれません。

幼い若君が寄ってきて、竹の子を噛むなどされます。その目もとの涼しさ、美しさは尋常ではありません。女三宮にも柏木にも似ず、むしろ源氏を思わせるようで不思議です。源氏は、今なお女三宮の過ちを許し難く思う一方で、柏木を深く愛惜し、若君をひどく可愛がります。この豊かで矛盾した心情をむやみと整理せず、そのまま描かれているところがまさしく小説です。

そもそも源氏が女三宮を恨むときは、遅ればせながら彼女に多少の魅力を感じ、その出家を無念に思うときでもあります。そして若君の誕生について、源氏が自身の過去の不義に対する因果応報だと思ったとしても、それも源氏の豊かな心象のひとつを描写しているに過ぎません。

源氏に反省をうながし、説教めいた貧しい結論をつけることが物語の目的ではないのです。源氏はまた同時に、女三宮の不義という嫌なことがあったのも、この神秘的なまでに美しい気品に溢れた若君を得るための巡り合わせだった、などとも思うのですから。

矛盾した複雑な心理をそのまま描くときの著者の状態は、登場人物と同じ審級で揺れ動いているわけではありません。著者自身が別の高いレベルの観念を有していないと、こういう書き方はできないものです。「因果応報と思っている」といったわかりやすい説明にしがみつきながら書くときにむしろ、著者自身の世界観が確立していない場合が多い。

夕霧もまた、いわば実務的なレベルで揺れる心情を抱えています。柏木の最期の言葉を源氏に伝えなくてはと思い、しかしその機を逃しては、真実を確かめることができないので慎重になります。そして一方では、だいたい事態の見当がついているだけに、源氏を困らせるのではと憂慮もされます。

物哀れな夕暮れに、夕霧は一条宮邸を訪ねて落葉の宮の母御息所《みやすどころ》と柏木を偲びます。夕霧の自宅は子供たちが走り回って騒がしいだけに、この邸の寂しさ、品のあるたたずまいが身に染みます。柏木の遺品である琴を落葉の宮にすすめると、ほのかにお弾きになります。夕霧は琵琶をとり、「想夫恋《そうふれん》」を奏でます。落葉の宮も、曲の末の方だけを合わせられます。夕霧は正面切っては言わないものの、想いをほのめかして帰ります。

落葉の宮の母・御息所は、柏木の横笛を夕霧に贈ります。夕霧の落葉の宮への執心はすでに周囲に知られていて、帰宅しますと、妻の雲井《くもい》の雁《かり》は機嫌が悪い。にぎやかな我が家と宮邸との違いをしみじみ感じながら、なぜ柏木は落葉の宮を大事にしなかったのだろう、と夕霧は物思いにふけります。幼い頃から気心の知れていた自分と妻との間柄では、妻がこのように我が強くなるのも無理はない、と思えます。

その夜、柏木が夢に出てきて「笛竹に吹きよる風のことならば　すゑの世ながきねに伝へなん——自分の子孫に横笛を伝えてほしい」と言います。赤子のむずかる声で目が覚めます。妻・雲井の雁が子供をあやす様子は、なかなか美しい。

由緒ある横笛のあつかいは、確かに厄介なのでした。落葉の宮のいる一条宮邸でも、また自分の手元でも、柏木は納得できないのでしょう。女の奏するものではないので、女三宮のもとに置く理由もない。故人と縁のある寺で誦経させますが、そのまま奉納してしまうのも、夕霧にくださった御息所に申し訳ありません。そこで源氏のもとへ参ります。

六条院では明石の女御の息子、三の宮（のちの匂宮《におうみや》）が可愛い盛りで、紫の上が世話をしています。夕霧を見ると走ってきて「大将よ。宮をお抱き申し上げて、あちらへ連れていらっしゃい」と、うやうやしく自身に敬語をつけ、甘えておっしゃいます。夕霧はうち微笑み、「でも御簾の前を通るわけには参りませんね」と膝に抱いて座ります。「誰も見てはいない。顔は私が隠して上げよう。

さあさあ」と袖で顔を隠される。お小さいときから、愛嬌のある宮なんですね。

女御の御殿では、二の宮も夕霧にまとわりつき、抱っこされたがります。が、三の宮が独占して譲りません。三の宮のわがままに源氏が小言を言ったり、兄の二の宮を褒めたりと、なんとも可愛らしい光景です。

女三宮の若君（薫）は、これら宮さまたちと同列にあつかうべきではない、と源氏は思います。表向きにも降嫁された女三宮と自身との間の子でありますし、さらに真実は民間人である柏木の子なのですから。しかし女三宮の心中を慮り、同じように大切にされます。

夕霧はあらためて薫の君をまじまじと眺めます。宮たち以上の気品と清らかさ、尋常ではない美しさを備え、眼差しは柏木よりいっそう知性に溢れています。しかし、やはり似ている。夕霧は源氏に、一条宮邸への訪問について報告します。

「想夫恋」を合わせ奏したことを耳にすると、源氏はいい顔をしません。源氏にすれば落葉の宮は、柏木の女三宮への情熱の隠れ蓑とされた女性だとわかっています。長男の夕霧には、その顛末の尻ぬぐいをするような真似はやめさせたい。しかし夕霧は承服しません。色好みの親父が、自分のことは棚に上げて何言ってんだ、ってなもんです。「一方ならずお気の毒に存じて、親切を見せ始めましたのに、急にお訪ねしないようになりましたら、それこそ世間によくあることで、かえって疑わしいように見られますでしょう」と長々と反論し、その機に夕べの夢の話をします。

「その笛はこちらに譲って貰うべき仔細のあるものです」と源氏は応え、「それを譲り受けるのは、入道の宮（女三宮）の若君を措《お》いて他に誰があろう」と考えます。同時に、夕霧は気がついているることだろう、と悟ります。夕霧はたまたま思い出したがごとく、柏木が「深くお詫《わ》び申さなければならないのだと、返す返す申しておられましたが、どういうことがあったのでございましょうか」と言い遺したことを伝えます。いかにも腑に落ちない様子を繕う夕霧ですが、やはり知っているのだな、と源氏は確信します。「死んだ後まで人の恨みが残るほどの不快な顔つきを、どんな時に漏らしたことがあったのか、自分でも思い出せません」ととぼけ、「いずれゆっくりと考えてから知らせましょう」と、そそくさと切り上げてしまいます。

この父子の腹の探り合いは、なかなか興味深い。お互い鏡に向かったかのように、あ・うんの呼吸で相手の考えを読んでいる。だが一方で、それが本当にそうなのか、まだ疑わしい。思い過ごしであったと、どの瞬間にでもひっくり返される可能性がある。終いには、夕霧もまた生前の柏木と同様、源氏の気色をうかがう始末です。

現代の私たちは、ここでの古代的な夢のあつかわれ方に異和感を覚えるかもしれません。私たちの常識に基づけば、夕霧の見た夢は夕霧のものです。夕霧の願望、疑い、無意識を示すものであって、柏木本人とは関わりないはずだと考えます。もしそうなら夕霧の見た柏木の夢も、源氏の見た成仏できない藤壺《ふじつぼ》の夢も、須磨で見た夢のお告げも、すべて見た者の勝手です。しかし本当にそうでしょうか。

社会的には、つまり人と人との権利の調整という点では、他人の見た夢の責任をとらせることなどできません。「夕べ、君の夢を見た。それは君が僕に言いたいことがあるからだ」なんてのは、たちの悪いストーカーの言い分です。ただ古代から信じられてきたことが、単なる迷信的な言いがかりだと決めつけてしまうのは、どうでしょう。少なくとも、ちょっとつまらなくはないですか。

ストーカー被害者には、あるタイプがあると言われています。きっぱりと相手を拒絶できない、相手の気持ちを慮る優しいタイプですね。それを強調しすぎるのは、性犯罪の被害者にも非があることになって危険ですが。優しい性格の人を責めるのは、少女に対して子供だから悪いと言っているのと変わりません。ただ、少女でなければ、優しい性格でなければ、さらには女でなければ被害者にならなかったことも事実です。その事実があっても犯罪者の責任は百パーセントで、被害者の責任は0パーセントです。なぜなら責任とは「とった行動」に伴うもので、「存在したこと」に伴うものではない。また「とった行動」とは意識的なもので、そのような行動でなければ責任を問うことはできません。しかし存在は、それ自体に責任はないにせよ、他人の無意識に影響を与える。

「あなたが夢に出てきた」というのは、「あなたの存在が私の無意識に影響を与えた」と言っているのと同じです。存在とは無意識そのものです。ならば、その存在であるあなたも、そのことは無意識レベルでは了解しているのではないか、と言っているのです。

それはあたかも、源氏と夕霧の父子の密やかな通じ合いのようでもある。私たち同様に源氏もまた、夕霧の見た夢が夕霧自身の疑念、それについての夕霧と柏木との無意識レベルでの了解から生じた、と感じたのではないでしょうか。だからこそすぐさま、夕霧は気づいているのだと察した。

社会学と文学の価値のコードは異なります。「そんなことはあなたの思い過ごしだ」と切って捨てられれば、心理的な微かな揺らぎなど、裁判では情状酌量の理由にもなりません。が、社会的責任としては事実上0と見做すべきでも、0.0000001の心理的な揺らぎに注目して成り立つのが文学です。この意味で一般の認識とは違い、文学は実践的な社会学よりもずっと緻密な学問です。

アメリカの作家、パトリシア・ハイスミスの『愛しすぎた男』は一九六〇年の作品で、まだ「ストーカー」などという言葉がなかった時代のものです。技術者のデイヴィッドは愛するアナベルとの結婚を願っています。かつて一時だけ、思わせぶりな態度をとったアナベルの記憶に縋り、彼の思いは現実から剥離しはじめます。下宿のほかにこっそり一軒家を構え、彼女との生活を妄想する。

ハイスミスはアラン・ドロン（二〇世紀最高の美男子とよばれた。今の大学生は知らないでしょうが）の出世作『太陽がいっぱい』の原作者として有名なミステリー作家。ミステリーといっても謎解きではなく、犯罪者側の心理、人がいかに犯罪へと追い詰められてゆくかを描いたクライム・

ノベルです。人間の心理の深い闇を抉り出した、きわめてスリリングな傑作ぞろいで、歳月を経ても色褪せることがありません。近年、『太陽がいっぱい』は、原作のプロットやニュアンスをより忠実に再現した『リプリー』（マット・デイモン主演）にリメイクされました。その続編も次々映画化され、時代がやっとパトリシア・ハイスミスに追いついた、という感があります。

『愛しすぎた男』は、「ストーカー」という概念を一九六〇年に先取りした、と評されますが、厳密には少し違う。ストーカーとは被害者の立場からの呼び名で、極端な話、被害者を殺す可能性まで含んでいる。『愛しすぎた男』であるデイヴィッドは、確かに人を殺してしまいますが、それはアナベルへの執着から生じた偶発的なもの、追い詰められた挙句のものです。アナベルを殺すなどあり得ません。

圧巻なのは、追われる身となったデイヴィッドが、アナベルと共にいるという幻想を抱いたまま街をさまよい、レストランで食事する場面です。誰もいない席に語りかける彼を、ウェイターがどう扱うか。読んでいると、狂ったデイヴィッドよりも世間の人々の保身や冷たさの方が怖ろしく、憎しみを覚えます。

「ストーカー」とは、被害者を含む社会が警告として付けた犯罪者の呼び名、すなわち社会的コードであって、デイヴィッドはあくまで「愛しすぎた男」です。その激情は基本的に自身の内面に向けられている。デイヴィッドはビルから飛び降りて最期を遂げますが、その瞬間、彼の見るアナベルの幻影が天使のように宙に浮かぶ。たいへん美しいラストシーンです。

『愛しすぎた男』が並みのストーカー小説と違うのは、下宿住まいのデイヴィッドが給与の多くを費やし、アナベルとの愛の巣として一戸建てを構えることでしょう。もちろんアナベルにとってはキモいだけでしょうし、その家はデイヴィッドの内面そのものです。しかし内面の妄想が「家」という物理的な形をとった瞬間から、それは現実を歪め、侵食しはじめる。現実と妄想の二重生活、とりわけ後者が前者を徐々に凌駕する典型的な作品としては『イーデスの日記』もあります。

フィラデルフィア郊外の新居に越してきたイーデスと夫。二人はジャーナリズムに関わるインテリで、幼い息子もいる。この一見、幸せな家族が徐々に崩壊してゆくありようが、現実の描写とイーデスの書く「日記」の両面から、二十年の歳月に渡って描かれてゆきます。

夫の伯父が転がり込み、あつかましい寝たきり病人として居着いてしまうことが実生活でのトラブルの始まりなのですが、不幸の兆候はその前から示されています。奇行を繰り返していた息子は、無気力なくせに傲慢で冷酷な落ちこぼれとなります。よく読むと、夫もイーデスもずっとそれに直面せず、ただもてあましていただけでした。夫は若い秘書との浮気に走り、寝たきりの伯父の世話をイーデスに押しつけて出てゆきます。出来事としてはこの通りですが、この小説の最大のクライマックスはイーデスの内面の後戻りできない転換点にある。綴っていた日記に、事実でないことを書き留めた瞬間です。それはイーデスにまるで麻薬のような快楽、意外なまでのリラックスを与えます。嘘と言ってもまるっきりの絵空事ではない。事実とずれているのは主に息子のクリッフィーのことで、出来のよい成功した若者と化している。実際、夫の浮気や居候の病人のことはイーデスが責めを負うことではなく、ただ彼女は息子が育ちそこねたことには内心、自責の念を抱え、気に病んでいる。作り話を書き記すだけで、気分がよくなるほどに。

しかしこの『イーデスの日記』で、また他のどんな作品でも、ハイスミスは主人公の心の弱さを諫めたり、その狂気を批判したりという教育的な意図は持っていません。イーデスは最後には息子とともに、あつかましい寝たきりの老人を殺します。それを狂気の果て、と見ることもできましょうが、むしろ正気に返ったようにも読めます。少なくとも抑圧されたリビドー（欲動）をなだめるために日記に嘘を書き並べているより、いっそまともな行為に思えます。犯罪者を断罪したり、育ちそこねの行く末を哀れんだりするのは、文学の本来の仕事ではないのです。

抑圧された無意識、リビドーが噴出する瞬間の、生命の輝き。もし仮に主人公が犯罪者として社会的生命が断たれる、というプロットがその輝きにいっそうの効果を上げるのなら、そのように描くのが芸術というものです。

『水の墓銘碑』も映画化されるようです。資産家で実直、頭脳明晰で人望厚いヴィクターは、奔放な妻メリンダの度重なる浮気にも寛容で、ますます周囲からの同情や信頼が高まっている。彼は自尊心が高く、その言動は偽善だとメリンダは訴えますが、彼女に耳を貸す者はいません。あくまで人格者として、しかし内心は激しい憤りを堪えながら、妻と娘と平穏に暮らそうとするヴィクターです。が、あるとき感情が爆発して、メリンダのボーイフレンドをプールで溺死させます。それは事故として処理され、ヴィクターを疑う者はいません。メリンダのほかには。

やがて確信犯の殺人者と化したヴィクターですが、最後にすべてが露見しても超然としています。自身を頂点とする世界に生き、自らを断罪しようとする現実世界への激しい呪詛のラストシーンはいまだに忘れがたい。

パトリシア・ハイスミスの物語はサスペンスですから、夢といった曖昧な雰囲気をもって描かれることはありません。登場人物たちは西洋人でもあり、強烈な自我を持っている。しかし彼らの自我を強固に、また激しくしているのは、その無意識に横たわるリビドー（欲動）です。ハイスミスの全作品に通底するテーマはそこにあります。そして私たちはどのようにして、いかなるきっかけで自らの無意識へと降りてゆくのか。その道行きこそが、パトリシア・ハイスミスの物語です。

『殺人者の烙印』は驚くべき設定の作品ですが、「よくぞ思いついた」というものではなく、作家のテーマから導かれた必然性がある。

作家シドニーは、画家の妻と暮らしている。シドニーの原稿はなかなか売れず、ここでも夫婦は不仲で、殺意を抱くほどの苛立ったやりとりが続く。その関係に疲れ、妻がしばらく家を離れる。一人になったシドニーは、妻の不在を自分が妻を殺したと想像し、妻を殺した男の心理をなぞろうとする。作家の習性といえばそれまでだが、巻いた絨毯に死体が入っているかのような素振りで、こっそり山に運び、実際に処分までする。それを見ていた隣人がショックで心臓麻痺を起こして死んでしまう。警察の追及を受けるシドニーはわざと疑惑を助長する言動をとり、結果として警察は大恥をかくことになる。

シドニーの振る舞いは、隣人を陥れるためでも、警察をおちょくるためでもなく、作家として自らの欲望を無意識のレベルまで取材していたのだと思います。単なる空想に留めず、行動＝アクティング・アウトするところが常軌を逸してますが、もしかすると私たちが夜な夜な夢の中で行動しているのと本質的に同じかもしれない。私たちも夢の中で自らの欲望や無意識を整理しながら日常の精神を保っているらしい。

シドニーは意志的に自らの無意識を精査し、妻への憎しみをかたちにすることでリビドー（欲動）を放出させました。巻き込まれた隣人や警察はいい面の皮ですが、そんなことは（シドニーにも読者にも）知ったことではありません。最後はめでたしめでたしではありませんが、欲動に従ってアクティング・アウトしたシドニーの心理は、芸術家の同志でもあった妻の存在を再確認する、という道行きを辿ります。

パトリシア・ハイスミスは私の最も尊敬する作家の一人ですので、話は尽きません。「無意識に降りてゆく」方法として、ハイスミスがデビューのときから中心に据えていた交換という概念はさらに興味深いですが、それについては先の「宇治十帖《うじじゅうじょう》」の巻に譲ります。

強烈な自我を持ちながら、その意志を持って無意識に向かおうとするハイスミスの思想はドストエフスキーにも通じるもので、生前はアメリカよりヨーロッパでの評価が高かった。ひとつには彼女自身が同性愛者であり、ホモフォビアの強いアメリカでは暮らしづらいということもあったかもしれませんが、ずっとヨーロッパ在住で、スイスに没しました。

ハイスミスにはクレア・モーガンという別名で、同性愛の女性たちを描いたハッピーエンドの作品もあります。同性愛者たちを中心に大ベストセラーになったそうですが、やはり自身との距離感が他のものと違っていて、彼女らしくなくぬるい作品のように思われます。もちろん「傑作を書いた作家には失敗作を書く権利がある」のですし、微笑ましいというか、あのハイスミスも人間だった、というべきでしょう。

鬼のように傑作を並べるハイスミスが登場人物、多くは男性の主人公をとことん追い詰めてゆくことに対し、レズビアンのルサンチマンを読んだり、作家の冷酷な人格を想像したりするのはお門違いです。邦訳されていませんが、『PLOTTING AND WRITING SUSPENCE FICTION』では、具体的かつ懇切丁寧に自身の作品の書き方を開示しています。冷酷な人間は、後進のためにこんなことはしない。

　継母と折り合いが悪く、早く自立したというハイスミスが愛に飢え、そのため他者への冷徹な視線を獲得したことは確かでしょう。しかし主人公というのは一面では作者自身です。主人公を追い詰めるのは、その先の強い観念に到達するためであり、それが見えている作者にとっては登場人物の、そして自身の魂の救いになるはずのものです。

　小説のたいていの読者には、プロットの展開を楽しむ能力はあります。ちょっと上等の読者なら文体を味わうことも知っている。もし批評家が、これらを評価する知性しか持たず、その源となっているものを捉えられないなら、それは批評家ではなく単なる読者、すなわち消費者代表に過ぎません。

　長大な傑作、あるいは完成度の高い数々の作品を支えるもの、その源となっているものは、作者の強烈な観念です。プライベートで同性愛者であり、そのポスト・モダンに近い思想が当時、アメリカで受け入れられ難かったパトリシア・ハイスミスの場合、おそらくキリスト教文化そのものに対抗できるほどの確信を要した。欧米人にとって、それは口で言うほど容易いことではありません。

　創作者の抱える観念は宗教と同じ強度を持たなくてはならず、既成の◯◯教が設えた制度に取り込まれることなどはあり得ない。（ハイスミスには、宗教キチガイ、もとい宗教オタクを題材とした作品もあります。）もし既成の宗教への単純な帰依で間に合うのなら、文学などいらないのです。

文学で必要とされ、試される観念の強度とは、その直観認識の深さと鋭さであると同時に念の強さでもあります。『源氏物語』に出てくる夢は死者にも繋がる生者たちの念であり、ハイスミス作品の登場人物の念は別の世界を創り出そうとする。それはいずれもこの世を超える奇跡を信じ、見ようとするものに違いありません。

第29回　『鈴虫《すずむし》』と『夕霧《ゆうぎり》』あるいは虫どもの世

第三十七、三十八帖
『鈴虫』『夕霧』

夏の蓮の花の盛りの頃、女三宮《おんなさんのみや》の持仏開眼供養が行われます。とはいえ源氏が心得を教えて差し上げたり、思慮の足りない若い女房たちに香の焚き方を指導したりしています。まだ可愛らしいばかりの尼姿の女三宮と源氏は歌を交わします。

はちす葉を同じ台《うてな》と契《ちぎ》りおきて
　露のわかるるけふぞかなしき

へだてなく蓮の宿をちぎりても
　君がこころやすまじとすらん

そんなにも信用されてないかと源氏は苦笑しますが、今になって女三宮をいたわしく思われ、素晴らしい儀式にして差し上げます。女三宮の父・朱雀《すざく》院はもう宮を別邸へ引き取る方が世間体がよいと言われますが、源氏は承知しません。その三条宮邸を女三宮の財産を納める蔵として整備してあげます。秋になると、六条院での女三宮の住まいである西の渡殿の前から草原のように庭を造らせ、そこへ虫を放ちます。鈴虫の声を愛でるふりをして、源氏はしばしば出かけ、尼となった女三宮を今さら誘惑するのです。柏木《かしわぎ》との一件があって出家したのにと、女三宮は怖ろしがって他所に住みたく思われますが、はっきり口には出せません。

下心から放たれた虫の声ですが、源氏はめずらしく琴を出させて弾きます。女三宮は数珠を繰るのも忘れ、その音に聞き入ります。月が出て華やかな光が満ち、無常の人の世を思うと、平生より身に沁む音がかき鳴らされます。兵部卿宮《ひょうぶきょうのみや》が来られて、管弦の宵となります。中秋の月の音楽の宴に、思い出されるのは琴の名手であった柏木です。帝もいつもそのように惜しまれる。そう言って涙する源氏の言葉は、御簾の向こうの女三宮にも届いているでしょう。六条院では鈴虫の宴を過ごしているとお耳に入ったのか、冷泉院《れいぜいいん》からお招きがあります。人々はそちらへ参上し、素晴らしい詩歌が作られる月の宴となります。

夜にはこっそり来られた源氏ですが、翌朝には准太上天皇《じゅんだいじょうてんのう》として高官たちが供奉してお送りします。東宮の女御になられた明石の姫君も申し分なく幸福であり、また夕霧《ゆうぎり》も優れた大将ですが、源氏が誰よりも深く心にかけているのは、この冷泉院なのでした。それはやはり、子らの母のうち藤壺《ふじつぼ》を最も心深く想われたということにほかならないでしょう。親子の名乗りができないながら、冷泉院も源氏を常に恋しく思われ、まだ盛りの御歳に早々に譲位されて気楽に面会できる立場になられたのでした。

秋好中宮《あきこのむちゅうぐう》は宮中におられた頃と違い、冷泉院と普通の夫婦のようになられ、気楽なご身分で華やかな遊びをされて過ごしておられます。が、母の霊が成仏せず、あれこれ言われていることを苦にして、出家を願っておられる。それを止める源氏自身も中宮同様、願う出家を果たすことはいかんせん難しい。せめて功徳を積もうとされる中宮は心深く、世の無常を悟っておられるご様子です。

ここまでの構造は単純なテキスト曲線になります。「月」を見上げる心と、「虫」の声に耳を傾ける姿に分けられ、両者はしかし響き合ってもいます。月とは言うまでもなく彼岸、あるいは「高いところ」への指向を示し、虫とは現世のことどもの象徴です。

冷泉院のもとで開かれるのは詩歌の月の宴であり、それに対して六条院での『鈴虫』の宴は、源氏の女三宮へのあり得るべきでない誘惑の道具としての虫の声から始まった。至高のものは見ること、すなわち視覚による観念あるいは詩想として捉えられ、現世の感覚的な魅力は声、聴覚で示される。

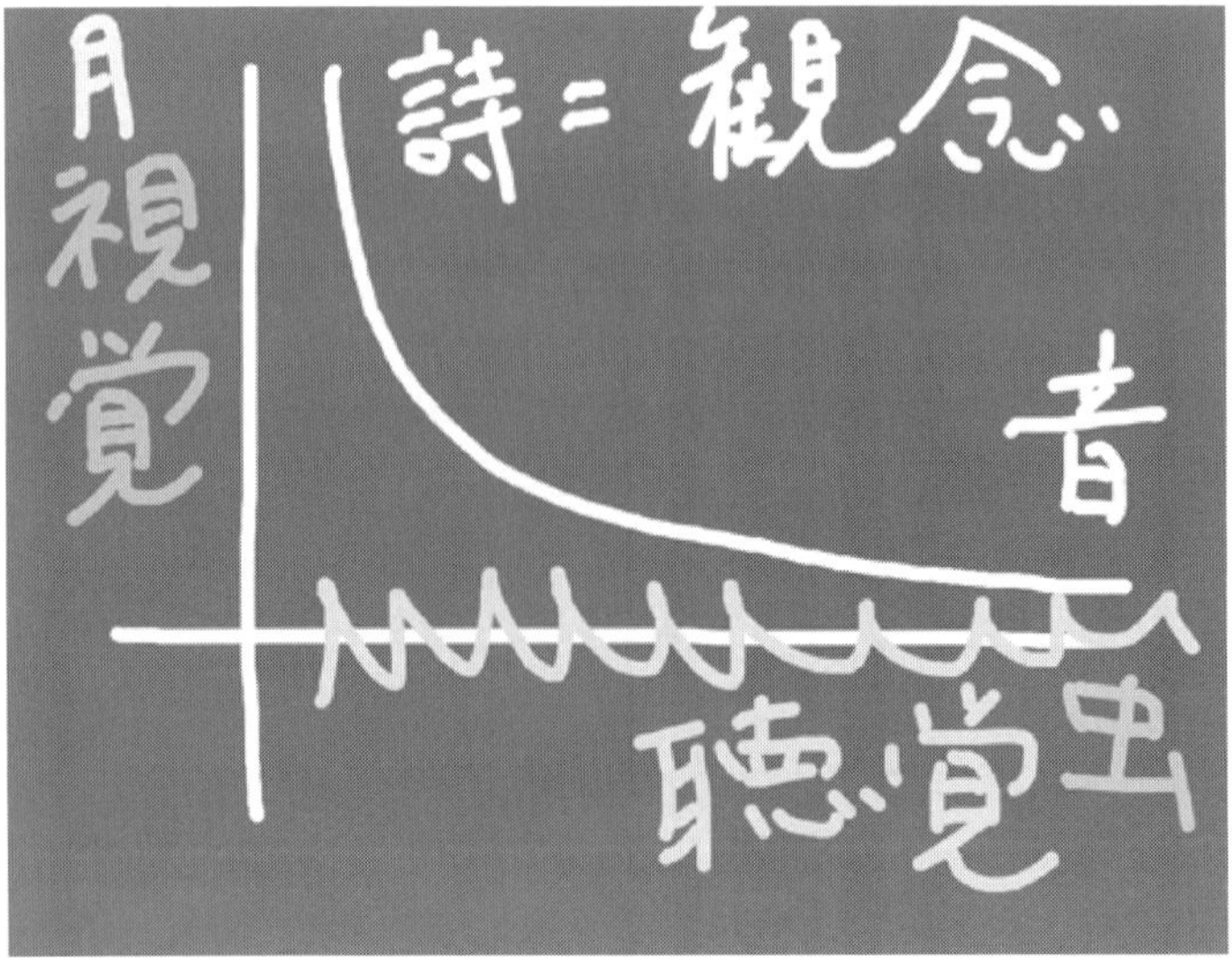

大方の秋をば憂しと知りにしを
　ふり捨てがたきすず虫のこゑ

心もて草のやどりを厭《いと》へども
　なほ鈴むしの声ぞふりせぬ

女三宮は鈴虫の声を「振り捨てがたい」と詠み、源氏はそんな女三宮を鈴虫の声と同じようにいまだ「古りせぬ」、若々しく美しい、と応えます。月と虫は観念として比べものにはなりませんが、ここでの虫の与える感覚的な魅力、それへの執着はなかなか断ち切れるものではない。その鈴虫の声を聞きながら管弦の宴へと移り、源氏は柏木を追想します。「草葉の陰」という言葉がありますが、ここでの柏木は文字通り、草葉の陰で鳴く虫のように人々の心の隅にいます。観念的な大小からすれば、源氏という太陽の幻想に向かい、勝手に落ちてしまった虫のような男であったけれど、現世では美しく管弦を奏でた魅力ある人だった。

その柏木と同世代であり、無二の親友であった夕霧の、現世における物語が続きます。柏木の未亡人、落葉の宮とその母に親切を尽くす夕霧ですが、最初からその気がありげに見せなかったので、言い出すタイミングが難しい。しかし柏木の弟である弁の君が恋心を匂わせたところ、思い切り拒絶されて出入りもしにくくなりましたので、夕霧のやり方は利口ではあった。落葉の宮の母、御息所《みやすどころ》が病いとなり、夕霧は手紙を差し上げます。返事を書けない母に代わって落葉の宮が礼状をよこされ、その美しく鷹揚な文字になお心惹かれ、たびたび文を送ります。夫の様子から、妻の雲井《くもい》の雁《かり》は、いよいよであると察しています。御息所は療養のため、落葉の宮とともに小野山荘というところに移っています。夕霧は口実をこしらえてそこを訪ねます。普段よりは手薄なところで落葉の宮の部屋へ入り込み、あれこれとかき口説きます。しかし決定力に欠ける夕霧は、そのまま朝を迎えてしまいます。一晩中口説いていれば使う言葉数も多くなるわけで、「あなた様とてまるきり情《なさけ》を御存じないのでもございますまいに――男を知らないわけじゃないんだから」と余計なことも口走る。軽く見られているととった落葉の宮は、

われのみや浮世を知れるためしにて
濡《ぬ》れそふ袖の名をくたすべき

と、嘆きます。バツイチだからって、なお評判が落ちるようなことはしたくないんですけど、という意です。夕霧は、悪いことを言いました、と微笑みつつも、

大方はわが濡れ衣《ぎぬ》をきせずとも
くちにし袖の名やはかくるる

どうせ今さら評判は取り戻せないんだから、もうあきらめたら、と。あまり巧い口説きではありませんね。こんな理屈をこねつづけ、夜明けが近づいてしまいます。落葉の宮の心のうちは、夕霧より身分の低い柏木だったが、父の院や母が認めたので妻になった。それでも冷淡な扱いを受けたのに、ましてやこんな関係では、と情けないのです。さらに夕霧の正妻・雲井の雁は柏木の妹ですから、太政大臣家では自分をどう思うことか、と。

「せめて夜が明けませんうちにお帰りを」と急き立てます。想いを遂げられなかったのに、まるでそんなことがあったみたいにして帰るなんて、とぶつぶつ言いながらも、夕霧は仕方なくそのようにします。これまで親切ぶっていて、色めいたことを突然言い出したことが後ろめたく、しかし大人しくばかりしていては結局、馬鹿をみるだけではないか、と夕霧の判断は迷うのです。

朝露に濡れそぼった姿を、妻の雲井の雁に見とがめられるのを怖れ、養母の花散里《はなちるさと》のところに向かいます。そこから落葉の宮へ文を送ります。何事もなかったのに後朝《きぬぎぬ》の文《ふみ》のようで、落葉の宮は不愉快です。事が成った後の文というわけでもなさそうだ、と女房たちは思いますが、母の御息所の耳に入れることはできません。

ところが御息所の物怪《もののけ》を払うために祈祷していた律師が、あの朝、夕霧が帰って行くところを目撃したのでした。律師は御息所に、「あの大将は、いつからここの姫宮に通うてござっしゃるのかな」と尋ねました。「さようなわけでもございません」と御息所は否定されるのですが、律師は聞きません。夕霧の正妻は勢いのある一族で、子供も多く、宮さまといえども圧倒されてしまうだろう、などと言います。

律師が帰ると、御息所は女房を問いただします。襖は閉ざしたままでした、と懸命に取りなしますが、事実はどうあれ、先ほどの律師や口さがない童などが悪く言いふらすに決まっているのです。そこへ夕霧からの手紙が届きます。いろいろ言葉数多く書かれていますが、はっきりした態度を示すものではなく、ただ落葉の宮の冷淡をぼやく呑気なものです。要するに、今夜は来ないということなのだ、と御息所は落胆します。

つまり関係ができていようといまいと、すでにできていると周囲に思われてしまった以上、妻として丁重に扱ってもらうことを望むほかないのです。この先、御息所の嘆きは夕霧との関係ができたこと、あるいはできたと周囲に思われたことから、律師が言っていたような妻としての立場の弱さに対するものへと移ってゆく。

御息所は病身にむち打ち、夕霧への返事を代わって書きます。

女郎花《おみなへし》しをるる野辺をいづことて
ひと夜ばかりのやどをかりけん

正式に結婚したのなら、三晩続けて来るとか、そういう形式を踏んで敬意を示してもらわなくてはならない。御息所にしてみれば、周囲に言い訳できないほど間近まで迫りながら、このうえ軽く扱われていると見なされるような真似はやめてほしい。中途半端な手出しが一番困る。まったくです。

手紙はそのように書きさしたまま、ひねってお出しになった。その途端、御息所は苦しみはじめ、寝つかれてしまった。落葉の宮は、一緒に死なんばかりに離れません。

夕霧の方は、まだ結婚が成ってもいないのに、今夜また落葉の宮のもとへ出かけては、それらしく他人に思わせるようでよろしくない、などと考えて自宅に留まっていました。妻の雲井の雁は、昨夜のことを聞きおよんで機嫌が悪かったのですが、知らん顔で子供の相手をしています。そこへ御息所からの手紙が届き、夕霧がそれをよく見ようと灯火に近づけます。すると雲井の雁がいきなり手紙を奪い取りました。夕霧は説得して懐柔しようと試みますが、妻は手紙を返そうとせず、開かないまま隠してしまいます。夕霧は、家の中が寝静まってから起き出して探すのですが、見つかりません。せめて形だけでも返事をしなくてはと、墨をすりつつ、どのように書くか思案します。と、敷き畳の端が盛り上がっているところが目に入り、持ち上げてみるとそこにあったのでした。

　御息所の煩悶が読みとられ、夕霧はいてもたってもいられません。今日に至るまで返事がないことで、またどのように嘆いておられるでしょう。雲井の雁が恨めしく、こんな真似をするまで妻を増長させてしまった自身にも腹が立ちます。すぐに出かけようとしますが、落葉の宮は簡単に逢ってはくれまい。一方で御息所がこのように結婚をお許しくださるなら、と考え、まずは返事を書くことにします。自分は強引なことはしていない、したがってまだ結婚が成ったわけではないと、くどくど書き並べるのです。まったく、この男は…。

　御息所は、夕霧が来ないことに加えて、送った手紙への返事すらないことになお苦しんでおられます。不名誉も顧みず、我慢できずに来訪を促すよう

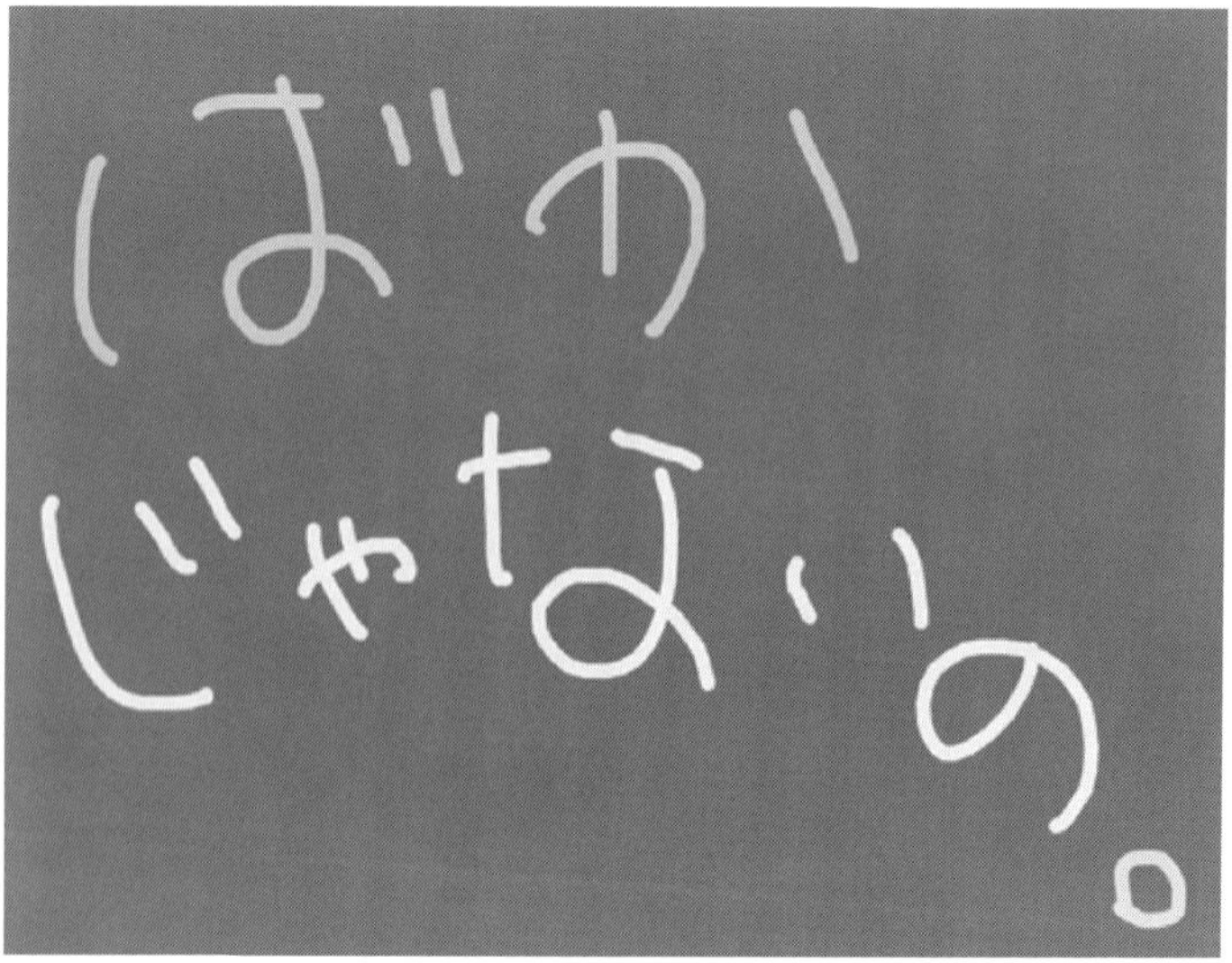

な文を書いてしまったと後悔されるばかりで、御息所の具合はますます悪くなります。落葉の宮にすれば、夕霧を近づけたことは悔やまれるものの、事実として何もなかった以上、新婚の夫の薄情さを嘆く気にはなれません。もう結婚が成ったものと決めつけている御息所に、しかし弁明することもできず、ただその体調が気づかわしいばかりです。

柏木との結婚から思い起こして、あれこれと嘆きつつ、御息所は危篤状態に陥ります。律師たちが驚き騒ぎ、祈祷がやかましく叫ばれる中で、夕霧からの返り文が届いたと知らせる声がほのかに御息所の耳に入ります。「さては今宵もお越しがないのだな」と悶えながら、御息所は亡くなります。

多くの使者やお悔やみの文が届きます。夕霧はさすがに従者たちが留めるのも聞かず、その日のうちに自ら弔問に出かけます。しかし落葉の宮は、御息所を苦しませた張本人であると返事もしません。身分柄、体裁が悪いので夕霧は引き上げますが、手配を全部済ませてあげますので、葬儀は盛大になります。もちろん、そんなことは落葉の宮にしてみれば意味のないものです。御息所の落胆の中での死という悲劇をもたらしたすれ違いぶりは見事で、小説作法の手本にしたい。

このところ流行らなくなりましたが、すれ違いは恋愛ドラマ、メロドラマとよばれるものの王道でした。有名なところでは、『君の名は』という昭和初期のラジオドラマがあります。最近では、韓流ドラマの『冬のソナタ』の堂に入ったすれ違いっぷりが印象に残ります。実際、携帯電話やメールが普及した現在、すれ違おうっても、なかなか難しい。一方が記憶喪失にでもならないかぎり、読者や視聴者をイライラさせることはできないのが現状です。ここでのすれ違いは主に、夕霧と御息所の認識や思惑のずれからきたものですが、まあ、固定電話の一本もあったらおよそ成立しない。

では、すれ違いドラマは完全に過去のものなのでしょうか。御息所の絶望の中での死は、電話がなかったゆえの馬鹿げた勘違いに過ぎないのか。違いますね。『夕霧』の巻で、私たちがイライラするのは、思慮深いかなんか知らないけど、理屈っぽいばかりで肝心のところで決定力がない、ズレている夕霧本人に対して、です。

学生の皆さんには、ネットの情報を鵜呑みにしたり、コピペしたりするのをよく叱るわけですけど、先ほど「すれ違い」で検索していて、面白いことが書かれているのを見つけました。「すれ違いなんていうのは、ドラマではともかく、現実には相性の悪さを示してるだけ」と。前回から無意識について語ってきたこの講義で言いたいことも、まさにそれです。

夕霧という人は、意識的なレベルでは、決して頭が悪くはない。源氏を含め、柏木などに対して冷静に分析・批判していて、それはおおかた正しい。しかし自分のこと、特に自身と女性の関係に対しては非常にスジが悪い。源氏が聞いたら不肖の息子と嘆くような口説き文句を平気で言う。それには夕霧の無意識における自我のあり方が関わっている。

まず口説きのスジの悪さの最たるものは、言葉数の多さです。理詰めで相手を説得しようとする。結局、あれこれ言ううちに、相手を不快にさせる言葉まで口をついて出ることになる。そうして相手からも理詰めの承諾を得られるまで、文字通り夜が明けるまで説得にあたっている。まるで役人の外交交渉です。御息所が、そんな阿呆らしい男女の一夜を（事実はどうあれ）現実のものとして想定しなかったのは、当然のことです。そんなに慎重で奥手なら、最初っから大人しくしていて、柄にもなく女性の寝所になど上がり込んだりしなければよいのです。

『夕霧』の巻がきわめて今風の様相を示すのは、この人が現代で言うところの「オタク」青年の類いに近いからでもあります。夕霧は基本的に、自身の内面に閉じています。知能は高いので、社会における人間関係は正確に把握し、仕事の一部としてそつなくこなしますが、本来的に他者が苦手です。女癖が悪くなく「まめ人」とよばれるのは一人の他者である妻への誠意と愛情からではなく、単に彼本人の事情として、多様な他者である女たちと関わる能力に欠陥があり、自信がないことの結果に過ぎません。

「生兵法は怪我のもと」と言います。自信がないなら一切手を出さないか、やるなら相手の息の根をきっぱり止めてしまわないと、ひどい返り討ちにあってしまう。夕霧の生兵法のラブ・アフェアは結局、御息所の悲嘆のうちの死という取り返しのつかない代償を払うことになりました。が、夕霧自身は自覚がない。その無自覚が落葉の宮をして、頑なに自分を拒絶させていることにも気がつかない。

そう、落葉の宮は母の御息所の死を悲しみ、小野の山荘から戻ろうとしません。文の返事ももらえない夕霧は、自分がニブいのを棚に上げ、情のこわい鈍感な女性だ、と思う始末です。こうなったら強引にでも結婚しよう、御息所の最後の文、「ひと夜ばかりのやど」かと恨んでおられた手紙がある以上、もはや何もなかったとは抗弁できまいとまで考えをめぐらせます。妻の雲井の雁の嫉妬など、もう眼中にありません。小野の山荘に出向き、女房の少将から御息所の最期のありようを聞きますが、落葉の宮をどうにか説得してほしい、と言うばかり。自分の気持ちのことしか考えてないのですね。それをもって恋心とよぶのでしょうか。

源氏や紫の上も、夕霧の様子をというか、女性たちを心配しています。なんだって夕霧はよりにもよって雲井の雁、それも長年、唯一の妻として安穏としていた彼女の兄の未亡人に入れあげたりするのか。数えるほどしかないラブ・アフェアで、わざわざ人間関係を面倒臭くするなんて、と皆が思う。しかし夕霧は素知らぬ顔で、誘導尋問にも応じようとせず、源氏は諦めてしまいます。この一本気な息子に言い聞かせても、どうせ無駄だ、と。

夕霧は実際、半径五十メートル以内の女性で満足しています。というか別に誰だっていいわけです。たまたま幼なじみであるとか、低い身分でも気後れせずにつきあえたとか、親友がないがしろにしていた妻であるとか、そういう特に難のない、関わった女性にはまると、後は自身の内面に沈み込み、その場で動かない。他者がいないのですから、そうなりますね。それを感じとったお父さんが、こいつに何言ってもムダ、と思うのはまあ、わかります。恋心が強いのではなく、自我への固執が強いのですから。

落葉の宮は小野の山荘での出家を望みますが、父の朱雀院は許しません。夕霧との噂が耳に入っていて、その愛が薄いことを悲観して出家した、と噂されることをはばかったのです。そうかといって夕霧との再婚がおおっぴらに成されることもまた、よろしくないと思われている。

夕霧はもう、落葉の宮の承諾など待たずに結婚し、御息所の遺志だったことにしてしまおうと思います。どうせそんなやり方をとるなら、最初から青二才ふうの誠実漢の真似などしなければよかったのですがね。女房たちに説得させ、落葉の宮を強引に一条宮邸に戻します。新婚の主人として寝所へ案内するようにと、女房の少将に命じます。反感を強めた落葉の宮は塗籠（内蔵）にこもり、鍵を下ろしてしまいます。以前、源氏が藤壺に手ひどく拒絶され、隠れるはめになったのも塗籠でしたね。夕霧は泣く泣く帰るしかありません。

夕霧は養母の花散里に「（御息所から）亡くなった後《のち》は後見《うしろみ》をするようにと、いうようなお話がございましたし、もともとそんな気持もあったことでございますから、こういうように取り計らいましたのを、定めし人はいろいろに申しなすことでございましょう」と巧く言いつくろい、源氏にもそう伝えてほしい、と頼みます。この物言いは、源氏が朱雀院から女三宮を押しつけられたことを連想させる腹のように読めますね。自分も女二宮（落葉の宮）を御息所から託されたのだ、と言いたげです。

雲井の雁を心配する花散里に対し、「えらくあどけない姫君のようにおっしゃるのですね。鬼のようなやかまし屋でございますものを」などと言い、「あなた様のお心がけなどにしましても、結構に出来ていらっしゃいますことが、この頃になってしみじみ分って参りました」と養母を持ち上げます。もとより夕霧に甘い養母ですから、「（源氏の院は）あなたのちょっとしたお浮気心を、さも大したことのように、意見をなすったり蔭口をきいたりなさいますが、とかく利口ぶる人が、かえって自分の身の上を知らないのとよく似ていらっしゃいますね」と一緒になって言い合います。

雲井の雁は、死ぬの生きるのと騒ぎますが、元来は単純な女性で、なだめすかせば機嫌は直ってゆく。夕霧はそれを哀れと感じつつ、そうこうする間に落葉の宮が尼にでもなってしまったら自身の恥と、心ここにあらず。夕霧が新妻に迎えたという落葉の宮が、塗籠にこもっているとは誰が思いましょう。いまだ激しい拒絶ぶりに、「思うようにならない時は淵川に身を投げる例《ためし》もございますものを、この私の志をその深い淵に擬《なぞら》え給うて、捨てた身と思って下さいまし」とまで言います。

この直前に源氏が息子を眺めて、「これならなるほど、女としてどうして惹《ひ》きつけられずにいよう」と思う場面があります。つまり夕霧は女好きのする風采であるので、ならば落葉の宮の激しい拒絶には理由がある。母の御息所の死を穏やかならぬものにしたこと、その自覚もなく、母が辛い思いでしたためた最後の手紙を利用して既成事実を作ったことにほかなりません。結局は夕霧を受け入れざるを得ないわけですが、喪中であること、雲井の雁の実家である太政大臣家での取り沙汰、皇女でありながら二夫にまみえること、すべてが情けなく悲しむ落葉の宮です。しかし力のある後見を得た宮邸は、活気づいてくる。

新婚ですから、宮邸に行きっぱなしの夕霧です。そんな侮辱に慣れない雲井の雁は、方違えを理由に実家へ戻ります。きっぱり別れるという覚悟の家出ではなさそうですが、姉の女御も来られていたので、そのまま実家に逗留します。慌てた夕霧が家に帰ると、姫たちと幼い子だけが連れて行かれていて、他の子供たちが大勢残っています。いくら文をやっても返事がないので、仕方なく迎えに行きます。この辺は現代の卑近な家庭ドラマと変わりませんね。

雲井の雁と柏木の父である太政大臣は外聞を気にして、落葉の宮に文を送ります。宮は嫌々ながら、かろうじて返信します。手紙を託された使者は、かつて落葉の宮に求婚して断られた蔵人少将です。下心をみせずに近づき、なしくずしに妻にした夕霧を、うまくやったものだと思っています。

しかし夕霧はなかなか厳しい状況です。太政大臣からの手紙で落葉の宮はなお機嫌が悪くなるし、雲井の雁にも去られてしまった。しかしこの中途半端な立場は、中途半端な手法をとった本人にふさわしい。思慮深いという名目で、保身のためにきっぱりした態度をとろうとせず、結果的に周囲の女性たちを追い詰めた。

雲井の雁が、最初は決意の家出をしたわけではない、というのも、夕霧のその場しのぎの優柔不断に呼応したものです。自身の内面に閉じた夫と長年暮らし、雲井の雁は少女のような率直な感情を押し殺す必要がなかった。それをもって夫が甘やかしたといえば、そうなりますけど。感情のおもむくままに実家に帰り、その気持ちのまま居着いてしまった。

雲井の雁のもとに、夕霧の愛人・藤典侍《とうのないしのすけ》から慰めの文が届きます。身分が低く、問題にもならないこの女のことですら許しがたいと思っていたのですが。当てつけがましい、出過ぎた手紙だと思いつつも、藤典侍も平静でいられないのだろうと考えて、「こんなことが我が身に起こるとは」と気持ちのままの歌を返します。

藤典侍という身分的には文字通り虫に等しい女性をも巻き込んで、卑近であるが面白い虫どもの声に満ちた俗世の巻は、幕を下ろします。

第30回　『御法《みのり》』と『幻《まぼろし》』すなわち現世での終焉

紫の上は大病以来ずっと体調がすぐれず、患っておられます。衰弱が進み、ご自身では前々から後世のために出家を望まれていますが、源氏が許しません。源氏自身も出家を願っているのですが、そうなれば別々に暮らさなくてはならず、病弱となった紫の上を思うと決心がつきません。紫の上は二条院で壮麗な法華経供養をされます。花散里《はなちるさと》や明石の御方も来られて和歌をやりとりします。音楽に遊ぶのも、もう残り少ない命と感じられる紫の上には名残り惜しいのです。不断の読経、また祈祷などはずっとおさせになっていたのですが、夏になると紫の上はますます弱られて、意識が遠のくことすらあります。こんな状態が続きますので、源氏は中宮を二条院によばれます。娘として手ずから育てた中宮が、これからいっそう栄えていかれるのを見られぬかと、紫の上は悲しみます。対面の際、お伴の役人たちが名乗るのにも、あれは誰これは彼と耳に留められるのです。

中宮と話されている紫の上に、源氏は「今日は巣離《すばな》れたような心地がして、とんと面白くありません。あちらへ行って休むことにしましょう」と言いながら、よそへ行ってしまいます。中宮はしばらく留まることになり、実母の明石の御方も来られて、お三方でしみじみと話されるのです。あれこれと言い遺したいこともあるのでしたが、賢しげに死後のことを言い出しはせず、ただ言葉少なに世のはかなさを口にされるのが、なおいっそう心細いご様子なのです。孫たちの行く末を見たかったと思うのは、やはりこの身を惜しんでいたのだろうかと涙ぐまれるお顔のあまりの美しさに、中宮も泣かれます。

ご気分のよいときには、ことに可愛がっている三の宮（のちの匂宮《におうみや》）を前におき、「私《わたくし》がおらなくなりましたら、思い出して下さいましょうか」と、こっそりおっしゃるのです。大きくなったらこの二条院に住んで、梅と桜を愛でて、ときどきは仏さまにも供えて、と言って聞かせます。三の宮は涙がこぼれるのを紛らして立って行きます。

秋が来ますと、少しよくおなりになったようですが、またすぐにぶり返すのです。宮廷からの矢の催促で、中宮は参内されようとします。紫の上は、もう少しおられたら、とお引き留めしたいのですが、死期を察するかのような差し出がましいことは口にされません。痩せ細られて、それがかえって上品で、この上なく麗しいのです。華やかな盛りのころは花にもたとえられましたが、今は比べるものもなく、その言いようもなく美しい人がこの世をかりそめのものと思っておられるご様子が、見る者を悲しくさせるのでした。

風が身に沁みるように吹く日に、紫の上は前栽をご覧になろうと起き上がり、脇息に寄りかかっておられました。源氏はそれを見て、中宮の御前では気分が晴れるのですね、と喜んでいます。そんな源氏の様子に、自分がいよいよとなったときにはどれほど悲しまれるかと胸をいためられ、

おくと見るほどぞはかなきともすれば

かぜにみだるる萩《はぎ》のうはつゆ

と言われます。源氏は、

ややもせば消えを争ふ露の世に
　おくれさきだつほどへずもがな

と、涙を隠すこともできません。中宮は、

秋風にしばしとまらぬ露の世を
　たれか草葉のうへとのみ見ん

と言われ、そのように言い交わす美しい二人の女性の姿に、このまま千年をも過ごしたいものだと思われます。

「もうお帰り遊ばしませ。ひどく気分が悩ましくなって参りました」と、几帳を引き寄せて伏してしまわれたご様子が、いつもよりなお弱々しく、どうなさったかと中宮はお手を取られます。

すると本当に露が消えてゆくような気配で、御誦経の使いが数知れず遣わされ、邸内は騒ぎ立った。以前には蘇生した例もあることなので一晩中、加持祈祷のかぎりを尽くしますが、その甲斐もなく、翌朝未明に亡くなりました。

中宮は帰らずにおられて、このように看取られたこと、悲しくも感無量に思われます。もう誰も彼もが絶望して、しっかりしている者はいないというありようです。

源氏は、紫の上の出家の望みをかなえられないままだったことを悔やみ、今から落飾させようと夕霧に話します。夕霧はしかし、息をひきとってしまってから姿を変えさせても、かえって悲しみを誘うだけだろうと反対します。

この理性的とみえる夕霧の判断ですが、それはあの野分のときにちらりと覗き見た紫の上への長年の憧れから口にされた言葉でもあります。泣き騒ぐ女房たちを制する素振りで御几帳の帷子を上げ、ほのぼのとした明け方の光だけではおぼつかず、灯をかかげてお顔をうかがいます。遺骸となってもなお綺麗で、無造作にうちやられた髪もつややかに、一筋の乱れもありません。明るい灯火に白く輝くお顔は、生きている間のあれこれと取り紛れるようなことがなくなり、無心に眠っている人のようで、その美しさは尋常ではなかった。

源氏は強いて気を確かにもって、自ら遺骸の世話をされます。これまでも多くの別れはあったものの、これは来し方行く末、経験のない悲しみです。その日のうちに納棺された紫の上は、煙となって空へ昇ってしまいます。あたかも空を歩くような心地で、人に支えられてお出ましになった源氏の様子に、身分の低い者どもも涙します。女房たちはなお夢に迷っているかのようで、車から転げ落ちそうになっています。

夕霧も忌中に籠り、源氏をお慰めしていた。風が野分《のわき》めいて吹く折には、あのときほのかに見た姿を思い、またその最期は夢のようであったと悲嘆に暮れていました。朝廷をはじめ、たくさんのお見舞いがあります。太政大臣（源氏の旧友）は、こんな不幸を見過ごすお人柄ではありませんので、最高の貴女・紫の上を惜しみ、しばしばお見舞いされます。太政大臣の妹でもあった葵の上が亡くなったのも、やはり秋でした。その妹の死を惜しんだ人々も多くはすでに亡く、先立とうと遅れようと、結局はそう変わりはないものではないか、としんみりされます。

古《いにしへ》の秋さへ今のここちして
　ぬれにし袖に露ぞおきそふ

お返事に、

露けさは昔いまともおもほえず

おほかた秋のよこそつらけれ

悲しみのままに綴っては非難するだろう太政大臣の性格を思って、たびたびのお見舞いに対する喜びの気持ちも忘れずに書き添えます。秋好中宮《あきこのむちゅうぐう》からも絶えずお見舞いがあります。

かれはつる野辺をうしとや亡き人の
　秋にこころをとどめざりけん

紫の上が秋を好かれなかった理由が、初めてわかりました、とあります。悲しみにぼんやりしながら、何度も読み返されます。風情のある、趣味の洗練された方がおられることに慰められるのでしたが、涙で筆が進みません。

のぼりにし雲井ながらもかへり見よ
　われあきはてぬ常ならぬ世に

春を迎えて、六条院の悲しみはいや増すばかりです。年賀の客が大勢訪れるのを、具合が悪いようにして御簾の中に引きこもっておられます。兵部卿宮《ひょうぶきょうのみや》が来られたときだけは、内々の部屋でお会いになろうと、歌を取り次がせます。

わが宿は花もてはやす人もなし
　なににか春のたづね来つらん

兵部卿宮は涙ぐまれ、

香をとめて来つるかひなく大かたの
　花のたよりといひやなすべき

紫の上に仕えた女房たちもいまだ喪に服し、墨染めの濃いままのを着て悲しみにおぼれています。源氏は他の夫人たちのところへ通うことも絶えて、女房たちを寝所に大勢よび、在りし日の話をするなどして過ごしています。誰ともただ主従の関係で接するのみです。かつて戯れにせよ、また運命であったにせよ、他の女性のことで紫の上を煩悶させたことが思い出されると、深く後悔されます。女房たちの中には、当時の紫の上のご様子をぽつりぽつりと語り出す者もいます。

女三宮《おんなさんのみや》が降嫁されて三日目、雪の降る暁に源氏がひどく外で待たされ、身体が冷え切ってしまったとき、紫の上はおっとりと優しく迎え入れましたが、その袖が涙でぐっしょりと濡れていたこと、それを押し隠そうとされていた様子を思い浮かべると、いつまた夢で、あるいは彼岸でめぐり逢えるものかとばかり思われます。折りもおり、夜明けに部屋へと下がる女房らしい声で、「えらく雪が積もったこと」と言うのが聞こえて、当時のような心地がします。

春が深まるにつれて悲しみも深まり、親しい女房のほかにはめったに顔を会わせません。紫の上の言いつけだからと、桜と梅の木を大事に世話する三の宮（後の匂宮）だけを手元に置き、可愛がっておられますが、その日々も残り少ないだろうと言い聞かせます。三の宮は袖を弄ぶふりをして涙を紛らわしています。

所在のなさに、女三宮を訪ねます。若宮（三の宮）も抱っこされていらっしゃいます。そこにおられる若君（源氏の子、実は柏木の子である薫の君）と遊びはじめると、桜や梅の木のことなど忘れてはしゃいでいます。女三宮は、仏前でお経を読んでおられます。さして信仰心がおありになったわけでもないが、何一つ心にかかることがないために、こうして仏道に専心しておられることに、源氏は羨ましさを覚えます。こういう心浅い方にすら遅れをとったと残念に思うのです。

源氏は仏前の花が夕日に映えるのを褒めて、春が好きだった紫の上がいない寂しさをこぼします。植えた人が亡くなったのも知らず、咲き誇る対の山吹があわれであるとも。女三宮は「谷にように春も」と言われます。「光なき谷には春もよそなれば　咲きてとく散る物思ひもなし」の意で、ようは私の知ったことではない、と言われた。いくらなんでもほかに言いようはあるだろうと、源氏は鼻白みます。

確かにその通りです。読者はここで源氏に共感して、さらに紫の上を惜しみます。帝から下司の者に至るまで、紫の上の死を悲しまない者はいないというのに、この女三宮の物言いはちょっと異様でもあります。紫の上の死をより悲劇的なものとし、その悲しみを隅々まで描写しようとするならば、俗世を離れた女三宮の立場を踏まえるとしても、もう少し別の書きようがありそうです。たとえば悲しげな顔を見せるけれども淡々としているとか、あるいは淡々としていたけれど、ほろりと一言お悔やみを言うとか。そのようであれば、女三宮らしさを前提としつつも紫の上の死を誰もが悲しんだ、という流れに水を差すことはない。わざわざ女三宮を悪者にし、その至らなさを思い出させることは、あまりに些末なことに思える。

物語が評論やエッセイと違う点は、それが「起こったこと」として書かれているということです。それは著者の主張や好みと関係なく、誰にもどうしようもなく「起こってしまったこと」という体裁をとります。実際には著者は全能ですから、起こってほしくないことは書かないでいることもできる。「源氏と紫の上が永遠に幸せに暮らしました」と書くことも可能ではあります。しかしそのような作家のエゴに、読者は結局のところ付き合ってはくれません。では物語の作者は、自身のエゴを押し殺して書いてゆくのかと言うと、それも少し違います。

女三宮が源氏の悲しみに対して心ないことを言うという「起こったこと」が、純粋に「起こったこと」とされている以上、その出来事への感想は原則として人それぞれである。もちろん源氏の気持ちが書かれ、多くの読者はそれに共感するように誘導されるわけですが、十人いれば一人や二人は違うことを思う人もいる。それが世の中というものです。

自身の至らなさが招いたこととはいえ、源氏に愛されず、男女のことでよい目にあったことがないと自ら感じている女三宮に対し、誰にでも愛され、とりわけ源氏の最愛の妻として生涯を閉じた紫の上に同情しろというのは、たしかにお門違いかもしれません。そして女三宮は、そんな現世の幸せを早々に見切って出家しているのです。

紫の上の死、『御法《みのり》』の巻は、もちろん（現在でも）読者の涙を誘います。そのすべての読者の心に、紫の上の死の悲しみを相対化し、女三宮の冷淡で平静な立場を肯定する気持ちもまた生じ得る。なぜなら源氏自身もまた、そうだからです。現世の出来事としては、女三宮のもてなしに傷つき、紫の上への愛情から反感を持つわけですが、そのような愛情、深すぎる悲しみこそが世を捨てられないしがらみであると十分に理解している。

万能の神としての創作者のエゴとはすなわち、特定の登場人物の感情を通り一遍になでるようなものではなく、あり得るすべての感情、すべての判断を網羅しようとするものであり、一読者の感想や好みなどよりも、いっそう強く、広汎なエゴでなくてはならない。強く広汎なエゴであるからこそ、それをも捨て去った後に現れる彼岸への希求がリアリティを持ち得る。

源氏は、そこから明石の御方のところへ向かいます。久しぶりの訪問で驚かれたのですが、すぐに御席を用意して感じよく振る舞う御方に、やはりこの人は並々ではないと思いながらも、紫の上はこういうふうでもなかった、とまた悲しくなるのです。明石の御方は源氏の気持ちをよく察し、こんなときに出家などされず、もう少し折りを見て、と真摯に慰められます。「それほどゆっくりしていては、思慮の深いということも、浅いのに劣るかも知れない」と源氏はかつての藤壺の死にも触れ、「小さい時から育て上げ、もろともに年老いて来たものが、老後になって取り残されてしまったので、我が身のこと、亡くなった人の上のことが、たまらなく悲しく思いつづけられるせいなのです」と、語ります。そのまま朝まで過ごしてもよさそうなものを、やはり帰って行く源氏に、明石の御方は物足りなさを覚えたことでしょう。源氏自身も、自分の変わりようを怪しく思うのです。

源氏が別人のように変化したということは、紫の上の死は源氏にとって、一人の恋人の死ではない、ということです。それは源氏自身の死でもある。彼の一部はたしかに、紫の上とともに死んでいます。生物学的には何年にも渡って生きながらえたとしても、本当に生きているとはいえない、ということです。

藤壺の死は今でこそ「誰よりも悲しんだ」といえますが、当時の源氏はあまりおおっぴらに嘆き悲しむことはできない立場で、何やら奇行にはしっていた。つまり少しおかしくなってしまった。藤壺や紫の上は彼のアイデンティティを現世において体現する存在であったので、紫の上を失ったことは彼女そのものを失ったのではなく、自身の中心的な観念を喪失したに等しい。

源氏のアイデンティティとは言うまでもなく、出生のときからの母恋いの宿命ですが、現実の生母を知らないがために非常に強固な観念となっています。そのイメージを体現していた藤壺、その姪である紫の上という、いわゆる〝紫の系譜〟の女性を自己の中心観念として、現世においてはそれに依存して生きていた。

社会的には紫の上の方が源氏に依存していたでしょうが、精神的には逆であったことは明らかです。そして源氏の生涯を規定するものは紫の上が象徴するものであったのに対し、紫の上の生涯を規定したのは必ずしも源氏ではなかった。それは彼女と最後に言葉をかわし、看取ったのが中宮であったことからそう思われるのです。中宮は、紫の上の生涯最大の危機、源氏が須磨にいた時期に関わった女性に生ませた明石の姫君です。生さぬ仲の養女ですが、紫の上を慕い、実の母娘以上の関係になります。中宮にまで昇りつめたこの娘こそが、紫の上にとって地上に遺した宝であるに違いありません。

現実の（冷泉帝の）実母となった藤壺は、我が子への執着という幻滅を見せますが、出産を経験していない紫の上は最期まで、現世における最も美しい観念の象徴のままでいます。それが紫の上をして、源氏はもちろん作者にとっても、また読者にとっても最愛の女性と言われる所以です。紫の上が死ぬまで出家を果たせなかったのは、このような現世の花、最後には花にもたとえられないほどの美としての役割のためと思われます。その遺骸までもが美しく、夕霧に恩恵を与えます。現世の美そのものであった紫の上が失われた以上、源氏もまた現世的な存在としては希薄となり、あらゆるものに執着を失うのは当然です。

夏の衣替えの季節となり、夏の御方である花散里《はなちるさと》と和歌を詠み交わしたり、夕霧が訪ねてきたりします。ほととぎすの鳴き声にも、螢の飛ぶ姿にも、紫の上が思い出されるのみです。すなわち現世、世界とはただ、紫の上の痕跡に過ぎなくなった。

一周忌を過ぎて秋を迎えると、源氏は出家の決意を固めます。須磨の時代に交わしたものなど、紫の上からの手紙を始末すべく、取り出して眺めます。墨の跡も生き生きと今書かれたもののようです。千年の形見にできそうなものですが、数人の女房たちに破かせて燃やします。

歳の暮れに僧を迎える行事も、これで最後であると感慨深く思われます。源氏の美貌が昔よりもなお素晴らしいのを仰いで、老僧がとめどなく涙を流します。若宮（匂宮）が可愛らしく走り回っているのも、もう目にすることができない暮らしとなるかと思うと、寂しいかぎりです。元旦の参賀の客のために、例年よりもいっそう華やかな仕度をさせます。親王や大臣たちへの引出物、人々への禄など、格別なものを用意された、ということです。

これが『源氏物語』における、源氏の最後の姿です。次の巻では源氏はすでに亡くなり、匂宮と薫の君という新しい主人公たちの物語が始まります。このことで、源氏が亡くなる場面が書かれている巻があるのではないか、第四十一帖『雲隠』とよばれるそれが抜けてしまっているのではないか、という論があります。しかし私は、そうは思いません。そういった巻が絶対にないとは言いませんが、あったとしてもそれがこの物語をいっそう完全なものにするとは思えない。

源氏の最後の姿は、これでいい。出家の決意を固め、いつもの正月の準備を、いつも以上に華やかに整える姿。人の心に残る生前の姿としては完璧ではないでしょうか。まるで映像作品のようで、千年前の物語と思えないほど洗練され、心憎いばかりです。また「何となう思しまうけて、とぞ（格別なものを用意された、ということです）」と伝聞になっているので、ぐっと距離感が出て、カメラでいえば引きのようになっている。素晴らしいラストシーンです。

紫の上が亡くなった今、源氏が出家し、その後、何年生きたとしても、それはすでに生者の物語ではない。紫の上は出家を果たさないまま亡くなり、光源氏の物語もまた出家の前年に終わっています。つまりこの二人は読者の前で、最後まで生者としてあった。物語の主人公は、悩み多く、ときには愚かしくとも、徹底して生者でなくてはならない。なぜなら説話ではない物語、小説とは生者を描くものだからです。

光源氏も紫の上も架空の人物で、それらは文字でできている。そのこともあって物語上の現世における生は、燃やされた紫の上の手紙の生き生きとした墨の跡や、遺骸になっても美しかった紫の上の髪のイメージと重なります。出家を覚悟した源氏が手紙を破き、燃やす場面は衝撃的ですが、それは源氏が自らの手で紫の上を（その生のイメージを）死なせ、同時に自らも死んだことと同義だからです。

なお十二世紀頃の『源氏物語絵巻』では、『御法』の巻における紫の上の死の直前の数十行の筆跡が、太い線と細い線が重なり合うという乱れをみせています。柏木が亡くなる場面でも一部見られるようですが、読む者の不安と悲しみを視覚的にも激しく掻き立てる。現在の活字文化では不可能な、書かれている意味内容を盛り上げる演出であり、映画におけるクライマックスシーンでの音楽のような効果を上げています。

架空の登場人物たちは文字でできた存在ですから、テキストとして生き、テキストとして死ぬ。筆文字であれ、活字であれ、その生と死はテキストそのものとして、私たちの目前で永遠に再生され続けるわけですね。

第31回『匂《にお》宮《うみや》』あるいは同じ香のする

光源氏が亡くなった後、その輝かしさを継ぐような者は親族の中にはいません。ただ、「下居《おりい》の帝（冷泉院《れいぜい》）のおんことは申すももったいない」と、あります。本当は光源氏と藤壺《ふじつぼ》の子である冷泉院ですが、表向きは源氏の父であった桐壺《きりつぼ》帝の皇子、つまり異母兄弟という関係に過ぎません。しかも帝であられたわけですから、光源氏の「輝かしさに立ち続き給うような人」に数え上げるなど、もってのほかということです。このことから秘密は固く守られ続けていることがわかります。

今の帝の三の宮は、紫の上が可愛がって育てられた方で、その形見として二条院に住んでおられます。その幼なじみの若君といわれる方は、源氏（本当は柏木《かしわぎ》）と女三宮の間のお子です。このお二人は光源氏の素晴らしさには届かないものの、並みではない優れた容貌の貴公子で、そのお二人の関係からも実際以上にもてはやされ、評判をとっておられます。

せっかく新しい物語が始まろうというのに、「本当のところは光源氏ほどの輝かしさはない」とは、何だか最初からがっかりさせますね。そんなこともあってか、ここから先の第三部は紫式部とは別人が書いた、という議論もあるようです。しかし創作者の立場を追体験すると、そうは考えにくい。この「文学とセクシュアリティ」は、いわば「創作者心理学」といったものですから、一千年前であれ昨日であれ、創作者の考えることは変わらない、と捉えています。誰が書いたものを読んでいるかをイメージできることは大切ですから、もう少しこの著者問題、一貫して紫式部が書いたと思われる根拠について述べてから、物語に入っていくことにします。

理由としては、

1　別人が書いたにしては、思い切った設定の変化がある。変わっているから別人が書いた、というのは素人の発想。本編の人気や出来にあやかろうとする別人なら、むしろできるだけ本編に似せて書こうとする。また光源氏には劣る、と言い切った主人公二人を持ってきて、なおかつ本編の読者を惹きつけ続けようとするのは、相当な自信がなくてはならない。

2　新たな主人公二人を比較すると、光源氏とは血の繋がらない薫の君の内面を中心とし、光源氏の孫である匂宮《におうみや》の方がその薫の君をライバル視し、真似る。つまり光源氏を超えられない光輝としつつ、その血統を絶対視しない。これは光源氏という本編の主人公をも物語全体のテーマを表現するための駒に過ぎない、と見切る態度である。そのような相対化は、光源氏を生み出した本編の著者本人にしかできない。

3　光源氏をも相対化する、そのようなテーマこそ著者にとって最も切実で重要なもの。それが仏教思想であることは、この『匂宮』以降の第三部によって初めて明確に示される。さまざまな出来事に彩られた本編のテーマも究極のところはそれであったことが、第三部によって逆に照射される。つまり本編のテーマは何か、という謎解きを第三部で果たしていることになる。

4　『源氏物語』にはしばしば幻滅のパターンが示される。すなわち光源氏、藤壺、玉鬘《たまかずら》など神話的に登場した人物が徐々に現実化し、それについての幻想＝イリュージョンが滅する方向へと物語が動く。これは説話的なるものから近代小説へという文学史的な推移を先取りするものでもある。光源氏という神話的な主人公から二人の現実的な貴公子へのバトンタッチは、この幻滅のパターンに呼応する。このような一見、隠されている構造的合致が、別人によってもたらされるとは考えにくい。

いかがでしょうか。論文チックに書き並べましたが、要は、雰囲気ががらっと変わってるからって別人が書いたというのは、果たしてどうよ、ということです。他人であれば、プレテキスト（先行作品）に対して遠慮がはたらきます。有名な画家の作品の贋作をつくるときも、雰囲気や対象を真似るのが普通です。しかしずっと同じ対象、同じ雰囲気の作品を創り続けることは、前作で書き尽くしたはずの真作者にとっては理由がなく、苦痛です。

では、ここからも紫式部が書いた、つまり一貫したテーマの物語なのだと安心したところで（でなければ読み続ける理由なんかありません）、先に進みましょう。

紫の上が可愛がられた三の宮（匂宮）は宮中にも立派な住まいを賜っていますが、たいていは気楽な二条院におられます。元服の後は兵部卿宮《ひょうぶきょうのみや》と申し上げます。

三の宮のご兄妹である女一宮《おんないちのみや》も、亡くなった紫の上を恋い慕って六条院におられます。兄にあたる二の宮もまた、六条院の梅壺を御休憩所になさり、右大臣（夕霧《ゆうぎり》）の次女を娶っておられます。この方は落ち着いた堅実な方で、次の東宮にと目されておられます。本編では子供の頃の様子が描かれていて、わがままで愛敬者の三の宮に対し、じっと我慢の子であられたお兄さまでした。

夕霧にはたくさんの姫がいて、長女は東宮のもとへ入内し、競争相手もないという勢いです。その妹の姫は、順番通りに兵部卿宮に嫁するのだろうと考えられていますが、彼にはあまりその気がない。決

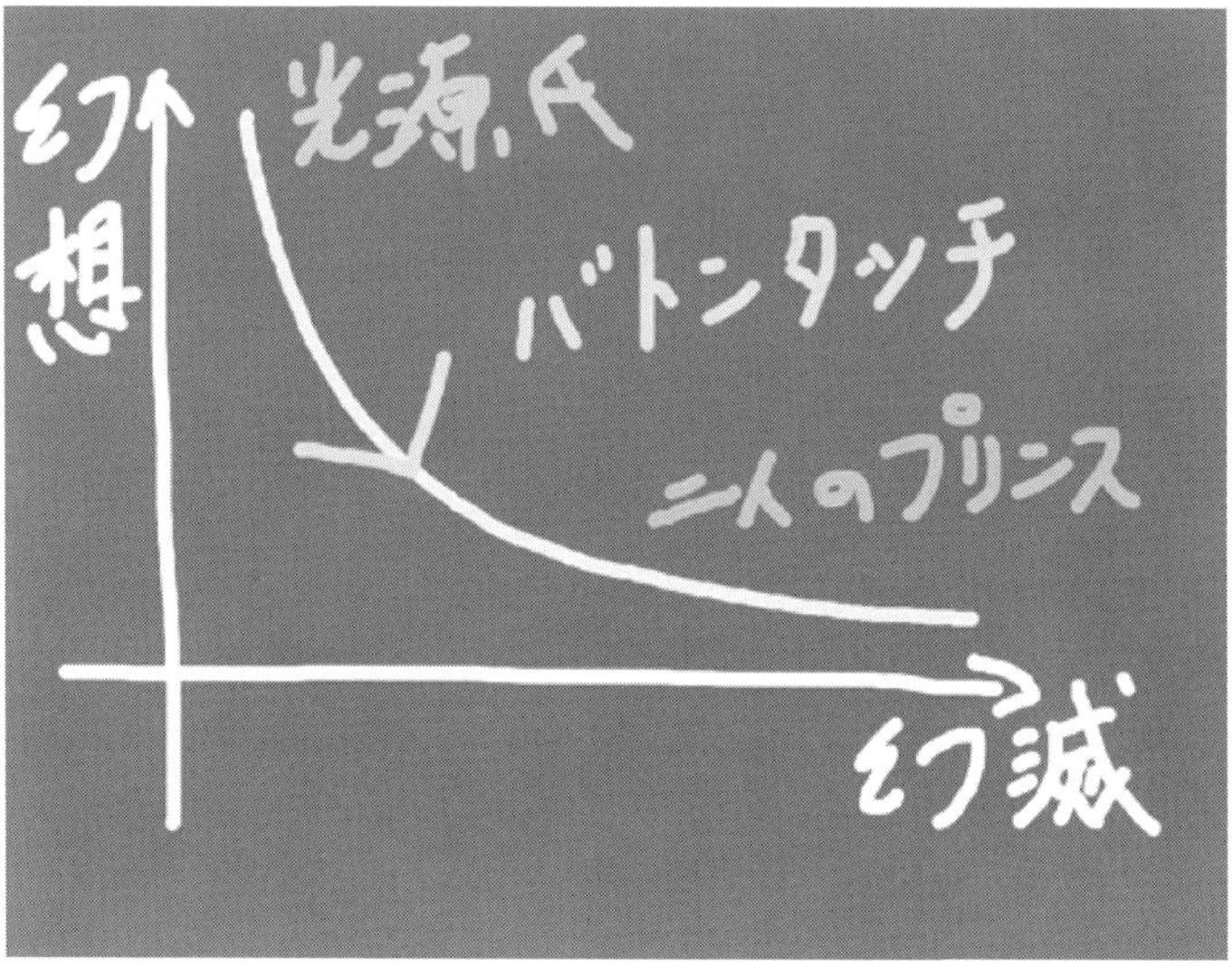

まり切った縁談ではつまらない、というわけです。あやにくな性格だけは、お祖父さま譲りのようですね。

光源氏亡き後、六条院の女性たちは散り散りになってしまいました。花散里《はなちるさと》は東の院に、入道の宮（女三宮《おんなさんのみや》）は三条の宮に、また明石の中宮はたいてい宮中におられるので、六条院は人少なになりました。

夕霧は六条院を荒廃させまいと、六条院の東北の町に一条の宮を移し、三条の邸との間を半月ずつ行ったり来たりしています。六条院のかつての春の御殿では明石の御方が、大勢の宮さま方のお世話をして暮らしておられます。夕霧は、どの夫人にも源氏が決めた通りに、分け隔てなく親切に接します。もし紫の上が源氏に先立つことなく生きておられたら、自分はどれほど尽くしたろうと残念に思います。

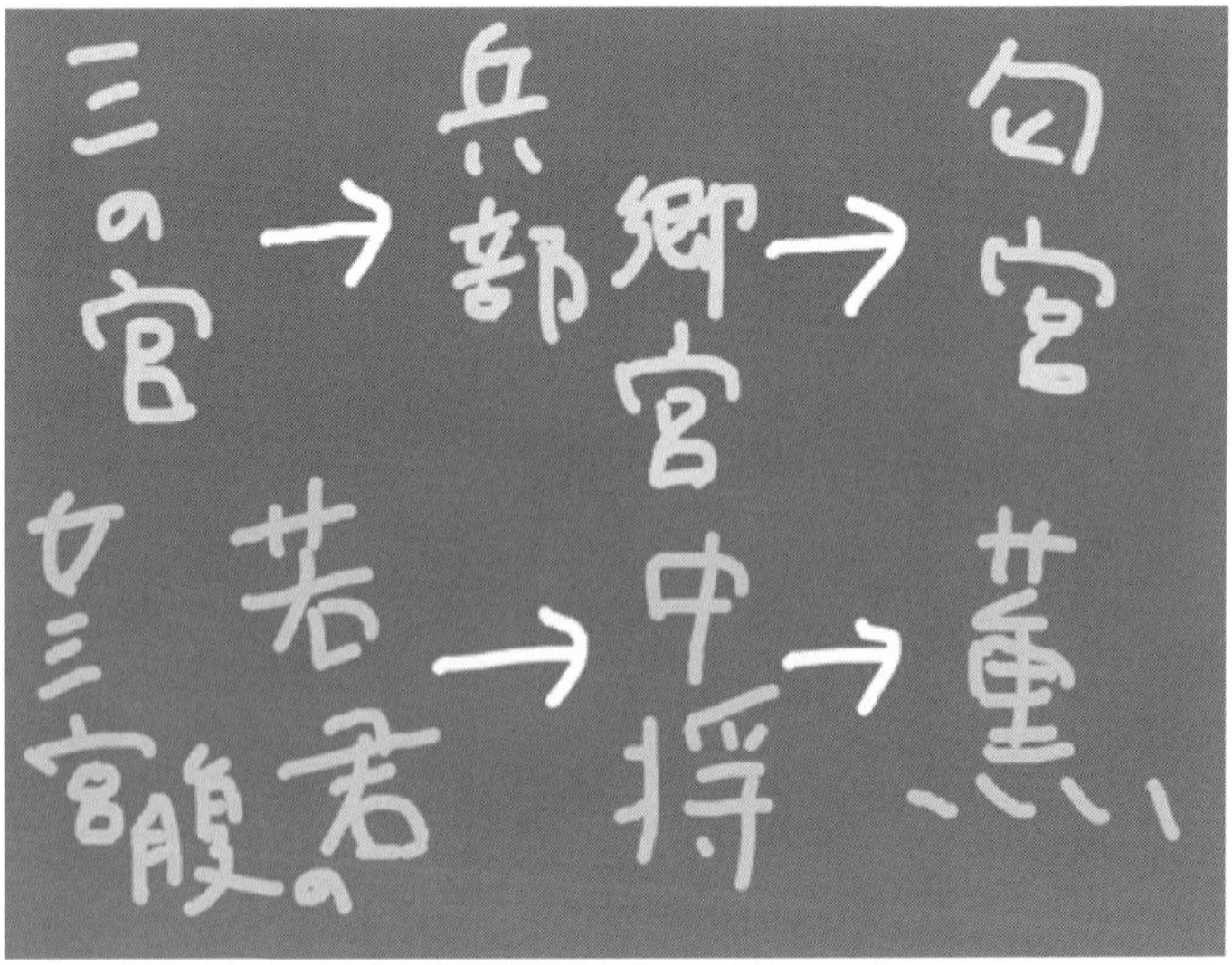

天下において源氏の不在を悲しまず、紫の上を追慕しない者はいないのです。

女三宮腹の若君（薫）のことは、源氏からの寄託もあり、冷泉院の覚えが特にめでたい。その后である秋好中宮《あきこのむちゅうぐう》も、皇子をお持ちでないため、この方を頼みにしておられる。よい女房などは皆この中将につけて、居心地よく院におられるように取り計らっておられます。冷泉院にはただ一人、亡くなった致仕の大殿（源氏の旧友）の娘の腹に姫がいますが、その姫に負けないほどに大事にされます。誰が聞いても、まさかと思われるほどのご厚遇なのです。元服の式も院の御所でなされ、若くして中将に昇進されます。母の女三宮は仏事ばかりをしておられて、まるで中将の方が親であるかのように頼りにしておられます。院からも帝からもしょっちゅうよばれるし、東宮も親王方も遊び相手に誘われるしで、身体がいくつあっても足りない中将なのでした。

しかし中将は、自身の出生の秘密について、子供の頃にほのかに耳に入ったことが忘れられません。自分はどういった経緯で生まれたのかと煩悶していますが、そんな不審を抱いていることを母の女三宮に知られるのも憚られます。自分が生まれてきたことが不祥なことであったのか、そのために母は若くして出家されたのか、世間の人が知らないとは思われない、ただ自分には告げないだけなのだろう、と考えます。

仏勤めに明け暮れておられても、頼りない母の女三宮が救われるとも思われず、自分が出家して後世の助けとなりたいと願います。亡くなったという実の父も、心安まらずに迷っておられるのではないか。生まれ変わって来世でお逢いしたいと思うのです。元服して世に出ることも意に染まなかったのですが、断りきれませんでした。たいへん華やかな立場ながら、引っ込み思案なのです。今の帝もまた、母である女三宮の異母兄妹ですから、その縁で中将を引き立てられます。后の宮である明石の中宮もまた、ご自身のお子の宮たちと一緒に遊んで育った中将を、幼い頃と変わらずに扱われます。「年を取ってからお生まれになったので、成人されるのを見届けるわけに行かないのが可哀そうで」と言い遺した源氏の言葉通りに、並々ならず心にかけておられます。

昔、光源氏は帝の寵愛を受けた子であられましたが、憎む人がいて、それを思慮深く穏やかにやり過ごしておられました。この中将はごく若くしてすでに比類なく恵まれた立場であり、それを特別にどうとも思われない、高貴なところがおありです。確かに中将はどこか、仏が仮に宿ったような様子です。ご容貌もとりたてて、どこが美しいと目を見張るところもないのですが、ただ優美で気品があって、心深いような気配が誰にも似ないのです。

その中将が、この世のものとは思われない薫りを生まれつき身にまとっていることは不思議でした。遠くにいてさえ、この人の追い風は周囲を驚かせますので、忍び歩きをすることもできません。面倒なので薫物などは用いず、それでも家の唐櫃に仕舞われた衣には、えも言われぬ香が加わっています。庭の花の木も袖が触れ、枝から滴る春雨の雫も身に沁む香を放ち、秋の野を通れば藤袴の香もより心惹かれるものに変わるのでした。

この不思議に薫る中将が、兵部卿宮は羨ましくてなりません。競争心を燃やされて、素晴らしい薫物を手に入れられ、身にまとわれます。お庭では人が見て喜ぶような花も顧みず、春は梅、秋は菊に藤袴《ふじばかま》、吾亦紅《われもこう》など香のある花を、霜枯れの頃まで愛でるという風流をされます。こういった傾き方を、世の人々はちょっと柔弱すぎると思っていました。昔の光源氏は、そんなふうに一つのことに偏って熱中されることはありませんでした。

中将は兵部卿宮のおられる二条院にしょっちゅう出向かれ、競い合いながら遊んでおられますので、世間の人は薫中将、匂宮ともてはやし、これはという姫がいればぜひ彼らの気を惹きたいものだと考えています。そういうところには、匂宮の方は文をやるなどしていますが、まだ熱心になる方はおられません。ただ、冷泉院の女一宮は母方も素晴らしい方なので、結婚したいと望まれます。女房など近しい者たちから話を聞くにつけ、想いが募っておられるようにもお見受けします。

薫中将の方は厭世的な気持ちから、とりわけ親族関係の厄介な女性と関わって、世を捨てる妨げとなっては、と淡白なものです。しかしそれも、たまたま想いを寄せる方がおられないがために達観しているのでは、と思われます。ましてや親の反対を押し切って、といった情熱とも無縁な有様です。十九の歳に三位宰相となり、いまだ中将も兼ねます。臣下としてこれ以上はない恵まれた薫ですが、光源氏の実の子ではないというわだかまりが常に心にあり、貴公子らしい放埒さはなく、万事控え目な老成した態度に映るのです。

冷泉院で暮らす薫の君は、匂宮が年々熱心になる女一宮のそば近くにいて、その気配から確かに素晴らしい女性だと感じます。が、実子同然に可愛がってくださる冷泉院も女一宮にだけは近づけようとしないので、あえて交際しようとはしません。妙な考えが起きないともかぎらないので、隔てがある方が自分にも宮にとってもよいのだ、と考えます。人に好かれる風情の薫の君ですから、戯れに声をかけてやむなく情人とした女性は多くありますが、おおっぴらに恋人と認めようとしません。悩ましい状態に置かれて、ただ薫の近くにいたいあまり、そんな身分でもないのに薫の母宮のもとで女房勤めをする者もいます。母宮には朝夕お目にかかってお仕えすることを孝行に、と薫の君は言っておられますから。

こんな誠実な方ですから、夕霧の右大臣も、娘の一人はぜひこの人に、と考えておられます。近しすぎて面白味のない縁ですが、薫の君と匂宮と、このお二人をおいてはほかに比べるべき貴公子とていません。雲井《くもい》の雁《かり》の腹のれっきとした姫たちより、愛人の藤典侍《とうのないしのすけ》の生んだ六の君が美しく、性質も優れているのに、母の身分が低いために見下されています。それを惜しんだ夕霧は、子供のない女二宮《おんなにのみや》（落葉の宮）の養女として差し上げます。お見せする機会さえあれば、二人の貴公子なら、必ずや六の君の美しさを理解するであろうと夕霧は望みをかけます。正月の宮中での賭弓の儀式の後、宴席を六条院に設けます。

掛弓は左方が勝ち、負け組の薫の君が退出しようとするのを夕霧は引き留め、六条院の宴席に連れてきます。雪が舞いはじめて艶な黄昏時です。笛の音を面白く吹き立てながら入ってゆくと、仏の国にもまさるような六条院での遊びです。舞が舞われ、梅の香が漂い、それに薫の君の香りが誘われて趣きがあるのです。行儀よく澄ましている薫の君に、夕霧が声を添えるようにと言い、無愛想にならぬように「神のます」などと一節歌います。

ここまでが『匂宮』の巻、第三部の冒頭です。『匂宮』という巻名ですが、近代小説的には、主人公はむしろ薫の君であると感じられるでしょう。それはどこから来るかといえば、匂宮はその行動や、せいぜい性格が描かれているだけであるのに対し、薫の君はその内面が描かれている。すなわち彼の抱える出生の秘密、その苦悩、それによって内省的になる人物像はそれ自体、近代小説的な主人公です。『源氏物語』は理想→現実（幻滅）のパターンを繰り返し、物語としても神話→俗世、説話→近代小説へ接近してゆく書法をとっています。

この流れの構造図は、第一部から第三部まで一貫しており、著者の思想の一貫性・同一性を明示しています。『源氏物語』は神話的に発生した第一部の理想のプリンスを失った代わりに、この第三部において近代小説の主人公を得た。そのように考えると、薫が身体から薫香を放つ、という設定の意味が浮かび上がってきます。

身体から薫香を放つ、というのは一種の超常現象です。つまりこれは神話的・説話的なものであり、前近代小説的なものです。紫式部という作家の手法は、そのようなところから物語を立ち上げ、徐々に現実に近づける。物語の端緒は常に前近代的な神話にあり、徐々に現実の俗世へ、私たちが小説とよぶところのものへ近づくのです。

そしてなぜ「身体から薫香を放つ」という神話なのか、ということにも理由があります。作者自身、自分が登場人物の内面を描いていることは十分意識していたはずです。物語とは文字通り、「物を語る」のであって、奇異な出来事、語るに値する出来事を語るものです。それに対して内面とは日記で語られるものです。

ただ作者は本編での光源氏などの内面の描写において、その日記文学的な内面性が物語を壊さな

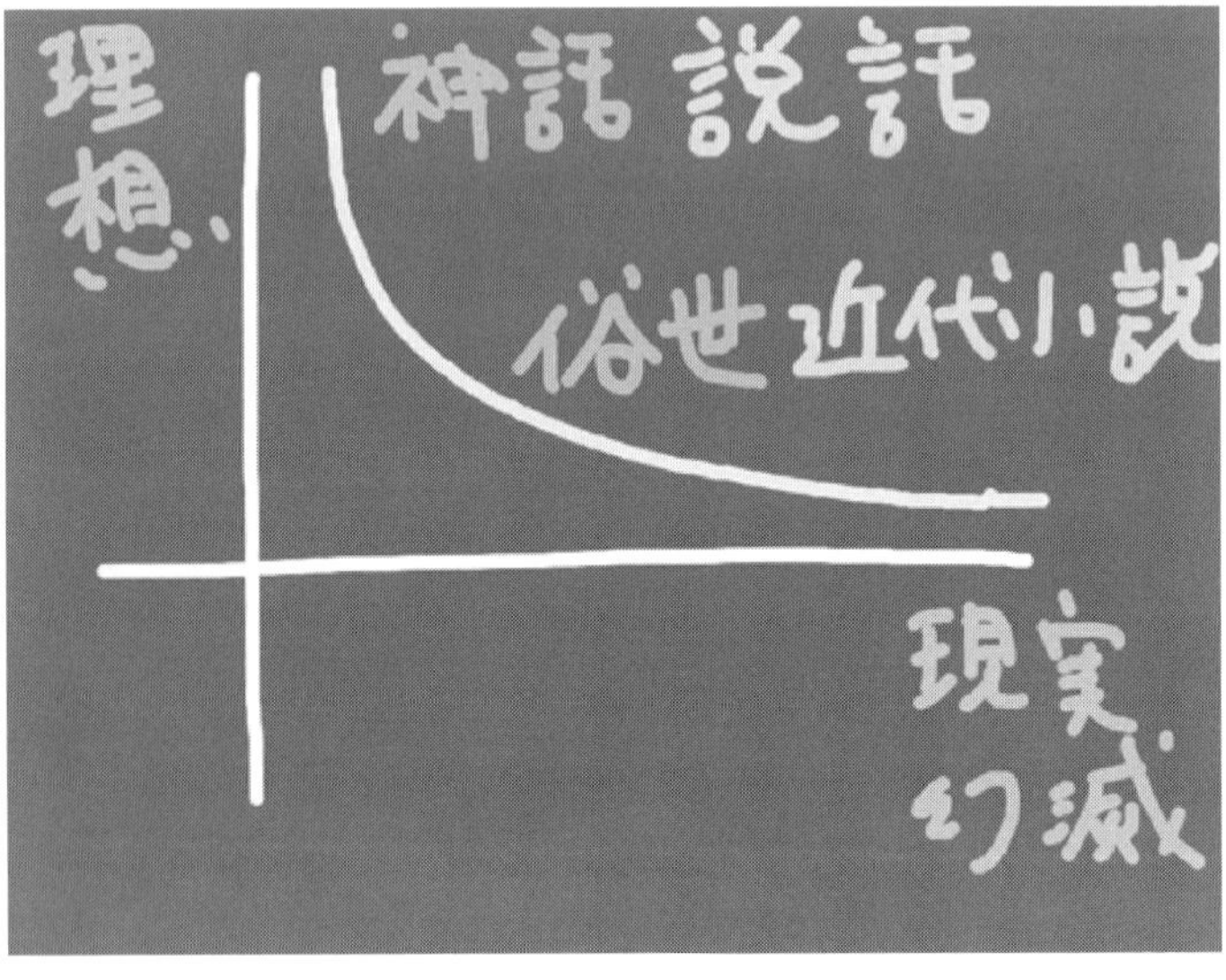

いこと、むしろ物語のリアリティを際立たせるという十二分な手ごたえがあったはずです。物語ることと日記文学的な内面性、この両方をバランスをとって統合することで、それまでとはスケールもリアリティも桁違いの新しい文学＝小説が生まれることを、『源氏物語』の著者だけがこの時代に予見し、実践した。『源氏物語』の評価の指標はさまざまにあるでしょうが、文学ジャンルの成立という点では、その最大の意義は以上のようなものです。

「身体から放たれる薫香」とは、この物語の端緒と近代的な内面性を結びつけ、バランスをとるための支点、重要なキーとしての役割を果たしています。物語であるからには内面の吐露ばかりでなく、「物」と「出来事」が必要です。

『梅枝《うめがえ》』の巻で、貴族の贅沢品の中で薫香《くんこう》が特別なもの、精神世界を象徴するものであると説明しまし

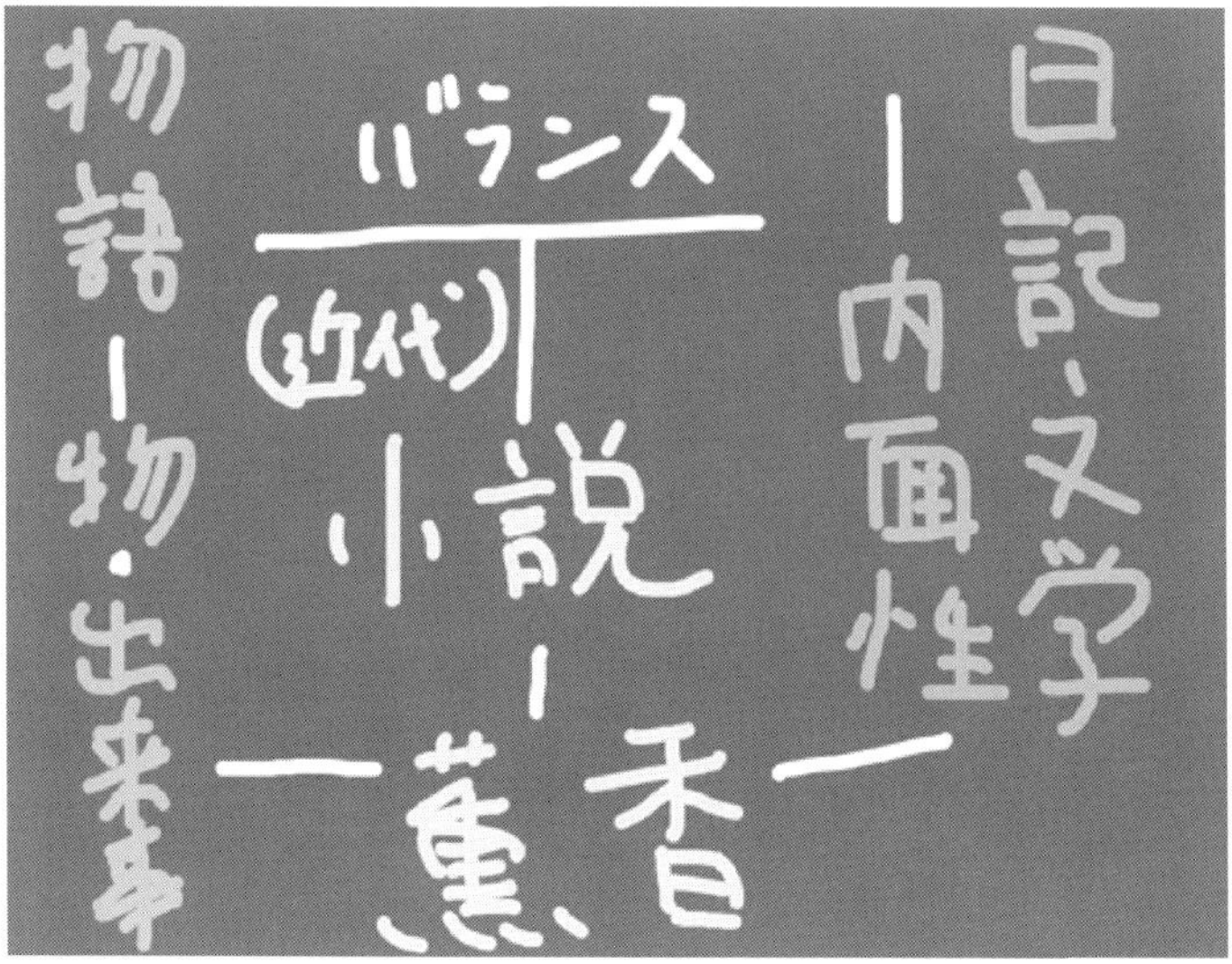

た。薫の身体から放たれる薫香とは、言うまでもなく彼の精神性、苦悩から発したものです。ただし薫の発する香りに心酔し、もてはやすのは女房たちであって、院や帝、后の宮がた、夕霧などが薫を愛するのは、その身体から発する薫香のゆえではありません。

詳しい理由も示されず、誰も彼もが彼を愛し、重用します。それはあるいは薫が疑っているように、出生の秘密が知られているからかもしれません。少なくとも夕霧が、かつての親友・柏木の落とし胤であると察していることが背景になっています。また冷泉院が薫に惹かれるのは、出生の秘密という共通の苦悩を背負っていることを知らないまでも、同じ匂いを感じているためかもしれません。源氏が言い遺したから可愛がる、という表現は当然、そこまで含んでいます。好事魔多しの俗世ですが、源氏を

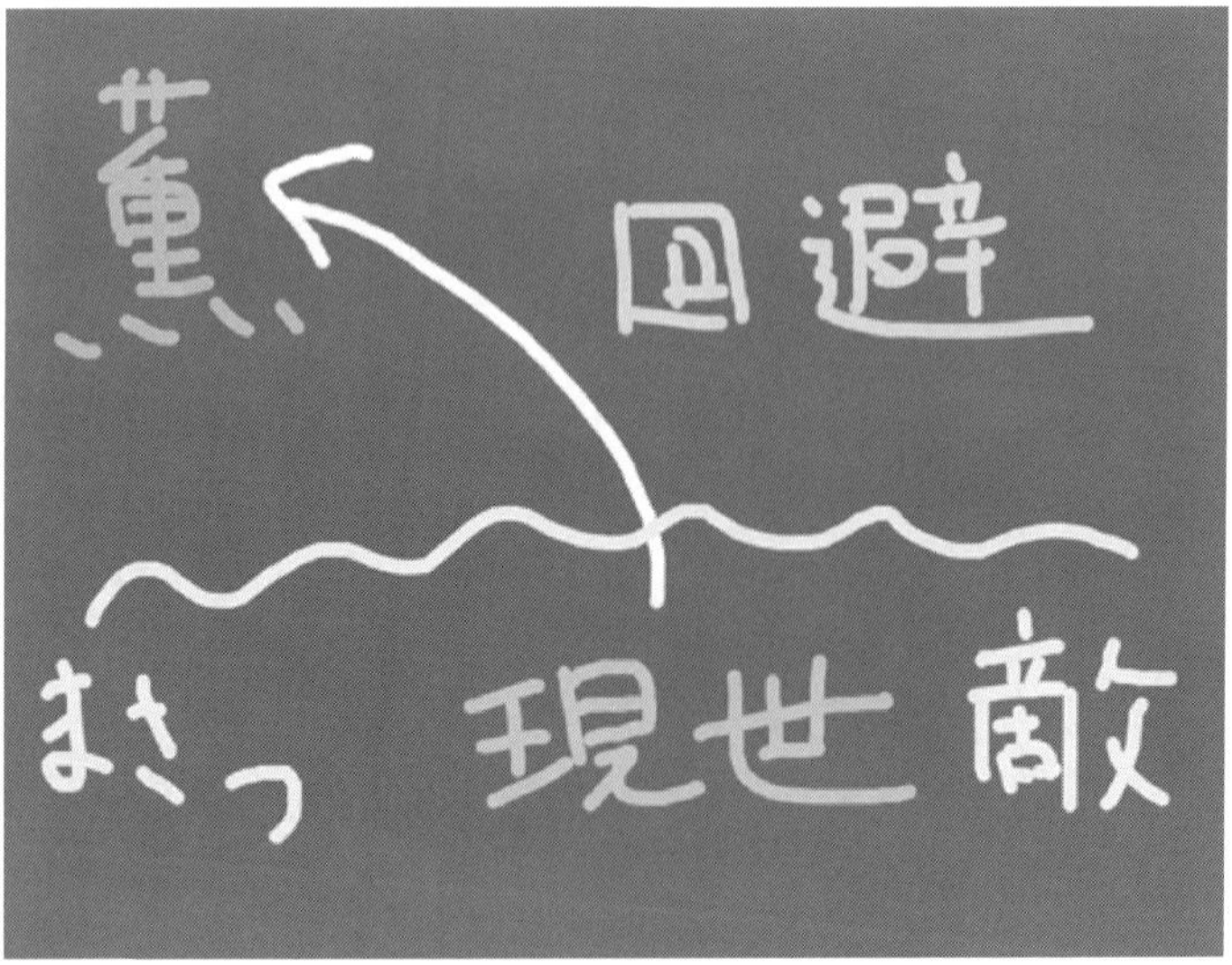

憎んだ弘徽殿女御《こきでんのにょうご》のような敵が一人もいない。それはテキストにもはっきり書かれているように、薫がすでに彼岸にいるかのような、仏に近いと思わせるところがあるからに相違ありません。

しかしながら悟りを開ききって成仏している存在は、物語の主人公ではあり得ない。その時点で物語は終わってしまうのです。出生の秘密を抱えた薫は内面的・近代小説的な登場人物ですが、その悩みを解消するために彼岸へ向かおうとする。それに対してブレーキがはたらいてこないと、ここからの物語は成立しません。そのブレーキは、外在的なものでなくてはならない。

薫は光源氏の実子ではありません。しかし、その悩みゆえに物語の正統的な嫡子＝主人公です。またこの巻では、夕霧の娘たちのうち最も美しく優れている姫は、雲井の雁の腹ではなく、取るに足りない愛人であった藤典侍を生母とする六の君とされています。

本編では、紫の上と明石の中宮との関係は血の繋がった母娘以上であり、玉鬘も結局、実父の大臣よりも光源氏の慈愛が身に沁みた。『源氏物語』ではこのように血縁関係を相対化し、精神的な関係こそを真の継承関係であると見なす思想があります。

これは近代文学ならば当然で、夏目漱石の『こころ』もまさにそういうものです。しかし紫式部の時代、精神性が肉体性を凌駕するという考えは宗教的な認識としてはあったでしょうが、それこそをテーマとして物語＝長編小説化すべきとする近代文学的な発想は、オリジナリティに溢れたものであったはずです。

一方で、私たちが日常感じるように、血は水よりも濃い、ということも事実です。そして宗教書や思想書でなく、物語を物語たらしめ、小説を小説たらしめるものは、このような俗世の肉体的な実感でもある。『源氏物語』の著者は、現世を超える仏教思想というテーマを抱えつつ、創作者としてはあくまでそれの現世での現れ方を描こうとしています。なぜなら、それこそが物語＝小説だからです。

光源氏を実の祖父とする匂宮は、ですから単に薫をライバル視する脇役ではあり得ません。薫を現世に引き留め、主人公として機能させるのは匂宮であり、薫の肉体性を肩代わりする存在です。薫と匂宮は二人で一つ、二人が主人公である。

神話→小説、理想→現実といった『源氏物語』が形作る流れは、しばしば優れた文学者が期せずして果たすように、時代の流れを予見するものでもありました。この主人公の分裂は、父性の喪失、大文字の文学の不在など、私たちが今日、実感している時代の推移そのものとも重なります。わかりやすくいえば、かつての銀幕の大スターがいなくなり、ジャニーズの男の子たち、AKB48といった衆でもって、細分化された耳目を引きつける時代になったということです。どちらの貴公子も光源氏ほどの光輝はないと、はなっからクサしながらも、その「手の届くアイドル」めいた微細な現実感に、読者は少しずつ巻き込まれてゆくのです。

第32回　『紅梅《こうばい》』と『竹河《たけかわ》』物語の始末

『紅梅《こうばい》』と『竹河《たけかわ》』、これらは『源氏物語』の最終部である「宇治十帖《うじじゅうじょう》」の直前に置かれた二つの巻です。内容としてはある程度の対称性を保ち、「宇治十帖」の伏線を含んでいます。一方で共通して、俗世における始末を描いたものといえる。始末とは身の始末であり、物語の始末です。

按察使大納言《あぜちのだいなごん》とよばれるのは、源氏の旧友であった故・大臣の次男、柏木《かしわぎ》のすぐ下の弟にあたる方です。華やかな性格で、たいへん出世されています。妻を亡くしましたが、もう一人の妻は鬚黒《ひげくろ》の娘である真木柱《まきばしら》です。真木柱といえば、その祖父の式部卿宮《しきぶきょうのみや》が宮さまと結婚させたのでしたね。その宮が亡くなった後、按察使大納言が通われて、妻とされた。子供は、前の妻との間に二人の姫、真木柱が宮との間につくった姫君、真木柱と按察使大納言との間に男の子が一人。それぞれに付いている女房らが諍いを起こすのを、真木柱が賢くとりなし、子供たちを分け隔てなく可愛がって暮らしていました。

まずは、この三人の姫たちの始末です。多くの求婚者がいましたが、按察使大納言は思い悩みつつ、自分の長女を東宮に入内させます。父・大臣がかつて娘の女御に期待をかけ、果たせなかった願いが叶えられたら、と考えています。継母である真木柱も付いていって、慣れないうちはよく世話をしてあげます。そして次女はできれば匂宮《におうみや》に差し上げたい、と按察使大納言は思っているのです。

按察使大納言は自分の娘二人ばかりでなく、妻の連れ子である宮の御方の結婚についても心配りしますが、内気な性質なので、と真木柱は遠慮します。実際、継父にも決して顔を見せようとしない引っ込み思案です。按察使大納言は御簾越しに、姫の琵琶の手を褒め、音楽談義をされます。微かなお返事の気配に、この方は自身の娘らよりも、もっと美しくて気品があるのかもしれない、と思われます。

　そこへ末っ子の若君（按察使大納言と真木柱の子）がやってきます。東宮に入内された姉のもとへ参内するところです。按察使大納言は若君に笛を吹いてみよと言い、それへ琵琶を合わせるようにと宮の御方を責め、爪弾きにかき鳴らされるのに、大納言ご自身が口笛で拍子をとられます。座敷の東の軒近くに咲く紅梅の枝を折り取らせ、宮中におられる匂宮に差し上げるようにと若君に託します。しかし匂宮たちがどれほどもてはやされようと、かつての光源氏には比べものにならない、と按察使大納言は回顧

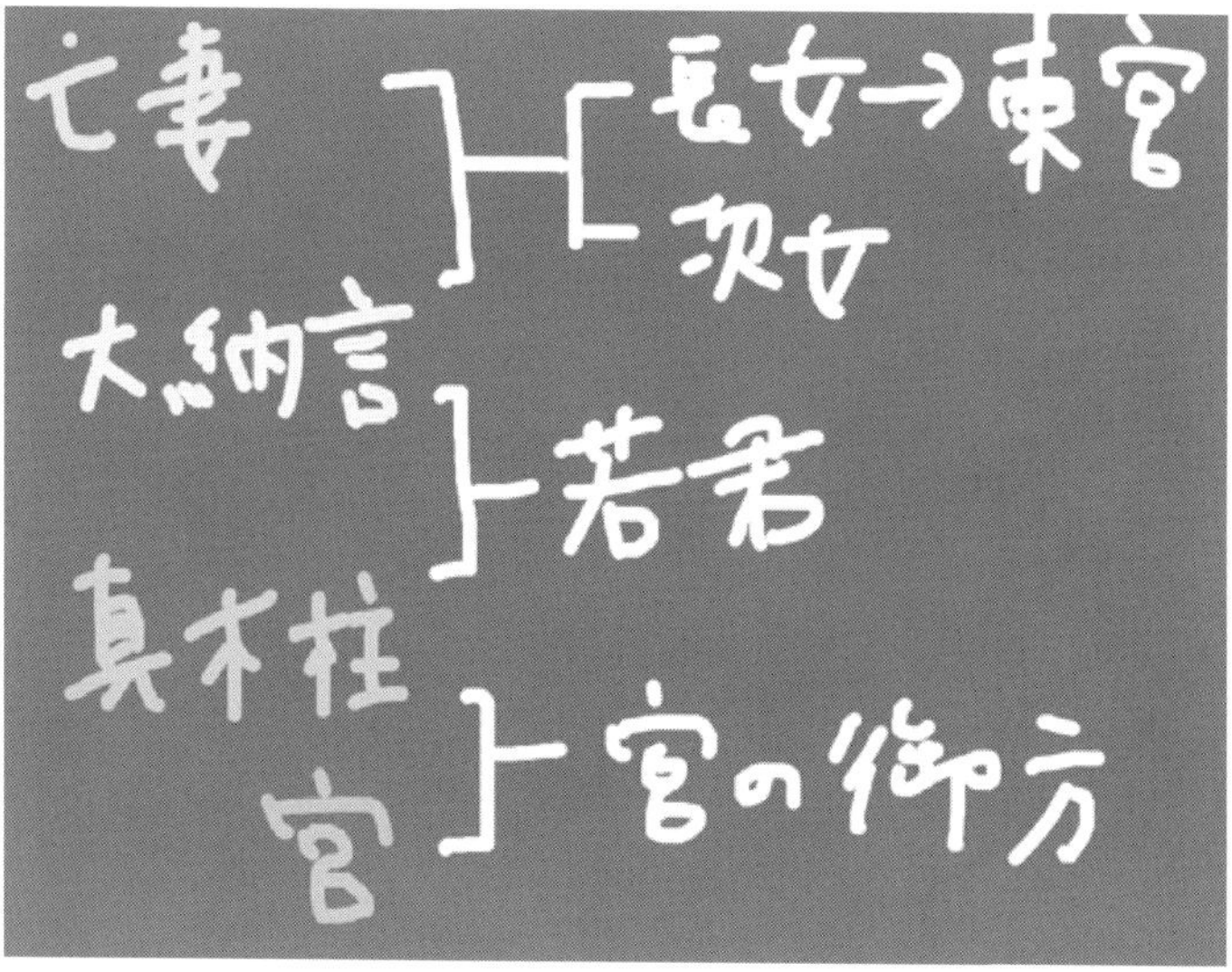

されます。せめてその縁者でいらっしゃる匂宮に消息をと紅の紙に歌を書かれ、若君の懐紙に挟んで行かせます。

心ありて風の匂はす園の梅に
　まづ鶯《うぐひす》の訪はずやあるべき

匂宮は、みごとな紅梅の枝をめずらしがって喜びます。が、可愛いがっている若君には、宮の御方への取り次ぎを頼みます。按察使大納言の気持ちが次女の姫を、というものであることを匂宮は知っていますので、紅梅の文への返事は煮え切らない。若君もまた、他の姉たちよりも宮の御方の重々しい上品さを慕っていますから、匂宮と宮の御方が結ばれることを期待するのです。

しかし宮の御方は、自分は決して結婚などするまいと思い込んでいます。按察使大納言は次女の婿に迎えたがっているのに、そんな気のない宮の御方へ匂宮から文をいただくのは無駄なことだと、真木柱夫人は心を傷めます。宮の御方からは一片の返事もないことで、匂宮はますます意地になって執着します。匂宮の将来性を考えると、宮の御方と結婚させてしまおうか、と真木柱は思うこともあります。けれども匂宮の多情さ、宇治の八宮《はちのみや》の姫のところにも足繁く通われているという噂に、やはり躊躇してしまいます。

ここで、宇治の八宮の姫というのは、次の巻以降に始まる「宇治十帖《うじじゅうじょう》」に出てくる姫のことです。つまりこの話と並行して、「宇治十帖」の物語がすでに始まっている。このことで「玉鬘十帖《たまかずらじゅうじょう》」以外でも物語成立の順番が問われるわけです。「宇治十帖」の後に、この『紅梅』と『竹河』が書かれたのではないか、と。当然の疑問ですね。

しかし創作物にとって「成立」とは何を指すのか。後の物語に出てくる出来事が書かれていれば、そのときすでに後の物語は、少なくとも著者の構想として存在していたことになります。これをすなわち成立とよぶことも可能なはずです。作家が原稿の形で書き上げていたことをもって成立とよぶという立場をとったなら、その原稿がメモなのか草稿なのか、あるいは完成原稿であるが、後に手が入るものか、文字通りの最終稿なのかによって、議論はまた分かれるでしょう。創作者のリアルとしては、頭の中の構想から最終稿まで、そのどれもが段階の異なる成立です。

著者本人はテーマを抱え、全体の構想を把握し、書きはじめる。きっかけとしてどこから書きはじめたのか、という問いは一行目を見ればわかる。ではどこから出来上がったのか、と問われれば困惑するしかない。それは一枚の絵について、どこから完成したのか、と問うことに似ています。構図をとるためのテクニックや、絵の具の重なりをX線で解析することはできるし、必ずしも無意味ではないかもしれません。しかし二人の天使のどちらから仕上がったのか、という問いに嬉々として答える創作者は多くはないでしょう。バランスをとりながら徐々に完成した、としか言いようがない。

もちろん『源氏物語』において成立の順番がやかましく言われる理由は、それが作者の同一性の議論に結びつくからです。この同一性についても、一行でも他人の手が入れば複数作者ということになるのか、という議論になる。長い歴史の中で編纂が繰り返されてきた『源氏物語』に、多少は他者の手が入ったことは誰にも否定できない。けれども現代の小説だって、編集者の手をまったく借りないものはめずらしい。

前回、『源氏物語』の作者は紫式部とよばれる同一人物である、としました。それは一行も、どの部分にも他人の手が入っていない、ということではありません。ただ作品のアイデンティティであるテーマの一貫性を考えたときに、途中から他人が書いたと考える根拠がない。言葉使いの変化や細かい矛盾は、本人でも他人でも起こり得ますが、テーマを借りることはできない。

逆にいえば、私たちにとって「紫式部」とは、『源氏物語』の一貫したテーマに象徴される思想を抱えた一人の人間としてアイデンティファイさせるしかない。つまり『源氏物語』のテーマを一貫したものとして読み解く力がなければ、紫式部という存在をリアルに感じることは不可能なのです。

その意味で、私たちにとっての紫式部とは、今ここに現前するテキストそのものです。成立の順番がどうであったかということは、知り得るところではない。ただ、今ここにあるテキストが紫式部の存在、その思想そのものです。

では、『紅梅』に後の「宇治十帖」での出来事がすでに触れられていることは、テキストの成立順といったこと以外に、私たちに何を示すでしょう。

まず、按察使大納言家と匂宮との間で、どの娘をやろうかといった思惑が行き交っているとき、すでに匂宮は宇治に通っている。「宇治十帖」もまた、姉妹たちがいて、その誰が誰と結ばれるのか、また望まれた人の身代わりに誰を、といった物語です。つまり按察使大納言家と宇治の八宮家では、同じようなことが重ねて起こっている。

単純に考えれば、このような重複は冗長である。それがなぜ行われているかというと、位相が異なるということに尽きる。ギリシャ神話で、神々と人間との間でそれぞれドラマが繰り広げられ、そのどち

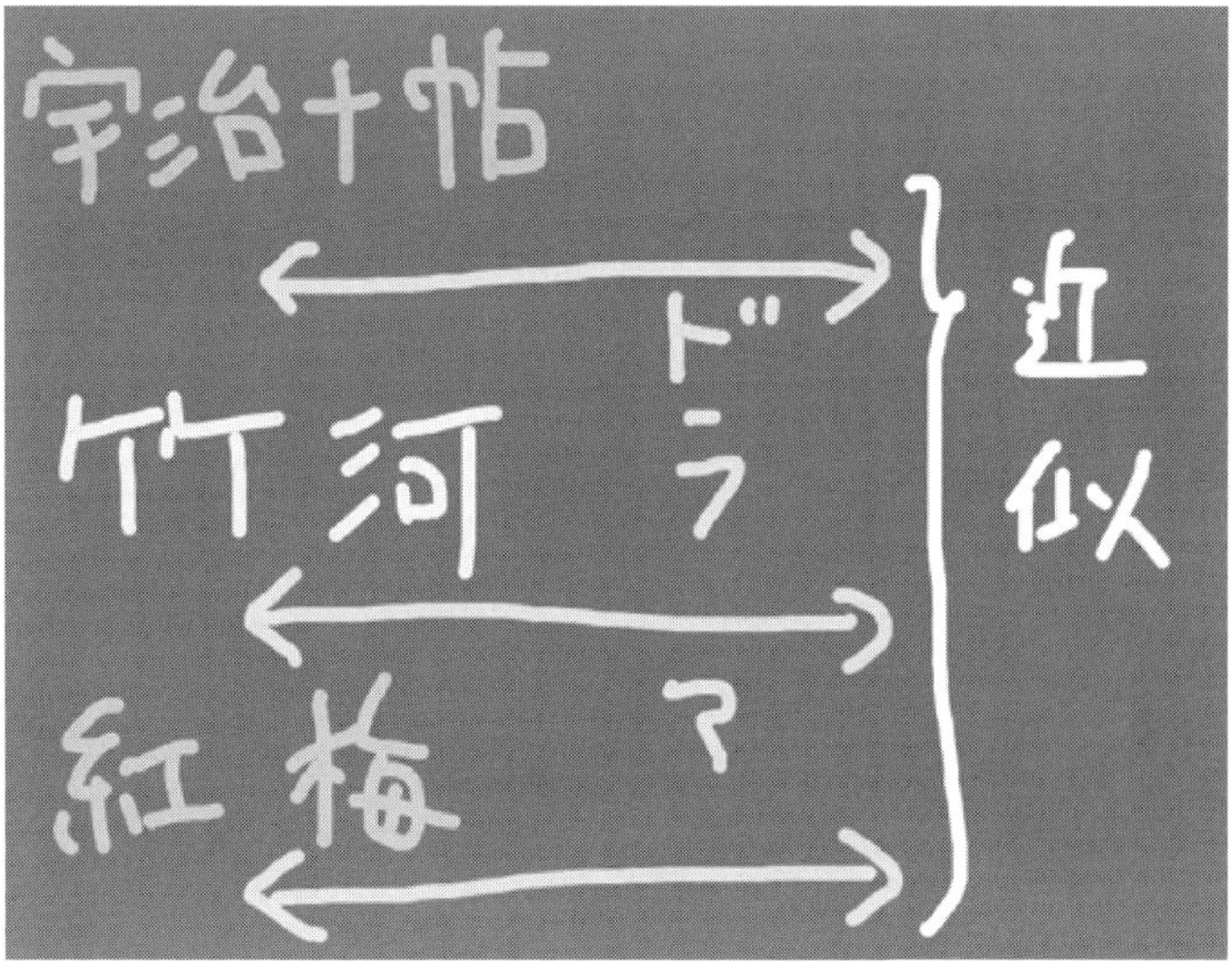

らもが愛憎劇である。それに似て、天上に近いところと地上の俗世、それぞれ違う場所に、構造的には同様のドラマが起きる。同じドラマにする理由は、最終的にはその違いを匂わせるためだと考えられます。

これから読んでいく「宇治十帖」で、姉妹たちと貴公子たちの関わり合いから最終部にふさわしいテーマが浮き彫りにされていく。その宇治に向かう手前、この俗世で始末のついていない何やかやに決着をつけ、「宇治物語」の前座として、似たようなことが俗な世ではこのようであると、あらかじめ示している『紅梅』と『竹河』です。

そして「始末のついてない何やかや」としてここで象徴となるのは玉鬘《たまかずら》の周辺の登場人物のことだった。『源氏物語』の第一部は中国は唐の物語を下敷きに、神話的存在としての光君の誕生から始ま

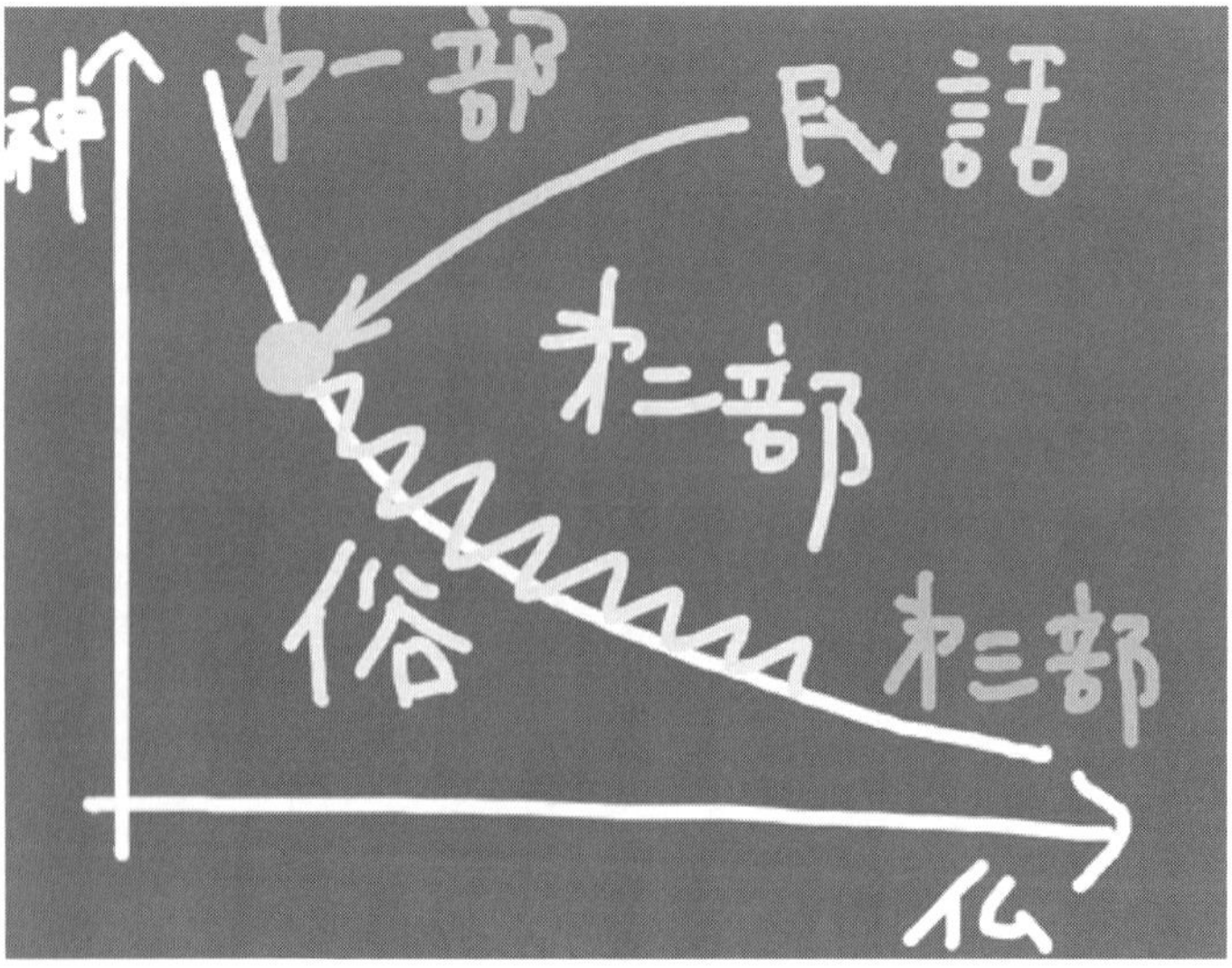

り、第三部の最終的なテーマは仏教思想です。つまり第一部、第三部はそれぞれ神と仏の世界から降りてきたものを象徴とし、なお現世で悩み、喜ぶ人の姿を描いている。それに対し、第二部といえる「玉鬘十帖」は、本質的に俗な世界に終始する。

そもそも「玉鬘十帖」は、『源氏物語』が成立した後に外伝のように書かれた、という説があり、これは成立にまつわる議論の中では論ずるに足るように思われます。

たとえばこのようにも。最初は光源氏という、理想的な主人公にリードされて書き進め、漠然としていたテーマが創作者自身にも露わになってくる。創作者はそのテーマを見極めるために、光源氏よりは光輝に欠けるけれど、そのぶんストレートにテーマを担わせることのできる子孫たちの物語を構想する。しかしながら、神と仏という観念がテーマとして露出していることが気になり、あくまで現世の、俗なものとして豊かな小説形式を完成させようとする。創作者の意識はこんなふうに流れます。

「玉鬘十帖」に含まれないところの『紅梅』と『竹河』も、貴公子たちがいきなり宇治に赴いて、観念的な恋愛模様を繰り広げることへのクッションとして挟まった俗世のありようであって、創作者の心理からすると重要な最終部に少なくとも構想としてはたどり着いてから、余裕で書きたいもののように思われます。

私たちが興味を持つのは、匂宮が宮の御方に懸想している間にも、宇治の姫のもとにすでに通っていた、と書いたことでもたらされる効果を、書き手がどのように計算したのか、ということです。現在の流れでは、読者は「宇治物語」よりも先に『紅梅』を読む。そこでの大納言家とのやりとり、匂宮の俗世でのありようが、まず読者にイメージされる必要がある。貴公子たちは、そんな都の俗世から、徐々に別世界へと入ってゆくのです。

真木柱は、かつて父の鬚黒を玉鬘にいわば奪われた少女であって、その行く末を読者の誰もが気にすることでしょう。書き手が与えたその始末は大納言家の賢い北の方という座であり、今度は娘たちの行く末に悩み、それなりに幸せに暮らしている。

この『紅梅』も『竹河』の前座といえます。真木柱の始末の後『竹河』では玉鬘の始末が示される。「これは源氏の御一族とは別のお方でいらしった、後《のち》の大殿《おおいとの》のあたりに仕えていました口の悪い女房たちの、まだこの頃まで生き残っていましたのが、問わず語りにしゃべりましたこと」と、文字通り外伝ふうに語られはじめます。

玉鬘と鬚黒との間に生まれたのは、男三人に姫が二人。鬚黒は成長を楽しみにされていましたが、突然亡くなります。故人が冷たく、恨みを買う性質でもあったことから、権勢のなくなった家からは人が離れて寂しくなります。しかし源氏は玉鬘を子の一人として財産を遺し、夕霧《ゆうぎり》も姉弟のように訪ねておあげになります。

男の子たちは父を失ったけれど、それなりに出世してゆくようです。玉鬘の煩悶は、もっぱら姫たちをどのように縁づけるか。帝から入内の催促がありますが、明石の中宮がますます大切にされておられ、望みがない気がします。そこへ冷泉院《れいぜい》から女御としてご所望があります。どうやら、かつて玉鬘を鬚黒にさらわれたことへのリベンジと思われます。

右大臣（夕霧）と雲井《くもい》の雁《かり》の間の息子である蔵人《くろうど》少将《しょうしょう》も熱心に求婚します。玉鬘は、上の娘を普通の民間人にはやるまいと決めていますが、蔵人少将がもう少し出世したら、下の娘ならやってもいいと考えています。蔵人少将は隙を見て盗み出しかねない勢いですので、玉鬘は自身のかつてのこともあり、そんなことがあってはならないと、取り次ぎをする女房を厳しく戒めています。

年賀に来られた右大臣（夕霧）に、上の姫を帝と冷泉院のどちらに差し上げようか、と相談を持ちか

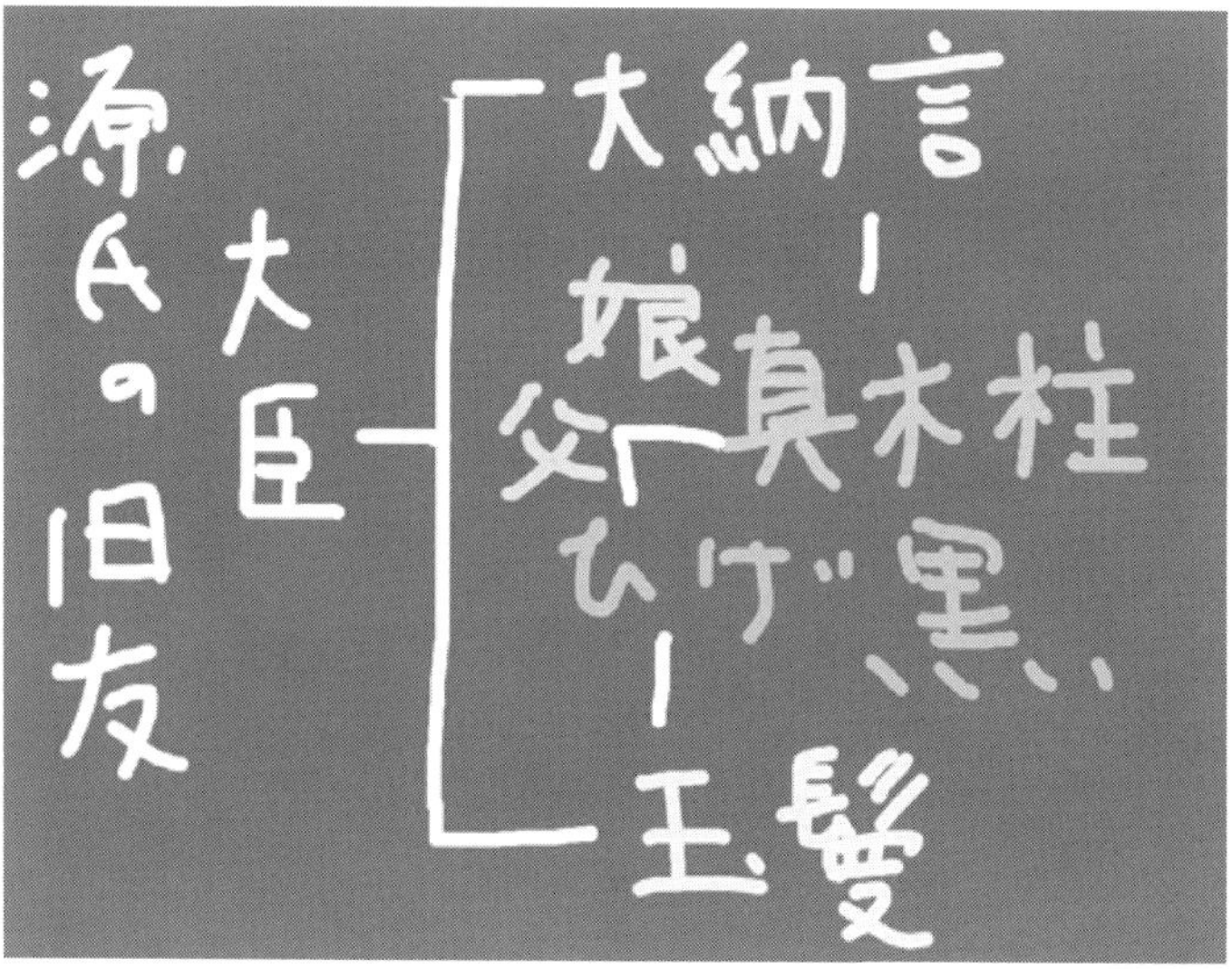

けます。「蔵人少将には上の娘はあげられませんよ」という断りかもしれません。一方、よく遊びに来られる薫の君はもう十四、五歳で、女房たちが気を惹こうとしますが落ち着いたものです。玉鬘は源氏の形見として、この貴公子を婿に迎えたい気もします。

玉鬘邸の女房たちに堅物男よばわりされた薫の君は、それも情けないことであると、梅の花盛りに玉鬘邸を訪ねて風流の真似をします。琵琶や箏の琴の音が聞こえ、先客の蔵人少将に案内を頼み、紅梅の木の辺りに来ます。薫の君の香りが梅の香よりもさっと立ったので、女房たちが妻戸を押し開けます。

「故致仕《こちじ》の大臣《おとど》（源氏の旧友。薫の君の実の祖父で、玉鬘の父）のおん爪音《つまおと》に、似通っておいでになると承っておりますにつけても、真実聞かしていただきとうございます」と玉鬘に頼まれ、薫の君は弾きはじめます。兄妹であった柏木（薫の実の父）に不思議に似ていると玉鬘は泣かれて、それも歳のせいでしょうか、とあります。ここでの語り部とされている女房は、薫の出生の秘密を知らない、とされているようです。このように語り手によって意識を変えることは、ここでも最後まで物語が見えてしまってからでないと難しいのではないか。

このとき以来、薫の君はしばしばこの邸を訪れます。蔵人少将の怖れたことでしたが、薫の君は邸での人気が高く、また上の姫への憧れを伝えさせるようになります。が、そうこうするうちに上の姫は冷泉院に参ることが決まります。すでに譲位されて盛りを過ぎた方ではないか、と兄弟たちが反対するのは、自分たちの出世のことを考えているからかもしれませんね。しかし髭黒の大臣が亡き今、帝に入内しても気圧されるだけだからと玉鬘が説得しますと、皆、今更ながら父の死を悲しみます。

蔵人少将のショックは大きく、その母の雲井の雁からも文が届き、玉鬘は返答に窮します。下の姫を与えようと思っていますが、蔵人少将にも、もう少し出世してからにしてほしいのです。しかし蔵人少将は、妹の姫に心を移すつもりはありません。桜の頃に碁を打っていた姫たちを覗き見したと告げ、「あの時碁にお負けになったのはえらいお気の毒でしたね。おとなしく私をお側へ行かして下さったら、眼くばせをしてさしあげて、お勝たせ申しましたのに」と、泣き笑いして愚痴をこぼします。

蔵人少将の父・右大臣（夕霧）もまた、自分が頼

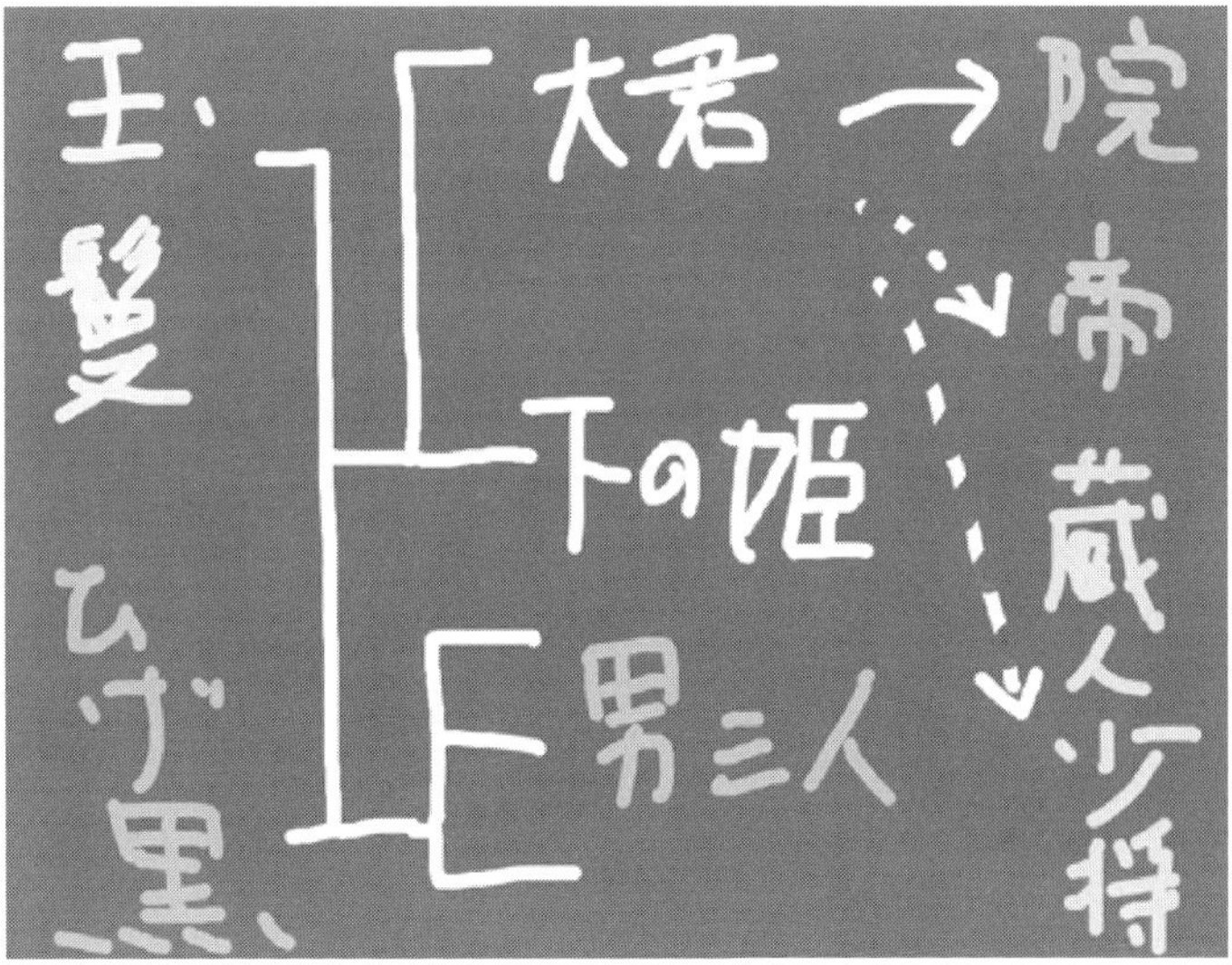

んでやるのだった、まさか断りはしなかったろうに、と残念がります。女房たちもやかましく同情し、玉鬘も気の毒には思います。しかし院に参るのを邪魔立てすることは許すわけにいかない。院参の当日には、夕霧は人を寄越してくれます。玉鬘の弟にあたる按察使大納言も車を出してあげます。大納言の今の妻である真木柱とは、普段は親しくしているわけではありません。まあ、当然ですけど。

院参される大君《おおいぎみ》は、妹の姫君との別れを惜しんでいます。そこへまた蔵人少将から、大袈裟に生きるの死ぬのと書かれた文が届きます。女房に適当に返事をさせますと、それにまた返り文があり、返事をしたことを後悔されます。年配者ばかりとなった院に、若く可愛らしい大君が参られたので、並大抵でない御覚えです。冷泉院は帝の位を降りられたのちは、普通の人のように気楽な様子で、それがなお輝かしくあらせられる。冷泉院は、玉鬘も大君の付き添いで院に留まるだろう、とあらぬ期待をされていたのでしたが、とっとと帰られたので恨めしく思われます。

薫の君は、新しく女御となられた大君にもご挨拶に伺います。自身もかつて憧れを伝えた大君です。失恋したことにさほど傷ついてはいないものの、残念ではありました。帝は、なぜ大君が自分でなく院のところに参ったかと、ご機嫌ななめです。それをまた大君の兄弟が言い立て、母の玉鬘を責めます。玉鬘は、すべては宿命なのだ、と取りあいません。大君は冷泉院の寵愛を得て懐妊されます。正月の男踏歌《おとこどうか》の儀式の後など、しばしば管弦の催しがあります。冷泉院のお伴をするなどして、薫の君は大君と打ち解けます。則を越えることはないものの、ときには失恋の嘆きを言いかけもするのを、どう思われているでしょうか。

四月には女宮が誕生します。お子といえば、女一宮《おんないちのみや》ただ一人しかお持ちでなかった冷泉院は、新宮をたいそう可愛がられます。女一宮の母である女御と大君は伯母と姪の関係で、互いに張り合うこともないのですが、それぞれの女房が諍いを起こしがちです。大君の兄弟たちが言い立てていた懸念が当たったことになりました。さらに帝も相変わらず不愉快に思われている旨、たびたび耳に入ります。

玉鬘は尚侍《ないしのかみ》の職を辞して下の姫に譲るかたちをとり、女官として帝に差し上げることにします。下の姫をやるつもりであった蔵人少将のことが気になり、その父の夕霧に了承を得たり、また帝の正妻である明石の中宮のご機嫌をうかがったりと、それはそれで大変です。始末がついたら出家したいと思うのですが、娘たちがもっと落ち着くまではと、息子たちが反対。新しく女官となった下の姫のところへ出かけては面倒を見ます。

一方で冷泉院がいまだ玉鬘を忘れていない気色があるので、長女の大君のところへは必要があっても足を向けません。そんな事情を知らない大君は、母の愛が自分には薄いと嘆きます。冷泉院もまた、そーだ、あなたのお母さんは冷たい、と別の想いから同調されます。そして大君は、今度は男宮をお生みになります。多くの女御たちの誰にもそのようなことがなかったのに、大変な宿世であると驚かれます。女一宮の母の女御も、さすがに気持ちが揺らぎます。そうなると大君は居心地の悪い思いをされ、お里に戻りがちです。帝の女官となった下の姫の方が、華やかな趣味人として宮中生活を気楽に謳歌しておられる。

薫の君が昇進の挨拶にいらしたとき、玉鬘は、娘の大君がいまや女一宮の母女御ばかりでなく后の宮（秋好中宮《あきこのむちゅうぐう》）からも厭われていること、しかし実家に下がっていることを冷泉院においてはご不快に思われていることを訴えます。薫の君から冷泉院に取りなしてほしい、と頼みますが、薫の君は「とかくそういう御奉公には苦労が附きものであることは、昔からきまっているではございませんか」と、ずけずけ言います。その言いように笑う玉鬘の声は若々しくて、娘の大君もこんなふうにおっとりと美しいのだろう、自分が宇治の姫君に惹かれるのも、そんなところがあるからである、などとも薫の君は思います。ここでも、「宇治十帖」の姫が出てきています。

新たに右大臣になられた按察使大納言宅では、昇進祝いの宴が張られます。その宴の賑やかさの隣りで、鬚黒の大臣を失った玉鬘家の人々は、しんみりとしています。兵部卿宮《ひょうぶきょうのみや》が亡くなってから、真木柱のもとへ按察使大納言が通いはじめたのを軽々しいという人もいたけれど、愛情深い夫婦となられた。この世は無常なもので、何が幸福なのかわからないと、玉鬘は言われます。

宰相中将に昇進された蔵人少将が、大君が里下がりされている玉鬘邸に挨拶にみえます。「公《おおやけ》の官位が進みましたことなどは、さっぱり嬉しくはございません。それよりは思いの叶わぬ私《わたくし》事《ごと》の歎きが、年月に添えて晴らしようがございませんので」と涙をぬぐうのがわざとらしい。二十七、八で、今を盛りの華やかな容貌をされています。「まあ、何というみっともないお人であろう、世間が自分の自由になるのにつけ上って、官位の昇進をも何とも思わず暮らしておいでになることよ、私の子たちにしたところで、故殿（髭黒）が御存生でいらっしゃったら、きっとこんなたわいのないことに心を遣《つか》っていたのであろう」と、玉鬘は泣かれました。玉鬘の息子たちも少しずつは出世したものの、いまだに非参議なのです。

この『竹河』の最後の記述、なんと見事でしょう。これを読んだとき、私は文字通り鳥肌が立ちました。内容がスリラーなのではなく、ただ創作者の凄みをまざまざと見せつけられたからです。同様の経験は、前に述べたパトリシア・ハイスミスの『殺意の迷宮』のラストシーンでもありました。『紅梅』『竹河』も『殺意の迷宮』も、読んでいるときには冗長な印象で、興奮を感じるものではありません。『紅梅』『竹河』については「宇治十帖」への観念的な飛躍を俗世と結びつけるという始末のため、俗世の事柄をことさら冗長に書く意図も感じられ、意図はわかるが面白くはない、というのが正直なところです。しかしこの最後の玉鬘の一言は、その印象を何もかもひっくり返してしまう。小説というのはこういうものなのです。最後の一行が、それまでに費やされた紙幅のすべての価値を決定することがある。

この少し手前で、玉鬘は、不幸な少女であった真木柱がそれなりの幸福を手に入れたこと、夫が元気であるぶん、自分たちより満ち足りているというようなことを呟いています。同じように子供たちの始末にあれこれと悩む玉鬘と真木柱の重なり合い、なおかつ微妙で絶対的な距離感も見事です。そして玉鬘の最後の一言は、「これこそが俗世」という決定的な言葉です。玉鬘はこの若い公達に対して、「くだらん」と言い放っているのです。

しかし玉鬘自身、息子たちの危惧を押しのけて、大君を帝ではなく院に差し出した。それは冷泉院の自分への想いに応えようとしたためでもあったでしょう。帝に入内していれば、息子たちの処遇もよくなっていたかもしれない。母親として、その判断の甘さへの後悔も含まれている。『源氏物語』を恋愛譚の集まりだと思っている人たちには、民話から飛び出してきたお姫さまであった玉鬘の一言を、ぜひ聞かせたい。玉鬘は、私たち読者に対しても「冗長だろうが面白くなかろうが、これが俗世だ」と言っているのです。

第33回　『橋姫《はしひめ》』あるいはクライマックスの再来

いよいよ「宇治十帖《うじじゅうじょう》」です。宇治は京の都から南に下った鄙で、そこに一人の忘れられた宮がおられました、というところから物語は始まります。八宮《はちのみや》とよばれ、母も高い身分であって、帝になられてもおかしくない方でしたが、あることがきっかけで情勢が変わり、寂しい場所におられます。妻も昔の大臣の娘で、両親が期待したような結婚にはならなかったものを、夫婦仲だけはこの上なく、睦み合って暮らしておられました。お子がないのが気がかりでしたが、かわいい姫が誕生します。次は男の子をと期待されましたが、二人目の姫君が生まれ、その産後の肥立ちが悪く、妻は亡くなってしまいます。

悲しみに呆然とする八宮でしたが、姫たちを大切に育てて暮らします。尽きないほどあると思われた財産もだんだんと失われ、思慮の浅い乳母や女房が去って人少なくなりますと、宮が手ずからお世話なさるのです。姫たちが気がかりで、望む出家は果たせません。それでも熱心にお勧めされて亡妻を偲び、勧められても再婚などはお考えもしません。お姿の優美な宮は、音楽の才能豊かです。大姫君《おおひめ》には琵琶を、中姫君《ちゅうひめ》には箏の琴をお教えになり、美しく合奏されます。大姫は賢く、品よく落ち着いておられ、中姫君はおっとりとしてはにかむ、かわいらしい方です。

八宮は、光源氏の異母弟に当たります。つまり桐壺《きりつぼ》帝のお子のうち、朱雀《すざく》帝となられた方が一の宮、次に光源氏がお生まれになり、この方は八番目の弟ですから、歳は離れていたでしょう。八宮は自身がまだ幼いときに父帝を、そして早くに母も亡くし、しっかりした後見もなく育ったのでした。

この方が、このような場所で寂しく暮らしておられるのは、冷泉帝《れいぜい》の御代、帝位を奪おうとした、とされたためです。この件を仕掛けたのはしかし、朱雀院の母、あの光源氏の天敵であった弘徽《こき》殿女御《でんのにょうご》でした。さすがの彼女も、冷泉帝が源氏の実子とは知らなかったはず。それでも後見である源氏を非常に重用し、准太政天皇《じゅんだいじょうてんのう》にまで昇格させた冷泉帝を何とかして帝位から降ろしたかった。そのときに八宮を次の帝とすべく祭り上げたわけです。

この試みはうまくいかず、冷泉帝と源氏の勢力はますます強まり、八宮は反源氏一派の一人として政治の表舞台から姿を消すことになりました。周囲の人々、外戚らからも距離を置かれます。そんなときに自邸が火事で焼け、八宮は別荘のあった宇治の地に移り、隠遁生活をはじめたのでした。

このような人物の生い立ちをもとにした背景と、起こった出来事の見事な重ね合わせに、本篇から一貫した著者の手腕が感じられます。帝が歳をとってからの子で、早く両親を亡くした八宮にはちゃんとした後ろ盾がなく、社会常識や一般教養の教育を十分に受けられなかった。そのせいで弘徽殿女御にまんまと利用されたのですね。宮であるため、ちやほやと持ち上げられたあげく、世間知らずで自身の身を守る術もなく政界を追われた。亡くなった両親が遺し、豊かにあった財産も失う一方であった。八宮が優美なお方で世を厭うのも、隠遁生活をおくるはめになったのも、たまたまのご都合主義的な設定ではない。こういった論理的で矛盾のない、根源的な性格付けがリアリティを与えているのは、本篇でも「宇治物語」でも同じです。

ところで、ここまでのエピソードから、何かを思い出しませんか。そう、帝位の転覆、弘徽殿女御、都落ちの隠遁生活、といったキーワードは、『源氏物語』本篇の最大のクライマックス『須磨《すま》・明石《あかし》』の巻をフラッシュバックさせる。

八宮は源氏と違い、謀叛は濡れ衣だったのではなく、また弘徽殿女御の側にいたわけで、源氏や冷泉帝と対立していた。そのため源氏とすぐには重ならない。そして『須磨・明石』の巻と決定的に違うのは、再起を期す力も気概も八宮にはない、ということです。

八宮にはしかし、娘がいます。八宮に気概があろ

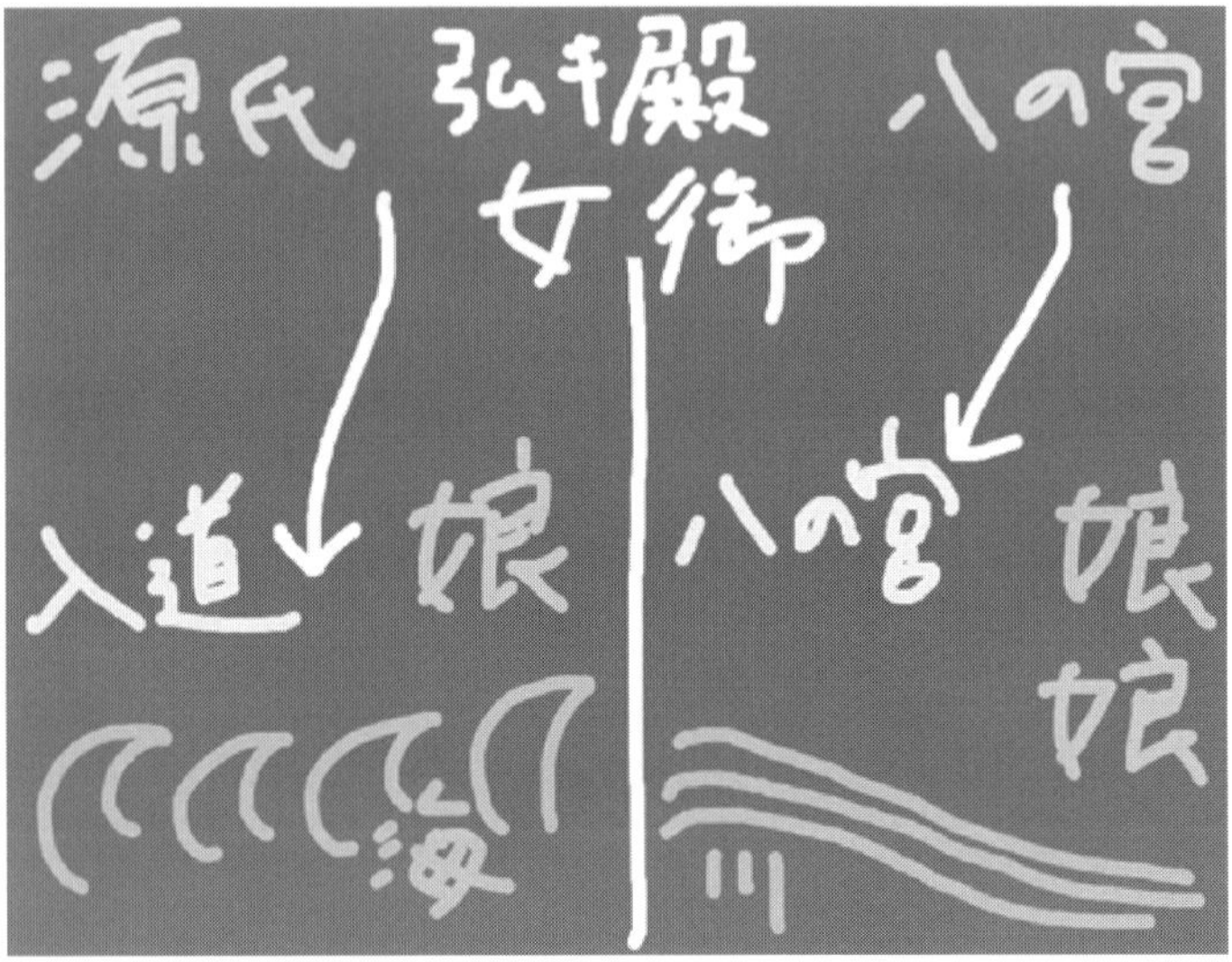

うとなかろうと、娘が貴公子に見初められることで中央へ復帰してゆくという筋道に変わりはありません。

「宇治十帖」は、華やかな本篇とはあまりにも雰囲気が違い、仏教思想や観念性が勝っている。それゆえ著者が違うのではないか、などという俗説も見られます。しかし「宇治十帖」の設定や構造は、本篇最大のクライマックスである『須磨・明石』を深いレベルで踏襲し、そのバリエーションを示すものです。そのことはまた、著者が本篇の『須磨・明石』を中心的な巻としてどれほど重要視していたか、という証しでもあります。

ならば議論すべきは、そのバリエーションの意味です。ここでは姫が二人。もちろん、やがてやってくる貴公子が二人だからでもありましょう。光源氏のような唯一無二のプリンスではなく、二人である

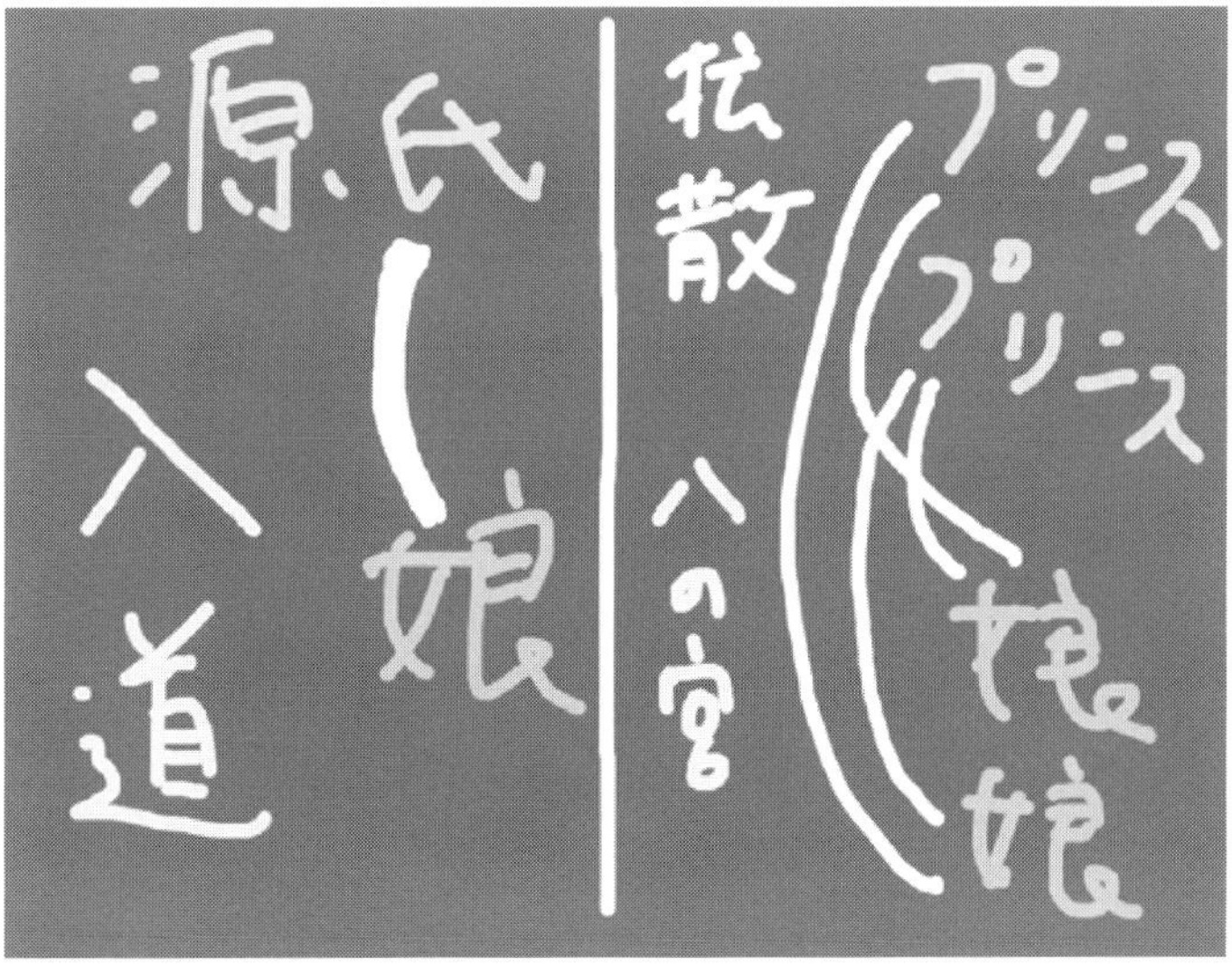

ことの意味については、前の講義で述べました。ただ姫もまた二人いることは、単なる一対一対応での数合わせという以上の意味がある。

簡単な算数です。男と女が二人ずついると、カップルが二つではなく四つできる可能性がある。零と一は、不在と存在という決定的な差異を表わしますが、一から二への飛躍は単数から複数、この複数には無限に増えてゆく可能性が含まれる。三は一と二の和、四は二の自乗、五は二の自乗と一の和で表わされます。つまり二という数字はそれ自体、拡大と拡散を示す。

八宮の性格や存在感は、二倍どころか四分の一程度の弱いものです。それがまた複数の貴公子と姫たちによる、拡散する物語の発端となるのに相応しい。八宮は恵まれない宿世を背負い、処世に長けてもいませんでしたが、余裕のあった頃に稽古を重ねた音楽の才はおありです。そして何よりも辛い境遇にある者として諦念を抱え、仏道をよく究める結果となりました。

八宮は宇治の地で、尊敬されるべき阿闍梨《あじゃり》と親交を深めます。「このような幼い人々を見捨てることが気がかりなばかりに、一途《いちず》に出家することもできない」と、隔てなく話されます。この阿闍梨は、朝廷の用向きも断わって宇治に籠もっておられることが多いものの、冷泉院には出入りされていて、院の御前で八宮の話をされました。

かつて政敵であった八宮が悟りすましておられるありさま、経典を深く理解されていると聞かれ、冷泉院も心を動かされたご様子です。そもそも子供のいない冷泉帝でしたから、八宮が弘徽殿女御の口車に乗ったり、冷泉帝の譲位を促したりしなければ、自然と帝位につかれたのかもしれませんね。音楽が好きな阿闍梨はまた、八宮の姫たちが合奏をよくすること、宇治川の波音と競うように聞こえてくるのが、極楽もかくやと思われます、と誉めます。冷泉院は、それならば八宮がもし自分より早く亡くなることがあったら、自分に姫たちの後見を託されないだろうか、などと言われます。朱雀院が女三宮《おんなさんのみや》を異母弟である源氏に託されたことを想起されているのでしょう。桐壺帝の十番目の宮である冷泉院（本当は源氏の子）も、八宮の異母弟です。そしてそれは、どちらもかつて謀叛の罪を着せたことを完全に雪ぐことにもなりましょう。

冷泉院の側には、例によって薫が控えています。出家を果たすこともできず、この世を厭うて仏道に励む俗聖の話に自身を重ね、いたく興味を惹かれます。教えを乞いたいと阿闍梨に伝言を頼みます。冷泉院もまた使者を立てられ、山里はめったにない賑やかさです。阿闍梨は薫が信心深いことを話します。何でも思うことが叶うような若い人が、そんなに仏道に熱心になるのもめずらしいことだ、と八宮は感心され、文を交わし合って薫がお訪ねするようになります。

宇治の山荘は想像以上に寂しく、川の波音もすごくて寝ていて夢も見られそうにないほどです。出家を願う身の八宮はともかく、こんなところに暮らす姫たちは、女性らしい柔らかさは失っていることと思われます。薫は八宮に、在俗のまま信仰を深める方法や経典の解釈などをお尋ねします。お高くとまった高僧や、僧形ではあるけれど馴れなれしく卑しい言葉使いの者など、いずれも話し相手にしたくないのですが、気高く優美な八宮は賢ぶりもせず、やさしい比喩など用いながらよく話して聞かせます。直観力に優れ、学問を積んだ僧がおよばないことを体得されているようでもあり、親しむにつれて薫の思慕は募ります。

薫がこのようにご尊敬申し上げるものですから、冷泉院からもしばしば便りがあり、また援助も行われるようになりました。人の出入りも多くなり、薫も機会があるごとに贈り物をし、心を寄せて三年ほどが過ぎました。

秋の頃、宇治川の網代《あじろ》にあたる波の音がうるさいからと、八宮は阿闍梨の寺の堂に移って勤行されます。姫たちは心細く過ごしていましたところ、ちょうど薫がやってきます。お忍びで、草木の露に濡れながら近づいて行きますと、琵琶や筝の琴の音が響いてきます。しばらく隠れて聞いていましたが、薫の芳香に驚き、宿直人《とのいびと》が出てきます。八宮が留守であるとのこと、「このように木の下露に濡れながらお伺いして、無駄足をして帰る辛さを、姫君のおん方へ申し上げて貰えないであろうか」と言います。さらに「しばらく物蔭に忍びながら聞いていたいと思うのだが、どこか隠れ場所はないであろうか」と頼みます。『須磨・明石』の巻と同様、ここでも音楽に導かれて姫と出会うのですね。

透垣の戸を少し押し開けて覗きますと、雲隠れしていた月が現れて、ぱっと照らします。撥をもてあそんで月を招こうとしている姫の横顔は、大変美しく可愛らしいものでした。「変わったことをお思いつきになるのですね」と微笑んでいる姫は、貴女らしい美が溢れています。二人の姫は、薫が想像していたのとは違い、とても愛らしくて柔和な魅力に満ちていました。

姫たちは、覗き見されたとはよもや思わず、ただ演奏を聞かれたのではと恥ずかしがっています。薫は宿直人に取り次ぎを頼みますが、もたもたしているのがもどかしい。無礼と思いつつも、山荘住まいの姫たちが文句は言うまいと、座敷へ入って御簾の前に座ります。厚かましいようですけど、何しろいまや、この山荘のパトロンです。女房たちもこんなもてなしに慣れず、敷物を出すのにも手間取っています。「どうか世のすきずきしさと同じに思し召して下さいますな」と、薫はまじめに言われます。大姫はかろうじて品よく答えられたものの、次第に返事がしにくくなり、起こされてきた老女房が代わって応じます。もの慣れてずけずけした話し方が小面憎いのですが、「何でこのような失礼なお席へ御案内申し上げたのやら。ぜひ御簾の内へお入れしなければなりません。若い人たちはほどのよさということを知らないのですね」などと慰めます。どうやら田舎風でなく、上流の家にいたことのあるらしい優雅な声使いです。と、やがて老女は泣きはじめます。

老女は、薫に聞かせたい話があるのだ、と言います。藤大納言《とうのだいなごん》とよばれる方の兄で、衛門督《えもんのかみ》という人のことを聞いたことがあるか、と。つまらない女ながら、心に思うことをときどきに打ち明けられ、最期には遺言されたことがある。あなたさまに関することなので、ぜひお耳に入れたい。今は若い女房たちが控えていることだし、もしお聞きになりたければ別に時間をとってもらえまいか、とのことでありました。

不思議な、夢のような話です。長年、心を悩まし、知りたいと思っていたことに違いありません。立ちあがると、八宮がおられるという阿闍梨の寺の鐘がかすかに聞こえ、霧が深く立ち込めていました。いまだ立ち去りがたく、

朝ぼらけ家路もみえずたづね来し
　槙《まき》の尾山《をやま》はきりこめてけり

と詠みます。薫の優雅な姿は都人の間でも評判なくらいですから、どれほどのものに映ったでしょう。誰もが恥ずかしがって取り次ぎできず、大姫がつつましやかに返します。

雲のゐる峰のかけ路をあきぎりの
　いとどへだつる頃にもあるかな

薫のお伴の者たちは「網代で人が騒いでいるが、氷魚《ひお》が寄って来ないのであろうか、みんなつまらなそうな顔をしている」などと話していて、しょっちゅう来ているものですから、もうこの

辺りのことを知っている様子です。粗末な舟に柴を乗せ、日々の生計のために上り下りしている光景が水の上に浮かんでいます。しかし誰もが同じようなもので、無常の世です。自分だけは玉の台《うてな》の上に落ち着いていられると思うことはできない、と薫は考えるのです。

硯を借りて、大姫にもう一度、消息申し上げ、宿直人にことづけます。

はし姫の心をくみて高瀬さす
　棹《さを》のしづくに袖ぞぬれぬる

紙の香りを気にしつつも、こんなときの返事は急がなくてはと、

さしかへる宇治の川をさ朝夕の
　雫《しづく》や袖をくたしはつらん

と、とても美しくお書きになります。薫はなお心惹かれ、「宮がお帰りになる時分に、必ずまた参るから」と言い置かれます。濡れた召し物は宿直人に与え、取り寄せた直衣《のうし》に着替えたのでした。

ここで注目したいのは、宇治川の網代を使っての氷魚漁についての記述です。『須磨・明石』の

巻において海辺に蟄居を余儀なくされた源氏もまた、これまで見ることもなかった漁民たちの様子を気に留めます。彼らの言葉が音楽のように耳にとどき、意味がよくわからないまま、それでも日々の暮らしの大変さが伝わってくる。源氏もまた薫と同様、この世は無常であり、誰も彼も生きる辛さは同じなのだ、と感慨を深める。

『須磨・明石』は海辺であり、ここは宇治川の畔です。下々がはたらく水辺という共通する部分があり、海と川の違いもある。なぜ川なのか、それも宇治（憂し）なのか。その問いそのものがこの「宇治十帖」のテーマに肉薄することです。

　このように地形にテーマを象徴させたり、また自然や風景などの描写に心象を代弁させたりといった手法は、近代から現代に至る日本文学にとっても極めて重要なポイントです。

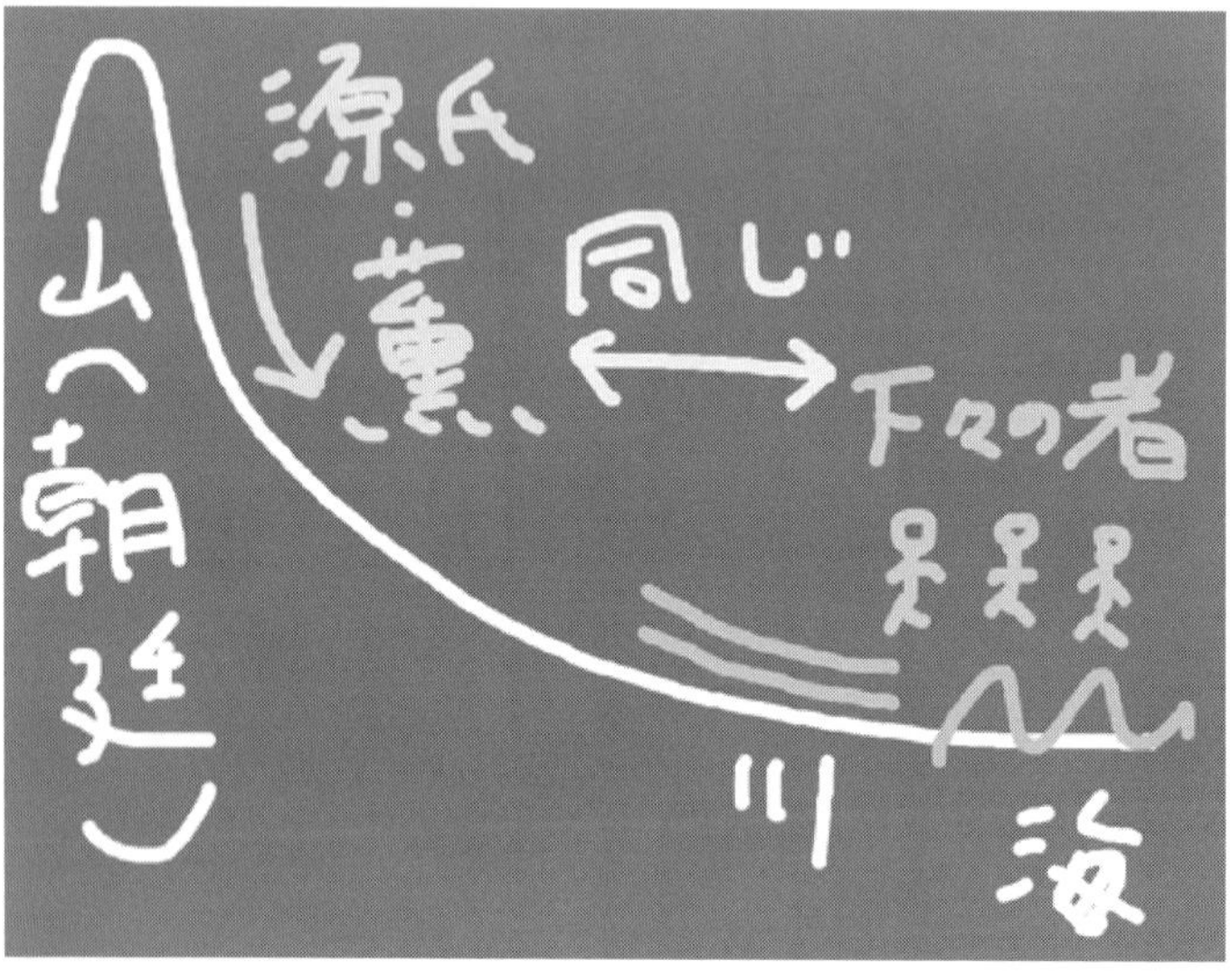

老女房と話して席を立つと、「（八宮が）籠《こも》っておいでになる寺の鐘の音がかすかに聞えて、霧がたいそう深く鎖《とざ》しています」とあります。これがそのときの薫の心象、また置かれた状況そのものであることは、誰にでもわかりますね。そして誰もが感じるように、これはきわめて近代的な、現代文学でよく見られる手法です。

それがこの時代の『源氏物語』に見られるということは、日本近代文学的な手法はなにも近代的な精神をルーツとするわけではない、という証明です。その起源はもっと古く、民話や物語から小説が分化した瞬間を捉えなくてはならない。

そのルーツは疑いなく歌にある。三十一文字の短いテキストに枕詞、本歌、そして自然物を取り入れ、そのときどきの心象を表現した歌は、歌物語において特に登場人物の内面を補完すべく置かれてい

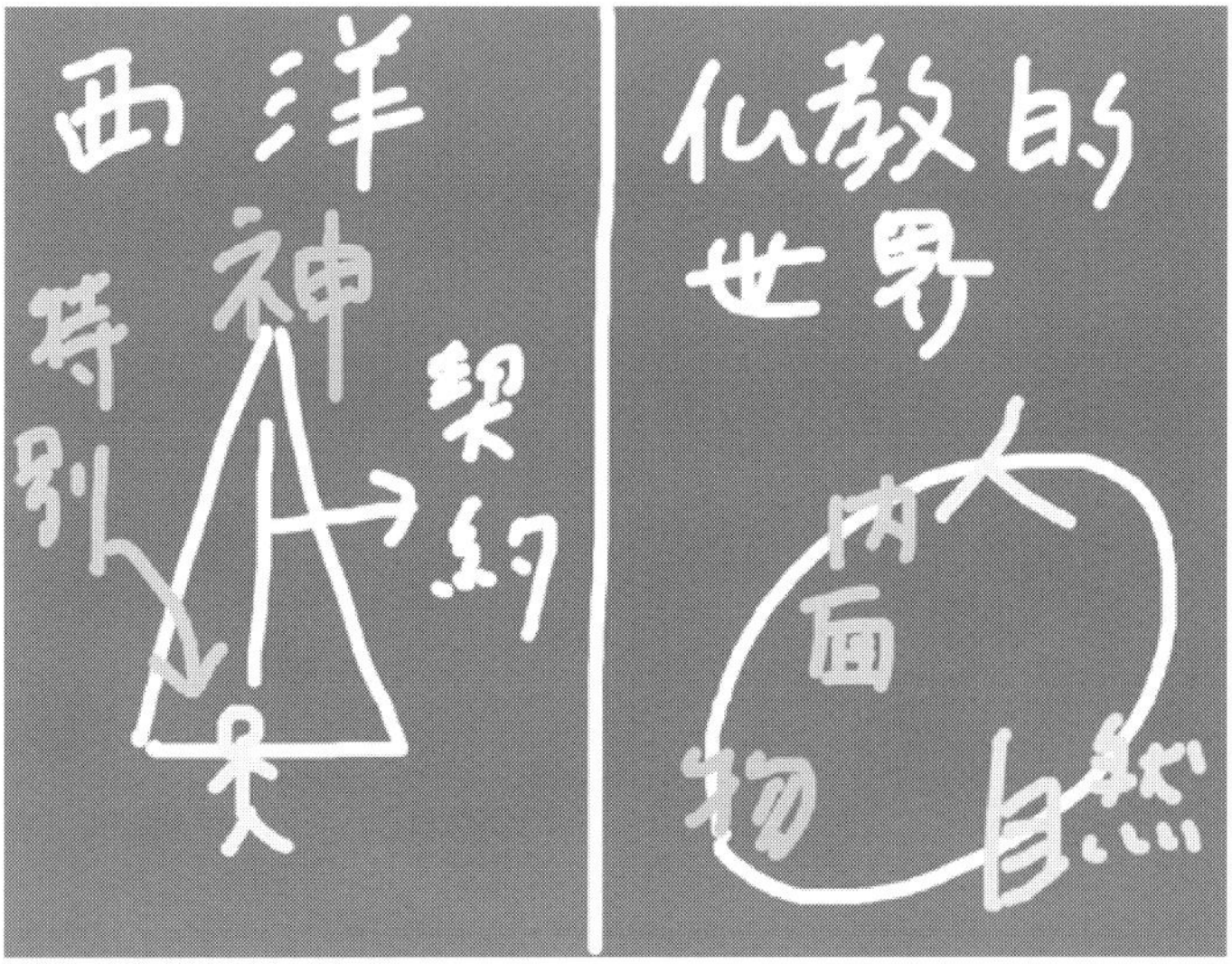

ます。くどくどした説明を廃し、自然の事物と同等のものとして内面を表現できる優れた手法です。それはまた、人とその内面を特別視せず、自然の事物と同等のものとして見なそうとする思想、宗教観の賜物でもあります。それが日本の仏教的世界観です。

薫は悟りを開くべく、八宮に教えを乞いに宇治に通っていた。その動機に嘘偽りはなく、だからそのようにして「三年が過ぎた」。しかし、出来事は起きる。それが小説です。出来事は薫を現世での悩みに引き戻し、彼が理想とした境地は、再び遠い鐘の音のように手のとどかないものになる。そこにたどり着く見通しは立たず、いまだ霧の中、というわけです。

だが、それは必ずしも薫にとって災難として降りかかってくるわけではない。老女の話は彼が長年、知りたいと願っていたことです。一方で八宮の留守に乗じ、薫自ら大姫に接近する。誰が薫を責められましょう。この世を厭うているとはいえ、この世に生きる身であるからには、そうせずにいられるでしょうか。このとき薫の内面は、出来事にしたがい、自然の事物のように、まさに自然に変転します。それが宿世というものです。

薫は老女の話が気にかかり、また美しかった姫たちの面影がちらつきます。「やはり世を捨てるということは容易ではないのだ」と心弱く思われます。宇治に文を書きますが、懸想文じみたものでなく、白い厚い紙に宮のお帰りのときを知らせてほしい、と書かれます。それを老女房に渡すようにと、命じるのです。大姫宛てでもあり、八宮宛てでもあり、自分が再び訪れることを老女房に知らせる手紙でもある。

あの寒そうにうろうろしていた宿直人を気の毒に思い、重詰めの料理などをいくつも贈らせます。八宮が籠もっておられる寺の方にも、宮からのお布施としてお渡しになれるようにと、絹や棉、袈裟、法衣などをたくさん贈ります。宿直人の方は、薫からいただいた素晴らしすぎる狩衣や白綾が身になじまず、素晴らしい移り香を人に怪しまれたり誉められたりして、窮屈な思いをしましたとさ、というオチがあります。深刻なストーリーが展開している最中、道化役にちょっとした狂言を演じさせるのも、この著者特有の書き方でしたね。

八宮は薫からの手紙に「色っぽい意味にお取りになったら、かえって変なことになろう。普通の若い人には似ぬ真面目なお方なのだけれども、『私に万一のことがあったら』と、いつか一言漏らしたものだから、それでそういう風に気に留めておられるのであろう」と言われます。

薫は、宇治の姫たちのことを匂宮《におうみや》に話します。あのような鄙に佳人がいるのだから匂宮は夢中になるだろう、気を揉ませてやろうと思うのです。案の定、匂宮は興味を示しますが、宮さまですから、薫ほど気楽にどこへでも出かけられる身分ではありません。心底悔しそうに「ではもっとよく様子を探ってごらんなさい」などと言われます。薫の方は、そんなことに深入りして執着を持つようになっては、理想が壊れてしまう、と二の足を踏みます。

ここで、なぜ薫が匂宮に宇治の姫たちのことを話したのか。まず本文で説明されているのは、老女房の話が気がかりになってきて、さらに世を厭う気持ちが強まり、他のことへの興味が薄れてきていた、ということです。薫にとっては何よりも重大なことですから、深く考えれば考えるほど、恋バナどころではなくなるのは当然です。だとしても、なぜわざわざ匂宮に話そうなどと思いつくのか。ちょっと親友をからかいたい気持ちと、自分がかまけるわけにはいかない恋に、代わって夢中にさせたくもありましょう。うち捨てておくには惜しい姫たちである。そして匂宮がそう簡単に手出しできない、遠い場所のことでもある。それは薫に安心と油断を与えたに違いありません。

十月の五、六日頃に、薫は宇治に向かいます。季節ですから、網代の漁をさせてみたら面白いのでは、と勧める従者もいたのですが、「『ひをむし（氷魚）』とはかなさを争うような身の上で、網代見物をするでもなかろう」と断って、少人数で行きます。どうやら家来たちも宇治行きを楽しみにしていて、魚採りしたいようですね。

八宮はお喜びで、阿闍梨を交えて経典の談義をされます。薫が頼みますと、琴も一節弾いてくださいます。その音は素晴らしく、しみじみと鳴り渡るのです。八宮はあらためて自分が死んだ後の姫たちの後見を薫にゆだね、安心されます。

明け方、八宮が勤行に入られると、薫は老女房をよび出します。柏木が煩悶を続けて病いとなり、亡くなったときのことを話しながら老女は激しく泣きます。老女の母は柏木の乳母であり、幼い頃から勤めていたので様子がおかしいのに気づき、それからは柏木の方から話しに来ていた、と言う。手引きをした小侍従《こじじゅう》と自分自身のほかは、誰も知らないことである。危篤状態になって遺言があったが、自分ふぜいがどうしてそれをあなたさまに伝えられるのか、いつも仏に祈っておりました、と言う。渡したいものもあるが、小侍従が死んでからこの老女ひとりが守っていて、もし死んで世に散ることがあってはと焼き捨てる覚悟でいたところだった。薫がこの山荘にやってくるようになって、何とかよい折りがあるようにと念じていた。念ずる力というものはあるもので、とても人が為したこととは思えない、とも。

形見の品とは、固く巻いた手紙の束であった。この老女房が他言しない、他言しなかったという言葉を信じてよいものかと思い乱れつつ、薫はそれを袖に隠した。「山の紅葉が散らないうちにお伺いいたしましょう」と薫が申しますと、「たびたびお越し下さいますおん恵みの光を受けまして、山陰の草の庵《いおり》も、少し明るくなったような心地がしまして」と八宮は嬉しそうになさっています。

帰宅して手紙の束を開き、父・柏木の遺文を読みます。かぎりなく憂鬱になります。母宮の御前に出ますと、無邪気で若々しい様子で読経されています。今さら自分が秘密を知ったことをお聞かせすることはあるまい、と薫は自分の胸におさめます。

『須磨』の巻の嵐は、源氏が藤壺《ふじつぼ》との密通で子（冷泉帝）を生した罪に対する禊ぎである、とも解釈されています。禊ぎという言葉の意味をどう採るかはともかく、この『橋姫』の巻における同じく不義密通の暴露、長年鬱屈してきた薫がそれをまるで自身の罪のように捉えるのはこれも通過儀礼であり、一種の嵐でしょう。『橋姫』から始まる「宇治十帖」は、八宮の手引きで俗世を離れ、仏道を究めようとした薫が、むしろその仏縁によって出会うべきものに出会い、恋に導かれてゆく物語です。それは源氏が父・桐壺帝の霊に導かれて明石の君と出会ったこととも呼応しているのです。

第34回　『椎本《しいがもと》』鏡像の顕在化について

二月の二十日頃、匂宮《におうみや》は初瀬寺にお参りされます。思い立たれたのは、宇治の辺りへの興味からに相違ありません。宇治の里は「憂し里」ともよばれるのに、そんなきっかけで慕わしく思われるものなのです。

従者たちも大勢ついて行きます。源氏が遺した宇治の別荘は川よりも先にあり、夕霧の所有です。大臣もそちらでお出迎えされるはずが、物忌みで出られないとのこと。ちょっと気詰まりな夕霧大臣の代わりに薫の君が来られて匂宮は喜び、夕方から音楽の遊びをします。このような大きな川の辺では、その水音とあいまって面白く響くのです。

川を挟んで手前側の八宮《はちのみや》邸にも楽の音はとどき、「これは冴《さ》え冴《ざ》えとして、少しものものしい感じが添うているのは、致仕の大臣（源氏の旧友であった昔の頭中将《とうのちゅうじょう》）の御一族の笛の音に似たところがある」などと独り言をおっしゃいます。薫はこの機に宮邸に渡りたく思っていましたところ、八宮からちょうど文が届きます。

山風に霞ふきとくこゑはあれど
　へだてて見ゆるをちのしら波

それは薫宛てでしたが、匂宮はもとより関心のあるところからの便りに、代わって返事をされます。

遠近《おちこち》の汀《みぎは》の波はへだつとも

なほ吹きかよへ宇治の川風

薫は音楽好きな公達を誘い、八宮邸に向かいます。たいそう風流な、田舎ふうのもてなしをされるのです。皆、琴の名手として知られる八宮の手を聴きたいと願い、けれども時折合わせて掻き鳴らされるにとどめられますのが、とても感慨深い。ご身分柄、自由のきかない匂宮は我慢できず、桜の枝を折りとらせ、宇治の姫たちに文を送られます。

山ざくらにほふあたりに訪ね来て

おなじかざしを折りてけるかな

野をむつましみ（ひと夜寝にける）

姫たちはお返事しにくく思いますが、こんなときは、あまりもったいぶってはいけない、と古女房たちが申すものですから、中姫がお返事します。

かざし折る花のたよりに山がつの
　垣根を過ぎぬ春のたびびと

野を分きてしも

川風が当代の親王と古親王の隔てなく吹き渡るように、楽の音も面白く遊びます。お迎えが参ったので匂宮は宇治を発たれますが、皆も心残りな様子で、またの機会に、と思われるのです。それからは薫の手をわずらわせず、匂宮から八宮邸へ直接、文がとどけられます。何もおおげさに考えず、無聊をなぐさめる戯れとしてお返事するようにと中姫《ちゅうひめ》に返事を書かせます。大姫《おおひめ》は、そんなことも軽々しくはなさらない思慮深さです。

中姫は二十三、大姫は二十五歳におなりです。器量が悪いなら、こんなところに埋もれさせても諦めがつくのですが、非の打ちどころのない美しさがかえって悲しいのです。八宮は深い信仰心から、もうこの世の執着は何も持たれてないのですが、いざとなれば姫たちのことだけが絆《ほだ》しになると思われます。誰か一人、頼りになる君にどちらかを託そうと考えますものの、たまにある軽い縁談話などには乗られません。ただ匂宮だけはとても熱心でいらっしゃいます。

薫は中納言に昇進して多忙になりますが、悩みはいっそう深まります。久しぶりに宇治を訪ねますと、八宮は大変喜ばれます。「私が亡くなりました後も、この姫たちを何かの折にはお訪ね下すって、お見捨てにならないように願います」と漏らされます。「生きながらえております限りは、どこまでも変らぬ志を御覧になっていただこうと存じているのでございます」と薫は約束します。昔語りしつつ、八宮が姫たちのことをどれほど心配されているかが伝わってきます。

「音楽というものを賞《め》でる気持だけは、つまらないことのようでございますけれども、捨てるわけに参りません」と薫は八宮に、いつぞやの琴と琵琶の調べをせがみます。それが縁結びになればと、八宮は姫たちのところへ行って勧めます。ほのかに鳴って、すぐに止んでしまいますが、若い人たち同士を引き合わせた八宮は、仏間へ入られます。

薫はあの老女と別室で、さらなる昔話をします。一方で、姫たちには優雅な話題で語りかけ、姫もときおり返事をされます。匂宮が執心の姫たちである、と薫は思い返すのです。八宮から許されて、こんなに近くにいるのに迫ろうともしない自分はやはり変わっている。かといって、結婚したくないわけではない。ゆっくりと自分に好意を持ってもらいたいので、別の男のものになったら、やはり惜しいだろう、とも。

お会いできるのは、これで最後かもしれないなどと言われる八宮に、御所での公務が済んだ頃、またお訪ねしますと薫は応えます。姫たちへ文はしばしば送りますが、本気のものとも思われておらず、適当に返事をするのです。

秋が深まるにつれ、八宮はさらに心細く覚えられ、いつもの山の寺で念仏に専心されることになります。出かけるにあたり、自分が亡くなった後に、「ちゃんとした相手でもないのに、うっかり口車に乗せられて、この山里を出るようなことをなさいますな」と姫たちに訓戒を垂れます。

姫たちは互いに慰め合いながら寂しく過ごしていましたが、もう父宮が戻ろうかというその日に使者がやってきて、今朝から宮の体調が悪く、帰ることができないと告げます。

姫たちは朝夕を嘆き暮らして、ある明け方、有明の月が射して宇治川の水面が澄みわたるのを眺めておられたとき、鐘の音がかすかに響き、寺から人がやってきます。「夜中頃《よなか》にお薨《かく》れなさいました」と言う。あまりの悲しみに涙すらどこかへ行ってしまい、二人の姫はただ、うつ伏せになっておられます。

前々からの御遺言にしたがい、寺の阿闍梨《あじゃり》が葬儀その他を取りはからいます。姫たちは、せめて遺骸に対面したいと望みますが、今さらそんなことをしない方がよいと、阿闍梨は許しません。あまりに悟り済まし、浮世離れした阿闍梨を憎く辛いとすら思うのです。

薫は、会うのはこれが最後という八宮の言葉を聞き流してしまったことを悔い、悲しみます。寺にも姫たちのもとへも多くの金品を贈ります。匂宮からもたびたび文が届きますが、姫たちはお返事する気にもなれません。薫に対してはこのようでないのだろう、と匂宮は恨めしがられます。

紅葉の季節の逍遥も、喪に服されている姫たちを思って取り止め、残念に思われます。四十九日を過ぎてからの匂宮からの文にも、中姫は何も書けません。どうしても返事をもらって帰らねばと言う使者を見かねた大姫が、黒い紙に墨では見分けられないのですが、筆まかせに書いて渡します。雨をついてずぶ濡れで帰ってきた使者に禄を賜り、匂宮はその返り文を飽かず眺めます。夜が明ける前に、またそれへの文を書きますが、姫たちはもう返事をしません。匂宮をけっして軽々しい求婚者とするのではないのですが、かように優美な風情の尊貴の方に、自分たちは似つかわしくないと思っているのでした。

薫の誠意にあふれた手紙には、お返事をします。忌中が過ぎてから、薫が宇治を訪問します。隔てをなくしてほしい、という薫の言葉に、大姫が少しいざり出て、歌を詠み交わします。

色かはるあさぢを見ても墨染に
　やつるる袖をおもひこそやれ

いろ変る袖をばつゆのやどりにて
　わが身ぞさらに置きどころなき

はつるる糸は（わび人の涙の玉のをとぞなりける）

悲しみのために、すぐに引っ込んでしまわれるのを留めることもできず、あの老女が代わってお相手します。薫はこの老女にも優しく接するのですが、年寄りというものは問わず語りをするものだから、二人の姫も自分の出生の秘密を知っているのではないかと推量します。うんざりすると同時に、それならばなおのこと、姫の一人は自分のものにしてしまわなくてはならない気がします。女ばかりのところに泊まるのもやましく、八宮が亡き後、荒れた感じの山荘に胸を傷めつつ帰京します。匂宮に会うと、一番に姫たちの話題が出ますが、匂宮の文には相変わらず返事はないのです。

歳末、新しい春を待ち望む女房たちの言葉も、姫たちには虚しく響きます。人目も絶え果てた山荘に、もう阿闍梨も訪ねてはきません。ただ炭を送ってきてくれた際に、「今年から止めてしまいますのも寂しゅう存ぜられますので」とありましたので、こちらからも八宮がされていた通りに綿入れの衣服を贈られます。そんな歳末のうちに薫が再び訪れます。今度は少し言葉を続けてお話しになる大姫は貴女らしく、このような関わり合いだけでは満足できない、と薫は思いますたやすく恋心へと変わってしまった自身の気持ちをいぶかしみます。

薫は、匂宮が自分を恨んでいる、と大姫に語ります。八宮が姫たちを自分に託したことが耳に入ったのかもしれないが、匂宮と姫たちとの間を取り持つべき薫がむしろ妨げをしている、と。自分としては無理に取り持ちたいとは思わないけれど、匂宮をこちらへ案内するのを拒むこともできない。匂宮の文を冷淡にあつかわないでほしい、と言います。

匂宮は好色と噂されるが、心の奥は不思議なほど深くていらっしゃる。軽はずみな女は相手になさらない。一方で、心から気に入った女性が自分を愛するかぎり、態度を変えることなどない方です。もし似つかわしいご縁であると感じたら、私が奔走して、京と宇治の間を行ったり来たりいたしましょう、とも。

大姫は自分自身でなく妹の姫のこととして、保護者らしく応じたいと思うもの、うまく言葉が出ません。「そのようにすきずきしゅう仰せられましては、かえって御挨拶ができにくう存ぜられまして」とほほえむ気配は、とても鷹揚で美しいのです。あなたは「かように雪を踏み分けてお訪ねしましたこの私の志だけを御覧下さる」だけでいいと薫は言います。匂宮の関心は妹の中姫にあるのだと言いながら、手紙の返事はどちらが書いているのか、などと問いただします。ふいに言い寄られた気配に、大姫は口をつぐんでしまいます。その風情もおっとりとして理想的な女性のように映るのです。

「私の京の住居もまるで山家《やまが》のように物静かな所で、めったに人も出入りをしないあたりなのですが、お移りになって下さるような思召しがおありでしたら、どんなにか嬉《うれ》しゅうございましょう」という薫の意向を喜ぶ女房たちを、中姫は見苦しく思います。家来とて例の頼りない宿直人《とのいびと》がいるくらいで、八宮が勤行されていたお部屋は塵が積もり、ただ仏像と花だけが以前と変わりません。

立ち寄らん蔭と頼みし椎《しひ》がもと
　むなしき床《とこ》になりにけるかな

年が明けますと、山寺の阿闍梨から芹や蕨が贈られます。女房たちは精進料理を作り「月日の移り変わって行くしるしが見えますのも、面白うございますね」と言いますが、姫たちは、「何の面白いことが」と聞き流します。

君がをる峰の蕨と見ましかば
　知られやせまし春のしるしも

雪ふかき汀の小芹誰《た》がために
　摘みかはやさん親なしにして

年明けから花盛りにかけても、匂宮からの文は絶えません。匂宮は薫を責めたり妬んだりし続けていますが、薫はそれを面白く思い、いっぱしの後見人面をします。匂宮に浮気心が覗くような折りには「そんな不真面目なお心がけではとてもとても」などと諫めますと、「それもこれも、気に入った相手が見つからない間だけのことです」と言い訳するのです。匂宮は夕霧大臣の末娘（六の君）にまるで興味を示さないので、大臣は恨みがましく思っておられます。「あまり近い間柄なのが面白くないし、まして大臣がことごとしくうるさく世話を焼いたりして（中略）窮屈であるし」と、逃げているのでした。

その年、三条宮が焼け、入道の宮（薫の母、もとの女三宮《おんなさんのみや》）が六条院に移られます。薫は忙しくて宇治に出かけられません。けれども匂宮とは違い、いずれ相手が打ち解けてくれたらと、真面目な薫は気が長い。

しかしその夏はひどく暑く、薫は川辺の涼しさを求めて宇治へやってきました。西向きの座敷であの宿直人と話していると、隣りの中央の間におられる姫たちが客を避け、居間へと移ろうとする気配があります。つい覗きますと、ちょうど風が簾を高く吹き上げました。慌てた女房たちは、几帳をみな御簾の前に移動してしまいます。障子越しに、可憐で華やかな中姫の姿が見えます。薫が昔から憧れている女一宮（明石の中宮の長女）の美貌もかくやと思われます。と、「見られたらえらいことですからね」と、思慮深く言われたもう一人の姫は、奥ゆかしく気品に溢れ、いっそう優美な姿なのでした。

以上が『椎本《しいがもと》』です。いくつかのポイントを見ていきましょう。

まず匂宮が宇治へとやってきます。これはもちろん、薫の言葉に引っ張られているのです。もとより匂宮の名は、天性の香りをまとっている薫を真似て、香に凝っているところからきている。匂宮の宇治への突然の執着は、それが薫にとって特別な場所だからであるに相違ありません。つまりは匂宮の宇治の恋愛譚とは、見知らぬ姫に対するものである以前に、薫に接近することに血道を上げた結果なわけです。では薫はなぜ匂宮に姫たちのことを話したのか。恋愛の対象となる女性はちょっと措いといて、それを挟む男性同士に無意識的な深いドラマが見い出せる、というパターンはいくつか思い浮かびます。

たとえば日本文学史上の最も有名なエピソードに、大正から昭和の詩人・中原中也と評論家・小林秀雄の関係があります。中原中也の恋人・長谷川泰子が実際はどんな女性だったか、白洲正子の随筆にあります。彼らの死後、正子のもとへ泰子が無心に、つまりお金を借りに来た。そのときの泰子の様子や物言いから、この女の正体が知れた気がした。そして泰子もまた、正体が知れたことを敏感に察したようだった、という内容です。

つまり女性の目から見れば、当代一の文学者であった男二人が奪い合い、振り回されるような女ではなかった。そこに、この蓮っ葉な女の手管がある。しかしそれだけでしょうか。白洲正子が一瞬で見抜いたことを、一緒に暮らした中原中也と小林秀雄がとんと気づかない、ということがあるでしょうか。彼らにとっては長谷川泰子の正体などどうでもよかったのではないか。

中原中也は長谷川泰子と同郷です。幼なじみではないのですが、「かつて近くに住んでいたときに、すれちがったかもしれない」といった妙な幻想を抱いていた。すなわち中也は彼女を通して自身の幼年時代を見ようとしていた。幼い頃に彼女と遊んだ疑似記憶がある、というようなことでしょう。

そして小林秀雄が泰子を奪ったのは、それが中也の女であったからにほかなりません。つまりは女でなく、中也への執着が為さしめたことです。二人の同性愛的関係とも言われますが、そういう既成概念に転嫁するのは注意すべきです。そもそも女を奪い合うようなヘテロ（異性愛）の男同士の「同性愛的関係」とは何なのか、議論を詰めなくてはならなくなるだけです。

中原中也はわがままで自分勝手で、たいそう厄介な人物だったようです。女に自分の子供時代を重ね合わせるような、いわば幼稚な男である。そしてそうであればあるほど、この現実社会で受け入れられない。つまりは生きづらい彼であったがゆえに、幼少期に象徴される天国、彼岸を希求する観念がピュアな詩の言語として結実した。

知性の極北であった評論家・小林秀雄は、この子供っぽい詩人と、肝胆相照らす親友でした。二人で木の葉が落ちたのを眺めていて、「君が今、考えていたことがわかった」と言い合うような仲です。そして知的には自分に劣るはずの相手の創作者としての才能に対し、羨望と後追いをしかけるのは評論家、と相場が決まっている。あたかも未開の食人種が敵を食べることでその力を得ようとしたように、中也の女を奪うことで彼の才能を吸収・理解しようとした。それは相手を自分自身と同一化し、あるいは相手を真似ることで自身を相手の鏡像とする行為です。

『椎本』の巻においては、一人の姫を奪い合うことで互いに対峙し合い、男同士の愛憎を増幅させる場面がありません。それは姫も（数合わせの済んでいる合コンのように）二人いて、摩擦がないからだ、ともいえます。少なくとも薫の頭の中では、そのように都合よく目論まれている。

では薫は結局、何を目論んでいるのか。薫は自分のあり方、自分の欲望の姿を匂宮という鏡に映し、「それがそこにあること」を確認しているようにみえます。目の前に見えなければ、立ち消えてしまうかもしれない。

薫は最初のうち、姫への欲望を持つべきか持たざるべきか、揺れています。もとより俗世を断絶するために通いはじめた宇治なのですから、当然です。しかし師と仰ぐ八宮自身も、姫たちへの愛が絆《ほだ》しとなって出家を果たせなかった。くだらぬと見切ったつもりでいながら、俗世では若い貴公子としてもてはやされる薫が、一方では俗世の生活をそれなりに全うしようと思うなら、あらゆる欲望を断ち切ることはできない。むしろ欲望の力によって、俗世を渡る最低限のエネルギーを得なくてはならない。それは生命体としての本能に近い。

『椎本』の巻の冒頭は、宇治川の辺りにやってきた匂宮が音楽の遊びをするところから始まります。あの『須磨・明石』で横たわっていたのは海です。それは源氏の無意識そのものを示す観念であり、再生のエネルギーを彼に与えるものでした。

対して『椎本』の「川」とは上流から下流へ、一方向に流れるものです。「世を憂し」とする川は、その方向へ、多くの人々にとって普遍的な無意識の海へと、物語を具体的に進めてゆくドライブ（動力）です。そして川には此の岸と彼の岸とがあり、さまざまな要素が両岸の間を反響し合いつつ、物語は海へと進む。

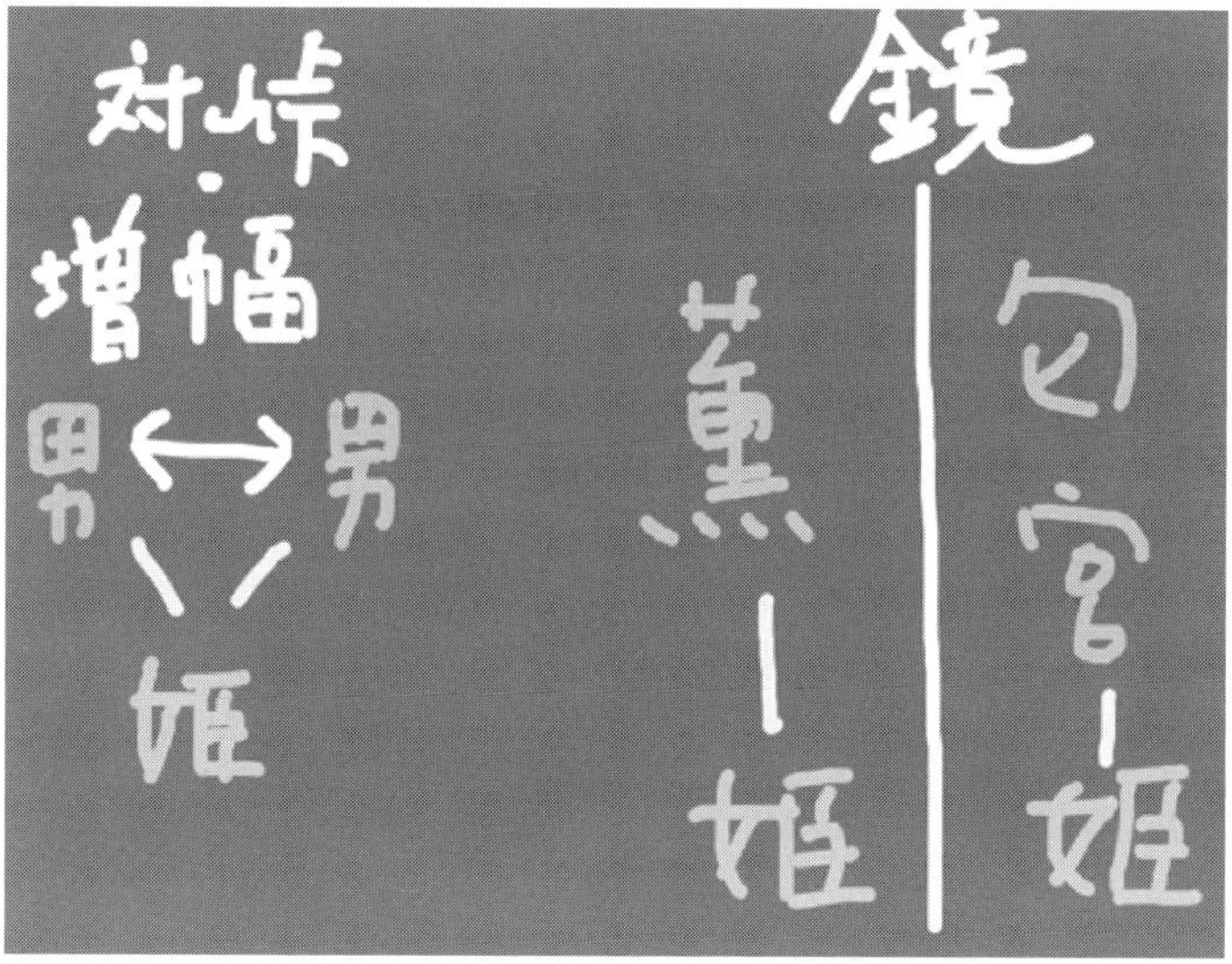

川風もまた楽の音と同様に、此の岸にいる当代の親王と彼の岸にいる古親王の隔てもなく吹き渡り、かつての政治的な対立やしがらみを融け合わせ、無化します。また薫は源氏の血筋とされながら、本当は致仕の大臣（源氏の旧友であった、昔の頭中将）の一族ですから、薫の悩みの本質も、楽の調べという無意識のかたちで八宮の耳に届いている、と読むこともできます。

さて『椎本』は、若い人々が頼りにしていた八宮が失われる物語です。姫たちは、せめて父宮の遺骸に対面したいと望みますが、悟り済ました阿闍梨に阻まれます。優しい父宮の代わりに姫たちに与えられたものは、冷たい阿闍梨、ということです。

つまり若い人々を結びつける蝶番の座が、情感溢れる八宮から、より抽象的で非人間的な阿闍梨に取ってかわる。この巻以降、姫や貴公子たちの八宮

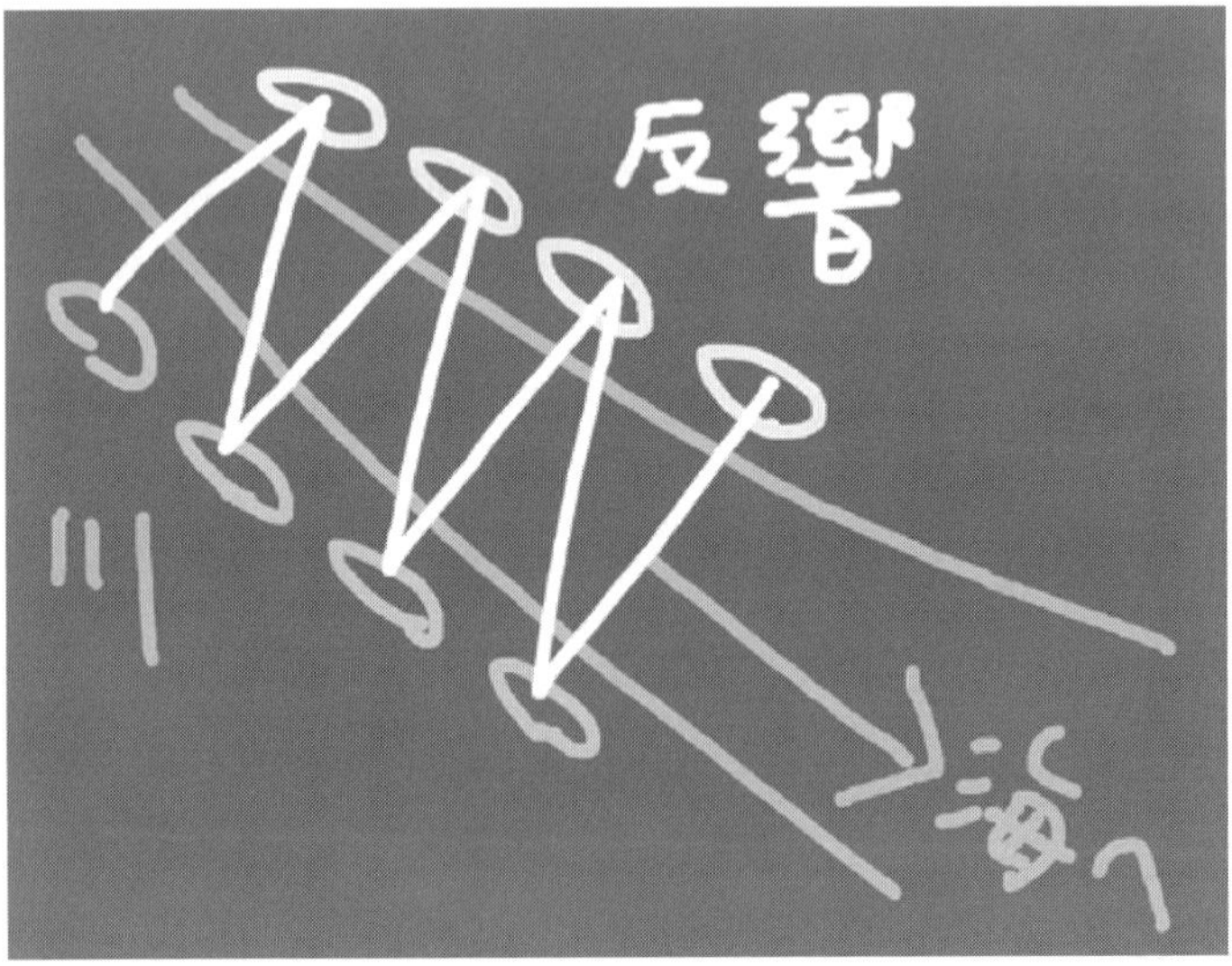

に対する思慕や遠慮がなくなるぶん、彼らの間で反響し合う感情がよりクリアになってゆきます。

それによって顕在化した「鏡である匂宮」に姿を映して、薫は自らの欲望を自覚してゆきます。大姫とのやりとりに積極的になりますが、父宮を失った悲しみから引っ込んでしまった大姫の代わりに、老女が出てきます。この老女がことさらに大姫の代わりだと強調されることで、薫の感情が反響によって増幅していったことが示される。

すなわち大姫と自分との間に「自分の秘密を知っている年寄りの異形の姫」である老女が割って入ってきた。老女を姫の身代わりとし、その二つの像を重ね合わせたわけですが、これによって薫の頭の中に「自分の出生の秘密を知っているかもしれない大姫・中姫」というイメージが創出される。それは新たな刺激であり、抵抗です。「それならばなおのこと、

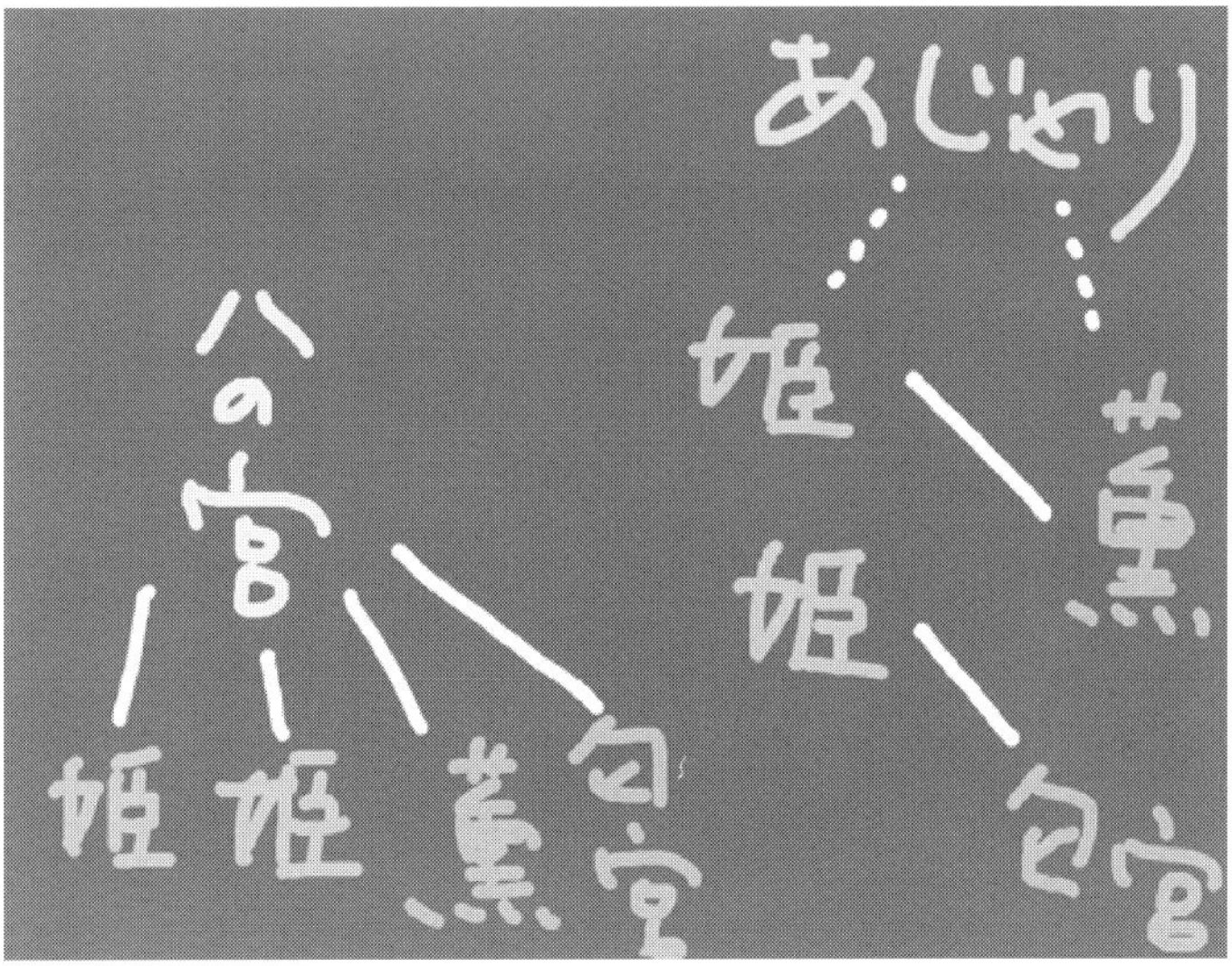

姫の一人は自分のものにしてしまわなくてはならない」というドライブを駆けるほうへとはたらく。

さて「自らの秘密を守るため、姉妹を身内に囲い込もうとした結果として、姫への執着が生まれた」といった読み方が妥当なのか、そんなに面白いものか。

しかしいずれ川の流れが決まっている以上、どんな理屈も計算もイメージも、結局はそれへ寄与するように生み出されるのです。ここではただ、薫がすでにその流れに自ら身をまかせようとしている、ということがクリアに伝わってくるのみです。

第35回　『総角《あげまき》』あるいは恋愛という観念

八宮《はちのみや》の一周忌。薫は相変わらず宇治の姫たちの世話を焼いています。二人の姫は、喪が明ける準備に名香の飾り糸を引き散らしています。その組紐を結び上げたもの（「総角」・あげまき）が御簾の端から、几帳の隙間を通してのぞきました。薫は大姫に、

総角《あげまき》にながき契《ちぎり》をむすびこめ
　おなじ所によりもあはなん

と書いて見せます。大姫は、

貫《ぬ》きもあへずもろき涙の玉の緒に
　長きちぎりをいかが結ばん

と、相手にされません。薫は仕方なく、匂宮《におうみや》と中姫《ちゅうひめ》とのことを熱心に勧めます。「世の中（男女のこと）のことなども分っておいでになるらしく存ぜられますのに、あまり餘所《よそ》々《よそ》しいようにばかりなさいますので、こんなにまで打ち明けてお頼み申し上げている志を無になさいますのが、恨めしゅうございます」と。どこまでが匂宮のことで、どこから薫自身のことか、曖昧です。

大姫《おおひめ》は父の遺志は結婚しないでここで生涯を過ごさせたいというものだったと思うが、「私よりは年も少々若くて、深山《みやま》住まいをしますのにはお気の毒に思われます人（中姫）のお身の上だけは、何とかこのまま朽木《くちき》にさせてしまいたくないものと思い、（薫に）お世話したいとひそかに思っているのでございます」と言います。

がっかりした薫は、例の老女房に愚痴ります。老女房も二つそれぞれの縁が結ばれればと願っているものの、他のよろしくない女房たちと違って、我が身の安寧のために姫たちを責めることはしかねる。姫たちの気品の高さに、思うままにも申せません。

薫はその晩、宇治に泊まります。大姫は隔てを置いて、話し相手になることを承諾します。女房たちには、側を離れないようにと言いつけていたのですが、皆、薫の真意を察するように退いてしまいます。怖ろしくなった大姫は、奥へ引っ込もうとしますが、薫が屏風を押し開けて入ってきます。「隔てを置かぬようにしてとは、こういうことを言うのでしょうか」と、非難する大姫はなお魅力的です。薫は乱暴なことはせず、艶麗な大姫の黒髪を撫でて一夜を過ごします。こんな山荘にもし、自分のようでない男が押し入ってきたなら、その妻にされてしまうだろうと心配です。が、喪服姿の大姫に無理強いなどしては、浅薄な男と見られるでしょう。

女房たちは二人がそのようになったものと思い込んで、部屋に引っ込んでいます。大姫は父宮の言い遺したことを思い出し、保護者に先立たれると、こんな心外な目にあうものかと嘆きます。

夜が明けますと明るくなった障子を開けます。姫も少しいざり出て、身に沁みるような空を二人で眺めます。「お互いに何ということもなくて、ただこういう風に月だの花だのを同じ心で賞翫《しょうがん》しながら、世のはかなさをお話し合って暮したいものですね」と薫が言えば、ようやく怖ろしさも薄れて、「かようにはしたない思いをせずに、ものを隔ててお相手をさせていただくのでしたら、ほんとうに心の隔てなどは何もないようになりますのに」と姫は応えます。

まるで恋を成就した男のように朝帰りなどできない、と言う薫を説得して帰すと、大姫は考えます。やはり自分はここで独身のまま終わろう。薫があれほど気高い様子でなく、普通の男のようであったなら、むしろ結婚してもよいと思ったかもしれないが。ただ若く美しい盛りの妹姫が薫と結婚し、その世話をするのだったら嬉しいことだろう、と。そのように思い詰めて泣き明かし、中姫のいる方へ寄り添って寝ます。夜着をかけて差し上げようとしたとき、移り香が紛れようもなく、薫の強引さに姉が負けたのだろうかと、中姫は気の毒に思います。京へ戻る薫の挨拶にも、文にも、体調が悪いと取り合わない大姫を、あまりに子供じみていると女房たちは非難するのです。

一周忌が過ぎて、薫が宇治を訪ねても、大姫は会おうとしません。薫は仕方なく、またあの老女房に訴えます。他の女房たちは自分たちの生活の安定のため、なんとしても大姫のところへ薫を手引きしようと画策します。大姫は、もしまた薫が迫ってきたら、妹を与えようと考えています。見る目を喜ばしくさせるばかりの中姫と結婚してしまえば、きっと満足するであろう、と。女房たちの思惑を理由に中姫を説得しますが、中姫は情けながるばかりで強くは言えません。日が暮れても薫は帰ろうとしないので、大姫は困り果てます。誰もが大姫を薫に娶せようとしているのです。

薫は、大姫の気持ちが傾くまでこのままでよいと思っています。また世の無常を強く感じるところから、大姫の考えも理解できるのです。「それならせめて今夜だけでも、お寝みになっていらっしゃるあたりへそうっと連れて行っておくれ」と老女房に頼みます。物思いで眠れない大姫は、近づいてくる足音を察知します。よく寝入っている中姫を可哀想に思いながらも、残して逃げ去ります。薫は、相手が中姫とわかると、何も知らなかった様子を気の毒に思います。美しく可愛らしいのはむしろ姉より勝っていて、この人も他人に渡したくはない。しかし自分の本意が軽く見られるのが嫌なので、やはり話をするだけで夜を明かし、「世にも情《つれ》ないおん姉君のお仕打ちを、見習わないで下さいよ」と、後々に機会があろうことを示して帰ります。

中姫は、もはや姉すら信じられないと思い乱れます。薫はいつもより早く帰ってしまい、大姫本人もどうなったのかと気を揉んでいます。そのため薫から届いた文を嬉しく感じるというのも妙なことです。

同じ枝《え》をわきて染めける山姫に

いづれか深きいろと問はばや

言葉少なに書かれていて、真意はわかりません。女房たちに返事を急かされた大姫は、

山姫の染むる心はわかねども
うつろふ方や深きなるらん

さりげなく書かれた字の美しさに、やはりこの人を忘れられない、と薫は思います。思い悩みつつ夜を明かし、匂宮のもとへ参上します。薫の特別な香りに、それと気づかれた匂宮は外へお出ましになり、階の高欄に寄りかかって世間話をします。匂宮はまた、中姫への取次ぎをしてくれないと恨みがましく言われます。その中姫の容姿をあの夜、はっきりと見た薫は、いまや自信をもって匂宮にお薦めできる。やはり中姫は匂宮にお譲りしよう、と決意してやってきたのでした。

秋の彼岸の終わりの日に、薫は匂宮をこっそり宇治へお連れします。先に一人で山荘に入り、老女房の弁に「おん妹君の方へは、今少し夜が更《ふ》けてから、先夜のようにして案内をしてくれませんか」と頼みます。弁は、どちらの姫が薫と結婚しようと同じことだと、引き受けます。

大姫は、薫が中姫に心変わりをして、それを自分に告げたいのだろうと嬉しく思います。しか

し話をはじめると、薫は障子の隙間から大姫の袖を捕らえ、恨み言を言われます。大姫は、このように会うのを許したことを後悔しながら、自分と同じなのだから中姫にしてほしい、と繰り返します。その中姫のところには、匂宮が向かったのでした。薫に教わった通りに戸口で扇を鳴らすと、老女房の弁が薫と思い込んで手引きします。匂宮は、この物馴れた女房がいつも薫を大姫の寝所へ案内しているのだろう、と面白く思われます。薫がいまだに想いを遂げられてないなどとは、考えもおよばないのです。

薫からそのことを聞いた大姫は憤慨し、嘆きます。薫はあれこれかき口説きつつ、またしても何もせぬまま夜を明かします。中姫のもとで寝過ごしてしまいそうな匂宮を気遣い、咳払いなどするはめになったのも損な役回りです。

六条院に戻った匂宮は、すぐに中姫に後朝《きぬぎぬ》の文《ふみ》を

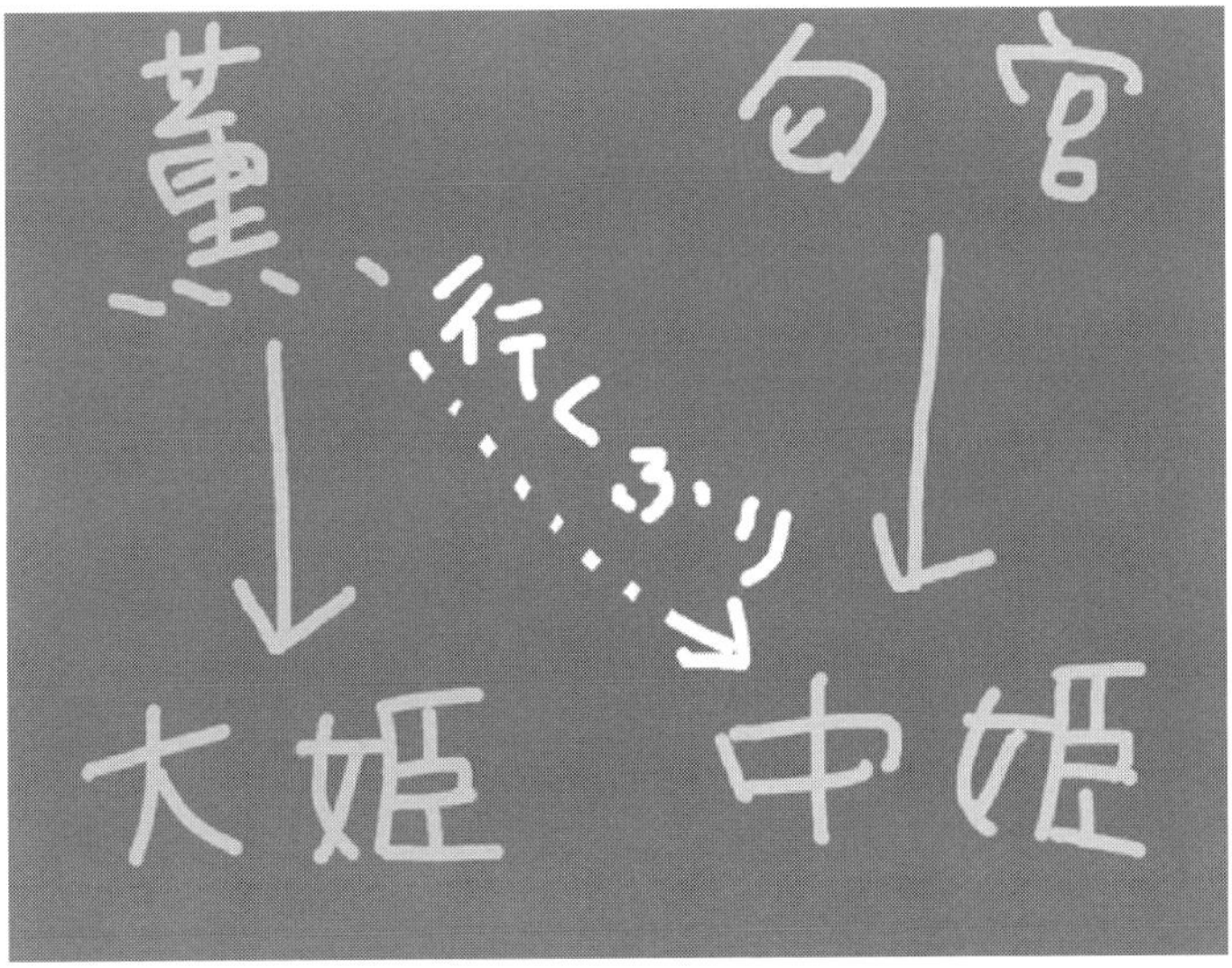

送ります。人に知られないようにと、普段通りの殿上童に持たせたのです。大姫の方では、結婚の儀として禄を贈りますが、童が固辞しますので包んで供の者に渡します。正式な結婚とは考えてない匂宮は、きっとあの老女房の出しゃばりだろうと不快に思われます。

結婚第二夜である翌晩、冷泉院の御用があるからと来ようとしない薫を置いて、匂宮がやってきます。どうにか風流に飾り付けを済ませ、新婚の婿を待っていた大姫は、望まないことだったのに嬉しく感じるのも不思議です。結婚第三夜には、勝手がわからないながらも儀式に使う餅を一生懸命に拵えます。薫からは恨み言とともに、さまざまに行き届いた贈り物があります。しかし匂宮の連日の外出に、母の明石の中宮からの厳しいお叱りがあります。どうやら本心から困っているらしい匂宮に、薫は内裏のことを引き受け、明石の中宮に対面します。中宮の周りは素晴らしい女房ばかりで、薫の気を惹こうとする者もいますが、世の無常を思っている薫は相手にはしません。一方で明石の中宮に、長年の憧れである女一宮《おんないちのみや》の面影を探りもします。

夜更けになって荒い風が吹くなか、匂宮がやっと到着しますと、大姫はやはり喜びを禁じ得ません。中姫は大変美しく装い、美女を見慣れた匂宮の目にもこれ以上の人があろうかと思われます。その一方で、山荘の女房たちが似合いもしない盛装で色めきたっているのを見るにつけ、大姫は自分もまた盛りを過ぎた女で、あれらほどは醜くないと自惚れているだけかもしれない、薫にはやはり似つかわしくないのだと考えます。

匂宮は中姫の美しさと可愛らしさに、内親王もこれほどではあるまい、今帝の身内であるからといって自分の方がこちらの血筋よりも上というのは間違いである、とまで思われます。二人で出て、夜明けの空を見ます。荒々しい宇治川の眺めに、なぜ長いことこんなところに、と匂宮は涙ぐまれます。中姫も、取り澄まして気高い薫よりも匂宮に親しみを覚えます。もっとも「中絶えんものならなくに橋姫の　かたしく袖や夜半《よは》にぬらさん――愛していても身分柄、なかなか来られない。不安に思わないように」という匂宮の言葉は心細いものです。別れ際の中姫の悲しそうな様子に深い愛を覚えられた匂宮は、文を毎日書かれますが、途絶えはどうしても長くなり、大姫は不安で煩悶されます。

九月になって匂宮と薫が連れ立ってやってきます。大姫は嬉しい反面、薫が来たのを面倒に思います。ただ中姫をいきなり妻にしてしまった匂宮と違い、手出しをしない薫の思いやりには感謝するのです。婿扱いされる匂宮に比べ、さすがに気の毒な薫と物越しに話すことだけはします。薫は言葉を尽くして口説きますが、中姫と匂宮とのことで心労が増した大姫には、いっそう疎ましく思われます。薫の真心を理解すればするほど、いずれは互いに幻滅を感じるだろう結婚などせず、気持ちを保ち続けたいと願います。容貌が衰えていますから、がっかりされるのでは、と微かに笑っておられるらしい様子が、不思議なまでに慕わしいのです。そんな薫が主人方で大きな顔をしている、と匂宮は相変わらず勘違いしています。

十月、匂宮は紅葉狩りを催します。きっとお立ち寄りになるはずと、薫がこまごまと言ってやったので、宇治では掃除などに余念がありません。しかしながら一行は仰々しく、宴では人の出入りが多くて、結局はお忍びで宇治へ向かうことはできません。派手な遊びを見せつけられ、無視して通り過ぎられたかたちになってしまいました。中姫はそれでも匂宮の愛を信じるところがあるのですが、失望した大姫は健康を損ねます。

匂宮が顧みようとしない左大臣（夕霧《ゆうぎり》）の姫である六の君の兄が、中姫のことを明石の中宮に中傷したので、匂宮への監視が厳しくなり、無理に六の君と結婚させる運びとなります。気の多い匂宮は、かつてから惹かれている冷泉院の内親王のことや、姉宮がもしこれほど近しい血筋でなければ、とあらぬことを考えたり、新顔の女房に引っかかったりしつつ、あえて宇治へ赴くこともなく日を過ごしておられます。

大姫の病気を聞き、薫が見舞いに訪れます。匂宮と中姫のことを慰めて、世話を焼いて看病します。しかし薫の従者が匂宮の禁足のこと、六の君との婚約のこと、それが意に染まずに内裏で放埒に暮らしていることなどをしゃべってしまいます。それが耳に入ると、大姫はもはや生き永らえようとは思わなくなります。中姫が夢に父宮の姿を見た、と言われるのを聞き、二人で泣くのです。

十月の末に匂宮から文が届きます。もう一ヶ月も逢わないので匂宮も気が急いているのですが、いちいち障りが生じて出かけられません。母の中宮も少し譲歩して、そんなに好きな人がいるならば、六の君と結婚した後に重々しく迎えたらよい、と言われます。薫は、匂宮の心が期待していたよりも軽いと、あまり近寄らなくなります。一方で大姫の容態を気にかけていますが、見舞いに訪れると、知らされていたよりも重篤です。どこが悪いということでもなく、ただもう物を召し上がろうとされないのでした。

もはや会えないまま死ぬのかと思っていた、と言う大姫の手を取り、薫は泣きます。阿闍梨《あじゃり》が、夢に見た八宮がまだ冥府への道に迷っている、と言うのを聞き、大姫はその父と同じところに参りたいと願います。いくら祈祷をしても、本人に生きる意志がないのです。出家を望まれますが、皆に止められます。薫に付き添われるなか、大姫はものに隠れるように静かに亡くなります。人目もはばからず悲しみ、京へ出ようともしない薫に、その愛情の深さがうかがわれて多くのお見舞いが寄せられます。匂宮からも御慰問の品々が届きますが、最後まで姉を失望させたままだった方だと思うと、中姫には嬉しく思えません。

雪の降る日に、女房たちを集めて話などさせますと、皆口々に、中姫を結婚させたことを胸の内で深く後悔され、独りひそかに煩悶されて、ちょっとした果物すら口にされなくなった、と言います。薫は取り返しのつかない思いで安眠できません。と、夜明け頃、雪のなかを誰かがやってきます。悪天候をおして匂宮が訪ねてきたのでした。中姫は逢おうとせず、そのまま姉の後を追って消え入ってしまいそうで、匂宮は泊まってゆきます。中姫に冷たくされる辛さから、自らの仕打ちを顧みられるのでした。

暮れになって、薫は京に帰ります。薫の悲しみが深い様子に、明石の中宮も宇治の姫たちを軽々しく扱うべきではないものであったとお思いになります。その意を受け、中姫を二条院の西の方に迎えよう、と匂宮は考えるのでした。

『総角』の巻は、大姫の死という宇治物語最大のクライマックスを含むものです。大姫は死の床で薫を待っていました。会えずにこのまま死ぬのかと思った、という言葉から、それがうかがえます。相愛の男女でありながら、ついに結ばれずに亡くなります。その場面は、あの紫の上の死と匹敵するほどに心を動かされ、涙を誘う。この大姫の死を薫が看取る場面が「『源氏物語』中で最もエロティック」と評されることがあります。エロティックという言葉の定義にもよりますし、そうかなあ、とも思いますが、その評言で主張したいことは、なんとなくわかります。つまり男女の仲にとってすら、肉体的な結びつきは絶対的なものではないと強調したい。

大姫の死が涙を誘うのは、相愛の男女が結ばれなかったからではありません。大姫は、薫との結びつきが幻滅に終わることなく、永遠なれと願っていた。それがある意味で成就したことが感動をよぶのではないか。永遠の関係であろうとするがゆえに肉体的に結ばれることを拒み続けるという、それは普通の人々には理解しがたく、女房たちは非難していました。しかし当の薫は、わかる気がすると思ってしまうのです。つまりは肉体的に結ばれるまでもなく、二人はすでに通じ合っていた。それは薫が私淑していた大姫の父・八宮の思想を通して、です。

『源氏物語』は理想から幻滅へという流れに沿って進んできました。大姫は、この幻滅への流れにほぼ唯一、抗し得た女性です。あえてもう一人を挙げるなら、紫の上がそうでしょう。大姫の死が紫の上のそれに匹敵し、重なり響き合うというのは、そういうことです。

大姫の死には、多くのエピソードが背景として流れ込んでもいます。相手を拒むことで永遠に相手のなかに残ろうと、若い人を身代わりにして逃げ去る、というのは物語の最初に出てくる空蟬《うつせみ》がそうでした。また愛する妹（または娘）が男に軽くあしらわれたと誤解し、煩悶して死んでしまうという成り行きは、夕霧と柏木未亡人の落葉の宮、その母のエピソードを思い出させます。

しかし大姫の死には、これらのエピソードにあった批判的な、あるいは戯画的なところは一切ありません。それらを踏襲したものではなく、ましてやパロディなどではない。大姫の死こそが、まさに『源氏物語』のテーマに肉薄する本歌である。これまでのエピソードの方がむしろ、そのテーマに我知らず袖すり合った瞬間の、哀れな浮世の人々の姿です。

では、大姫の死とは何なのでしょうか。そもそも大姫は、なぜ亡くなったのか。もちろんここでは、中姫と匂宮との結婚の行方に煩悶されて、と説明されます。しかしそこに落葉の宮の母が陥っていた誤解はありません。大姫は不運な愚かしさによってではなく、もとより宿命的に抱えた絶望感によって絶望している。大姫が徐々に何も口にされなくなるのは高僧の寂滅を思わせます。それが煩悩による煩悶と紙一重、ということこそ真実に近い。

そのような深い絶望こそ、薫が抱え、彼を宇治に導いてきたものです。薫と大姫との恋愛とは、絶対的な絶望感を共有し、それゆえに求め合う極めて観念的なものです。

このような観念的な恋愛小説こそが究極的な恋愛小説である、という価値観は今日でも生きています。それはセックスや風俗や、ちょっとした心理を描くものではなく、恋愛を通した世界認識そのものを示しています。

現代の人気作家、江國香織さんの描く恋愛も、紛れもなくこの系譜に属します。そこに登場する男は、主人公の女性にとってはすでに生身の男ではなく、彼女が世界を把握するための核です。すなわち神的な様相を帯び、彼を中心として彼女は世界を観念的に認識してゆきます。江國香織作品が直木賞を受賞し、いわゆる大衆作家として位置づけられているのは驚く（呆れる？）べきことです。現世の制度を取り仕切っているのが多く男性であることから、もしかすると彼らは江國作品で描かれている男性にリアリティがない、自分たちとかけ離れている、すなわちただの人気作家だ、と考えているのかもしれません。

しかし男性作家の作品に出てくる女性もまた、たいていは現実の女性らしくなく、彼らのテーマを表現するための媒体に過ぎない。そこからすれば男たちが自分たちを描いてもらっていないから、それを文学として読めない、というのは能力がなさすぎる。「100パーセントの女の子」なーんて書いちゃうような男性作家が、いったい何の冗談なのかノーベル賞候補だなんて取り沙汰される世の中なのに、何のことはない。

そしてもしかして、このことの方がむしろ江國作品を制度に取り込むことを難しくしているのかもしれませんが、そこでの女性たちは自分の世界の核である男性が神さまなんかじゃないこと、単なるくだらない浮気男であることをとっくに知っている。彼女たちはだから最初から、本当は大姫のごとく絶望している。薫もまた関係を結んでしまえば例外ではない、ただの男だと思い知らされると、よくわかっている。大姫のように。

『ウエハースの椅子』は、三十八歳の画家である私が、妻子ある恋人のときたまの訪れをはさんで暮らす日々を綴ったもので、プロットらしいプロットもありません。ただ読みはじめると目が離せない。彼女が恋人を核として自分の世界を形作っている、その危うさと美しさ、緊張感。ときおり部屋には絶望が訪れます。絶望は観念であり、彼女に子供の頃のことを思い出させる。あるとき彼女は、絶望が恋人に似ていることに気づきます。少しずつ不安定になっていった彼女は、恋人との別れを決意し、物を食べるのをやめて（大姫のように）自然に死んでしまおうとします。『落下する夕方』の梨果は、八年間を一緒に暮らした健吾から突然、別れを告げられます。華子という女性に恋をしたというのが理由でしたが、その華子はなぜか健吾のいなくなった、梨果の部屋に転がり込んできます。

これらの作品を「不倫のなれの果てのアラフォーの姿」とか「新たなる三角関係」といった社会的風俗で読み解こうとするのは無意味です。『ウエハースの椅子』の妻子ある恋人が家庭でどのような状況にあり、その社会的立場がどうなのかはここでは関心の外。問題は私という（正しく一人称である）主人公と世界との関係のみに集約される。彼女の世界には、恋人と妹、妹の恋人、猫、そして絶望という、世界との関係を構築する最小限のものしか入ってきません。しかし、その世界にもちょっとずつひび割れが生じる。恋人に現実を背負っている存在感が微かによぎり、そして主人公にもそれを担保するような俗っぽい希望がちらついてくる。それこそが危機であり、彼女を不安定にさせ、世界という観念の破綻を見まいとさせる。

『落下する夕方』の華子は、あの『ティファニーで朝食を』のホリー・ゴライトリーを思わせるように奔放で勝手ですが、少女じみて頼りなく、無垢です。華子に男を奪われた女たちが皆、腹を立てつつ気にかけるのは、彼女がまるで子供そのものだからでしょう。とりわけ梨果は、華子を失って激しく取り乱します。実際、華子が本当になついた他人は梨果だけのようなのです。それをまたレズビアンといった社会的なコードに当てはめようとすれば、ただの的外れになる。

「かつて、私は子供で、子供というものがおそらくみんなそうであるように、絶望していた。」

(『ウエハースの椅子』)

世界と対峙しようとするとき、恋愛はひとつの方便に過ぎません。あらゆる制度とも社会的なコードとも無縁に、ただ永遠で絶対的な観念で世界を捉えようとするなら、子供の自分が世界と対峙した、そのときと同じ光景が喚起されるのは必然です。

江國香織が児童文学からデビューし、魅力的な童話をも書き続けていることも必然であるように思えます。そのことが社会的な文学の制度においては、いわゆる「女子供の文学」としてさらに判別評価を難しくしているのだとしても、この系譜は本当のところは文学の純粋な観念をめぐっている。それに、文学で解決される社会問題などすでにない今日、女子供以外にいったい誰が小説を読むというのでしょう。

私は江國香織さんと近い世代ですが、この系譜の作品のプレテキストとして金井美恵子という先輩作家を尊敬し、忘れることはできません。私は二十代歳前半に、金井さんの長編『岸辺のない海』や『愛の生活』、『海の果実』といった短編小説を繰り返し読みました。小説として正統的なテクニックによって完成されていたかどうかはともかく、まだ子供に近かった自分の、そのままの感性で直接的に世界と対峙すること、それが文学そのものだということに非常な驚きと新鮮な感動を覚えました。

女の子たちは恋愛のことばかり考えています。それはけれども、男のことばかり考えているのではないのです。恋愛を通して世界を把握しようとしている。そうでなければ他人に夢中になどなれるわけがない。そしていつしか、あるいは賢い娘なら最初から恋人とは観念に過ぎないと理解する。その深い絶望ゆえに、ときには死をもって世界という観念を守ろうとするのです。大姫のように。

第36回　『早蕨《さわらび》』そして三角と四角

大姫《おおひめ》が亡くなり、中姫《ちゅうひめ》は父宮を失ったとき以上にうち沈んでいます。年が明けると、阿闍梨《あじゃり》からは見舞いに山菜の籠が贈られます。悪筆ながらも一生懸命に考えたらしい歌も添えられ、麗しく言葉数の多い他の人の文より身に沁みて、涙がさそわれます。この阿闍梨はどうやら心底冷たい人というわけではなくて、社交下手なようです。

悲しみに茫然としたままの薫ですが、想いを聞かせる相手といえば匂宮《におうみや》しかいないので訪ねて行きます。涙もろいところのある匂宮は悲喜こもごもの言葉を受けとめ、話し甲斐のあるように応えられます。大姫と薫の仲がプラトニックなものに終わったという点だけは信じようとしないのですが、他の点では繊細に思いやってくれるので、薫も気が晴れます。

匂宮は通ってゆくことがますます困難になったため、中姫を京へ迎えようと考えています。大変喜ばしいことである、と薫は言いますが、こんなに早く大姫を失うのなら、自分のものにしておくべき姫だった、と惜しく思うのです。しかしそのような考えは誰のためにもならないので、中姫の引っ越しの準備にあれこれ世話を焼くことに専心するのです。

大姫の喪が明けるのも寂しく、顔も覚えてない母親の代わりに長く服喪したいと中姫は思うのですが、決まりごとには逆らえません。薫からは、季節は春の花に似た衣装などさまざまに贈られ、兄妹ですらここまではできまいと思われます。地道な考え方の老女房たちは、そういう経済的な心遣いを重く受け止めるのです。薫を見知っている若い女房たちは、中姫が匂宮に嫁したら、薫はいかに恋しく思うでしょうと同情します。

中姫が宇治を発つ日に、薫は訪ねます。大姫のこと、自分の心弱さのためについに妻にできなかったことなどが思い出されて、悲しいのです。しかしめでたい日ですから、薫自身もまた京では近くに住まうこと、出過ぎないほどに世話を焼くつもりであることを述べます。宇治を離れ難い中姫の悲しげな様子に、大姫が重なります。薫はまたしても惜しく思い、しかし中姫に接近したあの夜のことは忘れたかのように平静に振る舞います。

不安な中で車上の人となった中姫は、大姫付きだった古女房たちが浮かれているのが疎ましく、世の中は薄情なものだと、物も言う気になれません。一方で山道の険しさに、匂宮の通いが途絶えがちであったことも無理はなかったと、少しは思われるのでした。

中姫が二条院に到着しますと、善美を尽くした設えに、その愛の深さと立派な夫人としての扱いであることが知られます。夕霧《ゆうぎり》は、この二月にも六の君を匂宮に差し上げようとしていたところ、それに先んじるように予想外の人を迎えられたことに不快をおぼえます。物笑いになるまいと、六の君の裳着《もぎ》の式は予定通りに済ませますが、薫にやろうかと考えます。夕霧と薫は同じ源氏を父とする兄弟なので面白くもない縁なのですが、薫だけは他家の婿とするには惜しく、宇治の姫を失って沈んでいると聞いておられましたので。しかし薫は、世の無常を目の当たりにした身で、そんな気になれないと相手にしません。

二条院の近くに住まいを移した薫は、桜の盛りにお訪ねします。中姫は貴女らしく住み慣れて、匂宮もこちらに入り浸りです。それを嬉しく思うのと、妬ましく奪い返したくなる気持ちがないまぜの薫ですが、やはり心をこめて中姫を庇護して差し上げます。中姫は、いまだ物思わしげな薫の様子を気の毒に思われ、もし薫のところに大姫が嫁したのだったら、しばしば行き来もできたろうにと、また思い出されて惜しいのです。宇治での引き籠もっていた暮らしでの方が、まだしも忍びやすかったような悲しみです。

これから御所に出られようという匂宮がやってきて、薫がこちらに来ているのをみとめると、「なぜそう無愛想に、御簾の外などへお据《す》え申したのです。（中略）そうひどく他人行儀にお扱いになったら、罰が当たります」と言うと同時に、「そうは言っても、

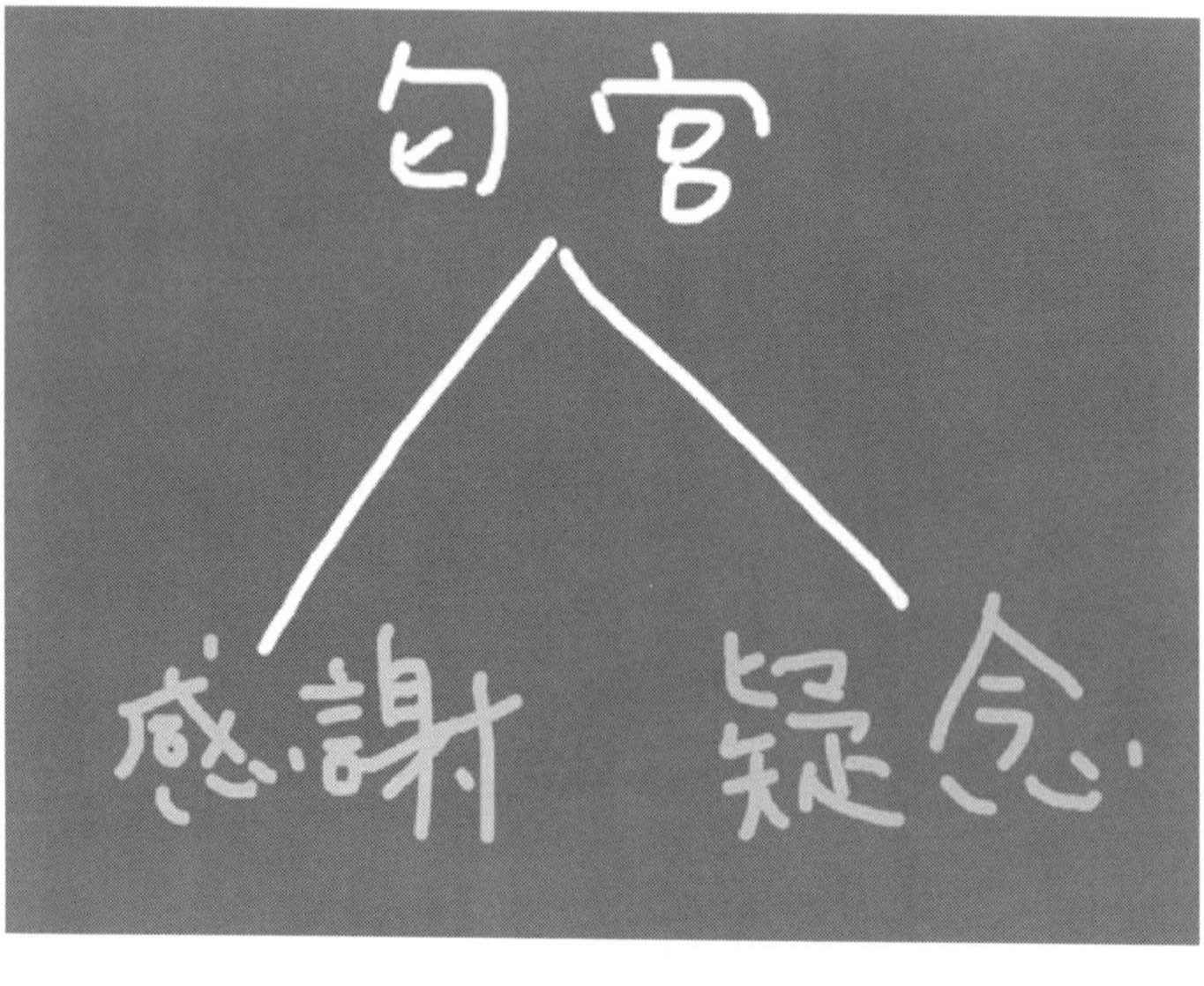

あまり油断なさいますのもいかがでしょうか。ちと疑わしいところもおありのようですから」と、矛盾したことを言われます。中姫はどうしたらよいかわかりません。世にも稀な薫の親切には感謝を示したいのですが、匂宮に嫉妬され、とやかく言われるのは苦しく思われます。

以上が『早蕨《さわらび》』の巻です。

最後の、匂宮の中姫への矛盾した言葉は、まさにダブルバインドです。後ろ盾のない中姫の生殺与奪権を握っている匂宮は、子供に対する親と同様の力を持っています。そしてこのダブルバインドの言葉は、匂宮自身の迷いを示している。薫に対して感謝し、信頼する気持ちと、中姫を奪われるのではという疑心とが共存している。

二つに分断された気持ちは、三角形を形作る。そ

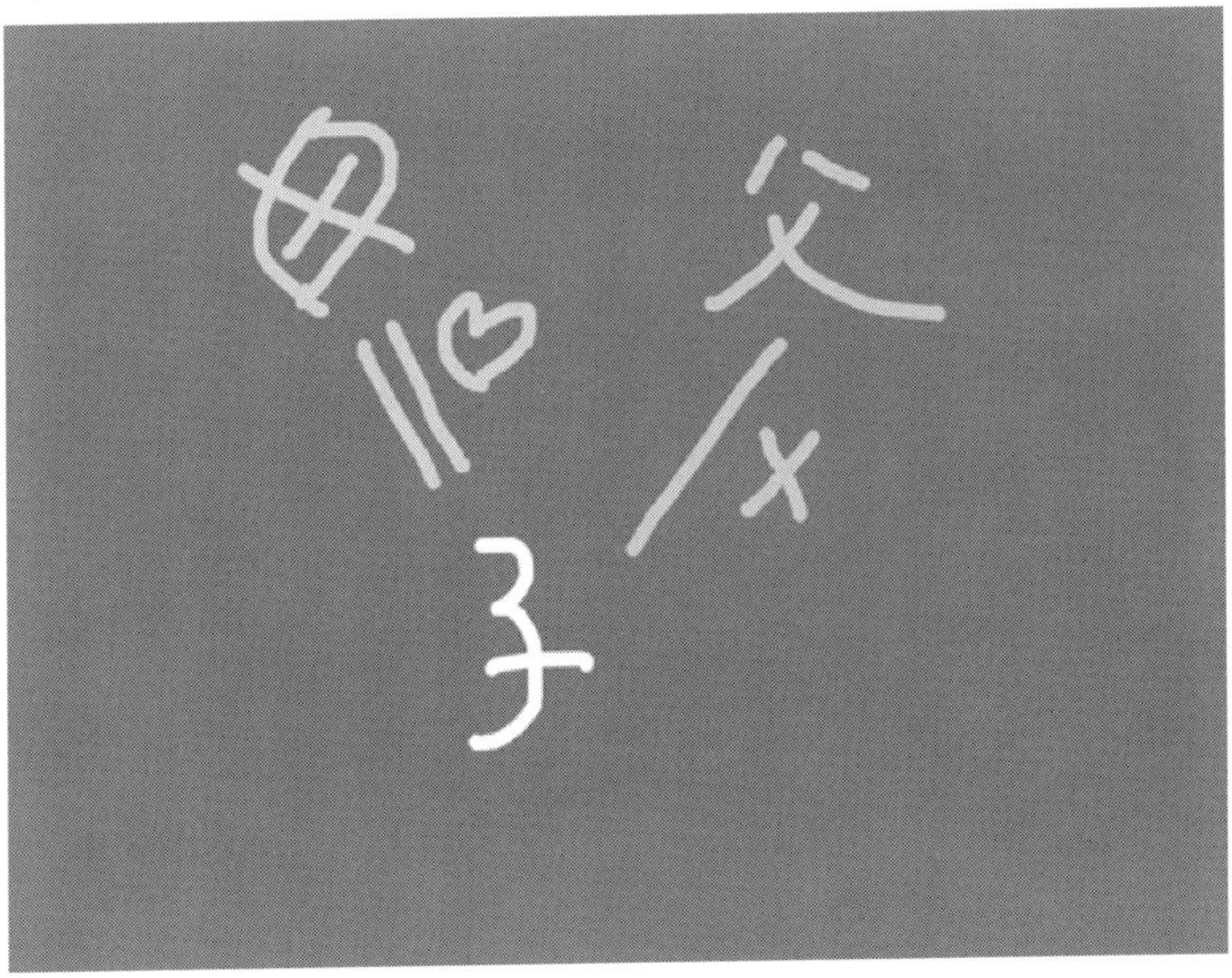

して古典的な精神分析の基礎もまた、両親―子供というエディプス三角形から発生することはよく知られています。

　この葛藤の三角形こそがすなわち現世の執心、浮世の悩みを発生させる根源的な形＝パターンである。小説における登場人物の関係性の基本が三角関係にある、というテクニックもまた、ここからもたらされる。男と女が一対一で向き合えば、めでたしめでたしで物語は完結してしまう。そこから第三者が介入することで関係が不安定化し、物語が立ち上がってくる。その構造を空間的、世界構築的に再度図示すると下図のようになります。

　つまり完結した線分の一次元から、別の次元（二次元）へと文字通り立ち上がるわけです。そうして物語の空間が、ここでは平面として展開する。

　平面は三つの点によって規定される、というのは

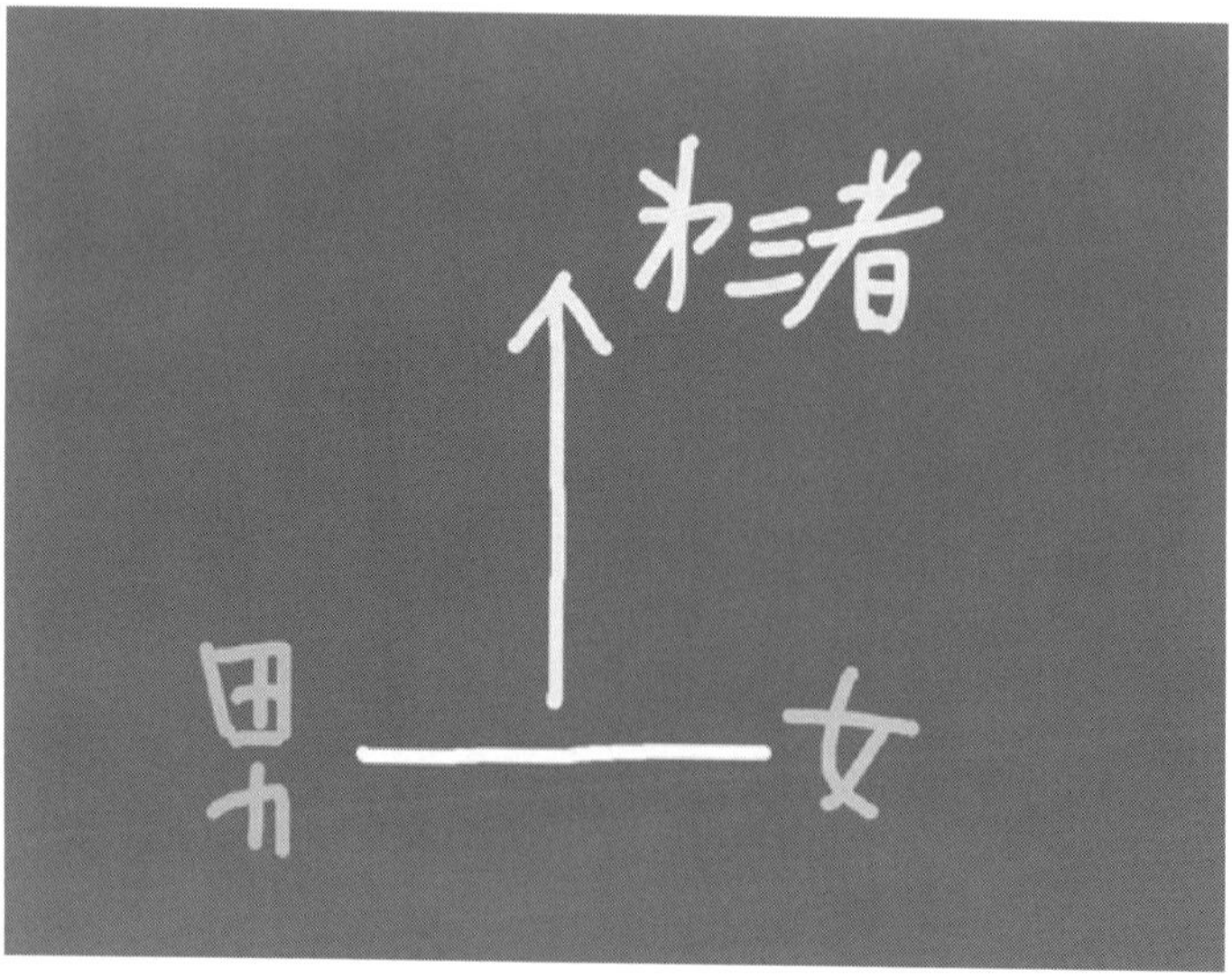

中学校の数学で習ったと思います。すなわち、三つの点で平面が一つ決まるわけです。平面図形である三角形をそのまま広げた平面がそれです。もう一つ点が加わると、別の平面ができてしまう可能性が高い。一平面上の四つの点、すなわち四角形というのは、ちょっと位置がずれると二つの三角形、二つの平面の交わりとなる。

これは四人の男女がいた場合、それが同じ平面上に素直に存在すれば、完結した男女関係が二組ある、というだけの状態にあるが、ちょっと位置がずれると不安定化する、ということです。つまり三角関係が二つできることにもなる。

テレビドラマや小説などで、男二人に女二人が主要な登場人物である場合を見ると、二つの三角関係に持ち込むことで物語を複雑化し、三角関係の持つ緊張感を二重化してキープしようとするものが多い

と思います。テクニック的には、それは正解というか、いわゆる上手い作品になるでしょう。

一方で、二人ずつの男女が各自の相手以外の異性を眼中に入れず、完結した男女関係を平行的に描くものもあります。これはこのままですと、まとまり難い。構造的に中心を措定しづらくなるからです。

これをまとめようとすると、これらの男女関係を俯瞰する、かなり抽象的な高い視点が必要となってきます。いわば神の視点、というべきものです。これは特に日本の小説の場合、「上手い小説」には収まりづらい。内面の肥大化を特徴とする私小説が日本の純文学の基本ですので、観念的な中心を抱えた小説は、日本文学の評価軸から外れやすいのですね。しかし魅力や可能性がないわけではない。漱石が遺作『明暗』でやろうとしたことは、ほぼ等価な登場人物の各視点で物語が可能な構造の中で、観念的な

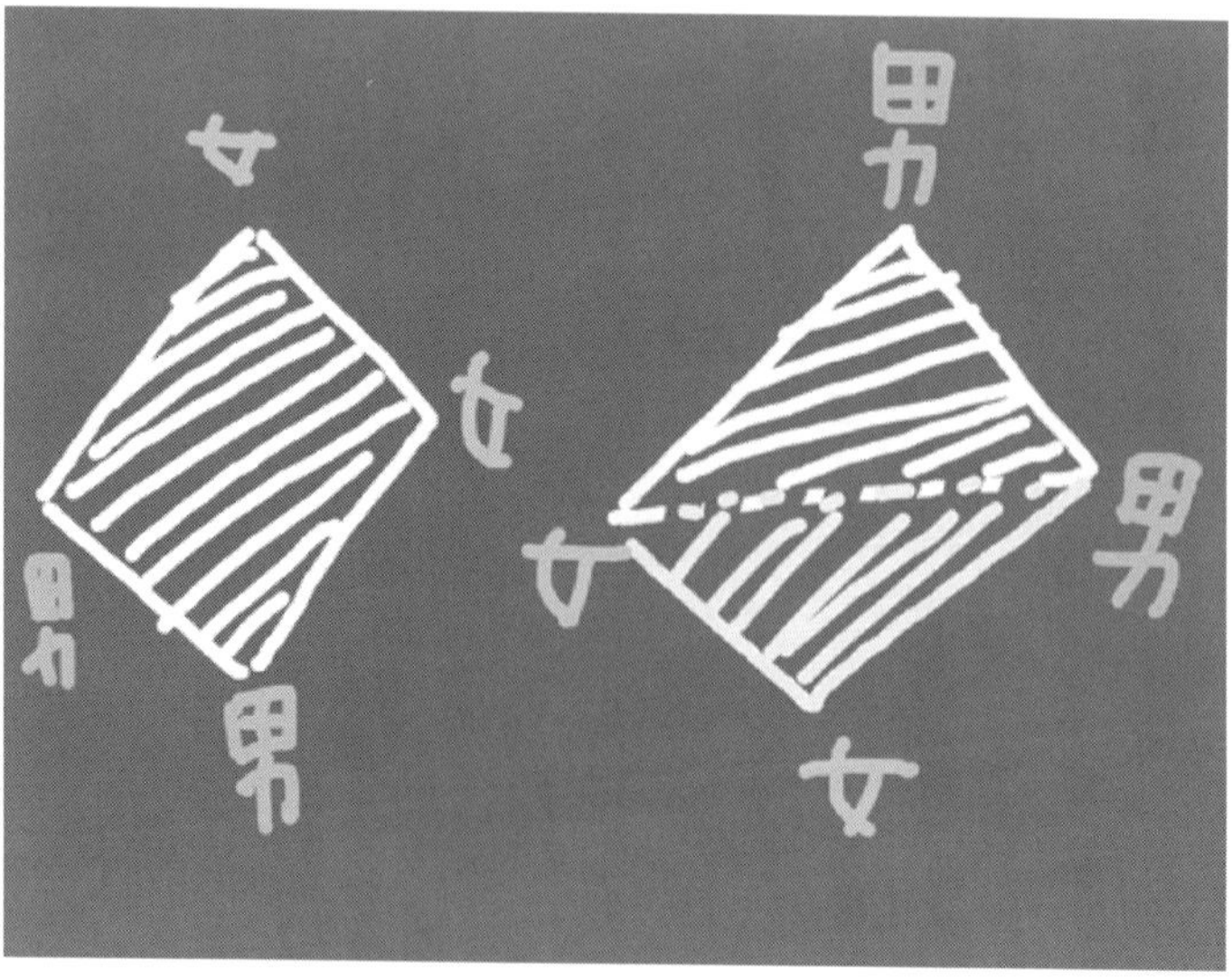

中心を措定することでした。

『宇治十帖《うじじゅうじょう》』は最初、大姫《おおひめ》と中姫《ちゅうひめ》、薫と匂宮という四人の男女がまさにそれぞれの相手と並行的な関係を結んでいますね。このときも神の視点、高い観念性が必要だったわけで、それは八宮《はちのみや》に象徴される仏教の観念、仏の視点であった。そこから見下ろすかたちで彼らが各々の恋の道を歩んだ。ところが大姫が失われたことで、関係図は単純な三角関係に変わります。小説というのは現世を描くものですから、結局のところ、抽象的な観念性だけでまとめ上げることは困難です。薫は高い観念性を抱えた、いわば特殊な登場人物ですが、その彼をして「中姫はもともと自分に許された姫であったのに」といった俗な嫉妬心を抱かせることは、小説としては必須の要請なのです。

そしてこれは、薫の性格設定の矛盾ではありませ

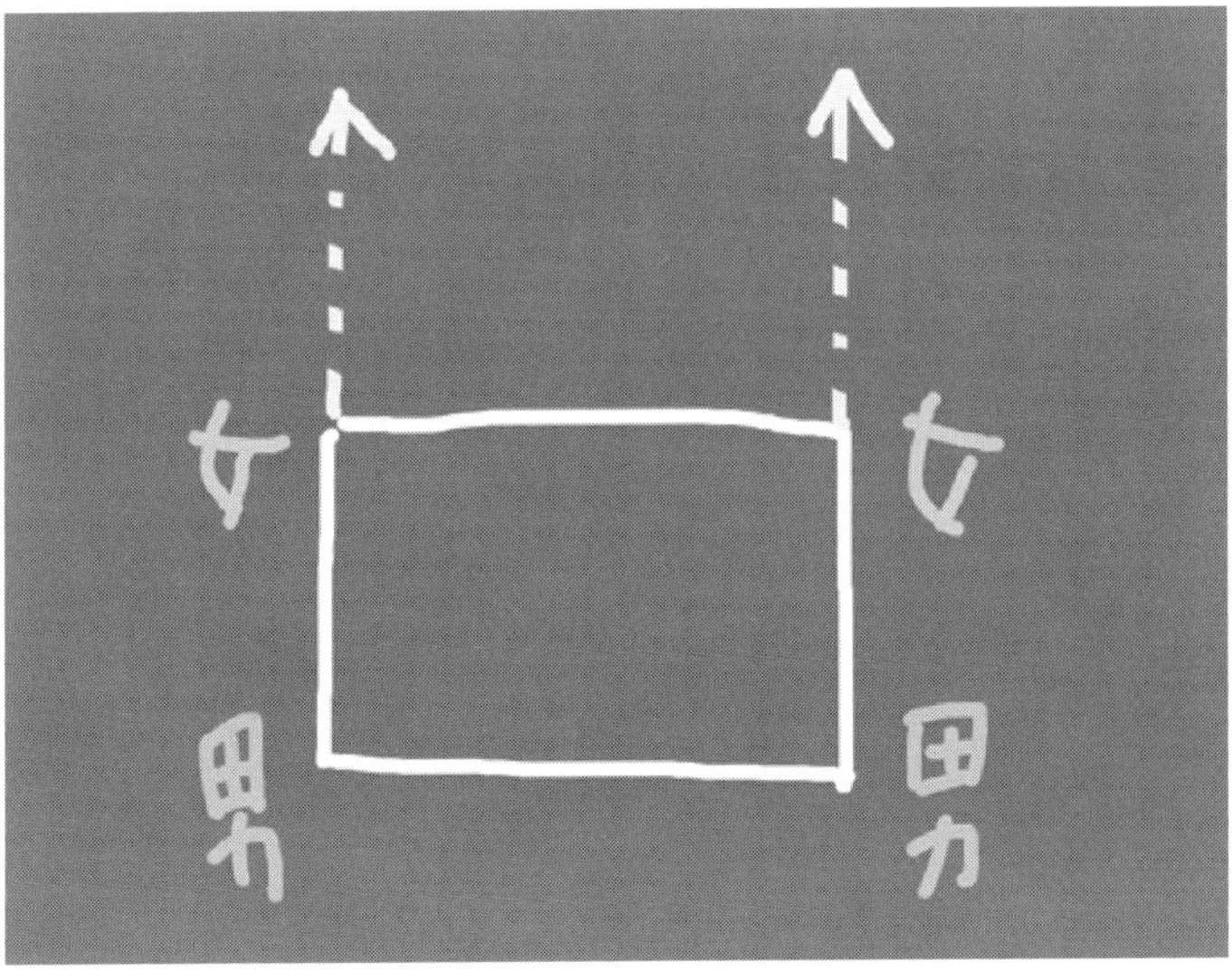

ん。世の中には、最初と最後で登場人物の性格が異なり、その理由が説明できない、いわゆる下手くそな小説も多くあります。それらと一線を画す決め手になるのはその変化によって何を表現しようとしているのかという「テーマ」以外にはありません。

そもそも人間は矛盾した存在ですから、行動パターンが変化したり、性格が変わったようにみえたりすることは変ではない。私たちがそれに難癖をつけたくなるのは現実にあり得ないからではなく、それが文学作品であるがためです。つまり登場人物の性格の一貫性ではなく、〝作者の思想の一貫性〟を求めているからに過ぎません。それが小説の都合、単なるご都合主義からであれば、説得力はない。

大姫が亡くなったことで、物語構造は単純な三角関係に還元されました。ただもちろん、紫式部は並みの作家ではありませんから、この新たな三角関係

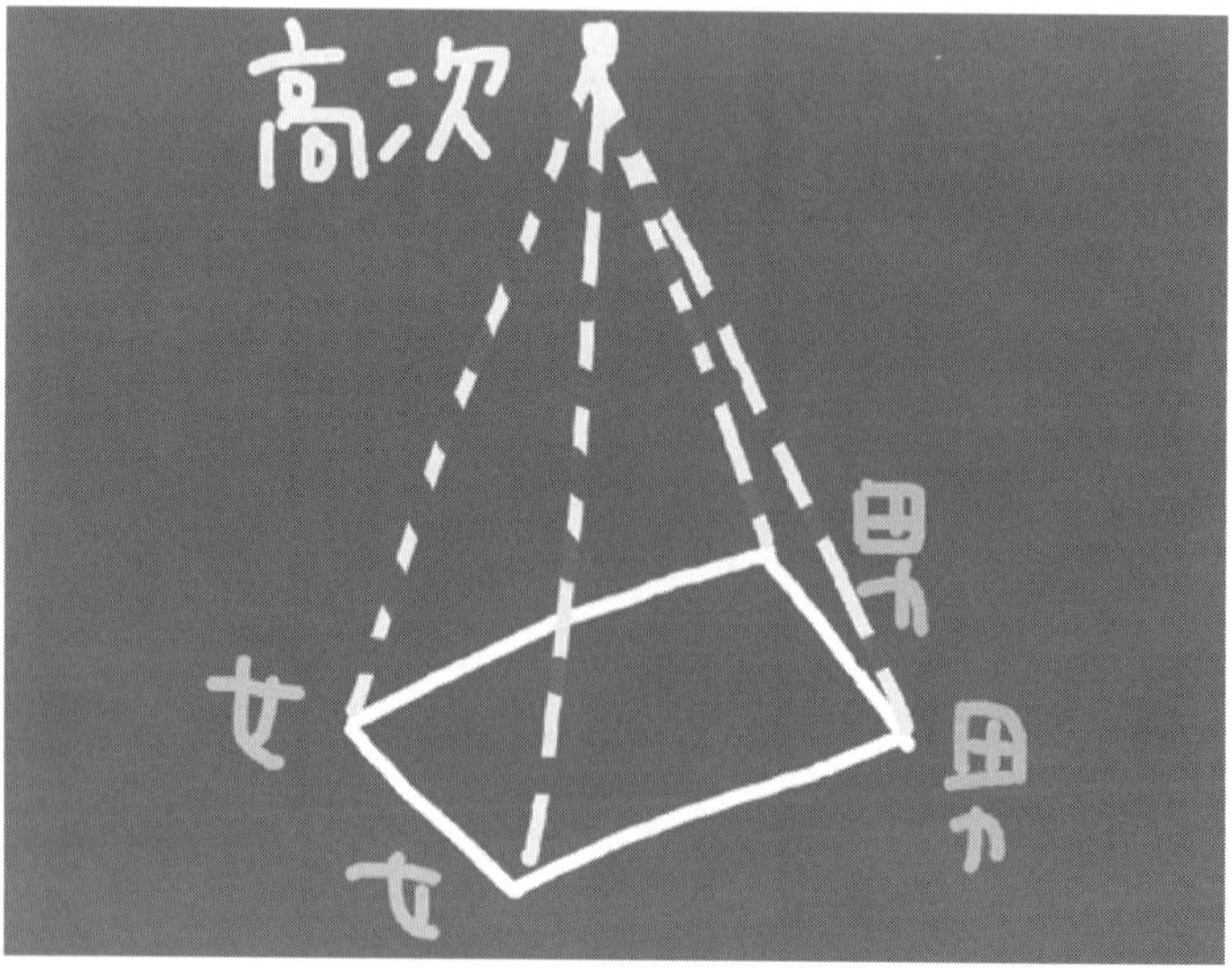

についてもたまたま生じたような印象は与えません。それはもとより大姫と中姫が姉妹であったことです。そして薫はもとより恋愛に身を焦がすような存在ではない、という設定があった。仏道を求めて八宮邸に出入りし、出会ったのが同じく仏道に邁進することを願っている大姫でした。この段階ですでに、薫のアイドルは仏さまから大姫へと、形而下的に下がっている。

その大姫を失い、薫の志向はさらに現世的な中姫という存在に下がったのですね。大姫の妹である中姫は、大姫亡き後、大姫を彷彿とさせる存在である。二人並んでいるときには似ていると思わなかったけれど、その人亡き後、まるでその人であるかのように見間違えそうになる、と。

私たちの日常にもそういうことはありますね。いつも接して距離が近いと互いの差異が目につくけれ

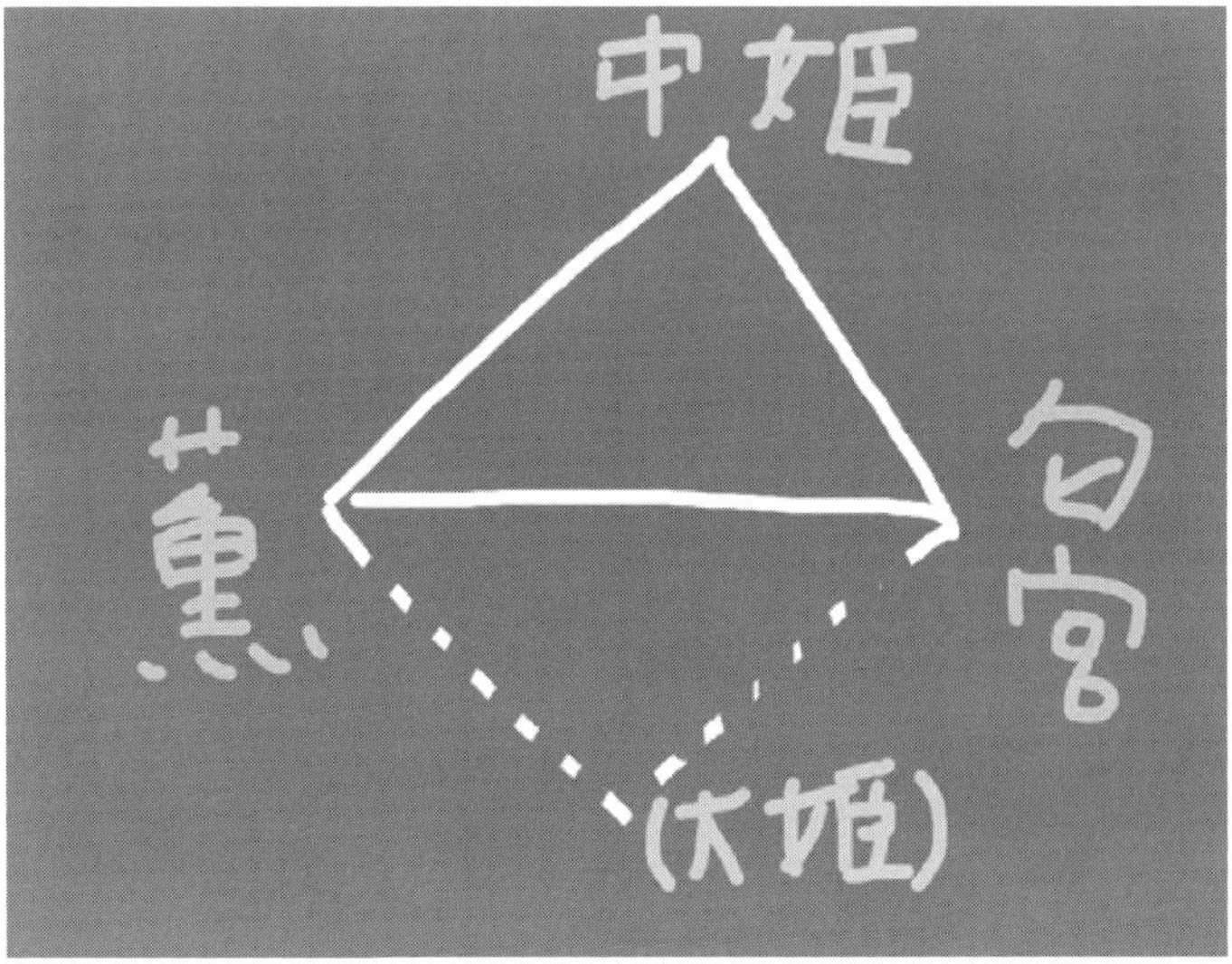

ど、一方が亡くなるなどして距離ができると、子や弟妹などがそっくりに見えるという。上手いですね。

仏↓大姫↓中姫と、下がったとはいえ、存在の必然とでもいうべき説得力があります。悟りすました認識の中に生きていても、所詮は男、というより現世の存在としての必然的な縛りがある。存在の哀しみ、といえば美しい。そして小説とは畢竟、この存在の哀しみを描くもの、と定義できます。

つまり下がったといえば、堕落ととられかねないけれど、堕落なら堕落で構わない、ということです。小説というものは観念から存在への堕落を描くものだ、というのはジャンルの掟であり、たかだか一登場人物の志で覆されるものではない。すなわち堕落の果てにも仏はいる。小説というのは、高い観念としての仏教ではなく、そこからの堕落の果ての仏を見い出すものです。

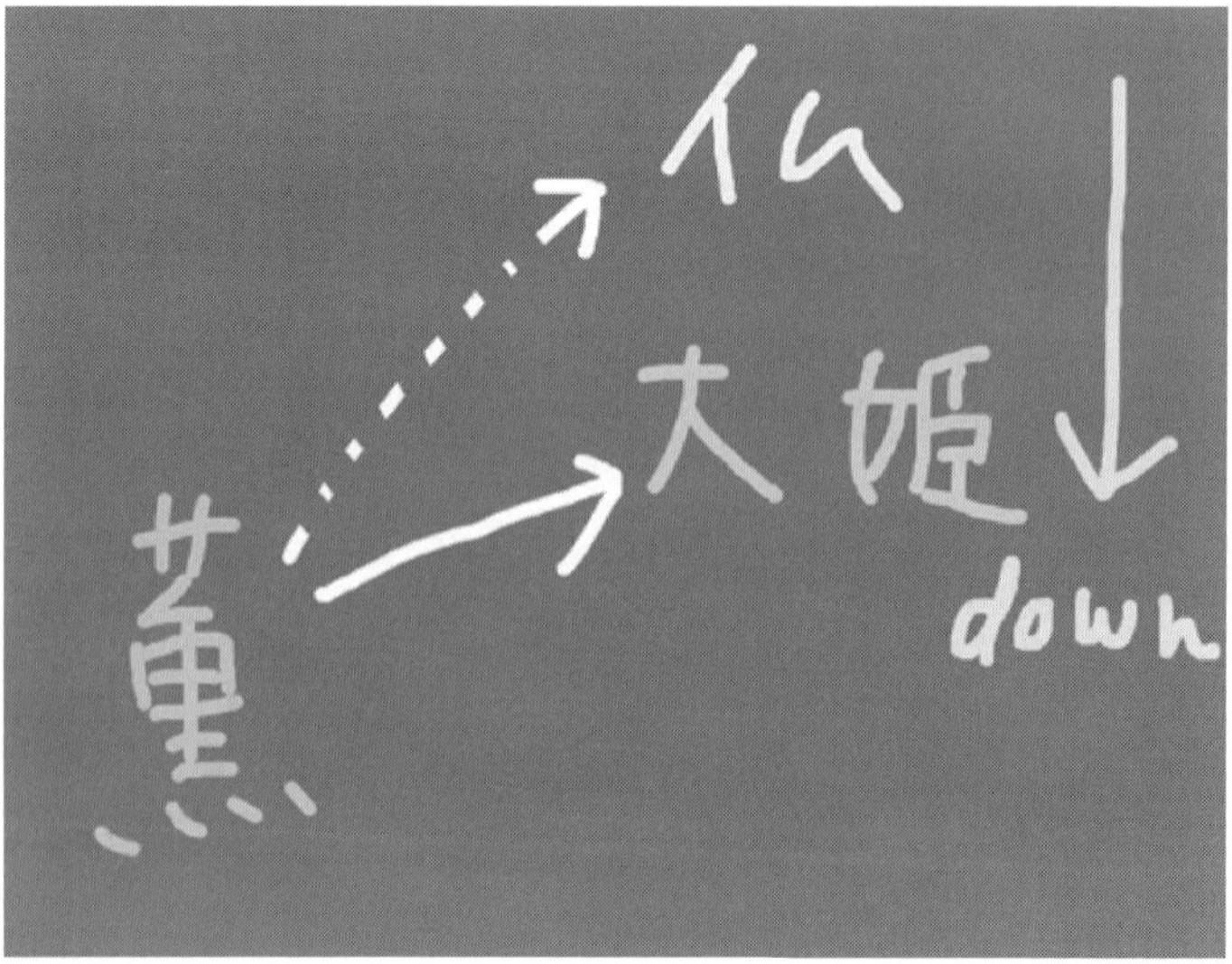

ジャンルの掟として、これは絶対です。そうでないなら小説というジャンルの存在理由がない。宗教的なテキストや、その観念を美的に凝らせた詩があればよいはずです。

しかし、それならばなぜ作家はときに、四角関係の小説を書くのでしょう。存在の縛りこそが小説の必然であり、観念と過剰な認識は小説を青臭く下手くそなものにすると知りつつ、作家は決してそれを完全に捨て去ることをしません。読者もまた、青臭く下手くそな小説だと評しつつ、まさにそれゆえに非常な魅力を感じる瞬間がある。

さきほどちらっと挙げた夏目漱石は、日本近代文学の父とよばれ、その名を知らない人はいません。けれども私たちが高校の教科書などで『心』を読まされたり、大学に入って一念発起で全集に挑戦したりしても、あまりぴんとこないことが多い。「なんか、

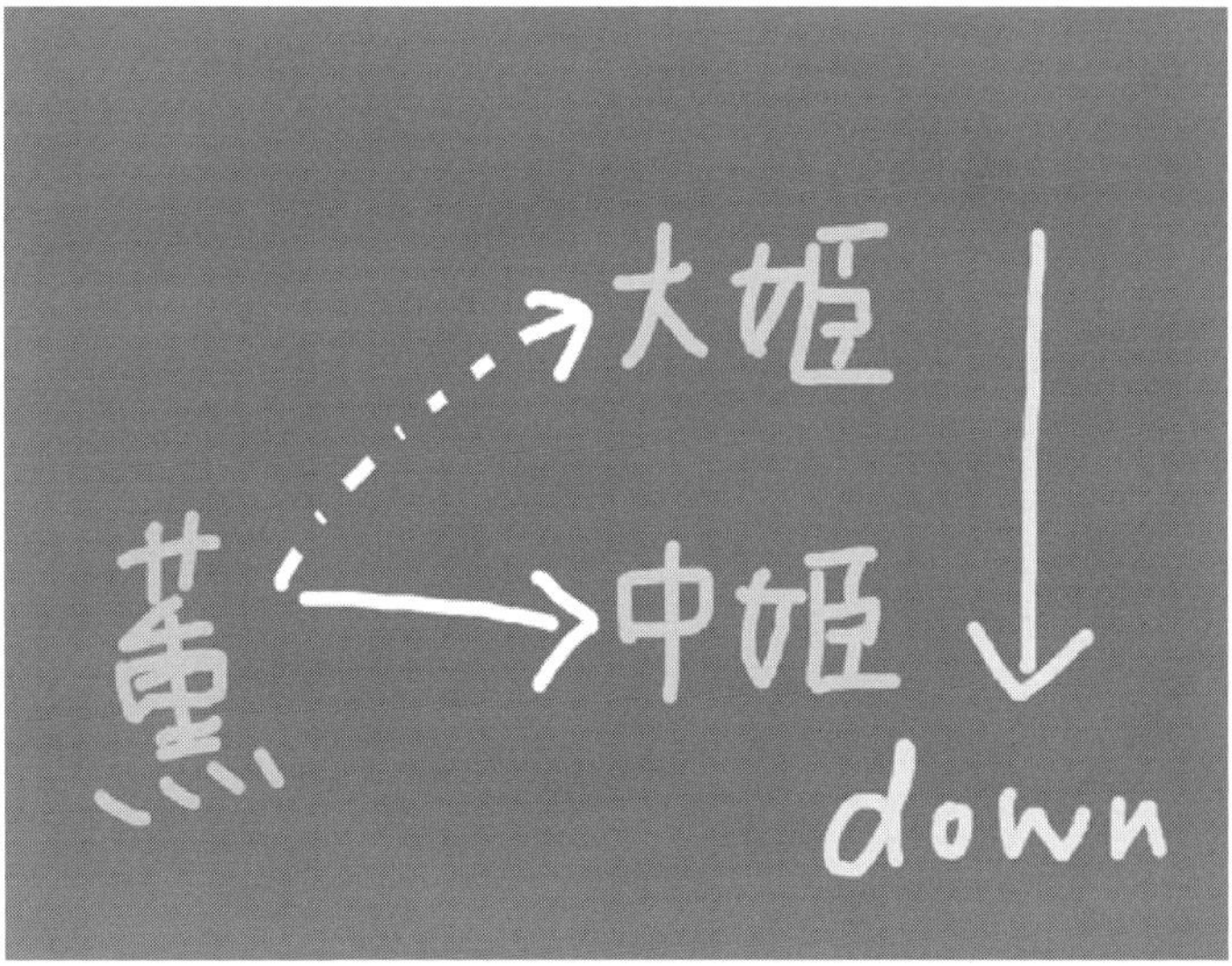

下手くそな現代小説みたい」と感じるわけです。これだと文芸誌の新人賞とかに応募しても、一次選考通過ぐらいじゃないのかなあ、とかね。

その直感は、半分正しい。ただ、漱石が現代小説をなぞっている、しかも下手くそに、というのは時代的にも明らかに逆なのであって、現代小説の方が漱石をなぞっているのです、もちろん。現代作家がスピーディで緻密な構成のエンタテイメントで読者を魅了したり、文芸誌が新人賞という文学システムを維持したりできるのは、そもそも漱石が明治期に苦悩を重ね、明治三十八、九年頃になってようやく日本近代文学を完成の方向へと導いたおかげである。

明治三十八年とはっきり規定できるのは、その年に『吾輩は猫である』が「ホトトギス」誌に掲載されたからです。苦悩のあげくに生み出された処女作

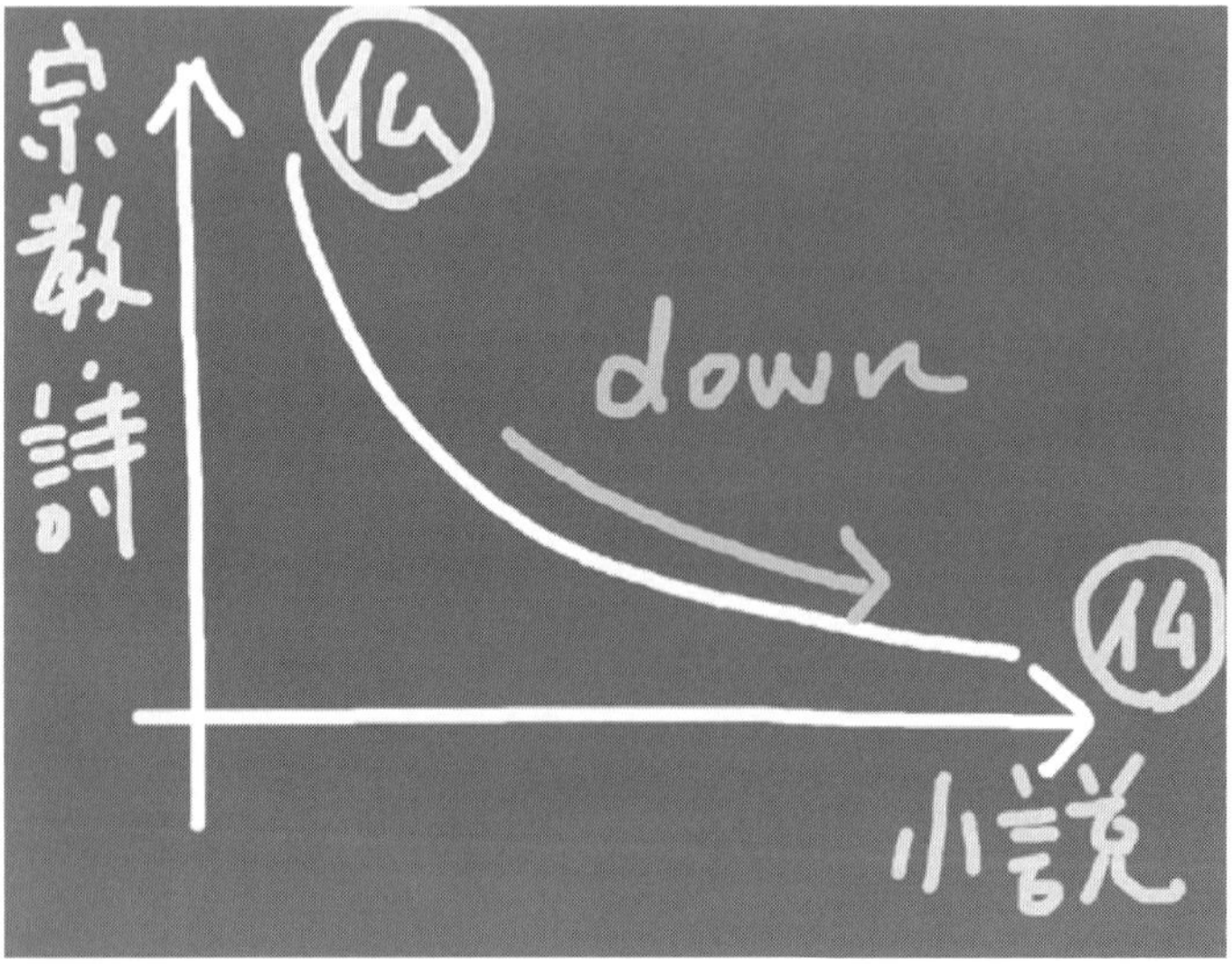

にしては、冗談みたいですが。本人も、これが文学探究の結論というつもりはなくて、行き詰まっての息抜きというか、見切り発車の小説作品だったようです。そして結果的に大ヒットした。しかしヒットしたから重要なのではなくて、当時だってほかにベストセラー作品はあり、今となってはその多くを誰も振り返ることはありません。

もし仮に漱石が『吾輩は猫である』一作の作家に終わっていたとしても、その意義や重要性は現代に至るまでに見落とされることなく評価され、漱石が近代文学の礎となる大筋に変わりはなかったと考えます。しかし、その後の漱石のさまざまな試みは、そこへ至った、あるいはそれ以降の彼の思考と文学的思想を明らかにし、日本の近現代文学の構造を分析するのに欠かせないものとなっています。

漱石の苦悩の始まりは、イギリス留学にありました。漱石の興味は本来、漢文学にあり、漢詩をよくしたのですが、当時のエリートとしてヨーロッパ文化を相対化し、日本文化をそれに対抗させる使命を強く感じざるを得なかった。漱石が神経衰弱を患ったのは、日本文化の土壌がヨーロッパの構築的な文化を消化吸収し、それ自体を構築的なものとする困難に深く悩んだためと思われます。もちろん、そこに彼の生い立ちを重ねる「文学的」な伝記もよく読まれてはいます。主人公―兄―兄嫁といった三角関係を繰り返し描いたことから、漱石のプライベートな事情を漱石文学そのものとする有名な評論もあり、しかしながら文学的思想の私たちへの継承という意味では不毛な読解です。漱石が完成させようとしたのは、登場人物の三角関係という構造による、あくまで普遍的な文学空間を発生させる装置であったと思います。

先に挙げた『明暗』は、多くの登場人物と彼らの関係性を俯瞰的に描こうとした多角形小説です。三角関係から生じる緊張感によって、リアリティある存在たちの葛藤構造を構築する、という自らが完成させた方法論を離れ、観念的な神の視点で世界を統御する作品に挑戦しようとした。それこそが漱石が、プライベートを下敷きとする単なる私小説作家でなかったことの証しです。

それはキリスト教という強力な一神教を文化基盤に持つヨーロッパならともかく、日本文学で試みるにはあまりにも難しい無謀な試みであった。それでも漱石には勝算があった。少なくとも亡くなるとき

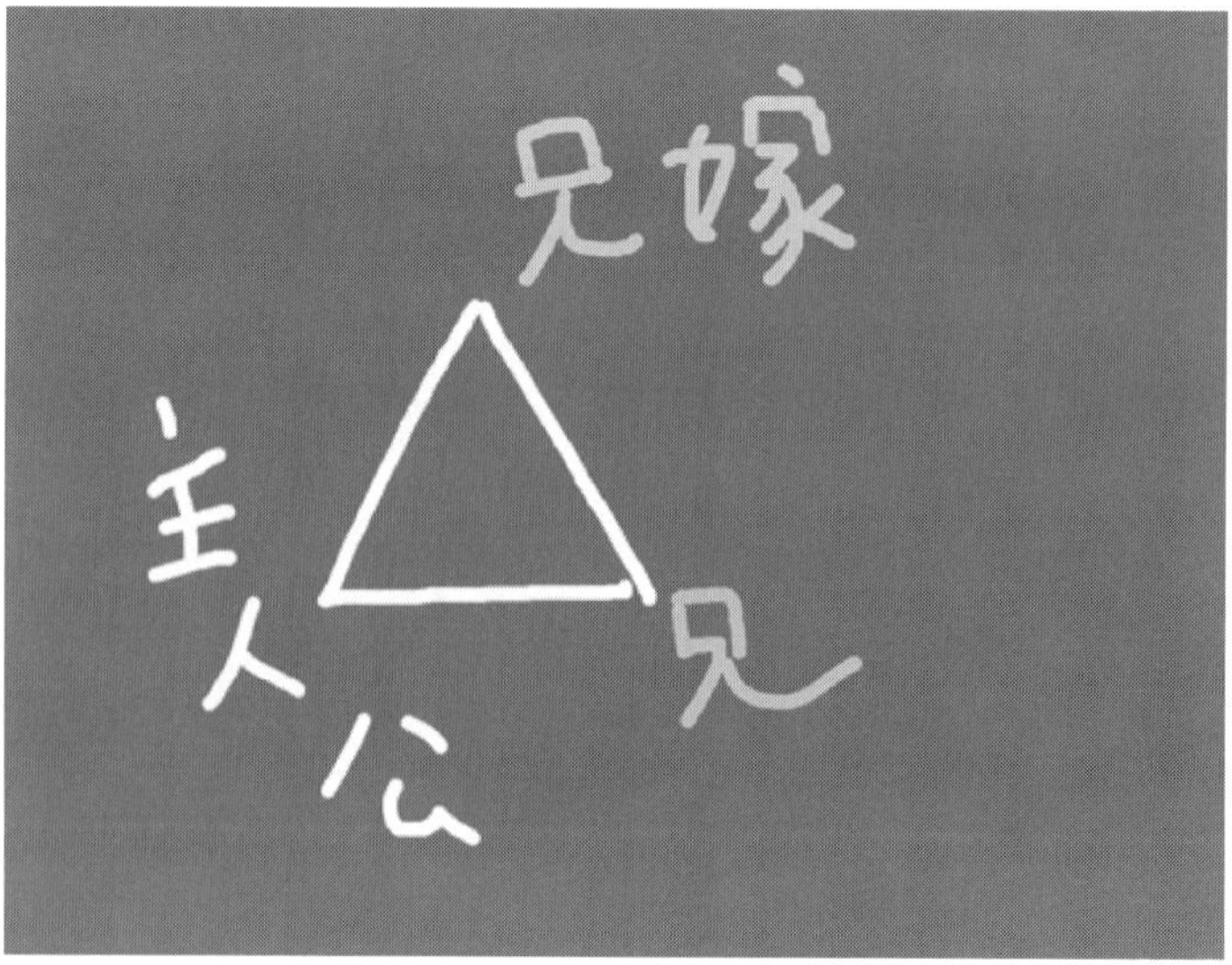

までは、それが見えていたのだと思われます。

『明暗』を未完のままに世を去るとき、漱石は「死ぬのは困る」と言ったと伝えられています。生に執着するかのごときその言葉を漱石先生の不名誉と見る向きもありますが、私にはそれは非常に美しく聞こえます。結果論に響くかもしれませんが、『明暗』が未完に終わったのは、やはり必然というか、自然の摂理のようにも思えます。神への挑戦であったようにも。未完や失敗が、それゆえにこそ素晴らしい、という偉大な作品もある。漱石には『吾輩は猫である』があります。上位の「神」ではなく、下位の「猫」の視点で描けば、日本文学においては幸せな傑作が生まれることを漱石は最初からわかっていたはずです。

デビューから亡くなるまで、たったの十二年で駆け抜けるように近代文学の礎を築いた漱石には、こ

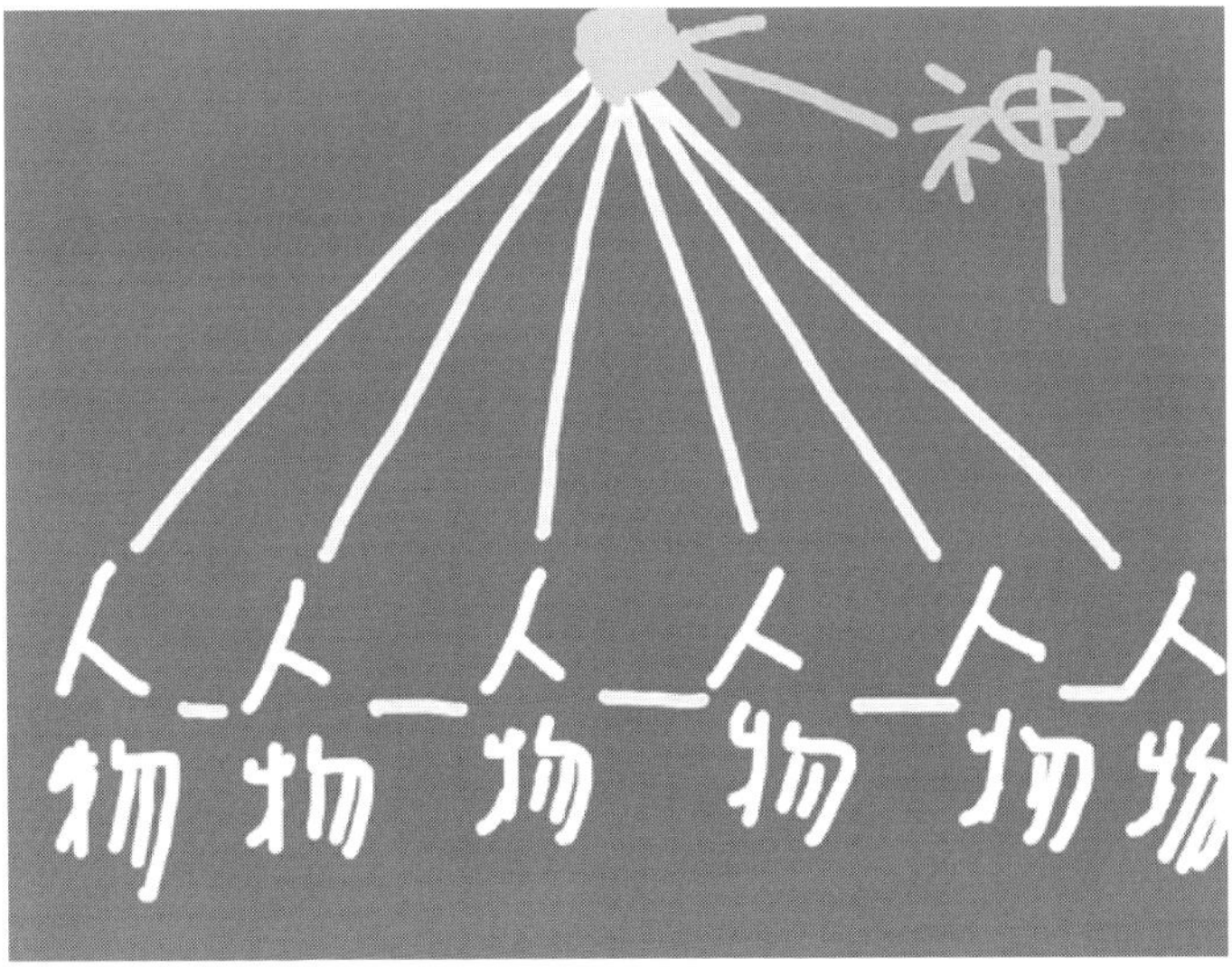

れといって『源氏物語』に言及したテキストの記憶はありません。近代国家における西欧的構築性を性急に獲得しようとしていた彼には、女性的で日本的、つまりは後ろを振り返るような文学に拘る時間はなかった。もし彼がもっと長生きしていたら、近世以前にすでに構築的であり、なおかつ日本文化のエッセンスそのものであった『源氏物語』について考察し、あるいはすでに考察されていたものを公にしていたように思います。本来、大陸からの外来文学としては漢文学・漢詩に通じ、なにしろ国風にアレンジすることに長けていたという点では紫式部と同類なのですから。

夏目漱石は徹底して文学を分析的に研究し、「明治四十年までの作家はことごとく消える」と予言し、その通りになりました。文学潮流の台頭、興隆、衰退期をあたかも景気判断のように読んでいたのですね。さすがは商人の息子…。で、そのチャートを現代に当てはめると、今後の文学の興隆にはまだしばらくかかるようです。今現在は台頭期ですから、きっと文学金魚の台頭が文学史の教科書に載るのでしょう。

日本近代文学の礎を打ち立てた明治期の三人、夏目漱石、森鷗外、正岡子規のうち、短歌・俳句の子規以上に、森鷗外の思想が『源氏物語』と直接的に関わっています。それについてはあらためて、最終巻までに触れる機会が見つけられるはずです。

第37回　『寄生《やどりぎ》』ふたたびの主人公論

そのころ、後宮に藤壺《ふじつぼ》とよばれる女御がおられました。明石の中宮に気圧されるかたちで、お子も内親王（女二宮《おんなにのみや》）が一人おられるのみですが、中宮腹の女一宮《おんないちのみや》と変わらずに帝に愛され、華やかにお暮らしでした。

しかしながら藤壺女御が亡くなり、女二宮の行く末を案じた帝は、薫に降嫁させようと考えます。ある時雨の降る日、碁を打っておられた帝は薫をよばれ、勝負に掛け物をと仰せになります。三番勝負にお負けになった帝は薫に菊の花を賜ります。そのように結婚をほのめかされても、薫の心は浮き立ちません。今さらそんな俗人のようなことを、と思う反面、これがもし中宮腹の女一宮だったら、と思い上がったことも考えるのです。

そんなことから夕霧《ゆうぎり》の大臣は、六の君の婿としてはやはり匂宮《におうみや》しかないと思い定め、匂宮の母である明石の中宮に繰り返し訴えます。匂宮は夕霧大臣を窮屈に思っているだけで、六の君との結婚は嫌ではありません。一方では真木柱《まきばしら》の娘である紅梅の姫君にも心惹かれています。そうこうするうち、その年は過ぎ、母女御の喪が明けた女二宮は、もう薫の求婚を待つばかりです。帝の意を汲んでそれらしく振る舞う薫ですが、内心はいまだ大姫《おおひめ》の面影を追い求めています。

一方で匂宮の六の君との縁談も進み、それが中姫《ちゅうひめ》の耳に入ります。聞かないふりをしていても不安な中姫は、やはり宇治を出るのではなかった、と後悔します。匂宮は中姫に対し、いっそう優しく接しますが、中姫の体調はなんとなく優れません。薫も中姫が気の毒で、今さらながら匂宮に譲ったことを悔しく思います。宇治の姫たちと似たような境遇で、気の毒に思って家によんだ女房も大勢いるのですが、格別に心に留める者はいません。大姫を偲んで朝まで庭を眺めていた薫は、女郎花《おみなえし》には目もくれずに槿《あさがお》の花を手折り、中姫に届けます。薫は、大姫を喪った自分の心は親を亡くしたよりも癒やし難い、と泣きます。中姫もまた、これからの境遇を思うと、宇治に引きこもりたいと言われるのですが、それを押し留めて帰ります。

六の君との婚儀の日にも、匂宮は中姫のいる二条城に留まっていたため、六条院から迎えの者が来てしまいます。後ろ姿を見送るにつけ、涙が溢れるのも情けなく、老いた女房たちがあれこれ言い合うのも聞き苦しい。

派手好きな匂宮は、やはり新婦の六の君に気を惹かれます。結婚三日目の儀式は華麗に執り行われ、昼の光に見る六の君の美しさに愛情を深めます。身分柄もあり、それからは六条院にいつくことになり、めったに二条院を訪れることはできません。

煩悶された中姫は、どうしても宇治に戻りたいと、薫に文を書きます。恋文をもらったわけでもないのに、薫は匂宮が来ないときを見計らって、いそいそと訪ねます。姫は「ただこっそりと忍んで行くのがようございましょう。宮のお許しを得てなどと、そう大仰にするほどのことは」などと言います。薫は奥へ引っ込んでしまおうとする中姫の袖を御簾の下からとらえ、中姫に迫ります。「人目を忍びさえしたら差支えないようにおっしゃっていましたので、嬉しく思いましたのですが、それとも聞き違いだったのかどうか、伺いたくてはいって参りました」、と。

しかしいつものごとく自制して出ます。すでに明け方なのでした。やはり身重であられたらしい中姫を悩ませてはと反省しますが、それでも生きてはいけないほどに恋い慕う、あやにくな心なのです。かくも賢しげに悟り済ましているのに、男というのは嫌なものです。大姫が亡くなったときには取り返しようもないことで、むしろこれほど心乱れなかった。匂宮が中姫のもとへお渡りになった、と耳にすると、胸がつぶれるように嫉妬するのです。

放っておくことにさすがに気が咎め、二条院へ渡られた匂宮は、恨みがましい様子も見せない中姫をますます愛しく思します。が、その中姫から薫の移り香を嗅ぎつけて、疑念を抱きます。薫の振るまいが厭わしく、匂宮に甘えたいと感じていた中姫は、あらぬ濡れ衣に応える気も起きません。匂宮は家捜しされますが、恋の証拠となる文などは見つかりません。不安な気持ちからそのまま二条院に留まられ、六条院へは文だけを日に何度も送られます。

匂宮が二条院に留まっておられると聞き、薫はまた穏やかではありません。が、気持ちを鎮めて衣料をお送りします。匂宮ももちろん経済的な援助はされていますが、そう細々したことは気が回りません。華美な六条院とは比べものにならず、みすぼらしい姿の童もいるのを恥じておられる中姫の気持ちを汲んで、目立たないようにそっとお世話するのです。乳母《めのと》たちの中には、そんな薫と比較して世間知らずの匂宮を誹る者もいます。薫もまた何不自由のない貴公子ではありましたが、かつて宇治の八宮《はちのみや》邸に通ううち、不如意で寂しい生活というものを知ったのでした。

中姫は薫の気持ちが心苦しく、姉さえ生きていればと思います。匂宮の足が遠のくことよりも、薫の懸想の方が悩ましいぐらいです。薫がまた二条院を訪ねますと、中姫は胸の痛みを訴えます。聞く者があるので言いたいことも言えず、いつものように大姫への追慕を口にされます。「あの山里のあたりで、わざわざ寺などは建てないまでも、亡きおん方の人形《ひとがた》を作り、絵にも画《か》いて、行いすましたい気になりました」と薫は言います。中姫は昔の物語や故事を踏まえ、禊ぎのためにその人形を川に流すといったこともあり得るのではないか、また黄金を求める絵師がいそうだ、と言います。

「工匠《たくみ》にしろ、絵師にしろ、どうして私の気に入るような姿を作ることができましょう」と嘆息する薫に、「人形のお話が出ましたついでに、考えつくべきではないはずのことを思い出しました」と中姫は語りました。八宮が昔、情けをかけた女の生んだ娘が訪ねてきた。自分たちとは育ちが違い、八宮も子と認めなかったのだが、会ってみると驚くほど大姫と似ていたと言います。中姫が自分を諦めさせるために言い出したのだろうと恨めしく思いつつ、薫はやはりその君に気を惹かれます。

九月二十日過ぎ、薫は追憶のために宇治へ向かいます。尼となった老女房の弁と語らい、阿闍《あじゃ》梨《り》とは大姫の忌日のお経や仏像のこと、また堂を建てることを相談します。故人の思い出のある寝殿を思い切って壊し、堂に作り替えることは仏道にかなっている、と阿闍梨は誉めます。
亡くなった実父の柏木《かしわぎ》のこと、大姫のことを弁の尼から聞くついでのようにして、大姫に似ている娘のことを訊ねます。八宮の奥方が亡くなってすぐのことで、中将という女房だったと言う。その娘を生んでからは八宮から面倒がられ、宮仕えを辞めて陸奥の守の妻となり、任国に下っていた。そんなことから懲りた八宮は、聖のような生活に入られた。その娘の母は、八宮の奥方の姪にあたる。弁の尼とも縁戚なので、薫は自分の意向をさりげなく伝えてほしい、と頼みます。夜が明けると、遅れて届いた京からの絹や綿を阿闍梨と弁の尼に贈ります。帰り際に、深山木に絡みついた蔦の紅葉をちぎらせて、中姫へのお土産にします。

やどりきと思ひ出でずば木《こ》の下《もと》の
　旅寝もいかに寂しからまし

すると弁の尼が、

荒れはつる朽木《くちき》のもとをやどりきと
　おもひおきけるほどのかなしさ

と応えます。

八宮の深い仏道思想のもとに寄生《やどりぎ》のように寄っていた自身であった、という薫の歌に、このように八宮と大姫を亡くした宇治の山荘を、荒れはつる朽ち木と応える弁の尼です。

寄生の紅葉が中姫のもとに届いたとき、ちょうど匂宮がいらしていた。「見事な蔦だね」と言い、薫からの文を取って読まれます。中姫の困るようなことは書かれていませんでしたが、匂宮はやはり嫌味を言いつつ、中姫の魅力の前にはどんな過失も許すだろう、と思われます。姫に琴を弾かせ、歌を合わせて仲良く過ごすのです。三、四日もそうしている匂宮に、業を煮やした夕霧大臣がわざわざ迎えに来て、強引に六条院に連れ帰ります。

一月の末から、身重の中姫は苦しまれます。匂宮は方々で祈祷をおさせになります。愛情が深いことは知れていたものの、いまだ尊敬を受けるに至っていなかった中姫ですが、このときは明石の中宮をはじめとする各方面からのお見舞を受けます。

薫の婚約者である女二宮の裳着《もぎ》の式が近づいています。母を失い、頼りになる外戚のいない女二宮のために帝が自ら世話をされて、かえって羨ましいぐらいのありようです。その式が終わり次第、通いはじめるようにとのことでしたが、薫は中姫の容態が心配で、それどころではありません。二月の初めに、薫は権大納言に昇進しました。自邸で祝うべきなのですが、中姫が苦しんでいる二条院と近すぎて、躊躇しています。すると（同じ源氏を父とする）兄にあたる夕霧が、その宴席を六条院に設けてあげます。大饗宴になりましたが、匂宮は中姫が気がかりで、宴が果てる前に二条院に戻ってしまいます。権家の娘で驕っておられる六の君は、それが気に入らず、恨みに思われます。その早朝、中姫は男児を産みます。多くのお祝いがあり、薫も嬉しく、安堵しますが、こうなっては自分が割って入る余地はなくなるだろうと思います。

二月の二十日過ぎに、女二宮の裳着の式が行われ、その晩から薫が通って降嫁されます。まだ全盛である在位中から、帝自ら婿取りに向かわれたのも例のないことでした。それを非難がましく言う者もいますが、薫の運命の素晴らしさには夕霧大臣も、「故六条院（光源氏）でさえ、朱雀《すざく》院がお歳をお召し遊ばして、いよいよお姿をお変えなさるという間際になって、始めてあの母宮（女三宮《おんなさんのみや》）を賜ったのではありませんか」などと言われます。

夕霧は薫の実父であった柏木のことも思い出しているに違いありません。柏木は女三宮と通じて亡くなり、その後、夕霧は柏木の正妻であった落葉の宮を自分のものとした。宮たちの降嫁をめぐる顛末が薫という人を生み、今ここで薫がまた降嫁を受けるというのは、因果として感慨深いものがありましょう。

しかし薫は大姫が忘れがたく、宮中の藤壺にわざわざ通って行くのが辛いので、女二宮を引き取りたいと思います。薫の母宮は喜んで賛同されますが、帝はまだお手元から放したくないご様子です。母宮と帝とは異腹の兄妹であり、帝から宮へのお手紙には女二宮のことばかり綴られています。こんな立派な母と舅を持つ薫ですが、とりたててありがたくも思えず、宇治の御堂の造営が重大事なのです。

若宮の五十日のお祝いに、薫はまた、匂宮の留守に二条院を訪ねます。もう結婚されたのだから、と気を許す中姫に、気の進まない結婚の苦痛は想像以上ですと薫は遠慮なくこぼします。中姫はたしなめつつも、これほどの光栄に浴しながら、なお大姫を忘れ得ぬ薫を嬉しくも思います。求めに応じて若君を見せてさしあげると、大変喜びます。自身の妻の女二宮に早く子ができないか、などとは露も思わない薫なのでした。こんな変わった人が帝の婿であるとは、公の方の能力はきっと非常に優れていたのでしょう。

女二宮が薫の邸に移られることになり、藤壺で藤花の宴が開かれます。さまざまな楽器が用意され、源氏が自筆で書き、女三宮に与えた琴の譜が披露されます。柏木が夢に出てきて、子孫に伝えよとほのめかした笛も、この美しい機会にと夕霧が出してこられた。

帝に杯を奉るのを、夕霧大臣が薫におさせになります。返しの杯を賜り、拝舞されるのもたいへん立派で、身分にしたがって按察使大納言《あぜちだいなごん》の下の座に帰られるのがお気の毒なくらいです。その按察使大納言（柏木の弟）は、自分こそが女二宮の婿になりたかったと悔しく思っておられる。

その夜、女二宮を自邸にお迎えします。妻として打ち解けて見る女二宮は小柄であられ、上品で欠点とてありません。悪くない運命だったと得意になる反面、それで昔の傷が癒されることもなく、やはり御堂の造営ばかりに打ち込まれるのでした。

四月の二十日すぎ、宇治に向かいます。造築中の御堂を見て、弁の尼のいる山荘に立ち寄ろうとしたとき、東男《あづまをとこ》が大勢付き従った女車が橋を渡ってくるのに遭遇します。田舎者と見ましたが、それもまた山荘を目指して来るようです。誰かと問うと、前の常陸守《ひたちのかみ》の娘がここに泊まって初瀬にお参りし、戻ってきたところだと言います。前に聞いた娘だろうと思った薫は、車から降りてくる人を覗き見します。その頭のかたちや身体つきは、大姫によく似ています。疲れて伏せったままのその人をおいて、女房たちが栗など食べる物音が聞き苦しい。こんな身分の女たちを目に留めたこともない薫ですが、飽かず眺めます。呼び起こされたときの目つき、髪のあたりが大君にそっくりです。弁の尼に答える声は中姫にも似ています。たとえこれより低い身分であっても、これほど似た人ならばどこまでも追いかけようと思うのに、この君はまさしく八宮の娘ではないか、と涙がこぼれます。薫は弁の尼をよび、仲立ちを頼むのです。

ここまでが『寄生』の巻です。いよいよ『源氏物語』の最後の女性浮舟《うきふね》が登場し、「宇治十帖《うじじゅうじょう》」も大詰めを迎えます。この浮舟を挟んで、薫と匂宮との関係性、対立構造はいっそう顕在化します。

それでは、ここまでの物語の主人公は誰か、また主人公とは何かということを再考したいと思います。「宇治物語の二人の貴公子」であり、「二人の主人公」といった表現もされることがあり、しかしそれは「主人公」という言葉の定義による。

ここで主人公について考察する理由は、言うまでもなく創作者の立場を前提にしています。作家の執筆を追体験するという、文芸創作学科の講義ならではの目的があってのことですね。「主人公が誰か」は、実は読者にとってはどうでもいい。ある小説を読んで、ほんの脇役が心に残り、主人公のことなど忘れてしまうこともあり得るし、それもまた読書体験です。しかし創作者にとって、誰を主人公として想定しているかは、出たとこ勝負の結果論ではない。なぜなら文学作品を完成させることは作家の思想を表現することで、主人公とはその認識や存在のありようで、作家の思想を体現するように担わされた者だからです。

前述した特異な例外として、すべての登場人物を等しく相対化し、超越的な神の視点から彼らを俯瞰するという書き方もあり得ます。そういった作品の成功が難しいのは、小説最大の武器である内面の告白を活用できないからです。それぞれの登場人物に内面を告白させたところで、それらは相対化されていて、読者が感情移入できない。主人公の最大の利得である読者の共感を禁じているのですから、小説としての魅力は半減します。これらの登場人物の告白は、読者からすると距離感のある、芝居の台詞のように読めます。つまり、こういった小説は多分に演劇的に映る。

相対化されたそれぞれの内面が表層的に見えるわけです。読者はそのとき、神の視点から彼らを俯瞰することになり、それが観客の視点になります。舞台で演じる者がしばしば、神の視点を想定しながら観客に向かうというのは、このような構造からも納得がいきますね。

ですから小説においては、内面を告白しているからといって主人公であるとは限らない。内面の告白は主人公であることの必要条件ではありますが、十分条件ではないのです。このことは以前に「薫が主人公である。なぜなら匂宮には内面が欠落しているから」と述べたことへの補追です。この『寄生』に至るまでに、匂宮の内面が少しずつ露出してきている。本来、浮気者であるはずの匂宮の中姫への愛と執着、薫への警戒心と嫉妬、といったことです。それではここへきて匂宮も主人公と化したといえるのか、というふたたびの問題提起です。

結論からいえば、それはない。なぜなら匂宮の内面、ようするにその愛情や嫉妬は、薫のそれと比して常に相対的に浅いからです。それが常にそうである、ということは、作者の意図としてそのように抑えられている、ということです。どんな印象を持ってもいい読者とは違い、作家は意図して主人公を主人公たらしめなくてはならない。それは作者が表現すべき思想を抱えているからで、そこが読者との、あるいは無責任な批評家や学者（失礼）との最大の違いです。

主人公を主人公たらしめるには、では具体的には、どのような設定が必要になるのでしょうか。『寄生』の巻では、薫と匂宮のそれぞれが正妻を娶ります。二人とも周囲からの圧力に屈したかたちでの結婚ですが、その正妻への想いや扱い、すなわちどのくらい気持ちがブレるかが、それぞれの貴公子の深度を試します。

いうまでもなく、匂宮は新妻の六の君を結構、気に入ります。六の君の父である夕霧大臣のプレッシャーを鬱陶しく思う反面、それによって六条院に足止めをくらっても、わりかし平気です。

薫は匂宮による中姫の不安や嘆きを掬いとる立場に、居場所を定めます。薫の宇治志向は、あくまで大姫の面影を追う。宇治に堂を建てることに熱中して正妻のことなど二の次です。もちろん薫もまた作者によって理想化はされず、正妻となった女二宮を少しは自慢に思ったり、でも、これがもし明石の中宮の愛娘の女一宮だったら、とあらぬことを考えたりする。しかしそれらは現世の社会的な栄達として思うことであって、彼岸に続くような深い愛情とは別の話です。中姫をも感激させる薫の大姫への変わらぬ執着、宇治志向こそ薫を主人公たらしめる。ではその深さ、根深さはどこから生じるとされているのでしょうか。

薫の宇治の姫への執着は、世を厭うて、八宮に私淑したところから発生しています。その薫の厭世観の原因は、さらにもとをただせば自身の出生の秘密にある。それは癒しようもなく、彼が生きているかぎり続く根深いコンプレックスです。だから薫は彼岸を志向するのです。その現世的な象徴の場が宇治であった、ということです。

これと同じコンプレックスを抱えていたのが、もう一人の歴然とした主人公、光源氏でした。

彼は生まれ落ちると同時に生母を失い、それへの執着がすべての彼の深い恋の源流となっていました。薫にとっては父が源氏ではないこと、源氏にとっては母が失われていたこと、その父性と母性の欠落が好一対となり、彼らを紛れもない主人公にしています。

主人公を主人公たらしめるものは、彼らが生まれ落ちたと同時に抱えたコンプレックス、それによる執着の深さであり、宿世とよばれるものです。源氏も薫も作者によって「あやにく」な性格とされ、その説明のつかない執着の深さを保証するものとは、彼らの歴史、伝記的な時間軸です。

主人公以外の存在もまた内面を有するし、その限りにおいて読者の共感も得ますが、主人公に比して根深く掘り下げるほどの時間軸を有していない。読者それぞれが自分について時間軸、物語を有してい

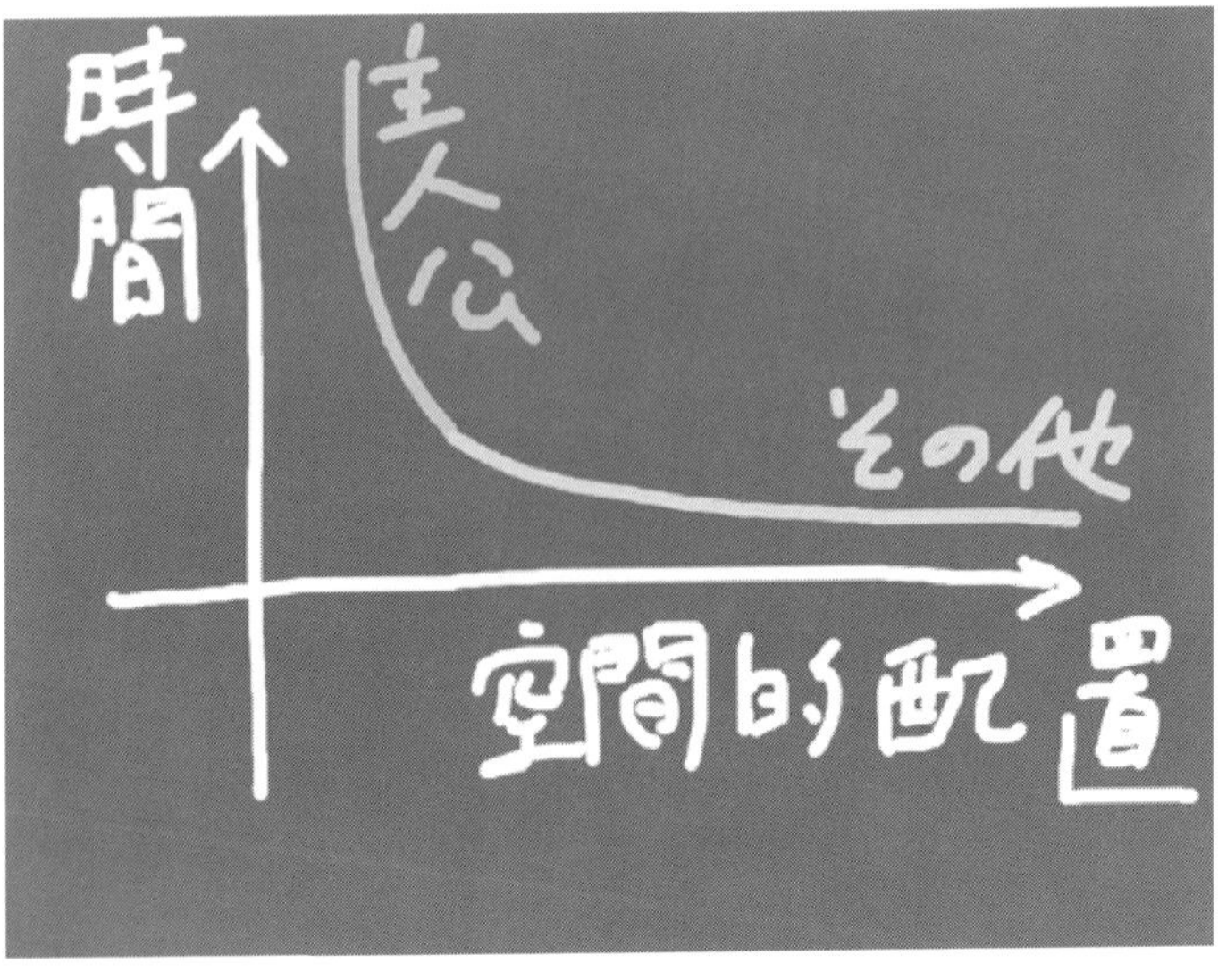

ることを思うと、主人公以外の各登場人物はその浅さにおいて、いわば人間存在以前である。その意味で、すべての脇役は人型であるといえます。

薫のコンプレックスは仏道への精進として姿を変え、父の代わりとして八宮、仏の代わりとしての大姫、その代替としての中姫、そしてまさに大姫の人型としての浮舟を求める、というように展開します。すなわち主人公自身、自らの執着の深さに留まり続けることはできず、浅さへと展開することで〝浮世＝小説世界を生きてゆく〟。

それゆえ匂宮の浅さは、主人公である薫の、単なる引き立て役というものではありません。宇治で薫は、深山木に絡んでいる蔦(寄生)の紅葉を手折らせ、中姫への贈り物とします。それを目にした匂宮は嫉妬心を燃やす。

夕霧大臣によって無理やり連れ戻されるまで中姫

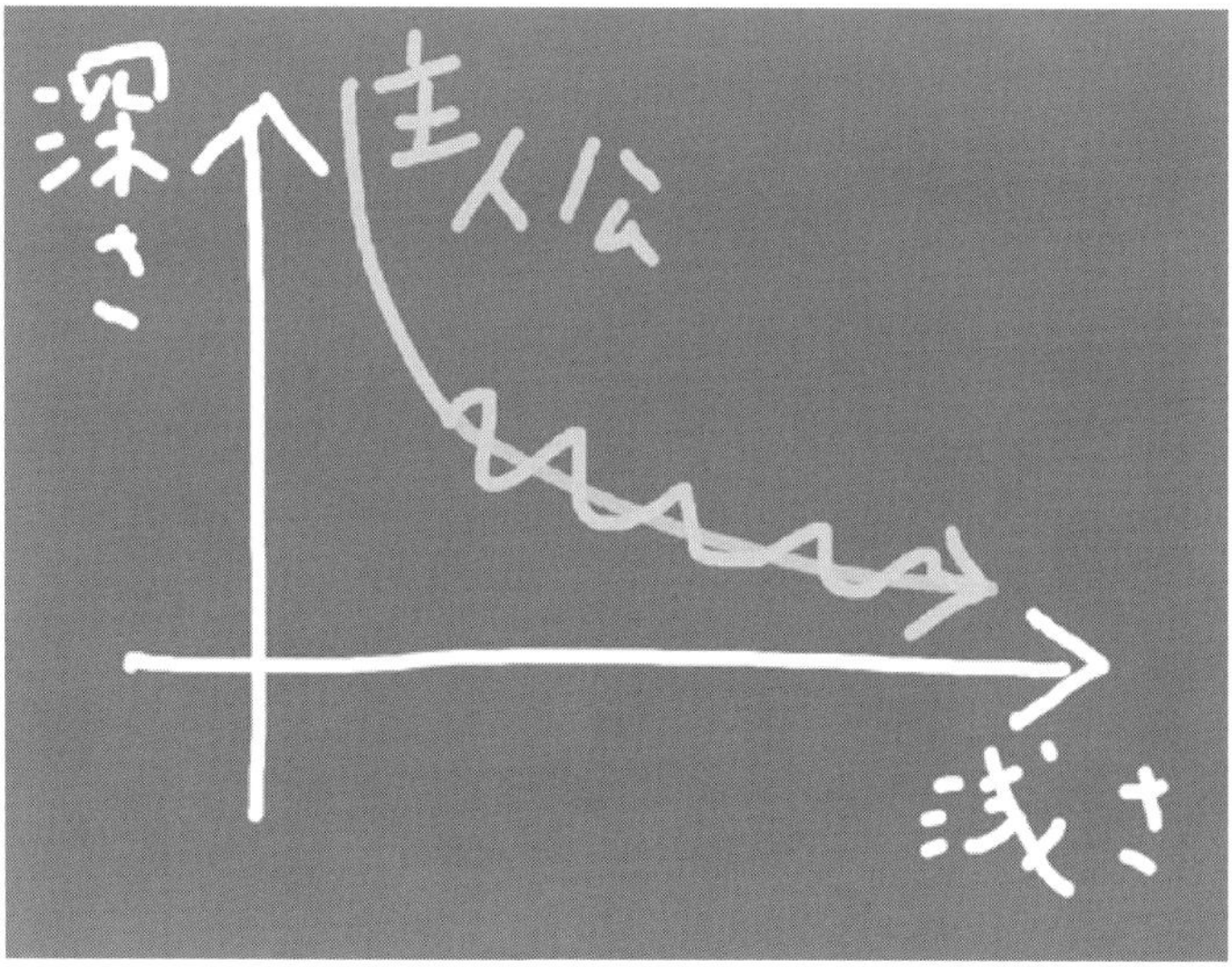

のもとに留まろうとするのは、匂宮のこの嫉妬心から熾される情熱ゆえです。その情熱は浅くはありますが、中姫の心を動かすには十分でした。

中姫は、いざとなったら薫が宇治に連れて帰ってくれると頼りにし、それが本道と認識していても、現世に留まるかぎりは匂宮を愛し、彼の魅力に抗い得ない。

薫の心がいわば宇治の深山木なら、匂宮はそこに絡みつき、俗世である京まで運ばれてきた美しい寄生（蔦）の葉です。主人公の歴史から生まれた深い執着がなければ小説は成立しませんが、小説の魅力、読む愉しみはそこに絡みつくリゾーム状のディティールにあることがしばしばです。華やかに展開する寄生の葉の色に、多くの読者も、また登場人物の中姫もまた、幻惑されてやまないのです。

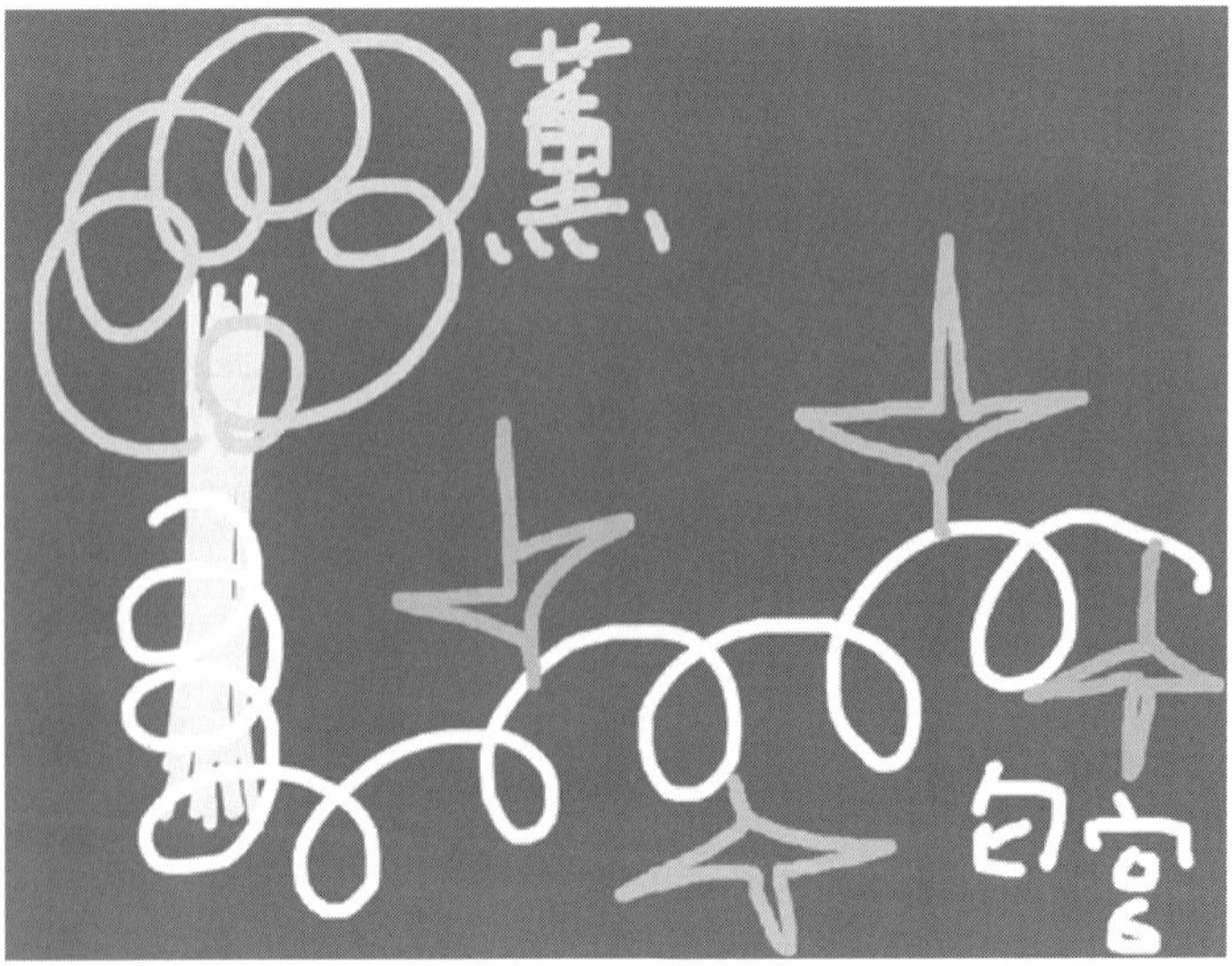

第38回　『東屋《あずまや》』より「宇治物語」のテーマへ

薫は弁の尼を介し、常陸守《ひたちのかみ》の養女である浮舟《うきふね》を妻に迎えたい旨、たびたび伝えます。それでも自ら赴くことも、文を書くことすら外聞が憚られる。

常陸守には、亡くなった先妻の娘などの実子が多くあり、連れ子である浮舟は分け隔てをされていました。浮舟の母君はそんな夫を恨みつつ、それらの誰よりも美しい浮舟にこそ素晴らしい結婚を、と願っていました。ただ薫の申し出は、あまりの身分の格差から、とうてい本気にできない。常陸守は抜け目のない人物で、それなりに華やかに暮らしていたものの、田舎者らしさが身についていています。娘が多いと聞いて公達が多く参集し、やれ貴族的だの上品だのともてはやしているのでしたが。

そんな中で左近少将《さこんのしょうしょう》という者が係累を伝って浮舟に熱心に言い寄り、なかなかの人物に見えます。これ以上の身分の人は得られはしないだろうと、母君は結婚の準備をします。そのときが近づくと母君は一応のことわりをすべく、浮舟が自身の連れ子で、常陸守の実子でないことを仲人に伝えます。ところがそれを聞いた左近少将は、実子でなくては常陸守の後ろ盾が得られないと、仲人を責めます。困った仲人は、今度は常陸守に取り次ぎます。仲人口に乗せられた常陸守は左近少将を気に入り、まだ幼い実娘と結婚させることにしたのでした。

常陸守は、妻である浮舟の母君を罵り、左近少将は実娘の婿にとると告げます。大騒ぎして婚姻の準備をするのを、驚き呆れた母君はただ打ちやって眺めるばかりです。左近少将ごときにまで侮辱され、家の中で身の置きどころもなくなった娘ですが、あらためて見てもこのままでよいとは思えぬ美しさです。

母君はその異母姉である中姫に手紙を書きます。八宮《はちのみや》に娘として認知されなかったため、こんな憂き目にあっている浮舟のことで、その八宮のれっきとした姫である中姫を頼る。この辺のところは、現代ではぴんと来ないかもしれません。お妾さんが、旦那との間の娘のことで、正妻さんの娘に相談する。そんな筋合いのものですが、ただそれは正妻の子がお妾やその子を憎んでいる、すなわちかつて正妻がその妾のために苦しんだ、という前提があってのことです。

浮舟の母君は、昔の八宮家の女房だったので、中姫は主君の家のお姫さまです。女房がたまたま、主人である八宮のお手つきになって娘を生んだ。そう

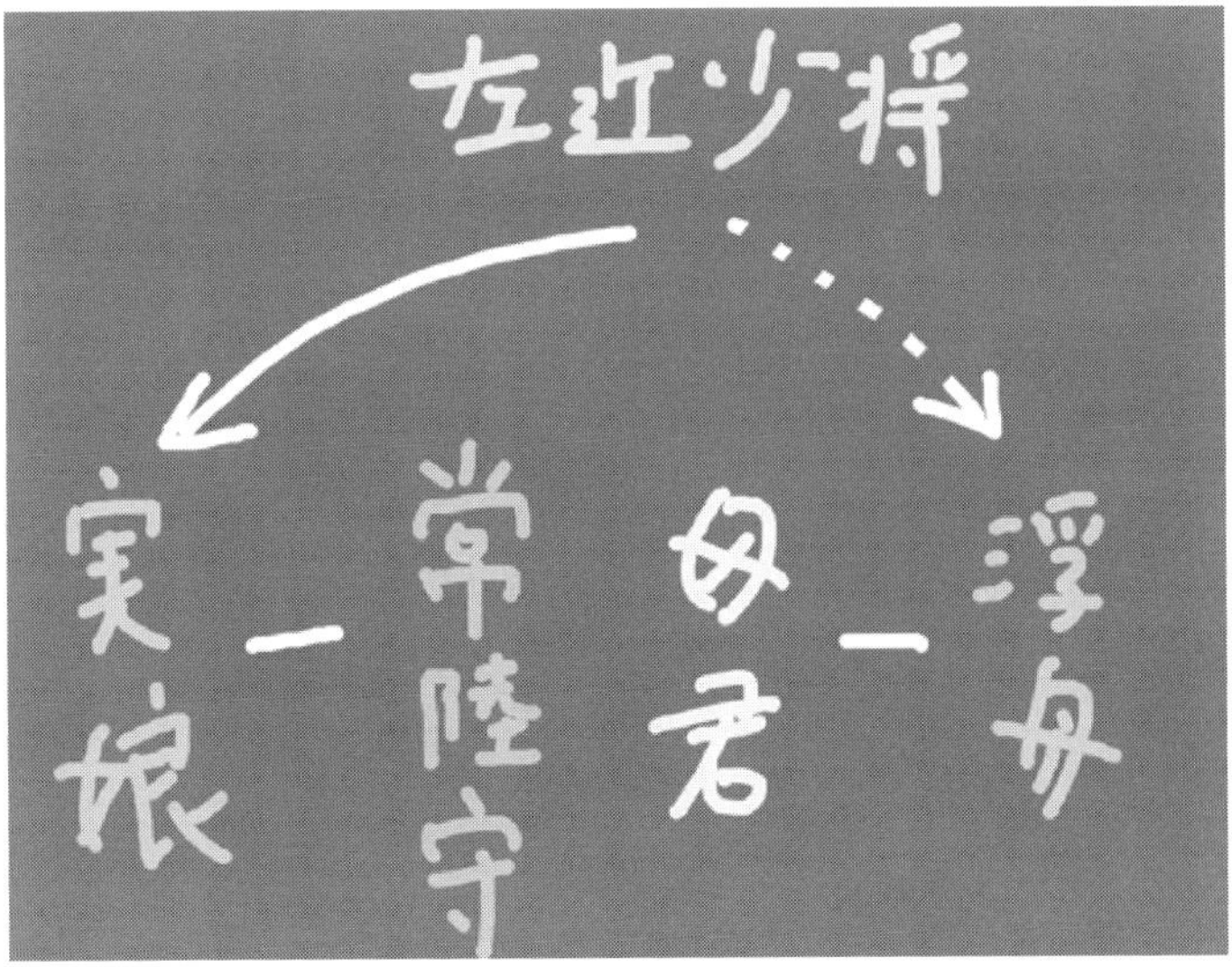

いうことはよくあって、はっきり身分の格差がある以上、その女房も娘も、なんら正妻やお姫さまたちの立場を揺るがすものではない。つまり、お姫さまたちからすれば「お父さんを盗った女」などではなくて、昔の暮らしを知っている旧くからの従業員の一人に過ぎない。

もちろん嫉妬や不快感といった感情は、今も昔も変わらずあるものでしょう。息子であれば、父親が外に作った子に対して寛容なのですが、妻や娘たちはやはりナーバスです。八宮があくまで女とその生した子に冷たかったのは、姫たちへの配慮があったに違いありません。悟り済ましていた八宮自身にとっても思い出したくもない過ち、汚れでしょうが、女にとっても身分の格差があり、それを乗り越える寵愛もなく、さらに認知すらされないのであれば、勘違いして思い上がる理由もない。正妻や姫たちをそれ以上、不快にすることもないのです。

こういうきっぱりした冷たさは、あの阿闍梨《あじゃり》にも見られますが、仏道に通じるものかもしれません。八宮が冷たかったからこそ、中姫《ちゅうひめ》も浮舟に救いの手をさしのべる気になった。ただ父が認めようとしなかった娘を、今ここで自分が世話してよいのか、と悩まれますが、血は争えず大姫によく似た異母妹がつまらぬところで女房勤めなどするのは見たくない。「こういう劣り腹の御姉妹《ごきょうだい》がおありになるということも、世間にはよくあることでございます」、という女房の忠告も、どこからか聞こえてきた仏の言葉のようです。この女房の大輔《たいふ》は、浮舟の母君とはかつて同僚だった。八宮の情人となってても増長することもなかったので、哀れを感じて取りなしてくれたように思います。

さて親王夫人である中姫を、やはり母君はわが娘の境遇と比して羨ましがります。自分自身の血筋とて中姫の母と変わるところはなかった、と思われるのですが、女房勤めなどしていたがゆえに生んだ娘は八宮の姫と認められず、誰にも彼にも侮られるのだと悲しく思います。

母君は匂宮《におうみや》をかいま見て、その美しさに驚嘆します。ただもうひたすら感心している母君に、八宮邸の女房であったこの人も、ずいぶん田舎びたものだと中姫はおかしく思うのです。しかし同じ親王でも恵まれなかった八宮とは大違いで、若君を挟んだ匂宮と中姫は理想的な似合いの夫婦に見えます。その生活のすべてが高雅なこと、けれども浮舟の美貌はそこに置いて恥ずかしくないと思われて、望みを高く持つべきだと一晩中考えをめぐらせるのでし

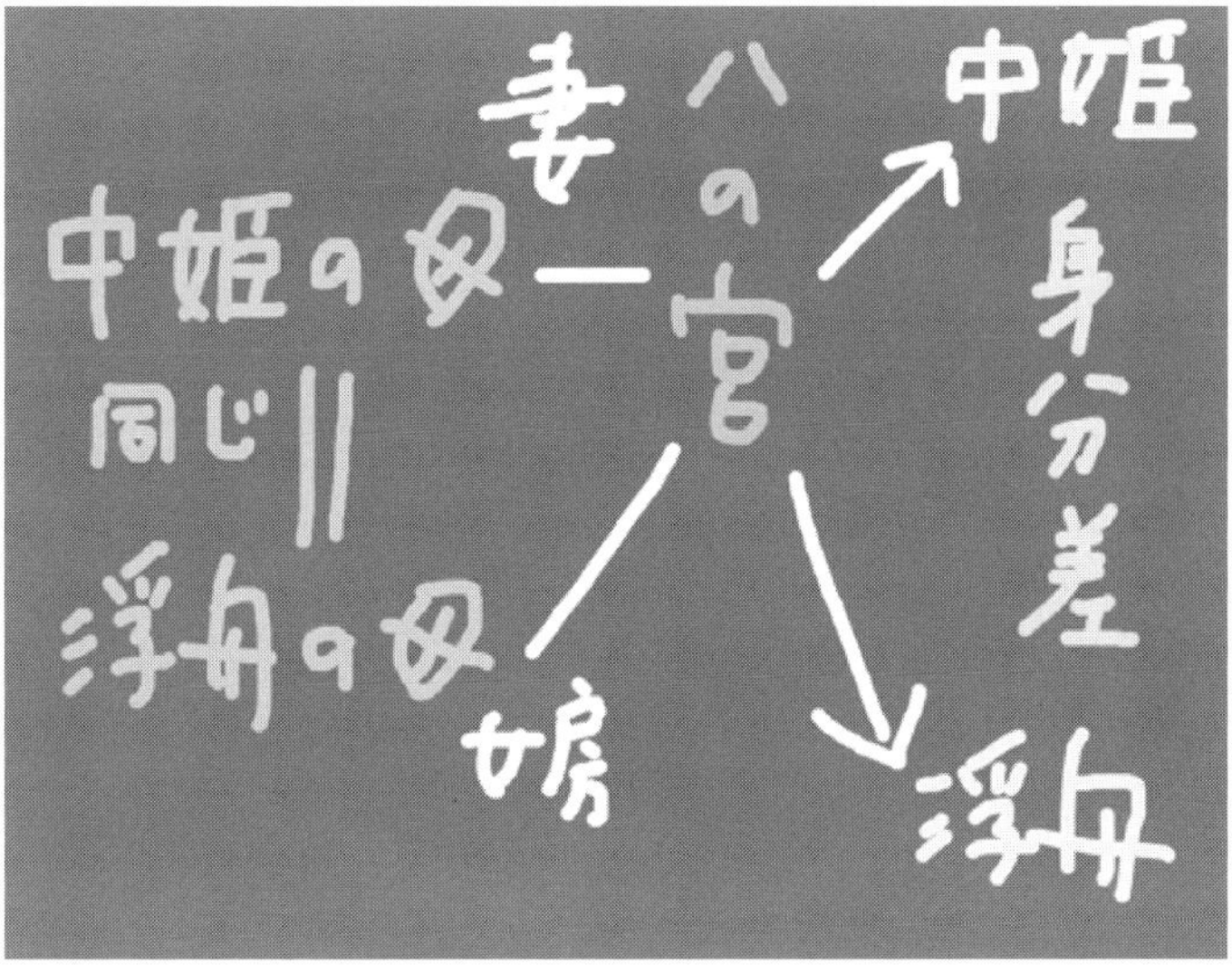

た。

夜が明けて、供人の一人として左近少将が混じっているのを見つけます。「あれがこの常陸守の婿の少将なのね。初めはここの姫君（浮舟）の方《ほう》にきめていたのに、守の娘を娶《めと》ってこそ大切にして貰えるというので」と、母君が聞いているのも知らずに女房が噂しています。ここで見る左近少将の凡庸さに、あんなものを相当な男と思っていた自分も腹立たしい。環境が変わると、あっという間に目が肥えてしまうんですね。昔なじみでもある母君に対して中姫は隔てなく接し、ともに大姫の早すぎた死に涙します。身分の高い方とこうした付き合いをしてもらうことで、人の意識は高まるわけです。

母君は浮舟の窮状を訴え、その将来を中姫に託します。中姫も、なるほど美しいこの妹を見苦しくない身分に嫁がせたい、そしてまた不思議に大姫に似ているがゆえに薫に与えたいと思われたそのとき当の薫がやってきます。明石の中宮の体調がすぐれず、匂宮が内裏に留まっているので、その隙に中姫とおしゃべりしにきたのでしょう。いつまでも昔の想いを忘れないでいる薫に、その人型である浮舟がここにいる、と中姫は告げます。さすがに興味を惹かれますが、そう軽々しく移り気な表情は見せません。なんのかんのと長居しながら、薫は浮舟への気持ちを伝えるよう、中姫に頼んで帰ります。

浮舟の母君は、薫の素晴らしさにもまた驚嘆します。たとえ身分違いで、顧みられない妻となるのであれ、左近少将への仕返しに、薫の君のご所望に沿ってはと、たびたび勧めていた乳母の言葉も肯える。中姫もまた薫の真面目で一本気なところを言い、「尼にさせようとまでお思いになりますなら、それと同じことだと思って、試《ため》してごらんになりましたら」と勧めます。母君は「貴い人も、賤《いや》しい人も、女というものはかようなことが原因《もと》になって、この世のみならず後の世まで、苦患《くげん》に遭《あ》うのだと存じますと、不憫に思われてなりません。でもまあ、それもお心任せにしていただきましょう」と。

そう言われると中姫も、薫がこれまで親切だったことは確かでも、これからのことまでは保証しかねると、ため息をつかれます。夫の常陸守から脅すように言ってきたので、母君は浮舟を置いて帰ります。母と別れるのは心細い浮舟ですが、しばらくであってもこの貴人宅で異母姉と親しめるのを嬉しく思うのでした。

幼い若君に気を惹かれて早々に戻ってこられた匂宮は、ちょうど母君の車と出くわします。あれは誰か、とお訊ねになり、「常陸殿の御退出でございます」と答えた若い者たちは、「『殿』とは大袈裟な」などと笑っています。それが耳に入った母君は、なおいっそう身分の差を悲しまれて、娘だけはと決意を固める。匂宮は中姫に、常陸殿の詳細を問います。誰か男が手引きされているのでは、といつも疑っているのです。夕方、ふたたび中姫の部屋に行かれると、折悪しく洗髪中でいらっしゃいます。退屈した匂宮はぶらぶらと邸内を歩きまわり、浮舟がいるのを見つけてしまいます。

「誰かね、名前をお聞かせ」と言われ、浮舟は怖くなります。よい匂いを漂わせておられるので、これが薫の君か、と思うのです。驚くべき美しい人だと匂宮は遠慮なく入り込んで話しかけたり、そばで横になったりします。浮舟の母君の同輩であった大輔の娘である右近という女房が、中姫に言いつけに立ちますが、匂宮は動じません。そこへ使いの者が来ます。回復されたと思われた明石の中宮の具合が悪くなった。匂宮はしぶしぶ参内されることにしましたので、浮舟はなんとか無事でした。匂宮を睨みつけて浮舟を守っていた乳母は、匂宮に手をつねられ、まるで下々の者がすることのようでおかしかった、と言います。

中姫は、また匂宮の悪い癖が出た、と浮舟を気の毒がり、物語絵をいっしょに眺めて慰めます。大姫

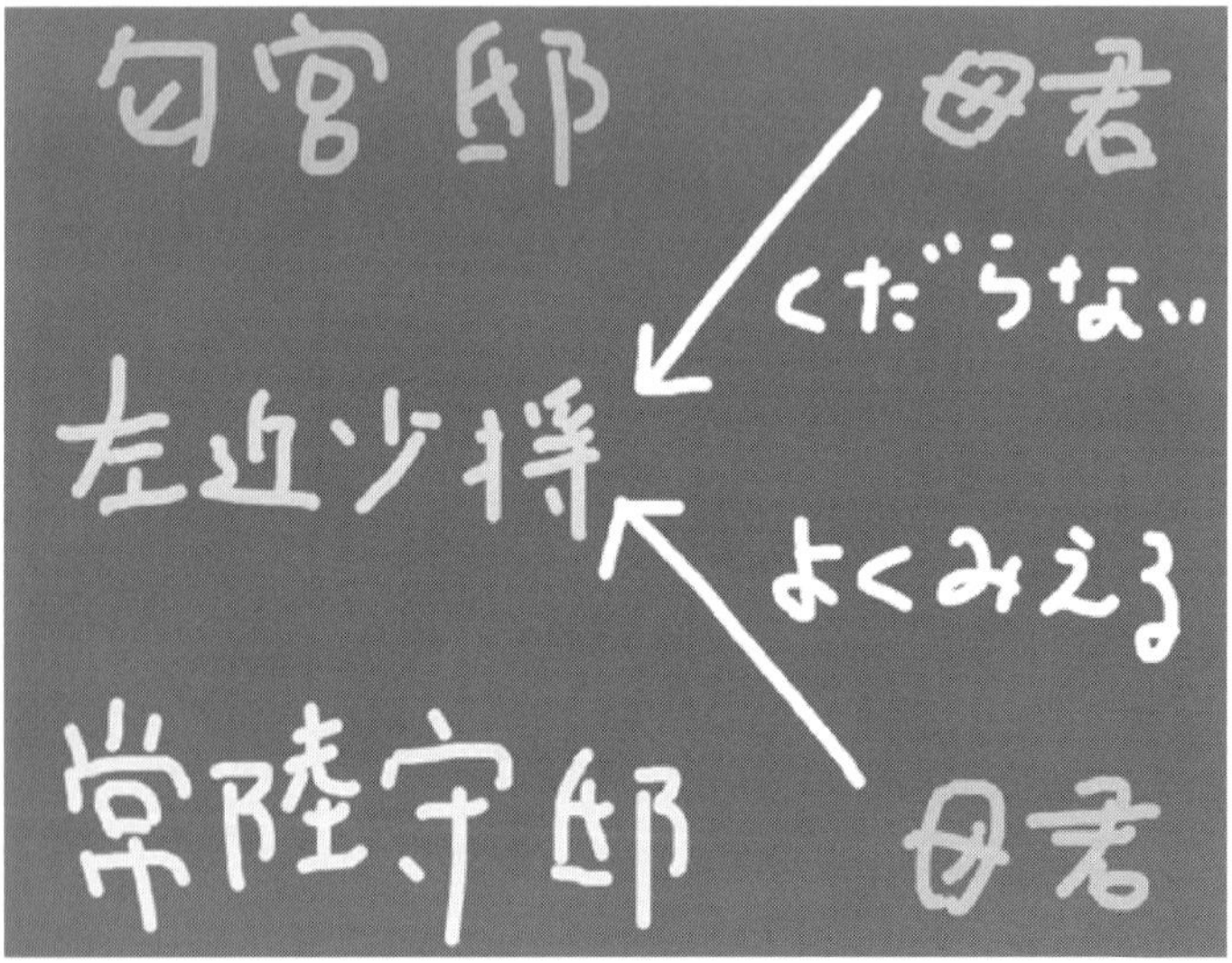

に似た浮舟をつくづくと見て、もう少し洗練させたら薫に似合いだろう、と姉らしく思われるのです。御自身もまた、薫から想いをかけられることがなくなれば、気楽に暮らせる、とも。

浮舟の母君は乳母から報告を受け、仰天してやってきます。中姫が表面はどうあれ内心は嫉妬の鬼となっているのではないかと疑い、また人の噂で娘が傷つけられることが怖ろしく、中姫がとめるのも聞かずに浮舟を連れて出てしまいます。ちょっと感情的で短絡的な母君です。かねてから方違えにと用意してあった、京の三条の家に移します。

その家に浮舟を一人置き、母君が常陸守邸に戻ると、左近少将と常陸守の実娘が並んでいる姿が目に入ります。匂宮夫婦を見た目からはつまらぬ夫婦ですが、匂宮邸で見かけたときほどにはみすぼらしく映らないのが不思議です。折しも左近少将は、匂宮

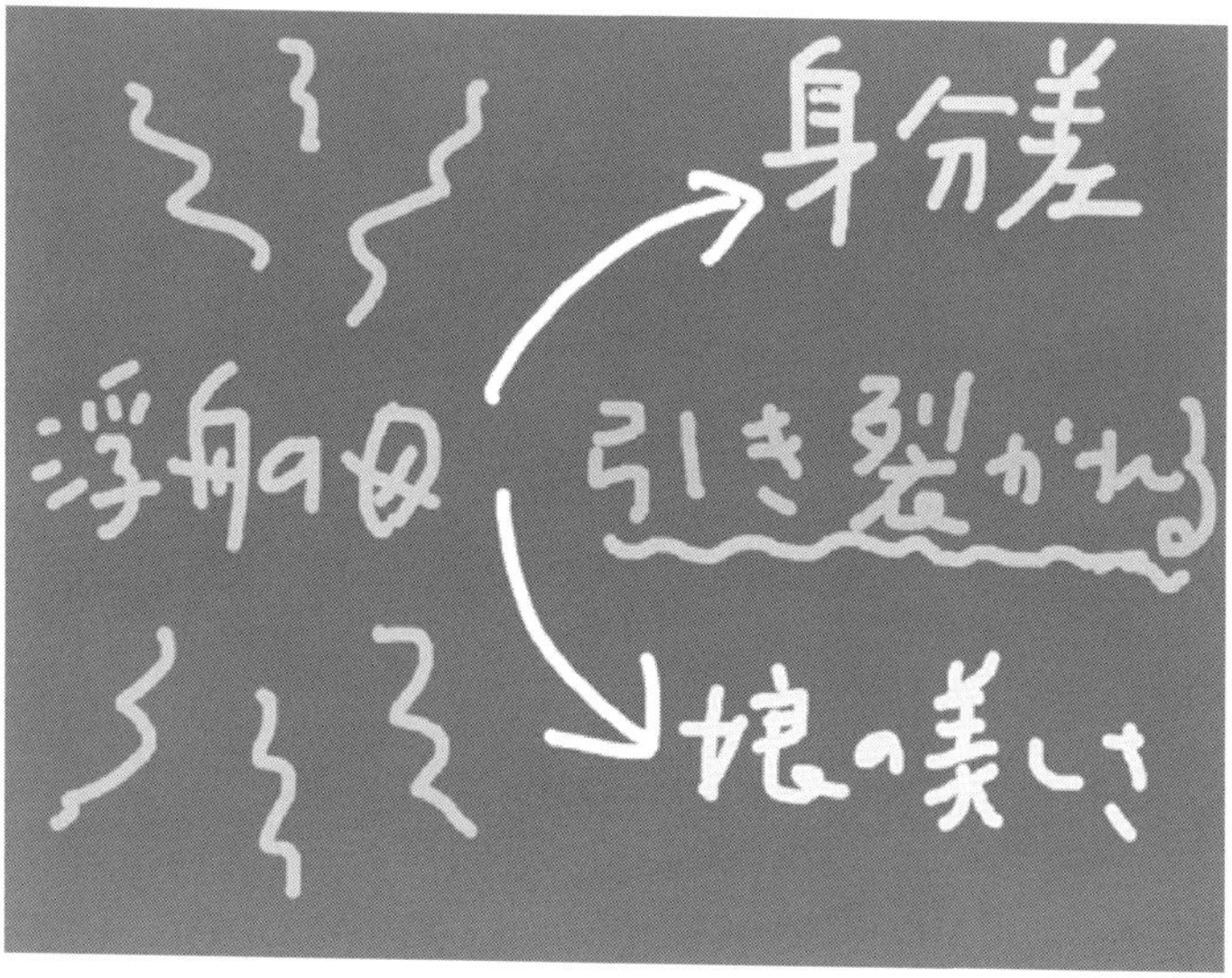

邸の荻はすばらしいものなのだよなどと言い、歌など詠んでいます。試しにこちらから詠みかけて心変わりをなじってやりますと、言い訳めいた返歌があります。

　浮舟の母君は、薫の素晴らしさを思い浮かべては、やはりああいう方にこそと心惹かれます。浮舟に関心を持ちながら文ひとつ寄越さないのはつれないですけれども、同じ身分違いでも娘を軽く見て部屋へ入り込んできた匂宮とは比較になりません。帝の秘蔵の内親王を正妻に持つ薫はしかし、もっと立派な方を愛するのだろうとも思われます。世間の人々が言うところ、器量も気立ても身分の尊卑によって決まるものらしい。ただ一方では、浮舟ほどの容貌を持つ娘は姉妹たちにもいないではないか、と思い返します。社会的な身分差と、八宮の血筋を受け継いだ娘のありようという二つの視点、価値観に引き裂かれて、浮舟の母は千々に心が乱れています。

　三条のわび住まいで浮舟は退屈していて、中姫を恋しく思い出します。また闖入されたときは怖ろしかったけれど、あれこれと細やかに物を言いかけておられた匂宮の様子、またその素晴らしかった香りのことが思い出されるのです。ただ母からの文が来ると、心配をかけている自分が悲しくて泣いてしまいます。

　大姫への追慕から、常陸守ごときの継子に執着していると人に思われるのを気にされている薫です。しかし今は気楽な三条の家にいると聞き、弁の尼を無理矢理に説得し、使いに行かせます。薫が忘れずにいると伝えられ、浮舟も乳母も嬉しく思うのです。そこへ弁の尼を訪ねてきたふうに、薫がやってきます。雨脚が激しくなる中、家に上げられた薫は、浮舟の部屋に入り、人型のことは持ち出さずに口説きます。明け方になりますと、薫は浮舟を抱き上げて車に乗せ、宇治に連れて行きます。あまりに急なことで、しかも結婚には縁起が悪い九月なので家の者たちは騒ぎますが、薫は聞き入れません。中姫のところに立ち寄らねば、と頑張る弁の尼も、やはり無理矢理に車に乗せます。自分のこのことがすぐ中姫に知られるのが気恥ずかしいのです。

道々、このように大姫が薫と結ばれるはずであったのに、と思われて、弁の尼はずっと泣いています。縁起でもないと、事情を知らない女房は呆れます。石がちな道の激しい揺れに、薫は浮舟を抱いてあげますが、やはり涙がこぼれます。大姫とよく似た浮舟ですが、なお大姫には備わっていた大人びた思慮深さが思い出され、悲しみが空をいっぱいに満たすようなのです。

宇治に到着すると、まだそこにいるかもしれぬ大姫の霊に対し、誰のために心が惑うのか、と言いたくなるのです。御堂の建築の指図や物忌みを口実に、急に宇治に来たこと、今日と明日は留まる旨、母宮と夫人の宮に手紙を書きます。浮舟をすぐに妻として引き取るのも、並の女房なみに扱うのもはばかられ、しばらく宇治に隠しておくことにします。何も言わない彼女が物足りないものの、品が悪いようでは人型にもならない、と思い直します。

八宮が亡くなってから誰も手を触れなかった琴を爪弾き、薫は往時を偲びます。音楽の素養などはないに違いない浮舟に、自ら手ほどきしてやりたいと思うのです。「『吾《あ》が妻《つま》』（吾妻琴のこと）

ということは、きっとお嗜《たしな》みになりますでしょうね」と問いますと、「その『やまとことば』さえ満足には習いませんものを、まして吾妻琴などは――和歌すら満足に詠めないのに、まして吾妻琴は弾けません」と、気の利いたことも言います。

「楚王台上夜琴声《そおうのだいのうえのよるのきんのこえ》」と、薫は唄いますが、その前段が扇のように捨てられた女の悲しい話であったと気づいて後悔します。弁の尼のところから果物が運ばれてきます。箱の蓋に紅葉や蔦が散り敷かれて、その下の紙に何か書かれているのを覗き込む薫は、果物を急いで食べようとしているように見えておかしい。

やどり木は色変りぬる秋なれど
むかしおぼえてすめる月かな

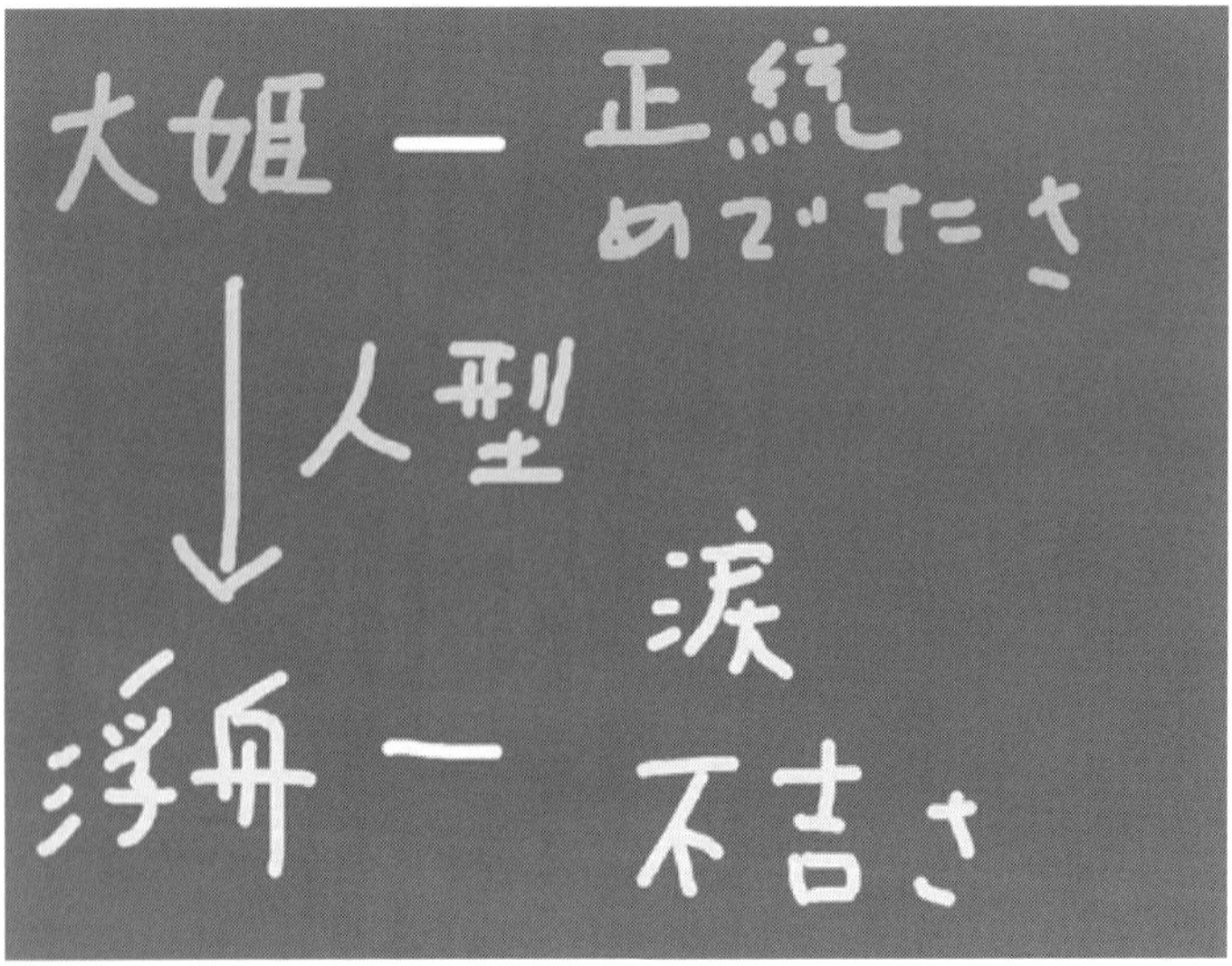

薫は恥ずかしくも哀れにも覚えて、

里の名も昔ながらに見し人の
　面《おも》がはりせるねやの月かげ

返歌というわけでもなく、このように口ずさまれたのを弁の尼に伝えたそうです。

「宇治物語」については「仏教思想」がテーマであると、これまで言ってきました。そもそも仏道に邁進し、身から芳香を放つ薫が主人公で、浮世を離れた八宮の邸が舞台であることから、仏教への符牒は作家の意図として仕組まれています。ただ、それだけでは当たり前のことに過ぎません。

ここで作品のテーマとして掘り下げるべきは「それがどのような仏教思想なのか。作者は仏道というものをどう捉えているのか」です。もちろん「仏教思想」という言葉でくくられる本質はあって、「仏という存在を措定して、世界観を作り上げてゆく」というものです。しかし、そもそも大陸から渡ってきた仏教は、国によって色を変えます。女人は端から救われない、とする教えもあるのですが、『源氏物語』の作者がその考えに与しているとは思えません。ただ浮舟の母君の言葉にもあるように、女人の方が現世での悩みが深い、ということは表現されている。それを「救われがたい業の深さ」ととるか、「悩みが深いからこその厭世観によって、いっそう仏の道に向かう」と説くか。いうまでもなく『源氏物語』の女性たち、薫や八宮も、後者として描かれています。

ここで作品構造を振り返ると、「宇治物語」に仕組まれているのは、仏教的な符牒とともに「交換」の概念です。匂宮は薫を真似ます。大姫は中姫を自分だと思ってくれと言い、その大姫の人型として浮舟が登場する。これは作者が交換を自身の仏教思想の根幹に関わる重要なファクターであるとみなしていることにほかなりません。

以前に紹介したパトリシア・ハイスミスは、私が紫式部の次に尊敬する作家ですが、彼女のデビュー作『見知らぬ乗客』はヒッチコックによって映画化され、「交換殺人」というミステリーの手法を示したものです。ある男が妻にさいなまれ、できれば殺したいと願う。そこへたまたま列車で乗り合わせた若い男から交換殺人を持ちかけられるのです。若い男は父親が死ねばいいと思っている。互いに互いの目的物を殺せば、動機も接点もないので警察に露見しない、というわけです。

この発想、当時は斬新なものでしたが、ハイスミスは次々に目新しいトリックのアイディアを追求するといった、いわゆる普通のミステリー作家ではありません。交換という概念は彼女の文学的なテーマそのものであり、思想的本質であったからこそ、それによってデビューする結果になった。以前にいくつか、読みやすく面白いと思われるハイスミスの作品を並べました。しかし本当のところ、私が彼女の真の最高傑作と考えているのは『殺意の迷宮』です。

ライダルという青年がギリシャを放浪しています。彼は良家の出でしたが、年少時に犯した些細な罪のために父親に勘当されました。父親は亡くなりましたが、青年は父への深い恨みを抱いています。

あるとき青年は街中で、死んだ父親そっくりの男に行き会い、つい跡をつけてしまうことで殺人事件に巻き込まれます。父に似た男、チェスターは詐欺師であり、卑劣きわまりない犯罪者でした。社会的名士であった父とは別人だと認識しながら、なお激しい憎しみを覚えつつ、ライダル青年はこの男から離れられない。男が連れている若い妻に惹かれてもいます。昔、好きだった従姉妹に似ている、ということですが、それは口実めいています。憎み合う青年と男とのせめぎ合いのあおりを受け、彼女はクレタの迷宮で事故死します。しかし青年と男は、互いに憎しみを募らせながら離れません。

長大な作品です。青年と男の争い、憎悪する相手を本気で殺そうとする企てや不意打ちが延々と続くだけです。最初に読んだときは退屈極まりなく、ハイスミスにしてはめずらしい失敗作だな、と思いました。一番最後の、ほんの一行を読むまでは。

激しい憎しみと争いの果て、最初の殺人事件を捜査していた警察にも追い詰められ、チェスターは青年を銃で狙います。引き金を引こうとした瞬間、チェスターは警官の銃に倒れます。青年は共犯者として警察の拘置所に勾留され、しかし数日後に釈放されます。撃たれたチェスターは死にましたが、いまわの際に「あの青年は犯罪とは関係ない」と言った、ということでした。

何ということのない叙述です。ほとんどの読者が通り過ぎ、ああ、退屈だった、という感想に終わるのではないかと思います。ただ私はこのラストに近い一行を読んだ瞬間、背筋が凍りました。文字通り腰が抜けるほど驚いたのです。その後三十分間、何も手につきませんでした。泣けてしょうがなかったのは言うまでもありません。「小説には、こんなことができるのか」と思ったことをはっきり覚えています。

青年と男との闘争は、掛け値なく壮絶です。互いに心底憎み合い、本気で殺そうと意図していたことは確かです。もちろん、ライダル青年がチェスターと関わることになったそもそものきっかけは父親への憎しみを重ねたことで、それは読者もわかっています。しかし青年もやがてそれどころではなく、また少なくともそんなことは卑劣漢の詐欺師である男の知ったことではなかった。自分が彼の父に似ていることなど、聞いてもいなかったのです。にも関わらず、男はどこかで、おそらくは無意識の底で、それを知っていた。青年の自分へ向ける激しい憎悪に、父親に向けるような執着があることに気づいていたのです。そうでなければ死の間際、彼を解放するような言葉を吐くことはない。

人が自身でも気づかぬ無意識の底で、何をわかっているか。それはどんなミステリーのどんでん返しよりも大きなサプライズでした。ある一言、ほんの小さな事実の描写によってそれを成し遂げること。真の小説でしかできない、稀な奇跡だと思います。

釈放されたライダル青年は、初めて父親の墓に参ります。チェスターという父親の人型を介して、彼は死んだ父と和解したのです。

それは馬鹿げた、子供じみたことでしょうか。本来は父親が生きているうちに、その父と和解すべきだった、と言うべきでしょうか。社会的名士であった父と彼とは、互いに四つに組んで対峙することは不可能だった。チェスターが卑劣漢の犯罪者であったからこそ青年は壮絶な闘いを挑み、「父殺し」の儀式を果たすことができた。

『殺意の迷宮』は、一度は出版を断られ、別のところから刊行された後にヨーロッパで大きな賞を得ています。しかしある出版社の社長が飛行機で長旅をするのに、何かいい小説はないかと部下に尋ねてこれを薦められ、目的地に降り立ったとたん「ハイスミスの本は二度と私に読ませるな」と言ったといいます。

ミステリー小説として分類される『殺意の迷宮』のプロットを最後まで紹介してしまったことは、非難されるかもしれません。が、なにしろ最後まで読んで「ネタバレ」しているのに、それにめったに気づかれない、という特異な（しかし真の）ミステリーです。何人もに薦めたのですが、やはり先の社長のように言いたくなる人がほとんどのようですので、この機に解説してしまいました。私も二度目に読み返したときに初めてその高い価値を確信しましたので、興味を損なうことはないと思います。著者が絶対の自信を持ち、英国推理作家協会賞を受賞した理由がわかるはずです。

オリジナリティ信仰の強い現代では、人型すなわち身代わりは本来のものより劣る、誰かの代わりといったことは侮辱として映ることが多い。しかし私たちは皆すべて、そうやって常に代償物を得ながら暮らしているのではないか。オリジナルの源を辿れば、いずれは手の届かないものに違いないのです。手が届かないのはそれが幻影だからであって、だからこそ私たちの業を生むわけですが、代償物であってもそれを何とかしたいという、また別の業を生むことにもなる。

浮舟は大姫の人型ですが、大姫もまた、薫にとっては仏の観念の人型であった。いまや失われた大姫であるからこそ、仏そのものであるかのように長い年月、あからさまな執着の対象となっている。視点をずらせば、人型がオリジナルに劣らず激しく執着され、愛憎の対象となる瞬間がたやすく訪れるのです。

第39回　『浮舟《うきふね》』まさしく女主人公の誕生

浮舟《うきふね》を宇治に置きっぱなしにして、薫はいつものごとくのんびり構えていますが、それでも京に迎える家の準備を進めます。中姫《ちゅうひめ》は匂宮《におうみや》に恨まれながらも、義母妹であり薫の妻となるはずの浮舟の身元を明かしません。妻としての嫉妬のゆえを装うほかないのです。

ところがある日、気が利いたふうの出過ぎた童が、浮舟から中姫への手紙を匂宮の前で取り次いでしまいます。薫から中姫への恋文では、と疑った匂宮は取り上げて読み、浮舟が薫の想い人として宇治にいることを察知します。

匂宮は、薫宅の事情に通じた大内記《だいないき》に案内させ、宇治へ微行します。部屋を覗くと、女房らが姫に話しかけています。「姫君だとて、殿さえお心変りをなさらずに、いとしがってお上げになったら、あれ（中姫）にお負けになるものですか」とか。浮舟は、中姫に張り合うような物言いをたしなめます。中姫によく似ているが、どんな親戚なのだろう、と匂宮は考えます。

皆が寝静まった頃、匂宮は部屋へ入り込みます。薫の声音を使って、道中で災難にあい、汚れた格好をしているからと灯を遠ざけさせると、女房の右近《うこん》はすっかり薫だと思い込みます。浮舟は薫ではないと気づきますが、声も出させません。中姫がどう思うだろうかとひどく泣く浮舟です。匂宮もまた、これからそう簡単には逢えるまいと泣き、名残惜しさに京に帰ろうとしません。女房の右近は自らの過失に気も遠くなりますが、他の女房たちには事態を隠します。浮舟の母と石山寺への参詣をする日でしたが、その迎えの者も断るしかありません。

冷静な薫を見慣れている浮舟は、匂宮の激しい情熱にほだされます。ただ誰の娘かという素性は明かそうとしません。実際のところ、浮舟は中姫に比べるとやはり見劣っているのです。が、夢中になっている匂宮の目にはこの上ない美女に映ります。浮舟は薫をこの上ないと思っていたのですが、こまやかに輝かしい匂宮の姿はそれに優ると思われます。

翌朝、明石の中宮も夕霧《ゆうぎり》大臣も、匂宮がいなくなって不機嫌でいらっしゃいます、と急かされ、仕方なく帰途につきます。昔、最初に薫に案内されて来たことを思い出され、薫に申し訳ない気持ちとともに、不思議な縁のある宇治の山里だと思われるのです。

京に帰った匂宮は、秘密を教えてくれなかった中姫を恨む心から、自分のしたことは隠したまま、あたかも薫と中姫との仲を本気で疑うかのように責めます。物思いが過ぎるのか、病気めいた気分の匂宮に、薫が見舞いに訪れます。薫の立派な様子に、自身と比べてどのように見ることだろうと、匂宮の想いは浮舟を離れません。

薫はまた、公務の暇に宇治を訪ねます。薫への罪の意識に、あわせる顔がないと思う浮舟です。一方で、「年久しく契りつづけていた人たちが、皆厭《いや》になったような気がする」と言われた匂宮が寝込んでいて、人を寄せつけずに御修法ばかりおさせになっていると聞き、自分が薫と夫婦らしく振舞うのは匂宮に申し訳ないとも感じます。

薫は長く来られなかった言い訳も述べたてることなく、ただ自然と信頼されるのです。匂宮の激しい情熱に心惹かれても所詮は一時のこと。それを知れば薫は真底から嘆くだろう。薫の愛を失ったときの痛手はただならぬことだろう、と浮舟は煩悶します。その悩ましいありようが、以前よりずっと情けを知るように映り、薫はいつもより心をこめて語られます。造らせている家がもうすぐできそうだという薫の言葉に、匂宮も同じようなことを言われたと浮舟は泣きます。それをなだめるのに、薫は端近いところに伏し、二人で夕月夜を眺めます。薫は大姫を思い出し、浮舟は匂宮を想いと、二人別々の物思いにふけるのです。

それでも恋しい大姫に似た人が物思わしげに涙をこぼし、都の女らしく洗練されていく様子は今までになく離れがたい。宇治橋にまつわる歌を詠み交わすと、このまましばらく逗留したいと思います。しかし人目を気にする薫は、やはり早朝には立ち去ります。こういった冷静さが匂宮と違い、ちょっと物足りないですね。

ここまでで、匂宮と中姫はすれ違った想いを持ち、薫と浮舟もまた互いの真意から睦み合っているわけではない。ただ匂宮と浮舟の逢瀬は短く、それゆえ激しい情熱に彩られている。それが一瞬のはかない閃光にすぎないことを浮舟は承知しているのです。薫もまた中姫への忠誠は忘れず、心をこめた付き合いを欠かしません。中姫は浮気な匂宮と比較して、もし自分が姉の言う通りに薫と結婚していたらと思わないでもない。すなわち匂宮の嫉妬は、単なる言いがかりと切って捨てることもできない。

二月に宮中で詩会が催されます。匂宮の美声は多くの人に感銘を与えます。急に雪が激しく降り出し、詩会は予定より早くお開きになります。匂宮の宿直《とのい》所《どころ》に皆が集まり、夕食など召し上がります。薫は端近くに出られ、降り積もった雪が星明かりにほのめいている様子に、「衣《ころも》かたしき今宵もや（われを待つらん宇治の橋姫《はしひめ》）」と口ずさみます。それを耳にした匂宮の心はまた騒ぐのです。これほどの人を恋人として待つ浮舟に、自分をよりいっそう愛させることがどうしてできるだろうか、と妬ましく思われます。

　翌朝、創作の詩文を御前にお持ちになる匂宮も薫も、今を盛りに美しいのです。とりわけ匂宮の詩が傑作として褒め称えられますが、格別嬉しくも思われません。どんなつもりで詩作などできたものかとぼんやりしておいでになります。匂宮は雪の中を宇

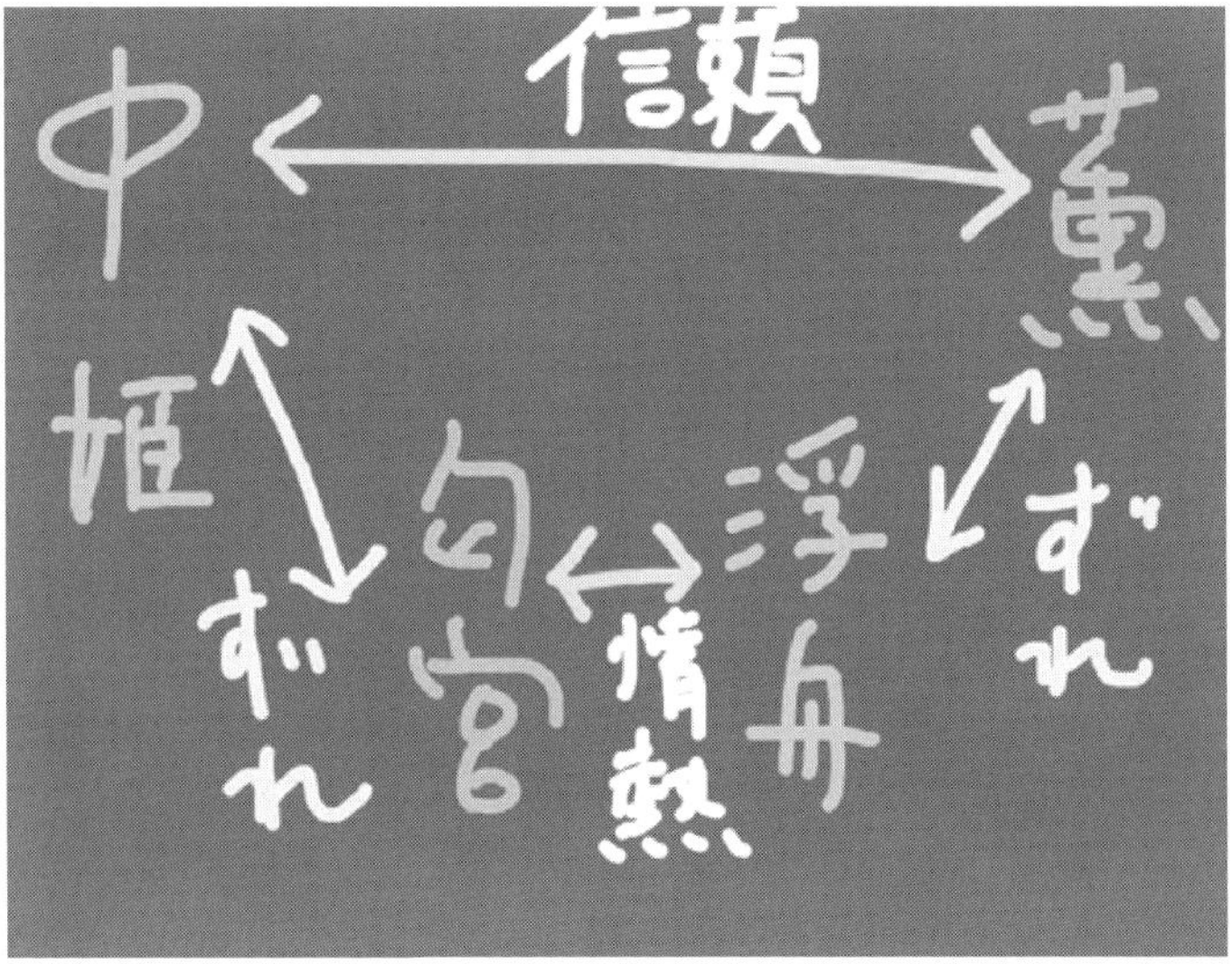

治に向かいます。そんな天候をおして来られたことで、浮舟も女房も感激します。右近も面倒なことになったと思いつつ、その情熱に動かされ、別の女房に事情を話して手引きを手伝わせます。

夜のうちに帰る辛さを思うと来ないほうがましなぐらいで、かといってそこに留まるには人目が憚られます。匂宮は川向うの家を手配すると、慌てる女房らを尻目に、浮舟を抱いて出て行ってしまいます。頼りない小舟に姫を乗せ、有明の月に澄んだ水面、美しい姫という思わぬ宇治川の趣きが素晴らしいのです。

年ふともかはらんものか橘の
　こじまのさきに契るこころは

たちばなの小島はいろも変らじを
　この浮舟ぞゆくへ知られぬ

対岸に着きますと、匂宮が自らお抱きになり、他の者に支えられながら上がられるのです。いったいどんな姫のために、そんな大騒ぎをされるのかと従者たちが見ます。家はまだ手入れも行き届いておらず、匂宮が初めて御覧になる網代屏風《あじろびょうぶ》などという、荒々しいものが置いてあるのです。

人目を忍ぶ道中で、匂宮も軽装です。浮舟は上着を脱がされていますので、白い衣を重ねただけの略装がほっそりした身体つきをみせて魅力的です。二人だけで打ち解けて過ごします。匂宮は、薫が正妻を大事にしているなどと言い、あの「宇治の橋姫」を口ずさんだことは話しません。薫に嫉妬してあからさまに愛を求め、誓わせようとする匂宮は、若い浮舟の心を捉えて放さないのです。だが匂宮は、女房の美しい衣を取って浮舟に着せ、手水を使う世話などさせます。浮舟を姉の女一宮《おんないちのみや》の女房にしたら、さぞ重用されるだろうと考えます。その上で関係を続ければよい、と思われているのですね。

一方で薫は、浮舟を迎える準備を進めます。周囲が喜ぶ中、浮舟はやはり匂宮の激しい情熱が忘れられません。薫は正妻の女二宮《おんなにのみや》にもことわり、浮舟を人目につかぬよう新邸に移そうとします。が、その世話を、人もあろうに匂宮を宇治に手引きした大内記の妻の親に頼んでしまいます。薫の動きは筒抜けとなり、焦った匂宮は自身も邸宅を用意しようとしますが、なかなか上手く運ばない。

浮舟は思い悩んで伏せっています。匂宮をすっぱり諦め、このまま忘れられてしまうのは堪えられない。しかしもし自分が匂宮のもとへ逃げたら、母や女房たちはどれほど悲しむだろう。異母姉の中姫もどう思うか。また最初の恋人であり、立派な人格者である薫に見切られては恥ずかしくて生きてはいけない。その側で浮舟の母が弁の尼と、あれこれしゃべっているのが聞こえてきます。匂宮がいかに多情か、その手がついた女房たちが中姫の気を損ねまいと気を揉んでいるという噂話で、浮舟の母は、「大将殿（薫）も帝のおん娘を賜わったお人でいらっしゃいますが、でもまあ外で、餘所《よそ》の者とならとかくのことがあったとしましても、いたし方がございますまいかと、憚《はばか》りながら存ぜられるのでございます。万一姫が間違ったことでもしでかされましたら、身に取りましてどんなに辛うございましょうとも、二度とお会いしようとは存じません」などと言います。何も知らない母の言葉に、とどろく流れの音が響いている宇治川に入水してしまおうと浮舟は考えます。死ねば一時は母も悲しむだろうが、生き恥をさらし続けるよりは救われるだろう、と。

浮舟の具合が悪いと聞き、薫はたびたび手紙をやります。それを届けにきた薫の随身が、大内記のところの者と出くわします。来た理由を問いただすと、答えがころころ変わるので腑に落ちず、跡を尾けさせると匂宮邸に入っていった。その報告を聞いた薫は、随身のよく気の回ることに感心するとともに、内裏で匂宮が大内記から手紙を受け取り、それを読みふけっていたことを思い出します。あれこれと思い合わせて、事実を察知した薫は、自分は中姫には手出しをしていないのに、と不快に思います。浮気な女である、いっそ譲ってしまおうかと考えますが、正妻にするつもりの女に裏切られたわけでもなし、いなくなっても寂しいし、と思い乱れます。もし自分が浮舟を棄てれば、匂宮は結局、女一宮の女房にするなどして彼女の面目をつぶすだろう、ということまで推測しています。そんなふうになるのを見るに忍びない、とも。

浪こゆるころとも知らず末の松

まつらんとのみ思いけるかな

物笑いにならないように、と浮舟に書いてやります。浮舟は動揺しますが、「これはどうやら受取人が違うようでございます。どうも気分がすぐれませんので、何事も失礼いたしまして」と書き添え、その手紙を薫に返します。意外と気の利いた言い逃れをするものだと、薫は思わず微笑みます。

女房の右近は勝手に手紙を読み、薫にばれてしまったことを知っています。右近は自身の姉が二人の男と通じ、最初の男が嫉妬のあまりもう一人の男を殺してしまった話をします。何でもいいからどちらかに決めてしまえ、そんなに煩悶するぐらいなら、匂宮が好きならそれでいいではないかと、二人の女房は浮舟に言い聞かせます。匂宮は人目を気にして家来もろくに付けずにやってくるし、薫の荘園の用を果たす内舎人《うどねり》に連なる乱暴者らが何かしかけるかもしれない、とまで。二人の女房はすでに浮舟の心が匂宮にあると決めてかかっていて、恥ずかしく思われます。自分はどちらとも決めかねている、匂宮の思わぬ激しさに揺らぎ、だが夫であると思ってきた薫を思い切れないから悩んでいるのだ、と。

実際、その内舎人がやってきて山荘への人の出入りを問いただすし、自身の身の上もこれまでと思っているところに匂宮からもしつこく言ってきます。どちらに身を寄せてもただでは済みそうにない。浮舟は死を覚悟します。子供っぽく鷹揚で頼りなく、世の中への見識もないゆえに思い切ったことを考えたようです。後で人目については困るような恋文を少しずつ処分しますと、女房が見とがめます。

匂宮から「その日（三月二十八日）の夜には必ず迎えに行きましょう」と手紙が届きます。来ても逢わずに帰さねばと思うと、浮舟はひどく泣きます。「このようなお小さいお体の一つぐらい、空を飛んででも宮がお連れ出しになりますでしょう」と女房の右近は慰めるのですが、「そんな風にばかり言われるのが、いっそ私は辛いのです。（中略）道に外《はず》れているということは、ちゃんと私には分かっているのに」と、浮舟は手紙の返事も書きません。

自分を愛していた様子の浮舟から返事が来ないのに焦れて、匂宮は宇治へやってきます。しかし薫の手配した警備が厳しく、女房らは同情しながら断らざるを得ません。匂宮が帰ると浮舟は悲しくてならず、宮が描いた絵を眺め、美しかった手やお顔を思い出します。死んだ後のことを考えると、薫も母も中姫も、また義父や醜い兄妹たちすら恋しく思われます。匂宮からはたいそうな恨みを述べた手紙が来ます。それへの返事も死後に読まれるものと思うと、思うように書くことはできません。

からをだに浮世の中にとどめずば
　いづこをはかと君もうらみん

とだけ書いて出します。薫にも遺書を残したいのですが、あちらにもこちらにもというのも軽薄であるし、もし二人の殿が聞き合わせることがあっては、とはばかります。京の母から手紙が来て、不吉な夢を見た、とあります。それが悲しくて、言いたいことはたくさんありましたが、ただ、

後にまた相見んことを思はなん
　この世の夢にこころまどはで

鐘のおとの絶ゆる響きに音をそへて
　わが世つきぬと君に伝へよ

と。何も知らず、湯漬けを食べさせようとする乳母がひどく歳とった様子で、自分が死んだらどうするのだろう、と思います。女房の右近が寝仕度をしながら「そんな風に考えごとばかりなすっていらっしゃいますと、物思う人の魂は体の外に憧《あくが》れ出るものと申しますから、夢見もお悪いのでございましょう。どちらかお一方におきめになりまして、後は御運にお任せなされませ」と言います。浮舟は、萎えた衣を顔に押し当てて伏せっておいでになりましたとやら。

ここまでが『浮舟』の巻です。二人の貴公子に想われた浮舟が、自死を決意する。そのように知られた物語ですが、見てきたように、そんなにきれいで単純な話でもないですね。

まず、ここでの二人の貴公子は、憧れの的である姫を奪い合う初心な若者ではない。年齢は二十代ではありますが、すでに正妻がある。つまり妻帯者です。こう申しては何ですが、銀座のホステスを奪い合う企業オーナーの小父さん二人、といったところでしょうか。そうすると今の感覚から、それが死ぬほどのことなのだろうか、と思う。実際、それは著者も踏まえた上で物語を進めています。

まず薫にすれば、浮舟は当初から大姫の人型である。誠実な薫は、慰み者にする意識はないけれど、匂宮に手を出された悔しさを抑えるにあたって「どうせ正妻にするつもりの者ではない」と自らに言い聞かせています。そもそも最初から、身分差のある彼女への恋慕を恥じ、人目をはばかるのを忘れたことはありません。

それに対し、匂宮の激しい情熱は浮舟をも夢中にさせますが、その愛は女房の衣をとって着せ、自分の世話をさせるといったもので、所詮は女房扱いです。今までも気に入った女房の実家にまで押しかけていっていた、という軽薄さの一端が見える。その辺りは薫が考えている通りです。匂宮はいつものごとく薫に張り合い、彼のものを欲しがっているだけです。

けれども、それに気づかぬ浮舟が思い上がり、匂宮の愛に期待しているのではない。浮舟もまた、匂宮の情熱は、薫の思慮深さに比べて実がなく、長く頼れるものではないと百も承知しています。しかし、それではなぜ、そんな匂宮に惹かれるのか。

浮舟は、薫と匂宮の関係を知りません。匂宮の情熱の理由が、まさに薫の女だから、ということはわかっていません。それでも匂宮という男が当てにならないことは感じている。「なぜ、こんなにまで」とその情熱に感動する、ということは同時に「こんなにまで執着される理由がない」ということでもあります。理由がないゆえに、一過性のものであることは察知できるのです。

とりたてて賢い女でなくても、そのぐらいのことはわかる。ならば薫の愛についても、それがどこから湧いてきて、どの程度のものなのか、少なくとも無意識的には値踏みしているのではないか。冷静で思慮深い愛、といえばそうですが、薫はやはり身分差から人目をはばかっています。それは摩擦を避けるためのもので、浮舟を末永く大事にする意図があるわけですが、それが大姫の人型であるから、という理由がある。そのぶん関係が長続きする担保もあるが、つまりその担保の量に見合う愛情でしかない。

そんなことに文句を言うべきではない、と誰もが承知しています。浮舟を人型として差し上げた中姫が「妥当である」と判断されたのです。前に述べたように、薫の無限の愛の対象である大姫もまた、仏の人型に過ぎないのですから。

現世での愛というものは所詮、絶対的ではないという著者の思想がある以上、浮舟に対する薫の愛も、匂宮の愛も、ある意味で大差はない。そのこと自体に私たちは絶望するし、浮舟もまたそうでしょう。ならば匂宮に激しく情熱を傾けられた一瞬、どんな男よりも魅力的に映ったのなら、その忘れがたい瞬間を絶対として女の人生を決定づけてもよいのではないか。

そのような「女」を生み出す大きな要素は、やはり身分差です。浮舟のような身分の女にとっては、薫の愛と匂宮の愛を同時に受けることは、あり得ない僥倖です。そのために起きる摩擦に怯えようとも、それ自体は夢であり、浮舟の母が常に娘を引き比べる中姫と、一瞬であれ同列に並ぶ。若君を生み、匂宮の最愛の寵姫ではありますが、中姫も正妻ではないのです。浮舟母娘は中姫と張り合いはしませんが、中姫は浮舟の母にとって理想です。ただ、もちろん浮舟がこのまま匂宮との関係を続ければ、いずれ女房の身分に身を落とす。八宮《はちのみや》の女房であったがゆえに情人としても認められなかった浮舟の母と同じことになる。

薫の愛も匂宮の愛も現世のものである以上、十全でも純粋でもない。しかしだからこそ、この一瞬がすべてということはある。薫と匂宮が自分の身分や立場を失わずに愛を全うしようとするのと同様、浮舟を含めた誰もが自分の手に入れたものを失いたくない。浮舟は、たまたまであっても自分が得た運命を、可能なかぎり母に残そうとしたのではないか。身分差のために生涯、悔しい思いをしてきた母に。

浮舟は『源氏物語』の最後の女性であり、非常に重要な登場人物です。一方で著者の筆は彼女への幻想を許さず、尊敬も感じられません。女房たちはずけずけ意見し、その物言いが物語の中で幅をきかせる。母君との石山参りが流れたのも浮舟本人の「穢れ（月経）」のためと言い訳され、魅力的とはいえ上着を脱いだ露わな姿を匂宮の前にさらす。その美しさも中姫には劣るし、身分柄、教養も見識も欠け

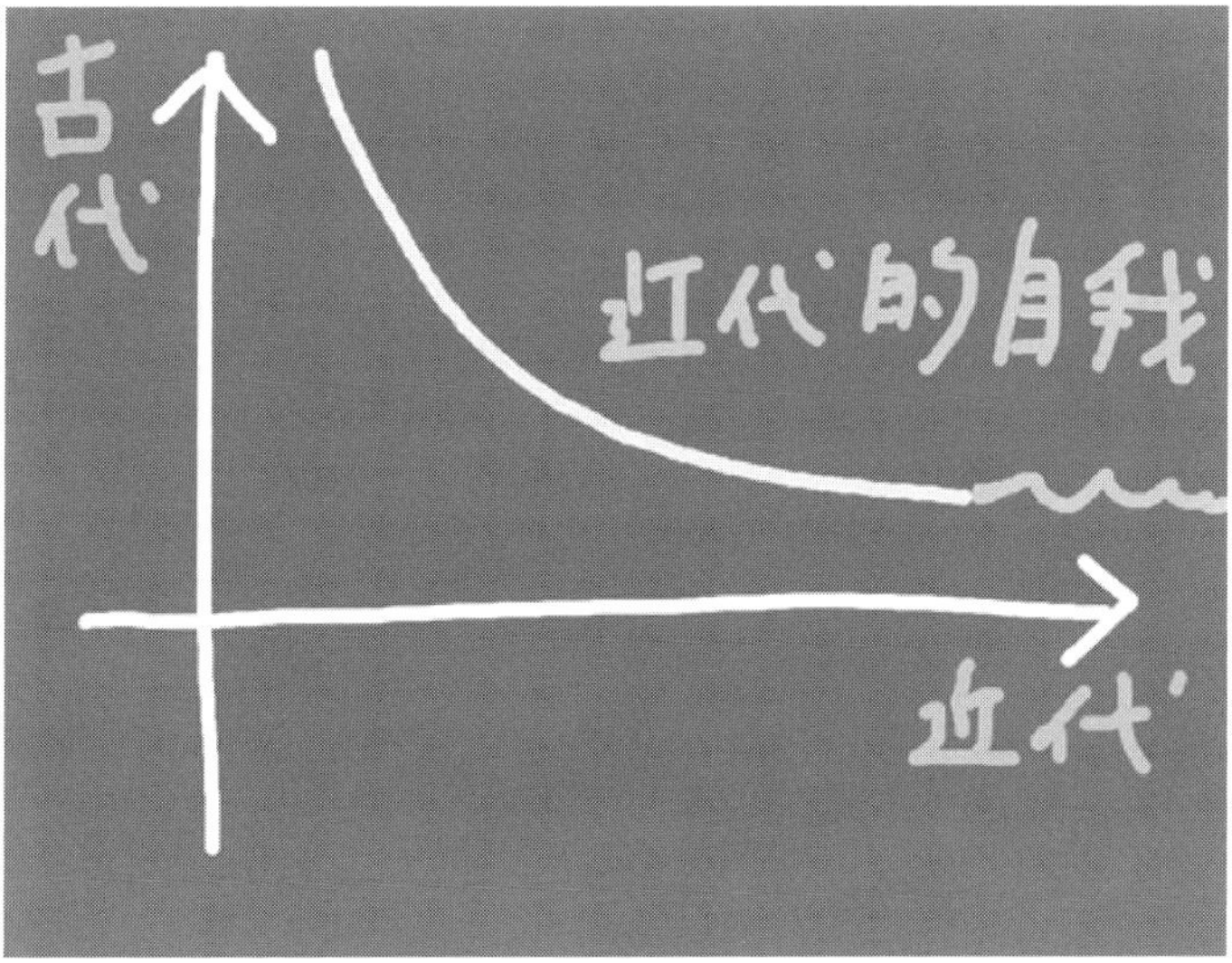

ていると、はっきり書かれています。しかしそんな女性だからこそ「死を選ぶ」という思い切った行為に出る。『源氏物語』の女性たちの多くが、空蟬《うつせみ》も藤壺《ふじつぼ》も、追い詰められてもせいぜい出家しただけであるにもかかわらず。

表向きはそう書いてあっても、浮舟という女性が死を選ぼうとしたのは、単なる身分からくる不見識からではない。浮舟は私たちに似ています。身分は高くなく、だからこそその思考は教養的ではなくて原理的です。彼女は内面を生じさせ、私たちと同様に絶対的なもの、永遠なる一瞬を求めます。自分の身の振り方を自分で決めるよう迫られ、実際に決定し、行動する。さらにそれが物語のプロットそのものを大きく動かすという意味で、浮舟とは源氏物語で唯一の近代的な女主人公なのです。

第40回　『蜻蛉《かげろう》』男女あるいは生死の影と光

浮舟《うきふね》がいなくなり、最近の煩悶から身を投げたのだ、と察した女房の右近《うこん》はもだえ泣き、乳母は放心しています。匂宮《におうみや》も、尋常ではない文の返事に慌てて宇治へ使いをやります。急いで葬儀を済ませようとするのを異様に思った使いは、浮舟が自死したことを聞き出します。

宇治にやってきた母君は、初めて匂宮との関係を知ります。激しく嘆き、川を探して遺骸でもと言われますが、すでに大海へと流れてしまったろう、人の噂が高まるだけだとたしなめられます。普通の葬式のように取り繕って出すのは実に不吉で、乳母も母君も泣きまろびます。世間の聞こえと女房たちの罪悪感から事情を隠し、賤しい家の葬儀のようにそそくさと終えてしまうのです。薫は母宮のご病気で石山寺に籠もり、知らせが届くのが遅れて、葬儀にも間に合いませんでした。自分を待たずに簡略な式にしてしまったのに驚き、問いただしますが、お答えすることもできません。

薫は、宇治の山の中に彼女をほったらかしていたことを後悔します。自分は仏道を志しながら俗な悩みを棄てきれず、その悟りへの方便としてこんなことが起きるのでは、と思いつつ勤行します。しかし一方では匂宮が悲しみのため、病気と見せかけて引き籠もっている様子に、やはり浮舟とはただの関係ではなかったのだ、もし生きていたら自分が物笑いの種になったかもしれないと、焦がれる気持ちも冷める気がするのです。

病んでいるという匂宮を皆が見舞うのに、自分だけ行かないのも妙であると、薫は訪ねて行きます。ちょうど叔父である蜻蛉式部卿宮《かげろうしきぶきょうのみや》が亡くなったので、薄鈍色の喪服を着けているのがふさわしい。無常の世をはかなむ様子で泣く匂宮ですが、これが浮舟のための涙とは薫は気づくまい、と思っています。その嘆きようを目にした薫は「やはりかの人のことばかりを恋い慕っていらっしゃるのだ、一体いつからのことだったのであろうか、それを知らずにいた私を、どんなに滑稽に、笑ってやりたいお気持ちでお眺めになりながら、この月頃を過していらっしゃったであろう」と、悲しみも忘れる思いがする。薫の冷めた様子に、今度は匂宮の方が「まあこの人は何という冷やかな心であろう」と思います。同時に、失われた浮舟のゆかりの者、これも形見ではないか、と薫の顔を見つめるのです。

さすがの薫もそのままではおられず、「実は御存じの山里ではかなくなりましたいつぞやの人と、同じ血つづきになります者が、意外な所におります由を聞きましたので、時々逢いに行くようにして世話をいたそうかと存じました」と初めて泣きます。語りながら「またあちらでも、私《わたくし》一人を特に頼《たよ》りにするという風でもないらしゅうございました」と当てこすります。

匂宮の嘆きようを目の当たりにし、また薫自身もこれほどの身分でありながら、浮舟を思うこと第一の妻にも劣らなかった、と思い乱れます。「人木石《ぼくせき》に非《あら》ざれば皆情けあり」と伏せっています。宇治に出向きたいが、ずっと忌籠もりするわけにもいかないし、すぐ帰ってきてしまうのも心苦しいし、と煩悶するのです。

翌月、今日は浮舟を迎えるはずの日であったと思うと、誠に寂しい。薫は橘の枝を折り取り、歌を付けて匂宮に贈ります。

忍び音や君もなくらんかひもなき
　しでの田長《たをさ》に心かよはば

匂宮はお庭で、浮舟によく似ていると中姫の横顔を眺めておられるところでしたが、

橘のかをるあたりはほととぎす
　こころしてこそ啼くべかりけれ

「まるで私がなにか関わり合いでもあるかのような言われようで、煩わしいことです」と、お返しになります。浮舟の自死が腑に落ちない匂宮は、使いをやって女房の侍従を連れてこさせ、自ら川に入る前の様子を詳しく聞きます。その場にいて止めてやれていたらと、匂宮はいっそう悲しみます。

薫もまた思いあまって宇治にやってきます。女房の右近は、周囲に対しては嘘を重ねて不始末

を隠してきたけれど、薫を前にしては真実を伝えるしかありません。薫は信じられずに問いただし、匂宮とのことも言うように強いるのですが、中姫のところにいたときに匂宮に顔を見られた、それからは居所がわからないように隠れ住んでいたのに、文が届くようになった、としか話そうとしません。それも無理のないことです。自分がこんなところに放置しなければ死ぬことまではなかったろうと、目の前の川も、宇治の里の名も疎ましく思います。

思えば最初に中姫が人形とよんだのも、川に流れてゆく運命を示していたようで不吉でした。母親の身分が軽いので、いいかげんな葬儀で済ませたのか、などと疑っていたのも気の毒で、母君の悲しみが思いやられます。

今は律師となった、かつての阿闍梨《あじゃり》をよんで法事の手配をします。帰り道、早く京に迎えなかったこ

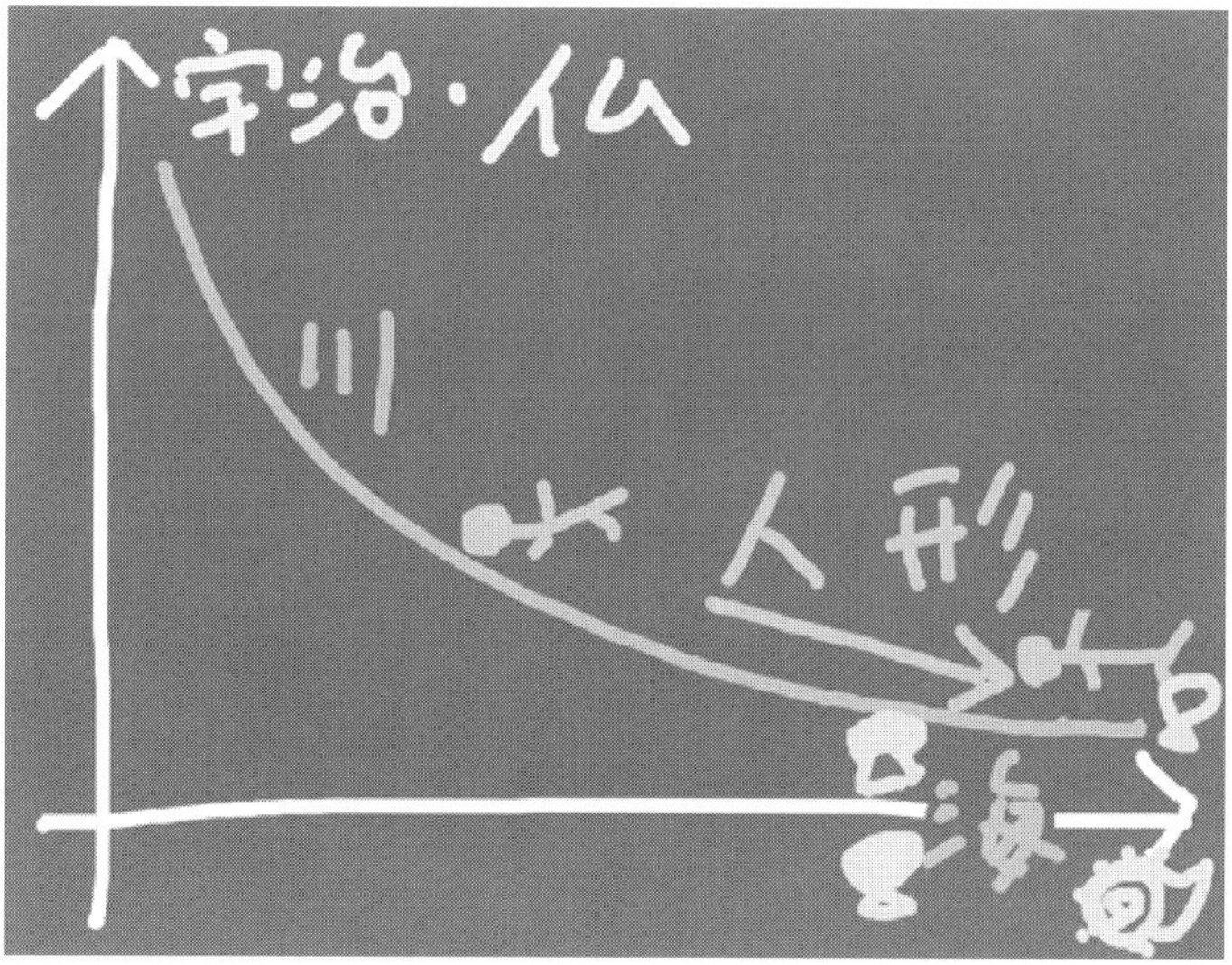

とが悔しく、川の音が聞こえる間は心が落ち着きません。遺骸すら捜させず、今はどんな海底で貝に混じっているのだろうと、やるせなく悲しいのです。

薫は浮舟の母君に文を送り、息子たちの仕官の後ろ盾になってやると伝えます。ぱっとしない親戚付き合いと人に見られるだろうが、あのぐらいの身分の女を帝に差し上げたり寵愛されたりする例すらある、と考えをめぐらせます。自身の汚点になることでなし、悲しむ母親のため、娘の縁で面目をほどこしてやろう、と心に決めます。

母君の今の夫である常陸介《ひたちのすけ》は、浮舟が薫に愛されていたことを知り、驚き、恐縮します。息子たちの後ろ盾になるという薫の申し出をたいへん喜び、母君は浮舟が薫の夫人になっていたらと、なおのことまろび泣くのです。常陸介もこのときになって初めて泣きます。しかしもし浮舟が生きていたら、薫はその異父兄弟までも面倒をみようとは思い寄らなかったに違いない。

四十九日の法事は薫の手で荘厳に行われます。匂宮は女房の右近に宛てて、銀の壺に金貨を詰めたものを贈ります。右近が志として寄進したものに、皆が不思議がります。薫は気心の知れた家来をたくさん寄越し、噂にも聞かなかった女性の法事をこれほどまでに、と周囲はびっくりします。常陸介が主人顔でいるのもいぶかしい。常陸介は、実娘が少将の子を産んだのを祝ったばかりでしたが、この法事のありように、生きていたらおよそ自分たちとは階級が違う運命の人だったのだ、と悟ります。

薫と匂宮の心はいつまでも悲しく、けれどももともとより浮気性な匂宮は、慰めになる恋もだんだんと試みられます。薫の方は、残された身内の面倒など見つつ、言っても虚しい恋しさが忘れられません。

さて、この四十九日の法要が行われるまでが、浮舟の失踪とその死にまつわる話です。『蜻蛉《かげろう》』のここから先は、薫と匂宮という二人の生者の現世での物語です。

明石の中宮の叔父である蜻蛉式部卿宮が亡くなりましたので、中宮は軽服のため六条院に里下がりされています。寂しさの癒えない匂宮は、姉の女一宮《おんないちのみや》のところのきれいな女房たちを慰めにしています。その中の小宰相《こさいしょう》の君という女房が素晴らしいのですが、この人は以前から薫と親しい仲なのです。匂宮はいろいろと薫の悪口を言いかけるのですが、小宰相の君は簡単になびきません。そんな彼女に薫は好感を持ちます。

あはれ知る心は人におくれねど
　数ならぬ身にきえつつぞふる

「浮舟に代わって、私が死んで差し上げたかった」と、小宰相の君から文が届きます。気の利いたその便りが嬉しくて、薫は彼女のもとを訪ねます。女房の自宅へなど、めったに足を向けることなどない薫です。そのささやかで、ちょっと貧弱な屋敷で小宰相の君は感じよく薫の話し相手を務めます。浮舟よりむしろこの人に奥ゆかしい才気があるではないか、なぜ女房勤めなどに出たのだろう、と薫は思います。密かな妻としたかったぐらいですが、そんなそぶりは見せずにおきます。

蓮の花の盛りの夏に、六条院で法華八講が催されます。僧の一人に用事があった薫は、釣殿《つりどの》の方へ出向きます。小宰相の君などが几帳を立てて休憩場所としている辺りに、衣擦れの音がします。覗いてみると、女房たちが三人ほどで氷を割ろうと騒いでいます。そこに何ともいえず美しい女一宮（薫の妻である女二宮《おんなにのみや》と匂宮の姉）がおられました。その麗しさは似る者もなく、周りの女房たちなど土色にしか見えない。ただ、一人は嗜みがあるように見受けられ、その声から小宰相の君であると気づいたのでした。小宰相の君が氷を紙で包み、女一宮に差し上げようとします。女一宮のかわいらしい声が微かに聞こえて、薫は喜びに震えます。覗かれていることに気づいた女房が駆け寄ってくる前に、薫は姿を隠します。

翌朝、薫は自身の妻である女二宮を眺め、十分に美しいと思いながら、やはり女一宮はこの世のものとは思われない麗しさであった。女二宮に、あのときの女一宮と同じような薄物を着るように言い、氷を取り寄せて女房たちに割らせ、その欠片を妻に持たせようとします。そんな酔狂が自身でもおかしい。薫は明石の中宮に、「私の所においでになります女御子《おんなみこ》（女二宮）が、雲の上からお下りになりまして、臣下（薫のこと）にお縁づきなされましたので、気を腐《くさ》らしていらっしゃいますのが、おいとおしゅうございます」と言いがかりをつけ、女一宮から妹である女二宮に文を送ってほしいと訴えます。その後、小宰相の君に会いに立ち寄り、女一宮の女房たちと世間話をします。

明石の中宮は、薫と小宰相の君がありふれた男女関係ではない友情に結ばれていること、小宰相の君が匂宮に決してなびかないことを聞き、面白がられます。しかし身投げした浮舟と薫、匂宮の関係を知ると非常に驚かれ、ご心配なさるのです。

女一宮から、妹であり薫の妻である女二宮に文が届きます。そのきれいな筆跡に、もっと早くこうしていればよかった、と薫は思うのです。こんなあるまじき恋の迷いもそもそも大姫を失ったからである、そうでなければ女二宮を賜ることもなかったろう、また可愛らしい愛人であった浮舟のことなど、あれこれと物思いにふけるのです。

匂宮は、悲しみを分かち合う相手として浮舟の女房であった侍従を呼び寄せようとします。が、浮舟と匂宮との関係から生じた勤めを怖れ、明石の中宮に仕えたいと申します。匂宮は願いをかなえ、内々で目をかけてやります。明石の中宮の女房たちは立派な貴族の娘ばかりでしたが、侍従の目には浮舟ほどの美しい姫は誰一人としていないように映るのでした。

ところで春に亡くなった蜻蛉式部卿宮の姫君を継母が可愛がらず、自分の兄であるつまらない男に与えようとするのを明石の中宮が憐れみ、女房として迎えられた。宮の君とよばれ、特別な待遇を与えられておいでになったが、やはりおいたわしいことでありました。匂宮は、八宮《はちのみや》と兄弟であった蜻蛉式部卿宮の娘であるから、浮舟に似ているのではないかと心にかけています。薫の方は、かつては東宮に差し上げようか、また自分にも父宮から打診があった姫がそんな身の上になったことに同情し、まことにこの世は無常である、これならいっそ水へ入ってしまうのもあながち非難されまい、などと思います。

蜻蛉式部卿宮の喪で、明石の中宮は六条院におられます。夕霧大臣は六条院の主として、婿である匂宮を大切にしています。いっときよりは落ち着いて見えた匂宮でしたが、ここへきてまた相変わらずの御本性を顕し、宮の君を追いかけ回しておられます。

秋になり、明石の中宮は内裏に帰られようとしますが、若い女房たちは六条院の紅葉を惜しんで皆、参集していました。その華やかな空気の中心に匂宮がおられます。薫もやってきて、女房たちはそのたびに緊張します。侍従が覗き見て、この一方のお方と縁づいておられたらよかったのに、恵まれた運勢をあっけなく捨てておしまいになって、と嘆息します。薫に見つかれば、一周忌もまだなのに宇治を捨ててきたと思われると、物陰に隠れます。

女一宮に少しでも近づきたい薫は、女房たちが集っているところで「女房衆は私などとこそ親しくなさるべきですね」と言いかけます。手出しはしないから安心してよいし、女性の知らないめずらしい話もできるし、と戯れかけるのです。弁のお許《もと》という物慣れた女房が相手をします。しかし長くはそうしていないのが女房たちには名残惜しく、誰もが弁のお許のように蓮っ葉だと思われやしないかと気に病むのです。

薫が道を空けると、女房の一人が向こうへ立ち去ります。そこへ匂宮がやってきて、あれは誰、と問うと、「中将の君でございます」と答える者がいます。自分に対しては恥ずかしげなのに、匂宮にはすぐに名を教える、と面白くなく、その心安い態度を羨ましく思います。

氷を前にした女一宮を覗き見た、西の渡殿へふらふらとやってきた薫は、琴をつまびいている中将の君などの女房に、女一宮は「こうしてお里住みをなすっていらっしゃる間は、毎日何を遊ばして暮しておいでになりますのでしょう」と問います。女一宮は、夜は明石の中宮のところへ行かれてお留守です。帝の愛娘であったという共通点から、女一宮と自分の母とを比べます。かっての源氏に明石の姫がもたらしたものは格別なものであった。自身の宿世もこの上ないもので、さらに女一宮を望むなど、とうてい無理なことです。

宮の君は、この西の対に一室を賜って住んでいました。この人も浮舟と同じ、桐壺帝の御孫であったと思い出した薫は、宮の君の父、蜻蛉式部卿宮には親しくさせていただいたからと理由をつけて近づき、実のある言葉をかけます。賢しげな女房が並の家の娘であるかのような取り次ぎをするので、不愉快に思った薫はそれを拒み、直接話しかけます。父宮に誰よりも大切にされた申し分のない姫君で、可愛らしく感じは悪くありません。ですが、今の軽々しい身分からか、どこかしら信用がおけない。あの山の中にいた八宮の三人の御娘たちが申し分のない貴女であったことなどが、それにつけても思い出されるのです。

ありと見て手には取られず見ればまた
　行くへも知らず消えしかげろふ

『あるかなきかの』と独り言を言われた。

ここまでが『蜻蛉』です。読んできて、どう思われましたか。女主人公というべき浮舟が自死した。母君や乳母、女房たちの嘆きは当然として、彼女の恋人であった二人の貴公子たちのその後が描かれているわけですが、正直、がっかりしませんか。

身も世もなく嘆き悲しむのは、匂宮です。しかし彼は浮舟が生きているときから、情熱的に愛をささやいたわりには、結局のところ女房にして可愛がってやればよいぐらいに考えていた。それが冷たいとか侮辱であるとか、そもそも思いもよらないようです。一世を風靡する宮さまですから。ただ、死んだときの、これも単純な嘆きよう。宮という身分でありながら、その場にいて手ずから止めてやりたかった、という自然でシンプルで現実的な男らしさは私たちの共感をよびます。

一方で、世間体とか立場とかをまず考える薫の屈折した心情は、物語の情感を盛り上げるのに水を差します。浮舟を匂宮に寝取られていたという状況はあるものの、「表向きの地位に据《す》えますのならともかくも、ただ逢うだけの相手としましては格別な越度《おちど》もなかったりいたしましたので、気の置けない可愛い者にしておりました」とかいう計算や思惑ばかりが先に立つのは、恋人を失った男としては同情されません。

しかしながら、どうなのでしょう。小説において、果たして書かれていることがすべてでしょうか。単純に傷つき、嘆き悲しむ匂宮ですが、それだけに立ち直りが早い。もうとっとと他の女に気を惹かれはじめていると、はっきり書かれています。一方の薫はあれこれ考えて割り切ろうとする、つまり傷つくまいと自衛するわけですが、それと裏腹に、いつまでも悲しみが癒えない。かといって薫の方が浮舟に対する愛情が深い、というわけではありません。薫もまた、女一宮を覗き見て胸をときめかせ、妻の女二宮にそのコスプレをさせるといった酔狂を演じます。これはもちろん、浮舟を失った悲しみのためではありません。

ただ、薫にはそのような自身の痴態に対する自省の念と分析する心があります。自分には向かうべき中心があった、それが失われているために、その縁として他のものを求めているに過ぎない、という薫自身の理解の筋道が立っている。薫自身はそれを大姫である、と定義していますが、それが必ずしもそ

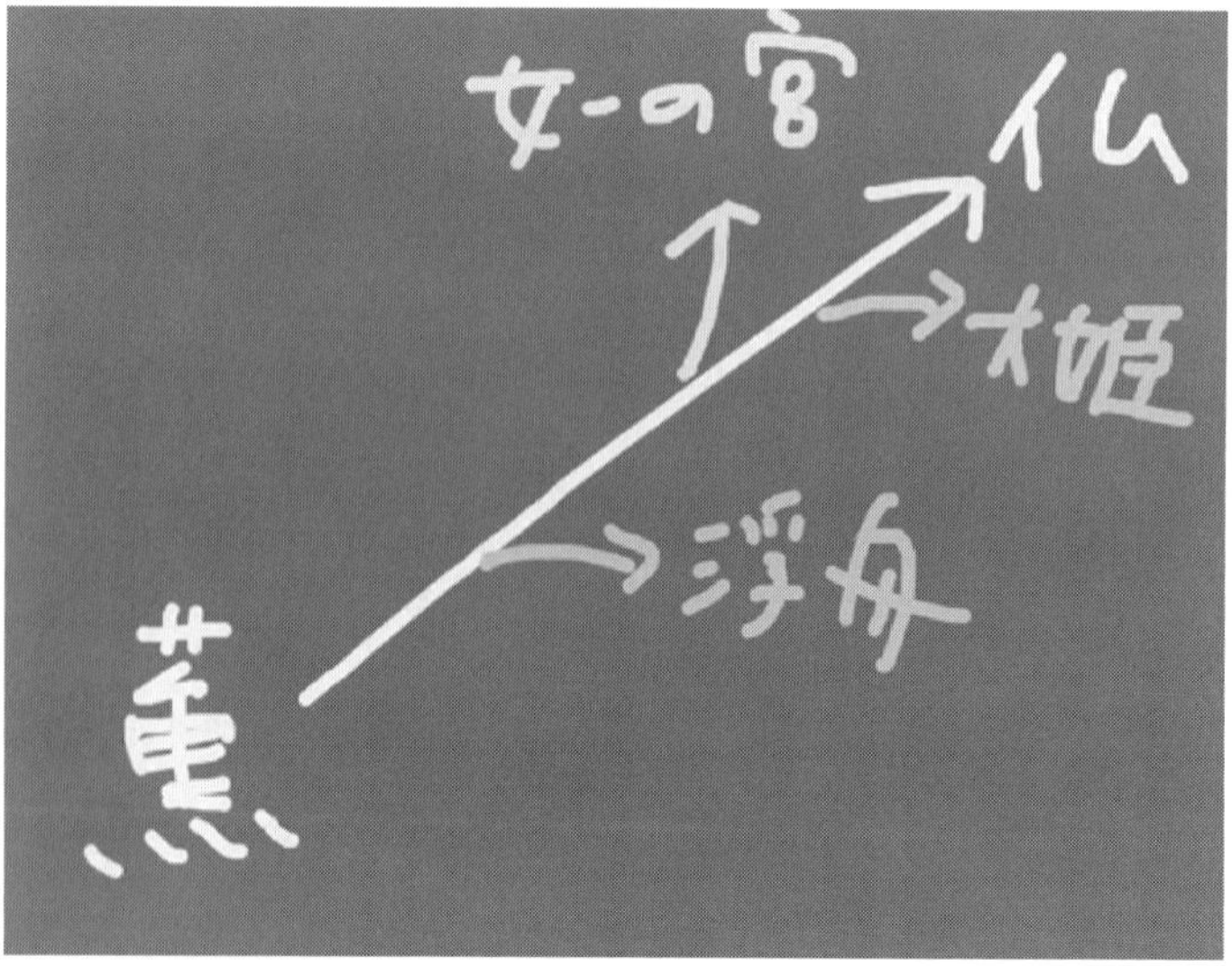

うでないこと、失われているからこその大姫もまた、観念としての仏の人型であることは、前に述べた通りです。

しかし、そのような筋道が通っていることによって、薫は少なくとも自身の内面で筋道を辿るときには浮舟を思い出す。それも、自分の精神を形作る背骨となる筋道の一角を担う者として思い出すのです。薫が女一宮に夢中になっても、それもまたあらかじめ失われている者、手の届かない者として仏に通じる憧れが姿を変えたのであり、気を紛らすための浮気ではありません。そして浮舟もまた今や失われた者、手の届かない者としての地位を占めつつある。それが薫の煩悶に結びついている。

浮舟の死をどんなに嘆いても、本性として浮気者である匂宮は、結局は過去の風変わりなアフェアの一つとして忘れてしまえる。それが薫には羨ましい

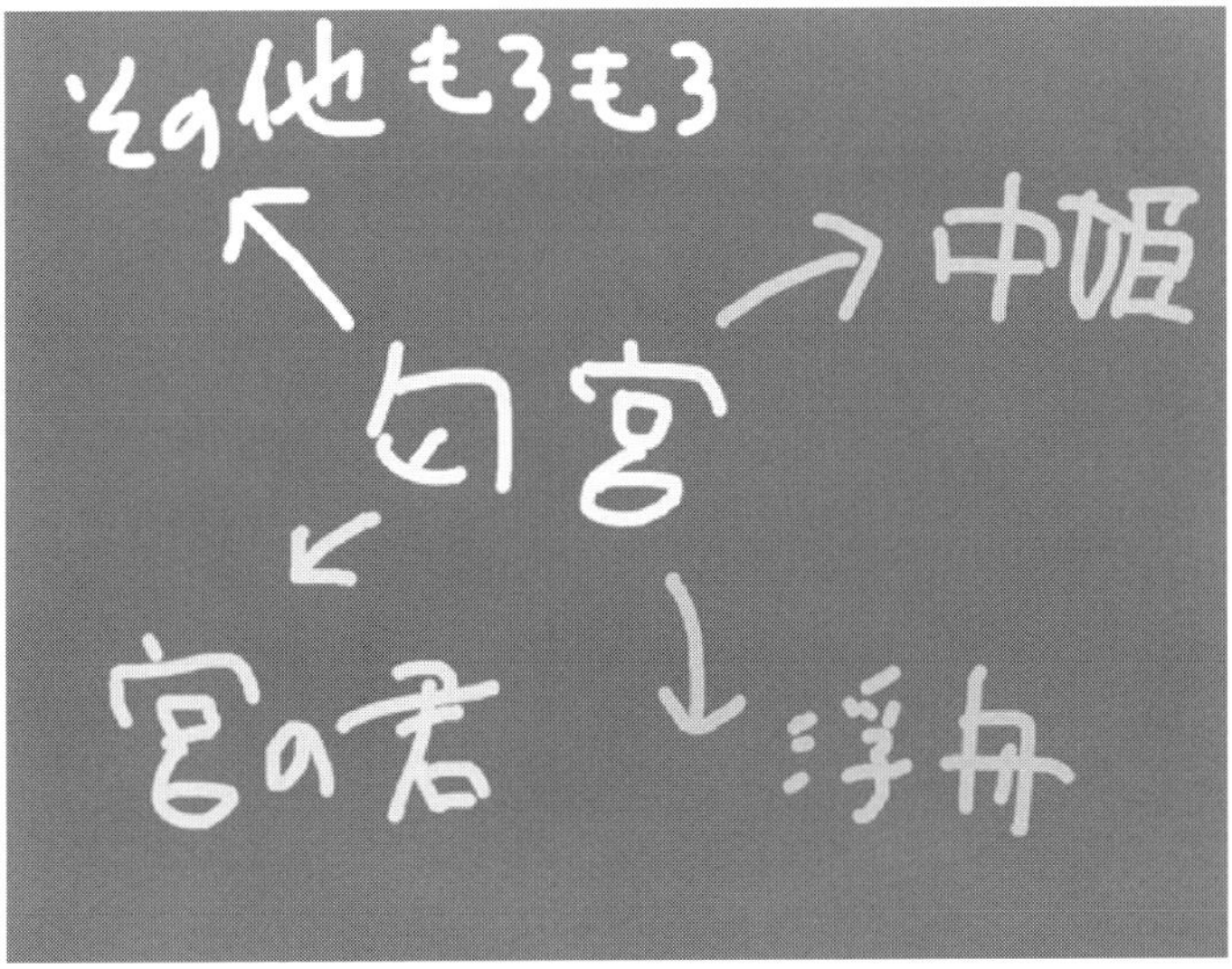

でしょう。女房たちのところを渡り歩いて、慣れない戯れ言を言いかけるのは、女一宮に近づくという目的ではありますが、その手段においては薫が匂宮の真似をしている。真似する側とされる側、立場が逆転しています。

結局のところ、ここには私たちがイメージする恋愛小説の姿はありません。恋愛小説とは明治期以降、恋愛という理想化された概念を中心にパターン化されたエンタテイメントであり、私たちが日常的に考える恋愛も、パターン化されたテレビドラマ的なる物語をなぞっているに過ぎない。

ここにあるのは、浮舟などの女性たちを挟んで自身の利害や内面を見つめ、他の男と精緻な駆け引きをし、自身のエゴをなだめようとする男たちの揺れ動く心情でしかない。女への執着があるからには恋愛とよぶことはできますが、この古代の物語の正確な描写は、雑で陳腐な形骸である恋愛という現代の概念に対し、それはいったい何なのか、という問いをつきつけるのです。

古井由吉は現代日本の最も優れた作家である、と考えて間違いないでしょう。日本で最もノーベル賞がふさわしい作家、という言い方もされますが、これはいくつかの意味で考えさせられます。それはノーベル賞も他の賞と同様にひとつの制度であり、組織が運営するものである以上、組織の都合や価値観によって与えられるものだ、ということです。ただもしその価値観が、世界的な社会情勢や均質化された政治的大義名分ではなく、その国固有の文化を代表する作家に与えられるべきだ、というものなら、まさしく古井由吉はそれにふさわしい。なぜなら他国に例を見ない日本に固有の文学形式とは「純文学」であるからです。

純文学作品とはしかし、これもまたひとつの制度的形式にほかなりません。端的にいえば、いわゆる純文学作品とは現在、芥川賞を主宰する「文學界」という雑誌がその典型を示している形式です。つまり純文学作品とは「文學界」およびそれに追随しようとする文芸各誌に掲載されている作品のことである、というのが最も端的な定義です。

当然のことながら、日本の長い歴史を踏まえて成立してきた文学形式が、一私企業の都合やカラーのみで規定されるわけがありません。純文学作品は「文學界」をはじめとする純文学誌の制度を踏襲する特異な読み物として生き残っているに過ぎませんが、日本文学の特質としての純文学性は、それとはまた違うものです。日本文学固有の純文学性とは、すなわち自我のありようです。外部が存在しない肥大化された自我が、日本文学作品における純文学性の本質であります。

古井由吉は「内向の世代」とよばれる作家の一人です。その名の通り、学生運動をはじめとする社会性、社会構造を前提とするプロット、そしてもちろんエンタテイメント性とも無縁に自身の内面を精緻に描き、というよりも、古井由吉についてはテキストそのものを人間の内面と化し、同値なものとみなすかのようです。

古井由吉は、エッセイズムという概念を提唱したことでも知られます。日本文学は、大陸的な枠組みとダイナミックな構成を持つ『源氏物語』をむしろ特別な総括的文学作品として、随筆、日記というプロットのないテキストの集積で形成されている。それは俳句、短歌という詩歌の形式においても踏襲されている。それらの集積が示す全体としての世界像についてはまた後で述べることとして、日本文学作品の純文学性が端的に表れるのは、日記、エッセイであることが多い。

内向の世代の作家である古井由吉は、その内向性によって日本の純文学性の本質に触れる作品を書き続ける結果になったわけですが、誤解を怖れずにいえば、それはたまたまであって、少なくとも新人賞応募者のごとくに「純文学作品の形式」を踏襲しようとトレーニングした結果ではない。

なぜなら、それより一世代前の純文学作家とは異なり、古井由吉は自身の内面に向かうことで必ずしもエゴの肥大化をもたらさず、そこで見いだされるテキスト＝エッセイの集積として自我と世界のプレーンなありようを示唆するにとどまるからです。

社会と無縁なようでいても、作品は常に時代を反映します。古井由吉の出世作『杳子《ようこ》』は昨今の芥川賞受賞作とは違ってたいへん話題となり、当時の女子大生は皆、「わたしって杳子みたいな女なの」なーんて言ってたものです。（すぐメンヘラとか言いたがる今の若い人と同じ。）神経を病む杏子と、彼女の理解者である青年との関わりは、恋愛と言われれば、そうか恋愛だったかと、その包括的かつ社会的な定義にびっくりする。それほど精緻に、彼は彼女の神経のあり方、感じ方を捉え、理解し、なぞるのです。それが愛かどうかなんて、もはやどうでもよくなってしまうわけですが、まあ、かつてのメンヘラ女子大生にとって理想の彼氏ではある。

古井由吉の男と女は他者同士ではない。他者なのですが、互いに浸食し合い、自他の区分があやふやになってゆく。自我に向かい、他者を巻き込んでそれに耽溺しながら、自我の輪郭が溶けてゆく。それはやがては男と女ではなく、ありやなしやの生と死に接近するのです。『仮往生伝試文』は、『今昔物語』などの説話からの引用、主語のない擬古文を用いつつ、現実と夢、生と死の閾をテキストによって乗り越えよう、むしろ名付けようのないテキストをその閾そのものとして現前させようとした意欲的な最高傑作です。生と死の交わり、その往還によって生の実相を見極めようとする。

浮舟が死に、残された現世の生者たちの様子を私たちは覗き見てきました。女たちはただ悲しみにうちひしがれ、男たちはいっそう哀れなことに、自我を保って生きるための打算に満ちている。それは誰の視線でしょうか。この『蜻蛉』の巻では、私たちもまた、匂宮に憧れ、薫に隠れつつ二人を眺める女房の侍従と同じような位置に佇んでいるに過ぎないのですが。

第41回　『手習《てならい》』そして文学者の姿

そのころ比叡の横川《よかわ》というところに、ある高僧がおられました。その母尼君と妹の尼君とが初瀬にお参りに行かれます。その帰り道に母尼君が病いに倒れ、宇治の知人宅で静養することになりました。横川の僧都《そうず》もすぐに宇治に向かわれました。座敷を借りていた知人は精進潔斎中で、死人が出ることを懸念して迷惑がるのを僧都はもっともに思われます。幸いにも母尼君の具合はよくなりましたが、方角が悪いので京に帰らず、故朱雀《すざく》院の御領である宇治の院に移ることにします。その院守は留守でしたが、老人の宿守が用意を調えます。

宇治の院へは僧都が先に行かれます。荒れて怖ろしそうなところです。弟子の阿闍梨《あじゃり》ともう一人が裏を見回りますと、森のように茂ったところに白いものが広がってみえます。よく見ますと、衰弱した一人の女が泣いているのでした。宿守《やどもり》も弟子たちも、狐が化けたものとして乱暴に扱いますが、まぎれもない人間の女であるからと僧都は助け出し、手当してやります。変化（へんげ）のものであったとしても生きているのだから哀れである、と言う者もいれば、人だとしてもやがて死んでしまったら穢れに触れる、放っておけばいいのに、と非難がましく言う者もいます。

妹尼君は、女が若くて美しく、気品があるのを見て、死んだ娘が帰ってきたように思います。その人をまた死なせてしまうのは大変だと、加持をするように阿闍梨に言います。「妙なお物好きをなさるからです」と、阿闍梨は文句を言って読経します。女は息を吹き返しますが、やっと口を開くと、自分など無用の者であるから川に捨ててくれ、と言います。二日ほどの逗留の間は、老尼君と若い女の二人の病人のため、加持祈祷する声が絶え間なく聞こえました。

僧都が来られていると知り、宇治から訪ねてきた人があります。「故八宮《はちのみや》のおん娘で、右大将殿（薫）が通っていらっしゃいましたお方が、これという御病気もなさらずに、急にお薨《かく》れになったと申すことでお取込みがございました」と言います。大君が亡くなられたのはずいぶん前だし、女二宮《おんなにのみや》さまを正妻に迎えられた薫大将なのに、いったい誰のことだろう、と不思議がられます。

僧都の一行は女を連れて比叡坂本の小野へ帰ります。横川の寺に籠もった僧都でしたが、女の容態が回復しないので、妹尼君が懇願して下山してもらいます。「なるほど、いかにも優《すぐ》れた容貌《ようぼう》をしておいでじゃ。（中略）どういう間違いで、かような憂《う》き目に逢われたのであろう。ひょっとして、何ぞこれかということでもお聞き込みになってはおられないか」と僧都は訊ねられます。が、妹尼は「ただもう初瀬の観世音から授かったお人だと思っています」と言い張ります。「何かそれだけの因縁があればお授けにもなるであろうが」と僧都は首を傾げ、修法をはじめられます。

朝廷のお召しでさえ断られる僧都が、見知らぬ女のために自ら祈祷していることは、外へは漏らしません。弟子たちには、「愚僧は無慚《むざん》の法師であるから、戒律なども多く破っているであろうが、しかし女色のことについては、まだ誹《そし》りを受けたことも誤ったこともないのだぞ。それが齢《よわい》六十に餘《あま》るに及んで、いまさら人の非難を負わなければならぬものなら、やはりそういう宿縁があるのであろう」と言われます。もし自身の修法で効験があらわれなかったら、と僧都は非常な決意までなさって一晩中祈祷されます。

明け方に物怪《もののけ》を人に憑《うつ》らせると、「この人も我からこの世を恨み給うて、どうかして死にたいということを、夜昼言っておられたのに附け込んで、大層暗い晩に、たった一人でいらしった時取り憑《つ》いたのだ。しかし観世音がいろいろにして擁護《ようご》を垂れさせ給うので、この僧都のお力には負けてしまった。ではもう退散する」と声を上げた。何者だ、と問いましたが、詳しく言いませんでした。

浮舟《うきふね》は少し意識がはっきりしましたが、周囲は知らない顔ばかりです。自分が何者か、どこに住んでいたかもよく思い出せません。ただ死のうとしていたこと、人が寝静まった後に妻戸を開けて外へ出たこと、風が強くて川の音も激しく響き、怖ろしくなったが、どちらへ行ったらいいかもわからず、このまま人に見つけられるぐらいなら鬼にでも食べられてしまえ、と思いながら寄りかかっていたところに、きれいな男がやってきて抱きとっていった。匂宮《におうみや》のように思えたのだが、自分を知らないところに座らせて、男は消えてしまった。

それから多くの日数が経ったようで、恥ずかしくも知らない人たちに世話をされていたのだと思うと、浮舟はもうそれまで口にしていた少しの湯も飲みません。それでも尼君のたゆみない看病で徐々に回復しますが、出家をしたがります。尼君は頭のてっぺんの髪を少し切り、五戒のみ授けます。尼君が情けながっても浮舟は身元を明かそうとしません。自分が誰かもよくわからない、ただ生きていることを人に知られたくない、と辛そうに言うばかりです。

この山荘の主人である母尼君も、また貴族でした。妹尼君の娘は、高級官吏の妻でしたが病いで亡くなりました。その娘よりずっと美しい人を身代わりに得たように思い、尼君は喜んでおられるのです。この山荘にも川音が響きますが、あの宇治川よりはずっと穏やかです。田舎らしい稲刈りの風情が、浮舟がかつていた常陸の国を思い出させます。同じ小野でも、夕霧の妻となった落葉の宮のお住まいがあったところより、もう少し奥まっています。

尼君とその女房は、暇な折には琴や琵琶を弾いています。浮舟はそんな稽古をゆっくりする境遇でなかった自分の過去が情けなく、残念なのです。

身を投げし涙の川の早き瀬を
　しがらみかけて誰かとどめし

と、手習いにこんな歌を書きます。また、

われかくてうき世の中に廻《めぐ》るとも
　誰かは知らん月の都に

とも。母がどんなに悲しんだだろう、また乳母や女房の右近《うこん》のことも心に浮かびますが、他の人々は思い出すこともありません。

わずかな女房たちの出入りでも、自分のことがかつての人たちに知れたらと思うと、隠れてばかりいます。どんな面倒ごとがあるのかと、今では尼君も察し、詳しいことは家の者にも漏らしません。

あるとき尼君の亡き娘の婿であった中将がやってきます。弟の禅師が僧都の弟子なので横川を訪ねるのに、小野はその途中にあるのです。浮舟は中将が入ってくるのを見ていましたが、その姿に宇治山荘を訪ねてきた薫が重なります。女房たちは美しい浮舟がいて、姫君が帰ってきたように思えるので、このまま中将と夫婦となり、昔日のありようにならないかと期待しています。中将も、廊下の端の簾がたまたま風にめくれて浮舟の後ろ姿を見かけ、誰かと問います。横川の僧都のところにいる弟から、初瀬へ詣でたときに不思議な縁で見い出した姫らしいと聞き、中将は興味を募らせます。帰り道にもまた小野の山荘に立ち寄り、尼君に姫のことを訊ねます。面倒なことになったと尼君は思われますが、すでに隙見をした人に隠してもしかたがありません。亡き娘の代わりにと思って世話をしている人だが、どういうわけかうち沈んでばかりいると聞き、中将は歌を贈ります。

あだし野の風になびくな女郎花
　われ注連《しめ》結《ゆ》はん道とほくとも

浮舟が返そうとしませんので、尼君が代わって

移し植ゑて思ひ乱れぬをみなへし
　うき世をそむく草の庵に

その後、中将は小鷹狩りの帰りにまた小野に立ち寄りました。浮舟は応えることなく冷淡に伏せってしまいます。中将は恨んで、

松虫の声をたづねて来つれども
　またをぎはらの露にまどひぬ

尼君は出家前、当世風の女であったのか、代わって

秋の野の露わけきたる狩ごろも
　むぐらしげれる宿にかこつな

煩わしがっておられます、などと若々しい歌で応えますのを、他の女房たちは片腹痛くみています。中将からいつまでも文が届き、浮舟はうんざりしています。

はかなくて世にふる川のうき瀬には
　たづねも行かじ二もとの杉

と、手習いの紙に混じっているのを見つけた尼君に、「二本《ふたもと》とおっしゃいますのは、また逢いたいと思う方がおありなのでしょうね」と言い当てられたのを、頬を赤らめられたのも愛らしいのです。

古川の杉のもとだち知らねども

と、尼君は格別すぐれているわけでもない歌をすぐに返されます。九月になり、尼君が初瀬観音に詣でます。姫を得られたお礼参りでもあるのですが、浮舟は行こうとしません。尼君は留守宅の姫を心配し、賢い少将の尼と年配の左衛門の尼、童女を置いていきます。留守番の尼と碁を打つなどしますが、人少なの山荘はますます寂しい風情です。そこへ中将がやってきたので、浮舟は奥へ隠れます。老いた大尼君のところで伏しますが、尼たちのいびきがひどく、とても寝ていられません。大尼君は咳き込んで起き出し、これは誰か、としつこそうな声を上げます。

浮舟はあらためて我が身の非運を嘆きます。匂宮の甘い言葉を信じたがゆえにこのような漂白の身となった。それに比べると、薫の愛情は激しくはなかったものの変わらぬものでした。このようにして生きていることが知れたら恥ずかしい。この現世で、たとえ他人ながらでも薫の様子を垣間見たいと願うのはよくないでしょう。

鶏が鳴き、朝が来たことを嬉しく思います。母の声が聞けたら、これ以上に嬉しいだろうと思うと、また気が沈みます。起きてきた尼たちは、粥などというまずいものを喜んで食べ、浮舟にも無理にすすめようとします。

急に僧都が下山することになりました。女一宮《おんないちのみや》の具合が悪くなり、明石の中宮よりぜひにという御手紙を受けられたとのこと。浮舟は大尼君に、尼にしてもらうお願いをしたいので、口添えしてくださいと言います。歳をとった大尼君は少しぼけたように頷きます。

僧都は「こうと思って発心をなされた当座は堅い決心でおいでなされても、女のおん身というものは、年月が立つとぐらつくようになるものでござる」と諭しますが、浮舟は泣きながら懇願します。憑いていた物怪も死にたがっていたと言っていたし、今後もそういう危険がないとはいえない、と僧都は考えて、では内裏から戻る七日後に、と約束します。が、尼君一行が戻ってきたら反対されるので、無理を強いてその日のうちに出家させてもらいます。阿闍梨らをよび、「お髪《ぐし》をおろして上げるように」と命じます。

あのとき最初に浮舟を発見した彼らは、この世で生きるのが辛い方なのだろうと道理に思いますが、掻き出した髪のあまりの美しさに、しばらく鋏を動かせないのです。前髪は僧都がお切りになります。「こういう美しいお姿をお変えなされて、後悔なすってはいけませんよ」と言われながら、ありがたいお言葉をかけられます。出家などなかなか許されないものと言い聞かされていた浮舟ですが、生きた仏によってこうも早く実現できたと嬉しく、胸の晴れる思いです。

なきものに身をも人をも思ひつつ
捨ててし世をぞさらに捨てつる

これですべて終わったのだと、僧都一行が出ていって静かになった山荘でしみじみと自ら書いた文字を眺めます。

限りぞと思ひなりにし世の中を
　かへすがへすもそむきぬるかな

このように同じ内容のことをあれこれ書きすさびしていますと、中将から文が来ます。使いのものに事情を話して帰すと、中将は落胆しますが、二度目の文を寄越します。

岸遠くこぎはなるらんあま舟に
　のりおくれじと急がるるかな

いつもと違い、浮舟は中将からの文を手に取って眺めます。ほんの切れ端に、

こころこそ浮世の岸をはなるれど

行くへも知らぬあまのうき木を

と書き付けたものを、尼が中将への返事として渡します。

初瀬詣でから戻った尼君の驚きと悲しみようは大変なものでした。ならば自身を死んだと思っている母の嘆きはどれほどだったかと、浮舟も悲しく思います。

女一宮のご病気は、僧都の祈祷によってすぐに平癒したため、ますます尊敬が集まりました。明石の中宮がなお宮中にお引き留めします。夜居の役を務められたとき、僧都は宇治で不思議な姫を見つけ、こちらへ参る途中に出家させた話をされます。明石の中宮も、側にいた女房も、自死したとされている浮舟ではないかと思いますが、確たることはわかりません。

女一宮が全快され、内裏を罷り出た僧都は小野の山荘に立ち寄ります。妹の尼君は、兄の僧都を恨んでいますが、僧都の「愚僧が生きております限りは、お世話申しましょう。何のお案じになることがござろうぞ」というありがたい言葉を浮舟は嬉しく聞きます。

浮舟は、今では少し晴れ晴れして、尼君と遊んだり碁を打ったりします。法華経はもとより、たくさんの経を読んで仏勤めします。雪が降り積もり、出入りする人影もなくなる頃には、寂しさも極まりない。年が明け、浮舟は歌を詠んでは手習をして過ごします。もう匂宮のことは忘れているのですが、寝室の近くに咲く紅梅に特に心を寄せるのは、その頃の記憶がよぎるからでしょうか。

袖ふれし人こそ見えね花の香の
　それかとにほふ春のあけぼの

などと言っています。

大尼君の孫の紀伊守が山荘を訪ねてきました。「あの常陸介《ひたちのすけ》の北の方は、お伺いなさいますか」などと言っています。かつての自分の親とたまたま同じ役職名で、浮舟は耳に留めます。すぐに来られなかったのは、薫のお伴で宇治にいたからだと言う。昔の八宮の邸に終日いて、薫はそこで姉妹であった恋人を二人ながら亡くしたことをひどく悲しんでいる、とも。二人目は妾腹であったが、亡くなって一周忌になる、昨日も川の水を覗き込んでひどくお泣きになっていた、と。

見し人は影もとまらぬ水の上に
　おちそふ涙いとどせきあへず

自分がその一周忌を迎える死んだ姫だと言い出すこともできず、尼君が紀伊守に頼まれた衣装を黒染めするのを見ても、不思議なことに思われるのです。

法事を終えた薫は、あっけなかった浮舟の最期を悲しみつつ、明石の中宮と対面し、宇治へ出向いた報告をされます。明石の中宮は、浮舟に手出しをした息子の匂宮《におうみや》を憚り、僧都から聞いた話をご自身ではなさいません。代わりに女房の小宰相《こざいしょう》の君に話させると、薫は驚くとともに、なぜ明石の中宮がご自分でおっしゃらなかったのか、もしかして匂宮はすでに知っているのではないか、と気を回します。だとしたら自分はもはや手を引くべきだろう、と。

しかし明石の中宮にお会いしますと、匂宮には決して知らせてない、と請け合われます。薫は、毎月八日に行う仏事にかこつけて横川へ赴きます。浮舟が消えた後、重用してやっている兄弟も供として連れて行きます。尼になっているという浮舟に、俗世の情を思い起こさせようというのでしょうか。

以上が『源氏物語』最終巻の手前の『手習《てならい》』です。入水自殺したと思われた浮舟は、生きていたんですね。今と違い、特に宇治のような山奥の夜は真っ暗闇です。そこへものすごい水音がごうごうと響いている。死にたいと思っても方向もわからず、怖ろしさに座り込んでも不思議ではない。それを押して川辺まで行けるほど気強いなら、そもそも死のうなんて思わない。

心神耗弱状態にあった浮舟が幻影に導かれ、ふらふらと朱雀帝御領の院に入り込んだ。裏の木立の蔭に倒れていた浮舟を「救おう」と決断されたのが横川の僧都です。この横川の僧都は、『源氏物語』全巻に登場する僧の中で最も優れ、尊敬されているとみて間違いありません。究極的には「仏教がテーマである」とされる『源氏物語』の最後に登場するのですから。

この横川の僧都に注目して読み直してゆくと、とても優しい方です。そして常識的でもあり存外に話好きでもあって、まあ何というか、フツーのオジさんです。そんな普通っぽさ、そのことが非常に大切なのではないか、と思われるのです。

横川の僧都は浮舟と女一宮の二人について祈祷をし、そしてその両方で、誠に霊験としか説明できない成果を上げている。

『源氏物語』には、何度もこういった祈祷だとか、憑《うつ》った物怪の口から説明をさせるといったことが出てきました。しかし紫式部自身、それらを眉唾だと思っているふしがある。表向きは超常的なことが起きた筋書きであっても、たとえば主人公の源氏に首を傾げさせるなど、疑義を差し挟む余地を残している。私たち現代人が科学的見地から考えること、心理学的に解釈することと変わらない物の見方を、千年前の著者も十分に心得ていたと読める。

しかし、この横川の僧都の祈祷の成果については、疑いを挟むような筆致がない。そうかといって、その超常性をドラマチックに、私たちからすればフィクショナルに盛り上げて書かれてもいない。ごく当たり前に、優れた僧都の仕事としてこういうことは起きる、と捉えられているようです。これもまた超常的なことなど絶対にあり得ない、と必ずしも思わない私たちの心情に添い、現代においても自然に感じられます。

最初に浮舟を発見したのは、僧都の弟子の阿闍梨でした。この阿闍梨は、八宮のところに出入りしていた阿闍梨とは別人で、ただ同じ職名、位階である。しかし名前の共通が性質の共通を暗示する、というのも『源氏物語』ではよくあります。阿闍梨は、浮舟に対して僧都よりずっと淡泊です。最初も、穢れに触れるから放っておけばよい、と考えています。出家させるときも、まあ、あんな状態の女だったのだから世を捨てたいのも道理、と惜しむ気持ちもありません。これは八宮邸に出入りしていたかつての阿闍梨が万事に平静で、父の亡き骸と娘たちの対面を阻むような冷たさがあったことと通じます。その頃一般に考えられていた仏道の教えに則れば、阿闍梨の言うのが正しいのでしょう。しかし紫式部の書き方は、それへの疑義申し立てがある。

冒頭、僧都の母の大尼君が旅の途中に倒れ、横川の僧都はお籠もりを放り出してやってきます。母の病気の方が仏道の修行より大事。そこからして普通の感覚です。そして知人宅を出て朱雀帝の院に移ったきっかけは、もし大尼君がここで死んだら穢れに触れてしまうと、潔斎中の知人が迷惑がっていたことです。僧都はそれも道理と受け入れます。

読んでいる私たちには「そんなひどい、冷酷な人物が、いったい何の修行をしようというのだろう」と感じられます。読者である私たちがそう感じるということは、著者がそう感じさせようとしたのであり、すなわち著者もそう思っているということです。そしてそのような私たち、とりわけ女性たちの、ときに「感情的」と揶揄されるような普通の感性に添う僧都を誰よりも高い地位につけている。それは著者の特権であるとともに、著者自身の「仏教思想」の表れです。

八宮邸で描かれていた阿闍梨は、そのときは高僧と思え、その冷たさは仏道に通じる、俗人にはわからない悟りの境地からくるものでは、という解釈もあった。けれども結局、冷たさは冷たさでしかない。阿闍梨は阿闍梨なので、上には上がある。その上とは存外、普通の感覚で捉えられる優しさやありがたさではないか。

そして浮舟は、ここでも立場がない。尼君からは死んだ娘の身代わり、その夫であった中将からはそれを口実に言い寄られ、尼姿になっても愛人にしてやろうと思われる始末です。そんな浮舟はしかし、最高の高僧である横川の僧都から、現世において最高の身分であられる女一宮と同等以上の扱いを受ける。女一宮の平癒祈願のために体力を温存したいと考えていた僧都ですが、このときばかりは浮舟の、あの死を決意したときと同様のきっぱりした懇願にほだされ、彼女の出家を先に執り行ってやります。

その僧都の優しさ、後悔するなよ、という俗っぽくすらある思いやり、妹尼君に遠慮なく文句を言われる姿などをもって、浮舟は「生きた仏」とよぶ。著者も、そして私たちもまたそう思います。

浮舟は社会的にはちっとも上昇せず、世を捨ててしまうわけですが、ここにおいて社会を仏道に置き換えると、浮舟はその身分では考えられないような扱いを受けるまで出世している。どこの誰とも知らないまま、最高の高僧である横川の僧都は自身の僧生命をかけてまで彼女の祈祷をする。それはなぜか。

社会的なものを含んだ意味のコードでは、その答えを示すことはできません。意味のコードは現世のものであり、横川の僧都が感じとったもの、浮舟が備えていたものは、現世には属さない何かであったとしか言いようがない。それが縁を結ぶのだ、としか。

現世に属さないとすれば、端的にそれは死です。浮舟は文字通り一度死んだのであり、その死、彼岸をこそ見つめるのが僧の本来のあり方です。中宮から重用されようとどうしようと、それを見失わない

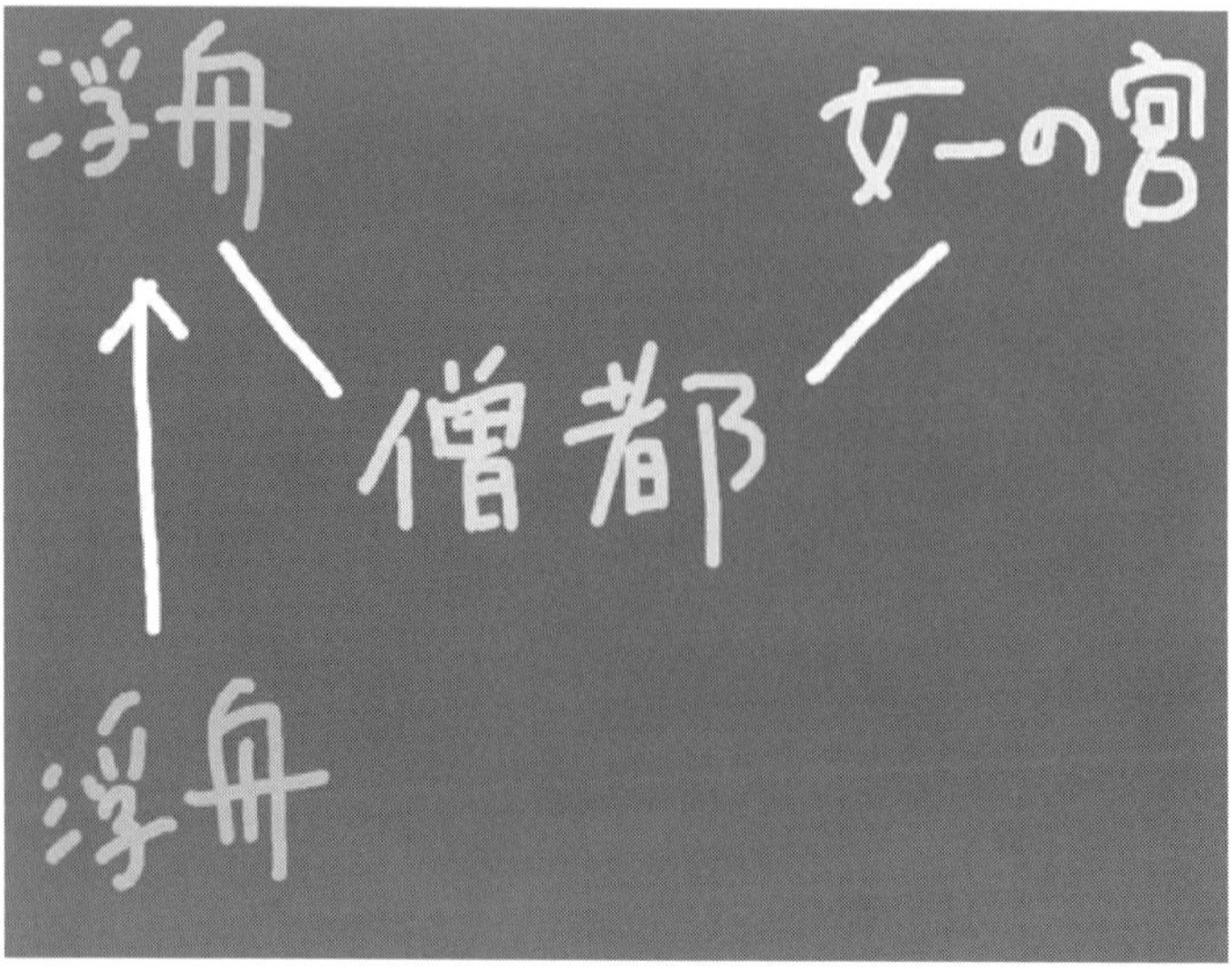

横川の僧都は誠にフツーの感覚で事に当たっているだけです。

　象徴的にであれ死を乗り越えた浮舟は、現世では立場のない、情けないありようのままであったとしても、特権的な存在と化している。生前と違い、浮舟はもう匂宮への執着を抜けています。死のうとして外へ出て鬼に浚われた。その鬼が美しい男で、匂宮だと思った、というほどにやはり浮舟は匂宮にとらわれていた。しかし死を経て再生した浮舟が思い出すのは、まず母のこと、そして乳母たちのこと、わずかに誠意のあった薫のことです。

　小野山荘においても常に身代わり扱いの浮舟です。ただ尼君は娘代わりに大切に愛する。筆者の筆は、母娘の情を現世における唯一の絆《ほだ》しとするようです。

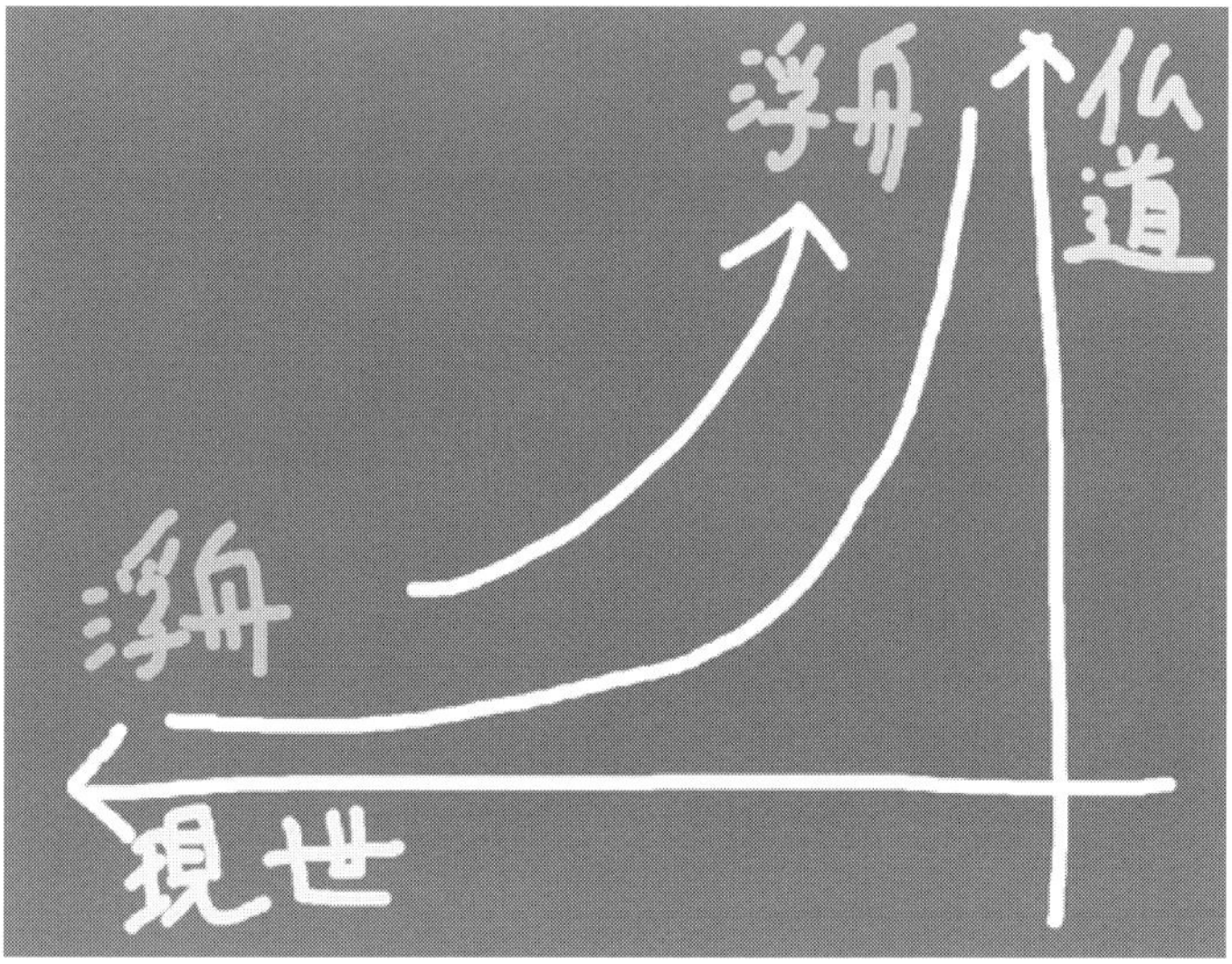

浮舟はすばらしい姫として出世したわけではありません。これがエキサイティングなドラマとしての『源氏物語』を愛でる人々に、紫式部の筆でないように錯覚させる原因でしょう。しかし筆者の野心は現世的なものの裏返しとして、何とか彼岸をも射程に捉えようとする。そうでなければかりそめにも「仏道がテーマ」と言われることはなかった。現世に留まりながら、しかし彼岸を射程に入れようとする。それこそが文学の営為です。

教養を何も身につけていない浮舟は、ただひたすら手習をします。詠んだ歌を書くのです。『手習』には他の登場人物のものとともに、浮舟の詠んだ歌がたくさん出てきます。いわゆる上手い歌ではないかもしれません。ただ死の境を越えていまだ現世にとどまる自身の心情を一貫したテーマとして、繰り返し書いている。それは教養主義的な物語を離れた、他でもない文学者の姿に酷似しています。

第42回　『夢浮橋《ゆめのうきはし》』古代から現代への

ついにこの連載も最終回を迎えました。『源氏物語』を繙きつつ、それが古い文学としてでなく、私たちの感性で読む現代小説として捉えられる可能性を探ってきました。では、あらためてなぜそれが必要なのか。

私たちは本来は深い直観力を備え、しかし情けなくも現状に流され、状況から目くらましを受ける動物でもあります。どんなに貧しく、後から振り返れば何も起こってないに等しい状況であっても、そのときには多少のインパクトを持つ出来事に説得される人が多いものです。そして現在、文学はかつてない変化にさらされ、文学そのものが廃れていく印象を持ったり、声の大きい者が自由に発信する風潮に、高い知性や文化が飲み込まれるように思えたりするのも無理からぬことです。けれども、だからこそ変化に耐え得るものは何か、文学の本質はどこにあるのかを追究しようとすることも、自然な思考の流れだといえます。

『源氏物語』は、その時代の過渡期を越え、新しい国風文化の時代を生み出したプレテキストです。外形的に先達とすべきそのこと以上に、驚くほど生き生きと現代の私たちの心情に訴えかけてくるテキストでもある。今まで一緒に読んできたように、それはあまりにも現代的です。しかし、それはどんな時代にも現代的だったのでしょうか。

藤原氏の栄華の時代を描いたとも言われる『源氏物語』ですが、それ以降は武士が台頭し、徐々に封建的な武家社会が成立してゆきます。室町以降の文化を生んだ精神的基盤は、平安期の法華経を中心とする密教ではなく、思想的には禅宗、封建社会の倫理を支えるものとして江戸期には儒教が広まります。

その時代、近世の日本人の心の琴線に触れるのは結局『勧進帳』だと思われます。あるいは近世以降の日本人に固有の心の琴線と言い換えるべきかもしれません。

山伏をよそおって落ち延びてゆく義経と弁慶が、関守によびとめられます。正体を見破られまいと、弁慶は何も書かれていない勧進帳を読み上げるふりをし、「お前のせいで疑われた」と義経を打擲する。それを見た関守は「主君を打つ者はいない」という建前のもとに二人を解放する。

この物語が、私たち現代人をも含めた日本人の琴線に触れるのは、関守が二人の正体に気がついているところにある。「主君を打つ者はいないはずだから解放した」というのは、封建社会の価値観を逆手にとった究極のロジック、詭弁です。そんな建前を必要とする関守は、封建体制にがんじがらめである。しかし同時に、そんな建前を持ち出してまで二人を解放した関守は弁慶に深く同情している。

主君とともに果てる覚悟のある弁慶にとって義経は、自らの死の理由そのもの、生死を超えた価値そのものです。形だけであれ、それを打つということは、死の理由の聖性を踏みにじり、自分自身の存在理由に疑いを投げかけることです。それに関守は同情した。しかし同情するのは、それが実際、空虚だと知っているからでもあるのです。封建制度の価値の中心、主従のあり方の理想とは、本当のところ自身を死に向けて位置付ける方便であり、それ自体に意味はない、と。もし関守がその空虚に気づいていないならば、今や封建時代に生きているのではない私たちの琴線にまで触れるわけがない。

制度の本質とそれへの絶望に生死の境を見る者とは、制度の中に絶対的に囚われている者です。彼らは触れてはならない制度の禁忌、すなわちそれが空虚であるということについては、微かに掠めるか、あるいは搦め手から迫るか、もしくは一瞬の夢を見て揺さぶろうとする。

このような封建制度とその残滓のある時代にとって、平安期の『源氏物語』は決して現代的ではなかったはずです。封建時代の価値観とは、空虚と知りつつそれを受け入れる倫理と美学を中心にしています。いわば常に男の社会における自我の問題に置き換えられると言ってよい。そのパラダイムは明治期、あるいは戦前まで続いた。

戦後から現代に至るまでは、ひたすら制度が崩壊していった時代といえるでしょう。それは制度を外側から眺め、それを生のエネルギーによって壊し、脱構築していった過程でもある。すなわちそれは『源氏物語』の女たちの存在と重なります。私たちの目に『源氏物語』がひどく現代的に映るのは、時代のせいもあるのです。

過去のある時代には、『源氏物語』が大時代で後衛的で、振り返って学ぶべきものがないものに見えていたこともあるはずです。ぴりぴりした制度とのせめぎ合いに倫理をみる社会性が時代のテーマであった頃には、『源氏物語』は文字通り女子供のものであったでしょう。しかしむしろそれゆえに、その価値は本質的に変わらず日本文化の基底に横たわっていた。

現代文学の基礎が形作られたのは明治期、夏目漱石・森鷗外・正岡子規という三人の文学者たちの手による、と言ってよいと思います。

夏目漱石までの外国文学は、平安期同様に中国文学の漢詩漢文でした。漱石の漢詩の作品は（その俳句と比べても）非常に優れたものがあります。近代文学すなわち近代小説の父とされている漱石の文学的な第一歩は、自身の江戸期的な感性と価値観を開国以来の欧米化にどのように適合させてゆくか、また欧米の自我意識をどのように消化・吸収してゆくかということにあった。長生きとはいえなかった漱石にとって、自ら確立した近代文学の構造から日本

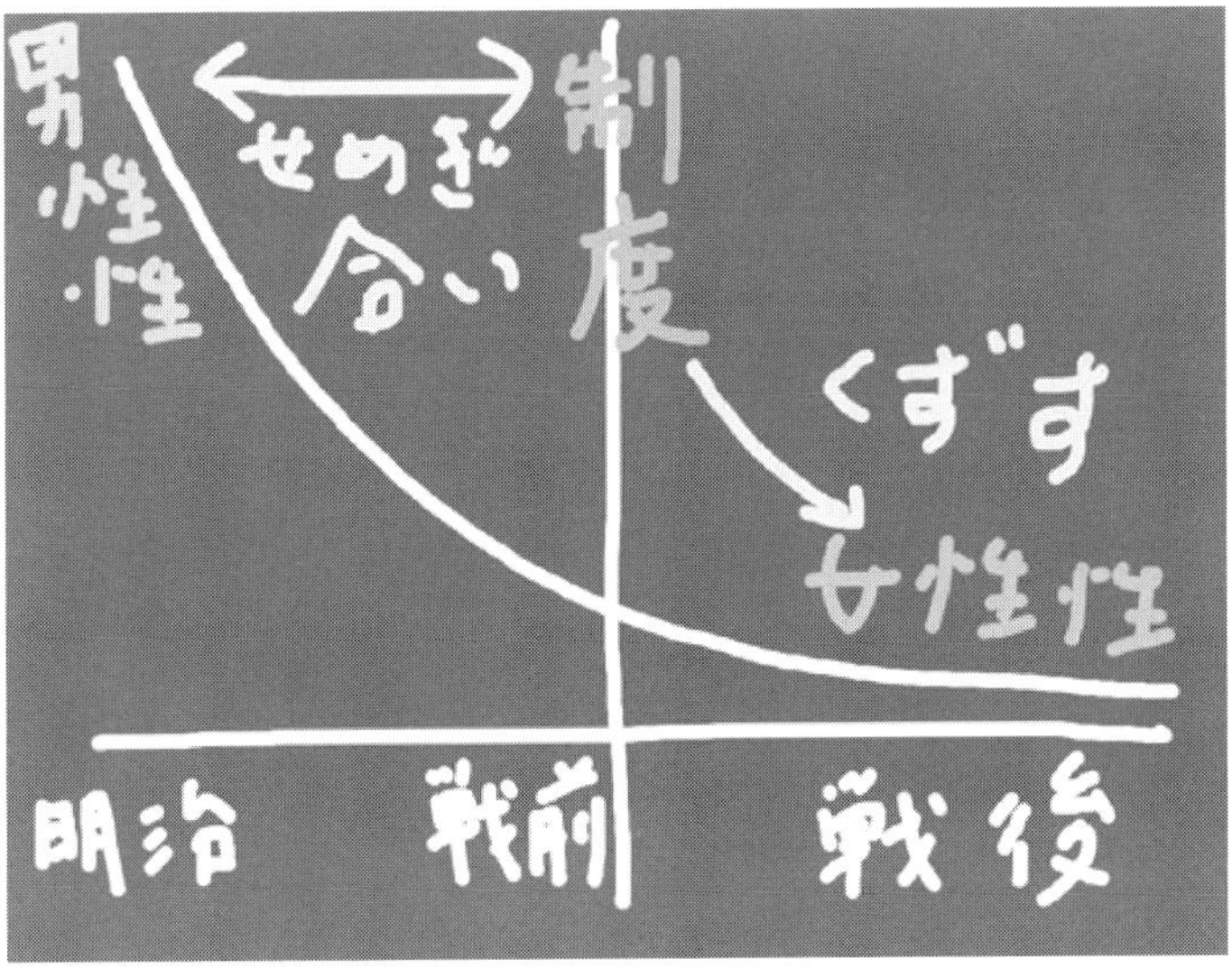

の古代の文学を振り返る時間はなかったと思われます。

森鷗外は漱石よりも十六年早く、ヨーロッパに留学しています。明治期の留学生はいずれも国の期待を一身に背負った超エリートでしたが、鷗外の専門は医学で、漱石は英文学です。明治政府が実学以外の文学でも留学生を送る余裕を得たのは、漱石らの年代になってからでした。

漱石同様に明治期の文学者として知られる鷗外ですが、漱石以上に江戸期の感性を抱えていました。留学時のラブ・アフェアと別れを描いた『舞姫』は鷗外の初期の作品で、麗しい文語体で書かれています。しかし鷗外はその後、言文一致体と、その文体で捉えるべき日本文学の本質的なテーマについて考察を深めざるを得ませんでした。

鷗外の『最後の一句』や、『高瀬舟』は教科書にも載っているので、読んだ人もいるでしょう。私たちの近代的自我では今ひとつ捉えきれない、封建制度やそれが支配する現世への態度について、おそらく教科書などでは「知足」や「諦念」といった説明がされていたかと思います。しかしそれらの概念がなぜ、どのような背景とロジックから生まれ、何を価値の中心としているのかがわからなければ、何を言ったことにもなりません。

鷗外は、日本人にとっての世界を捉える原理、そこから生じる倫理が、キリスト教的世界観を持つ欧米のそれとは異なると考えたと思います。その日本人の世界観や価値観が顕在化する瞬間を、歴史的な背景のもとに検証するかたちで作品世界を形作っていった。登場人物たちは一見、従順で受け身であるようですが、ただ何となく満足することを知っていたり、漠然とした諦めとして諦念を抱えていたりするのではありません。

『最後の一句』で死罪となった父の減刑を求め、「自分たちを身代わりに」と直訴した長女のいちに対し、奉行所の役人は「誰かに吹き込まれて来たのではないか」と問います。しかし、いちは自分一人の考えでしたことだ、と主張します。「願いが聞き届けられれば、おまえたちは処刑される。父と会うことはできぬがよいか」と訊かれ、いちは「お上の事に間違いはございますまいから」という『最後の一句』を述べます。

それを聞き、役人は不意打ちにあったように驚愕し、険しくなった目で娘を見るのです。「お上のすることに間違いはないだろう」と言われて、なぜ驚愕するのか。それが子供の口から発された痛烈な皮肉に聞こえたからに相違ありません。

制度側は、制度が無謬でないことなど知っています。ただ制度である以上、無謬であるという建前を取らなくてはならない、なぜなら無謬であることが制度だからです。娘がそこまで確信しているはずもない。しかし一貫してきっぱりした態度です。死ぬ覚悟があっただけでしょう。ただ、その結果出てきた言葉は、意表を突くかたちで制度の本質を露わにした。末怖ろしい子供だ、というわけです。

そもそも情状酌量すべき事情があって、初犯の業務上横領で死刑なんて重すぎる。また日本の奉行にはコモンセンスがあるので、願いを聞き入れて父親を減刑しても、代わりに子供を処刑なんて野蛮な真似はするわけがない。だからこそ誰かに入れ知恵されたのではと疑われもするわけです。娘の決死の覚悟が確認できたので、父親の減刑がかなった。

欧米にも制度について書き続けた作家がいますね。鷗外が留学した先、ドイツのカフカです。カフカの作品は、ポスト・モダン哲学において重要な題材となっています。制度を疑い、その本質＝根底の不在を露わにすることは、すなわち近代資本主義制度（＝モダン）の根底を問うポスト・モダン哲学と重なる。鷗外作品が明治以降の近代において制度の根底＝空虚を問うたとき、過去の日本の歴史における世界観（＝プレ・モダン）を捉えようとしたのは、論理的にも当然の帰結といえましょう。

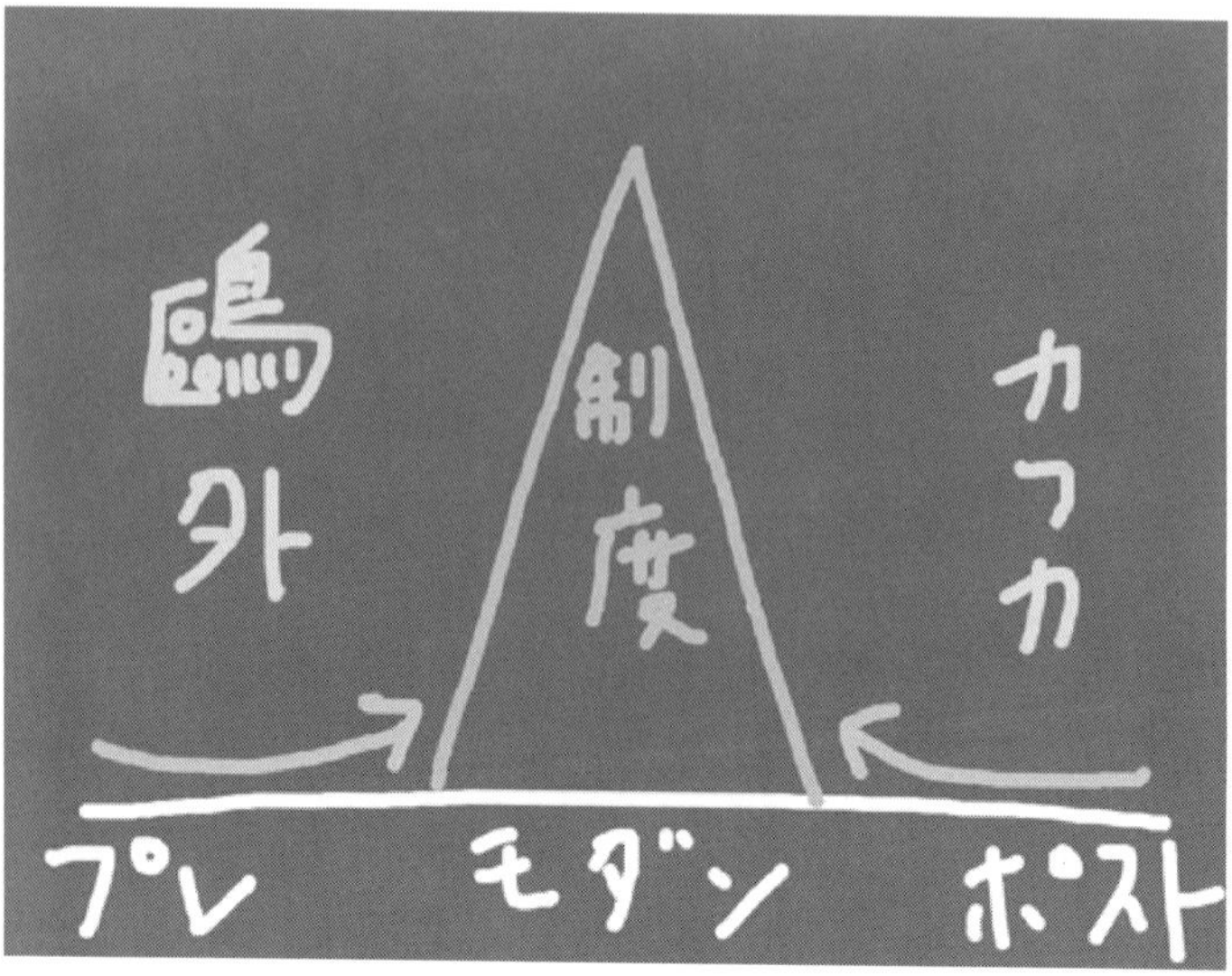

制度＝男性性を揺るがしたり、あるいは逆に育成したりするエネルギー＝女性性という図式は、この「文学とセクシュアリティ」の授業で一貫して見てきたものです。歴史を通して制度と構造、それを無化し、また安定させる力＝エネルギーを捉えようとするのなら、日本における女性性の概念について、またその総本山である『源氏物語』について意識に上らないはずがありません。

鷗外は晩年、日本人の心性と世界観を『史伝』によって著しました。フィクショナルなプロットを完全に廃したそれは、決して読みやすいものでありません。時代小説といったものとはまったく異なり、むしろ小説の定義を揺るがすようなものです。それが事実そのもの、歴史そのものであるかどうかは別として、小説の定義を揺るがすという一点においても、文学そのものであることは間違いない。

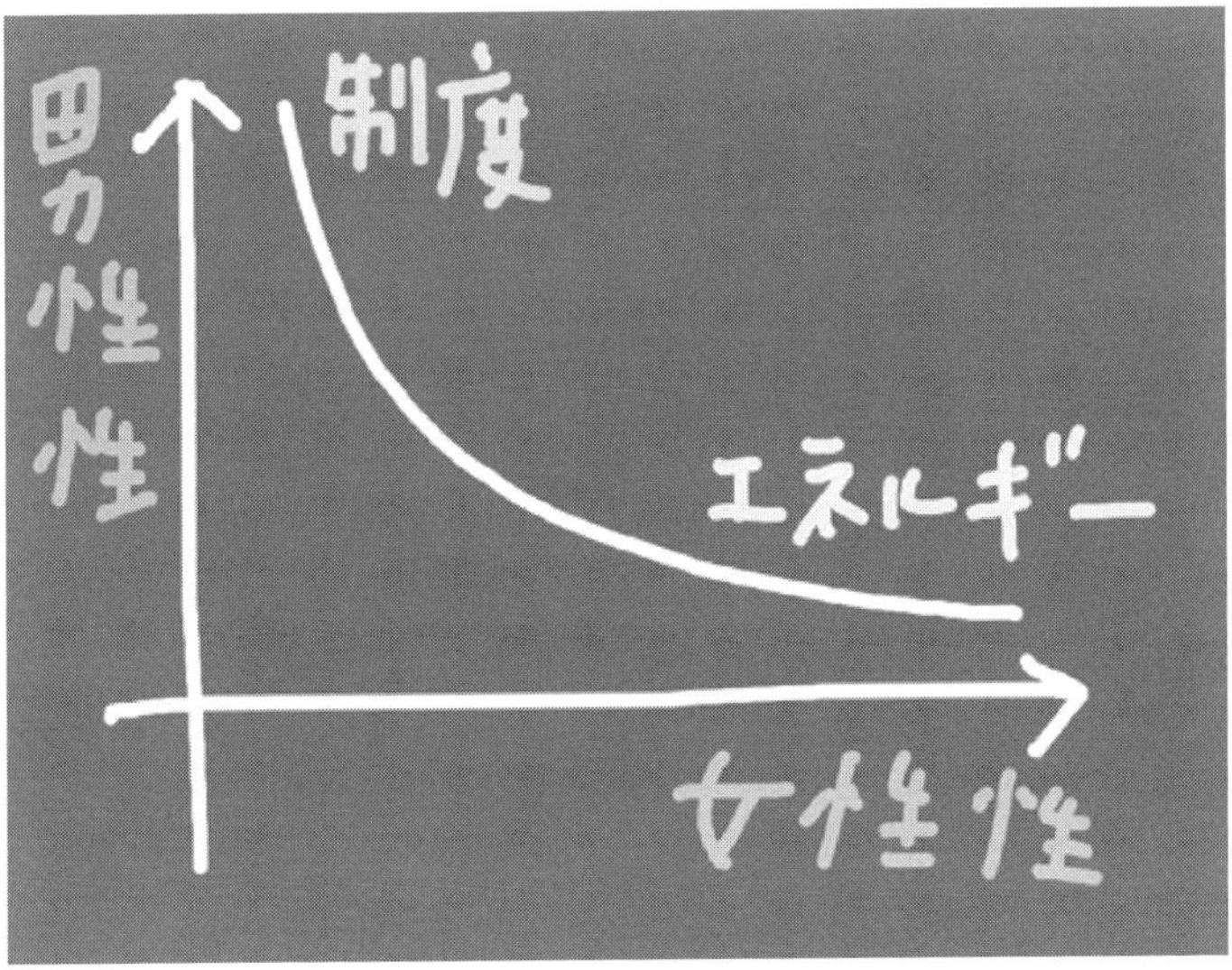

勤勉な鷗外は上野の帝国博物館の館長などの激務をこなし、その際には日本の文化遺産についてもその全貌を詳細に把握すべく努めました。公的な仕事として『源氏物語』の現代語訳を与謝野晶子に発注しましたが、素養に欠ける彼女を助け、今の与謝野晶子訳は実はほとんど鷗外訳なのではないか、とも言われています。そうだったとしても成り行きであり、封建制度の残滓があったその時代、少なくとも男が業績とすべきものとは思われなかったのではないか。それでも『源氏物語』訳の仕事を介し、鷗外は封建制度以前の日本人の現世と彼岸について示唆を得たことと思います。

余談ですが、鷗外は賢いが美しくはなかった良妻賢母を離縁し、わがままで手を焼いたが非常に美しい後妻を迎えています。鷗外ほどの頭脳の持ち主が美人にヨワいなんて、と語られますけれど、『舞姫』なんかからも、鷗外は女性に対し、男性に匹敵するような知性は求めていなかったのではないか。それは女性蔑視ではなくて、男がおよばない別の大きな力の可能性を見ていたように思えます。そうでなければ離婚・再婚してまで女性的な「荒ぶる力」の持ち主をわざわざ身近に置こうとはしなかっただろう。その女性性の力を直接的に自身のテーマとするには、時代が早かったと思いますが。中心を捉えさせようとしない『史伝』は、一種のエクリチュール・フェミニンと読めないことはありません。

では最終巻『夢浮橋』です。

薫は横川の僧都《そうず》を訪ねます。これまで特に親しいわけではなかったが、先の女一宮《おんないちのみや》のご快癒にすぐれた効験を示されたことで尊敬を深め、わざわざお見えになるというので、僧都は大変光栄なことととして歓待します。

人々が静まった頃、薫は僧都に、小野の家にかくまわれている浮舟《うきふね》について尋ねます。「法師とはいいながら、どうして無分別に、わけもなく姿を変えさせてしまったことかと、胸が潰《つぶ》れて、返事の申し上げように迷うのでした」とあります。薫は、躊躇する僧都を説得して浮舟への手紙を書かせます。薫自身がいきなり立ち寄ることはしません。山の傾斜の道をたくさんの灯火ととともに帰ってゆくのを、尼君らも端に出て眺めます。大将殿のお通りだ、と噂しているのが浮舟の耳にも入り、聞き覚えのある随身の声もしますが、それが本当とは思われず、今さら詮ないことと阿弥陀仏に思い紛らせます。

薫は、浮舟の異父弟の小君《こぎみ》を使いにやることにします。小君をよんで言い聞かせますと、慕っていた姉が生きていると聞いて喜びに涙をこらえ、かえってぶっきらぼうに返事をします。

一方の僧都は、もう小君が小野を訪ねたものと思っていて、「昨夜大将殿（薫）のお使いで、小君がそちらへ行かれたでしょうか。事情を承ってみましたら、自分のしたことが悔《くや》まれて、かえって恐縮しておりますと、姫君に仰せになって下さい。じきじき申し上げたいこともいろいろあるのですけれども、今日明日を過しましてからお伺いしましょう」と尼君に手紙を寄越します。

驚いた尼君が浮舟を問いただしていますと、ようやく小君が到着します。小君の持ってきた僧都の文を、尼君が代わって開きます。「できたことは仕方がございません。今一度もとのおん契をお結びなされて、愛執《あいしゅう》の罪を晴らしてお上げなされませ。一日出家した功徳《くどく》は、無量でございますから、頼もしくお思いなされませ」とあります。それを読んでも尼君にはまだ、わけがわかりません。可愛がっていた弟が来ていると聞き、浮舟は涙をこぼしますが、尼姿に変わった身で今さら、と会うのを拒みます。

ただ浮舟は、めずらしく長々と懇願します。「この童（小君）の顔は、幼い折に見たような気がしまして、いかにも懐《なつ》かしゅう存じますものの、今となってはこういう者にも、この世におりますことを知らせないで済ませとうございます。ただ母がながらえておられますなら、それ一人にだけは対面したいと思います。僧都のおっしゃったお人などには、決して生きているということをお知らせ申したくはございません。どうか人違いであったというようにおっしゃって、隠しておいて下さいまし」と。

しかし尼君は、正直な僧都のことだから、難しいだろうととりあわず、浮舟がお姫さまだったということに興奮しています。

小君は、薫からの文は直接渡さねばと頑張ります。浮舟は受け取りません。尼君が気の毒がり、几帳の下から差し入れさせて開いて見せます。昔と変わらぬ手で、紙の香もいつものように並はずれています。薫の文は「何とも申しようのない、さまざまな重い罪をお作りになったお心につきましては、僧都のお取計らいに免じて上げることにしまして、今はただ、浅ましかったあの頃の夢がたりをでもしたいものと、心が急がれてなりませんのが、我ながらけしからなく思えるのです。まして人から見ましたらばどのように」で筆が止まり、

法《のり》の師を尋ぬる道をしるべにて
　おもはぬ山にふみまどふかな

とあり、この小君はいなくなったあなたの形見として、手もとに置いている、と書いてあります。匂宮《におうみや》とのことは許すので、戻ってきて欲しい。しかし薫は相変わらず世間の目を気にしている。浮舟は、気持ちが乱れているからと、手紙を持って帰るように言います。小君はむなしく帰るほかありません。今か今かと待っていた薫大将ですが、頼りなくはっきりしない様子に落胆し、なまじ使いなど出さねばよかったと後悔します。

「誰かがあそこに匿《かくま》っているのではないかなどと、御自分がかつてかの山里へ、抜け目なくお隠しになって捨てておおきになりました経験から、そう考えていらっしゃいますとやら」。

これで『源氏物語』は終わりです。いかがですか。存外にあっけなく、つまらない終わり方だと思ったのではないでしょうか。大長編を読み終えたという力タルシスがない。えっ、これで終わりなの、という感じです。薫を袖にするならするで、ああそうなったかと納得させてほしい。そのへんの読者としての不満が「宇治物語」をして前半とは作者が違うだの、出来が悪いだのと言わせる原因かもしれません。

作者が違うという説が論外であるのは、もう繰り返しません。一方で、出来の良し悪しは目的によります。読者を楽しませ、華やかな世界の情報を与えて物語世界に巻き込んでゆくという目的なら、その達成度は低い。しかし小説の目的はそれだけでしょうか。その問いはそのまま小説とは、文学とは何か、ということに結びつきます。

最終巻『夢浮橋《ゆめのうきはし》』は、それにしても要領を得ない、ちぐはぐな感じがする。それに読者は不満を抱く。身を隠していた浮舟を薫が見つけ出すという、サスペンスの結末にふさわしいプロットで読者を引っ張ることには成功しているのです。もっとぴたっと決まった表現で、カタルシスを与えてほしい。それを満たせばしかし、それだけの小説になってしまう。

薫が僧都を訪ねるところから、ある種のちぐはぐは始まっています。僧都はその訪問を自身の評価が高まったためだと思い、喜んで迎える。しかし薫の目的は違います。薫は僧都に浮舟の説得を頼みます。薫の女を出家させてしまったことに僧都は恐縮しますが、曲がりなりにも尼となった者の煩悩を呼び起こさせるようなことはと躊躇します。薫は自分も仏心が深く、彼女の仏道を妨げはしないと主張し、それで納得した僧都なのに、手紙の内容は「今一度もとのおん契をお結びなされて（還俗して）、愛執《あいしゅう》の罪を晴らしてお上げなされませ」というものです。

日程の面でも、僧都は下山するにしても「今日明日は差支えがございます。月が変わりましてから」ともやもやしたことを言い、それを承知したはずの薫がまた、すぐに小君に持たせるからとりあえず短い手紙を書けと言います。そんなに急いでいたのだから、すぐに小君をやったのだろうと、僧都は妹の尼君に連絡するが、小君はまだ来てない。尼君は何のことやらわかりません。

この辺りの行き違いは、プロットに特段の影響を与えるものではありません。つまり意味もなく、もたついている。ただ、物語としては切れ味の悪い、意味のなさこそが著者の意図したことだと、私は考えます。

薫は自身が文をやることを躊躇して横川の僧都に頼み、僧都も当初は「あちらから連絡させるようにする」と言っています。しかし結局、薫は自身の手紙をも小君に持たせるし、僧都も薫も最初に考えていたタイム・スケジュールをどんどん前倒しして事を運ぶ。けれども肝心の浮舟は動かない。感激の再会を期待した薫も、浮舟の弟の小君も肩すかしを食らったありようです。薫は、「こんなことなら文などやらねばよかった」と思い、「誰かに囲われているのでは」と見当外れの邪推をするところで物語は終わっている。

ここでのテーマは、三者三様、それぞれの思惑が食い違い、互いに理解不能ということでしょう。薫は浮舟に焦がれているようで、いつも他者の目や自身の体面を忘れない。自身の立場から冷静であろうとするのに、つい過ぎた感情に流されては後悔する。自分で思っているよりも浮舟に夢中ではあるのですが、それは彼女には届かない。

もちろん届くはずもないでしょう。女にしてみれば、そういう薫に飽きたらず、一時のものとはいえ匂宮の激情に溺れたのです。そして今となっては、自分に掛け値なしの無償の愛を注いでくれた唯一の存在、母のことしか気にかからない。

そんな彼女の、めずらしく長い言葉も尼君の耳に届きません。浮舟が貴人の妻であったことに盛り上がっているのです。小君は、薫への受け答えがぶっきらぼうになってしまうほど姉の生存を喜んだのに、その想いもまた浮舟には届きません。

では、横川の僧都はどうでしょう。「今一度もとのおん契をお結びなされて、愛執《あいしゅう》の罪を晴らしてお上げなされませ」というのは、謎の言葉としても知られています。結論から言うと、謎なんかどこにもありません。ただ、文字通りそう言ったのです。これが謎に響くのは、その言いようがあまりにひどい、ご都合主義にもほどがあると見えるからです。これが『源氏物語』最高の高僧の言葉か、何かもっと深い意味があるのではないか、と。でもそんなものはない。

そもそも横川の僧都は、高僧というよりもフツーのオジさんっぽい。また曲げるべき節なんか最初から持ってないというのが高僧の高僧たる所以かもしれない。仏道を盾にこれほどの素晴らしい夫を持ったお姫さまが、山賤に混ざって出家するなど「かえって仏のお叱りを受ける」だろうという言い方をしましたが、その実、フツーのオジさんとして、「とんでもないこっちゃ」と言っただけです。「大将殿の愛執の罪を晴らしてあげるために還俗」とは物は言いよう、僧らしく無理やり捻じ曲げた苦心の落としどころに過ぎません。著者は、読者が首をひねるのは百も承知のはずです。

今も昔も、坊主というのはこういう屁理屈でもって、現世と彼岸との折り合いをつけてきた。しかし相手によかれと思う慈悲の心があるかぎり、聖性は必ずしも損なわれない。浮舟にしてみれば、そういう現世の折り合いがつくなら、はなからこんなことになってないのですが。

すれ違ったまま、何も解決せずに事態は横たわっています。薫が「法《のり》の師を尋ぬる道をしるべにて　おもはぬ山にふみまどふかな」なのは今に始まったことではありません。とはいえ彼がとりわけ俗人なのではなく、むしろ身体から芳香が立つほどに御仏に近い宿世をもつ。そういう薫ですらそうだ、ということです。そして結局は根負けした浮舟も還俗してゆくのでしょう。そうであってもなくても、本質的には何も変わらない。カタルシスなどない。

読者が不満だろうが、現実に起こることはそういうものです。ぴたりと決まるなどというのはそのときどきの物語に過ぎず、意味もなくずれてゆくのが本当のところである。仏道の聖性すらそれを解釈し、救うことなどできはしない。著者はそう言っているように思えます。今に至るまで読解されたとは言い難い森鷗外の『史伝』同様、小説の結構も物語のカタルシスも超え、それは文学そのものではないか。謎と言うなら、この現世に身を置くかぎり、現世そのものが謎なのです。

後記

東海大学に文芸創作学科が創設されることになった二〇〇〇年に、詩学と女性学の講座の依頼を受けた。私自身は、当時流行っていたフェミニズムを文学に持ち込む手法にひどく懐疑的であり、それへの批判も発表していたことから「文学とセクシュアリティ」の講義名で、創作のダイナミズムと性差とのかかわりを論じることになった。その経緯については、本文にも述べた通りである。

講義内容は「詩と小説のジャンルを成立させている力学は何か」という、詩を書きはじめた頃から考えていたテーマと深く響き合った。というより「詩と小説」を「男性性と女性性」と置き換えることで、ほぼ同じスキームとして扱える。その証左を得たのは、講義を担当したお陰でもある。

ごくシンプルなスキームで、本文に繰り返し出てくる「テキスト曲線」で表される。それは東海大学の依頼を受ける数年前、とりわけ詩と小説の「ジャンルの掟」の謎に取り憑かれ、寝ても覚めても考えていたある時期、ふいに思いついた。その瞬間のことはよく覚えている。車の中だった。秋葉原近くの駐車場で、同乗者たちがパソコンを買いに行き、私はそれを待っていた。車の窓ガラスに指で曲線を引いて、すべてが腑に落ちた。

この「テキスト曲線」と座標軸とで創作の謎を解き明かそうという試みは、したがって紛れもなく私のオリジナルだが、このような「思想」自体は連綿と受け継がれてきたものだ。それがわかったのは、実際にこのスキームを過去の秀れた作品に当てはめた結果である。もちろん、だからこそ「テキスト曲線」が本質的であり、正しいと証明されたと考えている。過去の秀れた作品の代表とは、いうまでもなく『源氏物語』だ。

実は「文学とセクシュアリティ」の講義をはじめるまで、自分のスキームに『源氏物語』がどのように当てはまるか、検証したことはなかった。さらに正直にいえば、私は『源氏物語』をろくすっぽ読まずに東海大学の最初の講義を開始した。なぜなら私には確信があった。古今東西の日本、いや世界で最も秀れた作品だと歴史が担保する『源氏物語』に、私の「テキスト曲線」のスキームは絶対にぴったり当てはまる。賭けたつもりはない。繰り返すが、確信があったのだ。

そこでの確信とさらなる驚くべき発見、『源氏物語』の著者がいかに情熱をもって「ジャンルの掟」を解き明かし、いかに深くその秘密の力学に精通していたかをまとめたものが本書である。創作者・紫式部の思想と方法論は、現代の創作者・読者である私たちにまさにヴィヴィッドに響く。フェミニズム文学論といった通用しない批評手法が常にエクスキュースとして持ち出す千年の時代差など、まったく問題にならない。創作者に、昔も今もないのだ。

「文学とセクシュアリティ」は二〇一八年現在も引き続き、東海大学の春学期に開講している。毎年桜の咲く季節には、新しい学生たちとわくわくしながら「桐壺」の巻を繙くのだ。

著者　小原眞紀子

一九六一年生まれ。慶應義塾大数理工学科・哲学科卒業。著書に詩集『湿気に関する私信』、『水の領分』『メアリアンとマックイン』。その他小説作品、文芸評論。

文学とセクシュアリティー現代に読む『源氏物語』
二〇一八年十二月一日　第一刷発行

著者　小原眞紀子
発行者　大畑ゆかり
発行所　金魚屋プレス日本版
〒一三一―〇〇三二
東京都墨田区東向島五―三一―六
タワースクエア東向島一〇一
電話　〇三―五八四三―七四七七
印刷　シナノ書籍印刷株式会社
ISBN 978-4-905221-07-4